SABINE WEISS
Blüte der Zeit

AF289328

Über die Autorin:

Sabine Weiß arbeitete nach ihrem Germanistik- und Ge-
schichtsstudium als Journalistin. Seit 2007 veröffentlicht sie
erfolgreich Historische Romane, seit 2016 auch Kriminalro-
mane um die junge Kommissarin Liv Lammers. Wenn sie nicht
gerade mit ihrem Camper auf den Spuren ihrer Figuren reist
und recherchiert, lebt Sabine Weiß mit ihrem Mann und ihrem
Sohn in der Nähe von Hamburg.

Sabine Weiß

BLÜTE DER ZEIT

Historischer Roman

lübbe

Originalausgabe

Copyright © 2023 by Bastei Lübbe AG, Köln
Lektorat: Dr. Stefanie Heinen
Titelillustration: © adobestock.com: Spyross Arsenis |
Depiano Kurakina; © shutterstock.com: leoks; © Alamy Stock Photo
Vorsatzkarte: Christl Glatz & Markus Weber, Guter Punkt, München
Umschlaggestaltung: Johannes Wiebel | punchdesign, München
Satz: two-up, Düsseldorf
Gesetzt aus der Caslon
Druck und Verarbeitung: GGP Media GmbH, Pößneck

Printed in Germany
ISBN 978-3-404-18856-7

1 3 5 4 2

Sie finden uns im Internet unter luebbe.de
Bitte beachten Sie auch: lesejury.de

Ach, wie selig ist's, sich niederzulassen
unter dem Orangenbaum.
Am kristallklaren Flussbett
Goldäpfel zu pflücken;
den Geruch und die Luft zu riechen
dieser schönen Orangenfrucht!

Oranje may-lied, Joost van den Vondel (1626)

Personenverzeichnis

Historische Personen sind mit einem * gekennzeichnet.

NIEDERLANDE
Paulus van Houtkerke, Freund von Prinz Wilhelm III.
   und Offizier
Egbert van Houtkerke, sein Vater
Zwanette van Houtkerke, seine Mutter
Prinz Wilhelm III.* von Oranien
Hans Willem Bentinck*, Wilhelms Kammerherr
   und Vertrauter
Johan de Witt, Politiker*
Prinzessin Amalia van Solms*
Grace van Aken, Servaes van Aken
Frederik van Nassau-Zuylestein*
Willem Adriaan van Nassau-Odijk*
Constantijn Huygens junior*

Max Tuinstra, Gärtner
Debora, seine Mutter
Floris, sein Bruder

BRANDENBURG-PREUSSEN
Hester Schöppen, Deboras Schwester und Kauffrau
Chim Schöppen, ihr Mann
Jerun Schöppen, ihr Sohn
Georg Huffretter, Apotheker
Petronella, seine Frau

Elvina und Rosa, zwei seiner Töchter
Annabelle von Dunker, Elvinas Cousine
Cunrat, Annabelles Bruder, Vater Adam, Mutter Ernestine

Kurfürst Friedrich Wilhelm*
Kurfürstin Dorothea*
Karl Emil*, Friedrich* (genannt: der schiefe Fritz) und
    Ludwig*, Friedrich Wilhelms Söhne aus erster Ehe
Michael Hanff*, Jan Oliva*, Dirk van Langelaer*, Lustgärtner
Johann Sigismund Elsholtz, Leibarzt, Botaniker und
    Chemiker*
Wynant, Gärtnergeselle
Oberdirektor und Ingenieur Joachim Ernst Blesendorf*
Dittrich Impen
Ursel, Deboras Freundin, Urban, ihr Großvater
Gerhild
Dictus

ENGLAND
König Charles II.*
James Scott, Herzog von Monmouth*

Eine Anmerkung zu den Daten: Die Länder auf dem europä-
ischen Kontinent rechneten im 17. Jahrhundert nach dem grego-
rianischen Kalender, England folgte dem alten julianischen. Der
Unterschied zwischen diesen beiden Kalendern beträgt zehn
Tage. Ich habe meist das Datum im »neuen Stil« angegeben.

Prolog

Hoch spritzten die Erdbrocken, als Paulus und Wilhelm dem Keiler über die Wiese hinterherpreschten. In einer Staubwolke folgten ihnen die Jagdhunde. Kaum einen Blick hatte Paulus für die violetten Heideblüten, die mit Buchengrün und dem blaugrauen Himmel ein strahlendes Band bildeten. Seine Sinne waren gänzlich auf die Jagd ausgerichtet: die Rotte Wildschweine, auffliegende Schwarzkehlchen und Ziegenmelker, in der Ferne der Schemen eines fliehenden Rehbocks – und natürlich das Wildschwein, das ihnen geschickt entkommen war. Bis jetzt.

Das Blut brannte in seinen Adern, trieb Paulus an. Mal wieder hatten sein Gefährte und er sich über die Regeln der höfischen Jagd hinweggesetzt, waren ihrem eigenen Instinkt gefolgt, mochte es auch noch so gefährlich sein.

Sie näherten sich einem der ausgetrockneten Gräben, als sich die Bewegungen des Tieres veränderten. *Gleich schlägt es einen Haken.* Paulus drückte seinem Hengst die Hacke in die Flanke, zog sacht am Zügel. Ein vages Triumphgefühl durchströmte ihn, als er trotz des Richtungswechsels zu dem Eber aufschloss. Im Galopp setzte er über den Graben. Enten stoben aus dem Brackwasser auf. Auch sein Vorsprung zu Wilhelm war gewachsen. Kurz spielte Paulus mit dem Gedanken, dem Prinzen den Sieg zu überlassen. Wilhelm war zwei Jahre jünger, also sechzehn, und mit seiner schwächlichen Konstitution benachteiligt. Als Kind hatte der Prinz sich schonen müssen und außer Billard und Tanz keine Leibesertüchtigung treiben dürfen.

Dann gewann Paulus' Ehrgeiz Oberhand. Ohnehin würde der Stolz es seinem Freund verbieten, eine derartige Gefälligkeit anzunehmen. Gleichauf war er nun mit dem Wild, trieb es in den Wald, wo sich eine Senke befand. Horrido! Die ersten Hatzhunde wetzten heran und halfen, den Eber einzukesseln. Paulus sprang von seinem Pferd. Wilhelm riss an den Zügeln, sodass sein Ross stieg. Erst als es ruhig stand, saß er ab. Der Eber keuchte, Schaum tropfte von seinem Gewaff.

»Ihr seid ein Teufelskerl! Beinahe hätte ich Euch geschlagen, Jonkheer!«, rief Wilhelm aus. Sein langes dunkelbraunes Haar war zerzaust, und er rieb sich lachend über die große huckelige Nase, die seinem fein geschnittenen Gesicht eine markante Note gab. Auch sonst war er nicht gerade ein Adonis, vor allem waren seine Beine kurz und ließen den Rumpf lang erscheinen. Paulus kam sich verglichen mit ihm mit seinem vom Reiten, Ringen und Fechten gestählten Körper, den dicken schwarzen Haaren und den glühenden Wangen beinahe martialisch vor.

»Um Haaresbreite, in der Tat, Hoheit! Und es wäre mehr als verdient gewesen!«, gab er zurück.

Es tat ihm gut, seinen Freund so glücklich zu sehen, denn das Schicksal hatte Wilhelm, dem dritten Prinzen von Oranien dieses Namens, von Anfang an übel mitgespielt. Der Tod des Vaters, noch ehe Wilhelm das Licht der Welt erblickt hatte. Das überraschende Sterben der Mutter wenige Jahre später. Der schleichende Verlust seiner Privilegien, seiner Macht, seines Besitzes. Viele Nackenschläge hatte Paulus miterlebt.

Die Jagdhunde umkläfften sie nun, und das Horn wurde geblasen. Hans Willem Bentinck war hochrot unter seinem orangenen Haarschopf, als er mit der Nachhut eintraf. Paulus sah ihm an, dass er sich ärgerte, schließlich kannten sie einander beinahe ihr ganzes Leben lang, waren als Kinder gemeinsam am Hof des Prinzen eingeführt worden und als dessen Pagen mit ihm aufgewachsen. Paulus ahnte, was seinen Freund so erzürnte: Noch immer musste Bentinck mit den lahmen Rössern vorliebnehmen, die seine älteren Geschwister ausgemustert hatten – und das, obgleich er derzeit Wilhelms Liebling war.

»Hast du einen kleinen Ausflug gemacht, um den Garten zu besichtigen, oder warum trabst du erst jetzt hier an?«, spottete Paulus freundschaftlich.

Bentinck konnte über die Stichelei nicht lachen. »Rede nicht, sondern bring lieber diese Bestie unter Kontrolle!«, brummte er, zog aus seinem Reitmantel ein Spitzentaschentuch und tupfte sich den Schweiß von der Stirn. Tatsächlich hatte der Eber gerade eine Dogge angegriffen und riss an deren leinenem Panzer. Die anderen Hunde kamen der Dogge sogleich zu Hilfe und verbissen sich im borstigen Fell des Keilers. Es war ein Schauspiel, wie es das Herz eines jeden Jägers höherschlagen ließ.

Eilends brachte ein Bursche die Saufeder. Paulus wandte sich zu Wilhelm und deutete eine Verneigung an: »Diese Ehre steht Euch zu.«

»Hoheit, wäre es nicht besser …«, mischte Bentinck sich ein, aber in den Augen des Prinzen funkelte es. Dieser Versuchung konnte er nicht widerstehen. Wie schon sein Vater liebte auch Wilhelm die Jagd, weshalb er sich am liebsten nach Dieren in der Provinz Gelderland zurückzog. Hier, inmitten der weiten Heideflächen und der wilden Wälder der Veluwe, gab es Raum genug für Beizjagd, Wildschweinhatz oder Parforcejagd. Wilhelm schätzte die Kameraderie und den freundschaftlichen Wettstreit auf seinem Jagdschloss. Entschlossen packte er den Spieß und stellte sich in Positur, die scharfe Lanze auf den rasenden Eber gerichtet.

»Denkt an die Gefahren, Hoheit«, setzte Bentinck noch einmal nach, aber Wilhelm ignorierte ihn.

Eine spürbare Unruhe senkte sich über die Gruppe, und

auch zwischen Paulus' Schulterblättern prickelte es. Auf Wilhelms Befehl hin lenkten die Jäger und der Saurüde die Aufmerksamkeit auf ihn, um dadurch das Tier in seine Richtung zu treiben. Kurz durchzuckte Paulus die Sorge, dass der Eber Wilhelms Schlagader aufreißen und der Prinz verbluten könnte. Wäre er dann schuld? Er packte einen weiteren Sauspieß, bereit, sich zwischen den Keiler und den Prinzen zu werfen. Das Blut rauschte in seinen Ohren.

Schnaubend stürmte der Eber auf Wilhelm zu. Alle schienen den Atem anzuhalten. Doch der Prinz trieb die Saufeder geschickt in den Brustkorb des Tieres. Sofort sackte es zusammen.

»Ein perfekter Stich ins Herz, Hoheit!«, jubelte Bentinck aus sicherer Entfernung.

Wilhelm wandte sich Paulus zu. Der nickte anerkennend, aber der Prinz legte ihm die Hand um den Nacken, lachte auf und zog ihn an sich, was für den sonst so reservierten jungen Mann ungewöhnlich war.

Die Jäger brachen das Wildschwein auf und schwarteten es ab. Als den Hunden das Curée bereitet wurde und der Eisengeruch des Blutes in der Augusthitze drückend wurde, ritten sie zurück.

Während Bentinck schwieg, ließen Paulus und der Prinz die Jagd noch einmal Revue passieren. »Ihr solltet Euch nicht über das Garteninteresse unseres Freundes lustig machen«, sagte Wilhelm schließlich zu Paulus. »Ich habe große Pläne, was Paläste, Lustgärten und Wasserkunst angeht. Wenn ich erst über meine Besitzungen verfügen kann, wird Bentinck mir eine große Hilfe sein.«

»Mit Verlaub: Was wollt Ihr mit Blumen, Wasserspeiern und Rabatten? Wenn Ihr Euch amüsieren wollt, braucht Ihr größere Wildgehege, Hoheit!«, wandte Paulus ein.

Bentinck unterbrach ihn: »Auch wenn ein fanatischer Reiter

wie du es kaum glauben mag, gibt es auch angemessene Zerstreuungen jenseits der Jagd. Ein Lustgarten –«

»Oh, bitte nicht! Verschone uns – mich zumindest – mit deinen Vorträgen!«, fiel Paulus ihm ins Wort.

»Ich hörte von neuartigen Wasserspielen, die König Ludwig in Versailles anlegen lässt«, fuhr Bentinck unbeirrt fort.

»*Ich hörte, ich las, mir wurde zugetragen* – wen interessiert's?«, rief Paulus.

»Ihr habt eben nichts für die verfeinerte Lebensart übrig, Jonkheer«, meinte Wilhelm mit einem Augenzwinkern.

Gleich bin ich wieder abgemeldet, dachte Paulus resigniert. Doch ihr Wortwechsel verebbte ohnehin, denn sie hatten die Kutsche im Hof des Jagdschlosses auf dem Rouwenberg entdeckt. »Schloss« war eine grandiose Übertreibung, denn der Hof te Dieren war ein ehemaliges Landgut des Deutschen Ordens, dessen Ausbau durch den Tod von Wilhelms Vater zum Erliegen gekommen war.

Prinz Wilhelm ließ sofort sein Ross zurückfallen. Paulus wandte sich zu ihm um, schluckte seine Entgegnung aber herunter. Das Gesicht seines Freundes hatte sich beim Anblick seines Gastes in eine abweisende Maske verwandelt.

Wilhelms Brust war schlagartig eng geworden. Es hatte nichts Gutes zu bedeuten, wenn Johan de Witt ihn im Jagdschloss aufsuchte, statt ihren nächsten Termin in 's-Gravenhage abzuwarten. Mit einem Wink verabschiedete er sich von seinen Freunden und übergab sein Pferd einem Stallknecht.

»Hoheit, eine dringende Angelegenheit treibt mich hierher. Ich muss Euch um ein Gespräch bitten.« Der höchste Staatsmann der Republik der Sieben Vereinigten Niederlande begrüßte ihn formvollendet. Im Gegensatz zu seinem Bruder Cornelis, der ein Trampel in einem Samtanzug war und unter der Fuchtel seiner Frau stand, hatte Johan de Witt die klassischen Züge einer antiken Statue: ein Raubvogelgesicht, umrahmt von langen schwarzen Haaren. Seine tiefschwarze Kleidung – natürlich aus teuersten Stoffen – unterstrich diesen Eindruck noch.

Den Regeln der Höflichkeit gehorchend, bat Wilhelm den Ratspensionär in den Salon. Er kannte de Witt, seit er denken konnte. Er hatte bereitgestanden, nachdem die Pocken seinen Vater dahingerafft hatten, und nach dem Tod der Mutter, als er zehn Jahre alt gewesen war, hatte der Ratspensionär sich noch mehr in sein Schicksal eingemischt. Seither war Johan de Witt immer mächtiger geworden, nicht zuletzt, nachdem er in die reiche und bestens vernetzte Amsterdamer Regentenfamilie Bicker eingeheiratet hatte. Vor zwei Jahren hatte de Witt ihn sogar zum »Kind des Staates« erklärt und seine Erziehung ganz an sich gerissen.

Wilhelm musste sich mühen, sich den aufbrandenden Hass nicht ansehen zu lassen. Johan de Witt war einer der Männer, die versuchten, ihn kleinzuhalten, ihm seine ererbten Rechte zu entziehen. Gleichzeitig musste er das staatspolitische Geschick des Mannes anerkennen, dessen Tatkraft und seine mathematische Genialität.

Wilhelm ließ Erfrischungen auftragen, griff aber trotz seines Durstes nicht zu. Selbst die Melonen aus dem eigenen Garten, die er sonst liebte, ließ er stehen. Die selbstzufriedene Miene, die de Witt heute zur Schau trug, verhieß nichts Gutes. Seit dem Sieg über die Engländer, der Ende Juli im Frieden von Breda besiegelt worden war, war de Witt beinahe unangreifbar. Die Nervosität machte Wilhelms Kehle eng und ließ ihn spüren, wie das Stützkorsett seine Brust einschnürte. Er hüstelte.

Seine Lunge war seine Schwachstelle, an ihr zeigte sich jegliche Angegriffenheit sofort.

Kaum hatte de Witt einen Schluck getrunken, ergriff er das Wort. »Mein Prinz, es sind wahrlich bewegte Zeiten. Diese erfordern besondere Maßnahmen, um die Harmonie in unserer Republik wiederherzustellen«, begann er gewichtig. »Ich möchte Euch in Kenntnis setzen, dass die Staaten von Holland die Abschaffung der Statthalterschaft beschlossen haben – und zwar für alle Zeiten. Die anderen Provinzen werden diesem Beispiel folgen. Zudem wird festgelegt, dass das Amt des Statthalters und des Generalkapitäns getrennt werden. Dieses Ewige Edikt sieht zudem vor, dass Ihr frühestens mit dreiundzwanzig Jahren den Posten des Generalkapitäns übernehmen könnt, und nicht mit neunzehn, wie Ihr es erhofft haben mögt.«

Wilhelms Gedanken überschlugen sich, während de Witt unbeirrt weitersprach. In ihm kochte es. Die Abschaffung der Statthalterschaft?! Sollte er alle Vorrechte verlieren, die seine Familie besessen hatte? Er hatte gehofft, sich in etwas über zwei Jahren an die Spitze von Staat und Armee setzen zu können, und nun musste er vier weitere Jahre warten – eine halbe Ewigkeit! Es spielte keine Rolle, dass der Statthalter für manche lediglich der höchste Beamte der Republik war. Die Oranier, seine Vorfahren, waren durch die Statthalterschaft fürstengleich gewesen, politische wie militärische Anführer. Seiner Familie gehörte das Fürstentum Orange im Süden Frankreichs. Er selbst war durch seine Geburt ein englischer Prinz und zugleich mit dem französischen Königshaus sowie den edelsten Höfen Deutschlands verbunden. Und jetzt? Nichts würden die anmaßenden Regenten der Republik, die reichsten und mächtigsten aller Bürger, ihm lassen! Obgleich er gewohnt war, seine Gefühle zu verbergen, ging sein Atem jetzt stockend; ein Warnsignal.

Satzfetzen flogen an ihm vorbei. »… dieses großartige Konzept für Harmonie sieht vor … müsst verstehen, dass … zum Wohle der Nation … jeder in den Staaten von Holland erwartet von Euch … Ihr eines Tages die Leitung der Armee übernehmen werdet …«

Wilhelm versuchte, wenigstens seine Atmung unter Kontrolle zu bekommen. Johan de Witt nestelte an seinem schneeweißen, perfekt gebügelten Hemdkragen. »Zugleich aber erschauern alle in Erinnerung daran, was Euer Vater, verführt durch den Ratschlag übelmeinender Männer, getan und womit er die Existenz des ganzen Staates bedroht hat …«

Am liebsten hätte Wilhelm den Mann vom Hof geprügelt. Wie oft hatte man ihm schon vorgehalten, dass sein Vater vor siebzehn Jahren die Provinz Holland angegriffen, Amsterdam belagert und ein paar Politiker in Schloss Loevestein eingekerkert hatte! Bedauerlich, dass ausgerechnet einer der Söhne dieser Loevesteiner, ebendieser Johan de Witt, anschließend Karriere gemacht hatte. Das Gefühl der Ohnmacht zerriss Wilhelm fast. Wer, bitte, trat für *seine* Rechte ein? Wo waren *seine* Verbündeten, um de Witt und dessen Spießgesellen für ihre Frechheit zur Rechenschaft zu ziehen? Wo blieben die treuen Oranier, wenn er sie brauchte?

Johan de Witt schien Wilhelms Aufruhr nicht zu bemerken. Sinnierend legte er die Fingerspitzen aneinander.

Wilhelm starrte auf die langen blassen Finger, die sonst unablässig Briefe schrieben. De Witt hat das Netz der Menschen geschaffen, die mich meiner Rechte berauben. Die sich Gott widersetzen. Denn Gott hat das Haus Oranien auf diesen Platz gestellt. Und Gott wird mir helfen, versuchte Wilhelm, sich zu beruhigen. Noch immer schwieg er.

»Wir – und ich möchte besonders unterstreichen, dass ich mich dazuzähle – sind von Eurem ausgezeichneten Charakter überzeugt, Hoheit. Aber ein guter Charakter kann durch schlechte Gesellschaft ruiniert werden«, dozierte de Witt weiter. »Wir müssen zum Wohle der Nation sicherstellen, dass Ihr Euch Eurer Verantwortung bewusst seid, ehe wir Euch eines Tages den Posten des Generalkapitäns übertragen. Deshalb werdet Ihr, wenn die übrigen Provinzen dem *Eeuwig edict* zustimmen, an Eurem achtzehnten Geburtstag Mitglied des Staatsrats. So könnt Ihr lernen, wie man der Republik dient.«

Wilhelm wusste, dass Johan de Witt die bittere Pille, die er zu schlucken hatte, mit derartigen Formulierungen leichter verträglich machen wollte. Er sollte mit diesen Brotkrumen hingehalten, ruhiggestellt werden. Ja, die Mitgliedschaft im Staatsrat bot einen tieferen Einblick in das politische Räderwerk der Republik, aber Stimmrecht würde er sicher nicht erhalten. Machtlos würde er sein, ein Nichts. Eine Marionette an den Fäden der reichen Regenten.

Wilhelm bemerkte, dass de Witts Blick an einem Blutfleck auf seinem Handrücken hängen geblieben war. Der Eber hatte eine letzte Spur hinterlassen, und er würde dieses Mal bis zum Ende des Gesprächs wie eine Trophäe tragen.

De Witt lächelte bemüht; er war noch immer nicht fertig. »Nie würden wir den Posten des Militärführers jemandem übertragen, der mit einer verdächtigen ausländischen Dynastie verbandelt ist. Es ist bekannt, dass die Verbindung zum englischen Königshaus der Stuarts Euren Vater zu seiner ruinösen Politik getrieben hat.«

De Witt redet mit mir, als wäre ich ein unverständiges Kind. Ganz so, als wäre mir nicht klar, dass ich selbst die Frucht dieser Verbindung bin. Ich bin halb Oranier, halb Stuart – und stolz darauf. Wilhelm spürte, wie Verachtung seine Oberlippe hochschnellen ließ und seine Augen schmal wurden; er mäßigte sich sogleich. Diese Blöße würde er sich nicht geben!

»Wenn Ihr selbst eines Tages in den Stand der Ehe tretet,

müsste es jemand sein, dessen Religion akzeptabel ist, und es müsste jemand von ebenso edler Geburt sein«, führte Johan de Witt weiter aus.

Wilhelms Magen verkrampfte sich. Auch auf seine zukünftige Ehe würden diese Krämer sich also anmaßen, Einfluss zu nehmen. Als stünde er nicht haushoch über ihnen! Die Geduld verließ ihn. Er bemerkte, dass er die Hände zu Fäusten geballt hatte, und versuchte, die Verkrampfung zu lösen.

Johan de Witt sah ihn erwartungsvoll an. Am liebsten hätte Wilhelm ihn angeschrien. Stattdessen sagte er: »Ich verstehe Eure Ausführungen voll und ganz. Bitte sprecht dem Hohen Rat meinen Dank aus, dass er sich derart um meine Person und meine Interessen sorgt, *mijn Heer*.«

Kaum hatte de Witt den Saal verlassen, riss Wilhelm sich Wams und Hemd vom Leib und schnürte mit bebenden Fingern das Korsett auf. *Luft, endlich Luft!* Ein Hustenkrampf schüttelte ihn, pfeifend sog er den Atem ein.

Mit dem äußeren Halt schien auch seine Kraft zu schwinden, und von einem plötzlichen Schwächeanfall ergriffen ließ Wilhelm sich auf den kalten Steinboden sinken. Die Sauhatz mochte zwar seinen Körper ermüdet haben, doch viel mehr zehrten die politischen Grabenkämpfe an ihm. Es hatte schon viele finstere Stunden gegeben. Diese aber war ohne Zweifel der Tiefpunkt des Hauses Oranien und zugleich seines Lebens, denn nun bestand für ihn keine Hoffnung mehr, je seinen Vorvätern und seinem Volk Ehre zu machen. Er war wahrlich unter einem Unglücksstern geboren!

1

Stück für Stück fraß sich die Schnecke durch die Pracht, und obwohl nur winzige Bissen in ihrem Maul verschwanden, würde am Ende des Tages die ganze Blütenstaude vernichtet sein. Andächtig bewunderte Max die Weinbergschnecke in ihrer perfekt geschwungenen Schönheit. Er meinte sogar, das genüssliche Schmatzen des Tieres zu hören. Die Worte seines Vaters über die Schnecke als natürlicher Feind des Gärtners kamen ihm in den Sinn, aber Max brachte es nicht übers Herz, sie zu hassen. Seiner Beobachtung nach vernichteten Schnecken vieles, was ohnehin verging, und manchmal kam es ihm vor, als verfiele alles um ihn herum – war nicht ihr ganzes Leben dem Tod geweiht? Max spürte, wie Tränen seinen Blick verschleierten, als die Erinnerung in ihm aufstieg.

In einer grazilen Bewegung wandte die Schnecke ihre Fühler, dann das Haupt. Max folgte ihrer Blickrichtung. Nein, nicht den Rittersporn! Das ging zu weit! Entschlossen ergriff er mit zwei Fingern das Gehäuse und warf das Tier über die Mauer, die den Buitenhoftuin, den Garten hinter dem Binnenhof, einfasste.

Erstaunt stellte er fest, dass die Dämmerung dem Tag gewichen war. Es passierte ihm oft, dass er über die Gartenarbeit alles um sich herum vergaß. Doch die Natur beruhigte ihn. Deshalb war er ja auch hierhergeschlichen, nachdem er schier endlos von seinem schmalen Lager aus in die Dunkelheit gestarrt und den Schlafgeräuschen der anderen gelauscht hatte. Zu viel war ihm durch den Kopf gegangen, zu viele Bilder hatten sein Herz zum Rasen gebracht.

Wolken, schwer wie nasse Schaffelle, waberten über dem Garten. Warum regnete es nicht endlich? Schon Winter und Frühjahr waren so trocken gewesen, dass viele Pflanzen verwelkt waren. Zu allen anderen Katastrophen gesellte sich also auch noch eine katastrophale Dürre. Anscheinend gab es in diesem Jahr kein Mittelmaß, auch in der Natur nicht. Groll überfiel ihn, als er an die Fluten der feindlichen Soldaten dachte, die ihr Land überschwemmten, die brandschatzten, plünderten, vergewaltigten und töteten. Die Erinnerung daran, wie sie das Leben auch seiner Familie zerstört hatten, fügte ihm Seelenqualen zu, die er nur schwer wieder abschütteln konnte. Bilder der letzten Wochen blitzten vor seinem inneren Auge auf: Seine Familie auf dem Hof in der Provinz Overijssel, ihrem Zuhause. Seine Aufgaben im Garten, das Studium von Traktaten, die Fürsorge für seltene Pflanzen. Dann der Angriff durch das Söldnerheer des Erzbischofs von Münster, dieses verfluchten Bomben-Bernds. Wie konnte ein derart gewalttätiger Mensch, der eine Vorliebe für verheerende Kanonen hatte und rücksichtslos das Leben anderer vernichtete, als Gottesmann gelten?

Schnell verbannte Max den Gedanken und dachte stattdessen an die verzweifelte Lage, in der sich die Republik der Sieben Vereinigten Provinzen befand. Heimtückisch hatten der französische König Ludwig, der vierzehnte dieses Namens, und der englische König Charles II. sich gegen sie verbündet; die katholischen Erzstifte Köln und Münster hatten sich ihnen angeschlossen. Hollands Einfluss, sein Reichtum und die weltumspannende Macht waren den Königen und Bischöfen genauso ein Dorn im Auge wie die religiöse Toleranz, die in der gesamten Republik herrschte. Daneben ging es um die Spanischen Niederlande, die König Ludwig an sich reißen wollte. Sie waren alles, was den Habsburgern nach dem Befreiungskampf geblieben war; der Landstrich trennte den freien protestantischen Norden vom katholischen Süden – und von Frankreich. Ein so machtgieriges Land wie Frankreich als Nachbarn zu haben wäre für die republikanischen Niederlande gefährlich. Schon jetzt war ein gewaltiges Heer über die Provinzen hergefallen. Es hieß, mehr als einhunderttausend ausgezeichnet ausgebildete französische Soldaten stürmten gegen die mickrige Armee der Niederlande; dazu kamen die Söldner der Verbündeten. Wenn es so weiterging, würde der Feind die Republik vollends überrennen, ausplündern und unterwerfen; eine grausame Vorstellung, zumal ihnen die englische Kriegsflotte gleichzeitig auf See das Leben schwermachte.

Mühsam schüttelte Max auch diese Grübelei ab. Er sollte sich ablenken, wenigstens für ein paar Minuten! Verstohlen sah er sich um. Niemand war zu sehen. Während er den Garten auf sich wirken ließ, spürte er, wie sein Geist sich beruhigte. Obgleich der Lustgarten auf dem Singel klein war, bewunderte er die Anlage. Er wusste, dass der berühmte Pieter Post die Rabatten entworfen und der ebenso bekannte Hofgärtner Jan van der Groen sie ausgestaltet hatte. Dabei waren die beiden nach den Regeln der Gartenkunst vorgegangen. Herausgekommen war alles andere als ein Allerweltsgarten. Das lang gezogene Rechteck mit den zehn von Buchsbaum umsäumten, hübsch bepflanzten und üppig blühenden Parterres lag hinter dem Binnenhof, dem politischen Zentrum der Niederlande. Mit Orangen, Zypressen, Zitronen und Granatäpfeln konnten die Besucher hier einige der exotischen Gewächse bewundern, die die niederländischen Handelskompanien aus dem Ausland mitbrachten. Linden beschatteten empfindliche Pflanzen. Es gab einen Pavillon sowie eine Grotte, die allerdings ein wenig vernachlässigt wirkten. Auch die Rabatten hatte lange niemand mehr gepflegt; offenbar war zu Kriegszeiten die Schönheit des hochherrschaftlichen Gartens unwichtig. Max konnte das nicht nachvollziehen. War ein Garten nicht ein Spiegel des Gartens Eden? War er nicht eine Welt in der Welt?

Er schüttelte den Kopf. Ich sollte lieber verschwinden, ehe es Ärger gibt, dachte er nervös.

Schnellen Schrittes trug Max den Grünabfall zwischen den wuchernden Hecken entlang. Löwenzahn und Hahnenfuß sprossen zwischen Tulpen, Hyazinthen und Narzissen, die Buchsbäume gerieten außer Form, der Springbrunnen war voller Algen. Es war erschreckend, wie schnell die Natur die Ordnung der Menschen vernichtete. Vielleicht konnte er bei Einbruch der Nacht zurückkommen. Als Erstes würde er das Beet mit dem Rittersporn entkrauten; eine Schnecke kam selten allein.

Max' Gesicht hellte sich auf. Niemand würde ihm seine Mühen entlohnen, aber immerhin musste er dann nicht in der kleinen Kammer ausharren, in der seine Mutter vor sich hindämmerte. Debora machten nicht nur ihre Verletzungen zu schaffen. Sie war seit dem Überfall und dem Tod des Vaters vielmehr in eine Art Starre gefallen, einen Zustand, wie er ihn noch nie bei ihr erlebt hatte. Wie sich eine Schnecke vor Feinden in ihr Haus verkroch, hatte sich Deboras Lebensgeist zurückgezogen. Floris, sein jüngerer Bruder, wich seither nicht von ihrer Seite, was gut war, denn in den prächtigen Straßen des Haag herrschten Gewalt und Panik.

Der Anblick einer weiteren verkümmerten Zierpflanze ließ Max innehalten. Welke Blätter, fleckige Knospen. Also so was! Er griff in die Erde, zerkrümelte sie zwischen den Fingern. Dann nahm er die Umgebung in Augenschein. Wer diese Lenzrose hier gepflanzt hatte, hatte keinen Gedanken an ihre Bedürfnisse verschwendet. An der Südseite, zwischen den Büschen, würde es der Pflanze besser gehen. Ohnehin hätte die Staude längst geteilt werden müssen. Kurzerhand grub er sie aus und setzte sie auf den Grünabfall. Eilig ging er weiter. Wenn ihn jemand so antraf, könnte er denken, er wollte die Rose stehlen.

Bei einer hoch aufgeschossenen Zypresse stieß er beinahe mit einem weißbärtigen Mann mit Lederschürze zusammen, der einen Blumenkübel mit Rosmarin vor sich hertrug. War in diesem Geviert doch noch ein Lustgärtner beschäftigt?

»Was treibst du hier, Bursche?« Der schroffe Ton ließ Max zusammenfahren. Der Gärtner ließ den Kübel beinahe fallen, so hastig stellte er ihn ab, und zog einen Pflanzstock aus seiner Schürze. »Ein Pflanzendieb, wie!« Schon hieb er auf Max ein, der nicht einmal die Hände frei hatte, um sich zu schützen. Scharf brannten die ersten Striemen auf seinem Handrücken.

»Haltet ein! Ich wollte nichts stehlen! Ich wollte helfen. Ich habe nichts …«, rief er und taumelte zurück.

»Das sieht nicht aus wie nichts! Wer hat dich angeheuert?« Drohend erhob der Gärtner den Stecken.

»Niemand. Ich habe einfach …« Max holte Luft, um sich zu beruhigen. Scham hatte seine Wangen gerötet. Wenn er mit Fremden reden musste, fiel es ihm oft schwer, Sätze fehlerfrei herauszubringen. Und in dieser Situation …

»Entschuldigt, Mijnheer. Mein Vater war Wobbe Tuinstra. Er war als Lustgärtner und Planteur tätig. Hat für den Oranierhof, verschiedene Regenten und früher auch mit Jan van der Groen gearbeitet«, sagte er schnell.

Der Gärtner zupfte an seinem Bart. »Der Name sagt mir etwas. Deine Herkunft gibt dir aber noch lange nicht das Recht, hier herumzufuhrwerken!«

»Ich bin … Ich *war* sein Lehrling. Vater ist leider«, Max musste schlucken, »gestorben.« Er mochte nicht erzählen, wie es dazu gekommen war.

Der Gärtner ließ seinen Blick auf Max ruhen, was dessen

Nervosität noch befeuerte. Immerhin steckte er den Pflanzstock wieder weg. »Was hast du mit der Rose vor? Das ist eine Christrose, die reißt man nicht einfach heraus!«

»Ich habe sie nicht herausgerissen! Außerdem ist das eine Lenzrose, der tut es gut, wenn sie geteilt wird.« Max spürte, wie seine Ohren glühten.

»Ein *betweter* bist du also auch noch!«

Max trat von einem Fuß auf den anderen. »Entschuldigt, Meester. Ich wollte nur … helfen. Die Blumenrabatte dort hinten habe ich … angefangen zu entkrauten. Und diese Rose …« Er zupfte an seinem Ohrläppchen. Der Gärtner verzog den Mund. Doch ehe er losschimpfen konnte, gelang es Max, seinen Satz zu beenden: »Ich will sie retten. Jede Pflanze braucht ein geeignetes Umfeld, um zu gedeihen, genau wie jeder Mensch.«

Sichtlich unwillig schwieg der Gärtner. Dann sagte er: »Ich habe sie nicht dort hingepflanzt. So was passiert, wenn man kein kundiges Personal beschäftigt! Und um alle Stauden zu teilen, fehlt mir die Zeit.« Er hob den Kübel wieder hoch, was ihm schwerzufallen schien.

»Bitte, lasst mich den Kübel ein Stück tragen«, sagte Max, als müsste er etwas wiedergutmachen.

Der Gärtner ruckelte mit den Händen, offensichtlich suchte er nach einem guten Griff. »Und was willst du dafür?«, fragte er argwöhnisch.

Max schüttelte den Kopf. »Nichts.«

Der Gärtner reichte ihm den Kübel. »Das ist gut. Es gibt für diese Arbeit nämlich keinen Lohn. Und es wird auch sehr lange keinen geben. Alles Geld fließt in den Krieg.« Er wies Max den Weg.

»Das sagte mein Vater auch. Er hat zuletzt Jan van der Groen beim Garten von Paleis Honselaarsdijk unterstützt.«

»An dessen letzter großer Stellung.«

»Genau. Mein Vater hatte sich auf die Anlage von Gärten nach den klassischen Prinzipien, auf fremdartige Pflanzen sowie auf Treibkästen spezialisiert.« Max kamen die Sätze nun, da es um die Gartenkunst ging, leichter über die Lippen. »Der Park wurde ja bereits unter Friedrich Heinrich, dem Großvater unseres Prinzen, angelegt. Prinz Wilhelm wollte ihn umgestalten.«

»Was du nicht sagst«, spottete der Gärtner. »Hast du nicht behauptet, dein Vater sei Planteur gewesen?«

»Mein Vater war vielseitig«, sagte Max kühl. Er wusste, dass Wobbes Konkurrenten behauptet hatten, er könne zwar vieles, aber nichts davon richtig. Max hielt ihre Kritik jedoch für blanken Neid. Er hatte von seinem Vater viele verschiedene Facetten der Gartenkunst gelernt.

Der Gärtner wies auf einen sonnigen Platz vor der verputzten Mauer. Max stellte den Kübel ab und zeigte auf ein halbschattiges Fleckchen unter Büschen. »Meint Ihr, ich könnte die Rose dort hinpflanzen? Dieser Platz würde ihr sicher gut gefallen.« Der Gärtner nickte stumm. »Prinz Wilhelm ist ein großer Freund der Gartenkunst, heißt es«, nahm Max den Gesprächsfaden wieder auf.

»Das ist wahr«, bestätigte der Gärtner und drehte den Kübel, bis der Rosmarin gut ausgerichtet war. »Ein Jammer, dass der Krieg all seine Mittel verschlingt. Das Oranierhaus ist ohnehin in Nöten. Die Verräter haben unser Land in den Ruin getrieben. Jetzt kann uns nur noch der Prinz retten! Niedermachen sollte man die Regenten, in Stücke reißen, vor allem diesen de Witt, diesen Verräter ...«

Der Gärtner redete sich derart in Rage, dass Max unwillkürlich einen Schritt zurücktrat. Sein Vater hatte viel für die Regenten, die reichen Politiker und Kaufleute gearbeitet. Von ihm hatte Max gelernt, dass nicht der Stand zählte, sondern die Fürsorge, die man seinem Besitz angedeihen ließ.

»Ich muss zu meiner Familie!«, sagte Max daher, sobald er die Lenzrose gegossen hatte, und ging grußlos davon. Er warf den Grünabfall auf einen Komposthaufen in der Nähe des Tores und lief weiter. Verflixt, jetzt hatte er nicht gefragt, ob er wiederkommen durfte!

Im Durchgang traf er zu seiner Überraschung auf Floris. »Da bist du ja endlich! Ich hab dich überall gesucht!«

Max sah ihn beunruhigt an. Floris war für seine elf Jahre zierlich und wirkte hilflos wie ein kleines Kind. Seine Wangen waren rot, die grünbraunen Augen unter dem dunkelblonden Schopf wirkten groß und viel zu ernst. »Was machst du hier? Du sollst doch nicht allein durch den Haag laufen!«

Floris' Lippen bebten. Würde er gleich weinen? Max beugte sich zu ihm hinunter und legte ihm die Hand auf die Schulter. »Sag schon – ist was mit Mutter?«

Floris blinzelte heftig. »Ich bin aufgewacht, und du warst fort! Mutter stöhnt und weint im Schlaf, aber wenn ich sie anfasse, reagiert sie nicht. Und dann hatte ich Hunger …« Wie immer, wenn Floris aufgeregt war, nagte er an seiner Unterlippe, wodurch seine großen Vorderzähne hasenartig wirkten. »Ich habe unter Mutters Pritsche geschaut, aber …«, er pumpte die Wangen auf, »aber der Korb war leer! Das Brot ist weg, kein Krümel mehr da! Jemand muss es gestohlen haben. Und Mutter … Sie reagiert einfach nicht.«

Max unterdrückte ein Seufzen. Dass seine Mutter unter dem Tod ihres Mannes und den Folgen der Gewalt litt, konnte er nachfühlen. Und doch war sie für Floris verantwortlich! »Du hättest trotzdem nicht allein losgehen dürfen. Das ist viel zu gefährlich, hörst du!«

»Hier sind keine Franzosen! Und auch sonst kein Feind!«

»Nein, aber die Leute hier können ebenfalls gefährlich sein, auch für einen Jungen wie dich.«

»Ich kann mich verteidigen!« Halbherzig ballte Floris die Finger zur Faust.

»Klar, weiß ich doch!« Max stupste mit seinen Knöcheln spielerisch dagegen. »Komm, lass uns nachsehen, was mit Mutter ist. Und dann kümmere ich mich um etwas zu essen.« Sein Magen krampfte; er hatte gar nicht gemerkt, dass er solchen Hunger hatte. Selbst wenn sie etwas hatten, was selten genug vorkam, brachte er kaum einen Bissen herunter, sondern teilte lieber mit seiner Mutter und seinem Bruder. Früher hatten sie diesen nagenden Hunger nicht gekannt. Sie hatten Vieh gehalten, und ihr Vater hatte genug verdient, sodass die Speisekammer immer gefüllt war.

Max seufzte. Nun musste er für ihren Lebensunterhalt sorgen, irgendwie. Er sollte sich eine Arbeit suchen. Doch mit seinen fünfzehn Jahren würde er auf die Schnelle kaum genügend Geld verdienen, um die Familie durchzubringen, zumal im Haag die Konkurrenz groß war. Aufs Land zurückzukehren, wagten sie aus Furcht vor dem Feind allerdings auch nicht. Wenn sie irgendwo sicher waren, dann hier. 's-Gravenhage würde als Regierungssitz der Republik bis zuletzt verteidigt werden, auch wenn es nicht einmal eine Stadtmauer gab. Ihr Gastgeber lag ihm seit Wochen in den Ohren, dass er sich freiwillig zur Armee melden sollte, um für die Republik zu kämpfen. Aber das wollte Max nicht. Er war kein Krieger, selbst als Kind hatte er Raufereien mit anderen Jungen vermieden.

Trauer drückte ihn nieder, als er daran dachte, wie sein Vater gleich nach seiner Ankunft in 's-Gravenhage seinen Verletzungen erlegen war. Nun hatten sie nichts mehr. Keinen Halt, kein Zuhause, keine Arbeit, kein Geld. Immerhin hatten sie bei einem befreundeten Gärtner in der Sint Jacobstraat unterschlüpfen können. Die Verhältnisse dort waren beengt, und jeden Tag wurden noch mehr Flüchtlinge einquartiert.

Die Geschwister passierten den Binnenhof, ein Gebäude-ensemble aus Backsteinen und crèmefarbenem Blendwerk. Max mochte 's-Gravenhage. Es gab viele Villen mit großen Gärten, in die er nur zu gern hineingespitzt hätte, und baumumsäumte Grachten. Beeindruckend war auch die Lange Voorhout, eine Allee mit vier Reihen Linden, in der die Reichen in Friedenszeiten flanierten oder mit ihren Kutschen spazieren fuhren. Jetzt allerdings mussten Max und Floris einen Bogen um die aufgebrachten Bauern und Bürger schlagen, die sich hier wie jeden Tag versammelt hatten, um zu protestieren. Flugblattverkäufer schrien ihnen die Schlagzeilen entgegen. Manche Schmähschriften fanden reißenden Absatz, vor allem diejenigen, in denen zum Sturz der Regierung aufgerufen wurde. Man behauptete, dass die Politiker bestochen seien und sie die Armee absichtlich geschwächt hätten. Dass die Regenten die Niederlande an feindliche Könige verkauft hätten.

»Der Hohe Rat will den Haag verlassen und nach Amsterdam fliehen! Diese Feiglinge bringen sich in Sicherheit – während sie uns opfern!«, rief ein Verkäufer und wedelte mit blauen Büchern und Handzetteln.

Eine hitzige Diskussion brach aus. Auch Max war beunruhigt. Wenn die Regierung 's-Gravenhage für verloren hielt, wären sie auch hier nicht mehr sicher. Aber wohin sollten sie stattdessen?

Sie liefen den Hofplaats entlang zur Sint Jacobstraat. Vor der Gärtnerei diskutierte ihr Gastgeber gerade lautstark mit einem Kaufmann. »Es ist mir egal, ob Euer Geschäft durch den Krieg zum Erliegen gekommen ist! Ich habe vor drei Monaten eine Fuhre Buchs geliefert, und ich will dafür bezahlt werden!«, schimpfte er.

Max ging stumm grüßend an ihnen vorbei.

»Halt, warte!«

Galt das ihm? Er verlangsamte den Schritt.

»Ja, genau, du!«

Max wandte sich um. Sein Gastgeber funkelte ihn an, während der Kaufmann die Gelegenheit nutzte und sich verzog. »Wenn deine Mutter so krank ist, dass sie das Bett nicht verlässt, müsst ihr ins Spital. Ich will nicht, dass Debora uns alle mit was auch immer ansteckt, und schon gar nicht, dass sie unter meinem Dach verreckt!«

Ehe Max ihn aufhalten konnte, schoss Floris vor. »Wie könnt Ihr das sagen! Mutter hat keine ansteckende Krankheit! Und sie wird auch nicht sterben!«

Max schob ihn beiseite. »Meine Mutter ist wegen des Angriffs und des grausamen Todes meines Vaters noch etwas leidend«, erklärte er schnell, bevor Floris den Mann vollends erzürnen könnte.

Der Gärtner verschränkte die Arme. »Dann soll sie schnell wieder auf die Beine kommen! Außerdem kannst auch du Geld verdienen, um für eure Unterkunft aufzukommen.«

»Habt Ihr in der Gärtnerei eine Beschäftigung für mich?«, fragte Max hoffnungsvoll.

Der Mann lachte höhnisch. »Glaubst du, ich lege mich aus Spaß mit meinen Kunden an? Ich habe Arbeiter genug – nur kann ich sie nicht bezahlen. Melde dich zum Schanzen oder noch besser zur Armee, und verteidige unser Land! Ein kräftiger Kerl wie du wird bestimmt mit Handkuss genommen!«

»Max, Floris – kommt sofort hierher!« Die Geschwister fuhren herum. Ihre Mutter lehnte am Türpfosten.

Ihr Anblick erfüllte Max mit Trauer. Blass war Debora und dünn, die Haare hatte sie notdürftig hochgesteckt, ihre Arme um ihre schlanke Taille gewunden. Sie wirkte verhärmt, kaum war noch zu erkennen, wie ansprechend sie trotz ihrer vierzig Jahre bis vor Kurzem ausgesehen hatte. Ihre blauen Flecke und die Würgemale verblassten nur langsam, die Verletzungen waren erst ein wenig verheilt. Natürlich hatte er versucht, seiner Mutter zu Hilfe zu kommen, aber ein Soldat hatte ihn niedergeschlagen. Man musste von Glück reden, dass es Floris gelungen war, sich zu verstecken; so hatte wenigstens er die Untaten nicht mitansehen müssen. Was danach gekommen war, war für seinen Bruder ohnehin schlimm genug.

Floris schlang die Arme um Debora. Auch Max trat zu ihr. Debora zog ihre Kinder an sich, klammerte sich an sie.

Ihr Gastgeber verschränkte die Arme vor der Brust. »Ich wiederhole mich nur ungern, Debora: Die Freundschaft zu deinem Mann, Gott habe ihn selig, in Ehren, aber ihr müsst für die Unterkunft zahlen. Ich brauche das Geld.« Nachdem er Max gegenüber Härte gezeigt hatte, war sein Ton nun mitfühlender.

»Wenn das so ist, wirst du es bekommen«, sagte Debora fest. Im nächsten Moment aber schienen ihre Knie nachzugeben. Mit Mühe hielt Max sie aufrecht. Aus der Nähe bemerkte er einen Blutstropfen an ihrem Hals. Er zupfte an ihrem Tuch, um ihn zu verdecken. Wortlos wandten sie sich ab.

Die Geschwister stützten Debora, bis sie ihre Kammer im Wirtschaftshaus erreicht hatten, die karg und eigentlich für Saisonarbeiter gedacht war. Schnell versorgte Max die Schnittwunde an Deboras Hals, die durch die Anstrengung aufgeplatzt war. Neben der Pritsche lagen die wenigen Dinge, die ihnen geblieben waren: Vaters Werkzeugtasche mit seiner Gartenschere und der Zange, den kleinen Schaufeln und Messern. Bücher über Gartengestaltung, die Max – anders als Vaters gärtnerisches Notizbuch – vor den Flammen hatte retten können. Ein Beutel mit Blumen- und Gemüsesamen. Geflickte Kleidung. Ein Abakus und ein Peitschenkreisel.

Max führte seine Mutter zu der schmalen Pritsche, auf die sie sich sogleich sinken ließ. Sie schlug die Hände vor das Gesicht und weinte.

Max wollte sie trösten. »Ich werde Geld beschaffen. Ich suche mir Arbeit. Zur Not melde ich mich zur Armee«, sagte er, obgleich diese Möglichkeit ihn erschauern ließ.

Debora wiegte den Kopf hin und her. So kraft- und mutlos hatte er sie noch nie erlebt. »Nur das nicht! Ich will dich nicht auch noch verlieren.« Sie knetete ihre Finger. Ihr Ehering blitzte auf; sie hatte ihn nur retten können, weil sie ihn bei dem Überfall geistesgegenwärtig im Rocksaum versteckt hatte. »Ich weiß doch auch nicht, was wir tun können …« Tränen rannen ihr über die Wangen. »Ich kann nicht fassen, dass mein Wobbe, euer Vater … dass wir … Unser Erspartes ist gestohlen, der Hof verloren, und er …«

Sie warf sich weinend auf das Bett. Floris schmiegte sich an sie, Max aber ergriff die Hand seiner Mutter. »Gibt es denn niemanden, der uns noch helfen kann?«

Debora schluchzte. »Wer soll … uns schon … helfen?«

»Es muss doch jemanden geben! Verwandte, Freunde? Jemanden, an den wir schreiben können. Vater hätte nicht gewollt …«, rief Max aus, verstummte dann aber. Endlich sah Debora ihn wieder an. Ihr Blick war weidwund. »Entschuldige, Mutter«, stammelte er. »Es sollte kein Vorwurf …«

Debora wischte sich die Tränen von den Wangen, dann stemmte sie sich hoch. »Du hast recht. Ich muss mich zusammenreißen, das bin ich eurem Vater schuldig.« Sie stieß die Luft aus. »Du musst deine Ausbildung fortsetzen, Max. Und du sollst in Frieden aufwachsen.« Sie strich Floris über den Rücken. Stille kehrte ein. Würde sie gleich wieder zusammenbrechen? Doch dann murmelte Debora, als spräche sie nur mit sich: »Das halbe Land ist in den Händen des Feindes. Wir haben Bekannte im niederrheinischen Kleve. Aber um die kurfürstlichen Gärten dort wird es kaum besser bestellt sein, als es hier der Fall ist. Außerdem sind wir dort nahe an den Schlachtfeldern. Da kommen wir vom Regen in die Traufe. Und meine Schwester …«

Max merkte auf. »Du hast eine Schwester? Wir haben … eine Tante?«

Deboras Gesicht verschloss sich schlagartig, als bereute sie, diese Schwester erwähnt zu haben. »Wir haben seit Jahren keinen Kontakt mehr.«

Max war fassungslos. Eine Gänsehaut überlief ihn. Manchmal war seine Mutter ihm ein Rätsel. »Trotzdem solltest du auch ihr schreiben, Mutter«, sagte er eindringlich.

»Das kann ich nicht!«

Er drückte Deboras Hand, aber sie reagierte nicht mehr. Irgendetwas musste er tun, um sie umzustimmen! »Was auch immer zwischen euch steht – ihr müsst es vergessen. Wenn du es selbst nicht kannst, sag mir, was ich wissen muss, dann schreibe ich die Briefe.«

Debora sah sich um, als erwachte sie aus einem Albtraum. »Wir müssen die Bücher verkaufen. Und Vaters Werkzeug. Aber dann kannst du nicht … Du musst doch lernen!«

»Das werde ich auch!« Max schmerzte der Gedanke, die letzten Besitztümer seines Vaters verkaufen zu müssen. Aber was blieb ihnen anderes übrig? »Ich habe die Traktate studiert. Und vielleicht akzeptiert unser Gastgeber das Werkzeug als Bezahlung. Vater hat es sich damals etwas kosten lassen.«

Debora nickte. »Verkaufe die Bücher, und beschaffe dann Papier und Schreibzeug.«

»Und etwas zu essen!«, rief Floris, der ungewohnt ruhig gelauscht hatte.

Ein erneutes Seufzen. »Ja, auch etwas Brot und Käse«, stimmte Debora matt zu. »Und wegen des Werkzeugs … Vielleicht warten wir damit noch ein wenig.«

»Meinen Peitschenkreisel und den Abakus kannst du auch

verkaufen. Ich brauche sie nicht mehr. Rechnen kann ich gut«, sagte Floris tapfer. Noch einmal trieb er den Kreisel geschickt mit der Spielzeugpeitsche an, dann reichte er beides Max.

Max musste schlucken. Er strich über die abgegriffene Ledermappe mit dem Werkzeug, blätterte dann in den Büchern. Es schmerzte ihn, sie wegzugeben, auch wenn er den Inhalt kannte. Vermutlich würden sie nicht viel dafür bekommen. Wer brauchte schon Gartenbücher, wenn jeder um sein Leben fürchtete? Wenn es täglich zig, ja, vielleicht Hunderte Flugschriften gab, die sich die Menschen gegenseitig aus der Hand rissen, um über die Lage der Nation informiert zu sein?

2

Der Fluss stank, der Pegel war wegen der andauernden Trockenheit niedrig. Paulus befahl der Eskadron seines Vaters, am Ufer des Nederrijn zu exerzieren. Über ihm flatterte in einer Brise die Cornette, die er als rangjüngster Offizier der Kavallerie hielt. Ungeduldig sah er sich um. Es dauerte viel zu lange, bis der Zug wieder Formation annahm! Immerhin standen sie im Vergleich zu dem Fußtrupp neben ihnen noch gut da. Wild stolperten die ehemaligen Bauern oder Handwerker durcheinander, schmutzig vom aufwirbelnden Staub. Manche waren so jung, dass sie noch nicht einmal Bartwuchs hatten. Eine Schande, dass die Republik der Sieben Vereinigten Provinzen, diese reichste aller Weltmächte, keine anständige Armee besaß!

Zwischen Paulus' Schulterblättern prickelte die Wut. Der schnelle Vormarsch der feindlichen Armee hatte alle Niederländer erschüttert. Die ersten Grenzstädte waren bereits gefallen, darunter Bollwerke wie Wesel. Sogar Städte wie seine Heimat Maastricht waren inzwischen bedroht. Sie mochte die imposanteste Festung der Republik sein, hatte aber eben auch eine Schlüsselstellung inne. Zwar hatte Leutnant-Admiral de Ruyter in der Seeschlacht in der Solebay die Gefahr einer Invasion vom Meer aus abgewendet. Dafür schickte sich der französische König Ludwig nun höchstselbst an, mit seinem Heer den Rhein zu überqueren, um die Republik zu erobern.

Dass sein Freund, Prinz Wilhelm, trotz seiner erst einundzwanzig Jahre zum Generalkapitän ernannt worden war, war das einzig Positive, was Paulus dem Kriegsausbruch abgewinnen konnte. In der Panik, die nach der Kriegserklärung ausgebrochen war, hatte das Volk einen Anführer gebraucht und sich des entmachteten Oraniers erinnert. Wilhelm hatte sofort alles in die Wege geleitet, um die Streitkräfte zu verstärken und Allianzen zu schmieden. Doch es dauerte, bis die Maßnahmen griffen.

Paulus beobachtete, wie ungeschickt einige der Soldaten mit ihrer Pistole umgingen, und winkte sie zu sich. »So müsst ihr das machen«, erklärte er und führte ihnen noch einmal das Radschloss mit seinem Mechanismus von Abzug, Metallklappe, Schwefelkies und Zündkraut vor. Obgleich es wetteranfälliger war und mehr Lunte verbrauchte, griffen manche immer noch lieber auf das altmodische Luntenschloss zurück.

Als er sah, dass sich sein Vater näherte, ließ Paulus die Eskadron Formation annehmen; dieses Mal eilten die Männer sich sichtlich. Auch er nahm Haltung an. Trotz seines Alters war Egbert van Houtkerke noch immer eine imposante Erscheinung: groß, mit dichtem Bart und stechenden Augen. Durch seine Kämpfe in den Kriegen mit Spanien und England hatte er einen legendären Ruf. Paulus respektierte seinen Vater, denn er wusste, dass die meisten der Legenden über den alten Haudegen wahr waren. Doch auch als Vater war Egbert unerbittlich, was Paulus und sein älterer Halbbruder Quentin oft genug hatten erleben müssen.

Er ritt seinem Vater entgegen und stellte fest, dass dieser doch nicht von allen gesundheitlichen Problemen verschont geblieben war. Manchmal deutete Paulus' Mutter an, dass es für Egbert an der Zeit sei, sich auf den Landsitz der Familie bei Maastricht zurückzuziehen und den Jungen den Krieg zu überlassen. Doch davon wollte dieser nichts wissen. Vielleicht, weil er sich dann mit unserer finanziellen Misere und Mutters Zustand auseinandersetzen müsste, schoss es Paulus durch den

Kopf. »Was habt Ihr erreichen können, Herr Vater? Bekommen wir noch Männer, um unsere Eskadron aufzustocken?«, fragte er.

Egbert van Houtkerkes vernarbtes Gesicht zuckte. »Es gibt keine. Die Feiglinge fliehen lieber, statt zu kämpfen. Deserteure zuhauf! Wie diese Pfeffersäcke in Amsterdam, die sich nicht schämen, ihr Hab und Gut außer Landes zu schaffen, statt die Republik zu retten! Wer noch übrig ist und sich bewirbt, ist geldgierig. Dabei sollten sie aus Patriotismus für ihr Land kämpfen!« Er schnaubte verächtlich. »Du musst zu Prinz Wilhelm. Er muss etwas für uns tun.«

»Prinz Wilhelm tut schon jetzt, was er –«

»Als Generalkapitän hält er die Hebel in der Hand«, wischte sein Vater den Einwand weg. »Er soll dafür sorgen, dass unsere Eskadron aufgestockt wird. Es ist bekannt, dass der Prinz eher auf seinesgleichen hört als auf seine altgedienten Generäle. Wozu hast du denn all die Jahre am Oranierhof verbracht! Eil dich gefälligst!«

Zorn trieb Paulus an, als er die Hauptstadt der Provinz Gelderland hinter sich ließ und gen te Dieren ritt, wo der Prinz die Nacht verbringen würde. Er hasste die Vorstellung, Wilhelm um etwas bitten zu müssen.

In den letzten Jahren war sein Verhältnis zu Wilhelm durch ein ständiges Auf und Ab geprägt gewesen. Nachdem Wilhelm mit dem Ewigen Edikt gedemütigt worden war, hatte Paulus ihm beistehen und ihn ablenken können. Zu dieser Zeit waren sie einander recht nah gewesen, doch vor eineinhalb Jahren hatte ihr Verhältnis während ihrer Reise nach England Risse bekommen. Prinz Wilhelm hatte versucht, bei seinem Onkel, dem englischen König, Schulden einzutreiben. Charles II. war ein säumiger Zahler und galt als Verschwender. Selbst die Mitgift von Wilhelms verstorbener Mutter, Charles' Schwester, war nie ausgezahlt worden. König Charles hatte Feste zu ihren Ehren gegeben und ihnen alle erdenklichen Vergnügungen geboten, und Paulus hatte die Zeit bei Hofe genossen. Viel zu spät hatte er bemerkt, wie abgestoßen Prinz Wilhelm von seinem Onkel war – und von Paulus' Poussieren mit Hofdamen und Schauspielerinnen einer Theatertruppe. So war statt ihm Bentinck in der Gunst des Prinzen weiter gestiegen und hatte wichtige Botendienste erledigen dürfen. Der Tiefpunkt war für Paulus erreicht, als Wilhelm Bentinck zu seinem Kammerherrn ernannte. Noch immer war ihm nicht klar, warum genau er den Kürzeren gezogen hatte, und Wilhelm schwieg sich aus, wie so oft. Um die Tätigkeit tat es Paulus nicht leid, er erwarb sich seine Glorie lieber im Kampf, aber der Posten war einer der höchsten bei Hofe und versprach gute Einkünfte und ein beträchtliches Renommee.

Erst seit Krieg herrschte, konnte Paulus wieder punkten. Er war ein ausgezeichneter Kämpfer, hatte die Schriften der Kriegsstrategen studiert, und er kannte durch die Erzählungen seines Vaters die Schlachten der jüngeren Vergangenheit, als wäre er selbst dabei gewesen.

Paulus zügelte seinen Hengst, weil er einen Kanal überqueren musste. Auf der Brücke und am Ufer wartete eine Menschenmenge auf die nächste Treckschute. Die Flüchtlingswelle hatte mittlerweile bedrohliche Ausmaße angenommen, und viele Reiche schafften ihr Geld ins Ausland. Glücklicherweise gab es in den Hafenstädten auch patriotische und oraniertreue Männer, die diese Feiglinge aufhielten. Ihm allerdings machten die Wartenden den Weg frei, denn Paulus hatte seinen Hengst mit einer wappengeschmückten Schabracke versehen lassen und war selbst in einen neuen Justaucorps mit kleinen Kugelknöpfen und Borten an den Seitenschlitzen gewandet.

Wenig später erreichte Paulus die Einhegung des Jagdschlosses. Kurz träumte er davon, dass sie sich auf einem Jagdausflug entspannen könnten, doch dafür war vermutlich keine Zeit. Seufzend wandte er sich zum Eingang.

Wilhelm stand mit seinen Beratern im großen Saal und freute sich sichtlich, Paulus zu sehen. Bentinck lächelte gemessen. Der Freund hatte sich gemacht, seit er Kammerherr war. Er trug einen Schoßrock aus teurem Stoff und schien auch sonst gut für sich zu sorgen, wie sein Bäuchlein bewies.

Knapp tauschten sie sich über die neuesten Entwicklungen aus. Als Paulus seinen Freund endlich auf die väterliche Eskadron ansprechen wollte, trat der altgediente Botschafter Hieronymus van Beverninck ein.

»Unsere Unterredung ist beendet, meine Herren.« Wilhelm wies seinen Beratern die Tür, signalisierte Bentinck und Paulus aber zu bleiben.

»Ihr bringt wichtige Neuigkeiten aus Zutphen, nehme ich an. Gibt es wieder Ärger mit Wirtz?«, wandte sich Prinz Wilhelm sodann an van Beverninck.

»Wenn es nur das wäre! Der Feind nähert sich von allen Seiten – und das in Windeseile«, berichtete der Botschafter. »Es wird gefürchtet, dass die Franzosen bei Tolhuis den Rhein überqueren könnten, wo der Pegel derzeit besonders niedrig ist.«

»Das wäre eine Katastrophe!« Wilhelm strich sich über die Stirn. »Die Verteidigung von Schloss Tolhuis und die Bewachung des dortigen Rheinabschnitts obliegen dem Vicomte de Montbas. Ich habe dem Feldmarschall bereits aufgetragen, ihm Verstärkung zu schicken.« Montbas war mit der Tochter von Pieter de Groot, dem niederländischen Botschafter in Frankreich, verheiratet und kämpfte deshalb für die Republik.

Van Beverninck sah sich nach einem Stuhl um, aber da der Prinz ihm nicht gestattet hatte, sich zu setzen, blieb er stehen. »Allerdings gibt es auch mit dem Zweiten Feldmarschall erneut

Ärger«, berichtete er. »Als unsere Truppen seiner Ansicht nach zu lange brauchten, um Formation anzunehmen, hat Wirtz nicht nur sie, sondern auch die verantwortlichen Offiziere scharf gerügt. Auch soll er Trompetern gedroht haben, sie zu hängen, wenn sie noch einmal unerlaubt einen Begrüßungssalut für Euch spielen.« Van Beverninck stand der Zorn über das Verhalten des betagten, aber erfahrenen deutschen Feldmarschalls ins Gesicht geschrieben.

Auch Wilhelms Züge verdüsterten sich. »Wenn ich erst meine Macht gemehrt habe, wird Wirtz sehen, dass er sich besser nicht mit mir anlegen sollte. Bis dahin sind wir leider auf seine Dienste angewiesen.«

Paulus bezweifelte, dass es je dazu kommen würde. Erst in der Stunde der höchsten Not hatten die Generalstaaten ihr Misstrauen dem Hause Oranien gegenüber überwunden und Prinz Wilhelm zum Generalkapitän gemacht. Johann Moritz, Fürst von Nassau-Siegen, war zum Ersten Feldmarschall ernannt worden, der deutsche Heerführer Wirtz zum zweiten. Zwei alte Männer, deren Zeit längst abgelaufen war. Während die anderen berieten, stürzte Paulus ein Glas verdünnten Weins herunter und aß einige Schnitten Melone, die stets bereitstanden, weil Wilhelm darauf ganz versessen war. Die Trockenheit spielte nicht nur dem Feind in die Hände, sondern setzte auch ihm zu; er fühlte sich wie ausgedörrt. Trotzdem war er entschlossen, sogleich wieder aufzubrechen.

Nachdem van Beverninck sich entschuldigt und zurückgezogen hatte, sagte er daher: »Ich werde bei meinem Vater darauf drängen, unsere Eskadron zu verlagern, wenn Ihr einverstanden seid, Hoheit. Wir müssen um jeden Preis verhindern, dass die Franzosen den Rhein überqueren. Der Wasserstand ist auch im Nederrijn sehr niedrig.«

Prinz Wilhelm nickte grimmig, doch Bentinck schien nicht

einverstanden zu sein. Sein Blick war zu den Plänen für die Umgestaltung der Gartenanlage des Jagdschlosses gewandert, die er mit Wilhelm entwickelt hatte. Ausgerechnet Wasserspiele im französischen Stil hatten es ihnen angetan, was Paulus ebenso überflüssig wie unpatriotisch fand. War es nicht schlimm genug, dass die feine niederländische Gesellschaft auf Französisch parlierte und den französischen Sitten nacheiferte?

»Ihr solltet Dieren verlassen, Hoheit, sosehr Ihr diesen Ort auch liebt«, sagte Bentinck schließlich. »Hierher ist es von Tolhuis nur ein kurzer Ritt. In Nu wäret Ihr in den Händen des Feindes. Das dürfen wir nicht riskieren.«

Wilhelm stützte die Hände auf die Hüften. Die augenbrauenschmalen Bärtchen, die er sich links und rechts über der Oberlippe hatte stehen lassen, bebten. »Ich werde Dieren nicht aufgeben, allein aus Respekt vor meinem Vater!«

»Dennoch könnte die Flucht nötig sein. Ich hörte, dass unsere Truppen sich darauf vorbereiten, sich zurückzuziehen, wenn die Franzosen einfallen«, sagte Paulus.

»Das ist noch nicht entschieden. Oder hat es jemand an mir vorbei befohlen? De Witt etwa?«, fragte Wilhelm scharf. Seit dem Ewigen Edikt hielt der Prinz seine Verachtung für den Ratspensionär kaum noch im Zaum.

In diesem Augenblick trat ein Diener ein. »Der Vicomte de Montbas ist eingetroffen, Hoheit. Er sagt, es sei dringlich.«

Paulus durchfuhr es heiß. Er sah, dass auch Wilhelm sich versteifte. Warum war der Vicomte nicht in Tolhuis und hielt dort den Feind auf? War der Rhein schon verloren? Dann gnade ihnen Gott! Die Franzosen würden das Land überrennen.

Schon betrat der Vicomte den Raum. Er war nach der neuesten französischen Mode gekleidet, aber seine Kleidung war verdreckt, und er wirkte derangiert. »Ihr habt Euren Posten verlassen, Vicomte?«, forschte Wilhelm sogleich nach.

Nervös nestelte Montbas am Heft seines Degens. »Die französische Armee steht unter dem Prinzen von Condé und dem Duc de Longueville auf der anderen Rheinseite. Es sind so viele Soldaten – und stündlich stoßen weitere Truppen hinzu. Der Wasserstand ist niedrig an dieser Stelle, Kanonen werden herangeschafft, und der Feind hat angefangen, aus Pontons eine Schwimmbrücke –«

»Warum habt Ihr Euren Posten und Eure Männer im Stich gelassen, Vicomte?« Wilhelms Ton war schneidend, sein Gesicht eine Maske. Bentinck und Paulus tauschten Blicke. Wilhelm verstand es zwar meisterhaft, seine Gefühle zu verbergen, aber wenn sein Zorn Oberhand gewann, wurde es gefährlich.

»Hoheit, ich habe unterschiedliche Anweisungen der Feldmarschälle und Eurer Hoheit erhalten und weiß nun angesichts der Übermacht nicht –«

»Und deshalb beweist Ihr Feigheit vor dem Feind? Wachen!«

Entsetzen schlich sich auf das Gesicht des Vicomte. »Hoheit, lasst mich doch erklären …«

Die Wachen stürmten herein. »Verhaftet den Vicomte!«, befahl Wilhelm. Etwas zögerlich packten sie zu. Der Prinz ließ sich von den Protestrufen des Franzosen jedoch nicht erweichen und beobachtete stattdessen, wie dieser aus dem Saal geführt wurde.

Erneut blieben die drei Freunde allein zurück. Wilhelm stieß einen Wutschrei aus und trat so heftig gegen einen Stuhl, dass dieser gegen den Beistelltisch prallte und die Zeichnungen der Blumenrabatten und des Wasserlabyrinths zu Boden segelten.

Bentinck hob sie auf. »Ihr müsst Euch in Sicherheit bringen, Hoheit! Ihr dürft nicht vergessen, dass das Volk auf Euch zählt.«

»Was mir wenig nützt! Solange ich meine angestammten Rechte nicht zurückhabe, bin ich ein Spielball in den Händen der Regenten!«, knurrte Wilhelm.

Impulsiv legte Paulus ihm die Hand auf den Unterarm, ruhig und schwer. Er wusste um seine Ausstrahlung, die mit einem angenehmen Äußeren zusammenkam; in seiner Nähe fühlten sich nicht nur Frauen geborgen. Tatsächlich schien Wilhelm ruhiger zu werden, doch dann flackerte sein Blick von ihm zu Bentinck, woraufhin Paulus seine Hand zurückzog. Was war in ihn gefahren – er sollte sich keine Vertraulichkeiten erlauben! Beschwörend sagte er: »Ich muss Bentinck zustimmen. Zieht Euch zurück, und plant für den Notfall. Falls wir die Franzosen nicht an IJssel und Rhein aufhalten können, müssen wir es woanders tun.«

»Was bleibt uns denn noch?«, fragte Wilhelm erregt. »Höchstens die –«

»Wasserlinie, genau. Nur dass wir zur Not dieses Mal ganz Holland in eine Insel verwandeln müssen.« Die Maßnahme war schon länger erwogen worden, aber noch nie so radikal, wie Paulus es gerade ausgesprochen hatte. Stille hing zwischen ihnen wie ein Leichentuch.

»Das können wir nicht machen!«, rief Bentinck schließlich. »Wir würden an dem Ast sägen, auf dem wir sitzen!«

Paulus ärgerte der Einspruch. »So wie deine Familie an unserem Ast sägt, indem sie in Overijssel mit dem Feind gemeinsame Sache macht?«

»Dir ist bekannt, dass wir einen Familienzweig haben, der dem Katholizismus zuneigt. Meine Verwandten haben sich der Armee des Münsteraner Fürstbischofs ergeben. Was hätten sie tun sollen?« Bentinck machte eine wegwerfende Geste. Sein rötliches Gesicht war fleckig. »Eine Hungersnot droht, wenn wir Äcker und Weiden fluten. Außerdem würden die Bauern rebellieren – die laufen jetzt schon gegen die Regierung Sturm!«

Ein schmales Lächeln schlich sich auf Wilhelms Gesicht, das Paulus schaudern ließ. »Das kann auch unser Vorteil sein.«

Paulus wusste, dass sein Freund recht hatte. Wenn Wilhelm seine angestammten Rechte gänzlich zurückerlangen wollte, mussten die Regenten Macht verlieren. Dennoch könnte genau das auch einen Bürgerkrieg auslösen. »So weit muss es nicht kommen. Wir werden den Rhein halten«, sagte er. »Ich werde losreiten und mit meinem Vater und allen Soldaten, derer wir habhaft werden können, Tolhuis zu Hilfe eilen. Aber vorher müssen wir unsere Eskadron aufstocken.«

Wilhelm nickte zustimmend und straffte sich, sodass sein Lederkorsett knirschte. Er wandte sich an Bentinck. »Schicke van Beverninck wieder los. Auch Wirtz soll sich mit seinen Truppen auf den Weg machen – und zwar sofort! Der Rhein muss um jeden Preis verteidigt werden!«

Paulus ritt wie der Teufel. In Windeseile ließen er und sein Vater die Eskadron aufmarschieren und verstärken und brachen auf. Und doch kamen sie zu spät. Schon aus der Ferne sahen sie den über Tolhuis aufsteigenden Rauch, sahen das schäumende Wasser, sahen Hunderte, ja, vermutlich Tausende Reiter, die durch einen seichten Abschnitt des Rheins preschten, während in der Nähe bereits die ersten Häuser brannten. Schmerzerfüllte Schreie mischten sich in Kampfrufe, in das Donnern der Kanonen, der Musketenschüsse, der Hufe.

Auch Tolhuis stand unter Beschuss. Obgleich die Lage verzweifelt schien, gab Paulus seinen Mannen das Zeichen zum Angriff. Sie durften nicht aufgeben, durften den Franzosen nicht das Feld überlassen! Den Befehl seines Vaters, sich zurückzuziehen, ignorierte er.

3

Der Anblick war unerträglich. Das grüne Herz der Niederlande schlug kaum mehr, das Land rang mit dem Tod. Paulus schmerzte es, die fruchtbaren Weiden überflutet zu sehen, die Dörfer geplündert und abgebrannt. Stundenlang war er auf Dämmen geritten, hatte auf die spiegelnde Fläche gestarrt, die seine Heimat überspülte. Die Wasserlinie war die grausamste Waffe, die sie hatten anwenden können, denn sie richtete sich auch gegen sie selbst. Viele Schleusen wurden geöffnet, viele Deiche durchstochen, um eine Grenze aus Wasser zu schaffen. Von der Zuiderzee bei Amsterdam bis Gorinchem im Süden sollte das Land in einem breiten Streifen überflutet, Holland damit tatsächlich zu einer Insel werden. Auch er hatte darauf gedrängt – und doch haderte er mit dieser Entscheidung.

Nachdem die französischen Truppen den Rhein bei Tolhuis überwunden hatten, waren sie wie eine Urgewalt über das Land hereingebrochen, hatten es verwüstet, hatten gefoltert, gemordet und vergewaltigt. Die Niederländer hatten die IJssellinie und die Rheingrenze opfern müssen. Stadt um Stadt hatte vor dem Feind kapituliert. Prinz Wilhelm war mit seinen Truppen nach Utrecht gezogen, aber die zerstrittene Stadtregierung hatte die Tore gesperrt und sich geweigert, die Vorstädte abzureißen, um eine effektive Verteidigung möglich zu machen. Also hatte ihre Armee sich hinter die Wasserlinie zurückziehen müssen, und Utrecht war von den Franzosen erobert worden. Triumphierend war König Ludwig in die Stadt eingezogen – und hatte sogleich eine katholische Messe lesen lassen, was nicht nur Prinz Wilhelm erbitterte. Auch Paulus' Heimatstadt Maastricht fürchtete nach wie vor den Angriff. Die Franzosen würden schon bald bis zur Wasserlinie vorgerückt sein, das war abzusehen. Und Aussicht auf Frieden gab es nicht: Die Generalstaaten hatten nach dem Vormarsch zwar Verhandlungen mit dem französischen König aufgenommen, aber Ludwigs Forderungen waren unverschämt.

Endlich hatte Paulus die Stellung zwischen Bodegraven und Nieuwerbrug erreicht. Die Gegend am Oude Rijn war bereits seit Römerzeiten besiedelt und ein wichtiger Handelsknotenpunkt an der Grenze von Holland und Utrecht, weshalb sie eine große strategische Bedeutung hatte.

Paulus fand seinen Vater bei seiner Eskadron. Egbert van Houtkerke hatte die verbliebenen Soldaten in zwei Reihen aufstellen lassen. Ein Soldat taumelte mit blutigem Rücken durch das Spalier seiner Kameraden, die mit Ruten auf ihn einschlugen. Ein Adjutant feuerte die Männer an, und auch Egbert war hochrot, was nicht an sommerlichen Temperaturen lag, denn es regnete seit Tagen.

»Da bist du ja endlich! Wo hast du dich so lange herumgetrieben? Warst du etwa bei den Huren? Oder willst du es gar wie dein Halbbruder machen, dieser Feigling?«, blaffte sein Vater ihn an.

In Momenten wie diesen merkt man, dass Vater die verfeinerte Lebensart moderner Adeliger fehlt, dachte Paulus erzürnt. Von Galanterie keine Spur, dafür der raue Ton des Heereslebens. Zugegeben, Vaters Leben war immer der Krieg gewesen – davon hatte es in den vergangenen Jahrzehnten überreichlich gegeben. Gleichzeitig ahnte Paulus, dass sich der Ärger seines Vaters nur ein Ventil suchte. Dass Quentin sich weigerte, in den Krieg zu ziehen, und stattdessen Geschäfte machte, war ein Dorn in Egberts Adelsstolz.

»Was denkt Ihr denn von mir? Ich habe lediglich Eure Befehle ausgeführt!«, verteidigte Paulus sich. »Ich habe zudem einen Boten getroffen, der direkt aus Maastricht kam. Die Lage dort ist brenzlig. Auch der Weg war nicht gerade ungefährlich.«

»Du hast mein Mitgefühl«, ätzte sein Vater. »Berichte lieber, statt zu jammern.«

Paulus sammelte sich. »So wie die französischen Truppen derzeit vorrücken, sind unsere Besitzungen sicher. Aber wehe, wenn der Feind die Richtung wechselt und erneut gegen Maastricht zieht.«

»Umso schlimmer, dass deine Frau Mutter verweigert, sich hinter die schützenden Mauern der Stadt zu flüchten.«

Paulus zog unwillkürlich die Schultern hoch. Anscheinend verließ seine Mutter inzwischen nicht einmal mehr ihre Gemächer. Wenn sie nicht freiwillig geht, schaffe ich sie eigenhändig in die Stadt, dachte er grimmig. Er wies auf den kleinen Trupp. »Was ist passiert? Wo sind die restlichen Männer?«

»Das ist alles, was von unserer Eskadron übrig ist. Die Furcht vor dem Feind ist größer als die Vaterlandsliebe.« Sein Vater spie aus. »Diesen Deserteur hier konnten wir wieder einfangen. Gut, dass wir Koen haben.« Er wies auf seinen Adjutanten. Koen war in Paulus' Augen ein Emporkömmling und absolut skrupellos, aber sein Vater hielt große Stücke auf ihn.

Ein Tumult lenkte sie ab. In einiger Entfernung machten Bauern sich an der Deichkante zu schaffen, offenbar um die Löcher im Deich wieder zu schließen. Einige Soldaten hatten sie bemerkt und wollten sie davon abhalten, eine Auseinandersetzung, wie Paulus sie auf seinem Ritt schon allzu oft beobachtet hatte. Als machte ihnen der Feind das Leben nicht schon schwer genug, mussten sie sich auch mit den eigenen Leuten auseinandersetzen. Die Landbevölkerung rebellierte gegen die absichtlichen Überflutungen, Städte wie Utrecht verweigerten dem heimischen Heer den Zutritt. Die gesamten Niederlande schienen ein Pulverfass zu sein.

»Mach dich nützlich!«, befahl sein Vater kurz und wandte sich seinem Adjutanten zu. Nicht zum ersten Mal empfand Paulus ein vages Gefühl der Eifersucht. Warum hielt sein Vater so große Stücke auf diesen Kerl?

Da er bei seinem Vater nichts würde ausrichten können, konzentrierte Paulus seine Wut auf die Saboteure. Inzwischen waren Bauern und Soldaten in Handgreiflichkeiten verstrickt. Ein Feldarbeiter redete vom Rand aus einem der Soldaten ins Gewissen: »Lasst euch nicht zu Handlangern machen! Die Politiker haben uns verraten – und euch auch! Ihr seid doch diejenigen, die ihr Leben auf dem Schlachtfeld lassen!«

Der Soldat schien dem wortgewandten Bauern nicht gewachsen zu sein; vielleicht sympathisierte er auch mit ihm.

Entschieden trat Paulus zwischen sie. »Verschwindet, und lasst den Deich in Ruhe – sonst setzt es was!«

Seine Worte schienen den Unmut der Bauern erst recht zu entfachen. »Eine Schande ist es, dass ihr vor den Regenten katzbuckelt! Politiker wie die de Witts haben unser Volk verraten! Wenn der Prinz vollends das Sagen hätte –«

»Prinz Wilhelm steht im Dienst der Generalstaaten. Er verteidigt unser Land!«, warf Paulus ein.

»Dann verteidigt auch Ihr es, und zerstört es nicht! Wir müssen unsere Äcker retten! Unser Vieh muss fressen!« Von Neuem begannen die Bauern, an dem Deich herumzufuhrwerken.

»Haltet sie auf, und nehmt sie in Gewahrsam, aber sofort!«, befahl Paulus.

»Wir Bauern werden von denen unterdrückt, die uns schützen sollen! Eine Schande ist das!«, schrie der Aufrührer, als er weggeschafft wurde, dann spie er Egbert im Vorbeigehen vor die Füße. Wut kochte in Paulus hoch. Einen Herrn seines Standes hätte er dafür zum Duell gefordert. Stattdessen packte er den Kerl und schlug zu, bis dieser zu Boden ging. Dann funkelte er die anderen Bauern an. »Noch jemand, der unsere Ehre verletzen oder sich den offiziellen Anweisungen widersetzen möchte?«

Eingeschüchtert ließen die Bauern sich abführen. Sein Vater war unterdessen bereits mit Koen zu seiner Eskadron zurückgekehrt.

»*Vivat Oranje!*« An den begeisterten Rufen der Leute erkannte Paulus, dass Prinz Wilhelm sich näherte. Es schüttete gerade wieder, sodass Regentropfen in Rinnsalen von seinem Hut in seinen Nacken liefen. Nach der langen Dürre hatte der Himmel nicht nur seine Schleusen weit geöffnet, sondern ihnen zudem Stürme geschickt. Die Geistlichen priesen den Wetterumschwung als Zeichen der Gnade Gottes, weil die Flüsse dem Feind den Vormarsch erschwerten und die Winde einen Angriff vom Meer aus verhinderten.

Die Soldaten ließen ihre Waffen sinken oder stießen ihre Spaten in die Erde, um dem Prinzen zu salutieren, Kinder liefen neben ihm und seiner Leibgarde her. Wie sie vereinbart hatten, stieg Paulus auf sein Pferd und schloss sich Wilhelm an. Für den Abend war ein Kriegsrat geplant. Der Prinz wirkte hager, aber von einer entschlossenen Härte; der Krieg schien ihm gutzutun. Mit knappen Worten berichtete Paulus von den jüngsten Ereignissen. Sein Freund war jedoch durch die Begrüßung der Menschen abgelenkt. Besonders die Bewunderung der Kinder schien Wilhelm zu genießen. Er konnte es ihm kaum verdenken: Zu lange war Wilhelm jegliche Anerkennung verwehrt worden.

»Wenn ich groß bin, möchte ich für Euch in den Krieg ziehen, Hoheit!«, rief ein Junge mit blondem Strubbelkopf, den

Paulus als Sohn des Pferdezüchters Postma erkannte, bei dem der Prinz Quartier genommen hatte.

»Wenn du groß bist, werden wir hoffentlich längst Frieden haben«, gab Wilhelm wortkarg zurück.

»Hör auf, unsere Hoheit zu belästigen, und verzieh dich!«, schimpfte ein Leibgardist den Jungen aus. Dieser ließ sich nicht beirren. »Auch im Frieden möchte ich in Euren Diensten stehen. Ihr seid mein Vorbild!«

Der Eifer des Jungen schien Wilhelm nun doch zu rühren. »Wie ist dein Name, Junge?«, fragte er beim Absitzen, obgleich Offiziere, Berater und Boten ihn vor dem Gestüt erwarteten.

»Menno, Hoheit.«

»Du solltest danach streben, Gott zu gefallen, und deinem Volk dienen, das ist ein besseres Ziel, Menno. Wir können gottesfürchtige, treue und mutige Männer brauchen.«

»So einer will ich werden, Hoheit! So einer wie Ihr! Lang lebe der Prinz! *Vivat Oranje!*«, rief Menno ihm nach.

Wilhelms Großmutter, Prinzessin Amalia, hätte dem Kind sicher noch über den Kopf gestrichen, dachte Paulus; eine derartige Volksnähe entsprach aber nicht Wilhelms Charakter.

In der Diele des Gestüts, die Wilhelm zur Kommandozentrale hatte umfunktionieren lassen, kamen sie zu einer Beratung zusammen. An einer großen Tafel nahmen sie Platz. Während die anderen einem Imbiss zusprachen, erteilte Wilhelm einem Eilboten das Wort.

»Die Aufstände halten an«, berichtete der Bote. »In vielen Städten ist das Volk so aufgebracht, dass die Regenten nach der Pfeife des Pöbels tanzen müssen. Bewaffnete Bauern treiben in Holland, Gouda und Delft ihr Unwesen. Sie wollen erzwingen, dass die Wasserlinie aufgegeben wird, damit sie ihre Felder wieder bewirtschaften können. Die Weiber aus den Vorstädten haben in Amsterdam die Bürgermeister angeschrien und bedroht.

Auch sie fordern Eure Wiedereinsetzung als Statthalter, Hoheit. In Rotterdam ist man der Ansicht, dass auch andere Städte Euch wieder zum Statthalter machen sollten, weil die Republik sonst der brisanten Lage niemals Herr wird.« Die treuen Rotterdamer waren bei seiner Wiedereinsetzung vorgeprescht, was Wilhelm ihnen, wie Paulus wusste, hoch anrechnete.

»Das ist Eure Chance. Greift nach der Macht. Jetzt, Hoheit!«, meldete sich Paulus' Vater zu Wort.

Wilhelm sah Egbert van Houtkerke ruhig an. »Das widerspräche dem Ewigen Edikt. Außerdem habe ich einen Eid geschworen, dem Volk und den Generalständen zu dienen. Ich halte mich an meine Ehre und mein Gewissen.«

»Dann muss das Ewige Edikt eben aufgehoben, und Ihr müsst Eures Eides entbunden werden!«, rief van Houtkerke.

Nervös drehte Paulus seinen Siegelring, der das Wappen der Familie zeigte. Schweigen. Paulus hatte nichts anderes erwartet. Wilhelm wusste aus leidvoller Erfahrung, dass es für ihn am sichersten war, keine Reaktion zu zeigen. Nur so konnte ihm nichts nachgesagt werden, und er hielt sich gleichzeitig alle Optionen offen.

»Darf ich fragen, wie Eure Hoheit auf die Offerte des französischen Königs zu reagieren gedenkt?«, fragte Kommandant Pain-et-Vin und zwirbelte seinen Schnurrbart.

Wilhelms Kiefermuskeln spielten. Pain-et-Vin war ein kundiger Anführer, sein Name schien allerdings Programm zu sein, denn er neigte bekanntermaßen zu Ausschweifungen, was Wilhelm abstieß.

Paulus' Gedanken wanderten zu den Forderungen König Ludwigs, die ihr Unterhändler übermittelt hatte. Sie waren in der Tat happig. Die französische Krone forderte alle Gebiete außerhalb der sieben stimmberechtigten Provinzen, einen großen Teil von Gelderland, Delfzijl in Groningen und Grave in

Nordbrabant, das Wilhelm selbst gehörte, und dazu noch eine Kriegsentschädigung von zwanzig Millionen Livres, Reisefreiheit für Franzosen, die Aufhebung von Handelsbeschränkungen gegenüber Frankreich, freie Gottesdienstausübung und politische Rechte für Katholiken. Außerdem sollten die Niederländer alljährlich eine Gesandtschaft nach Paris schicken und eine Gedenkmedaille prägen – beides, um dem König für seine Großmut zu danken. Das alles war natürlich undenkbar! Hinzu kam, dass die Ansprüche der Verbündeten Frankreichs gesondert verhandelt werden sollten. Prinz Wilhelm hatte sich daher nicht ernsthaft mit den Forderungen beschäftigt. Abgesehen von ihrer Maßlosigkeit traute Wilhelm auch dem Unterhändler de Groot nicht über den Weg, da dieser ein Gefolgsmann von Johan de Witt war.

Die anderen sahen den Prinzen gespannt an. Hatte Wilhelm zu lange gezögert? Gerade als er den Mund öffnete, ergriff Pain-et-Vin erneut das Wort. »Die Franzosen scheinen überzeugt zu sein, dass wir kapitulieren. Wenn wir auf König Ludwigs Forderungen eingingen, heißt es, würden wir uns geschlagen geben.«

Wilhelm ärgerte sich über Pain-et-Vins vorlautes Auftreten, das erkannte Paulus. »Und das tun wir nicht! Die Republik ist noch nicht verloren. Wir werden kämpfen bis zuletzt!«, verkündete er.

»Eure Entschlossenheit macht den Menschen Mut, Hoheit«, mischte Paulus sich ein und wandte sich an Pain-et-Vin. »Allerdings habe ich gesehen, dass die Arbeiten an der neuen Schanze gegenüber von Nieuwerbrug nur langsam vorangehen. Dafür seid doch Ihr zuständig, Kommandant?«

Pain-et-Vin runzelte die Stirn. »Das ist nicht unsere Schuld, Hoheit«, richtete er das Wort an den Prinzen. »Wir warten auf eine Holzlieferung für die Palisaden. Sobald diese fertiggestellt sind, können wir weitere Kanonen platzieren.«

Prinz Wilhelm knetete sein Kinn. »Die Zeit drängt. Ich muss Euch nicht sagen, welche strategische Bedeutung die Schanzen und der Schutz der Schleuse von Bodegraven für uns haben.«

»Mit der gegenüberliegenden Schanze von Nieuwerbrug wird die Schleuse doppelt gesichert und uneinnehmbar sein, Hoheit«, versicherte Pain-et-Vin.

Sie wandten sich anderen drängenden Themen zu. Die Truppen des Kaisers und des Kurfürsten von Brandenburg kamen den Niederlanden endlich zu Hilfe. Vor allem das Zögern des Letzteren war unverständlich, war Kurfürst Friedrich Wilhelm doch Prinz Wilhelms Vormund gewesen. »Der Vormarsch verläuft zu langsam! Wir müssen schnellstmöglich auf mehreren Seiten angreifen, um Ludwigs Armeen zu zerstreuen!«, rief Paulus in die Runde.

Nach dem Ende der Beratungen bat Egbert van Houtkerke Prinz Wilhelm um ein Wort. Paulus trat unauffällig näher, um zu hören, was sein Vater von dem Prinzen wollte.

Sein Vater kam sofort zur Sache. »Eure Treue in Ehren, Hoheit, aber Ihr solltet aufpassen, dass Ihr nicht zu den Falschen haltet. Das Volk liebt Euch. Nutzt die Gelegenheit und lasst die Regierung stürzen, wechselt dann die Bürgermeister und Regenten in den rebellischen Städten aus. So kommt das Haus Oranien wieder zu seinem Recht, und Ihr könnt endlich vollends zum Wohle des Volkes regieren.«

»Ihr kennt meine Haltung dazu«, sagte Wilhelm kühl.

Egbert räusperte sich und neigte das Haupt, was Paulus beschämte. Waren sie nicht von ebenso altem Adel wie das Haus Oranien? Ihr Herrenhaus war voll von Zeugnissen ihrer langen Geschichte, von Wappenschilden und Medaillen, Siegelringen und Stammtafeln. »Gibt es etwas Neues wegen meines Anliegens?«, fragte Egbert schließlich mit gedämpfter Stimme.

»Noch nicht. Die Aufstockung der Armee ist ein Problem,

das nicht nur Euch betrifft«, sagte Wilhelm. Ungeduld sprach aus seinem Tonfall.

»Natürlich, Hoheit.« Egbert van Houtkerke neigte erneut das Haupt, warf aber Paulus mit einem Blick einen stummen Befehl zu; er solle den Prinzen endlich zu einer dauerhaften Unterstützung bewegen.

Paulus hätte sich zu gern noch mit Prinz Wilhelm und Bentinck zusammengesetzt, wurde aber ebenfalls hinausgeschickt; die beiden schienen etwas zu besprechen zu haben. Paulus ahnte jedoch den wahren Beweggrund. Er verfluchte im Stillen seinen Vater, weil er den Prinzen derart bedrängt hatte, dass dieser ihn dafür strafte.

Als Paulus die Kommandozentrale verließ, feudelte eine Magd in der Diele gerade die Schuhabdrücke auf; ein hoffnungsloses Unterfangen bei dem regen Kommen und Gehen.

»Bring dem Herrn seinen Umhang«, wies Mevrouw Postma, die Frau des Pferdezüchters, die trotz der späten Stunde in der Diele aufgetaucht war, ihre Magd an und wandte sich zu Paulus. »Draußen ist noch immer ein Hundewetter. *Alles druipt van de regen.*«

Paulus hatte sich schon öfter mit ihr unterhalten. Für ihn waren die Postmas eine typisch holländische Familie, ganz so, als seien sie einem Gemälde entstiegen: allesamt blond und rotwangig, die Hausfrau und ihre Mädchen in weiße Schürzen, Schultertücher und Spitzenhäubchen gehüllt.

»Schimpft nicht auf den Regen, Mevrouw«, sagte er, während er sich den Umhang überwarf. »Wir können ihn dringend brauchen. Er sorgt dafür, dass die Flüsse anwachsen und die Wasserlinie schön hoch bleibt.«

»Es machen so viele Gerüchte die Runde. Manche sagen, dass die Franzosen die Wasserlinie mit Leichtigkeit überqueren können. Dass sie auch hier rauben und morden werden. Wenn ich an meine Kleinen denke …« Mevrouw Postmas Stimme brach. »Glaubt Ihr, dass wir hier sicher sind?«

»Solange der Prinz hier sein Hauptquartier hat, gibt es daran keinen Zweifel.«

»Und danach?«

»Danach ist der Krieg hoffentlich vorbei«, sagte Paulus. Er hatte so überzeugend gesprochen, dass sie beruhigt schien. In seinem Inneren hatte er aber seine Zweifel.

4

Der Regen prasselte auf Max nieder, lief ihm in den Nacken und in die Schuhe, was keine Rolle spielte, da er ohnehin klitschnass war. Tief hieb er den Spaten in die schwere Erde. Er half, vor 's-Gravenhage die Deiche und Schanzen auszubessern. Auch in den drei Wochen, seit sie ihre Besitztümer verkauft hatten, hatte er keine Anstellung als Gärtnerlehrling oder Gartenhelfer finden können. Die Gartenbücher, der Abakus und der Peitschenkreisel hatten nur wenig eingebracht, sodass er auch das Werkzeug seines Vaters zu Geld hatte machen müssen. Nur Vaters Pflanzensamen hatte er für sich behalten. Immerhin duldete der alte Gärtner ihn im Buitenhoftuin, was ihm ein Trost war.

Max richtete sich auf, blickte zu den Dünen. Sein Rücken fühlte sich an, als würde er durchbrechen. Er spreizte die Finger, pulte Hautfetzen von den blutigen Blasen. In der Ferne meinte er das Donnern der Kanonen zu hören. Sorge senkte sich auf seine Schultern.

In den letzten Wochen waren die französischen Truppen und die feindlichen Söldner in einem gewaltigen Tempo vorgerückt. Bollwerk um Bollwerk war gefallen. Beinahe täglich machte die Schreckensnachricht die Runde, der Feind habe die Wasserlinie überwunden, da diese wegen des Widerstands des Landvolks noch immer nicht geschlossen war. Vor der Küste trieb die englische Flotte ihr Unwesen. Bald sei es so weit und Frankreich und England würden die Niederlande vollständig unterjochen, hieß es.

Und was machte ihre Regierung, was machten die Regenten? Stritten sich wie die Rohrspatzen! Auch das Volk war in seiner Panik zerstritten. Das Leben im Haag war noch gefährlicher, seit Ratspensionär Johan de Witt auf offener Straße angegriffen und schwer verletzt worden war. Einen der Attentäter hatte man ergreifen und verurteilen können, aber die Hinrichtung und die darauffolgende Flut von Flugschriften hatten ihn zu einem Helden gemacht, der nur hatte verhindern wollen, dass de Witt und seine Verbündeten die Republik an Frankreich verkauften.

Max wusste nicht, was er von diesen Behauptungen halten sollte. Sein Vater hatte immer gesagt, bei allen Verdiensten des Hauses Oranien seien die Niederlande doch eine Republik. Von Johan de Witt hatte er stets nur voller Hochachtung gesprochen. Das Einzige, was für Max feststand, war, dass die Bedrohung echt war. Die Städte platzten vor Flüchtlingen aus allen Nähten. Hunger und Krankheiten grassierten. Wenn er an Herbst und Winter dachte, grauste es ihn. Dann würde sich die Lage noch deutlich verschlechtern, da die Ernte weitgehend ausgefallen war und die Getreidelieferungen aus dem Baltikum stockten. Hoffnung, nach Hause zurückzukönnen, gab es auch für seine Familie nicht. Ihr Zuhause war zerstört, und die Truppen des Kölner Erzbischofs hatten sich in der Region verschanzt. Debora hatte bei früheren Kollegen ihres Mannes vorgesprochen, die in der Nähe lebten, aber niemand konnte ihnen helfen. Alle waren selbst in Not.

Debora wirkte ausgehöhlt, musste aber für sie ums Überleben kämpfen. Floris war so mager, dass man seine Rippen zählen konnte. Unzählige Briefe hatte Max geschrieben, ohne Erfolg. Zum Glück duldete ihr Gastgeber sie noch auf seinem Hof. Aber wie lange würde ihr Geld reichen? Und was würde passieren, wenn sie nichts mehr hatten?

Der Vorarbeiter näherte sich. Max schüttelte die Regentropfen ab und zog seine Schuhe aus dem Matsch. Dann begann er erneut, kräftig zu schaufeln. Nicht, dass er seine Arbeit verlor!

»Max! Max! Ein Brief!« Floris kam herbeigerannt, zog ihn am Ärmel. »Komm mit! Ein Brief ist eingetroffen!« Die Haare hingen dem Jungen strähnig herunter, das Hemd klebte ihm am Körper. Max warf ihm seine Jacke um die Schultern. »Du musst mit zu Mutter kommen! Sie wollte den Brief wegwerfen!«, brach es aus seinem Bruder heraus.

Debora war nicht in der Kammer. Niemand hatte sie gesehen. Max sorgte sich erst, aber dann folgte er seinem Instinkt, und tatsächlich fand er sie am Kirchhof, wo sie trotz der Sturzbäche am Armengrab ihres Vaters kniete. Ein Brief war nicht zu sehen.

Max half seiner Mutter auf. »Floris sagte, es sei ein Brief eingetroffen. Wo ist er?«

»Das spielt keine Rolle.« Debora mied seinen Blick.

»Bitte, Mutter. Gib ihn mir.«

»Nein.«

»Bitte. Du musst auch an uns denken.«

Aus fiebrig glänzenden Augen sah Debora ihn an. »Ich denke nur an euch. Immer.«

»Dann gib ihn mir!«

Endlich zog Debora das Papier mit bebenden Fingern aus dem Ärmel und reichte es ihm. Max flüchtete in den Schutz einer Ulme. Er faltete den Brief auf und überflog ihn. Sofort tat sein Herz einen Sprung. War das ihre Rettung? Dann las er die Zeilen noch einmal. »Erstaunlich, dass dieser Brief so schnell angekommen ist. Das muss ein Wink des Schicksals sein. Oder die gut organisierte Brandenburgische Landespost.« Er grinste. Sicherlich hatte auch geholfen, dass vom Haag aus regelmäßig Briefboten und Kuriere abgingen.

»Was steht in dem Brief? Ich will ihn auch lesen!«, verlangte Floris.

»Unsere Tante hat geschrieben. Sie und ihr Gatte werden uns aufnehmen. Sie können mir vielleicht sogar eine Lehrstelle beschaffen.«

Debora riss Max den Brief aus den Händen. »Wir werden das Angebot nicht annehmen!«

»Aber warum nicht?«, fragte Floris empört.

»Weil meine Schwester und ihr Mann in Brandenburg leben.«

»Wo ist das?«, wollte Floris wissen.

»Weit weg, im Osten«, sagte Max.

»Weit weg vom Krieg? Von unseren Feinden? Wo wir in Sicherheit sind? Wo es genug zu essen gibt?« Floris packte aufgeregt den Arm der Mutter. »Es ist doch so, oder?«

Debora schüttelte seine Hand ab. »Benimm dich, Kind!«

Max versuchte, Blickkontakt zu seiner Mutter aufzubauen. »Floris hat recht. Es mag weit weg sein, aber wir würden den Krieg hinter uns lassen. Unser Onkel und unsere Tante sind die Einzigen, die auf einen unserer Briefe geantwortet haben. Niemand sonst wird uns helfen.« Seine Mutter mied seinen Blick. »Du willst die Hilfe deiner Schwester nicht annehmen«, konstatierte er.

»Einen Teufel werde ich tun.«

Max holte sich den Brief zurück und konsultierte ihn erneut. »Dabei klingt das Angebot sehr nett. Chim Schöppen, unser Onkel, ist Kaufmann in Cölln an der Spree und beliefert auch den Kurfürsten. In Brandenburg-Preußen leben viele Niederländer. Sie bauen Dörfer, Schlösser und Kanäle, schreibt unsere Tante Hester.« Er schüttelte unwillkürlich den Kopf. Warum hatten seine Eltern diesen Zweig ihrer Familie verschwiegen?

»Tante«, echote Floris, der anscheinend noch immer nicht fassen konnte, dass es diese Verwandte wirklich gab.

»Ich kann nicht … mit ihr unter einem Dach leben. Nicht nach dem, was geschehen ist.« Debora funkelte Max an. »Das muss dir reichen. Erwarte nicht, dass ich erzähle, was vorgefallen ist.«

Max zuckte zurück. »Wir wären in Brandenburg weit genug weg vom Krieg. Genau das wünschen wir uns – und du doch auch.« Er las einen Abschnitt des Briefes vor. Sie sollten nach Amsterdam reisen und dort bei einem Kaufmann vorsprechen. »Unser Onkel hat uns ein Brevet ausgestellt, damit wir von Amsterdam aus ein Schiff nach Hamburg nehmen und von dort aus auf einem Kanal nach Cölln weiterfahren können. Er wird die Reisekosten für uns auslegen.«

»*Auslegen* – typisch! Als ob wir es je zurückzahlen könnten!«, zischte Debora.

»Es wäre unsere Rettung.« Max versuchte, zuversichtlich zu klingen. Sosehr er sich von hier wegwünschte, sosehr fürchtete er die Reise. Er war noch nie auf dem Meer gewesen.

»Das wird aufregend!«, rief Floris.

»Da draußen tobt ein Seekrieg! Vor der Küste lungern englische Kriegsschiffe!«, wehrte Debora ab.

Max fixierte seine Mutter mit seinem Blick. »Willst du riskieren, dass die Franzosen oder die Truppen dieses Bomben-Bernds uns noch einmal überfallen? Dass sie dieses Mal Floris und mich … Oder dass ich Soldat werden muss und in diesem unglückseligen Krieg umgebr–«

»Nein! Natürlich nicht!«, fiel Debora ihm ins Wort. »Dann schon lieber Brandenburg.«

5

Mit plötzlicher Hitze und Dampf brodelte die Flüssigkeit über. Elvina zuckte zurück. Sie hätte doch ein größeres Gefäß nehmen sollen! Außerdem stank es gewaltig. Ihre Schwester stürzte herein; die Schritte klangen so holpernd, als würde Rosita, die alle nur Rosa nannten, gleich fallen.

»Elvi, was machst du denn? Ist dir etwas zugestoßen? Ui, das ist ja arg übergekocht! Ist das etwa Vaters Entwurf unter der Brühe?« Die Vierzehnjährige neigte sich über den Arbeitstisch und rümpfte die Nase.

»Oje, du hast recht!« Elvina riss die Papiere an sich, machte es damit aber nur noch schlimmer. Die Tinte verschmierte in schwarzen Schlieren die Zeichnungen und Berechnungen.

»Warte, ich fasse mit an!«

»Tritt lieber zurück, und mach die Fenster auf, damit der Gestank abziehen kann.« Elvina stieß die Fensterläden der Mansarde auf. Gleißend fiel das Licht in das Labor ihres Vaters. Gleichzeitig wirbelte Staub auf. Ich muss dringend die Magd zum Putzen einlassen, dachte Elvina. Am besten, solange ihr Vater noch auf Reisen war, denn er duldete niemanden in seinem Reich – außer ihr.

»Du bist die Einzige, die in diesem Haus begreift, was ich treibe«, hatte Georg erst neulich halb ironisch zu ihr gesagt, woraufhin ihre Mutter ihm mit ihrem Fächer einen Klaps versetzt und er sie geküsst hatte, bis ihre Kinderschar den Zärtlichkeiten ein Ende gemacht hatte.

Vom belebten Mühlendamm drangen das Ächzen der Mühlenflügel sowie die Stimmen unzähliger Menschen, die in den Krambuden einkauften oder die Spree von einer Residenzstadt zur anderen, von Cölln nach Berlin oder zurück, überquerten, zu ihnen. Elvina sog die Luft ein. Wie sie ihre Heimat liebte!

»Du musst zu viel Schwefel genommen haben. Oder zu wenig Wasser«, konstatierte Rosa.

»Ach was«, meinte Elvina. Rosa versuchte, die Brühe aufzutupfen. Die Bewegung ließ ihre Gestalt regelrecht verwachsen erscheinen, was Elvina erschreckte. »Hast du wieder so krumm gesessen? Du bist ja ganz schief!«

»Nein, ich habe mich gerade gehalten. Aber der Rücken tut mir so weh. Kannst du mich einreiben?«

»Natürlich. Lass mich nur schnell aufräumen.« Ihr Vater duldete zwar, dass sie in seinem Labor experimentierte – aber zu Schaden kommen durfte natürlich nichts.

Rosa stützte sich auf den Tisch. Ihr Blick flackerte zu den Fenstern, durch die die Sonnenstrahlen fielen. »Vielleicht hättest du das Experiment im Hof machen sollen.«

»Du weißt genau, dass ich dort niemals meine Ruhe gehabt hätte! Außerdem hat es vorhin geregnet. Da wäre alles nass geworden.«

»So ist es natürlich viel besser.«

Elvina seufzte zerknirscht. Ihre Gedanken drifteten ab. »Eine derart heftige Reaktion habe ich nicht erwartet. Ob ich etwas übersehen habe?« Sie überprüfte ihre Aufzeichnungen und machte eine Notiz.

Rosa verzog schmerzerfüllt das Gesicht, und Elvina nahm sich vor, ihre Eltern zu drängen, einen weiteren Arzt mit ihr aufzusuchen – und wenn sie dafür in eine andere Stadt reisen mussten. »Hol schon mal die Salbe«, forderte sie Rosa auf. »Ich mache derweil hier weiter.«

Verzagt begutachtete Elvina Vaters Papiere. Der oberste Bogen war nicht mehr zu gebrauchen. Es handelte sich um den Entwurf für den Umbau ihres zukünftigen Herrenhauses. Georg Huffretter, ihr Vater, war als Apotheker beim Kurfürsten so angesehen, dass dieser ihm den Kauf eines Landhauses bei Potsdam ermöglicht hatte. So würden sie ihrem alten Haus, das für eine neunköpfige Familie plus Köchin, Magd und Knecht viel zu beengt war, zumindest zeitweise entfliehen können. Als sie ihr neues Domizil bei Caputh besichtigt hatten, hatte Elvina allerdings am Verstand des Vaters gezweifelt. Das Haus war verwohnt, das Dach halb eingestürzt, der Garten verwildert. Und ihr Vater, ob aus Sparsamkeit oder aus Freude daran, hatte sich entschlossen, das neue Herrenhaus selbst zu gestalten. Schließlich war bekannt, dass auch der Kurfürst die Entwürfe für das Potsdamer Schloss selbst angefertigt hatte – wenn auch auf Grundlage der Zeichnungen eines niederländischen Meisters.

Ihr Vater hatte jedoch feststellen müssen, dass es etwas anderes war, ein Medikament anzumischen, als einen mathematisch durchdachten Entwurf anzufertigen. Das Haus wirkte auf dem Papier unharmonisch. Das war auch jetzt noch genau zu erkennen, denn ausgerechnet diese Abschnitte waren heil geblieben. Für den Lust- und Kräutergarten sowie die Wasserspiele hatte ihr Vater lediglich Markierungen hinterlassen; damit würde er sich also noch befassen, wenn er die Zeit erübrigen konnte.

Elvina seufzte. Sie würde die Berechnungen und Zeichnungen erneuern und bei dieser Gelegenheit gleich verbessern. Die Arbeiten hatten zwar bereits begonnen, aber vielleicht ließ der nächste Bauabschnitt sich harmonischer gestalten. Ihre Gedanken überschlugen sich. Einige Aspekte würde sie in Vaters Lehrbüchern nachlesen können. Andere Werke befanden sich in der kurfürstlichen Bibliothek. Und wenn sie schon einmal dort war, könnte sie die Gelegenheit gleich auch dazu nutzen, um Werke für ihre Experimente zu konsultieren. Wenn man bei Hofe anerkannt werden wollte, musste man mithalten können, das stand fest. Nicht nur ihr Vater träumte von einem gesellschaftlichen Aufstieg. Wer etwas auf sich hielt, hatte ein vornehmes Haus samt Lustgarten und Wasserspielen. Auch der Kurfürst und seine zweite Frau Dorothea hatten große Pläne. Sie wollten die vorhandenen Schlösser ausbauen lassen, neue errichten. Hieß es nicht schon in der Bibel: »Macht euch die Erde untertan«?

Elvina beschloss, einen neuen Papierbogen aus Vaters Mappe zu nehmen, um sogleich loszuarbeiten. Ihm würde sicher nicht auffallen, dass einer fehlte. Aber was war das? Kein Papier mehr da. Auch das noch!

Die Tür ging auf, und Rosa kehrte zurück. Gesang, schiefe Flötentöne, das Palavern von Erwachsenen und Kinderweinen drangen zu ihr – die übliche Geräuschkulisse, die ihr Haus erfüllte. Bei dem Chaos, das bei ihnen herrschte, verwunderte es nicht, dass ihr Vater sich oft in sein Laboratorium zurückzog und dort seine Ruhe haben wollte. Doch jetzt war erst einmal Rosa an der Reihe. »Setz dich, dann reibe ich dich ein«, forderte Elvina ihre Schwester auf.

Rosa reichte ihr den Salbentiegel und machte den Oberkörper frei. »Du bist viel zu dünn«, stellte Elvina fest.

»Das kommt, weil ich so in die Höhe geschossen bin.«

»Na, dann werden wir dich mit Kuchen und Torten mästen!« Elvina lächelte, verzog aber das Gesicht, als sie den Rücken ihrer Schwester sah. Ganz krumm war die Wirbelsäule. Kein Wunder, dass sie schmerzte! »Drück den Rücken durch!«

»Das mache ich doch schon! Mehr geht nicht!«

Elvina sah die Anstrengung im Gesicht ihrer Schwester. Behutsam massierte sie die Salbe in Rosas Schulter- und Rückenmuskulatur ein. »Das gefällt mir nicht. Wenn wir nachher zum

Schloss gehen, fragen wir Doktor Elsholtz, ob er sich deinen Rücken anschauen kann.«

»Das möchte ich nicht. Vater ist nicht da …«

Die Glocken des Schlossturms begannen ihren vielstimmigen Gesang. Im selben Augenblick wurde die Tür so ungestüm aufgerissen, dass Elvina und Rosa zusammenzuckten.

»Was treibt ihr hier?«, fragte Uta, die drittälteste der Schwestern. Gemeinsam mit ihrer nächstjüngeren Schwester Anna platzte sie herein, beide Steckenpferde zwischen den Beinen.

»Nichts, was dich etwas angehen würde!«, sagte Elvina.

Dennoch begannen ihre Schwestern, sich umzusehen. Da die beiden nicht die Geschicktesten waren und mit den Stielen der Holzpferde gefährlich durch die Gegend staksten, bangte Elvina um die zerbrechlichen Destillierblasen und Glaskolben und ging einen Schritt auf sie zu, um sie hinauszuschieben.

»Spiel dich nicht so auf! Bloß weil du dir einbildest, Vaters Liebling zu sein!«, protestierte Uta.

»Zumindest versteht sie als Einzige die chemischen Formeln«, mischte Rosa sich ein, während sie sich wieder anzog.

»Wer redet denn mit dir?«, blaffte ihre Schwester sie an. Sie wandte sich an Elvina. »Mutter schickt mich übrigens. Ich soll dich daran erinnern, dass du mit Annabelle verabredet bist. Als wäre ich deine Botin! Wenn du es vergisst, kann ich auch gehen!«

Das hatte sie tatsächlich vergessen! »Untersteh dich!«, rief Elvina und band sich flugs die Schürze ab. Sie sorgte für Ordnung und verschloss die Tür, nachdem ihre Schwestern den Raum verlassen hatten.

Auf dem Flur warfen ihre zwei kleinen Brüder Bälle auf Kegel, sodass sie sich daran vorbeizirkeln musste. Elvina holte Zeichenbrett und Grafitgriffel. In der Küche fand sie ihre Mutter. Petronella stillte ihren jüngsten Sohn, während sie mit der Köchin die Einkaufsliste durchging. Sie wirkte müde und angespannt, ihre Kleidung war fleckig. Es war Elvina ein wenig peinlich, dass ihre Mutter nicht besser auf sich achtgab. Andererseits führte sie ihren Hausstand gut, alle liebten sie, so wie sie war.

»Kann ich dir helfen? Soll ich dir den Kleinen abnehmen? Du könntest dich ein wenig ausruhen«, schlug Elvina vor. »Die Verabredung ist nicht so wichtig. Und was ich für Vater in der Bibliothek nachschlagen will, kann warten.«

»Nein, geh nur. Du kannst mir heute Abend beim Haushaltsbuch helfen.«

»Das mache ich.«

»Grüße meinen Bruder und meine Schwägerin von mir, falls du sie siehst. Auch wenn sie vielleicht wenig Wert darauf legen.« Petronella verzog das Gesicht. Ihr Bruder Adam hatte in zweiter Ehe eine Adelige geheiratet; böse Zungen behaupteten, er habe sich damit seinen gesellschaftlichen Aufstieg erkauft. Seitdem schien er sich tatsächlich für etwas Besseres zu halten und unterband oft genug, dass Elvina und ihre Cousine Annabelle miteinander in Kontakt traten. Lediglich Elvinas Vater traf er regelmäßig, weil der ihn mit Medikamenten versorgte.

»Das werde ich tun, und ich werde so reizend sein, dass niemand etwas an meinem Benehmen auszusetzen hat.« Elvina küsste ihre Mutter auf die Stirn. »Danke, dass du Uta geschickt hast, um mich an die Verabredung zu erinnern. Wir … Ihr solltet euch vielleicht doch nach einem neuen Arzt umsehen. Rosas Rücken –«

»Die arme Röslein, ich weiß. Ich werde mit Georg darüber sprechen«, sagte Petronella und notierte mit der rechten Hand etwas in ein Buch, während sie mit der linken ihren Säugling schaukelte. Elvina sah, dass die Brustwarze, an der ihr Bruder eifrig saugte, rot umsäumt war. Sie neigte sich zu ihrer Mutter. »Soll ich eine Salbe für dich anfertigen?«

»Das wäre reizend. Ich glaube fast, Caspar bekommt schon

die ersten Zähne.« Petronella wandte sich der Köchin zu. »Wo waren wir stehen geblieben? Ach ja, wir benötigen Stärke für unsere Bügelwäsche …«

Im Salon machte Elvina vor dem venezianischen Spiegel halt. Sie richtete ihre Frisur sorgfältig und zirkelte den Hut präzise darauf. Glücklicherweise waren die Flecken auf ihrem Kleid schon getrocknet, sodass sie sich nicht umziehen musste. Sie war keine klassische Schönheit, wie sie auf den Gemälden im Schloss zu sehen waren, aber sie hatte ein fein geschnittenes Gesicht, und um ihre weizenblonden Locken beneidete sie manche Frau. Wenn man so schöne Haare habe, brauche man nie der Mode hinterherzulaufen und müsse nie eine Perücke tragen, meinte ihre Mutter. Ansonsten wusste sie, wie sie das, was an ihr durchschnittlich war, zu ihrem Besten formen konnte.

»Ich komme mit zum Schloss. Dann kann ich schauen, ob ich Lulu finde«, riss ihre Schwester sie aus ihren Gedanken. Rosa war in ihr gutes Kleid geschlüpft, hatte die Knöpfe aber schief geschlossen.

»Dann frag sie gleich, ob sie ein gutes Wort bei ihrem Vater für uns einlegen kann«, sagte Elvina und knöpfte das Kleid neu. Rosas Freundin Lulu – Lucia Elisabeth Elsholtz – war die Tochter des Hofmedicus und Hofbotanicus.

»Bestimmt nicht!«, weigerte Rosa sich. »Das ist mir unangenehm. Außerdem weiß ich gar nicht, ob Lulu da ist.«

»Dann willst du wohl bloß durch den Garten streifen und hoffst, dass du Kurprinz Karl Emil siehst«, neckte Elvina ihre Schwester.

Rosa wurde rot. »Mach dich nicht lustig über mich! Wenn der Kurprinz jemanden ansieht, dann dich oder Annabelle.«

Elvina ließ diese Behauptung im Raum stehen. Sie wusste, dass ihre Cousine wie viele junge Mädchen bei Hofe für Kurprinz Karl Emil schwärmte. Allerdings war der Siebzehnjährige ein echter Wildfang und hatte hauptsächlich die Jagd und den Krieg im Kopf. Abgesehen davon musste man vorsichtig sein. In der Stadt mit ihren knapp neuntausend Einwohnern waren respektable Junggesellen überwiegend am kurfürstlichen Hof zu finden, und das wussten diese für sich zu nutzen. Schon einige ihrer Freundinnen hatten ihr Herz – und manchmal mehr – an einen Hofmann verloren und waren sitzengelassen worden, weil das, was für sie für Liebe hielten, für ihn nur eine Tändelei gewesen war.

»Du weißt genau, dass alle mich hässlich finden!«, setzte Rosa schmollend hinzu.

Elvina strich ihrer Schwester eine Locke aus dem Gesicht. »Das bist du nicht.«

»Ich bin verwachsen!«

»Das kommt in den besten Familien vor. Denk an den schiefen Fritz.«

»Seine kaputte Schulter macht ihn krumm, das ist wahr. Hätte ihn die Amme nur nicht fallen lassen! Aber er ist der Sohn des Kurfürsten und wird eine Braut finden! Ich bin nur ein einfaches Mädchen!«

»Nun übertreib mal nicht. Vater ist als Apotheker angesehen. Warum sonst hätte der Kurfürst ihn beim Kauf des Landguts unterstützt?«

»Er ist kein offizieller Hofapotheker!«

»Was nicht ist, kann ja noch werden.«

Als sie auf den Fischmarkt hinaustraten, öffnete Elvina ihren Handsonnenschirm und genoss die Wärme. Dieser Sommer war bislang viel zu kalt und regnerisch gewesen. Fischer zerrten ihre Netze direkt aus der Spree auf den Markt, ein Stück weiter wurden Nachttöpfe in den Fluss entleert. Auf der Breiten Straße mit ihrem Pflaster aus runden Kopf- und Fauststeinen liefen sie auf das Schloss zu.

Nach einigen Schritten bemerkte Elvina, dass ihre Schwester zurückblieb; Rosas Gesicht ließ ihre Schmerzen erahnen. »Am besten halten wir kurz an der Hofapotheke und fragen, ob Doktor Elsholtz im Schloss ist«, sagte Elvina.

Sie hatten den Schlossgarten erreicht. Etliche Damen und Herren lustwandelten auf den frisch geharkten Wegen. Viele der jungen Frauen entstammten Familien hoher Beamter, deren Eltern jede Gelegenheit nutzten, ihren Stand bei Hofe zu verbessern, weshalb sie ihre Töchter ermutigten, sich für den Spaziergang herauszuputzen. Annabelle war noch nicht zu sehen, und die Türen der Hofapotheke und von Elsholtz' Kabinett im Lustgartenflügel des Schlosses waren verschlossen. Nun, dann würde sie ihn bei anderer Gelegenheit auf Rosas Rücken ansprechen.

Wenig später steuerte Elvina auf einen der Laubengänge zu, wo sie ihre Cousine in Begleitung ihrer Mutter entdeckt hatte. Freiin von Duncker plauderte gerade mit anderen Hofdamen. Das Gesicht unter ihrer Schminke wirkte maskenhaft. Wegen ihrer Schönheit hat mein Onkel sie auf jeden Fall nicht geheiratet, dachte Elvina. Die Augen ihrer Tante wurden schmal, als sie Elvina erblickte. Diese knickste, dann flog ihr schon Annabelle in die Arme.

»Komm, wir setzen uns hierher – da blühen die Passionsblumen so schön!«, rief Annabelle so laut, dass ihre Mutter es hörte, nur um dann leise hinzuzusetzen: »Ich muss dir etwas erzählen!«

»Ich soll deiner Mutter Grüße bestellen.«

»Das kannst du später noch – oder ich richte es aus!«

Ein Diener folgte ihnen mit Faltstühlen und platzierte diese vor einer in voller Blüte stehenden Rabatte. Annabelles Seidenkleid spannte um ihre rundliche Figur und schob ihren von Spitze umsäumten Busen beinahe zu hoch. Auch waren Wangen und Hals durch Ausschlag verunstaltet. Sie rückte geziert ihren Rock zurecht, als der Diener den Stuhl aufgeklappt hatte und sie sich setzte. Dann bemerkte sie Rosa, die ihnen gefolgt war. Eine kleine Falte zeigte sich zwischen ihren Augenbrauen. Offenbar wollte Annabelle ungestört sein.

»Willst du mal nachsehen, wo Lulu ist?«, fragte Elvina.

»Wenn ich die Blumen anschaue, tut mein Rücken gleich nicht mehr so weh. Ich störe euch auch nicht.« Rosa setzte sich ins Gras und zupfte an einem Gänseblümchen. Elvina bemerkte, wie Annabelle ungeduldig mit dem Zeichenstift auf ihr Papier klopfte.

»Nun geh schon. Lulu ist bestimmt auch hier«, drängte Elvina liebevoll.

»Ihr wollt mich bloß loswerden!« Widerwillig erhob Rosa sich. Im nächsten Augenblick rief sie: »Da ist ja Lulu!« Die Tochter des Hofmedicus sprang in einer Ecke des Gartens seil. Sofort machte sich Rosa auf den Weg zu ihr. Ihre Freude schien die Schmerzen zu überdecken. Elvina war froh darüber.

»Denk dir nur, als ich vorhin mit meinem Vater in der Kanzlei war, habe ich den Kurprinzen gesehen. Und ich sage dir: Karl Emil ist nicht umhingekommen, mich zu bemerken. Oh, er ist so stattlich!«, rief Annabelle aus.

»Das mag sein. Dennoch solltest du ihn dir aus dem Kopf schlagen.«

»Aber warum denn?« Annabelles Finger fuhren zu einer roten Pustel auf ihrer Wange.

Ich werde ihr ein Mittel zur Hautberuhigung herstellen, dachte Elvina. Ihre Cousine sprach derweil weiter: »Auch der Kurfürst hat sich bei seiner zweiten Ehe nicht für den vernünftigsten Weg entschieden. Eine mittellose Witwe hat er geheiratet. Glücklich ist er trotzdem. Hast du schon gehört, dass die Kurfürstin schon wieder schwanger sein soll? Dabei ist die letzte Geburt gerade erst sieben Monate her!« Sofort war Annabelle in den Klatsch bei Hofe abgetaucht. Elvina zeichnete weiter. Neugierig nahm Annabelle ihr das Heft ab und schaute sich an, woran sie arbeitete. »Antike Säulen? Und was sind das für Quadrate und Springbrunnen?«

»Vater ist mit den Entwürfen für unser Landgut beschäftigt ...«

»Und da hilfst du ihm ein bisschen?«, wunderte Annabelle sich. Sie gab das Heft zurück. »Du solltest dich lieber auf Blumenmalerei oder Stillleben verlegen. Das steht jungen Damen besser zu Gesicht.« Jetzt entdeckte sie auch noch einen Fleck auf Elvinas Rock, den diese übersehen hatte. »Du hast doch nicht etwa wieder experimentiert?«

»Dagegen kannst du nichts einwenden! In England gibt es einige adelige Damen, die chemische Experimente anstellen und ihre Rezepte publizieren. Eine wurde sogar in die Royal Academy eingeladen, wo –«

»Woraufhin man sie als *verrückt* bezeichnete, das habe selbst ich gehört.«

»Eine bösartige Verunglimpfung neidischer Männer. Vater hat den Buchhändler beauftragt, für mich nach einem Exemplar ihres Werkes zu suchen.«

»Ich weiß nicht, ob es gut ist, dass dein Vater dich in dieser Narretei unterstützt.«

»Diese Narretei könnte dir sicher bei ...« Elvina verstummte. Wie sollte sie es behutsam ausdrücken? Sie wies auf Annabelles Wangen. »Ich habe ein Rezept gegen diesen Ausschlag. Und für eine Paste, die ihn unsichtbar macht. Wenn du möchtest, kann ich sie für dich herstellen.«

»Das wäre so lieb! Ich sehe morgens manchmal aus wie eine Aussätzige!« Annabelle starrte auf die Spitzen ihrer Seidenschuhe. »Vielleicht ist es kein Wunder, dass Karl Emil mich nicht bemerkt.«

Elvina seufzte innerlich. Hatte sie ein ähnliches Gespräch heute nicht schon einmal geführt? »Du bist wunderschön. Und wenn ich dir die Pasten anrühre, verschwinden die Pusteln im Nu.«

Annabelle lächelte versöhnlich und legte den Arm um Elvinas Schulter. »Lass uns von etwas anderem reden. Meine Eltern haben sich einverstanden erklärt, euch zu unserem Herbstball zu laden.«

Diese Nachricht kam für Elvina völlig unerwartet. »Wie wunderbar!« Sie freute sich über diese Einladung. Gleichzeitig erfüllte die Aussicht sie mit Nervosität. Es wäre ihr erster Ball, zu dem auch Mitglieder des Hofes geladen waren; hoffentlich blamierte sie sich nicht. »Ich werde mir sicher ein Festkleid schneidern lassen dürfen.«

»Das muss auf jeden Fall sein! Außerdem kannst du zu mir kommen, wenn unser Tanzlehrer eintrifft.«

»Bist du sicher? Wissen deine Eltern davon? Und Cunrat?«

»Natürlich sind sie einverstanden. Sie schlagen mir nie einen Wunsch ab. Und mein Bruder hat sich nicht in meinen Tanzunterricht einzumischen.«

Elvina lächelte flüchtig. Annabelles Halbbruder Cunrat war einer der engsten Gefährten des Kurprinzen und furchtbar eingebildet. Wann immer Elvina jemanden aus dem Hofstaat traf, wurde sie von einer unangenehmen Unsicherheit befallen, weil sie fürchtete, sich unangemessen zu benehmen. Cunrats Blick war immer besonders vernichtend.

»Wir haben die feinsten Stoffe für neue Kleider bestellt. Und stell dir vor, wen wir beim Schneider getroffen haben …« Schon war Annabelle wieder in die Gerüchteküche abgetaucht.

Elvinas Gedanken schweiften ab. Ihr Vater würde für diesen Zweck mit Freuden ein teures Ballkleid genehmigen. Es sei denn, er grollte ihr. Um das zu verhindern, musste sie seinen

Entwurf retten. »Ich muss etwas in der kurfürstlichen Bibliothek nachschlagen«, entschuldigte sie sich.

»Ausgerechnet jetzt? Wir haben doch gerade erst angefangen zu plaudern!« Annabelle setzte sich auf. »Ich könnte mitkommen. Vielleicht wird der Unterricht des Kurprinzen in der Bibliothek –«

»Wenn du möchtest, ich freue …«

In diesem Augenblick fuhr eine Berline vor. Lakaien öffneten den viersitzigen Kutschkasten, der von zwei Pferden gezogen wurde, und halfen dem Kurfürsten und seiner Gattin heraus. Sofort erboten alle, die sich in der Nähe befanden, dem Herrscher die Ehre, auch Elvina und Annabelle. Gemessenen Schrittes flanierten Kurfürst Friedrich Wilhelm und Herzogin Dorothea durch den Garten. Der Kurfürst war ein massiger Mann mit wallender Perücke, fleischigem Gesicht und einem schmalen Oberlippenbart. Sein gemäßigtes Schritttempo lag auch an der Gicht, die ihn oft quälte, wie Elvina von ihrem Vater wusste. Die Kurfürstin trug eng anliegende Ringellöckchen.

Eine Frisur wie ein Kohlkopf, dachte Elvina. Viele Höflinge und Spaziergänger umschwärmten das Paar nun. Auch das Interesse ihrer Freundin hatte merklich nachgelassen. »Dann wünsche ich dir viel Glück in der Bibliothek. Ich begebe mich zu meiner Mutter«, sagte Annabelle abgelenkt und wandte sich dem Hofstaat zu.

Elvina ging zum Apothekerflügel des Schlosses. Gern hätte sie sich zu der feinen Gesellschaft gesellt, aber sie wusste, dass die Höflinge sie ignorieren würden. War es eigentlich schon immer so gewesen, dass Annabelle sich vorwiegend für ihre eigenen Angelegenheiten interessierte? All dieser Hofklatsch war doch nur Hörensagen. Und diese Schwärmerei für den Kurprinzen … aussichtslos. Kurfürst Friedrich Wilhelm war ehrgeizig, er würde eine Prinzessin von hohem Stand für seinen Erstgeborenen auswählen.

Elvina eilte zur Bibliothek. In den imposanten Sälen roch es nach Papier, Tinte und gegerbtem Leder. Kurfürst Friedrich Wilhelm trug in seinem Schloss das Wissen der Welt zusammen, und jedermann durfte diese Bücher einsehen und sogar ausleihen. Auch jetzt saßen etliche Gelehrte an langen Tischen und konsultierten die kostbaren Schriften.

Johann Raue, der kurfürstliche Bibliothekar, blickte sie von seinem Pult aus an. Hinter ihm erhoben sich deckenhohe Regale. Laute Stimmen brandeten von irgendwoher auf, die Elvina irritierten, der Bibliothekar jedoch geflissentlich ignorierte.

Elvina fasste sich ein Herz. »Mein Vater schickt mich, der Herr Apotheker Huffretter aus der Hofapotheke. Er bat mich, etwas in Gartentraktaten und architektonischen Schriften nachzulesen sowie einige Zeilen aus naturwissenschaftlichen Werken zu kopieren.«

»Ich fürchte, die Gartentraktate befinden sich in der Bibliothek im Lusthaus …«, begann der Bibliothekar.

Im gleichen Augenblick wurde eine Stimme laut und zog die Aufmerksamkeit aller auf sich. Im nächsten Moment brach Kurprinz Karl Emil hinter dem Regal hervor. »Ich werde nicht länger meine Zeit zwischen staubigen Büchern verschwenden, wenn wir demnächst unseren niederländischen Verbündeten im Krieg zur Seite stehen müssen!«

»Aber was ist mit unserem Schloss Köpenick?«, hörte sie eine dünnere Stimme.

Wäre Elvina nicht zurückgewichen, hätte Karl Emil sie über den Haufen gerannt. Sofort verneigte sie sich. Zu ihrer Überraschung hielt der Kurprinz inne. Karl Emil war seinem Vater wie aus dem Gesicht geschnitten und damit nicht gerade ein attraktiver Mann. Mittelgroß, mit kräftigen Armen und Beinen, grauen Augen, hellbraunem Haar und Adlernase. Annabelle – wäre sie doch mitgekommen! – hätte sicher versucht, sich ins beste Licht zu stellen. Elvina aber wollte lieber kein Aufsehen erregen. Schließlich könnte jemand herausfinden, dass sie allein hier war, und die muskelbepackte Statur und die Gerüchte über Wutausbrüche des Prinzen schüchterten sie ein.

Noch immer spürte sie Karl Emils Blick auf sich. »Was hat sie hier zu suchen?«, fragte der Kurprinz, als wäre Elvina gar nicht da.

»Die junge Dame bat, Schriften über Gartenkunst und Architektur einsehen zu dürfen.«

Kurprinz Karl Emil kräuselte die Lippen.

»Mein Herr Vater beauftragte mich. Der durchlauchtigste Kurfürst hatte die Gnade, ihn beim Erwerb eines Landguts zu unterstützen, und …« Herrje – was redete sie da? Ihre Wangen brannten.

Der Kurprinz wandte den Blick ab. »Lasst sofort mein Ross bereit machen! Ich will in den Tiergarten, mich mit meiner neuen Waffe im Schießen üben!«, wies er einen Lakaien an, der wie aus dem Nichts aufgetaucht war.

Elvina wollte schon aufatmen, doch die peinliche Situation war noch nicht vorbei. Nun kam auch noch Friedrich, der jüngere Bruder des Kurprinzen, hinter dem Regal hervor. Der Gang des Fünfzehnjährigen war schwerfällig und langsam, beinahe wie bei Rosa. »Wartet auf mich! Was ist mit Köp–«, rief Fritz seinem Bruder nach, hielt aber neben Elvina inne, als müsste er sich sammeln. Er öffnete den Mund, als sei ihm gerade etwas eingefallen, sprach aber nicht, was ihm einen dümmlichen Anschein gab. Schließlich sah er den Bibliothekar mit der Autorität seiner fünfzehn Jahre an. »Ich wünsche, dass die Tochter des Apothekers alle Traktate konsultieren kann, die für sie vonnöten sind.«

6

Als Elvina eine Stunde später aus dem Schloss trat, war sie noch immer aufgeregt. Sie hatte etliche Exzerpte und Zeichnungen angefertigt und würde den Entwurf ihres Vaters nicht nur wiederherstellen, sondern auch verbessern können. Vor allem die Schriften der italienischen Architekten Palladio und Serlio hatten ihr geholfen. Allerdings war es ihr schwergefallen, sich das Gelände zu vergegenwärtigen, und auch die Versorgung des geplanten Springbrunnens gab ihr Rätsel auf. Aus dem Hausbrunnen würde man das Wasser kaum abzweigen können, und der nächste Bach war weit weg. Bisher verstand sie wohl einfach zu wenig von dieser Kunst. Hinter ihrem Haus in Cölln wuchsen lediglich einige Arzneipflanzen sowie einige unverwüstliche Blumen. Und wenn sie ehrlich war, interessierte sie sich auch nicht dafür. Sollte ihr Vater sich um Garten und Wasserspiele kümmern. Sie hielt sich lieber an die Alchemie.

Zu ihrer Überraschung kam Annabelle ihr entgegengeeilt. Aufgeregt berichtete sie: »Kaum bist du im Schlossflügel verschwunden, stürzt der Kurprinz heraus und ruft nach seinem Pferd. Natürlich waren mein Bruder und seine Freunde zur Stelle. Und – ob du's glaubst oder nicht – der Kurfürst und die Herzogin haben sich den jungen Männern angeschlossen. Nur Fritz und der kleine Ludwig mussten hierbleiben. Ich glaube, die Herzogin mag ihre Stiefkinder nicht besonders, Karl Emil ausgenommen. Das ist wie bei uns, wo Cunrat immer an mir herumnörgelt. Ich frage mich, wo sie hinwollten …«

»Der Kurprinz wollte in den Tiergarten, sich im Schießen üben.«

»Natürlich, zur Jagd. Die liebt er ja so sehr! Er ist ein ausgezeichneter Schütze«, sagte Annabelle schwärmerisch. »Du bist ihm also wirklich begegnet?«

»Ich habe ihm gegenübergestanden.«

»Du Glückliche! Ach, wäre ich doch mit in die Bibliothek gekommen!« Annabelle kratzte ärgerlich an einem Pickel, der prompt blutete. Elvina reichte ihr ein Taschentuch. »Ach je, so darf mich niemand sehen!«

»Bis morgen dürfte ich die Paste fertig haben«, versuchte Elvina, sie zu trösten.

»Wirklich? Dann bring sie doch zum Tanzunterricht mit!« Etwas ruhiger hakte Annabelle sich bei Elvina ein. »Du musst mir alles haarklein erzählen!«

Ihr Spaziergang dauerte jedoch nicht lange, denn Annabelles Mutter bestand darauf, nach Hause zurückzukehren. Rosa war nicht mehr im Lustgarten zu sehen. Elvina überlegte, ob sie Doktor Elsholtz noch einmal aufsuchen sollte, entschied sich aber dagegen. Vielleicht untergrub es Vaters Autorität, wenn sie an seiner Stelle Elsholtz um Hilfe bat. Gut, dass ihr impulsives Hilfegesuch vorhin ins Leere gelaufen war.

Jungen und Mädchen tobten auf dem Weg einem Ball hinterher. Ein wenig wehmütig blickte Elvina ihnen nach; wie einfach war alles gewesen, als sie ein Kind gewesen war! Sie trat in den Laden ihrer Nachbarn ein. Das Papier war nicht der einzige Grund für ihren Besuch. Schon lange war sie mit Jerun, dem Sohn des Hauses, befreundet. Als Kinder hatten sie oft zusammen gespielt, und sie hatten auch später, wenn es die Etikette zuließ, Zeit miteinander verbracht. Jerun war intelligent, quirlig und neugierig. Als Junge hatte er alle Möglichkeiten gehabt, die Elvina sich wünschte – und er ließ sie daran teilhaben. In den letzten Monaten hatte sich ihr Verhältnis allerdings gewandelt, nun war Elvina in seiner Gegenwart seltsam befangen und aufgeregt. Jerun war zu einem stattlichen jungen Mann herangewachsen. Mit seinem nussbraunen Haar, dem hellen Teint und den azurblauen Augen war er auf eine erschütternde Art und Weise gut aussehend, dazu charmant und weltgewandt. Gerade war er das erste Mal allein auf Handelsreise. Zu gern hätte Elvina gewusst, wie es ihm ergangen war. Doch noch immer war im Kontor nichts von ihm zu sehen.

Stattdessen verhandelte Jeruns Vater, der Kaufmann Chim Schöppen, gerade mit einem Geheimrat. Ihn wagte Elvina ohnehin nicht anzusprechen, denn er hätte ihre Behauptung bestimmt hinterfragt. Sie würde sich daher an Frau Schöppen wenden. Sie fragte nach der Kauffrau und wurde in den Hinterhof geschickt, wo diese gerade eine Magd beaufsichtigte, die im Stall zwischen den Käfigen der Hühner und Kaninchen eine einfache Pritsche aufstellte. Der Besuch schien Frau Schöppen nicht recht zu sein. Deshalb kam Elvina gleich zur Sache: »Ich benötige etwas Papier. Mein Vater bittet Euch, es auf seine Rechnung zu setzen.«

Die Notlüge kam Elvina leicht über die Lippen; ihre Eltern würden dagegen nichts einzuwenden haben. Auch über die Kopie würde Georg sich kaum wundern, da Elvina seine Schrift recht gut nachahmen konnte.

Frau Schöppen betrachtete eine Pfütze auf dem gestampften Boden und wies die Magd an, diese mit Stroh trockenzulegen.

Elvina hakte nach: »Ich hoffe, Ihr könnt mir weiterhelfen?«

»Wie belieben? Ja, natürlich. Ich werde Euch das Papier sogleich heraussuchen. Kommt mit.«

Als Elvina die Bögen in den Händen hielt, fragte sie: »Ihr bekommt Besuch?«

»Nur ein paar Verwandte«, wich Frau Schöppen aus. »Und nur für ein paar Wochen.«

Elvina stutzte. Wenn Frau Schöppen plante, ihre Verwandten für Wochen in diesem Stall einzuquartieren, schien das Verhältnis nicht das beste zu sein. Sie könnte doch sicher auch einen Raum in ihrem Kaufmannshaus frei machen. Außerdem stand Jeruns Kammer leer. »Darf ich fragen, wann Euer Sohn wieder eintreffen wird? Wir vermissen seinen Bariton bei unseren Gesangsabenden. Er hat so eine gute Stimme«, behauptete sie.

»Jerun ist auf dem Heimweg«, sagte Hester Schöppen und musterte sie. »Ihr seid neugierig. Unmündige Mädchen kommen leicht auf dumme Gedanken.«

Elvina fühlte sich durchschaut. Schnell dankte sie der Kauffrau und eilte hinaus.

»Bestellt Euren Eltern meinen ergebensten Gruß!«, rief Hester Schöppen ihr nach.

Ein Geräusch ließ Elvina auffahren. Mühsam schüttelte sie die Benommenheit ab. Vor ihr schimmerten die Wildkräuter und Blumen, die Rosa aus dem Lustgarten mitgebracht und in einer Vase hübsch zusammengesteckt hatte, im Kerzenschein. Die Kerze war beinahe ganz heruntergebrannt.

Elvina streckte sich. Sie musste eingeschlafen sein. Das Abendessen war wie stets turbulent gewesen. Ihre Mutter hatte unter Kopfschmerzen und Erschöpfung gelitten, und so hatte Elvina sie überredet, sich schon hinzulegen, den Säugling versorgt und ihre Geschwister ins Bett geschickt. Anschließend hatte sie die Ausgaben ins Haushaltsbuch übertragen, bevor sie sich endlich in Vaters Labor begeben und dort an die Arbeit gemacht hatte. Sie hatte die Mittel für Annabelle hergestellt und Vaters Zeichnungen beendet.

Elvina betastete ihre rechte Wange. Sie konnte den Abdruck des Schreibgriffels erfühlen, auf den ihr Kopf beim Einschlafen gesunken war. Sie sollte aufräumen und dann schnell ins Bett.

Das Knarren von Holzbohlen vertrieb ihre Schläfrigkeit jäh. War ihre Mutter aufgewacht? Konnten ihre Geschwister nicht schlafen? Oder war es das Gesinde? Aber nein, das Geräusch kam von der Eingangstür. War jemand hereingekommen? Aber sie hatten doch abgeschlossen!

Angespannt lauschte sie. Ein Scharren wie von Holz auf Holz, Poltern. Nicht weit entfernt. Ihr Herz raste. Die Magd konnte es kaum sein, die hatte leichtere Schritte. Ob es ein Dieb war, der wusste, dass außer dem alten Knecht kein Mann im Haus war, und glaubte, mit ihnen leichtes Spiel zu haben? Langsam schob sie sich vom Stuhl, bemüht, keinen Laut zu verursachen. Nebenan Schritte. Sie hielt den Atem an, sah sich nach etwas um, womit sie sich bewaffnen könnte. In der Ecke lag die Feuerschaufel. Schnell dorthin, ehe …

In diesem Augenblick wurde die Tür aufgestoßen. Krumm und schlank, einem Angelhaken nicht unähnlich, kam ihr Vater herein. Derangiert sah er aus, und er schwankte.

»Vater! Was machst du denn hier? Ist alles in Ordnung?« Sofort eilte Elvina zu ihm. Als sie ihn umfasste, traf sie sein stechender Atem. Er war betrunken. Erleichterung und Ärger mischten sich in ihr. »Wir hatten dich erst in ein paar Tagen zurückerwartet.«

»Die verdammte Streusandbüchse …«, stieß ihr Vater hervor. »Nach dem Radbruch … kein Mensch in dieser Einöde … endlich ein Reisender … aber gen Cölln unterwegs. Haben das eine oder andere Schnäpschen … Was soll's …« Er ließ sich auf den Stuhl fallen. Schon öfter hatte sie von Reisenden gehört, die in der Streusandbüchse des Heiligen Römischen Reiches – wie man Brandenburg wegen des sandigen Bodens auch nannte –

gestrandet waren und tagelang hatten ausharren müssen, bis endlich jemand vorbeigekommen war. »Wieso bist du denn … noch auf?« Ihr Vater tastete nach dem Papier. »Was machst du … mit meinem … Entwurf?«

Elvina war froh, dass sie gerade noch fertig geworden war.

In diesem Augenblick kam ihre Mutter hereingestützt. »Georg!«

»Meine Petronella, da bist du ja!« Elvinas Vater streckte die Arme aus und zog ihre Mutter so stürmisch auf seinen Schoß, dass sein Stuhl ins Kippeln geriet.

Ihre Mutter lachte, erwiderte dann aber seine Küsse; es schien ihr besser zu gehen. Leise zog Elvina sich zurück.

Hester Schöppen wandelte mit dem Kerzenleuchter in der Hand durch das nachtschlafende Haus. Ein Poltern hatte sie aufgeschreckt, und sie wollte nachschauen, woher es kam. Ihr Nachbar war spät nach Hause gekommen; offenbar hatte er die Stadtwachen bestochen. Ihre Gedanken schweiften ab. Elvina hatte die Papierbögen sicherlich ohne das Wissen ihres Vaters gekauft, aber das war nicht schlimm. Der Apotheker würde bezahlen, so wie er immer bezahlt hatte, wenn es manchmal auch etwas länger dauerte.

Elvina war ein gutes Mädchen und bildhübsch dazu, und doch gehörte sie langsam unter die Aufsicht eines Mannes. Die Mutter war mit ihrem Haushalt und den vielen Kindern eindeutig überfordert. In dieser Hinsicht war Hester erleichtert, dass sie nur einen Sohn hatte, der zudem schon aus dem Gröbsten raus war.

Der Schein der Flamme fiel auf chinesisches Porzellan und niederländische Gemälde, auf Samtkissen, Lackdöschen, Kuriositäten und Bücher, doch heute beruhigte der Anblick der kostbaren Dinge Hester nicht.

Seit der Brief ihrer Schwester gekommen war, schlief sie schlecht. Beim Gedanken an Debora und deren Kinder verspürte sie kein bisschen Freude. Debora hatte sie tief verletzt. Nicht umsonst war sie bis ins ferne Brandenburg geflohen.

»Hester? Wo bist du denn, Liebchen? Komm wieder ins Bett!«, hörte sie die schlaftrunkene und zugleich irritiert klingende Stimme ihres Mannes. Chim war ein guter Mann. Er hatte sie von Anfang an auf Händen getragen und auch dank ihrer Sprach- und Handelskenntnissen ein florierendes Geschäft aufgebaut. Sie handelten mit allem – von exotischen Gewürzen und Pflanzen bis zu Marmorstatuen, ganz nach Wunsch der Kunden. Der Kurfürst hielt große Stücke auf die Niederländer, was ihren Wohlstand gemehrt hatte. So übertraf ihr Haus die gehobenen Haushalte in Cölln und Berlin bei Weitem, war es doch mit feinsten Waren aus den Vereinigten Provinzen ausgestattet. Hester war stolz auf das, was sie erreicht hatten. Und doch hielten ihre Sorgen sie wach. Dass sie demnächst mit Debora unter einem Dach wohnen würde, ließ alte, längst verdrängte Gefühle aufbrechen. Abscheu, Hass, Neid und auch Angst, das Gewonnene erneut zu verlieren.

Hester drückte ihre Schultern durch. Gleichzeitig verschaffte es ihr Genugtuung, dass Debora so tief gefallen war. Sie würde bei ihr angekrochen kommen. Und sie würde sie kriechen lassen.

7

Kerzenschein floss durch die Fenster des Gemäuers in den Hof, daneben erhellten nur vereinzelte Fackeln die tiefe Finsternis. Das Donnern der Kanonen, das Rumpeln der Karren und die Protestrufe waren lange verstummt. Unruhig lief Paulus vor dem Binnenhof auf und ab. Anders als die Wachen, die zu dieser nächtlichen Stunde mit der Müdigkeit kämpften, war Paulus hellwach. An Schlaf war nicht zu denken, nicht jetzt, nicht hier. Wilhelm hatte ihn nicht um diese Gefälligkeit gebeten, aber er wusste, wie wichtig die Ereignisse, die sich hinter diesen Mauern abspielten, für seinen Freund waren. Deshalb hatte er am gestrigen Sonntagabend noch diesen Ritt auf sich genommen.

Wieder einmal brandete im Binnenhof ein erbitterter Wortwechsel auf. Schon seit Stunden stritten die Deputierten. Am liebsten wäre Paulus hineingestürmt und hätte diese verweichlichten Politiker mit vorgehaltenem Degen gezwungen, die richtige Entscheidung zu treffen. Entschieden sie sich falsch, würde ihnen bald auch die Wasserlinie nicht mehr helfen. Tag für Tag hatte er mit seiner Eskadron dafür gesorgt, dass weitere Landstriche überflutet wurden, aber wegen des Widerstands der Landbevölkerung und etlicher Saboteure war die Wasserlinie noch immer nicht vollständig. Es war ein Wunder, dass Ludwig XIV. diese Zeit nicht genutzt hatte, um seine Armee weiter voranzutreiben. Offenbar ging der französische König fest von ihrer Kapitulation aus. Er kannte den Kampfgeist der Niederländer schlecht. Dieser Krieg war noch lange nicht zu Ende.

Der Gedanke ließ Paulus erzittern. Er brannte darauf, sich zu beweisen. Das Scharmützel am Rheinübergang war kurz und schmachvoll gewesen. Die Verhandlungen mit den Franzosen dauerten an, auch nach England hatte Prinz Wilhelm eine Delegation entsandt.

Im Schatten der Mauer trat Paulus näher, unbemerkt von den Wachen, die vor sich hindämmerten. Er musste hören, was im Binnenhof vor sich ging. Musste herausfinden, ob die Deputierten endlich zur Vernunft kamen. Immerhin konnte de Witt sie nicht mehr gegen den Prinzen aufwiegeln; der Ratspensionär, seit Jahrzehnten der mächtigste Mann im Staate, war durch ein Attentat aus dem Verkehr gezogen worden. Eine Messerwunde fesselte ihn ans Bett. Paulus bedauerte ihn nicht. Für ihn und jeden anderen, der in Treue zum Hause Oranien aufgewachsen war, war Johan de Witt ein Dieb und Verräter. Er hatte den Prinzen von Oranien seines Standes beraubt und damit die Republik geschwächt.

Wortfetzen drangen an Paulus' Ohr. Er lauschte konzentriert. Mit jedem Halbsatz wuchs seine Erregung. Konnte das wirklich wahr sein? *Endlich!* Was für eine Feierstunde! Das würde diesem unseligen Krieg die Wende bringen! Am liebsten hätte er gejubelt, riss sich aber zusammen. Er wollte Vorsprung haben, ehe sich die Nachricht herumsprach.

Paulus eilte zum Marstall, in dem er seinen Hengst untergestellt hatte, und sprang auf sein Pferd. Hufgeklapper hallte durch die Straßen, als er den Haag verließ. Matsch spritzte auf, Schaum kochte aus dem Maul des Rosses, aber Paulus hatte nur sein Ziel vor Augen. Er musste unbedingt dem Boten des Hohen Rates zuvorkommen. *Unser Volk braucht einen Anführer, der diesen Titel wert ist – und nun wird es ihn auch wieder bekommen.*

Paulus ritt der aufgehenden Sonne entgegen. Immer öfter passierte er jetzt Heerlager. Familien kamen ihm auf den aufgewühlten Wegen entgegen, ihre Schritte schwer von Schlamm und Müdigkeit. Manche Menschen waren verwundet und im letzten Hemd, andere hatten Wagen dabei, auf denen sich ihr Hab und Gut stapelte.

Sobald er das Gestüt erreicht hatte, sprang er ab und stürmte auf die Pforte zu. Wachen hielten ihn auf. »Ihr kennt mich doch – ich bin Paulus van Houtkerke!«, rief Paulus unwillig. »Ich habe eine dringende Botschaft für Prinz Wilhelm! Eine gute Nachricht!«

»Um diese Zeit? Was soll daran gut sein?« Die Wache lachte spöttisch.

»Was lacht Ihr so affig?«, entfuhr es Paulus, ehe er sich beherrschen konnte. Prompt gab der Wächter ein Zeichen, dass man ihn wegschaffen sollte. Er verzog das Gesicht. Es war leider nur allzu typisch für Prinz Wilhelms Geheimniskrämerei, dass er seine Wachen nicht instruiert hatte. »Die holländischen Deputierten haben bis vier Uhr morgens getagt. Dann wurde die Entscheidung verkündet. Eine Entscheidung, die für den Prinzen von höchster Bedeutung ist und die Herzen aller Oranier höherschlagen lassen wird!«, versuchte Paulus, ihn zu überzeugen. »Also lasst mich beim Prinzen vorsprechen!«

»Das geht nicht. Der Prinz ist bei der Morgenandacht.«

In diesem Augenblick öffnete sich die Pforte, und Paulus erblickte Wilhelm hinter einem Geistlichen und einem Leibdiener. Was für ein Glück, dass der Prinz ein Frühaufsteher war!

»Lasst ihn ein, ihr Einfaltspinsel! Ihr wisst doch, dass van Houtkerke mein Vertrauen genießt!«, ging der Prinz die Wachen an.

Ein breites Lächeln schlich sich auf Paulus' Gesicht. »Verzeiht, Hoheit. Ich habe keine Sekunde gezögert, zu Euch zu gelangen. Seit vier Uhr bin ich geritten, damit Ihr die Nachricht sofort erfahrt.« Einem Impuls folgend, beugte er ein Knie.

»Holland wird Euch zum Statthalter der Republik und zum Obersten Heerführer über Kriegsflotte und Heer erklären. Das Ewige Edikt wird abgeschafft. Andere Provinzen werden folgen. Endlich werdet Ihr wieder in Eure angestammten Rechte eingesetzt, Hoheit.«

»Ist das wirklich wahr?«

Paulus hielt seinen Blick. »Ja, das ist es. Der Entschluss wurde nach stundenlanger Beratung gefasst. Die Vertreter Amsterdams haben schließlich den Vorschlag eingebracht, Euch zum Statthalter zu erheben.«

Prinz Wilhelms Augenbraue schnellte hoch. Paulus ahnte, was ihm durch den Kopf ging. Zwischen der reichsten Stadt der Republik und den Statthaltern gab es seit Jahrzehnten Konflikte, und Amsterdam hatte einst am heftigsten auf das Ewige Edikt gedrängt.

»Ja, ausgerechnet die Amsterdamer, Hoheit«, bestätigte Paulus. »Andere Städte wollten offenbar verhindern, dass Ihr das Recht zurückbekommt, die städtischen Magistrate neu zu besetzen. Aber die Rotterdamer meinten, man dürfe die Entscheidung nicht halb treffen – das würde nur zu weiteren Problemen führen. Und so kam es, dass Ihr dieselben Rechte erhalten sollt wie Eure noblen Vorfahren – ganz so, wie Ihr es verdient. Eine Delegation wird noch heute bei Euch eintreffen und Euch die Ämter offiziell antragen, Hoheit.«

Prinz Wilhelm wandte sich ab.

Das war alles?, fragte Paulus sich. *Kein Wort des Dankes? Nicht einmal ein Lächeln?* Enttäuschung bemächtigte sich seiner. Doch dann sagte Wilhelm: »Folgt mir in meine Kammer, und berichtet in allen Einzelheiten.«

Im Flur trat Dominee Trigland auf den Prinzen zu. Der Geistliche hatte Wilhelm von klein auf unterrichtet und war sein Seelsorger. In seinen Augen schimmerte die Freude, die

Paulus bei Wilhelm erwartet hatte. »Was für eine wundervolle und plötzliche Wandlung Gott der Allmächtige vollbracht hat!«, verkündete Trigland salbungsvoll. »Er wird auch weiterhin für Euch sorgen, dessen dürft Ihr gewiss sein.«

Auch ihm dankte Wilhelm beherrscht. Erst als sie in Wilhelms Kammer allein waren, reckte der Prinz die Fäuste gen Himmel und erlaubte sich einen Freudenschrei. Dann fiel er Paulus in die Arme. »Endlich hat die Schmach ein Ende! Ich werde das Haus Oranien zu neuer Blüte führen! Ich, dem man alles genommen hat!«, rief Wilhelm aus, während er Paulus auf die Schultern klopfte.

In diesem Augenblick stürzte Bentinck herein. Er trug noch Leibhemd und Nachtmütze, hatte offensichtlich verschlafen. »Ihr habt geschrien, Hoheit! Ist etwas … Was ist passiert?«, fragte er entgeistert.

Sofort setzte Paulus ihn in Kenntnis. Für einige Minuten feierten die Freunde die Neuigkeit gemeinsam. Doch schnell wurde Wilhelm wieder ernst. »Freuen wir uns nicht zu früh. Noch ist der Wechsel nicht vollzogen. So einfach werden die Regenten sich die Macht nicht nehmen lassen. War de Witt an der Entscheidung beteiligt?«

Paulus schüttelte den Kopf. »Er liegt verletzt darnieder. Doch egal. Was de Witt die ›wahre Freiheit‹ genannt hat, die Herrschaft der Regentenklasse, ist am Ende.«

»Hoffen wir es!«

»Wenn Ihr die Rechte Eurer Vorfahren zurückerlangt, könnt Ihr die Mitglieder der Stadtregierungen nach Belieben austauschen«, erinnerte Bentinck den Prinzen.

»Und das werde ich auch. Oranierfreunde sollen belohnt, meine Feinde bestraft werden. Ich werde meine langjährigen Gefährten nicht vergessen.« Wilhelm legte, noch immer ungewohnt impulsiv, einen Arm um Paulus und Bentinck.

Hochrufe drangen durch das Fenster. Offenbar hatte sich die Nachricht inzwischen herumgesprochen. Der Prinz wies Bentinck an, ihm beim Ankleiden zu helfen. »Ich muss dennoch wachsam sein«, sagte er nachdenklich. »Es gibt genügend Bürgerliche, die den Aufstieg des Adels verhindern wollen. Und keiner der Regenten wird sich den Posten gern nehmen lassen.«

Vor dem Ridderzaal wehte ein oranges Farbenmeer, als Prinz Wilhelm fünf Tage später den Generalstaaten den Amtseid leisten sollte. Doch Paulus wusste, dass ein Stück weiter Soldaten republikanische Protestler im Zaum hielten. Auch aus anderen Städten waren Aufstände gemeldet worden. Auf einmal schien jeder gegen jeden zu kämpfen. Der Schlachtruf »Lieber französisch als Oranier« machte genauso die Runde wie Lobeshymnen auf Prinz Wilhelm oder Schmährufe gegen Johan de Witt und die restliche Regierung.

Bentinck saß neben Paulus und ließ den Blick durch den Saal wandern, während sie auf den Beginn der Zeremonie warteten. Paulus war berührt. »Ist es nicht beeindruckend? An der Decke hängen die Flaggen, die wir im Krieg von den spanischen Habsburgern und ihren Verbündeten erobert haben – ein Freiheitskampf, den bekanntlich Wilhelm I. von Oranien anführte. An der Mauer befindet sich der Spiegel des Flaggschiffs des englischen Königs, den unsere Armada in einem der Seekriege erbeutete. Und jetzt ist unser Oranierprinz in einem erneuten Freiheitskampf der anerkannte Anführer«, sagte er mit gedämpfter Stimme.

»Wilhelm hätte auch das Angebot des englischen Königs annehmen können. Dann hätte er es leichter gehabt«, gab Bentinck leise zurück. Charles II. hatte seinem Neffen angeboten, ihn im Gegenzug für die Kapitulation zum souveränen Herrscher der Niederlande zu machen. Als solcher hätte Wilhelm unabhängig von den Gremien regieren können.

Paulus sah ihn entrüstet an. »Wie kannst du das ernsthaft in Erwägung ziehen! Prinz Wilhelm will es aus eigener Kraft schaffen, und nicht als Marionette eines fremden Königs agieren. Er will nicht aus Gnade der Könige Herrscher über die Niederlande sein, sondern weil die Generalstaaten sich für diesen Schritt aussprechen.«

»Das ist an sich auch ehrenwert«, wisperte Bentinck. »Aber man muss der Realität ins Auge sehen: König Ludwig droht, in diesem Land keinen Stein auf dem anderen zu lassen, wenn wir die Verhandlungen abbrechen.«

»Die Kapitulationsbedingungen sind indiskutabel. Zudem ist die Wasserlinie seit zwei Tagen vollständig, wir haben Zeit gewonnen. Unsere Situation hat sich grundlegend verbessert.«

Bekümmert wiegte Bentinck das Haupt. »Jetzt hat Wilhelm alle gegen sich. Auch die Regenten laufen Sturm. Einige sind reich genug, um einen erneuten Umsturz zu finanzieren.«

»Und wenn schon! Ein wichtiger Schritt ist getan! Wir sind Niederländer, das freie Volk der Batavier, das schon den Römern in der Antike die Hölle heißmachte! Wir sind niemandes Sklave!« Paulus hatte so laut gesprochen, dass sich die älteren Herren neben ihnen umdrehten und beipflichtend nickten.

Ehe sie weiter diskutieren konnten, betrat seine Hoheit Prinz Wilhelm III. von Oranien, Statthalter von Holland und Zeeland, den Ridderzaal, und Hochrufe brandeten in dem hohen Haus auf.

In den Gemächern des Prinzen versammelten sich im Anschluss an die Zeremonie einige illustre Gäste, darunter Prinzessin Amalia van Solms mit ihren Hofdamen. Sofort nahm sie ihren Enkel in Beschlag.

Prinz Wilhelm schaute abwesend in die Menge, während Amalia auf ihn einredete; vermutlich wiederholte sie, was sie ihm bereits geschrieben hatte. Wie Paulus wusste, war ihr Brief voller Vorwürfe gewesen, dass Wilhelm sie nicht über seine Pläne in Kenntnis setzte und sich nicht mit ihr beriet. Gleichzeitig schien Amalia überglücklich über den Triumph ihres Enkels zu sein. Paulus war bekannt, dass Wilhelm sich von seiner Großmutter oft bevormundet und eingeengt fühlte. Aber Amalia van Solms hatte viel für die Dynastie getan. Sie hatte machtvolle Verbindungen eingefädelt und Ehen gestiftet. Auch hatte sie um Wilhelms Stand gekämpft, als dieser noch ein Kind gewesen war. Paulus wünschte, seine eigene Mutter hätte auch nur einen Bruchteil dieses Einsatzes aufgebracht.

Während sie auf den Beginn des Festmahls warteten, tauschte Paulus sich mit den anderen hohen Herren aus. Unter den Vertrauten Prinz Wilhelms waren Bentinck und er bei Weitem die Jüngsten. Mit Herren wie Frederik van Nassau-Zuylestein, dem früheren Vorsteher von Wilhelms Haushalt, sowie Willem Adriaan van Nassau-Odijk war auch er aufgewachsen. Die entfernten Verwandten des Prinzen waren nicht die Einzigen, die sich für ein paar Stunden von ihren militärischen Pflichten hatten entbinden lassen, um mit dem Prinzen dessen Sieg zu feiern. Auch Wilhelm selbst stellte mit dem Empfang die Weichen für seine Zukunft, so hatte er Constantijn Huygens junior eingeladen. Dessen Vater hatte schon Wilhelms Großvater und Vater als Sekretär gedient; jetzt würde der Junge diesen Posten übernehmen.

Paulus sah sich um. Anwesend waren natürlich auch Menschen, die ihr Fähnchen in den Wind hielten und sich nun bei Wilhelm einschmeicheln wollten. Vor allem ein kleiner rundlicher Mann gestikulierte aufgeregt; es war Gaspar Fagel, der Sekretär der Generalstaaten. Er hatte einst entscheidend am

Ewigen Edikt mitgearbeitet, schien nun aber die Fronten gewechselt zu haben.

Von draußen drangen weiterhin Hoch- und Protestrufe zu ihnen. »Vorhin ist meine Kutsche mit Steinen beworfen worden. Natürlich habe ich den Pöbel sofort zur Rechenschaft ziehen lassen«, berichtete Frederik van Nassau-Zuylestein und zog vor Abscheu die Oberlippe hoch. »Es wird Zeit, dass mit dieser Bagage aufgeräumt wird. Prinz Wilhelm wird andere Seiten aufziehen, damit hier wieder Respekt einkehrt! Da ist die eine oder andere Rechnung zu begleichen.«

Paulus konnte sich denken, woran Nassau-Zuylestein dachte. Obgleich er ein Bastard Friedrich Heinrichs von Oranien war, hatte man ihn damals zum Vorstand des Haushalts des minderjährigen Wilhelm ernannt. Geholfen hatte, dass er mit einer Engländerin verheiratet war, die dem Hofstaat von Wilhelms Mutter angehört hatte. Diesen Posten hatte er damals durch Johan de Witts Einmischung verloren.

Willem Adriaan van Nassau-Odijk zupfte an seiner Allongeperücke, die sein Gesicht eiförmig wirken ließ. Aus Paulus' Sicht war er zwar ein gewandter Diplomat, aber zugleich ein eitler Geck, der sich mit Titeln schmückte, die ihm nicht zustanden. »Jetzt werden die Karten neu gemischt, in der Tat. Prinz Wilhelm wird diejenigen belohnen, die treu zu ihm gehalten haben. In der derzeitigen Lage ist er auf verlässliche Verbündete angewiesen.«

Das Gespräch wandte sich anderen Themen zu. Paulus ließ erneut seinen Blick schweifen. Einige Hofdamen taten so, als würden sie die Gemälde bewundern, beobachteten aber hinter ihren Fächern die Herren. Vor allem Wilhelm war umschwärmt, hatte aber kaum einen Blick für die Damen, worüber sich bei ihrem Englandbesuch schon König Charles mokiert hatte. Gerade sprach eine der Damen Wilhelm an. Sie war etwa dreißig, und obwohl sie keine Schönheit war, konnte Paulus den Blick von ihr nicht abwenden. Ihre Mimik war so ausdrucksstark, dass er zu verstehen glaubte, was sie sprach, obgleich er ihre Worte nicht hören konnte. Noch nie hatte er sie bei Hofe gesehen. Ihre dunkelroten Haare waren in Ringellocken frisiert, rechts über der sinnlich geschwungenen Oberlippe zierte sie ein Schönheitspflaster, und auch ihr Gewand kleidete sie ausgezeichnet.

Der Prinz wirkte pikiert angesichts der Forschheit, mit der sie sich über die Konventionen hinwegsetzte. Seine Kühle schien sie erst recht herauszufordern, doch dann wandte Prinz Wilhelm sich abrupt ab und ließ sie ein wenig verloren stehen. Paulus sah den Fächer in ihren Fingern beben. Wie beiläufig sah sie sich um, wohl um herauszufinden, ob jemand die Abfuhr mitbekommen hatte. Ehe er sich wegdrehen konnte, hatte sie Paulus' Neugier bemerkt. Um die Situation nicht noch peinlicher zu machen, schlenderte er auf sie zu. »Der Prinz ist ein gefragter Gesprächspartner, gerade heute«, sagte er leichthin.

»Er ist vor allem ein unhöflicher Gesprächspartner! Was ja auch auf sein Gefolge zuzutreffen scheint. Eine Dame einfach so anzusprechen!« Ihre Stimme war samtig und tief, auch sprach sie mit einem englischen Akzent. Hatte er sie deshalb noch nie gesehen? Bevor ihm eine weitere Frage in den Sinn kam, wandte die Dame sich ab. Zwischen Paulus' Schulterblättern prickelte es. Was erlaubte sie sich! Gleichzeitig hätte er beinahe aufgelacht. Die Dame hatte Temperament.

Während Paulus so tat, als betrachte er ein Gemälde, tauchte sein Vater neben ihm auf. Egbert hielt einen Kristallpokal, und seine roten Wangen ließen erkennen, dass dies nicht das erste Glas Wein war. »Vielleicht wird hier eines Tages ein Gemälde hängen, auf dem Prinz Wilhelm mit seinen erfolgreichsten Heerführern zu sehen ist. Und du bist unter ihnen. Das würde unserer Familie ein Denkmal setzen.«

»Das wäre mein größter Wunsch«, sagte Paulus ehrlich.

Sein Vater neigte sich ihm zu. Sein Blick wanderte zu Prinz Wilhelm, der von neuen Gesprächspartnern umringt war. »Du darfst keine vornehme Zurückhaltung an den Tag legen. Du musst ihn dazu bringen, dass er dich belohnt. Höhere Ränge sind nicht nur mit beträchtlichen Einkünften, sondern auch mit Privilegien verbunden, wie du weißt. Beides wäre uns willkommen. Unser Besitz hat eine Erneuerung nötig. Wenn man nichts fordert, bekommt man auch nichts. Denk an Prinzessin Amalia, die als einfache Hofdame aus Deutschland hierhergekommen ist, sich Prinz Friedrich Heinrich geschnappt hat und es schaffte, ihren Sohn mit einer englischen Prinzessin zu verheiraten – was für ein Aufstieg!« Egbert rammte Paulus den Ellbogen in die Seite. »Und lass dich nicht wieder von Bentinck abhängen.«

Die Feier war kurz, und obgleich Paulus den soliden Lebenswandel seines Freundes gewöhnt war, war er doch verblüfft.

»Es ist nicht die Zeit für ein ausgelassenes Fest. Wenn die Gefahr abgewendet ist, werden wir die Feierlichkeiten nachholen«, verkündete Prinz Wilhelm zur Enttäuschung vieler.

Paulus runzelte die Stirn. Hätte Wilhelm nicht dieses eine Mal eine Ausnahme machen müssen – trotz des Krieges? Sollte man nicht feiern, wenn man einen Grund dazu hatte? Prinzessin Amalia zog sich bereits mit ihren Hofdamen zurück, und die Männer berieten über die Kriegsstrategie. Bald entschuldigte sich einer nach dem anderen, um zu seinem Posten zurückzureiten.

Zuletzt saßen nur noch Prinz Wilhelm, Paulus und Bentinck an der Tafel. Doch auch dieses Beisammensein wurde gestört, als ein Besucher gemeldet wurde und wenig später Samuel van Sanders eintrat. Ein reicher Emporkömmling und Diplomat, der Prinz Wilhelm seit Langem unterstützte.

»Van Sanders, gut, dass Ihr kommen konntet. Ich habe gleich für Euch Zeit.« Der Prinz erhob sich. Paulus und Bentinck verstanden, dass auch sie sich nun zurückziehen sollten, und erhoben sich ebenfalls. »Es geht um Eure Druckerei und ein ganz spezielles Druckwerk … nicht ganz unerhebliche Auflage … neuntausend Stück …«, hörte Paulus seinen Freund noch sagen, als sie hinausgingen.

Die Nacht war lau und ausnahmsweise trocken. Noch in Feierlaune legte Paulus den Arm um Bentincks Schulter. »Wie ist's – gehen wir noch ein wenig feiern? Tanz, Spiel und sonstige Vergnügungen? Du weißt genauso gut wie ich, dass nicht alle Gefolgsleute des Prinzen so nüchtern sind. Ich hörte, in der Villa von Sieur –«

»Lieber nicht«, unterbrach Bentinck ihn. »Wilhelm könnte später meine Dienste benötigen. Und du musst zurück zu deiner Eskadron.«

»Spielverderber! Du solltest eine eigenständige Laufbahn vorantreiben. Kammerdiener zu sein ist schön und gut, aber doch auf Dauer keine Erfüllung!«

Ein vernichtender Blick traf ihn. »Du bist doch nur neidisch.« Bentinck machte auf dem Absatz kehrt und ging ins Schloss zurück. Vermutlich würde er lieber stundenlang vor der Tür des Prinzen warten, als sich ohne seinen Herrn zu vergnügen. Das sah Paulus anders. Beschwingt machte er sich auf den Weg zur Villa. Ausruhen konnte er immer noch. Er würde morgen beim Dienst schon nicht einschlafen.

Die Villa von Nassau-Odijk am Plein an der Ecke des Korte Vijverberg war hell erleuchtet. Lakaien führten Paulus hinein. Durch ihre reiche Ausstattung wirkte die Villa prächtiger als mancher Wohnsitz des Prinzen. Auf seine Verbindungen zum englischen und französischen Hof bildete sich der Herr van

Odijk viel ein, und das nur, weil er die eine oder andere diplomatische Mission übertragen bekommen hatte. Dem Prinzen und Prinzessin Amalia stieß diese Anmaßung oft auf. Gleichzeitig betrachtete Wilhelm es als seine Pflicht, als Vater der Nation auch in strittigen Situationen die Hand über sein Gefolge zu halten – wenn er mit ihnen verwandt war, erst recht; Grandeur und Glorie bedeuteten Wilhelm alles.

Dichter Pfeifenrauch hing in der schwülwarmen Luft, Musik und Lachen beschwingten seine Schritte. Paulus ließ sich einen Wein servieren und streifte dann durch die ausgelassene Gesellschaft im Saal und in den Nebenzimmern. Es wurde getanzt, geplaudert und Karten gespielt, natürlich um Geld. Einige der schönsten Damen hatte er noch nie gesehen, aber ihr lockeres Benehmen ließ ihn ahnen, dass sie sonst die Spielhäuser der Stadt frequentierten; es war nicht ungewöhnlich, dass bei derartigen Gelegenheiten auch Huren eingeladen wurden. An einem der Spieltische entdeckte er seinen Vater. Schnell ging er weiter. Er wollte weder wissen, wie viel Egbert beim Pharo verlor, noch wollte er von ihm gemaßregelt werden.

In einem kleineren Saal entdeckte er einige Bekannte beim Würfeln und wollte sich zu ihnen gesellen. Da nahm er plötzlich einen blumigen Duft wahr. Die Dame, die ihn vorhin so rüde abgefertigt hatte, stand unvermittelt vor ihm. Ihr Antlitz war zur Hälfte hinter einem Fächer verborgen, dafür war ihr Dekolleté so gut zu erkennen, dass Paulus sich auf ihre Augen konzentrierte, um nicht die Fassung zu verlieren. Tiefbraune Augen mit hellen Sprenkeln, von dichten Wimpern umrahmt.

»Verzeiht meinen rüden Ton vorhin. Es war die Sorge, die mich die Höflichkeit vergessen ließ«, sagte sie leise, was ihrer Stimme eine besonders samtige Prägung gab.

»Nein, Madame. Ich muss mich entschuldigen. Ich hätte mich nicht erdreisten dürfen, Euch anzusprechen. Ich habe mich nicht einmal vorgestellt.« Paulus neigte das Haupt und holte die Vorstellung nach. »Leider ist mir Euer Name entgangen.«

Sie lachte leise. »Ich habe ihn Euch nicht genannt. Grace van Aken.« Sie senkte den Fächer. Trotz der feinen Fältchen um Augen und Mund war sie schön. »Mein Gatte ist zum Schutz von Maastricht abkommandiert worden. Servaes hat Prinzessin Amalia bekniet, mich für einige Zeit in ihren Hofstaat aufzunehmen. Maastricht befindet sich in großer Gefahr, wie Ihr sicher wisst, und ich wollte den Prinzen anflehen, weitere Truppen dorthin zu entsenden.«

Paulus dachte an seine Mutter, die noch immer ihr Landgut nicht verlassen hatte. »Die brenzlige Situation von Maastricht ist mir mehr als bewusst«, sagte er. »Meine Familie hat dort ihren Sitz. Aber Ihr dürft nicht vergessen, dass Maastricht zu den am besten befestigten Städten der Republik gehört. Das ist auch dem Feind klar, weshalb die Franzosen Maastricht bislang verschont haben.«

»Ich fürchte, das wird nicht so bleiben. Die Gerüchte über die Gräueltaten der Soldaten ängstigen mich.« Grace van Aken neigte sich zu ihm, sodass ihr blumiger Duft ihn einhüllte. »Ihr seid einer der Vertrauten des Prinzen und kennt seine Pläne. Wird er die Verteidigung von Maastricht verstärken? Oder hat er die Stadt bereits aufgegeben?«

Kurz durchzuckte Paulus der Gedanke, dass sie eine englische Spionin oder mit den Engländern im Bunde sein könnte. Andererseits waren im Gefolge der englischen Königsfamilie – vor allem von Prinz Wilhelms Mutter, Mary Stuart – viele Briten in den Haag gekommen. »Wenn der Prinz Euch nichts gesagt hat, darf auch ich es nicht tun. Seid aber gewiss, dass der Prinz und seine Getreuen geschworen haben, bis zuletzt für die Freiheit der Republik zu kämpfen. Wir werden Maastricht nicht verloren geben.« Am Spieltisch wurde die Runde aufgehoben. Seine Freunde winkten ihm, sich zu ihnen zu setzen. Paulus ignorierte sie.

»Ich bin froh, dass stattliche junge Männer wie Ihr für unsere Sicherheit eintreten. Ich muss zugeben, dass mir die Angreifer genauso Angst machen wie die Feinde im Land. Ihr glaubt nicht, wie oft wir vom Pöbel bedroht wurden.«

»Das ist unerhört! Ihr müsst die Schuldigen melden, damit sie bestraft werden können!«

Sie legte ihm die Hand auf den Unterarm, kurz streifte ihr Busen ihn, was ihn erschauern ließ. »Ich wage es nicht. Mein Gatte ist weit weg. Ich bin nur eine Dame, ohne Schutz …«

»Ihr steht im Schutz der Oranier, vergesst das nie. Wer einen von uns angreift, greift uns alle an.«

Da seine Großmutter ihn darum gebeten hatte, machte Prinz Wilhelm sich im Anschluss an die Beratungen auf den Weg zum Huis ten Bosch. In der Dunkelheit verschwamm die Schlosskuppel mit dem umgebenden Wald des Haagse Bos. Langsam schritt er auf das Portal zu. Was wollte sie so dringend von ihm? Normalerweise wäre er jetzt schon im Bett. Seine schwächliche Konstitution verlangte Disziplin und eine gewisse Nüchternheit. Allerdings hatte er bisher alle Herausforderungen erfreulich gut bewältigt. Der Krieg verlieh ihm offenbar neue Kräfte.

Im Schein einiger Kerzenleuchter saß Prinzessin Amalia allein im Oranjesaal und betrachtete das Monumentalgemälde, das ihren verstorbenen Gatten Friedrich Heinrich als Triumphator zeigte. Sie wirkte einsam, von ihren beinahe siebzig Jahren gebeugt, und für einen Augenblick war Wilhelm gerührt. Amalia mochte eine dominante Frau sein, was ihm missfiel, weil es ihn einschüchterte. Gleichzeitig hatte sie viel für ihn und ihr Adelshaus getan.

Prinzessin Amalia bat ihn auf den geschnitzten Elfenbeinstuhl, der neben ihrem aufgestellt war. »Euer Großvater wäre sehr stolz auf Euch. Euer Vater ebenfalls. Ich bin froh, dass ich noch erleben durfte, dass unser Recht wiederhergestellt wird. So viel habe ich getan, um das Haus Oranien zur Blüte zu führen – und es vor dem Untergang zu bewahren.« Sie wies mit einer eleganten Geste auf das Gemälde, das sie selbst als Ehestifterin zeigte.

Wilhelm schwieg zunächst, obgleich er fürchtete, dass sie gleich wieder ihre Verdienste aufzählen würde, wie sie es so gern tat. »Es gibt noch immer viel zu tun. Die Besitztümer unseres Hauses müssen vor den Verheerungen des Krieges geschützt werden. Ich werde mit dem französischen König über die Sicherheit von Grave und unserer anderen Städte und Schlösser verhandeln, natürlich *privé*«, sagte er dann. Sein Chargé d'affaires, Sieur Rumpf, war dabei, ein Übereinkommen zu vereinbaren. Er wollte auf keinen Fall auf die offiziellen Botschafter angewiesen sein; wozu hatte er seine Getreuen, die bereit waren, für ihn diplomatische Aufträge zu übernehmen? Es spielte keine Rolle, dass er dafür keinen offiziellen Auftrag der Generalstaaten hatte. »Was alles andere angeht, sind die französischen Forderungen natürlich inakzeptabel.«

Seine Großmutter wandte sich ihm zu. Der schwarze Atlas ihres Kleides knisterte, und ihr Perlenschmuck schimmerte im Kerzenschein, doch ihre Augen waren trüb. »Das ist sehr gut, reicht jedoch nicht. Man muss seine Verdienste und seinen Stand herausstellen. Man muss allen immer wieder demonstrieren, dass man etwas Besonderes ist, sonst vergessen sie, einem den nötigen Respekt entgegenzubringen. Es wäre angemessener gewesen, Eure Wiedereinsetzung anständig zu feiern, Hoheit.

Glaubt Ihr, König Ludwig, der ›Sonnenkönig‹, ließe sich durch den Krieg von der Zurschaustellung seiner Größe abhalten? Stattdessen überlasst Ihr Eure Feier diesem van Nassau, dem Bastard meines verstorbenen Schwagers, der sich anmaßt, sich als ›Heer van Odijk‹ anreden zu lassen, obgleich der Titel seinem Bruder gehört!«

Ärger wallte in Wilhelm auf. Er rückte auf die Stuhlkante. »Habt Ihr mich hergebeten, um mich zu rügen?«

»Ich habe Euch hergebeten, um Euch zu vergegenwärtigen, wer Ihr seid. Ihr seid durch Eure Vorfahren mit den wichtigsten Häusern Europas verbunden. Seien wir ehrlich: Ohne die Verdienste Eures Großvaters, meine Wenigkeit, unseren Reichtum und unsere Bemühungen um einen standesgemäßen Lebensstil hätte Euer Vater keine Stuart-Prinzessin heiraten können.« Amalia fächelte sich Luft zu. »Der Krieg ist ohne Frage entscheidend. Aber vergesst niemals, dass Architektur, Kunst und verfeinerte Lebensart wichtig sind, um Eure Gloire herauszustellen.«

Wilhelm erhob sich abrupt. Die *Gloire* wog mehr als Ruhm und Ehre zusammen – als ob er das nicht wüsste! »Ihr habt sicher Verständnis dafür, dass ich mich zurückziehe, verehrte Großmutter.«

»Was glaubt Ihr, warum König Ludwig so exorbitant in Versailles investiert? Das Schloss wird seinen Ruhm genauso mehren wie seine Armee. Oder eine spektakuläre Festivität«, sagte Amalia, als er schon hinausging. »Manchmal ist calvinistische Nüchternheit nicht genug.«

Als Paulus sich einige Stunden später vom Spieltisch erhob und nur mit Mühe eine der Huren abschüttelte, die sich seine Gunst und vor allem sein Geld erhoffte, war er angenehm betrunken. Im Gegensatz zu manchem Kameraden scheute er den Umgang mit den Käuflichen. Er hatte keine Lust, sich für ein flüchtiges Abenteuer die spanischen Pocken zu holen. Oft genug hatte er Kameraden gesehen, die von der Krankheit zerfressen wurden. Die Engländerin hätte ihn gereizt, aber sie war schon lange verschwunden.

Inzwischen hatten die Säle sich geleert, die letzten Gäste wurden von den Dirnen halbherzig umgarnt. Aus einer mit Samtvorhängen verschlossenen Nische hörte er bekannte Stimmen, und er verlangsamte seine Schritte. Sollte er hineinschauen? Nein, betrunken, wie er war, würde er sich nur blamieren. Also lauschte er nur.

»Kievit ist gerade wieder in der Republik eingetroffen«, hörte er eine Stimme. »Seine Jacht hat in Rotterdam angelegt. Er und sein Schwager sind ganz sicher darauf.«

War das Willem Adriaan van Nassau-Odijk? Wovon sprach er? Immerhin war Paulus klar, von wem die Rede war: Der Jurist Johan Kievit und dessen Schwager, der frühere Admiral Cornelis Tromp, waren in die Rittmeister-Verschwörung verwickelt gewesen. Ersterer war in Abwesenheit zum Tode verurteilt worden und vor seiner Strafe ins Ausland geflohen. Fleury de Coulan, der ehemalige Rittmeister Prinz Wilhelms, hatte die Absetzung Johan de Witts und die Wiedereinsetzung der Oranier geplant und war dafür hingerichtet worden, was Wilhelm sehr betroffen gemacht hatte.

»Die beiden haben mit de Witt ohnehin noch ein Hühnchen zu rupfen.«

War das sein Vater? Paulus war nicht sicher. Er beugte sich hinunter, als müsste er sein Strumpfband richten, schwankte aber leicht, sodass er sich auf dem Boden abstützen musste.

»Wir werden uns mit dem Prinzen beraten …«

Die Stimmen wurden leiser. Da Paulus bald gar nichts mehr verstehen konnte und der Schwindel in seinem Kopf zunahm, ging er an die frische Luft. Er sollte zusehen, dass er ins Bett kam. Dennoch kam er nicht zur Ruhe. Wer hatte da gesprochen? Und worüber hatten die Männer beraten?

8

Es war noch dunkel, als Georg sich reckte und die Müdigkeit abzustreifen versuchte. Schlafwarm schmiegte seine Frau sich an ihn, streichelte über seinen Rücken, seine Hüften, den Teil seines Körpers, der ganz und gar nicht müde zu sein schien. Petronella gab ein erfreutes Glucksen von sich. Erregung durchfuhr ihn bei der Berührung ihres weichen, nachgiebigen Körpers. Es war erstaunlich, dass sie noch beinahe die gleiche Leidenschaft füreinander empfanden wie am Anfang ihrer Ehe. Doch er musste sich beherrschen. Petronella war durch die Geburten geschwächt; von der letzten, die erst wenige Monate her war, hatte sie sich nur langsam erholt.

Sein Entschluss geriet ins Wanken, als sie ihn auf sich zog, sein Nachthemd hochschob, sich für ihn öffnete. Georg stieß ein ersticktes Keuchen aus, als Haut auf Haut traf. War es nicht gottgewollt, dass er seinen ehelichen Pflichten nachkam? Außerdem führte nicht jeder Verkehr zu einer Schwangerschaft …

Im selben Augenblick durchschnitt erst ein zartes, dann immer ungnädigeres Quengeln die Stille. Die Spannung zwischen ihnen löste sich auf, beide lachten.

»Ich bringe ihn dir, dann kannst du ihn im Bett stillen«, sagte Georg leise und erhob sich. Langsam tastete er sich durch das Schlafzimmer. Als er seinen Sohn aus der Wiege nahm, verstummte dieser und musterte ihn aufmerksam. Georg neigte nicht zu Sentimentalitäten, er war ein analytischer Kopf wie seine Tochter Elvina, aber nun wurde ihm die Brust doch eng, und Existenzangst überfiel ihn.

Er küsste seinen Sohn und seine Frau, nahm seine Kleidung und schlich durch das schlafende Haus, als wäre er ein geheimer Liebhaber. In seinem Labor schob er den Stapel Rechnungen beiseite und machte sich sofort an die Arbeit. Viel Zeit blieb ihm nicht.

❧

Elvina schlüpfte in das Kleid ihrer Mutter, während ihre Schwestern ihre Flöten quälten, ihre Brüder die Trommeln malträtierten und der Säugling das Seine zur Kakophonie beitrug. Unsere Hausmusik hat mit den üblichen Vorstellungen nichts zu tun, dachte sie und wäre am liebsten hinausgelaufen. Auch Rosa hatte sich abgewandt, sie lehnte an der Fensterbank und sah in den Hof.

Prüfend raffte ihre Mutter den Stoff an der Taille, doch dadurch verformte sich der Brustausschnitt zu einem unförmigen Wulst. »Ich weiß nicht, ob ich das hinbekomme. Vielleicht muss da doch ein Schneider ran.« Fahrig wischte sich Petronella einen Fleck von der Schulter, den ihr Sohn dort hinterlassen hatte. »Was sagst du zu dem Stoff?«

»Er ist in Ordnung«, meinte Elvina wenig begeistert. Sie hatte gehofft, dass sie wie Annabelle ein neues Kleid bekommen würde, doch offenbar fehlte dafür das Geld. »Hoffentlich erkennt Annabelle es nicht wieder. Sie hat einen guten Blick für so etwas.«

»Wir werden es mit Bändern, Borte und Spitze umarbeiten. Dann fällt es nicht auf«, sagte Petronella, richtete ihre Aufmerksamkeit aber nun auf die Magd, die gerade eingetreten war. Die Anprobe schien beendet zu sein.

Vielleicht spreche ich Vater doch noch auf ein neues an,

dachte Elvina. Er musste ohnehin bald aus dem Labor kommen. Oder hatte er ihren Besuch bei Doktor Elsholtz vergessen?

»Brauchst du meine Hilfe? Kann ich etwas tun? Sonst sehe ich nach Vater. Du gehst doch mit zu Doktor Elsholtz?«, fragte sie.

Eine Falte bildete sich auf der Stirn ihrer Mutter. »Ich fürchte, das werde ich nicht schaffen. Hier ist zu viel zu tun. Kannst du Rosa begleiten? Ihr könnt mir anschließend erzählen, was der Herr Doktor gesagt hat.«

Elvina zog das Kleid aus und ging zum Labor. Ihr Vater reagierte sogleich auf ihr Klopfen, obwohl er dem Geruch und den Gerätschaften nach gerade an etwas gearbeitet hatte. »Wir müssen los, oder? Ich bin schon fertig«, sagte er, klappte ein Buch zu und legte einen Stapel Papier darauf.

»Hast du an deinen Rezepten getüftelt?«

Georg legte die Schürze ab und zog Weste und Jackett über. »Wenn es mir gelänge, etwas Neues zu entwickeln, wäre meine Zukunft bei Hofe gesichert«, sagte er gedankenverloren. »Es muss ja gar nicht der Stein der Weisen sein oder das Rezept zum Goldmachen – auch wenn ich weiß, dass der Kurfürst es wie jeder Herrscher begehrt wie nichts anderes. Deshalb interessiert er sich ja auch für diesen Kunckel, einen Alchimisten vom Hof der Sachsen.«

»Und der kann Gold machen?«

»Kunckel behauptet es, hat es aber noch nicht bewiesen. Auch will er kaltes Feuer schaffen.«

»Kaltes Feuer?« Elvinas Interesse war geweckt, doch ihr Vater antwortete nicht. »Ist deine Zukunft bei Hofe unsicher?«, fragte sie. »Bekomme ich deshalb für den Ball nun doch kein neues Kleid?«

Ihr Vater blinzelte verwirrt. »Nein, nein, das ist es nicht. Aber der Umbau verschlingt viel Geld. Und da der Kurfürst drauf und dran ist, in den Krieg zu ziehen, kann es sein, dass auch meine Entlohnung gestundet wird«, sagte er. »Aber verrate es nicht deiner Mutter.«

Das Vertrauen, das ihr Vater in sie setzte, berührte Elvina. »Wenn das so ist, trage ich das alte Kleid mit Stolz.«

Er legte den Arm um ihre Schulter. »Ich wusste, dass ich mich auf dich verlassen kann. Und nun lass uns sehen, was wir für deine Schwester tun können.«

Vor dem Schloss herrschte aufgeregtes Treiben. Waffen wurden auf Wagen verladen, Soldaten angeworben, Pferde vorgeführt. Aus dem Kabinett des Doktor Elsholtz drangen laute Stimmen. »Da schreit jemand«, meinte Rosa beunruhigt und umfasste Elvinas Hand fester.

»Vielleicht hat es einen Unfall gegeben. Wir müssen helfen!« Schon griff Elvina nach dem Türknauf.

»Nicht!« Der Ruf ihres Vaters kam zu spät.

Die Schwestern erstarrten. Mitten im Raum stand eine Liege. Darauf lag ein Mann, dessen Unterarm der Länge nach mit einem tiefen Schnitt geöffnet war. Er wand sich derart schmerzerfüllt, dass er von zwei Knechten festgehalten werden musste. Der Hofmedicus schob das Klistier tiefer in die Wunde. Elvina konnte ihre Augen nicht von den Muskeln und Sehnen abwenden, die die innere Mechanik des Menschen enthüllten. Doch ehe sie herausfinden konnte, was es mit dieser Operation auf sich hatte, wurde sie schon von einem der medizinischen Gehilfen hinausgeschoben.

»Doktor Elsholtz … Ich wollte nicht stören … aber wir … waren wir nicht verabredet?«, stammelte ihr Vater unterwürfig.

Der Hofmedicus sah ihn nicht einmal an. »Durch den nahenden Feldzug muss ich meine Forschung schneller vorantreiben. Was nicht wichtig ist, muss warten.« Er musterte Elvina und Rosa streng. »Ihr solltet besser gehen. Das ist nichts für zartbesaitete Damen.«

Elvina bedauerte den Hinauswurf. Schon oft hatte sie ihrem Vater aus Traktaten aller Art vorgelesen, auch aus Elsholtz' Schrift *Clysmatica Nova*. Darin hatte der Medicus über seine Versuche mit Infusionen berichtet. »Normalerweise legt ein Medicus nicht Hand an den Patienten, oder?«, fragte sie.

Georg wischte sich über die Stirn. »Nein, das überlässt er den Barbieren, Chirurgen oder Feldscherern. Nur bei seinen Experimenten macht Doktor Elsholtz manchmal eine Ausnahme.«

»Was macht der Doktor mit dem armen Mann?«, fragte Rosa, auf deren Gesicht noch immer Entsetzen stand.

»Ich nehme an, er fügt dem Blut eines Kranken eine Flüssigkeit zu, damit es ihm besser geht.«

Rosa schauderte. »Es sieht nicht so aus, als ob es dem Kranken gut ginge. Ich will auf keinen Fall, dass dieser Fiesling meinen Rücken behandelt!«

»Rede nicht so über den Leibarzt! Du weißt, wie viel Einfluss Doktor Elsholtz hat«, widersprach ihr Vater jedoch entschieden. »Seine Forschungen können heilsam für uns alle sein!«

Dass der Doktor auch Hunde aufgeschnitten und ihnen ein Opiumextrakt eingespritzt hatte, um festzustellen, dass diese dadurch betäubt wurden, verschwieg Elvina ihrer Schwester lieber. Elsholtz war der Ansicht, dass sich seine Ergebnisse auch auf den Menschen übertragen ließen. So behauptete er, ein melancholischer Mann könne, wenn ihm das Blut seiner lebhaften Frau zugefügt werde, ebenfalls munterer werden. Elvina wusste nicht recht, was sie davon halten sollte.

»Aber mich wird er nicht trakt… behandeln, oder? Du suchst mir einen anderen Arzt?« Rosa sah ihren Vater flehend an.

In der Hofapotheke war die Hölle los. Georg ärgerte sich noch immer über Doktor Elsholtz' Verhalten. Nicht nur hatte dieser ihren Termin vergessen, sondern er hatte ihn auch noch vor seinen Töchtern brüsk abgefertigt. Was dieser Kerl sich einbildete! Und was machten sie nun mit Rosa, deren Rücken zusehends krummer wurde?

Da er keine Antwort darauf wusste, schob Georg das Problem zur Seite und machte sich mit höchster Konzentration an seine Arbeit. Auch er bereitete alles für den Feldzug vor. Nicht nur die Medizin für den Kurfürsten selbst, auch Medikamente für seine Soldaten wurden angefertigt. Georg ging die lateinisch geschriebene Liste durch. Da war zunächst das Übliche: vorbeugende Pestmittel wie Theriak, Mittel gegen Husten und Fieber, Schlagwasser, Zimtwasser und Muskatnussbalsam für die Pulsadern. Und natürlich *Aqua vitae*, das gegen die Pest und verschiedenste Gebrechen eingesetzt wurde. Während Georg die Destillation in Gang setzte, lauschte er den Gesprächen der anderen. Er musste einen besseren Posten erringen, musste erster Hofapotheker werden – aber wie nur, wie?

»Kurfürstin Dorothea hat um ein Heilmittel gebeten … ein Frauenleiden … Ich bin aber im Auftrag des Kurfürsten an Medikamenten gegen die Podraga beschäftigt«, sagte einer der Hofapotheker genervt.

»Das kann ich übernehmen«, meldete sich Georg zu Wort. »Ich kenne mich mit Arzneien gegen Frauenleiden ebenso gut aus wie mit anderen Mitteln.« Er glaubte, ein spöttisches Lächeln auf den Gesichtern seiner Kollegen zu erkennen, entschied sich aber, es zu ignorieren. Er brauchte direkten Zugang zum Hof, egal wie.

Die Gemächer der Kurfürstin waren aufs Edelste ausgestattet, vor allem die Gemälde im niederländischen Stil und die Wandteppiche gefielen Georg. Für einen Moment stellte er sich vor, dass Elvina unter den Hofdamen wäre. Mit ihrer Schönheit und Grazie wäre sie für den Hof des Kurfürsten eine Zier. Wenn nur ihr niedriger Stand nicht wäre …

Georg sah sich um. Auch hier wurde Reisekleidung in große Kisten gepackt. Dachte die Kurfürstin etwa daran, ihren Gatten auf den Feldzug zu begleiten? Das würde allerdings zu den Bestellungen passen, die Georg in einem kleinen Kästchen mit sich trug. Seine Gedanken schweiften ab, während ein Lakai ihn durch die Gemächer führte. Dorothea Sophie Prinzessin von Holstein-Sonderburg-Glücksburg, verwitwete Herzogin von Braunschweig-Lüneburg-Celle war seit vier Jahren mit dem Kurfürsten verheiratet. Die beiden führten, soweit man es von außen beurteilen konnte, eine glückliche Ehe. Dennoch war die Kurfürstin bei Hofe nicht unumstritten. Es hieß, sie sei ein eher schlichter, bäurischer Charakter – sogar trinkfest – und Gunstbezeugungen materieller Form nicht abgeneigt. Vor allem der französische Hof versuche, sie durch Geschenke gewogen zu machen, raunte man. Gleichzeitig wollte die Kurfürstin anscheinend, dass ihr Gatte sein Testament änderte, damit ihre Nachkommen denen aus seiner ersten Ehe gleichgestellt wurden. Verdenken konnte Georg ihr diesen Wunsch nicht, zumal die Kurfürstin ihren häufig kranken Gatten hingebungsvoll umsorgte.

»Mit Verlaub … Wenn Ihr mit auf den Feldzug geht, sollte es mir erst recht erlaubt sein.« An der tiefen, schroffen Stimme erkannte Georg, dass Kurprinz Karl Emil sprach. Vielleicht sollte er sich lieber unauffällig zurückziehen, denn mit dem Kurprinzen war nicht gut Kirschen essen, wenn er wütend war. Es hieß sogar, vor einiger Zeit habe Karl Emil einen Dienstboten mit einer Pistole bedroht.

»Wenn ich Euch daran erinnern darf, ist Eure Ausbildung

noch nicht abgeschlossen. Euer Vater ist kränklich und bedarf meiner ständigen Aufmerksamkeit.« Das war die Kurfürstin.

»Ich durfte wegen des Krieges nicht einmal eine Kavalierstour machen! Lasst wenigstens den leidigen Unterricht aufheben!«

»Ihr beweist gerade selbst, dass Ihr noch viel zu lernen habt, verehrter Kurprinz.« Kurfürstin Dorothea wandte sich demonstrativ von ihrem Stiefsohn ab, während Georg vorsichtig näher trat. Natürlich erkannte sie ihn nicht, lächelte aber wohlwollend, als der Lakai ihn vorstellte. Mit einer entschiedenen Geste entließ sie Karl Emil, was dem jungen Mann die Zornesröte ins Gesicht trieb.

Als der Kurprinz gegangen war, sagte Georg: »Ich habe für Eure Hoheit ein Medikament zusammengestellt, das Euch guttun dürfte. Die Schlangenwurzel wird gegen die Mutterkrankheit helfen.« Er öffnete das Kästchen und holte die hübsche Phiole hervor, die er aus seinen persönlichen Mitteln bezahlt hatte.

Sie beäugte sie wohlwollend. »Ich hoffe es! Bislang waren alle Arzneien nutzlos.«

»Mit Verlaub.« Georg beugte den Kopf. »Dieses hier ist erprobt. Meine Gattin und ich haben selbst sieben Kinder, und ihr hat dieses Mittel stets geholfen.«

»Dann habe ich Hoffnung. Ehrlich gesagt, sind die Herren Hofapotheker sich ansonsten zu fein für derartige Arzneien. Oder sie nehmen uns Damen einfach nicht ernst.«

Georg wunderte sich über die Offenheit der Kurfürstin. So etwas hätte Luise Henriette, die erste Gattin des Kurfürsten, nie gesagt. »Was ein Fehler ist, schließlich tragt Ihr ebenfalls Verantwortung für das Haus Brandenburg-Preußen.« Er holte den Pomander in Form einer goldenen Eichel hervor. »Ich habe mir erlaubt, Euch zur Unterstützung Weißlilienöl für Einreibungen gegen den Bauchfluss herzustellen. Diesen Duftball habe ich mit einem Mittel gegen die Pest gefüllt.«

Nervös trat er einen Schritt zurück. Er hatte die Medikamente abgegeben. Jetzt war es an der Zeit, sich zurückziehen. Elvina kam ihm in den Sinn. Mit ihren Kenntnissen wäre sie der Kurfürstin eine gute Gefährtin. Wenn diese sie in ihre Dienste nähme, wäre sein Stand bei Hofe gesichert, ebenso die Zukunft seiner Familie. Sogar seinem neugeborenen Sohn stünde irgendwann eine vielversprechende Laufbahn offen. »Viele Frauen kennen sich ausgezeichnet mit Arzneien aus. Meine Tochter beispielsweise ist eine ausgezeichnete Chemikerin und kundige …«

Bevor Georg den Satz beenden konnte, trat ein Mann ein. Es war Doktor Elsholtz. Sein Blick blitzte zu Georg, dann wandte er sich der Kurfürstin zu. »Ihr habt mich rufen lassen, durchlauchtigste Hoheit?«

Die Kurfürstin nickte ihm zu. Georg begriff sofort. Unauffällig zog er sich zurück.

Elvinas Herz flatterte, als ein Diener in Livree sie in den Saal führte, in dem ihre Cousine sich zu den Klängen eines Cembalos und den Taktschlägen des Tanzlehrers auf dem Parkett drehte. Das Stadtpalais ihrer Tante und ihres Onkels hatte seine besten Tage hinter sich, was aber durch den altehrwürdigen Stammbaum der Familie wettgemacht wurde.

Sogleich brach Annabelle ab und eilte ihr entgegen, um sie in die Arme zu schließen. »Ich bin froh, dass du gekommen bist! Immer allein zu üben ist langweilig! Und Cunrat ist ein unwilliger Tanzpartner, obgleich es ihm gut zu Gesicht stünde …«, plapperte sie sofort los. Leiser fügte sie hinzu: »Und – hast du an die Mittel gedacht?«

Elvina zeigte ihr den Tiegel und den kleinen Beutel. »Eine Hautsalbe mit Wachs, Borax, Kampfer und Walrat, außerdem weißes Sublimat, ein Pulver gegen Hautunreinheiten. Ich zeige dir später, wie man beides aufträgt.«

Annabelle strahlte. »Danke! Du bist die Einzige, auf die ich mich verlassen kann! Die anderen Mädchen bei Hofe sind alberne Ziegen, die sich immer selbst ins beste Licht rücken wollen!« Ihre Cousine umarmte sie. »Hast du endlich den Stoff für dein neues Kleid ausgesucht? Man trägt die Taille jetzt tief und die Ärmel nur ellbogenlang, aber gepufft – das weißt du, oder? Wirst du ein Korsett darunter tragen wie die feinen Damen? Meines wird aus Fischbein hergestellt.«

»Drückt das nicht schrecklich?«, wich Elvina aus.

»Nein, gar nicht! Es wird ja eigens für meine Körpermaße geschneidert. Außerdem ist es auf zwei Seiten schnürbar, sodass ich es nach einem üppigen Mahl anpassen kann, wenn ich nur noch nach Hause rollen möchte.« Kichernd spielte Annabelle diesen Zustand, doch der Tanzlehrer rief sie sogleich zur Ordnung.

»Wir lernen eine Bourrée – angeblich das Neueste am französischen Hof!«, wisperte Annabelle noch, dann ging es los.

Der neue Tanz war kompliziert, ein einziges elegantes Hüpfen und Tänzeln, und Elvina war froh, dass sie mit Annabelle üben konnte.

Nach einer Weile schien es Annabelle langweilig zu werden. Sie rief einen Diener zu sich, flüsterte ihm etwas zu, woraufhin er hinauseilte. Gleich darauf stürzte Cunrat in den Saal, wie immer mit seinen Waffen gegürtet. »Was ist passiert? Du hast um Hilfe gerufen?« Irritiert blickte er sich um. Seine Augen streiften Elvina flüchtig.

Annabelle kicherte. »Der Tanz ist so schwierig. Wir müssen gerettet werden, ehe wir uns blamieren.«

»Du willst, dass ich mit euch tanze? Mit dir und mit ... *ihr?*«

Cunrat klang abschätzig, und Elvina schoss die Hitze in die Wangen.

»Nur ein paar Tänze. Es ist auch zu deinem Besten.«

Cunrat schnaubte und stürzte hinaus. Annabelle zog lachend die Schultern hoch. »Ich hoffe, Karl Emil ist nicht so unhöflich.«

Kaum waren sie wieder allein, trat Annabelles Vater ein. Es war schwierig, in seinen scharfen Zügen keine Missbilligung zu lesen. Wo ihre Mutter weich und nachgiebig war, schien Petronellas Bruder schroff und kühl zu sein. Er rief seine Tochter zu sich. »Hast du Cunrat wegen dieser Albernheiten von seinen Verhandlungen mit unseren Pächtern weggerufen? Was fällt dir ein?« Auch er schien Elvina am liebsten ignorieren zu wollen. »Was hat sie hier zu schaffen? Du solltest auf einen angemessenen Umgang achten!«, hörte Elvina ihren Onkel zischen. Dabei hatte Annabelle ihr versichert, ihre Eltern wüssten Bescheid!

»Ich muss mich entschuldigen. Habt Dank für Eure Gastfreundschaft«, sagte Elvina laut und knickste.

»Bleib doch noch!«, rief Annabelle enttäuscht und stampfte trotzig wie ein Kind auf. »Vater, Ihr müsst es ihr erlauben!«

In der Eingangshalle traf Elvina zu ihrer Überraschung auf ihren eigenen Vater. Die beiden Männer nickten einander zu, redeten kurz, dann übergab Georg seinem Schwager eine Phiole, bevor er mit Elvina das Palais verließ.

»Mein Onkel ist wirklich unangenehm. Es schien ihm nicht recht zu sein, dass Annabelle mich zum Tanzunterricht eingeladen hat«, wisperte sie.

»Dein Onkel hat Probleme, die auf sein Benehmen abfärben. Denk allein an das Wetter, das die Ernte auf seinen Besitztümern verhagelt hat. Und dann seine Gesundheit. Mach dir nichts daraus. Sobald ich erster Hofapotheker bin, wird er gegen deinen Umgang mit deiner Cousine nichts mehr einzuwenden haben.«

Elvina musste sich eilen, um mit ihm Schritt zu halten. Ihr Vater schlug nicht den Weg zu ihrem Haus ein. »Wohin gehen wir?«, wollte sie wissen.

»Zum Schneider. Du hast ein neues Kleid für den Ball verdient, und du wirst es bekommen. Der ganze Hof soll sehen, wie schön du bist.«

9

Je näher sie Amsterdam kamen, umso größer wurde Max' Sorge. Menschenmassen strömten der Stadt entgegen. Die Wasserlinie mochte sie vor dem Feind schützen, aber sie hatte zugleich unzählige Menschen obdachlos gemacht. Die Straßen waren von dem vielen Verkehr und der Nässe so aufgewühlt, dass sie einer Rutschbahn glichen. Beinahe war es ein Glück, dass sie kaum Gepäck hatten. Bei strömendem Regen und Sturm hatten sie 's-Gravenhage verlassen, bei ebenso widrigem Wetter kamen sie an. Um sie herum schnupfte und hustete es. Floris maulte hingebungsvoll über die Strapazen. Er hatte sich bei Debora eingehakt, und es schien, als würden Mutter und Sohn sich gegenseitig stützen. Dass es in der Ferne donnerte, trieb die Flüchtenden nur noch mehr an. »Das sind bestimmt Kanonenschüsse. Wir sollten weglaufen!«, drängte auch Floris.

»Das ist nur ein Gewitter«, versuchte Max, ihn und sich selbst zu beruhigen.

Vor ihnen erstreckten sich die backsteinroten Stadtmauern Amsterdams. Unzählige Hausdächer und Kirchtürme ragten in den Himmel, dazwischen lugten immer wieder Schiffsmasten hervor. Noch nie hatte Max eine so große Stadt gesehen. Sein Vater hatte ihn vor einigen Jahren zwar schon einmal nach Amsterdam mitnehmen wollen, aber Max hatte eine Ausrede vorgeschoben, denn er mochte Städte nicht. Auch als sie endlich den Wall durchschritten, schauderte er angesichts der vielen Menschen und der engen Häuserschluchten. Die Straßen waren

überfüllt, in jedem Winkel kampierten Flüchtlinge. Verstüm-
melte Veteranen, Missgebildete, Bettler, Wachen, die Dieben
nachstellten, berittene Patrouillen. Ein Stück weiter standen
lautstark feiernde Seeleute vor den Tavernen, Bierkrüge und
Tonpfeifen in den Händen. Geschminkte Frauen mit so weit
entblößten Brüsten, dass es ihm die Schamröte ins Gesicht trieb.

Debora blieb stehen, wankte.

»Was ist, Mutter? Geht es dir schlechter?«, fragte Max besorgt.

Sein Bruder klagte: »Ich kann auch nicht mehr. Meine Füße
sind ganz wund.«

Der Blick ihrer Mutter ging ins Leere. Sie schien in Gedanken weit weg zu sein. »Ehe ihr geboren wurdet, habe ich
euren Vater nach Amsterdam begleitet. Wobbe hat die Stadt ge-
liebt. Hier gab es die besten und seltensten Pflanzen aus fernen
Ländern, weil die Fernhandelskompanien hier anlanden. Wie
beeindruckt ich war! So schöne und hohe Häuser hatte ich noch
nie gesehen!«, sagte Debora leise. Sie sah Max an. »Wobbe enthüllte mir auch ein Geheimnis des Grachtengürtels: Hinter den
abweisenden Fassaden verbergen sich weitläufige und wahrlich
zauberhafte Gärten. Ich wünschte, er wäre hier, um euch diese
Oasen zu zeigen.«

»Das wünschte ich auch«, sagte Max mit zugeschnürter
Kehle.

Langsam gingen sie weiter. Max versuchte, sich auf das
Stadtbild zu konzentrieren, doch es war schwierig, das Elend
der Flüchtlinge zu ignorieren. Also betrachtete er das Grün, die
Blumensträuße und Töpfe mit einzelnen Tulpen in den Fenstern, die Zierbüsche in Terrakottakübeln vor den Häusern. Ihn
überraschten die vielen Ulmen, die die Grachten flankierten und
die teilweise mit Holzwänden geschützt waren. Erst als er einen
Mann sah, der an einem ungeschützten Baumstamm seinen

Urin abschlug, wusste er, warum. Die Pfosten mit den kleinen Glaskästen mussten für die neuartige Straßenbeleuchtung sein, von der er gehört hatte. Was für ein verlockender Gedanke, sich des Nachts in einer Stadt sicherer zu fühlen, weil sich niemand in der Finsternis verstecken konnte. Amsterdam war wahrlich die Krone der Welt, wenn es ihren Bewohnern so etwas bieten konnte!

Ein Greis, der von einer Mauer Unglücksbotschaften verkündete, lenkte ihn ab. Vor ihm knieten Leute in der schlichten schwarzen Tracht der Strenggläubigen und reckten die gefalteten Hände in den Himmel. Der Greis schrie sich in Rage: »Und die Erde spie Rauch aus. Und der französische König hatte die Gestalt Nebukadnezars angenommen. Und der Tyrann schrie: ›Tötet, tötet, denn die Verfolgung ist gerecht!‹«

Eine der Knienden riss an Deboras Kleid. »Bete mit uns, denn das Ende ist nah!«

Erschrocken machte Debora sich los und wankte weiter. Eilig holten Max und Floris sie ein. Ist das alles wirklich gottgewollt?, fragte Max sich. Ist der Krieg ein Zeichen für die nahende Apokalypse?

»Wie weit ist es denn noch? Mein Magen hängt in den Kniekehlen«, quengelte Floris. Die üppig bestückten Auslagen der Händler verschlang er beinahe mit den Augen. Krosses Brot, süßes Gebäck, sahniger Käse, knackiges Gemüse. Die Versorgung mit Lebensmitteln war in Amsterdam offenbar mehr als gesichert – noch zumindest. Als der Junge im Vorbeigehen einen Apfel stehlen wollte, schlug Debora ihrem Sohn auf die Finger. Doch die Händlerin hielt sie auf und schenkte jedem von ihnen einen Apfel. Beschämt bedankten sie sich und verschlangen das Obst im Nu.

Wenig später ragte vor ihnen unvermittelt der Turm einer Kirche zwischen eng stehenden Giebelhäusern auf. Vor dem

Gemeindehaus wurde aus großen Kesseln Essen verteilt; weithin standen die Menschen an, angelockt vom Duft des Eintopfs. »Wollen wir uns auch anstellen?«, fragte Floris.

Debora schüttelte den Kopf. Sie sah kaum auf, starrte bei jedem Schritt auf das Straßenpflaster, als fürchtete sie zu stolpern. »Wir sind keine Bettler! Und auch keine Diebe!«

Max war ebenfalls flau vor Hunger. Die letzte richtige Mahlzeit war lange her, und sie alle mussten bei Kräften bleiben. »Aber Geld haben wir auch nicht«, wandte er ein. »Wer weiß, wie lange wir brauchen, bis wir die Adresse gefunden haben.« Dass sich die in Aussicht gestellte Hilfe auch auf Unterkunft und Verpflegung erstrecken würde, wagte er zu bezweifeln.

»Wir gehen weiter. Der Händler hat sein Haus am Dam, das ist nicht mehr weit«, entschied Debora.

Tatsächlich hatten sie den Hauptplatz der Stadt bald erreicht. Der Dam war riesig, und das Rathaus war das größte und prächtigste Bauwerk, das Max in seinem Leben gesehen hatte, mit unzähligen Fenstern und etlichen Türmchen. Die Kirche daneben wirkte klotzig, vermutlich auch, weil der Bau zwar hoch war, aber keinen Turm hatte.

Überwältigt sah Max sich um. Viele Fassaden waren mit Skulpturen oder Ornamenten geschmückt, steinernen Blumenranken oder Tierwesen. Giebelsteine verrieten, womit der Besitzer sein Geld verdiente oder was ihm wichtig war.

»So viele Leute habe ich noch nie gesehen!«, staunte Floris. »Und wie bunt die Fremden angezogen sind!« Auf einmal schien sein Hunger vergessen zu sein. »Seht nur!« Er wies auf Bürger in schwarzer Tracht und Spitzenkragen, die neben Orientalen mit Turban und sonstigen fremdartigen Kopfbedeckungen, Bauern und herausgeputzten Adeligen über den Platz flanierten. Kaufleute handelten lautstark. Greise saßen an einer Hauswand und plauderten, Kinder hüpften auf Steckenpferden. Es gab sogar

Spielleute, deren Musik jedoch viel zu schrill und fröhlich in Max' Ohren klang.

Mühsam riss Max sich von ihrem Anblick los und suchte stattdessen die Hausreihen ab. Schließlich wies er auf ein Haus mit buntem Giebelstein, auf dem eine Arche zu sehen war. »Da muss es sein. So zumindest ist es im Brief beschrieben.«

Auf den ersten Blick schien der Händler alles Mögliche im Angebot zu haben, nur Pflanzen nicht. Als sie aber eintraten, sah Max in den Fenstern einige Töpfe mit besonderen Tulpen und hinter dem Tresen etliche Schalen mit Blumenzwiebeln.

Eine verkniffen wirkende Frau mit gestärkter weißer Schürze, die gerade Gewürze in eine Feinwaage füllte, musterte sie kurz, entschied anhand ihres Aussehens aber offensichtlich, dass kein großes Geschäft zu machen sei, und fragte kühl: »Wie kann ich Euch behilflich sein, Mevrouw?«

»Wir suchen Mijnheer Haan. Ich habe einen Brief für ihn.«

Die Verkäuferin kippte die duftenden Gewürznelken in einen Beutel. »Mijnheer Haan ist nicht da. Ihr müsst später wiederkommen. Oder morgen.«

»Wir müssen ihm den Brief heute übergeben. Es ist dringend«, sagte Debora fest.

»Ich weiß nicht, wann er wieder hier ist.«

»Es eilt wirklich. Wo finden wir ihn?« Verzweiflung hatte sich in Deboras Stimme geschlichen. »Der Brief ist von meinem Schwager, Chim Schöppen aus Cölln an der Spree. Er treibt mit Mijnheer Haan Handel.«

»Wenn das so ist, dann geht ins Kaffeehaus. Dort findet ihr ihn.«

Max nickte. Im Haag hatte es im Hofsingel ebenfalls eines dieser neumodischen Kaffeehäuser gegeben, aber er war nie darin gewesen. Er hatte sich bei seinen Spaziergängen allerdings bereits davor herumgetrieben und war mit einem Gast ins Gespräch gekommen, der ihm begeistert von der Zubereitung und der ebenso heilsamen wie stärkenden Wirkung des Tranks berichtet hatte.

Als sie wieder auf den Dam traten, war vor dem Rathaus ein Tumult ausgebrochen, und Wachen knüppelten die Protestierenden nieder. Eilig wichen sie ihnen aus und folgten der Wegbeschreibung. Die Luft im Kaffeehaus war dick vom Rauch unzähliger Pfeifen und dem Gebräu, das hier geröstet, gekocht und ausgeschenkt wurde. Sie fragten sich zu Mijnheer Haan durch und fanden ihn schließlich in ein hitziges Gespräch vertieft.

»Ich kann es auch nicht ändern, dass der Schiffsverkehr derzeit beeinträchtigt ist«, sagte er in dem Moment, als sie an seinen Tisch traten. Eine Unterbrechung schien ihm gerade recht zu kommen, denn er wandte sich ihnen demonstrativ zu. Debora stellte sich vor und reichte ihm den Brief.

Der Kaufmann las, wirkte aber wenig begeistert. »Ihr kommt direkt aus 's-Gravenhage?«

Debora wollte von ihrer Flucht erzählen, doch ihre Stimme brach. Erst jetzt schien der Händler zu bemerken, wie es um sie stand. »Wo ist nur meine christliche Nächstenliebe geblieben? Mein Geschäftsfreund sucht um eine Gefälligkeit nach – und wie reagiere ich auf seinen Wunsch? Aber Ihr müsst das verstehen: So viele bitten in letzter Zeit um Hilfe, und es gibt so viele geschäftliche Probleme, dass man sein Herz verschließen muss, um sich nicht zu überfordern«, sagte er und schob die leere Kaffeetasse von sich. »Folgt mir in mein Haus.«

Max unterdrückte ein Seufzen. Also zurück zum Dam.

Wenig später führte Mijnheer Haan sie durch den Laden direkt in die Küche und hieß die Magd, eine Mahlzeit aufzutragen. Max hätte gern vornehme Zurückhaltung an den Tag gelegt, aber beim Anblick von Brot, Butter, Käse und Wurst gab es für ihn kein Halten mehr. Debora und Floris ging es ebenso.

Auch die Buttermilch stürzten sie hinunter. Während sie aßen und tranken, berichtete Max stockend, was ihnen widerfahren war.

Mijnheer Haan sah ihnen zu. »Es ist wahr, die Lage ist brisant, und sie hat sich durch die Wiedereinsetzung des Prinzen von Oranien nicht gerade verbessert. Und jetzt, da abzusehen ist, dass Prinz Wilhelm etliche Regenten entmachten wird, gehen auch noch die Staatsgesinnten auf die Straße.« Er räusperte sich. »Gerade in Amsterdam sorgt die Abschaffung des Ewigen Edikts für Aufruhr. Niemand hat vergessen, dass Prinz Wilhelms Vater die Stadt unterwerfen wollte. Man fürchtet, dass der Sohn nun auf Rache sinnt. Aber das werden sich die Staatsgesinnten nicht gefallen lassen. Deswegen steht uns neben dem Krieg mit den Königen und Fürstbischöfen auch noch ein Bürgerkrieg bevor. Das ist nicht gut, schon gar nicht fürs Geschäft.« Bekümmert schüttelte er den Kopf.

»Werdet Ihr der Bitte meines Schwagers nachkommen und uns helfen?«, fragte Debora unsicher.

Der Kaufmann musterte sie so eingehend, dass Debora die Augen niederschlug. »Soweit es mir möglich ist, werde ich das.« Er trommelte mit den Fingern auf dem Tisch. »Allerdings sind die Frachtraten exorbitant. Im Hafen wird scharf kontrolliert. Zu viele Reiche haben ihr Hab und Gut außer Landes gebracht, vor allem nach Hamburg. Und dorthin müsst Ihr ja, um von dort aus nach Brandenburg zu schippern.«

Da seine Mutter nicht weiterredete, ergriff Max das Wort. »Wann geht Euer nächstes Schiff dorthin ab?«

»Wenn alles gut geht, morgen früh. Ich werde versuchen, euch an Bord zu schaffen. Aber versprechen kann ich nichts.« Mijnheer Haan erhob sich.

Max' Magen krampfte – er war keine große Mahlzeit mehr gewohnt. Dazu kam die Sorge. Würden sie auf die Straße zurückmüssen? Wo sollten sie hin? Es war ihm unangenehm, den Mann zu bedrängen, aber seine Mutter war nicht in der Lage zu fragen. »Wäre es möglich, dass wir bis dahin hierbleiben? Wir benötigen nicht viel Platz …«

»Ich kann in meinem Haus niemanden mehr unterbringen. Meine Familie und das Gesinde sind zahlreich, und ich sagte schon, dass ihr nicht die ersten Hilfesuchenden seid«, brummte Mijnheer Haan. Dann jedoch seufzte er. »Viel kann ich nicht bieten. Ihr könnt eine Nacht im Lager schlafen, wenn meine Gattin einverstanden ist.«

Es stellte sich heraus, dass ausgerechnet die Verkäuferin mit der gestärkten Schürze die Hausherrin war. »Wir können nicht noch mehr Menschen versorgen!«, beschied sie ihrem Mann. »Wenn es so weitergeht, nagen wir bald selbst am Hungertuch! Du musst auch an unsere Kinder, unsere Verwandtschaft, unser Gesinde und mich denken! Wozu haben wir in der Stadt so viele mildtätige Einrichtungen und Armenhäuser!« Sie musterte Max. »Wer kräftig genug ist, soll im Werkhaus für seinen Lebensunterhalt arbeiten.«

»Es ist nur für eine Nacht, und ich habe es bereits zugesagt«, beharrte ihr Mann.

Widerwillig wies sie ihnen einen Winkel im engen Speicher des Hauses zu. Debora und Floris breiteten ihre Umhänge aus und schliefen kurz darauf ein, obgleich Knechte in der Nähe mit Fässern und Warenbündeln hantierten. Max hingegen war unruhig. Hoffentlich konnten sie morgen tatsächlich an Bord des Schiffes gehen!

Noch vor Sonnenaufgang wurden sie von einer Magd geweckt, die ihnen ein Broodje kaas in die Hand drückte. Draußen bot sich Max ein Bild, wie er es noch nie gesehen hatte: Platz und Straßen waren durch unzählige Laternen erhellt. Wie ein leuchtendes Band durchzogen sie trotz des Regens die Stadt, selbst im Dunst konnte er weit von einem zum anderen Licht sehen.

»Was für ein Wunder!«, staunte auch Floris. »Das sind ja eins, zwei …«, er begann zu zählen, »… fünfzehn, achtzehn … und noch viel mehr! Meinst du, dass jemand jeden Abend jede dieser Lampen anzündet und morgens wieder löscht?«

»So muss es wohl sein.«

An der Gracht bestiegen sie einen voll beladenen Kahn. Regen prasselte auf sie nieder. Die Laterne eines Wachkahns glomm im Dunst. Heftige Böen brachten das Boot zum Schwanken, als es die Weite des IJ erreichte. Das Hafenbecken war voller großer und kleiner Schiffe, wie eine schwimmende Stadt wirkte es. Plötzlich erklangen Rufe vom Kai, und Ruderboote schossen auf sie zu und schoben sich in ihre Fahrtrichtung.

»Lasst uns durch. Wir haben dringende Fracht!«, rief ihr Bootsmann.

Einer der Ruderer lachte höhnisch. »Das kennen wir! Holland soll ausgeplündert werden! Freut euch nicht zu früh! Ihr bleibt schön hier in der Stadt!«

Der Bootsmann gab das Zeichen, langsam weiterzufahren, doch einige der Ruderer holten Gewehre aus den Rümpfen. Floris stieß einen erschreckten Laut aus, Debora war starr vor Angst, und Max hätte sich am liebsten versteckt. »Ihr wollt doch nicht etwa auf uns schießen! Die Waren gehören einem angesehenen Amsterdamer Händler, der in Hamburg seinen Geschäften nachgehen will!«, rief der Bootsmann.

»Das haben wir schon viel zu oft gehört, und dann waren doch Gold und Silber in den Kisten! Zurück mit euch!«

Ihnen blieb nichts anderes übrig, als umzukehren. Als sie wieder vor dem Kaufmannshaus festmachten, waren sie durchnässt und geschockt. Mijnheer Haan tobte, als er vom Verhalten der fremden Bootsknechte hörte. »Ich werde beim Stadtrat gegen diese Behandlung protestieren!«, schimpfte er und wollte losstürmen.

Max hielt ihn auf. »Und was ist mit uns?«

Der Kaufmann sah an ihm vorbei. »Ich weiß nicht, wann wir einen neuen Versuch starten können. Bis dahin müsst ihr sehen, wo ihr bleibt.«

Floris wirkte, als würde er gleich weinen, als sie auf den Dam hinaustraten. Debora ließ sich gegen eine Beischlagwange sinken. »Was soll denn nun aus uns werden?«

»Wir werden schon etwas finden, wo wir unterschlüpfen können.« Max warf seiner Mutter einen kurzen Blick zu. »Für falschen Stolz ist jetzt nicht die Zeit.«

Deboras Blick flog durch das Armenhaus, das riesig und doch völlig überfüllt war. Es roch nach feuchter Kleidung, Ausscheidungen und Krankheit. Die Verzweiflung war mit Händen zu greifen, und das Einzige, was die Aufseher zu bieten hatten, schien dünne Suppe und Strenge zu sein. Für das Werkhaus aber, von dem Mevrouw Haan gesprochen hatte, waren Floris und sie zu schwach.

»Wartet hier. Ich erkundige mich, ob wir bleiben können«, sagte Max. Die Leute machten ihm Platz, und Debora sah ihm erstaunt über seine Wirkung nach.

Floris ließ sich an sie sinken. So weinerlich war er doch sonst nicht! Debora zupfte an ihrem Halstuch, damit man die Schnittwunde nicht sah, die der Söldner ihr zugefügt hatte. Das Messer hatte er ihr an den Hals gepresst, damit sie stillhielt, als er … Ihr Herz raste unvermittelt, wie stets, wenn sie an den Überfall dachte. Noch schlimmer war, dass ihre Blutung ausgesetzt hatte. Inständig hoffte sie, dass sie nicht schwanger war. Sie würde nie wissen, ob es das Kind ihres Gatten oder das des Vergewaltigers wäre.

Debora war erleichtert zu sehen, dass sich ihr Erstgeborener derart um sie kümmerte. Sie wusste, dass Max all diese Gespräche schwerfielen. Er war immer am liebsten im Garten oder auf dem Feld gewesen. Pflanzen verstand er, aber mit Menschen wusste er manchmal nicht umzugehen. Wobbe war genauso gewesen, weshalb er es auch nie zu einer Anstellung bei Hofe gebracht hatte. Sie sah auf und bemerkte, dass sie kritisch gemustert, von manchen sogar frech angestarrt wurden. Jemand nieste ihnen beinahe ins Gesicht.

»Können wir rausgehen ... bitte«, wisperte Floris. »Ich bin müde. Ich möchte nach Hause.«

»Ja, ich auch.« Debora küsste ihren Sohn auf die Stirn. Seit Wochen fühlte sie sich, als steckte sie in einem Albtraum fest. Der brutale Überfall auf ihren Hof, der Tod ihres geliebten Mannes, die Flucht – eines wäre schon schlimm gewesen, aber gleich alles ... Die Gewalt hatte sie in ihren Urfesten erschüttert. Und dann noch der Verlust von Hof und Erspartem ... Tränen stiegen in Debora auf, und sie zitterte. Floris fragte, ob sie Hilfe brauchte, während Max noch immer mit einem der Aufseher redete. Sie war stolz auf ihre Kinder, die tapfer das Elend ertrugen und sich um sie kümmerten.

Verstohlen wischte Debora sich eine Träne aus dem Augenwinkel. Sie schämte sich dafür, so zerbrechlich zu sein. Früher war sie immer auf ihre Tatkraft stolz gewesen. Sie hatte Wobbe früh geheiratet und ihn stets unterstützt. In die Arbeit der Frau eines Gärtnermeisters hatte sie sich schnell hineingefunden. Sie hatte seine Helfer versorgt, seine Korrespondenz und die Abrechnungen erledigt, die Ernte aus den Gärten auf dem Markt verkauft oder verarbeitet, sogar mit Kunden verhandelt. Ihre Marmeladen, Latwergen und ihre kandierten Orangenblüten waren weithin gefragt gewesen. Doch dann hatte sie einige Fehlgeburten erlitten, und seit Wobbe tot war, fehlte ihr jeglicher Mut. Sie hatte nichts mehr. Keine Liebe, keinen Halt, keinen Schutz.

Deboras Hals war eng, sie schluckte mühsam. Nein, das stimmte nicht. Sie hatte ihre Söhne. Debora berührte gedankenverloren den Ring an ihrem Finger. Lange hatte Wobbe gespart, um dieses Schmuckstück für sie erstehen zu können. Er war ein guter Mann gewesen, wenn auch etwas sprunghaft. Debora hatte ihm nie Vorwürfe gemacht, jetzt aber haderte sie doch manchmal mit ihm. *Warum hast du nicht besser für uns gesorgt, Wobbe? Warum hast du uns im Stich gelassen?*

Bitternis wallte in ihr auf. Genau das hatte Wobbe ja nicht. Er hatte sie nicht verlassen, sondern war getötet worden. Ermordet durch einen skrupellosen Söldner. Durch diesen Krieg. Einen Krieg, den neidische Könige angezettelt hatten, um das niederländische Volk zurechtzustutzen. Einen Krieg, der erst enden würde, wenn sie am Boden lagen. Einen Krieg, der sie zur Flucht zwang.

Debora hatte Berichte von anderen Geflüchteten gehört, hatte die Gewalt am eigenen Leibe erlebt. Sie würde noch so einen Angriff nicht überstehen, und wenn ihren Kindern etwas Derartiges angetan würde ... Nein, sie mussten das Land verlassen. Selbst wenn sie dafür ihrer Schwester wieder in die Augen sehen musste.

10

Debora hatte Max zurückgerufen, Floris gepackt und war mit ihren Söhnen aus dem Armenhaus geflohen. Zu Max' Erstaunen hatte sie sie zu einem jüdischen Geldverleiher in der Breestraat gezerrt und dort so hartnäckig und zugleich höflich verhandelt, dass dieser sein erstes Angebot für den lange gehüteten Ehering deutlich erhöht hatte. Dennoch hatten sie nicht viel Geld für ihn erhalten.

Bei aller Trauer war Max erleichtert. Debora wirkte entschlossener, weniger resigniert als noch am Morgen. Dafür schien Floris abzubauen. Sie hatten verschiedene Gasthäuser und Herbergen aufgesucht. Alle waren unverschämt teuer, die meisten voll bis unters Dach. Debora hatte aber nicht geruht, bis sie eine Unterkunft gefunden hatten, die einigermaßen sauber war. Allzu lange würde ihr Geld jedoch nicht reichen. Die Abreise durfte sich also nicht verzögern.

Nun war Max auf dem Weg in die Herengracht, wo ein alter Kunde seines Vaters wohnte; vielleicht könnte dieser ihnen helfen.

Ausnahmsweise regnete es nicht, und die Häuser in diesem Teil der Stadt waren neu und schön, die Grachten breit, sodass Max sich weniger eingeengt fühlte. Pfützen reflektierten den blaufleckigen Himmel, und mehr und mehr Menschen trieb es hinaus auf die Straße. Ihre edle Kleidung und die polierten Kutschen, die wie Schmuckstücke glänzten, schüchterten Max ein. Viele Bürger schienen zum Spaß zu flanieren, als hätten sie weder Arbeit noch Sorgen. Manchmal standen die Türen offen, und er konnte ins Innere der Häuser schauen. Schwarz-weiße Fliesenböden, Goldledertapeten, unzählige Gemälde und Spiegel an den Wänden, Blumenbouquets in Vasen. Hausmädchen putzten Kindern oder Hündchen hinterher, die mit Schmutzfüßen hereinliefen. Eine derartige Pracht hatte er noch nie gesehen. Und wie friedlich hier alles zu sein schien!

Er überquerte eine Straße, über deren Pflaster Kutschen und Frachtwagen polterten, und fragte ein Hausmädchen, das die Eingangsstufen wienerte, nach dem Kunden seines Vaters, doch sie hatte dessen Namen nie gehört.

»Ich suche das Haus von Mijnheer Bakker«, sprach er immer wieder Passanten an, aber keiner konnte ihm helfen. Irgendwann hielten diejenigen, die er anredete, nicht einmal mehr an. Schreie waren zu hören und Rumpeln. Was war hier los? Die Gracht schlug vor ihm einen Bogen, die Straße erhob sich sacht zu einer Brücke. Jetzt sah er, dass sich vor einem Haus eine aufgebrachte Menge versammelt hatte. Auch an den Fassaden kletterten Menschen empor. Die Fenster waren zerschlagen, die Tür aufgebrochen. Rufe gellten über die Gracht: »Verräter!« und »Betrüger!«. Aus einem Fenster im Obergeschoss flogen Papiere, Kisten wurden weggetragen. Plünderer prügelten sich um Beute.

Eine Magd mit einem Besen in der Hand fuhr zu ihm herum. »Hier gibt's nichts zu stehlen, pack dich!«

»Ich wollte nicht …« Sie holte aus.

Sah er so schlimm aus, dass sie ihn mit dem Gesindel in einen Topf warf? Max wich zurück. Beinahe hätte der Besen ihn getroffen. »He! Nicht schlagen! Ich bin nicht … Ich wollte nur …« Wieder ein Schlag. Max taumelte. Dann lief er eilig davon. Er sollte ohnehin schleunigst zu seiner Mutter und zu Floris zurückkehren; auch in Amsterdam war es gefährlich, und einige der Männer in der Gaststätte hatten seine Mutter ein wenig zu begehrlich angesehen.

Als er auf der anderen Kanalseite zurücklaufen wollte, kam er an einer Gasse vorbei, eigentlich nicht mehr als ein schmaler Gang zwischen zwei Giebelhäusern. Hinter dem einen Haus stand eine Mauer, über die sich malerisch eine Kletterrose schob. War das etwa der Garten von Mijnheer Bakker? Wie betörend die Rose duftete! Er sollte nicht … und doch lockte der Garten ihn. Das Gartentor stand auf. Max ging neugierig darauf zu, sah die gestutzten Hecken, die Blumenrabatten. Vorsichtig lugte er hinein. Kein Mensch zu sehen. Dafür Kräuterbeete, ein kleiner Pavillon, ein Hocker, auf dem Malutensilien und ein Buch lagen. Weiter hinten ein kleines Backsteingebäude mit einer Glasscheibe zur Südseite – wie ein Gewächshaus sah es aus. In genau so einem Gewächshaus hatte auch sein Vater seltene ausländische Pflanzen gezogen. Was der Besitzer dieses Gartens wohl züchtete?

Gebannt schlich Max durch den Garten. Ein Rotkehlchen flog auf. Schmetterlinge, Bienen und Libellen umschwirrten ihn. Es war wie im Paradies nach der Vertreibung des Menschen. Ein auf ein Holzbrett gespanntes Papier zeigte einige Blumen, detailgenau gemalt in durchscheinenden Wasserfarben. Er hatte das Gewächshaus erreicht. Tatsächlich! Der Gartenbesitzer schien ein Faible für fremdländische Pflanzen zu haben. Er erkannte Orangen- und Pomeranzenbäumchen, ein üppig wucherndes Pfirsichbäumchen und einen Paradiesapfelbaum mit knallroten Früchten. Ein blassgrüner fleischiger Schössling kam ihm hingegen unbekannt vor. So etwas hatte er bislang nur in Büchern gesehen. War das etwa …

»Was treibst du hier?«

Die kühle weibliche Stimme ließ ihn herumfahren. Eine Frau, in deren streng zurückgebundenem Haar sich das erste

Grau zeigte. Sie trug ein schlichtes Kleid aus schwarz schimmernder Seide. Ihr Gesicht war ruhig, aufmerksam.

»Ich will nichts stehlen! Ich schaue mich nur um! Ich liebe Gärten!«, rief Max und setzte aufgeregt hinzu: »Ist das etwa ein Ananas-Schössling?«

»Ja, in der Tat. Du kennst dich mit Pflanzen aus?«

»Ich selbst bin Lehrling, aber mein Vater war Lustgärtner.« Eilig zählte er Vaters Kunden auf, noch immer in Sorge, dass die Dame ihn hinauswerfen lassen oder um Hilfe rufen würde. »Woher habt Ihr diesen Schössling?«, brach es dann aus ihm heraus. »Ich habe in Büchern davon gelesen. Diese Frucht ist so kostbar und selten, dass sie den Königen vorbehalten ist. Werden nicht am Hortus Botanicus in Leiden Versuche unternommen, die Ananas auch bei uns gedeihen zu lassen? Bislang ist es noch niemandem gelungen! Die Frucht muss himmlisch schmecken. Habt Ihr sie einmal gekostet?«

Angesichts seiner Fragenflut brach das Gesicht der Frau zu einem Lächeln auf. »Leider noch nicht. Die Ananas ist in der Tat sehr selten und teuer. Ich korrespondiere mit verschiedenen Gelehrten, auch tauschen wir Samen und Pflanzen aus. Diesen Schössling habe ich einem Kapitän der Westindischen Kompanie abgekauft«, sagte sie, und Stolz klang aus ihrer Stimme. Bedauernd setzte sie hinzu: »Es ist bereits mein zweiter, der erste hat den Winter nicht überstanden.«

»Vater hatte auf unserem Hof Treibkästen und ein abschlagbares Pomeranzenhaus. Wir haben Orangen, Zitronen, Pomeranzen, Zitronatzitronen sowie Paradiesäpfel und andere Zierpflanzen darin gezogen.« Max überlegte. »Ich denke, dass die Temperatur bei uns zu stark schwankt. Wo die Pflanze herkommt, ist es ja gleichmäßig warm – so steht es zumindest in den Reiseberichten.«

Wieder lächelte sie. »Das sehe ich auch so. Man müsste ein

Gerät haben, mit dem man die Temperatur zuverlässig messen kann.«

»Eine Art Thermoskop, wie es in Italien entwickelt wurde!«

Sie nickte. »Die Luftfeuchtigkeit dürfte auch eine Rolle spielen. Wenn der Ofen in meinem Gewächshaus bollert, ist die Luft viel zu trocken. Staub legt sich auf die Blätter, und sie verschrumpeln. Ich habe schon versucht, Abhilfe zu schaffen, aber weder die Botaniker, mit denen ich korrespondiere, noch ich selbst haben eine Lösung gefunden.«

Max sah sie staunend an. »Ihr seid eine richtige Gelehrte.«

»Ich würde mich eher als Liebhaberin der Gelehrtheit bezeichnen. Mein Name ist Mevrouw Agnes Block«, stellte sie sich vor. »Eigentlich bin ich eine einfache mennonitische Witwe. Mein Mann war Seidenhändler. Und du bist …?«

»Max Tuinstra.«

Ihr Blick tastete sein Gesicht ab. »Warum bist du hier? Was ist aus eurem Gewächshaus geworden?«

Max erzählte seine Geschichte. Dieses Mal blieb sein Herzschlag einigermaßen ruhig; er fühlte sich sicher in diesem Garten. Agnes Block kannte tatsächlich den früheren Kunden seines Vaters. »Mijnheer Bakker ist schon länger tot«, wusste sie. »Die neuen Besitzer des Hauses interessierten sich nicht für den schönen Garten. Ein Großteil wurde für den Bau eines Kutschhauses zerstört – was für ein Frevel! Glücklicherweise konnte ich einige Pflanzen retten, unter anderem diese Aloe hier.« Sie kamen erneut ins Fachsimpeln.

Max seufzte und berichtete dann, was geschehen war und wie sie schließlich in Amsterdam gelandet waren. »Meine Mutter hat ihren Ehering verkauft, damit wir nicht im Werkhaus unterkommen müssen. Wir hoffen, dass das Schiff bald abgeht. Wir wollen in Brandenburg-Preußen neu anfangen, und ich möchte dort meine Lehre beenden.«

»Das wünsche ich dir.« Gedankenverloren zupfte Mevrouw Block einige welke Blätter von einer Pflanze. »Der Krieg ist für alle grausam. Ich hatte gerade in Loenen an der Vecht einen Hof gekauft, um den ich Gärten anlegen möchte, aber auch die Arbeiten am Vijverhof sind zum Erliegen gekommen – die feindlichen Truppen nähern sich stetig.«

»Das tut mir leid.«

»Der Allmächtige wird für uns sorgen.« Sie schien über etwas nachzudenken, dann sah sie ihn an. »Drei seid ihr, sagtest du?« Max nickte. »Ich kann euch anbieten, für einige Tage in meinem Gartenpavillon unterzuschlüpfen.«

Das Angebot kam überraschend. Sicher sprach sie nur aus Höflichkeit. »Das ist sehr freundlich von Euch, Mevrouw. Aber ich will Euch nicht weiter zur Last fallen.«

Mevrouw Block lachte, und zarte Falten umrahmten ihre Augen. »Oh, das tust du nicht. Wir Pflanzenfreunde müssen zusammenhalten. Ich habe gern Besuch. Wir können ein bisschen theoretisieren, während ihr hier seid. Außerdem gibt es in meinem Garten immer etwas zu tun.«

»Dann nehmen wir Eure Einladung gern an.«

Ein Haus wie dieses hatte Debora noch nie gesehen. Überall gab es Bücher und Blumenstillleben. Auf den Regalen standen unzählige Kuriositäten: bunte Steine, getrocknete Pflanzen oder seltsame Muscheln. Agnes Block musste sehr reich sein, sonst hätte sie es sich kaum leisten können, allein in diesem großen Haus zu leben. Aus der Küche duftete es nach Gebäck, gebratenem Gemüse und frischen Kräutern. Als Max vor drei Tagen in die Herberge zurückgekehrt war und ihr von der Einladung berichtet hatte, hatte Debora es kaum glauben können. Schon am nächsten Tag waren sie umgezogen. Der Gartenpavillon war zwar einfach und ihr Deckenlager auf dem Holzboden hart, aber sie waren für sich.

Natürlich hatte Debora auch Mevrouw Block Geld für die Unterkunft angeboten, was diese jedoch entrüstet abgelehnt hatte. Max und sie fassten dafür in Haus und Garten an, wo sie nur konnten. Doch Debora wollte mehr tun, um sich zu revanchieren. Als der Bote durch die Gartenpforte trat, nutzte sie daher die Gelegenheit.

»Mevrouw Block?«, rief sie in der Diele.

»Hier hinten! Kommt ruhig her.«

Debora schritt im Flur an einer Reihe von Malereien vorbei, die so lebensecht wirkten, dass sie glaubte, die Blumen riechen zu können. Sie war nervös, weil sie hier eigentlich nichts zu suchen hatte. Gleichzeitig lenkte sie die fremde Umgebung von ihrem eigenen Kummer ab. Agnes Block saß in einem kleinen Zimmer, dessen Fenster sich zum Garten hin öffneten. Auch hier gab es eine Unzahl Bücher und Kuriositäten, und Mevrouw Block schnitt gerade mit einem schmalen Messer filigrane Figuren aus einem Papier.

»Das ist ja ein richtiges Kunstwerk!«, staunte Debora.

»Nur ein Zeitvertreib, um unserem Herrn, dem allmächtigen Gott zu dienen«, sagte Agnes Block bescheiden. »Möchtet Ihr einen Tee? Ich habe immer eine Tasse für Besucher hier.« Schon stellte sie eine blau-weiße Porzellantasse auf einen Teller und schenkte ein. Sie wies auf den Stuhl.

Debora setzte sich auf die Kante und spürte einen Moment lang dem Duft nach, der aus der Tasse stieg. »Ich wollte fragen, ob ich mehr tun kann. Euch helfen.«

Mevrouw Block lächelte. »Wenn Ihr unbedingt wollt, wird sich sicher etwas finden. In meinem Haus gibt es immer etwas zu tun. Und nun trinkt den Tee, solange er heiß ist.«

Debora nahm die Tasse vorsichtig hoch und nippte daran. Der Tee war stark und schmeckte ungewöhnlich. »Ich verstehe nicht, warum Ihr das tut. Warum Ihr uns helft.«

»Aus christlicher Nächstenliebe. Und weil ich es kann.« Sie blickte auf Deboras Hände.

Die Briefe hatte sie ja ganz vergessen! »Ein Bote war da«, sagte Debora und legte die Papiere auf den Tisch.

Sofort schaute Mevrouw Block auf die Absender. »Ah, Sieur Commelin hat geschrieben.« Sie sah Debora in die Augen. »Wir korrespondieren über unsere Beobachtungen, tauschen Blumenzwiebeln und -samen aus.«

Debora blickte sich um. »Ich habe noch nie ein so faszinierendes Haus gesehen. Hat Euer Mann Euer Interesse geteilt? Und haben Eure Glaubensbrüder nichts dagegen einzuwenden?«, sprach sie aus, was ihr durch den Kopf ging.

Mevrouw Block schien ihr die Neugier nicht krummzunehmen. »Die Natur ist ein Abbild von Gottes Kraft und Güte – was stünde uns also besser zu Gesicht, als sie zu preisen, zu hegen und zu erforschen? Das hat mein Gatte genauso empfunden wie ich.« Sie faltete die Hände und richtete kurz den Blick gen Himmel. »Der Herr hat uns nicht mit Kindern gesegnet. Also nutze ich die Zeit, um seiner Schöpfung zu huldigen. Und das werde ich auch auf meinem neuen Hof tun, wenn dieser unselige Krieg endlich vorbei ist.«

Schlurfende Schritte und leises Plaudern waren zu hören. »Ah, lieber Besuch!« Agnes Block erhob sich und nahm einen Greis in Empfang, der auf einen Stock gestützt und begleitet von einer Magd eintrat. »Mein Onkel, Joost van den Vondel.«

»Der Dichter? Ich wusste nicht, dass er noch …«

»Lebt?« Der Greis lachte gutmütig. »Manchmal bin ich mir da auch nicht so sicher. Aber wie heißt es so schön: Das Ewige kommt vor dem Augenblick.«

»Es ist eine Ehre, Euch kennenzulernen«, sagte sie. Van den Vondel war einer der berühmtesten Dichter der Republik, und Debora war mit seinen Dichtungen und Theaterstücken aufgewachsen.

Mevrouw Block stellte Debora kurz vor. »Mijnheer van den Vondel hatte die Freundlichkeit, zu meiner Hochzeit zu dichten«, erklärte sie dann.

Die Magd trug das Essen auf, und Debora erhob sich, um sich zurückzuziehen. In einer Art Gemüseeintopf waren knallrote Würfel zu sehen. »Sind das etwa die Paradiesäpfel? Ich dachte, sie wären lediglich zur Zierde – wie Blumen«, platzte sie heraus.

Mevrouw Block lächelte. »Ja, zur Zierde werden sie gemeinhin verwendet, aber ein italienischer Briefpartner schrieb mir, dass der Leibkoch des spanischen Vizekönigs von Neapel viele Pflanzen der neuen Welt in seinen Gerichten verwendet, so auch Mais und Chili. Er schickte mir ein Rezept.« Sie machte eine einladende Geste. »Leistet uns doch Gesellschaft. Und holt Eure Kinder hinzu.«

Gern hätte Debora probiert. Sie wollte aber nicht stören. »Das können wir nicht annehmen. Vielleicht ein anderes Mal.«

Agnes Block schien die Ablehnung erwartet zu haben, denn sie drang nicht weiter in sie. Joost van den Vondel war ohnehin in die Betrachtung des Scherenschnitts vertieft, den Agnes gerade anfertigte. »Ihr hattet doch angeboten, etwas für mich zu tun«, sagte sie stattdessen. »Sieur Commelin fragte nach meiner Kermesbeere aus India Orientalis. Eine Pflanze von kräftigem Wuchs. Sie soll schöne Blüten und Beeren tragen, aber da ich sie selbst erst vor wenigen Monaten bekam, ist es noch nicht so weit. Vielleicht könnte Euer Sohn nachsehen, ob die Pflanze es vertragen würde, einen Spross abzutrennen.«

Debora nickte. Sie freute sich, helfen zu können.

In den nächsten Tagen unterhielten sich die Frauen oft; vielleicht war es der geteilte Witwenstand, der sie einander nahebrachte. Mevrouw Block bekam viel Besuch und beinahe jeden Tag Briefe, und in ihrer Gesellschaft kam Debora zum ersten Mal seit Langem ein wenig zur Ruhe. Die Tage hier waren eine Erholungspause von Krieg und Flucht, der Garten eine Oase, das saubere, wohlgeordnete Grachtenhaus ein sicherer Hafen in der feindlichen Welt. Dabei spitzte sich auch in Amsterdam die Lage weiter zu. Reisende und sogar Bürgermeister wurden angegriffen, ständig wurde geplündert.

Nach knapp zwei Wochen endlich erreichte sie die Nachricht, dass das Schiff nach Hamburg in den nächsten Tagen ablegen sollte. Floris war inzwischen wieder einigermaßen gesund, aber noch schwach, und dennoch waren sie froh, weiterreisen zu können. Zum Abschied dankte Debora Mevrouw Block erneut für ihre Güte. »Ihr habt ein gutes Herz«, sagte sie.

»Ich hoffe, dass es dieses Mal mit der Abreise klappt, und bete für euch. Sollte der Herr es anders entscheiden, wisst Ihr ja, wo Ihr mich findet.« Sie wandte sich an Max: »Vervollkommne deine Ausbildung, und lerne. Die Welt braucht kundige Gärtner! Und solltest du im Brandenburgischen seltene Pflanzen oder besondere Kultivierungsmethoden entdecken – schreibe mir. Vielleicht sehen wir uns eines Tages wieder.«

Dieses Mal hielten keine Wachen sie auf, obwohl das schmale Schiff voll beladen war und viele Reisende ihren gesamten Besitz dabeizuhaben schienen. Als sie Amsterdam hinter sich ließen, krallte Max die Finger um die Reling. Debora stand neben ihm, während Floris mit einem der Schiffsjungen redete.

»So haben wir in all dem Elend doch noch Güte erfahren.

Agnes Block ist wirklich eine beeindruckende Frau«, sagte Debora nachdenklich. »Wir sollten das als gutes Omen für den Rest der Reise werten – auch wenn ich nach wie vor meine Befürchtungen habe.«

»Es ist sehr großzügig von unserem Onkel, dass er unsere Reise bezahlt. Deine Sorge ist sicher unbegründet.«

Der Wind riss an den Segeln, weiße Kronen tanzten auf den Wellen. Wie tief das Meer wohl unter ihnen war? Welche Ungeheuer unter der Oberfläche lauerten?

Max' Magen rebellierte. Das Schwanken des Schiffes ließ ihn ebenso schwindeln wie die Aussicht, seine Heimat hinter sich zu lassen. An die Gefahren der Reise selbst mochte er gar nicht denken: die feindliche Armada mit ihren Kanonen, die Kaperfahrer, die Stürme und die Angst, Schiffbruch zu erleiden.

Debora konnte sich gerade noch an ein Tau klammern, als sich das Schiff erneut schief legte. Gischt klatschte ihr ins Gesicht. Wie lange hingen sie schon in diesem Sturm fest? Wellen überspülten das Deck, wollten ihren Körper mit sich reißen. Nur nicht loslassen!

»Hilfe, Mutter!« Floris' Stimme war nicht mehr als ein Krächzen, und sofort musste er husten. Er klammerte sich an ihren Arm, und Debora hielt ihren Sohn, so fest sie nur konnte. Wo war Max? Debora konnte ihren Erstgeborenen durch das Sturmbrausen nicht sehen. *Bitte, oh Gott, lass uns diese Schiffsreise überstehen …*

Die Fahrt war von Anfang an grauenvoll gewesen. Stürme hatten sie weit auf See hinausgetrieben – die Sorge vor Kaperern sie wieder zurückgescheucht. Durch die ewige Nässe an Deck und die Nähe zu anderen Siechen war Floris erneut erkrankt.

Husten, Schnupfen und Fieber waren schlimmer denn je. Eine Kabine konnten sie sich nicht leisten, weshalb sie ihr Lager an Deck hatten aufschlagen müssen. Debora wagte kaum, ein Auge zuzumachen. Sobald ihr Matrosen oder Mitreisende zu nahe kamen, packte sie die Furcht, und tatsächlich hatte sie sich einige vom Leibe halten müssen. Max war kaum in der Lage, sie zu schützen; er litt schrecklich unter Seekrankheit.

Debora kroch über das Deck, bis sie die Kajütenwand erreicht hatte. Floris zog sie hinter sich her. Sofort krallte sie sich an einem Warenballen fest. Es dröhnte, als die nächste Welle das Schiff traf; der Rumpf ächzte, als würde er auseinanderbrechen.

Wieder hob sich das Deck. Ein Schrei, ein Schemen im Dunst. Dann ein Körper, der auf den schiefen Planken an ihnen vorbeisauste. »Halt dich an mir fest, Floris!«

Debora packte zu, erwischte gerade noch den Arm desjenigen, der von Deck gespült zu werden drohte. Ein Ruck, als sie ihn aufhielt, und es war, als würde ihr der Arm ausgerissen. Sie zog den Körper zu sich heran. Prustend kam ein Schiffsjunge auf die Füße, etwa so alt wie Floris.

»Gott vergelt's, Mevrouw.« Schon rannte der Bursche wieder los, um dabei zu helfen, die Segel zu reffen.

Als der Sturm endlich nachließ, dämmerte Floris im Fieber. Max trat zu ihnen, totenbleich. »Ich dachte wirklich, wir müssen sterben«, brach es aus ihm heraus. Dann bemerkte er, wie es um Floris stand. »Ist er ... Er wird doch nicht ... Hier an Bord muss es doch einen Arzt geben!«

Er sah sich um und ging auf einen der Matrosen zu, der gerade die Verwundeten versorgte. Doch der schüttelte den Kopf, für Passagiere sei er nicht zuständig.

Debora und Max flehten ihn um Medizin an, doch er ließ sich nicht erweichen. Als sie sich schon abwenden wollten, trat der Schiffer hinzu. »Ihr habt meinem Burschen das Leben gerettet, hörte ich. Habt Dank dafür.« Er wandte sich an den Schiffsarzt. »Kümmere dich um den Kleinen. Und dann lass eine Ecke am Kajütengang frei machen, wo er und seine Mutter ruhen können.«

11

Paulus schob den Vorhang beiseite, um die Umgebung nach möglichen Attentätern absuchen zu können, doch alles schien ruhig zu sein. Prinz Wilhelm hatte auf einer einfachen Kutsche bestanden, um nicht aufzufallen. Ihr Besuch im Haag war geheim und sollte es auch bleiben. Das war auch wegen der zahlreichen Mordaufrufe nötig, mit denen skrupellose Flugschriftenschreiber das Volk aufhetzten.

Beruhigt ließ Paulus sich wieder in seinen Sitz sinken. Der Prinz setzte mehr denn je auf seine treuen Gefährten. Allerdings waren nicht alle dafür gleichermaßen geeignet. Der junge Rheingraf Karl Florentin zu Salm beispielsweise mochte zwar immer à la mode sein und mit seinem Stil selbst den modischen Vorreiter König Ludwig beeindrucken, als Diplomat bei Verhandlungen mit englischen Gesandten hatte er aber gerade versagt. Nun, umso wertvoller wurden fähige Männer wie er.

Paulus warf einen Blick auf seinen Freund. Der Prinz hatte seinen Kopf gegen ein samtbezogenes Kissen gelegt und schlief. Das war der Erschöpfung geschuldet, denn der Prinz widmete sich mit ganzer Kraft seinen Aufgaben und pendelte dafür zwischen verschiedenen Orten der Verteidigungslinie, dem Haag und den Provinzhauptstädten. Neben Paulus stellte Bentinck, ein Büchlein auf den Knien, Berechnungen an. Bentinck beschäftigte sich mit Fragen der Heeresversorgung und der Truppenverteilung und fertigte dafür kleine Zeichnungen an, die Paulus insgeheim amüsierten. Wie passend, dass Bentinck, der durch seine vielen Geschwister ständig dafür hatte sorgen müssen, nicht zu kurz zu kommen, jetzt für Wilhelm die Organisation im Auge behielt!

Gedankenverloren richtete Paulus seinen Blick aus dem Fenster. Obgleich Wilhelm wieder über seine angestammten Rechte verfügte, blieb die Lage brenzlig. Je weiter der Feind vorrückte, desto mehr steigerte sich die Anspannung im Land. Wenn es so weiterging, wären bald alle so kopflos, dass ihnen nur das Irrenhaus blieb. Die Situation war aber auch brisant. Wichtige Festungen wie Coevorden waren an den Feind verloren. Groningen wurde von den Truppen des Fürstbischofs belagert. Ausgerechnet François-Henri de Montmorency-Luxembourg, nach Condé einer der wichtigsten Heerführer des französischen Königs und zudem ein rücksichtsloser Stratege, rückte mit seinen Truppen gegen die Wasserlinie vor. Sechs- bis siebentausend Mann Infanterie hatten Utrecht verlassen und marschierten mit Kavallerie, Artillerie und Booten gen Hinderdam, wo sie die wichtigen Schleusen angreifen wollten. In den Städten grassierten Aufstände. Wilde Gerüchte machten die Runde, auch jenes, dass der Prinz von Oranien ermordet worden sei. Hinzu kam, dass Wilhelm den Hass der Menschen befeuerte, indem er im Verborgenen Flugschriften in Auftrag gab. Auch die Veröffentlichung eines Briefes von König Charles II. an ihn war von Wilhelm lanciert. Darin betonte der englische König, dass die Loevestein-Fraktion – wie man die Regenten um Johan de Witt nannte – schuld am Krieg sei. Er, Charles II., betrachte seinen Neffen wie einen Sohn, hege keinen Groll gegen ihn oder das gute Volk der Niederlande. Danach waren in allen Provinzen Politiker, die mit de Witt in Verbindung gestanden hatten, mit dem Tode bedroht worden. Der Unterhändler Pieter de Groot, ein Gefolgsmann de Witts, hatte in die Spanischen Niederlande fliehen müssen. Und Johan de Witt selbst …

Die Kutsche verlangsamte ihr Tempo, als sie in den Haag einfuhren. Paulus berührte Wilhelm sacht am Knie. »Wir sind gleich da, Hoheit.«

Als sie wenig später vor dem Hintereingang des Hauses von Nassau-Odijk in der Doelenstraat anhielten, sprang Paulus zuerst aus der Kutsche und kontrollierte mit der Leibgarde die Umgebung. Erst als er sicher war, dass in den Schatten keine Angreifer lauerten, gab er dem Prinzen das Zeichen, dass er aussteigen könne.

Der Eingang des Hauses war mit Wappen herrschaftlich geschmückt und der Hausherr selbst herausgeputzt, was bei dem Prinzen dezente Missbilligung hervorrief. »Sind sie schon da?«, fragte er formlos.

Willem Adriaan van Nassau-Odijk nickte. »Im Salon, Hoheit.«

Sie traten ein. Die gesetzten Herren sprangen auf und erwiesen dem Prinzen die Ehre. Auch Nassau-Zuylestein sowie der neue Ratspensionär, Gaspar Fagel, waren anwesend. Der Mann war Paulus suspekt. Erst hatte er auf de Witts Seite gestanden, und jetzt schien er mit ganzem Herzen Oranier zu sein.

Wilhelm kam gleich zur Sache. »Hat er gestanden?«

»Noch nicht, Hoheit«, sagte ein ehrwürdiger Herr, den Paulus als Adriaen Pauw van Bennebroek aus dem Amsterdamer Patriziergeschlecht der Pauw erkannte. Er war der Vorsitzende Richter im Prozess gegen Cornelis de Witt. Dann mussten die anderen die weiteren Richter sein.

Paulus fuhr sich durchs Haar. Der Bruder von Johan de Witt war im Juli von dem Barbier Tichelaar, einem zwielichtigen Kuppler und Betrüger, beschuldigt worden, einen Mordanschlag gegen Prinz Wilhelm zu planen. Seitdem saß Cornelis de Witt – immerhin Ratsmitglied von Dordrecht, Rat der Admiralität und Regent der Herrschaft Putten – im Gevangenenpoort ein. Johan de Witt selbst wurde beschuldigt, sich gegen den Prinzen verschworen und Gelder veruntreut zu haben. Er hatte Prinz Wilhelm gebeten, ihm zu helfen, seine Ehre und seinen Namen zu verteidigen, doch dieser hatte mit einem offenen Brief geantwortet und mit giftiger Ironie geschrieben, dass de Witt sich in derselben Geduld üben müsse, um die er selbst immer hatte ringen müssen. Dieses Nachtreten erschien Paulus ein wenig schäbig.

Er ließ sich von einem Diener mit der tiefschwarzen Haut afrikanischer Sklaven einen Wein einschenken. Er war sonst von wenig Skrupeln geplagt, doch diese Angelegenheit verursachte ihm Unbehagen. Man mochte von den de Witts halten, was man wollte, aber diese Entwicklung war unwürdig.

»Und Johan de Witt?«, hakte Wilhelm nach.

»Versucht weiterhin, seinen Bruder aus dem Gefängnis zu holen. Letztlich gibt es auch keinen Anlass, Cornelis de Witt weiter eingesperrt zu halten. Es gibt keinen Beweis für ein Mordkomplott gegen Eure Hoheit außer der Aussage dieses Tichelaar – und der ist nicht gerade vertrauenswürdig«, sagte Bennebroek.

Der Prinz schnalzte ungnädig. Bennebroek und die anderen Richter hatten damals das Todesurteil über seinen Rittmeister gesprochen.

»Es gibt noch die Möglichkeit, Cornelis de Witt der Folter zu unterziehen, aber da die Beweislage –«

»Es geht um ein Mordkomplott gegen mich, den Prinzen von Oranien, Statthalter und Generalkapitän!«, unterbrach Wilhelm ihn unwirsch.

Bennebroek zuckte zusammen. »Natürlich, Hoheit. Wir werden morgen alles für die peinliche Befragung in die Wege leiten.«

»Tut das.«

Paulus stürzte den Wein hinunter. Nur weil Cornelis de Witt wie sein Bruder Johan zu den politischen Gegnern Wilhelms gehörte, durfte man sie doch nicht unmenschlich und ungerecht behandeln! Mit Wilhelm darüber zu diskutieren war jedoch unmöglich. Zu tief saß bei diesem der Hass.

Kurz nachdem die Richter gegangen waren, traten einige Gefolgsleute des Prinzen ein. In den folgenden Stunden diskutierten sie die Kriegslage und den Stand der Verhandlungen mit England und Frankreich. Wilhelm war daran gelegen, einen Separatfrieden mit seinem Onkel zu schließen, um die Verbündeten England und Frankreich zu entzweien. Es war schon weit nach Mitternacht. Der Prinz wirkte müde, atmete pfeifend. Immer wieder sah Bentinck auf seine Taschenuhr; ein kostspieliges, aber hochmodernes Gerät. »Wir sollten aufbrechen, Hoheit. Ihr wolltet morgen früh in Alphen und Woerden sein«, sagte er schließlich.

Paulus war erleichtert. Woerden war von den Franzosen eingenommen und erst kürzlich wieder zurückerobert worden. Es war wichtig, die Stadt zu sichern, galt sie doch als Schlüssel zu Holland. Ohnehin war alles gesagt, und so würden sie wenigstens noch ein paar Stunden Schlaf bekommen.

Auf dem Weg zur Kutsche bat Nassau-Zuylestein den Prinzen noch einmal auf ein Wort. »Verlasst Euch darauf, dass die de Witts bekommen werden, was sie verdienen, Hoheit. Jetzt ist die Zeit, Eurem Haus Genugtuung widerfahren zu lassen.«

Sie reisten nach Alphen am Rhein, inspizierten die Stellung zu Woerden und segelten dann mit der Jacht nach Nieuwerbrug, um dort mit der Inspektion fortzufahren. Inzwischen gab es nur noch fünf gefährdete Orte an der Wasserlinie, und hier, um Woerden und Nieuwerbrug herum, war der verwundbarste. Ein

Bote preschte heran, sprang ab und eilte auf Prinz Wilhelm zu. »Eine wichtige Nachricht aus 's-Gravenhage.«

Prinz Wilhelm las und strebte dann zu seiner Kommandozentrale, wobei er Paulus einen Wink gab.

»Schlechte Nachrichten, Hoheit?«, fragte dieser.

»Leider ja. Im Haag herrscht Aufruhr. Die Richter haben das Urteil gegen Cornelis de Witt verkündet. Lies selbst.« Wilhelm reichte ihm das Druckwerk, von dem vermutlich auch ein Exemplar am Gericht im Haag ausgehängt worden war.

Beim Lesen schoben sich Paulus' Augenbrauen zusammen. Cornelis de Witt wurde aller seiner Ämter enthoben, aus der Provinz Holland verbannt und sollte die Kosten des Verfahrens tragen. Eine Urteilsbegründung gab es nicht, auch nicht hinsichtlich des vorgeworfenen Mordanschlags. Auch unter schwerer Folter hatte de Witt diesen Vorwurf noch geleugnet.

Ganz egal, was man von den de Witts hält: Der ganze Prozess ist eine Monstrosität, dachte Paulus. Dem Angeklagten konnte keine Schuld nachgewiesen werden, und trotzdem wurde er bestraft. Der Kläger, der erwiesenermaßen gelogen hatte, kam frei. Das durfte doch nicht wahr sein!

»Das Volk ist nicht einverstanden mit dem Urteil?«, mutmaßte er.

»Natürlich nicht. Zumal Tichelaar durch die Straßen rennt und verkündet, wenn er selbst freigelassen worden sei, müsse de Witt schuldig sein. Dann aber sei die Strafe zu lasch. ›Das Volk will das Recht selbst in die Hand nehmen‹«, las Bentinck ab, der den Rest des Briefes bekommen hatte.

»Ich soll nach 's-Gravenhage zurückkehren und vier Kompanien Soldaten mitbringen, um die Ordnung wiederherzustellen. Aber ich kann die Verteidigungslinie nicht verlassen.«

»Soll ich für Euch reisen?«, bot Paulus sogleich an. »Ich könnte mit unserer Eskadron –«

»Nein. Wir können an der Wasserlinie keinen Mann entbehren. Wenn wir unsere Verteidigung schwächen, spielen wir
dem Feind in die Hände. Der Herzog von Luxembourg wartet
nur darauf, dass wir Schwäche zeigen«, entschied Wilhelm.

»Wenn es im Haag zu einem Blutbad kommt –«

»Es gibt genügend militärische Kräfte in ’s-Gravenhage, die
wissen, was zu tun ist.«

»Aber Hoheit –«

»Wollt Ihr etwa meine Entscheidung infrage stellen?«, ging
Wilhelm scharf dazwischen. »Wir haben hier genug zu tun.
Geht an Euren Posten zurück, Offizier.«

Gegen Mitternacht siegelte Paulus einen Brief an seine Mutter, in dem er sie erneut aufforderte, Maastricht zu verlassen
und sich hinter der Wasserlinie in Sicherheit zu bringen. An
seinen Halbbruder hatte er bereits geschrieben, aber Quentin
behauptete, unaufschiebbare Geschäfte hielten ihn in Amsterdam fest. Paulus leerte den Rotwein und gähnte; endlich war er
bettschwer, und sein Ärger war verraucht. Wie eine gekränkte
Geliebte hatte der Prinz ihn den ganzen Tag über ignoriert, und
auch sonst hatte sich niemand zu seiner Gesellschaft gefunden.
Gern hätte Paulus den Tag beim Kartenspiel ausklingen lassen.
Aber alle Gefährten waren unterwegs, selbst sein Vater war
nicht in Alphen, wohin sie von Nieuwerbrug gesegelt waren, um
hier die Nacht zu verbringen.

Lautes Klopfen und Rufe ließen ihn auffahren. Was war da
los? Ein Bote stand vor dem Gemach des Prinzen, bewacht von
der Leibgarde. Paulus eilte hin, wurde ebenfalls eingelassen. Wilhelm hatte bereits geschlafen. Sein Gesicht war zerknautscht,
das Haar verwuschelt, auch Bentinck war im Nachtgewand.

»Johan de Witt wollte seinen Bruder, der durch die Folter
noch sehr geschwächt war, aus dem Gefängnis abholen. Ge-

rüchte machten die Runde, dass sie Rache am Volk nehmen und sich mit dem Feind verbünden wollten. Also hielten die Leute sie auf«, berichtete der Mann.

Wilhelm lauschte so ungerührt, dass Paulus sich fragte, ob er geahnt hatte, dass so etwas passieren würde.

»Sie haben sie getötet, alle beide«, fuhr der Bote fort.

Erleichterung flackerte über das Gesicht des Prinzen, vielleicht sogar Triumph. Paulus war schockiert. Gleichzeitig konnte er es seinem Freund nicht verdenken. Jetzt war der Weg zu Wilhelms dauerhaftem Machterhalt frei – und vielleicht könnte er ohne seinen politischen Widersacher sogar noch höher steigen.

Der Bote hatte kurz innegehalten, um sich zu sammeln. Dann redete er weiter, immer schneller. »Sie haben die Leichen zum Groene Zoodje gezerrt. Dort, auf dem Hinrichtungsplatz, haben sie die Brüder aufgeknüpft und Gerechtigkeit geübt. Sie haben Johan de Witt die Finger der rechten Hand abgetrennt, mit denen er das Ewige Edikt unterzeichnet hatte. Kopien der Urkunde haben sie verbrannt. Dann haben sie den de Witts die Extremitäten abgeschnitten – wie die Provinzen, die wir durch die schlechte Regierung an den Feind verloren haben.«

Wilhelm stützte sich am Tisch ab. Die Grausamkeiten setzten ihm sichtlich zu. Die Leibwachen verbannten das triumphierende Grinsen von ihren Gesichtern, als sie die Erschütterung ihres Herrn bemerkten.

»Die Ohren mussten weg, weil sie so schändliche Pläne gehört hatten. Die Nasen als Symbol ihrer Eitelkeit. Johans Zunge, mit der er das Ewige Edikt formuliert hatte …«

Der Prinz wankte. Bentinck berührte ihn am Ellbogen, als wollte er ihn stützen.

»Die Hände wurden entfernt, weil sie die Staatskasse bestohlen hatten. Die Füße, weil sie zu gottlosen Treffen gegangen waren.«

Paulus zitterte. Wie barbarisch! War denn überhaupt noch etwas von den Brüdern übrig geblieben?

»Das Fleisch und die Penisse –«

»Ich habe genug gehört!«, gebot der Prinz dem Boten mit bebender Stimme Einhalt. Er ließ sich auf einen Stuhl sinken.

»Zuletzt hat man sie ausgeweidet und kopfüber hängen lassen, wie geschlachtete Schweine. Es heißt, einige Körperteile seien von den Schlächtern ge–«

»Genug, sagte ich!«, rief Wilhelm angeekelt und machte eine ruckartige Geste; Bentinck verwies den Boten und die Leibgarde des Zimmers. Paulus war ausnahmsweise einmal sprachlos, dafür vergaß der Prinz seine übliche Zurückhaltung. »Wie sehr ich mir auch gewünscht habe, dass Johan de Witt fällt – dieses Schicksal hat selbst er nicht verdient. De Witt war mit Sicherheit einer der größten Männer seiner Zeit, und auch wenn er über Jahre mein Widersacher war, so hat er unserer Republik doch treu gedient.«

Wilhelm sprach nun erstaunlich ruhig. Paulus suchte Bentincks Blick, doch dieser wandte sich ab, um dem Prinzen ein Glas Wasser einzuschenken.

12

Obgleich Paulus die Schrecken des Krieges kannte und wusste, wozu er selbst fähig war, hatte er sich schlaflos auf seinem Lager herumgewälzt. Es war nicht allein der kaltblütige Mord an den Brüdern de Witt. Auch nicht die grausame, schändliche Zerstückelung der Leichen, die für ein aufgeklärtes Volk wie ihres beschämend war. Es waren die Zweifel, die sich in seinem Hirn festgesetzt hatten. Ihm fielen die vielen Gespräche ein, in denen irgendjemand gefordert hatte, dass Johan de Witt bestraft werden solle. Er dachte an Wilhelms öffentliche Weigerung, diesem zu helfen, an den veröffentlichten Brief von Charles II., der letztlich de Witt die Schuld am Krieg zuschob. War der Mord von Orangisten geplant worden? Hatte Wilhelm davon gewusst? Ihn vielleicht sogar in Auftrag gegeben? Waren deshalb so viele Getreue gestern nicht im Gefolge des Prinzen gewesen? Weil sie den Mord in die Wege geleitet, das Volk aufgehetzt hatten? War vielleicht gar sein eigener Vater im Haag gewesen, um die Brüder de Witt zur Rechenschaft zu ziehen? Sich ihrer zu entledigen? Und warum hatte man diese Intrige vor ihm geheim gehalten? Vertraute man, vertraute Wilhelm ihm nicht mehr?

Als sie am nächsten Morgen nach 's-Gravenhage aufbrachen, um im Haag für Ordnung zu sorgen, fiel es Paulus schwer, Wilhelm in die Augen zu sehen. Er fand eine Ausrede, um nicht in der Kutsche mitzureisen, sondern auf seinem Pferd hinter der Leibgarde zu reiten. Frische Luft und einen klaren Kopf, das war es, was er brauchte.

's-Gravenhage war wie ausgestorben. Die wenigen Menschen, die Paulus in den dichter bebauten Straßen des Zentrums sah, gingen gesenkten Hauptes. Plötzlich ein Poltern vor ihm, dann ein Ruf: »Mörder! Anstifter!« Paulus sah, wie ein faustgroßer Stein auf dem Sand rollte; er musste das Kutschfenster nur knapp verfehlt haben. Der Kutscher beschleunigte das Tempo, um weiteren Angriffen auszuweichen. Paulus hingegen preschte sofort mit einem Leibgardisten los, doch der Steinewerfer war zwischen den Häusern verschwunden.

Am Binnenhof wurde Prinz Wilhelm von den Ständen und dem Haager Magistrat erwartet. Auch Feldmarschall Johann Moritz von Nassau-Siegen war auf Wilhelms Wunsch hergeeilt. Einer der republikanisch gesinnten Deputierten stürzte auf den Prinzen zu. »Schützt uns, Hoheit! Lasst nicht zu, dass diese Barbaren über uns herfallen! De Witt und seine Getreuen haben dem Staate treu gedient!«, flehte er Wilhelm an.

»Seid sicher, dass ich für den Schutz des Staates und seiner Vertreter sorgen werde«, antwortete der Prinz laut.

Ratspensionär Gaspar Fagel trennte die beiden und geleitete den Prinzen weiter. Sofort fragte Wilhelm nach den Geschehnissen der letzten Stunden.

»Die Leichen der Brüder sind geborgen und in aller Stille in der Nieuwe Kerk beigesetzt worden.« Fagel senkte die Stimme und verzog besorgt das Gesicht. »Alle sind sehr nervös. Wenn so etwas unseren politischen Anführern zustoßen kann, ohne dass jemand einschreitet, dann fühlt sich niemand mehr sicher. Und das nicht nur hier im Haag, sondern überall. Die Radikalen drohen schon mit ›Aufräumen nach Haager Art‹.«

Der Prinz straffte sich. »Dazu wird es nicht kommen. Ich werde den Vorfall untersuchen lassen und die Verantwortlichen zur Rechenschaft ziehen. Alle Garden und Wachen, die wir hier entbehren können, sollen auf den Straßen patrouillieren.«

Während er mit Fagel in den Binnenhof ging, trat Bentinck neben Paulus. »Ich werde im statthalterlichen Quartier nach dem Rechten sehen«, sagte er.

So blieb Paulus allein zurück. Er wollte herausfinden, ob es Hinweise gab, dass auch sein Vater an den Morden oder deren Anstiftung beteiligt war.

In diesem Augenblick rief ihn Prinz Wilhelm noch einmal zu sich. »Hier ist eine Nachricht an meine Großmutter. Begebt Euch zu ihr, und findet heraus, wie es ihr geht und welche Kenntnis sie von den Vorgängen hatte«, sagte er leise.

So weit hat dieser verdammte Krieg uns also gebracht, dachte Paulus, wir wissen nicht mehr, was unsere eigenen Familienangehörigen im Schilde führen.

Ehe er zum Paleis Noordeinde ritt, in dem sich Amalia van Solms dem Vernehmen nach befand, hielt Paulus am Groene Zoodje auf dem Plaats, wo nur noch die aufgewühlte dunkle Erde und die tiefrot gefärbten Pfosten daran erinnerten, was vorgefallen war. Helle Flecken auf dem Boden weckten seine Aufmerksamkeit – es waren Fetzen unzähliger Flugblätter. Sein Blick wanderte Richtung Kneuterdijk, wo sich, wie er wusste, das Haus von Johan de Witt befand. Er schauderte; die Familie musste den Aufruhr und vielleicht sogar die Todesschreie gehört haben.

Das Paleis Noordeinde, auch Oude Hof genannt, war ganz in der Nähe. Ruhig lag das Gebäude mit seinen langgestreckten Seitenflügeln da. Auch im Inneren schien alles seinen üblichen Gang zu gehen. Ein Lakai führte ihn in den Palastgarten, in dem Amalia van Solms unter einem Baldachin das gute Wetter genoss. Paulus war lange nicht hier gewesen und war entsetzt über den vernachlässigten Zustand der Anlage, die einmal sehr repräsentativ gewesen war. Er erwies der Prinzessin seine Ehrerbietung und überreichte ihr den Brief. Unauffällig sah er sich im Kreise ihrer Hofdamen nach Grace van Aken um, doch sie war nicht zu sehen.

»Glücklicherweise haben wir nichts von dem Aufruhr mitbekommen, das könnt Ihr Prinz Wilhelm ausrichten«, sagte Amalia, sobald sie die Nachricht gelesen hatte. »Wir wissen seine Fürsorge zu schätzen.« Sinnierend sah sie auf den Garten hinaus. »Es ist bedauerlich, dass ein derart edler Geist wie der von Johan de Witt auf eine so schändliche Weise sterben musste.«

Es schien nicht so, als wollte sie noch mehr zu der Angelegenheit sagen. Wie hatte man nichts davon hören können, was sich ganz in der Nähe zugetragen hatte? Paulus neigte das Haupt und eilte hinaus.

Am Binnenhof gab er eine kurze Botschaft für den Prinzen ab, in der er das Gespräch mit der Prinzessin zusammenfasste, denn Wilhelm beriet noch immer mit Delegierten und Regenten. Im Gästequartier des Statthalters wurde gerade geputzt. Die Verantwortlichen waren unterwegs, aber er fand einen Lakaien, der auch ihm und seinem Vater oft zu Diensten war. Dieser bestätigte, dass nicht nur Paulus' Vater, sondern auch andere hohe Herren im Gästequartier übernachtet hatten, inzwischen aber abgereist waren. Was sie am gestrigen Abend getrieben hatten, wusste der Lakai nicht. »Ich erinnere mich nur, dass sie zur Herberge *De Beuckelaer* auf dem Plaats wollten.«

Also wieder zum Plaats. In der Schankstube der Herberge saßen einzelne Gestalten, und Paulus wandte sich an den Wirt, um ihn zu befragen. Doch erst nachdem er dem Mann einen Krug Bier spendiert und ihm versichert hatte, dass er ihm nichts Böses wolle, berichtete er. Nassau-Odijk, Nassau-Zuylestein und auch Cornelis Tromp waren am Vorabend tatsächlich hier aufgetaucht; ob Paulus' Vater dabei war, daran konnte er sich jedoch nicht erinnern. »Die hohen Herren haben etliche Lokalrunden geschmissen. ›Wenn ihr dem Hause Oranien etwas Gutes tun wollt, ist jetzt der richtige Zeitpunkt‹, haben sie immer wieder verkündet.« Der Wirt wandte sich neuen Gästen zu, die auf Bedienung warteten.

»Bekomme ich auch ein Bier, wenn ich Euch erzähle, was auf dem Plaats los war?« Ein alter Herr in abgewetzter Kleidung stellte sich neben Paulus. Dieser bestellte sofort nach, und sobald der Alte seinen Bierkrug hatte, wurde er redselig. »Ihr habt nach Tromp gefragt. Der wurde auch auf anderen Plätzen im Haag gesehen. Genau wie Kievit und Tichelaar. Als die rasende Menge die Brüder aufgeknüpft hat, standen sie in vorderster Reihe.«

Paulus nickte. Das hatte er sich schon gedacht. »Im Haag sind viele Truppen stationiert, und es gibt die Bürgerwache – haben die nicht eingegriffen?«

»Wenn Ihr mich fragt, waren die einen zu feige, und die anderen fanden gut, was die Aufrührer gemacht haben.« Der Alte redete sich in Rage. »Das war ein Spektakel! Endlich haben die de Witts bekommen, was sie verdient haben! Sie haben unser Land verraten. Es lebe der Prinz von Oranien!« Er beugte sich zu Paulus, sodass dieser Schweiß und andere Ausdünstungen riechen konnte. »Ich weiß, wer das Herz von Johan de Witt hat. Gegen einen kleinen Obolus verrate ich's Euch, dann könnt Ihr es Euch ansehen.«

Angeekelt verließ Paulus die Wirtschaft. Was er gehört hatte, erschütterte ihn. Nachdenklich ritt er die Straßen entlang, auf denen der Alltag wieder einzukehren schien. Er wollte noch nicht zurück zum Binnenhof, um Prinz Wilhelm Bericht zu erstatten, musste sich erst selbst über alles klar werden.

An der Nieuwe Kerk gab er einem Burschen ein paar Münzen, damit der auf sein Pferd aufpasste, und ging hinein. Die

Neue Kirche wurde als kunstvoll und prächtig gerühmt, erschien Paulus jedoch karg. Er war nie besonders gläubig gewesen; ein Suchender eher, denn der Calvinismus, die Staatsreligion der Republik, erschien ihm streng und freudlos. Auch jetzt fand er keinen Trost. Wie konnte Gott das Elend des Krieges zulassen? Wie konnte er etwas so Grausames wie die Morde an den Brüdern de Witt dulden? Wie konnte Gott einem Menschen ein derart grausames Schicksal vorherbestimmen? Denn das war es doch, was Calvin predigte: dass es von Anbeginn an zwei Sorten Menschen gab – diejenigen, die die ewige Seligkeit erlangten, und diejenigen, die verdammt waren. Zu welcher Kategorie gehörte er?

13

Erst am Abend kamen sie in den prinzlichen Gemächern im Binnenhof zusammen. Paulus konnte es kaum erwarten zu erfahren, wie Wilhelm die Ordnung wiederherstellen und die Aufrührer bestrafen wollte. Mit seinen Verwandten Nassau-Odijk und Nassau-Zuylestein war der Prinz umgegangen, als wäre nichts gewesen. Sogar Tromp hatte Wilhelm empfangen – ganz so, als wollte er die Mörder der de Witts auch noch belohnen.

Nur Bentinck und er waren zu der Mahlzeit geladen. »Ich habe genug von den vielen Menschen, die etwas von mir wollen. Den ganzen Tag wurde ich von Bittstellern bedrängt!«, rief Wilhelm empört. »Als ob es nichts Wichtigeres gäbe! Als ob nicht die Franzosen und die Engländer unsere Republik bedrohen würden!«

»Wenn ich mir diese Bemerkung erlauben darf: Mir erscheint die Wiederherstellung von Ruhe und Ordnung an unserem Regierungssitz durchaus als wichtig«, warf Paulus ein.

»Die ist bereits wiederhergestellt. Mehr Einsatz bedarf es nicht.«

Das sah Paulus anders, zumal es nach seinem Besuch in der Nieuwe Kerk noch zu einem Aufruhr gekommen war, bei dem das Volk versucht hatte, das Grab de Witts zu schänden.

Der Prinz wischte den Einwand mit einer schroffen Geste weg. »Gott hat sein Urteil über die de Witts gesprochen. Es ist nur natürlich, dass das Volk auch die äußeren Zeichen ihrer Macht entfernen will.«

Aus Paulus' Sicht war es nicht Gott, es waren die Menschen gewesen, die geurteilt hatten. Nach einer theologischen Diskussion stand ihm allerdings nicht der Sinn. Bentinck hatte sich bisher seinem Essen gewidmet, sah nun aber auf. »Du darfst nicht vergessen, dass etliche der wichtigsten Bürger im Haag an diesem Aufruhr beteiligt waren oder ihn toleriert haben. Man kann nicht gegen alle vorgehen. Außerdem gibt es keine Beweise.« Er aß einen weiteren Bissen. »Es ist besser, Gras über die Sache wachsen zu lassen und sich mit vereinten Kräften dem Krieg zu widmen, statt noch mehr Zwietracht zu säen. Sonst spielen wir dem Feind in die Hände. Und das jetzt, wo der Herzog von Luxembourg unsere Schleusen angreifen will.«

Diese Information war neu und beunruhigend. Doch Paulus konnte sich noch nicht auf den Kriegsverlauf konzentrieren. »Es wird also keine Untersuchung geben? Keine Bestrafung?«, fragte er fassungslos.

Prinz Wilhelm blickte ihn genervt an. Einen Augenblick war nur das Klimpern von Bentincks Besteck auf dem Porzellan zu hören. »Ich bin es meinen Getreuen schuldig, dass ich zu ihnen stehe und sie schütze – auch in dieser Situation«, sagte Wilhelm schließlich. Paulus wäre am liebsten aufgebraust. Wie konnte Wilhelm Grandeur über Gerechtigkeit stellen! »Außerdem haben auch meine Leute gelitten. Samuel van Sanders, der Unserem Haus als Diplomat treue Dienste leistete, ringt mit dem Tode, weil er vom Pöbel angegriffen und ausgeraubt wurde.«

»So tragisch die Ereignisse auch sind, sie machen den Weg für Verbesserungen frei«, sagte Bentinck. »Ich werde alles für eine baldige Abreise in die Wege leiten, Hoheit. Außerdem lasse ich, wie gewünscht, die Listen für die neuen Magistrate zusammenstellen.«

Prinz Wilhelm nickte zufrieden. Das Einverständnis zwischen ihnen stieß Paulus auf. »Ich nehme an, Ihr werdet von

Euren wiedererlangten Rechten Gebrauch machen, die Verbündeten der de Witts absetzen und Freunde des Hauses Oranien in die Provinzregierungen einsetzen«, stellte er trotzdem klar.

»So ist es. Das Chaos in den Magistraten muss ein Ende haben.«

Sosehr er mit Prinz Wilhelm und dessen Adelshaus verbunden war, kamen Paulus dennoch Zweifel. »Passt auf, dass Ihr keine Entwicklung in Gang setzt, die Ihr nicht mehr aufhalten könnt, Hoheit.«

Unwirsch warf Prinz Wilhelm seine Serviette auf den Teller. Paulus hielt die Luft an. War er zu weit gegangen? Er erhob sich. Auch er hatte keinen Appetit mehr. »Verzeiht meine Offenheit, Hoheit. Es war ein langer Tag.« Dass sie dem Feind Einhalt bieten mussten, war unbestritten. Was aber sagte die Beauftragung oder zumindest die Billigung der Morde an den Brüdern de Witt über den Mann aus, den er seit Kindesbeinen kannte und als seinen Freund bezeichnete?

Beinahe wäre Paulus in einer der großen Pfützen ausgeglitten, denn er wankte beachtlich. Fackeln erleuchteten den Binnenhof und die Mauerbögen des Gevangenenpoorts. Ein Schaudern überfiel ihn bei dem Gedanken daran, dass Cornelis de Witt dort eingekerkert und gefoltert worden war.

Nach dem Essen mit Prinz Wilhelm und Bentinck hatte Paulus auf dem Weg hinaus seinen Vater im Gespräch mit Zulestein gesehen. Offenbar waren die beiden noch mit dem Prinzen verabredet. Er hatte seinen Vater beiseitegenommen und ihn geradeheraus nach der Anstiftung zur Selbstjustiz gefragt. Egbert van Houtkerke hatte geantwortet, dass die de Witts lediglich bekommen hätten, was sie verdienten, und ihm ansonsten den Mund verboten. Was für eine Maßregelung! Kurz hatte er mit dem Gedanken gespielt, wie sein Halbbruder einfach abzuhauen. Stattdessen hatte er in seiner Kammer eine Karaffe Wein geleert, deutlich mehr, als er sonst trank, zumal er allein war. Er war in Selbstmitleid zerflossen und gleichzeitig wütend geworden. Gab es denn niemanden, der die Ereignisse ebenfalls als fatal und beschämend empfand? Wie sehr ihm das Rattenrennen bei Hofe auf die Nerven ging! Immer die beste Beziehung zum Prinzen haben zu müssen. Sich immer gegenüber den anderen auszeichnen zu müssen! Wie großartig wäre es, unabhängig von den Meinungen anderer zu sein. Eine herausgehobene Stellung zu haben. Selbst bestimmen zu können.

Paulus nahm den Hut ab, dessen Rand regenschwer herunterhing, und wischte sich über das nasse Gesicht. Seine Kleidung klebte an ihm, auch die Lederstiefel waren vollgesogen. Seine Füße hatten ihn zum Paleis Noordeinde getragen. Die Fenster des Oude Hof lagen im Dunkeln. Lediglich das Licht vereinzelter Fackeln an der Fassade spiegelte sich auf dem mit Pfützen gefleckten Vorplatz. Was machte er hier? Er sollte ein paar Stunden schlafen, damit er morgen wieder als Offizier sein Bestes geben konnte.

Kreischen drang an sein Ohr, Lallen. Er war anscheinend nicht der Einzige, der allzu reichlich dem Alkohol zugesprochen hatte. »Das Prinsje wird die Übeltäter noch belohnen, das sage ich dir … Tichelaar prahlt ja schon, dass er von dem Oranier eine Pension auf Lebenszeit bekommt«, stieß eine heisere Stimme aus.

»Diesen Mmm…ördern sss…ollte man dasselbe antun, www…ie den −«

»Scht!«

»… wie den de Witts. Treu gedient hhh…aben Johan und Cornelis uns. Genauso bbb…rutal abschlachten und ausweiden. Allen Oranierfreu−«

»Halt endlich die Schnauze!«

»Was denn?«, krächzte der Heisere.

Die Männer waren in Paulus' Blickfeld gekommen. Drei Kerle, dem Aussehen nach kräftige Handwerker.

»Da ist einer von ihnen. Kommt gerade aus dem Oude Hof.«

»Hat vermutlich weitere Intrigen geschmiedet! Verräter!«, schrie der Heisere.

Paulus' Hand fuhr zu seinem Degen. Auch betrunken würde er es mit ihnen aufnehmen können. Doch im nächsten Moment kamen zwei weitere Kerle um die Ecke gebogen. »Da seid ihr ja endlich! Schaut mal, was wir hier haben.« Ein heiseres Lachen. »Lass uns diesem Prinzgesinnten mal zeigen, was wir mit denen machen, die sich gegen die Staatsgesinnten wenden und glauben, damit durchzukommen …«

Grace van Aken lehnte am Fenstersims und starrte gegen die Scheibe, an der die Tropfen wie Tränen hinunterliefen. Der Gedanke an ihr weiches, aber doch einsames Bett, das nur eine mit heißen Kohlen gefüllte Bettpfanne erwärmen würde, ließ sie erschaudern. Sie war zu jung und zu leidenschaftlich, um während der Feldzüge ihres Gatten das Leben einer Nonne zu führen! Vor ihrer Ehe hatte ihr Leben anders ausgesehen, ganz anders. Aber dann … Sie seufzte schwer. Am Hof von Amalia zu Solms mochte es früher einmal unterhaltsam gewesen sein, aber heute hing die Prinzessin nur noch der früheren Pracht nach, und es machte auch nicht den Eindruck, als würde Amalia von dem plötzlichen Aufstieg ihres Enkels entscheidend profitieren. Ohnehin duldete die Prinzessin sie nur, und letztlich konnte Grace nachvollziehen, warum das so war. Aber wie schrieb Molière so treffend: *»Abhängigkeit ist das Los der Frauen; Macht ist, wo die Bärte sind.«* Dass ihr Mann unterwegs war, grämte Grace nicht. Allerdings machte sie nervös, was von ihr erwartet wurde ...

Rufe rissen sie aus ihren Überlegungen. Der Pöbel würde doch nicht etwa den nächsten Aufstand wagen? Sofort öffnete sie das Fenster, spürte den Regen hineinwehen. Erfrischend, im Muff dieser vergangenen Pracht.

»Aber Madame, Ihr verkühlt Euch!« Ihre Dienerin wollte die Läden wieder schließen, aber Grace hielt sie auf. Auf dem Vorplatz stand ein Mann – der Kleidung nach ein Adeliger oder reicher Bürger – einer Gruppe vierschrötiger Kerle gegenüber, die streitlustig gestikulierten. Der Adelige hatte die Hand am Degen, doch seine Bewegungen wirkten unsicher.

Das könnte ein interessantes Spektakel werden, dachte Grace mit einem wohligen Schaudern. Als er sich bewegte, fiel Fackelschein auf seine Züge, und sofort erkannte sie den jungen Offizier. Ein so gut aussehender Mann aus bestem Hause würde ihr nicht nur nützlich sein, sondern auch Vergnügen bereiten. Kurz entschlossen schickte sie ihre Dienerin los und warf sich einen Umhang über den Seidenmantel.

Wenig später hämmerten die Regentropfen so laut auf das Dach der Mietkutsche, als würde es sich um Kieselsteine handeln. Vor Aufregung hielt es sie kaum auf dem Sitz. Der Kampf war noch im Gange. Grace klopfte ans Kutschdach und befahl dem Kutscher, langsamer zu fahren. Im selben Augenblick ging Paulus van Houtkerke zu Boden.

»Stopp!«, rief Grace. »Hilf diesem Mann, und bring ihn her!«

Der Kutscher sprang ab und packte den Knüppel, den er wie alle Fahrer für Notfälle bereithielt. Sobald er zwischen die Männer schlug, stoben diese auseinander und machte sich davon. Er half dem Adeligen auf.

»Lauf zurück, und mach mein Bett bereit«, befahl Grace ihrer Dienerin, die sprachlos neben ihr saß.

»Es ist Nacht, und es regnet!«

»Ich muss etwas erledigen. Nun geh schon!«

»Der Herr hat gesagt …«

Grace drückte ihr eine Münze in die Hand und schob die Magd dann aus der Tür. Ihr Blick fiel auf den Kutscher und den anderen Mann. Er war es tatsächlich! Grace beugte sich ein wenig aus der Kutschtür. »Sieur van Houtkerke – kommt herein. Was für ein heldenhafter Kampf! Der Kutscher bringt Euch zum Binnenhof, wenn Ihr möchtet.«

Paulus van Houtkerke stieg ein und ließ sich auf den Sitz fallen. »Was tut Ihr hier, Madame?« Er befühlte seine aufgeplatzte Lippe.

Statt ihm zu antworten, rief Grace dem Kutscher eine Anweisung zu. Langsam setzte sich die Kutsche in Bewegung.

»Lasst mich Eure Wunden ansehen!« Grace setzte sich neben Paulus und tupfte ihm das Blut mit einem Taschentuch ab. Er roch nach Alkohol und Kampf, was sie an aufregendere Zeiten denken ließ. Ihre Nähe schien ihn zu verwirren, was verständlich war, denn ihr Umhang hatte sich geöffnet und enthüllte mehr, als er verbarg. »Was treibt Ihr nur hier? Ihr wisst doch, dass der Haag in diesen Tagen ein gefährliches Pflaster ist!«

»Die Kerle wollten einem Prinzgesinnten eine Lektion erteilen«, sagte van Houtkerke bitter. »Sie wollten de Witt rächen! Dabei bin ich der Letzte, der mit den Morden etwas zu tun hat. Geschweige denn die Mörder davonkommen lassen würde.« Sein Blick verfing sich in ihrem. »Und was habt Ihr um diese Zeit hier draußen zu suchen?«

Sie ignorierte auch diese Frage. Die Blutung hatte nachgelassen. Regentropfen liefen aus seinen Haaren über sein Gesicht. »Zieht die nassen Sachen aus – Ihr holt Euch doch den Tod.« Sie half ihm aus dem Umhang und der Jacke, wobei sie ihn wie beiläufig berührte. »Der Tod der Brüder scheint Euch nahezugehen.«

»Ich bin mit Prinz Wilhelm aufgewachsen. Johan de Witt ist bei ihm ein und aus gegangen, hat ihn unterrichtet. Ich habe de Witts Schriften gelesen, auch die mathematischen. Er war ein genialer Kopf.«

»Und was hat der Prinz jetzt vor?«

»Das weiß ich nicht. Ich will es auch nicht wissen.« Er schluckte. »Habt Ihr denn gestern nichts von den Morden mitbekommen?«

»Doch, schon.« Die Erinnerung versetzte sie in Aufregung. »Die Tumulte dauerten Stunden. Vor dem Palast tauchten Leute auf und riefen, die Prinzessin solle die Mordbrenner zurückpfeifen – als ob sie etwas damit zu tun hätte! Wir sorgten uns um unsere Sicherheit, da viel zu wenig Wachen vor Ort waren. Kurz fürchteten wir, die Prinzessin in Sicherheit bringen zu müssen. Deshalb stehen auch heute Kutschen bereit, sicherheitshalber. Als wir dann hörten …« Ihre Stimme brach, und sie lehnte sich an ihn. »Ich habe gleich bemerkt, dass Ihr nicht nur ein ausgezeichneter Offizier, sondern auch ein kluger Kopf seid«, hauchte sie, und ihre Finger strichen seine Schläfe entlang bis zu seinen Lippen. Unvermittelt schmiegte sie sich an ihn, küsste ihn.

Er zögerte nur kurz, dann erwiderte er ihren Kuss mit der Leidenschaft eines Ertrinkenden. Ein warmes Gefühl, das sie schon allzu lang vermisst hatte, breitete sich in ihrem Leib aus.

14

Hamburg empfing sie mit Regen. Dennoch war Max erleichtert, denn seit sie den weiten Fluss entlangschipperten, den man Elbe nannte, war der Seegang erträglicher. An Deck ging es betriebsam zu. Jeder machte sich bereit, das Schiff zu verlassen. Bei Debora stand die Frau eines Mitreisenden, die beiden unterhielten sich. Sie mussten nichts packen. Und den Brief wusste Max längst auswendig. Sie sollten sich an den Handelsgärtner Hans Meilan wenden, den sie in einer Straße mit dem seltsamen Namen Fuhlentwiete finden würden. Max sah auf das Ufer hinaus. Wie er sich danach sehnte, wieder festen Boden unter den Füßen zu spüren!

Jetzt tauchte linker Hand eine Stadt vor ihnen auf. Zunächst fielen ihm die Kirchen mit ihren hohen Türmen ins Auge, dann der trutzige Festungswall und der Hafen, der es zwar nicht mit Amsterdam aufnehmen konnte, aber doch beachtlich war. Die Umgebung Hamburgs war sehr grün, auch innerhalb der Stadtmauern leuchteten begrünte Flecken.

»Es gibt eine große niederländische und flämische Gemeinde in Hamburg.« Seine Mutter und Floris waren zu ihm getreten. Der Junge ließ sich sofort wieder auf die Planken sinken. Sein Fieber war immer noch beängstigend hoch. Debora hockte sich neben ihn und nahm Floris' Hand.

»Woher weißt du das?«, fragte Max.

»Von den Frauen. Sie haben mir einiges aus der Geschichte der Stadt erzählt. Es gab und gibt sogar Niederländer im Hamburger Rat, und der Festungswall wurde von einem Niederländer errichtet. Viele Gärtner haben enge Verbindungen in die Republik.«

»Das ist gut. Aber vielleicht werden wir gar nicht lange hierbleiben. Je nachdem, wann unser Schiff gen Brandenburg ablegt.«

Deboras Gesicht verdüsterte sich. »Es kann sein, dass wir länger ausharren müssen. Dann brauchen wir Hilfe. Wir haben kein Geld mehr, nichts zu essen. Und Floris …«

Max nickte. Auch er wusste, dass sein Bruder dem Tod nahe war. »Ich hoffe nur, die Hamburger verstehen uns, wenn wir mit Händen und Füßen nach dem Weg fragen.«

»Niederländisch ist hier Geschäftssprache, auch scheint die hiesige Mundart recht ähnlich zu sein. Die Frauen haben mich jedenfalls verstanden und mir auch ein paar Redewendungen beigebracht.«

Kurz darauf gab der Schiffer Befehle zum Anlanden, und es wurde noch einmal wackelig. Max musste sich auf seinen Atem konzentrieren, um seinen Magen zu beruhigen.

Sobald sie angelegt hatten, nahm Max seinen Bruder auf den Arm. Dennoch war ihm, als fiele eine Last von ihm ab. Egal, wie es hier werden würde – sie hatten den Krieg hinter sich gelassen und wieder festen Boden unter den Füßen.

Reisende, Träger und Karrenfahrer drängten an ihnen vorbei. Ein schwer beladener Hafenarbeiter rannte in sie, verpasste Debora einen Stoß, Matsch aus einer Pfütze spritzte auf. »Tschuldigung, Madamchen«, brummte er.

Unbeeindruckt stürmte Debora weiter. Kannte sie die Richtung? Aber dann sah Max, wie sie sich außerhalb des Gedränges am Rande des Anlegers an einen Baumstamm lehnte. Ihre Augen waren weit aufgerissen und ihre Lippen weiß.

»Was ist denn … los?«, fragte Floris, der durch die ungewohnte Bewegung aufgewacht war. Er hustete heftig und schien kaum mehr Luft zu bekommen.

»Wir sind in Hamburg. Wir suchen jetzt Hilfe und eine Unterkunft. Wenn wir erst Ruhe haben, geht es dir bald besser«, sagte Max und hoffte, dass es aufmunternd klang. Er wandte sich an seine Mutter: »Weißt du, wo wir hinmüssen?«

Debora verneinte. »Ich bin einfach losgerannt. Habe es am Anleger nicht ausgehalten. Diese vielen Män… Menschen. Diese Enge!«, stieß sie hervor.

Max scheute sich, einen der Fremden nach dem Weg zu fragen. Doch schließlich hatte sich seine Mutter gefangen und sprach eine Hökerin an. Die plapperte los und machte Handzeichen, und bald liefen sie durch die Stadt, die kleiner und schmutziger als Amsterdam war. Es gab einige schöne Häuser – manche erinnerten Max sogar an die Heimat –, aber die meisten waren ältere, einfache Backsteinbauten. Gerade liefen sie durch ein Viertel, das so eng war, dass man sich von Fenster zu Fenster die Hände hätte reichen können, wenn die Lücke nicht schon voller Wäscheleinen gehangen hätte.

Floris war nur ein Fliegengewicht, dennoch musste Max ab und zu anhalten und verschnaufen. Schließlich lichteten sich die Häuser etwas, und sie sahen auf ein Gebiet mit vielen kleinen Gärten und Gartenhäusern, hinter denen sich eine Kirche erhob.

»Wo finden wir die Fuhlentwiete?«, fragte Max eine Frau, die Schnecken von den Kohlköpfen sammelte. Sie mussten noch weiter. Dann endlich hatten sie die Gärtnerei erreicht, die sich von einem dumpfigen Graben zu einem großen Backsteingebäude mit Palastfassade erstreckte. Ein Stück weiter schien es eine weitere Gärtnerei zu geben.

Neugierig betraten sie das Gelände, auf dem Max sich nur zu gern umgesehen hätte, denn der Handelsgärtner schien ein vielfältiges Sortiment an Blumen, Blumenzwiebeln, Gewächsen und Kübelpflanzen zu besitzen. Offenbar gab es in dieser Stadt genügend Abnehmer.

Ein Knecht führte sie zu einem stämmigen Herrn. Er war mehr als einen Kopf kleiner als Max, hatte grau-schwarzes Haar und beaufsichtigte gerade das Verladen einer Lieferung. Zu ihrer Erleichterung sprach er Niederländisch, wenn auch mit dem seltsamen Akzent, den Max von italienischen Kaufleuten kannte. Er führte sie in sein Kontor, wo er den Empfehlungsbrief studierte und sie eingehend befragte. Auf seinem Schreibtisch lagen säuberlich gebundene Papiere, auch ein *Index Seminum*, auf dem verschiedene lateinische Begriffe aufgeführt waren – allesamt Blumennamen.

»Habt Ihr all diese Blumen in Eurem Sortiment?«, fragte Max beeindruckt.

Hans Meilan lächelte. »Zumindest handele ich mit ihnen. Das ist ein Verzeichnis von Blumensamen, die ich aus Nürnberg sowie aus meiner Heimat Italien beschaffen kann.«

»Wie außerordentlich nützlich!«

»Das ist wahr.« Meilans Blick wanderte zu Floris, der nur noch von Debora auf den Beinen gehalten zu werden schien. »Aber lasst uns wieder zu Eurem Anliegen kommen. Leider habt Ihr das Frachtschiff mit meiner Lieferung nach Brandenburg um ein paar Tage verpasst. Ihr müsst also selbst für die Weiterreise sorgen.«

»Dafür haben wir kein Geld. Wir haben uns darauf verlassen, dass Ihr die Reisekosten für uns auslegt und von meinem Schwager erstattet bekommt«, sagte Debora fest.

»Das nächste Schiff wird auf sich warten lassen. Außerdem: Derartige Geschäfte mache ich nicht. Auch Hamburg hat unter dem Krieg zu leiden. Uns drückt nicht nur die Einschränkung des Handels durch den Seekrieg, sondern auch Verluste durch

Kaperfahrer. Ganz zu schweigen von den vielen Flüchtlingen, die in die Stadt strömen.«

Debora starrte den Handelsgärtner an. Wieder waren ihre Lippen blutleer.

»Ich kann die Kosten bei Euch abarbeiten«, sagte Max und berichtete von seinem verstorbenen Vater, seiner Lehrzeit und seinen Kenntnissen.

»Ich habe genügend Gehilfen.«

»Bitte, habt ein Herz! Wir können nicht zurück. Mein Sohn ist krank, und wir haben hier niemanden. Mein Schwager ist Euch seit Jahren ein guter Geschäftspartner! Ihr habt sein Wort«, flehte Debora.

Widerwillig gab Meilan nach. »Es kann aber einige Wochen dauern, bis meine nächste Fracht abgeht.« Er wandte sich ab.

Max hielt ihn auf. »Gibt es hier andere Handelsgärtner, die Hilfe gebrauchen könnten?«

»Versucht es bei den Aards am Dammtor. Der Inhaber ist Niederländer.«

Geknickt und zugleich voller verzweifelter Hoffnung gingen sie weiter. Sie passierten einen Kalkhof und eine Bäckerei, deren Duft Max das Wasser im Munde zusammentrieb. Die Gärtnerei der Aards war wesentlich kleiner, dafür gab es mehrere Schuppen, aus denen Rauch aufstieg. Kinder tollten herum.

Ein mürrischer Kerl führte sie zu einer Frau, die helle, marmorartige Platten auf einem Regal begutachtete: »Frau Aard, hier sind Leute, die wollen etwas von Euch.«

Max setzte Floris auf einen Steinblock und schüttelte die Arme aus. Wieder erzählten seine Mutter und er ihre Geschichte. Mitleid zeigte sich auf dem Gesicht der Frau. »Ich wünschte, ich könnte Euch helfen, aber mein Mann ist dort, wo Ihr gerade hergekommen seid. Benjamin unterstützt die Armee an der Wasserlinie, und ich muss selbst sehen, wie wir über die Runden —«

Ein Geräusch unterbrach sie. Floris war von dem Steinblock gerutscht. Sein Gesicht war schlaff, er hatte das Bewusstsein verloren. Debora wollte ihm aufhelfen, ihn wecken, doch der Junge reagierte nicht.

»Trag den Jungen ins Haus«, forderte Frau Aard Max auf, ging voran und rief eine Magd zu Hilfe. Wenig später lag Floris mit dicken Decken zum Ausschwitzen des Fiebers und mit Tee aus Zitronenblättern versorgt auf einer Liege.

Die Kinder der Aards waren hereingekommen und beobachteten sie neugierig. Frau Aard scheuchte sie hinaus und wandte sich an Debora: »Bleibt eine Nacht hier. Morgen wendet Ihr Euch an die Niederländische Armenkasse. Ich werde Euer Bittgesuch unterstützen, das wird helfen, denn mein Gatte ist dort sehr aktiv.«

»Die Niederländische Armenkasse?«, fragte Debora.

»Ein Zusammenschluss von wohlhabenden Niederländern in Hamburg und Altona, um Menschen zu helfen, die in eine Notlage geraten sind.«

»Menschen wie uns.« Debora schien sich dafür zu schämen. Ihr Blick wurde trüb.

Lucia Aard legte ihr tröstend die Hand auf den Unterarm. »Auch wir haben Furchtbares erlebt. Es kommen wieder bessere Zeiten, glaubt es mir.«

Max war lange nicht mehr bei einem Gottesdienst gewesen. Doch die Sorge um seinen Bruder trieb ihn in die nahe gelegene Kirche Sankt Michaelis, die man hier Michel nannte. Seit vier Tagen wohnten sie nun bei Lucia Aard und ihrer Familie. Die Hamburgerin hatte ihnen Medikamente beschafft, hatte sie gespeist und hatte sie zu den Jahresverwaltern der Niederländischen Armenkasse begleitet, die sich bereit erklärt hatten, sie mit einer kleinen Summe zu unterstützen. Bezahlte Arbeit hingegen gab es auch in Hamburg für Max nicht. Geholfen hatte er in der Gärtnerei trotzdem. So hatte er erfahren, dass Lucia Aards erster Mann Handelsgärtner gewesen war. Mit ihrem zweiten Mann, einem Architekten, stellte sie inzwischen hauptsächlich Kunstmarmor her, der weithin gefragt war.

Bekümmert versenkte Max sich in ein Gebet. Der Anblick des weiten Kirchenschiffs und des blumengeschmückten Altars tröstete ihn; hier war es nicht so karg wie in den reformierten Kirchen. Lucia Aard hatte ihnen erzählt, dass sie und ihr Mann an der Sankt-Michaelis-Kirche mitgearbeitet hatten und ihr besonders verbunden waren. Max hätte auch ins benachbarte Altona gehen können, wo es eine reformierte Gemeinde gab. Aber war es nicht egal, von wo aus man Gott um Beistand bat?

Nach dem Gottesdienst ließ er sich durch die Stadt treiben. Mevrouw Aard hatte ihm verraten, dass es in Hamburgs Mitte etliche schöne Gärten gab, die er vielleicht würde besichtigen können, wie den Anckelmannschen Garten in der Ambrosiusstraße oder der Garten des Gelehrten Joachim Jungius am Mönkedamm. Allein über die Mauer zu spähen und den Blumenduft zu riechen tröstete ihn. Er würde nicht aufgeben! Am wichtigsten war, dass Floris wieder gesund wurde – und dass er Arbeit fand. So fragte er überall, wo er Tagelöhner sah, nach Arbeit. Nachmittags hatte er Glück und durfte ein paar Stunden lang Bierfässer verladen.

Als er mit schmerzendem Rücken, aber mit einigen Münzen in der Tasche zum Hof am Dammtor zurückkam, erwartete Debora ihn mit einem hoffnungsfrohen Blitzen in den Augen. »Floris ist wach! Das Fieber ist zurückgegangen! Gerade rechtzeitig, denn Hans Meilan hat uns einen Burschen geschickt!«

Sofort eilten sie los. Sogar Floris hielt es nicht mehr im Bett, obgleich er noch schwach war. Der Handelsgärtner unterhielt sich in seinem Kontor mit einem jungen Schönling, dessen Duftwasser Max schon aus einiger Entfernung einnebelte. Schicke Kleidung, deren Farben perfekt auf die braunen Haare, die helle Haut und die leuchtend blauen Augen abgestimmt schienen. Ein Halstuch und Handschuhe, als herrsche Winter. Dazu passte die rote Schniefnase. Als er hörte, worüber er redete, merkte Max jedoch auf.

»In Haarlem sind gerade Pflanzen aus Ostindien eingetroffen. Ich konnte einige seltene Gewächse für den Hortus Botanicus in Leiden in Augenschein nehmen. Sie haben auf See erheblich gelitten. Es ist eine Schande, dass an Bord nicht bessere Fürsorge getroffen wird!«

Es schien den Mann nicht zu stören, dass sie neben ihm warteten. Er redete quirlig, gestikulierte wild. Hans Meilan hingegen unterbrach sein Gespräch. »Da seid Ihr ja«, sagte er. Dann wandte er sich wieder dem Gecken zu, der sie mit einem kurzen Blick begutachtete und sie dann als unwichtig abtat. »Dies hier, mein Herr, sind Eure Verwandten.«

Unglauben blitzte in den Augen des jungen Mannes auf. Widerwillig tat er der Höflichkeit genüge. »Jerun Schöppen, mein Name. Chim Schöppen ist mein Vater. Dann müsst Ihr meine Tante Debora sein.«

Debora zeigte ein bemühtes Lächeln. »Das ist richtig. Und das hier sind meine Söhne, Max und Floris. Wir hatten dich … wir hatten *Euch* nicht hier erwartet.«

»Ich bin gerade aus Holland angekommen, wo ich Pflanzen erworben und weitere Waren übernommen habe. Unser Handelshaus in Cölln ist eines der wichtigsten der Stadt, wenn nicht das wichtigste. Ich werde die Lieferung nach Cölln begleiten, wo sie am kurfürstlichen Hof bereits sehnsüchtig erwartet wird.«

Max verdrehte die Augen. Was für ein Aufschneider!

Sein Cousin zückte aus der Westentasche eine Münze und

drückte sie Debora in die Hand, als wäre sie eine Bettlerin. »Wir sehen uns am Kai«, sagte er und wandte sich ab.

Scham brannte in Max. Das konnte ja eine heitere Reise werden!

15

Vermutlich wären wir schneller, wenn wir zu Fuß unterwegs wären, dachte Max, als sie zum wiederholten Mal im Kanal vor einer Schleuse dümpelten. Auch die reisenden Händler moserten, während der Schiffer mit dem Zöllner verhandelte. Der durch den Müllroser Kanal entstandene Verkehrsweg nach Berlin, Cölln und Breslau sei zwar praktisch, aber durch die dreizehn Schleusen und vielen Zölle auch teuer.

Max sah auf die Flusslandschaft mit ihrem Schilf und den knorrigen Eichen, Erlen und Buchen. Die Blätter färbten sich bereits. Zehn Tage würde die Reise nach Cölln wohl dauern. Die meiste Zeit mussten der Ewer und die zwei im Schlepp befindlichen Lastboote gestakt oder getreidelt werden; nur selten gab es genügend Wind, um die Segel zu hissen. Obgleich der Kanal breit war – etwa fünf rheinländische Ruten –, stauten sich die Kähne und Boote vor den Schleusen. Nicht, dass sie es eilig hätten. Allerdings fühlte er sich an Bord nicht gerade wohl, und er wusste, dass es seiner Mutter und Floris ebenso ging. Das flache Binnenschiff war voll beladen, das Quartier eng, und Jerun mied sie, als hätten sie die Pest. Entweder redete sein Cousin mit bessergestellten Kaufleuten, las und schrieb Briefe, oder er kümmerte sich um die Pflanzen, die er in großen, mit Löchern versehenen Holzkisten verstaut hatte.

Zu gern hätte Max einmal in diese Kisten gesehen, aber Jeruns Knecht bewachte sie argwöhnisch. Das fachte Max' Neugier an; vermutlich waren kostbare, seltene Gewächse darin.

Gedankenverloren begann Max, in den Staub, der die Planken bedeckte, zu zeichnen. Debora hatte sich gleich am ersten Tag mit der Frau eines Mitreisenden einen Platz auf einem der Boote gesucht, die sie im Schlepp hatten; sie ertrug Jeruns Arroganz anscheinend noch weniger als er. Er betrachtete seine Zeichnung, einen Garten samt Bosketten, Rabatten und Wasserspielen. Als Floris es gewagt hatte, Jerun ganz unbefangen anzusprechen, hatte dieser den Jungen kaltschnäuzig abblitzen lassen. Kurz durchzuckte Max der Gedanke, dass sie die Republik nie hätten verlassen sollen. Aber das war natürlich Unsinn, zumal er von anderen Reisenden die neuesten Nachrichten aus dem Haag gehört hatte. Der grausame Mord an den Brüdern de Witt verstörte ihn. Den wichtigsten Staatsmann der Niederlande einfach abzuschlachten! Nein, es war gut, dass sie geflohen waren. In einem Land, das mit feindlichen Mächten und den eigenen Bürgern im Krieg lag, gab es für sie keine Hoffnung.

Als hätte er gespürt, dass er an ihn gedacht hatte, kam Floris heran, zupfte an ihm und pikte ihm in die Seiten. »Ich hatte ganz vergessen, was für eine Nervensäge du bist«, sagte Max. Doch dann taten ihm seine Worte leid. Er nahm seinen Bruder auf den Arm und tat so, als wolle er ihn über Bord werfen. Es kostete nichts, jemandem eine Freude zu bereiten, und heiterte zugleich das eigene Gemüt auf.

Floris kicherte. Als sie lachend aufs Deck sanken, bat er: »Mir ist langweilig. Erzählst du mir eine Geschichte?«

»Wir können Lesen und Schreiben üben.«

»Wir haben kein Buch«, sagte Floris wenig begeistert. Er überlegte. »Ich könnte Jerun fragen, ob er uns eins –«

»Nein«, unterbrach Max ihn. Der Gedanke war ihm unerträglich, noch einmal bei ihrem Cousin anzukriechen – und sei es wegen eines Buches. »Wir malen in den Staub. Schreib auf: *Tapsus barbatus.*«

»Können wir nicht lieber rechnen? Hier sind drei Boote, vierzehn Knechte, zweiundzwanzig Reisende, macht insgesamt …«

Max staunte, was sein Bruder alles gezählt hatte. »Rechnen kannst du gut, das weiß ich. Wir schreiben. Also: *Tapsus* …«

Floris kniete sich neben ihn und zog den Finger durch die Staubschicht auf dem Deck. »Was heißt das?«, fragte er. Als Max es übersetzte, verdrehte Floris die Augen: »Was soll ich denn mit ›Königskerze‹ anfangen?«

»Das ist eine hochwachsende, gelb blühende Blume, die du gut an die Ecken der Beete pflanzen kannst. Sie ist als Heilkraut gefragt. Wenn du später Gärtner bist, wird dir diese Information nützlich sein.«

»Ich weiß gar nicht, ob ich Gärtner werden will. Die Arbeit ist so schmutzig! Und sie ist langweilig – es dauert ewig, ehe ein Samenkorn sprießt und eine Blume blüht.«

Max wunderte sich über Floris' Ablehnung. »Daran gewöhnst du dich schon. Du hast beste Voraussetzungen, es als Gärtner zu etwas zu bringen – denk nur an deinen Namen«, sagte er mit einem Augenzwinkern.

»Das ist ein blöder Name. *Blühend!* Als sei ich ein Mädchen.« Floris nagte an seiner Unterlippe.

»Unfug. Viele Männer heißen Floris.« Max kitzelte seinen Bruder. »Und nun schreib endlich.«

Aus dem Augenwinkel bemerkte Max, dass sein Cousin die Pflanzkiste öffnete. Jerun beugte sich hinein, zuckte hoch, dann schimpfte er mit seinem Knecht. Dieser packte einen Eimer und lief sofort los, um Wasser zu schöpfen.

»T-A-P-S-U-S?«, fragte Floris und stupste ihn an.

Max nickte abwesend. Ein Mitreisender war neben Jerun getreten. »Das sind ja seltsame Pflanzen in Eurer Kiste«, hörte Max ihn sagen.

Jerun richtete etwas in der Kiste und wandte sich dann seinem Gesprächspartner zu. »Es handelt sich um besondere Gewächse aus dem Ausland. Wer etwas auf sich hält, besitzt einen Lust- und Ziergarten und kommt an exotischen Gewächsen nicht vorbei.« Er räusperte sich. »Mein Vater und ich verfügen über beste Beziehungen zu den einschlägigen Händlern in Holland. Wir importieren niederländische Luxuswaren. Es freut mich, Eure Bekanntschaft zu machen.« Er stellte sich vor, dann holte er eine Pflanze aus der Kiste und berichtete darüber.

Als Jerun und der andere ein paar Schritte weiter Platz nahmen, erhob Max sich, um einen Blick in die Kiste zu werfen. Worüber hatte Jerun sich derart aufgeregt? In einzelnen Fächern standen verschiedene Pflanzen. Einige wirkten kräftig, bei anderen waren die Blattspitzen welk. Über eine Ecke war ein Tuch geworfen. Max hob es hoch. Die Pflanzen darunter wirkten matschig und rochen übel.

»Was schnüffelst du da herum?«, riss Jerun ihn aus seiner Betrachtung.

Max schluckte eine patzige Antwort herunter. Womit hatte er diese Feindseligkeit verdient? »Den Aloen scheint es nicht gut zu gehen«, sagte er stattdessen. »Ich nehme an, dass es ihnen zu dunkel ist. Außerdem war die Erde zu nass, das vertragen sie nicht. Die fauligen Blätter müssen entfernt werden, damit die Pflanze wieder zu Kräften kommt. Sie sind aus ihrer Heimat Licht und Trockenheit –«

»So, nimmst du an?«, fiel Jerun ihm ins Wort.

»Als Gärtnerlehrling habe ich oft bei meinem Vater –«

»Interessiert mich nicht.« Jerun wandte sich ab.

Nun hielt Max es nicht mehr aus. »Ich habe dir nichts getan, was ein derartiges Benehmen rechtf–«

Sein Cousin fuhr herum. »Erstens: Du duzt mich nicht. Zweitens: Es ist mir egal, ob wir verwandt sind. Meine Mutter hat mir genügend über eure M–«

»Deine *Mutter* …«, unterbrach Max ihn, der diese Impulsivität gar nicht von sich kannte.

Jerun rückte sein Halstuch zurecht, als würgte es ihn. »Wage es nicht, über meine Mutter zu sprechen. Sie ist eine angesehene Bürgerin. Ihr werdet sie nicht in den Dreck ziehen. Ich hoffe, ihr verschwindet bald wieder aus unserem Leben.«

Als wäre er geschlagen worden, taumelte Max zurück. Was hatte Debora ihrer Schwester nur getan, dass sich der Hass so fortsetzte?

Die Sonne brachte die Wasseroberfläche zum Funkeln, als Max am nächsten Tag mit seiner Mutter und seinem Bruder auf dem Heck des Schleppkahns saß. Floris hing halb über der niedrigen Reling und ließ ein Bötchen im Kanal schwimmen, das Max mit ihm aus Schilf und Treibgut gebastelt hatte. Debora öffnete derweil die Schulternähte von Floris' Hemd; der Junge war nach seiner Krankheit anscheinend gewachsen.

Sie dümpelten auf der Stelle, weil der Wasserspiegel zu niedrig war, um gut voranzukommen. Offenbar zweigten die Mühlen mehr Wasser ab, als sie sollten. Auch versickerte im Neuen Graben viel Wasser durch beschädigte Wände, glaubte man den Klagen der Bootsknechte.

»Ganz egal, was passiert: Wir können uns in Brandenburg ein neues Leben aufbauen. Wir müssen nur zusammenhalten«, sagte Debora unvermittelt. Sie sah von ihrer Näharbeit auf.

»Ich werde mir sofort eine Arbeit suchen, um für unseren Lebensunterhalt zu sorgen«, meinte Max.

»Unser Onkel und unsere Tante werden uns bestimmt helfen, damit wir nicht verhungern«, sagte Floris.

Max wechselte einen Blick mit seiner Mutter. Er wusste, dass Debora von der Auseinandersetzung mit Jerun gehört hatte, dennoch hatten sie das Thema gemieden.

Ein Ruck ging durch das Boot. Langsam bewegten sie sich wieder. »Max, fass mit an! Nun komm schon her, Bursche!«, schrie der Schiffer.

Max sprang auf. Er hatte schon öfter beim Staken des Ewers geholfen; eine schweißtreibende Arbeit, für die man aber mit einer Mahlzeit belohnt wurde. Geschickt balancierte er über die Warenballen, sprang vom letzten Boot auf das mittlere. Sein Cousin stand schräg gegenüber an der Spitze des nächsten Boots, etwa einen Steinwurf entfernt, und starrte Max an, als habe er ihn bei irgendetwas ertappt.

»Eil dich, Bursche!«, brüllte der Schiffer.

Max wechselte auf dem Schleppkahn die Seite, in der Hoffnung, dass er sehen könnte, womit Jerun sich beschäftigt hatte. Etwas Bräunliches, Struppiges trieb neben der Bordwand des Kahns. War das etwa eine der Pflanzen aus der Kiste? Hatte Jerun sie weggeworfen? Ohne darüber nachzudenken, streckte Max sich über die Reling und packte zu. Tatsächlich – es war die Aloe!

»Soll ich dir Beine machen, Bursche?«

Kurzerhand stopfte Max die Pflanze in seine Hose und eilte zu den Staken. Der Schiffer starrte ihn an. »Hast du dich eingenässt wie ein Kleinkind?«

Jerun wies seinen Knecht an, sich um das Gepäck zu kümmern, und eilte voraus, als sie in Friedrichswerder anlegten. Seine Verwandtschaft würde schon hinterherkommen. Unerträglich peinlich, diese Schnorrer! Er fragte sich ohnehin, warum sie sich das antaten. Seine Mutter hatte stets mit Verachtung von ihrer Schwester gesprochen. Dass er sie und ihre Kinder ausgerechnet jetzt am Hals hatte, war mehr als ärgerlich, denn er war auf seiner ersten Handelsreise und wollte sich beweisen – da durfte nichts schiefgehen.

Jerun balancierte über die Holzbretter, die man als Schutz über den Straßenkot gelegt hatte. Nach Monaten in der Fremde fiel ihm auf, wie klein und provinziell die Residenzstädte Cölln und Berlin und die neue Stadt Friedrichswerder waren. Sicher, es gab einige schöne Steinbauten, aber die meisten Häuser waren alt und unansehnlich. Kurfürst Friedrich Wilhelm hatte zwar Anordnungen zur Verschönerung der Stadt erlassen, doch kaum jemand kam dem Befehl nach, die Straße vor seinem Haus pflastern zu lassen. Nachttöpfe wurden nach wie vor achtlos in den Rinnstein und in die Spree entleert, und die Stadterneuerung stockte, was angesichts der Steuerlast kein Wunder war. Nur die Adeligen wurden nicht zur Kasse gebeten. Wie anders, wie fortschrittlich war es dagegen in Holland, in England und sogar in Hamburg gewesen …

Jerun sah hinter sich, ehe er um die Ecke bog. Seine Verwandten wirkten gehetzt. Er drängte die Gewissensbisse zurück. Er würde sie zu Hause abliefern, dann könnten seine Eltern sich mit ihnen befassen.

Debora spürte ein Stechen in der Seite, als sie ihrem Neffen nacheilte. Mit seinen langen Beinen war Jerun so schnell, dass sie ins Schwitzen geraten war. Auch bog er immer wieder unvermittelt ab, als wollte er sie abhängen. Sie ärgerte sich über sein Benehmen, schwieg aber, um keinen Ärger zu provozieren. Gerade überquerten sie eine Brücke, von der aus sie das Schloss, den Lustgarten und eine Bastion sehen konnten. Hoffentlich fand Max dort Arbeit!

Ihre Söhne warteten am anderen Ufer auf sie. Max' Jackentasche wölbte sich, vermutlich hatte er die Pflanze darin versteckt. Dass Max die Aloe aus dem Fluss gefischt hatte und insgeheim päppelte, freute sie. Wenn jemand sie retten konnte, dann er. Floris hingegen hatte seine Unruhe immer weniger bezwingen können, war über die Boote getobt und hatte die Mitreisenden ausgefragt. Sie war für seine zurückgewonnene Energie dankbar. Hoffentlich fanden sie in Cölln schnell eine bezahlbare Schule. Floris musste unbedingt eine gute Ausbildung erhalten.

Debora presste die Hand auf ihren Bauch. Die Übelkeit und ihre ausbleibende Blutung ließen sie Böses fürchten. *Bitte, Gott, lass mich nicht schwanger sein!* In Hamburg hatte sie Lucia Aard ihre Sorge gestanden. Die Hamburgerin hatte sie zu beruhigen versucht und von Frauen berichtet, die wie sie gehungert oder Gewalt erlitten und auch ohne Empfängnis keine Blutung gehabt hatten.

Sie verdrängte den Gedanken und konzentrierte sich auf das Panorama, das sich vor ihnen auftat. Es wäre interessant, von Jerun etwas über die Städte und ihre Bewohner zu hören, aber ihr Neffe schwieg hartnäckig.

Schließlich liefen sie eine Straße mit herrschaftlichen Einzelhäusern entlang, und Jerun ging, ohne sich umzusehen, in eines der Kaufmannshäuser. Von Aussehen und Ausstattung her erinnerte es Debora an holländische Häuser – als hätte sich Hester auf diese Weise ein Stück Heimat geschaffen.

»Da bist du ja endlich! Deine erste Handelsreise war ein voller Erfolg, nehme ich an!« Mit diesem Ausruf wurde Jerun in die Arme geschlossen.

Sofort machte er sich los und hielt seine Mutter auf Armeslänge von sich. »Da habt ihr mir ja was eingebrockt!«, sagte er und gab den Blick auf Debora und ihre Kinder frei.

Für Debora war es ein Schock, ihrer Schwester gegenüberzustehen. Hester war dick geworden, ihr Gesicht wirkte aufgeschwemmt, das Haar war von grauen Strähnen durchzogen. Gleichzeitig kehrte das Gefühl von Vertrautheit zurück, das sie ein halbes Leben geteilt hatten. Hester starrte sie an, als würde sie einen Geist sehen. Neben ihr tauchte jetzt ein massiger Mann von Mitte fünfzig auf. Er wirkte, als sei er gerade vom Tisch aufgestanden und habe sich davon nicht trennen können; er hielt eine Porzellantasse in der Hand, und um seinen Mund hingen Krümel. Die Wangen schimmerten kirschrot, und die Augen waren von unzähligen Falten umgeben. Auf den ersten Blick war es ein freundliches, gutmütiges Gesicht, was Debora beruhigte.

»*Goedendag*, Hester«, sagte Debora. »Und Ihr müsst mein Schwager Chim sein. Ich muss Euch sehr für Eure Hilfe danken, Euch beid–«

»Hinaus mit euch! So einen Drecksbengel will ich nicht in meiner Stube haben. Ich zeige euch, wo ihr bleiben könnt, bis ihr etwas Eigenes gefunden habt«, unterbrach Hester sie schroff. Ihr Blick war auf Floris gerichtet.

Sprachlos folgten sie ihr hinaus in den Hinterhof. Debora schüttelte verstohlen den Kopf. So schlimm sah Floris doch gar nicht aus!

Auch Jerun und Chim Schöppen schlossen sich an. Der Kaufmann räusperte sich. Die Unhöflichkeit seiner Frau war ihm offenbar unangenehm. »Willkommen in Brandenburg-Preußen. Wir hoffen, Ihr hattet eine angenehme –«, begann er.

»Jeruns Waren sind schon eingetroffen. Am besten kümmerst du dich mit ihm um die verderblichen Güter und die seltenen Gewächse«, fiel Hester ihrem Mann ins Wort. Im Hinterhof spannte der Gehilfe vor dem Stallgebäude bereits das Pferd vom Karren ab. Ein Hund kläffte, und Hester steuerte direkt auf den Stall zu. Was wollte sie …

»Hier.« Hester machte eine knappe Geste. Dann kehrte sie auf der Hacke um und stolzierte ins Haus zurück.

Debora bemerkte Floris' entsetzten Gesichtsausdruck. Ihr Unglauben wandelte sich in Zorn. Sie hatte gewusst, dass es ein Fehler gewesen war hierherzukommen! Sie hätten sich nie auf die Güte ihrer Schwester verlassen dürfen! Max hingegen war ganz auf seinen Cousin konzentriert, der sich an der Pflanzkiste zu schaffen machte.

»Ich habe nur eine Aloe in Haarlem kaufen können«, hörte sie Jerun sagen.

Debora stutzte. Wollte er seinen Vater über den Verbleib der zweiten Pflanze belügen?

In diesem Augenblick trat Max an den Wagen, bückte sich kurz, holte unbemerkt die Aloe aus seiner Tasche und hielt sie Chim Schöppen hin. »Sie muss beim Transport aus der Kiste gefallen sein. Aber sie treibt wieder aus«, sagte er. Er mied Jeruns wütenden Blick.

»Wie wunderbar! Gut, dass du sie entdeckt hast, ehe jemand darauf herumtrampeln konnte!«, rief Chim Schöppen aus.

»Im Lustgarten von Schloss Honselersdijk hatten mein Vater, der Lustgärtner und mein Lehrmeister war, und ich damit häufig zu tun«, sagte Max. Debora hörte, wie nervös er war. Jerun hatte sich halb abgewandt; er lächelte einer jungen Blondine zu, die aus dem Fenster des benachbarten Hauses in den Hinterhof spähte.

»Das ist gut zu wissen. Ich hege die Hoffnung, dass Herr Hanff, der kurfürstliche Lustgärtner, deine Dienste gebrauchen kann, damit ihr schnellstmöglich hier … Nicht, dass ich …« Chim Schöppen tupfte sich den Schweiß von der Stirn. »Ich lasse euch von der Magd etwas Biersuppe bringen, ihr müsst hungrig sein«, schloss er.

Debora starrte ihm nach. Sie begriff nicht, wie ihre Schwester so hartherzig sein konnte. Nicht einmal nach Wobbes Tod hatte Hester gefragt, als wäre ihr jeglicher Anstand abhandengekommen. Sie fühlte sich erniedrigt und brüskiert, spürte die Blicke ihrer Kinder. Am liebsten wäre sie weggelaufen. Aber wohin? Nein, sie durfte nicht aufgeben! Entschlossen ging sie ins Haus. Sie fand Hester in der Küche, wo die Magd gerade die Suppe in Schalen füllte.

»Nimm das alte Brot, das reicht –« Hester brach ab, als sie Debora bemerkte. »Was willst du?«

Deboras Knie waren weich, und ihre Hände bebten vor Hilflosigkeit und Zorn. Sie wollte die Arme verschränken, legte die Finger dann aber sittsam zusammen. »Ich danke dir, dass du uns aufgenommen hast. Ich –«

»Das sagtest du bereits.«

Wieder diese Unhöflichkeit! Wenig erstaunlich, dass Jerun sich so verhielt, wenn seine Mutter es ihm vormachte. Debora ließ sich nicht beirren. »Ich kann mir vorstellen, wie schwer es dir gefallen sein muss, mir zu helfen. Aber ich –«

»Ich glaube kaum, dass ausgerechnet dir ein Urteil über mich zusteht«, ätzte Hester. Chims Gestalt blitzte im Türrahmen auf; schon war er wieder verschwunden. In den Niederlanden gab es Karikaturen über Haushalte, in denen die Frau die Hosen anhatte; die Leute amüsierten sich gern über diese Vorstellung. Fürchtete auch Chim seine Frau? Sie räusperte sich. »Ich habe nur eine einzige Bitte.«

Hester wollte ihr wieder ins Wort fallen, aber Debora hob die Hand und sagte schnell: »Ich flehe dich an, lass meine Kinder nicht dafür büßen, dass du mich hasst. Wir werden euer Haus so schnell wie möglich verlassen und das Geld, das ihr für uns ausgelegt habt, mit Zins und Zinseszins zurückzahlen, das schwöre ich. Meine Kinder haben schon genug gelitten. Sie haben ihren Vater verloren, ihr Heim, ihr Land. Hab Mitleid mit ihnen.«

Debora wandte sich ab und ging hinaus. Sie wollte ihrer Schwester nicht die Gelegenheit geben, das letzte Wort zu bekommen, sosehr diese sich das auch wünschen mochte. Doch Hester rief ihr nach: »Hattest du damals etwa Mitleid mit mir?«

16

Mit dem Hahnenschrei standen sie auf. Während Debora und Floris sich die schmale Pritsche teilten, hatte Max sich ins Stroh gelegt. Lange hatte er den Geräuschen der Tiere im Stall und den Stimmen der Menschen gelauscht, die aus dem Hinterhof drangen. Er musste schnellstmöglich diese Sprache lernen! Einiges verstand er schon, aber die Mundart schien ihm merkwürdig. Während er sich mit dem Wasser aus dem Tränkeimer wusch, dachte er über den gestrigen Tag nach. Was auch immer zwischen seiner Mutter und Hester vorgefallen war, es hatte ihr Verhältnis gründlich vergiftet.

Während Floris half, die Hühner in den Pferch zu scheuchen und zu füttern, ließ Max sich zeigen, wo der nächstgelegene Brunnen war, und schleppte Wasser heran. Wieder gab es Biersuppe. Kannte man hier denn kein Frühstück mit Brot, Butter und Käse?

Floris riss ihn aus seinen Gedanken. Er trug ein geflecktes Kaninchen auf dem Arm, das er hingebungsvoll streichelte. »Was machen wir jetzt?«

»Wir suchen nach Landsleuten, es soll hier doch so viele geben. Vielleicht haben die Arbeit für uns. Oder sie kennen jemanden, der Arbeit hat«, antwortete Debora.

»Glaubst du, unser Onkel wird mich dem kurfürstlichen Lustgärtner vorstellen?«, fragte Max. »Wenn nicht, müsste ich selbst dort vorsprechen.« Die Vorstellung allein ließ ihn mulmig werden, und dann noch die fremde Sprache …

Debora zupfte ihm einen Strohhalm aus dem Haar. »Auch das wird gelingen. Dein Vater hat dich viel gelehrt, das musst du dem Lustgärtner nur begreiflich machen.«

Ein Wortwechsel drang aus dem Hinterhof zu ihnen, Hester gab der Magd Anweisungen, und diese verschwand mit einem Korb am Arm. Dann ging Hester selbst fort. Gleich darauf trat Chim Schöppen aus dem Hinterhaus, sah sich nach allen Seiten um und kam zum Stall. Er trug einen feinen Anzug und eine Perücke. »Ich hoffe, Ihr habt Euch ein wenig ausschlafen können«, sprach er Debora an. »Ich würde jetzt mit Euch in die Stadt gehen, Euch alles zeigen und Max im Lustgarten vorstellen, wenn's recht ist. Mein Sohn kümmert sich in der Zwischenzeit um das Geschäft.«

Ein Lächeln erhellte Deboras Gesicht. »Das ist uns natürlich sehr recht. Habt Dank dafür.«

Elvina verabschiedete ihre Französischlehrerin und wollte sich gerade ihren heilkundlichen Schriften zuwenden, als ihr Blick auf ihre Mutter fiel. Seit sie eine neue Kinderfrau hatten, wirkte Petronella viel ausgeglichener. Gerade öffnete ihre Mutter Briefe und erledigte die Korrespondenz, während die Kinderfrau Caspar wusch.

»Die Tagelöhner haben den Rohbau fertiggestellt. Jetzt fragt der Baumeister, ob weitere Erdarbeiten auf dem Grundstück vorgenommen werden sollen«, berichtete Petronella.

Stolz ergriff Elvina. Erst hatte ihr Vater ihre Veränderungen am Hausentwurf irritiert zur Kenntnis genommen. Dann aber hatte sie es geschafft, sie ihm so darzulegen, als seien sie eigentlich seine Idee gewesen und sie habe sie lediglich ausgeführt. Sie war gespannt, wie alles in Stein, Holz und Stuck aussehen würde.

Petronella blätterte durch die Papiere. »Hat Georg dem Baumeister denn nicht die Entwürfe für den Garten und die Wasserspiele geschickt?«

»Das weiß ich nicht.« Elvina half ihrer Mutter bei der Suche, war aber nicht sicher, ob ihr Vater die Entwürfe überhaupt angefertigt hatte. »Hauptsache, wir bekommen viele Beete mit den verschiedensten Blumen – das würde Rosa freuen«, sagte sie. Ihre Schwester lag vermutlich im Bett. Obwohl Rosa nicht klagte, wusste Elvina, dass sie Schmerzen haben musste, denn sie verließ kaum noch das Haus und spielte weder mit Lulu, die sie hatte besuchen wollen, noch mit ihren Geschwistern. Gut, dass sie endlich bei einem neuen Arzt in Behandlung war! Ihr Vater hatte mit Doktor Elsholtz und dem Regimentschirurgicus der königlichen Leibgarde über Rosas Rückgrat gesprochen, und die hatten ihm einen Arzt empfohlen. Damit sich Rosas Wirbelsäule wieder aufrichtete, hatte dieser empfohlen, sie zu strecken. Die erste Behandlung, zu der ihr Vater Rosa begleitet hatte, war unangenehm und schmerzhaft gewesen.

Caspar fing an zu weinen, und Petronella erhob sich, um ihn der Amme abzunehmen und ihn zu beruhigen. Durch das Fenster sah Elvina, wie Chim Schöppen mit seinen Besuchern den Hof verließ. Darauf hatte sie nur gewartet. »Ich bin gleich wieder zurück«, sagte sie.

Wie erwartet nickte ihre Mutter nur. Elvina sah noch einmal rasch in den Spiegel, dann eilte sie los. Mit jedem Schritt beschleunigte sich ihr Herzschlag.

Im Kaufmannshaus war Jerun nirgends zu sehen. Enttäuscht ließ Elvina sich von dem Gehilfen einige Seidenbänder zeigen, fasste sich dann aber doch ein Herz und fragte nach ihm. Der Gehilfe schickte sie in den Hinterhof, wo Jerun in dem Verschlag stand, in dem üblicherweise die Pflanzen versorgt wurden. Wie gut er aussah! Der Anzug schien neu zu sein und kleidete ihn ausgesprochen gut, die Sonne brachte sein Haar zum Glänzen; auch wirkte er männlicher. Es war seltsam: Sie kannten einander schon so viele Jahre, und doch war es ihr vor einigen Monaten vorgekommen, als sähe sie ihn zum ersten Mal.

Als Jerun sie bemerkte, erhellte sich sein Gesicht. »Elvina! Was treibt dich hierher? Bist du auf der Suche nach Pflanzen? Ich fürchte, ich habe nichts zum Verkauf übrig. Diese hier sind alle für den kurfürstlichen Lustgarten und andere Käufer bestimmt.«

Seine Nähe verwirrte sie. Er wirkte reifer und zugleich energiegeladen, als sei er auf dem Sprung. »Für unser neues Haus werden allerlei Einrichtungsgegenstände benötigt«, improvisierte sie. »Vater wollte sichergehen, dass sie lieferbar sind, ehe die genauen Planungen beginnen. Wegen des Krieges, meine ich.«

Jerun trat einen Schritt näher. Für einen Atemzug wünschte sie, in der Tiefe seiner leuchtend blauen Augen versinken zu können. »Es ist ein Jammer, dass ihr wegzieht. Uns verbindet so viel …«

Empfand er auch mehr für sie, als er zugeben wollte? »Wir werden unser Haus behalten«, sagte sie schnell und gleichzeitig bemüht, nicht übereifrig zu wirken. »Vater wird ja weiterhin für den Hof tätig sein.«

»Dann ist es gut.« Er lächelte, und ein wohliger Schauder überlief sie. »Ich gehe davon aus, dass die holländischen Kaufleute liefern. Allerdings sind die Handelswege zeitweise blockiert, sodass wir mit längeren Lieferzeiten rechnen müssen. Und der Kriegsverlauf ist natürlich nicht vorhersehbar«, setzte er geschäftsmäßig hinzu.

»Das versteht sich von selbst.«

»Woran hast du gedacht? Soll ich dir was zeigen? Ich habe aus Holland viele exquisite Dinge mitgebracht.« Jerun berührte sie am Ellbogen, was ihr Herz stolpern ließ. »Du siehst bezaubernd aus. Diese neuen Bänder passen perfekt zu deiner Haarfarbe.« Das Kompliment freute sie, aber ehe sie darauf reagieren konnte, redete er schon weiter. »Wie geht es deiner Familie? Sind alle wohlauf?«

»Vater hat in der Hofapotheke viel zu tun. Rosas Rücken macht uns Sorgen, aber wir haben eine neue Behandlung begonnen.«

»Dann ist ja sicher bald alles wieder gut.« An der Tür zum Kontor ließ er ihr den Vortritt; ganz nah schritt sie an ihm vorbei. Er duftete angenehm, und Elvina wäre gern stehen geblieben, um seine Nähe noch ein wenig auszukosten. »Es ist schön, dich wiederzusehen. Habe ich schon gesagt, dass das ein reizendes Kleid ist?«

Ihre Wangen wurden noch röter, aber sie bemühte sich, ihre Freude nicht zu sehr zu zeigen. »Das hast du noch nicht gesagt. Ich bedanke mich recht herzlich für das Kompliment.« Hektisch überlegte sie, was sie sagen könnte, was nicht banal war, aber auch nicht zu viel über ihre Gefühle verriet. Ihm schien es ebenso zu gehen, denn er lächelte sie auf einmal unsicher an.

»Hier haben wir Goldledertapeten im neuesten Stil.« Er wies auf einen Stapel und begann, ihr verschiedene Einrichtungsgegenstände zu präsentieren.

Elvina zeigte sich interessiert. Nichts wünschte sie sich mehr, als in Ruhe mit ihm zu plaudern. »War deine Reise nicht schrecklich gefährlich? Du musst viel erlebt haben! Bestimmt bist du froh, wieder zu Hause zu sein.«

»Gefährlich? Eigentlich nicht. Es mag meine erste Handelsreise gewesen sein, aber wenn man sich gut informiert, kann man den meisten Gefahren aus dem Weg gehen. Und viel erlebt? Auf jeden Fall! Diese Städte und die fremden Landschaften!« Als hätte er nur darauf gewartet, berichtete Jerun ihr im

Weitergehen von seiner Reise. Vor allem die Pflanzen schienen es ihm angetan zu haben. »Ich habe bei den Handelsgärtnern Gewächse gesehen, von denen ich nie zuvor gehört hatte. Es ist ein vielversprechendes Geschäft, bei dem man es zu einigem Wohlstand bringen kann, wenn man geschickt vorgeht. Ich hoffe, schon bald auf eigenen Füßen zu stehen, geschäftlich, meine ich.« Ausführlich berichtete er von seinem Aufenthalt in Haarlem und Leiden.

Sie erwiderte sein Lächeln. Am liebsten wäre sie den ganzen Tag hier sitzen geblieben, um ihm zuzuhören und ihn anzusehen. Dann trat eine Gesprächspause ein. »Ich hörte, ihr habt Besuch«, sagte Elvina schnell.

»Nur für ein paar Tage. Verwandte meiner Mutter, die sie wohl lieber vergessen hätte.« Ein Schatten huschte über Jeruns Gesicht. »Entschuldige, das hätte ich nicht sagen dürfen.«

Aus dem Laden waren Stimmen zu hören. Elvina fürchtete, dass sie gleich gestört würden und ihr Gespräch zu Ende war. Sie erhob sich. »Wirst du wieder zum Chor kommen?«

»Auf jeden Fall. Solange ich hier bin, lasse ich mir das nicht entgehen.« Jerun begleitete sie zur Tür. Erneut berührte er sie sacht. Die Sonne, die ins Haus fiel, ließ seine Augen azurblau aufblitzen.

Elvinas Herz schlug schneller. Der feine Schwung seiner Lippen faszinierte sie. Wie weich seine Haut schien, wie perfekt rasiert er war! Manch junger Mann hätte die Gelegenheit genutzt, sich einen Kuss zu stehlen. Aber Jerun nicht, er wusste, was sich schickte. Elvina war ein wenig enttäuscht, weil ihr klar wurde, wie sehr sie sich danach sehnte. Annabelle hätte ihr von dieser Schwärmerei abgeraten, hätte gesagt, dass sie lieber auf einen jungen Mann aus niederem Adel hoffen sollte, um die Familie gesellschaftlich voranzubringen. Vermutlich war auch ihr Vater dieser Meinung. Elvina schüttelte den Gedanken ab.

In diesem Moment senkte Jerun den Blick. »Übrigens bat meine Mutter mich, euch auf die offenen Rechnungen anzusprechen.«

Hitze schoss ihr ins Gesicht, und die guten Gefühle verflogen. »Davon weiß ich nichts. Das muss Vater vergessen haben. Ich werde mich sofort darum kümmern.«

Ihr Vater war bereits zu Hause und hantierte im Labor. Ihre Mutter und ihre Geschwister waren hingegen nirgends zu sehen. So sprach Elvina ihren Vater auf die offenen Rechnungen an. Es war ihr unangenehm, und der offensichtliche Geldmangel ihrer Familie machte ihr Sorgen. Warum nur hatte sie sich so teure Stoffe für ihr Ballkleid ausgesucht?

»Ich werde mich später darum kümmern«, sagte er und sah sich fahrig um. »Ebenso um die Planung für unser Landgut. Ich habe mich noch immer nicht entschieden, wie ich mit der Gartenanlage verfahren soll. Ich wünschte, ich hätte Zeit, dieses Thema noch einmal in de Caus' Schrift über den *Hortus Palatinus* nachzulesen.« Er kramte in verschiedenen Schränkchen, schien zwischen Phiolen und Tiegeln etwas zu suchen. »Für die Anlage der Wasserspiele werde ich vielleicht in Ramellis *Schatzkammer der mechanischen Künste* fündig.«

»Ich könnte das für dich nachschlagen«, sagte sie.

»Das wäre wunderbar! Allerdings musst du nachher Rosa zum Arzt begleiten. Weder ich noch deine Mutter werden es schaffen. Wir müssen Arzneien für die kurfürstliche Armee fertigstellen und verschicken. Ich musste nur schnell etwas holen.« Ihr Vater schob eine Phiole in seine Westentasche, verschloss das Labor und sah sich um. »Wo steckt Rosa eigentlich?«

❦

»Ich weiß nicht, ob Ihr mit der Geschichte unserer Residenz vertraut seid.« Mit einem spitzenumsäumten Taschentuch tupfte Chim sich Schweißtröpfchen von der Stirn, als sie über das holprige Kopfsteinpflaster gingen.

»Nein, aber wir würden uns freuen, wenn Ihr uns mehr darüber berichten könntet«, sagte Debora.

»Cölln entstand zunächst auf dieser Flussinsel, die Schwesterstadt Berlin folgte am anderen Ufer«, begann Chim. Als er weitersprach, klang es wie ein Vortrag, den er schon öfter gehalten hatte. »Brandenburg war lange Zeit Spielball der Herrscherhäuser. Auf das Aussterben der Askanier folgte ein Kampf um unser Land und seine Städte. Nachdem sich Luxemburger und Wittelsbacher bekriegt hatten, wurde ein Hohenzoller zum Schutzherrn ernannt. Auch unser Friedrich Wilhelm entstammt dem noblen Hause. Er ist seit 1640 Kurfürst von Brandenburg und Herzog in Preußen. Während des Großen Krieges hatte er seinen Hof ins preußische Königsberg verlegt. Seit er wieder hier ist, blüht die Stadt auf.«

Es schien Chim leichter zu fallen, über die Geschichte des Kurfürstentums zu sprechen, als über ihre Familie, was Max nur recht war. Seine Mutter nickte aufmerksam und warf ab und zu ein »Das ist ja interessant« ein, was Chim ermunterte weiterzureden.

»In mehreren Kriegen musste der Kurfürst die Unversehrtheit seiner Besitztümer sicherstellen, anschließend setzte er sich für den Ausbau seines Landes ein. Gerade erst ist er aufgebrochen, um seinen Bündnispflichten nachzukommen und der Republik der Sieben Provinzen im Krieg beizustehen.« Chim berichtete über die Entwicklungen der Politik, über neue Steuern, das stehende Heer zur Landesverteidigung und die Einwanderungspolitik. »Nach vielen niederländischen Siedlern lud der Kurfürst im letzten Jahr fünfzig jüdische Familien aus Wien hierher ein. Sie sind wohlhabend und kenntnisreich, dennoch ist ihre Zuwanderung umstritten. Aber das Land ist seit dem Krieg entvölkert, und die Landwirtschaft liegt brach – wir brauchen neues Blut.«

Auf dem Schlossplatz blieb er stehen. »Und hier haben wir das kurfürstliche Schloss«, beschrieb er das Offensichtliche. »Erbaut wurde es von Johann Gregor Memhardt, einem österreichischen Baumeister, der in Holland studiert hat. Memhardt zeichnet auch für die neue Festungsanlage verantwortlich, die sich noch im Bau befindet. Der Kurfürst hat viel Zeit in den Niederlanden verbracht und schätzt diesen Stil, müsst Ihr wissen. Seine erste Ehefrau, die verstorbene Luise Henriette von Oranien, hat viele niederländische Künstler eingeladen. Überhaupt ist ihr Einfluss stark, denkt nur an das Schloss Oranienburg oder das Waisenhaus, das sie einrichtete. Letztlich haben meine Gattin und ich«, er hüstelte plötzlich nervös, als fürchte er, Debora würde sich bei der bloßen Erwähnung ihrer Schwester in eine Furie verwandeln, »ebenfalls davon profitiert, denn unsere Geschäfte mit der Republik florieren.«

Debora zeigte keine Regung. »Als wir ankamen, habe ich eine Lindenallee gesehen, die mich sehr an die Lange Voorhout in 's-Gravenhage erinnerte«, sagte sie.

»Ja, die Lange Voorhout war das Vorbild für die Allee, auf der man unter Linden zum kurfürstlichen Tiergarten gelangt.« Er wandte sich an Max, der sich interessiert umsah, während Floris neben ihnen über den Weg hüpfte. »Du interessierst dich sicher für den Lustgarten. Seit Jahren ist Meister Hanff dafür verantwortlich. Hofbotanicus und Leibarzt ist Meister Elsholtz. Ihr Verhältnis ist … Nun ja, das wirst du sehen. Man hält sich raus, damit fahre ich am besten.«

Das scheint auch sonst deine Devise zu sein, dachte Max.

Chim Schöppen blickte ihn forschend an. »Was sagst du zu

dem Garten? Wurde er tatsächlich nach holländischen Vorbildern gestaltet?«

Wollte er ihn auf die Probe stellen? Sicher sein, dass er sich nicht blamierte, wenn er ihn dem Hofgärtner empfahl? Während sie durch den Garten gingen, beschrieb Max, was er sah. Zunächst war er nervös, aber je länger er sprach, desto sicherer fühlte er sich. Schöppen schien keine Schwierigkeiten zu haben, sein Niederländisch zu verstehen. »Die Anlage mit den umgebenden Kanälen, den Parterres und Bosketten ist typisch holländisch. Unser Land ist klein, sodass wir keine derart weitläufigen Anlagen haben, wie es in Versailles der Fall sein mag. Deshalb werden bei uns auch kleine Flächen so schön wie möglich gestaltet, wie diese Beete hier um diese Statue, in denen die Blumen die Initialen der Herrscher bilden. Ist das der Kurfürst?« Max wies auf die Marmorstatue, die auf einem Postament inmitten eines veralgt wirkenden Wasserbeckens stand.

»Ja, das ist er. Die Statue stammt von dem wallonischen Bildhauer Dieussart, der auch für das Haus Oranien arbeitete. Das Motto unseres Fürsten steht auf dem Sockel: ›Herr, tu mir kund den Weg, den ich gehen soll.‹«

Das Motto klang, als habe der Kurfürst selbst keine Ziele. Max sah sich um, betrachtete die Marmorstatue eines Adlers und fuhr fort: »Ein begrüntes Löwentor teilte den Lustgarten. Die Löwen halten ein Wappen; vermutlich bilden Latten sowie Flechtwerk aus Korbmaterial das Gerüst. Derartige Gartenelemente werden auch bei Jan von der Groen beschrieben, der Oranierhof schätzt sie ebenfalls sehr.«

Laubengänge umrahmten eine weitere Grünanlage, in deren Mitte ein Brunnen mit der Skulptur des Gottes Neptun stand, einer phlegmatisch wirkenden Gestalt, zu der es ironischerweise passte, dass die Fontäne ihren Dienst eingestellt hatte. Die Beete waren nicht so gepflegt, wie sein Vater es stets getan hatte, die Hecken struppig, der Formschnitt verwachsen. Auch wirkte der Garten am gegenüberliegenden Ende, dort, wo sich die Bastion befand, seltsam abgehackt.

Als er seine Gedanken aussprach, nickte Chim Schöppen anerkennend. »Gut beobachtet«, sagte er. »Die Bastion wurde erst vor einigen Jahren anstelle eines weiteren Gartenabschnitts errichtet.«

Die Mauer, die den Garten begrenzte, war mit einem Spalier verziert. Dahinter stand direkt an der Spree ein Lusthaus mit einer Dachterrasse. Am Flussufer waren bunt lackierte Boote festgemacht, vermutlich für Ausfahrten der Herrschaften. Das Pomeranzenhaus weckte Max' besonderes Interesse. Es war nicht abschlagbar, wurde also nicht alljährlich komplett auf- und abgebaut, sondern lediglich die Vorderfront zum Garten, die westliche Seitenwand und das Dach waren entfernt worden. Auch schien es einen Nutzgarten zu geben, denn Max entdeckte hinter einem Tor Frühbeete und kopfgroße Glaskuppeln, die empfindliche Pflanzen schützten.

»Da ist er ja!«, rief Chim und steuerte auf einige Gärtner zu, die gerade aus dem Pomeranzenhaus traten.

Aufregung ergriff Max. Jetzt galt es!

Michael Hanff erwies sich als ein älterer sonnengebräunter Herr mit einem Strohhut, der sich steif bewegte wie viele betagte Menschen, deren Knochen schmerzten. Max erinnerte er an einen knorrigen Baum, den Wind und Wetter gebeugt hatten. Er war gerade im Gespräch mit einem jüngeren Gärtner und wirkte sichtlich ungehalten. »Ich habe es doch schon oft genug erklärt! Wenn man nicht alles selbst macht!«, setzte er leise und kopfschüttelnd hinzu. Dann begrüßte er Chim Schöppen. »Ach, Ihr seid es! Ich erwarte Eure Lieferung schon sehnsüchtig!«

»Mein Sohn ist gestern eingetroffen. Ich werde die Pflanzen später vorbeibringen lassen.«

»Das ist gut. Wir wollen sie rechtzeitig in die Kübel setzen, damit sie sich vor dem Winter erholen können.«

Chim Schöppen stellte Max und seine Familie vor und fasste knapp zusammen, was sie hergeführt hatte.

»Am besten berichtet der junge Mann selbst, über welche Kenntnisse er verfügt«, antwortete Hanff in leidlichem Niederländisch.

Max ließ sich trotz seiner Nervosität nicht lange bitten. Während er sprach, ging Hanff weiter und kontrollierte den Zustand der Boskette und Hecken. Vor allem die Buchsbäume missfielen ihm, denn sie waren nicht nur außer Form geraten, sondern auch fleckig. »Was sagst du dazu?«, wandte er sich an Max.

Dieser sammelte sich. Es war wichtig, dass er einen guten Eindruck machte! »Der Schnitt ist lange her, deshalb ist der Buchs außer Form, und die Äste sind verholzt. Auch wurden sie offenbar zuletzt bei Regen geschnitten, das verträgt der Buchs nicht.«

Hanff nickte grimmig. »Recht hast du. Du verstehst dich auf den Formschnitt?«

Max nickte. »Ich kann schneiden, scheren, binden, Obstbäume pfropfen, verstehe mich auf Spalierobst sowie einheimische und fremdartige Gewächse.«

»Wenn das stimmt, wäre es beachtlich«, sagte Hanff, klang aber skeptisch. »Ich werde sehen, was ich für dich tun kann. Allerdings kann ich dir keine allzu große Hoffnung machen. Ich werde mich bald aufs Altenteil zurückziehen. Wenn alles gut geht, wird mein Schwiegersohn meinen Posten übernehmen. Einen Lehrling nehme ich nicht mehr an.«

Max' Mut sank. Trotzdem ergriff er das Wort: »Mein Vater hat mich bereits drei Jahre lang unterrichtet. Meine Ausbildung ist also beinahe beendet, zumindest nach niederländischen Ver-hältnissen.«

Hanff wiegte das Haupt. »Das ist bei uns ähnlich. Einige der arbeitsreichsten Monate liegen vor uns. Da kann ich jede kundige Hand gebrauchen.«

Freude weitete Max' Brust. Nichts würde er lieber tun, als endlich wieder als Gärtner zu arbeiten. »Es wäre eine Ehre für mich, Euch helfen zu können, Meister Hanff.«

»Herr Hanff heißt das bei uns«, korrigierte der Lustgärtner ihn. »Wir haben keine Gartenzunft und keine Meister.« Er lächelte. »Wie sagt man noch? Wie ein junger Baum soll der Gärtnerlehrling sein: von geradem Stamm, gut gewachsen, von Wurzeln zu allen Seiten getragen und von guter Abstammung. Das scheinst du alles zu sein. Also dann, folge mir. Ich werde dir zeigen, wo du anfangen kannst.«

Chim nutzte die Gelegenheit, um sich zu verabschieden. De-bora war froh, dass Hanff ihren Sohn erst einmal beschäftigen würde. Sie zweifelte nicht daran, dass Max sich würde beweisen können. Sie sah sich um. Wo war denn nur Floris? Ah, dort! Ihr Sohn kam gerade aus einem Laubengang und zog mit einem Ast Linien in das Kiesbett des Weges. Mit dem Stock fuchtelte er in Richtung der Blumen. Er würde doch nicht …

Eilig rief Debora ihn zur Ordnung, ehe er im Überschwang eine Blüte köpfen konnte. Chim war schon vorausgegangen, als wollte er nicht mit ihnen gesehen werden.

Widerwillig trabte Floris heran. »Warum denn? Endlich hatte ich mal Spaß«, maulte er.

»Hier ist kein Ort für Kinderspiele«, sagte Debora leise und schob ihn Chim hinterher.

»Aber es heißt doch Lustgarten!«

Sie musste lachen. »Damit ist etwas anderes gemeint, und

das weißt du! Ein Lustgarten dient im Gegensatz zum Nutzgarten der Erholung.« Sie hatten Chim eingeholt. »Vielen Dank
für Euren Einsatz. Ich bin sehr froh, dass Ihr meinem Sohn Max
diese Brücke gebaut habt.«

»Das habe ich gern getan. Er scheint sich ja tatsächlich auszukennen«, sagte Chim, als hätte er daran gezweifelt.

Wer weiß schon, was Hester über uns erzählt hat!, dachte
Debora.

»Wir gehen weiter zur Petrikirche. Floris wird die Latein-
schule noch nicht besuchen können, aber es gibt dort einige
Winkelschulen, in denen er unsere Sprache lernen kann«, kündigte Chim an. »Einer der Lehrmeister ist mir bekannt.«

Siedend heiß fiel Debora das Schulgeld ein. Chim war doch
klar, dass sie kein Geld hatte, oder nicht? Doch ihr Schwager
richtete das Wort an Floris. »Du kannst schon schreiben und
rechnen?«

»Natürlich«, sagte Floris entrüstet. Er zählte auf, womit sie
sich zuletzt in der Schule beschäftigt hatten. »Rechnen kann ich
richtig gut. Stellt mir eine Aufgabe!«

»Einundsiebzig minus vierunddreißig.«

»Siebenunddreißig«, kam es prompt.

»Ein Drittel von dreihundertsechzig.«

»Hunderzwanzig.«

Das Fragespiel schien beiden Spaß zu machen. Chim
schmunzelte. »Ein Herr kauft vierzehn Ellen Goldledertapete
à fünf Gulden und dazu dieselbe Anzahl Seidenbänder, von
denen je zwei einen Kreuzer kosten …«, begann er, eine kom-
plizierte Rechenaufgabe zu stellen. Auch diese beantwortete
Floris richtig.

Am Kirchhof gab es einen kleinen ummauerten Garten, ansonsten schien Cölln recht eng bebaut zu sein. Der Unterricht
wurde in einem kargen Wohnhaus abgehalten. Jungen unter-

schiedlichen Alters saßen in einem Raum vor Schiefertafeln und Büchern und beäugten Floris neugierig.

Debora fiel ein Stein vom Herzen, als Chim das Schulgeld für einige Monate im Voraus bezahlte. Trotz der forschenden Blicke setzte sich Floris sogleich auf einen freien Platz und schob die Hände unter die Oberschenkel. So klein war er, dass seine Füße in der Luft baumelten. Seine Tapferkeit rührte Debora. Schnell ging sie hinaus.

Sie hatte schon die ganze Zeit überlegt, was sie tun, wie sie Geld verdienen könnte. Am Anfang ihrer Flucht hatte sie noch gehofft, dass ihr jemand die Entscheidung abnehmen würde, indem er ihr eine Arbeit anbot. Inzwischen war ihr klar, dass sie selbst dafür sorgen musste, dass sie eine Arbeit bekam, mit der sie ihren Lebensunterhalt bestreiten konnte. Als sie auf den Kirchhof traten, sagte Debora daher: »Ich verstehe mich auf die Herstellung von Rosenöl und Konfekten, kann Latwerge und Marmeladen herstellen. Gibt es hier einen Markt oder Spezereienhändler?«

»Natürlich.« Chim wirkte erleichtert, dass Debora die Frage ihres eigenen Unterhalts selbst ansprach. »In der Stadt sind etliche Spezereienhändler und niederländische Unternehmen ansässig, die vielleicht Hilfe gebrauchen können. Kommt mit!«

Sie liefen an Marktständen und Buden vorbei. Da Erntezeit war, wurden viele verschiedene Früchte angeboten, wenn auch nicht so viele wie auf einem holländischen Markt. Auf einem Karren lagen Zitrusfrüchte aller Art. Debora konnte nicht anders, sie beugte sich darüber. Die leuchtenden Orangen, die höckerigeren Pomeranzen mit ihrer bitteren Note, die großen, wulstigen Zitronatzitronen, die grünlichen Limonen – sie liebte diesen Duft!

»Eine ausgezeichnete Auswahl an Zitrusfrüchten habt Ihr, mein Herr«, sagte Chim zu dem Verkäufer, einem kleinen Mann mit Glatze und so glänzenden Wangen, dass er selbst an eine Orange erinnerte.

»Ich lasse sie direkt aus Italien kommen, kenne die Bauern persönlich.«

»So bekommt man die beste Qualität«, pflichtete Chim ihm bei.

»Ihr wollt nicht zufällig ein paar kaufen?«

Chim lächelte, und die Männer machten einander bekannt. Der Händler hieß Dittrich Impen. »Ich betreibe selbst einen Kaufhandel und würde Euch kaum die Preise bieten können, die Ihr verdient, Herr Impen«, sagte Chim.

Der Verkäufer rieb sich über den kahlen Schädel, als wollte er ihn polieren. »Leider ist die hiesige Bevölkerung zurückhaltend, was Zitrusfrüchte angeht, sodass manche verderben. Das ist ein Jammer und beschert mir Verluste.«

Debora überlegte nur kurz, dann mischte sie sich ein. »Es gibt viele Möglichkeiten, Zitrusfrüchte zu verwerten, mein Herr. Die Schale kann getrocknet und später beim Kochen und Backen verwendet werden, Pomeranzen können eingemacht werden. Ich kenne Rezepte für Zitronensulz sowie gebackene Zitronen oder Pomeranzensalat«, sprudelte es aus ihr heraus. Chim begann zu übersetzen, doch auch dieser Händler sprach ein wenig Niederländisch und winkte ab. »Wenn man es richtig angeht, kann man das ganze Jahr über Zitrusfrüchte und ihre heilsame Wirkung genießen.«

Der Händler musterte sie von Kopf bis Fuß, ehe er ihr Antwort gab. »Einiges davon ist mir bekannt, anderes nicht. Das Problem ist die Heilwirkung. Etliche der Konfekte und Latwergen, vor allem die mit Zucker, dürfen nur die Apotheker herstellen.«

»Es lässt sich auch vieles mit Honig anfertigen, beispielsweise kandierte Orangenschalen oder Quittenbrot.«

»Heimisches Obst lasse ich bereits verarbeiten.« Impen wies auf einige Töpfe mit Kompott und Marmelade am Rande des Standes. »Ihr habt nicht zufällig Zeit, um in meinem Geschäft auszuhelfen? Wenn jemand die Kunden und Hausfrauen berät und die Früchte verarbeitet, die zu verderben drohen, wäre mir sehr geholfen.«

Debora konnte kaum fassen, dass sie nach ihrem vielen Pech nun einmal Glück haben sollte. Sie sah Chim an, der beinahe unmerklich nickte. »Wann soll ich anfangen?«, fragte sie.

»Sofort.«

»Ich werde mich nur noch kurz von meinem Schwager verabschieden.« Debora strahlte Chim an. »Habt Dank. Wenn Ihr uns nicht beistehen würdet, stünde es schlecht um uns«, sagte sie.

In diesem Augenblick kamen Hester und ihre Magd mit einem voll beladenen Einkaufskorb um die Ecke. Deboras Lächeln bröckelte, denn ihre Schwester durchbohrte sie mit Blicken.

17

Elvina wog die Blätter ab und zerrieb sie mit dem Alabaster-
mörser zu einem feinen Puder. Sie freute sich darauf, dass ihr
Vater ihr später auch die Herstellung des Destillats demonstrieren wollte. Es war ungewöhnlich ruhig im Haus, denn ihre
Mutter und ihre Geschwister waren unterwegs. Allerdings
stand Rosas nächster Termin beim Chirurgen an. »Wir müssen
gleich los!«, rief Elvina durch das Haus, während sie ihre Utensilien verstaute. Doch ihre Schwester antwortete nicht, und so
ging Elvina sie suchen. Sie fand Rosa im Hinterhof, wo diese
auf der Bank Seifenblasen aufsteigen ließ. »Du bist ja noch gar
nicht fertig!«

In sich gekehrt sah Rosa den schillernden Kugeln nach.
»Sind sie nicht wunderschön? So zerbrechlich. Für einen Moment glänzen sie und schweben lustig dahin, im nächsten sind
sie vergangen. Wie die Blumen. Oder die Menschen.«

Erschrocken setzte Elvina sich zu Rosa, wusste aber nicht
recht, was sie sagen sollte. »Man müsste ihre Schönheit festhalten können, sie müsste Bestand haben, wie eine Glaskugel.«

»Aber es ist doch ein Teil ihrer Schönheit, dass sie so flüchtig
sind.« Rosa steckte das Rohr in die Muschelschale und blies erneut eine Kugel.

Elvina pustete die Seifenblase an, diese wölbte sich, waberte
und zerplatzte. »Lass uns nicht philosophieren, dafür haben wir
keine Zeit. Wir müssen zum Chirurgicus.«

»Ich gehe heute nicht«, sagte Rosa entschieden, mied aber

ihren Blick. »Die Behandlung tut sehr weh. Ich möchte das nicht mehr.«

Elvina legte ihrer Schwester die Hand auf die Schulter. »Der Chirurg sagt, es kann nicht lange dauern, bis eine Verbesserung eintritt.« Sie bedauerte, dass ihr Vater nicht da war; auf ihn hätte Rosa gehört. »Du bist doch so tapfer. Stell dir vor, wie schön es wäre, wenn du gesund wärest! Dann hättest du keine Schmerzen mehr, wärest beweglicher, und niemand würde dich schief ansehen.«

Stumm schüttelte Rosa den Kopf.

Sorgfältig schnitt Max den Granatapfelbaum, dessen Äste sich zu stark verdichtet hatten und zu lang waren. Nur wenn ein Obstbaum gut geschnitten war, kam Sonne an alle Früchte. Deshalb war Spalierobst so beliebt. Die französische Methode, am Rankgitter Obst oder Zierpflanzen zu ziehen, war nicht nur platzsparend, sondern auch ertragreich. Doch hier sah man überall, dass es an kundigen Gärtnern mangelte. Herr Hanff und seine Gesellen kamen mit der Arbeit nicht nach, und auf einige Tätigkeiten schienen die Helfer sich nicht zu verstehen. Der Lustgärtner war zudem zu manchem offensichtlich einfach nicht mehr in der Lage. Natürlich hatte Max so getan, als bemerke er es nicht, denn er wollte den alten Herrn nicht in Verlegenheit bringen.

Es war sein erster Arbeitstag, und Max hatte sich den fremdländischen Gewächsen zugewandt, denn die schienen am dringendsten Hilfe zu benötigen. Er räumte den Schnittabfall fort und ließ seine Hände in die Erde gleiten. Es war ein seltsamer Landstrich. An einigen Stellen war die Erde karg, an anderen so feucht, dass sie beinahe sumpfig wirkte. Er würde sich mit den neuen Gegebenheiten vertraut machen müssen, um auch hier ein guter Gärtner zu sein. Er kontrollierte ein Akazienbäumchen, das aus Westindien importiert worden war. Dann wandte er sich den Zwergbäumen zu.

»Seid Ihr der neue Lehrjunge aus Holland?«

Max fuhr auf, die Hände voller Erdkrumen. Ein alter Mann mit hoher Stirn und tiefen Falten zwischen den Augenbrauen und unter den Mundwinkeln stand vor ihm. »Der bin ich, Herr. Max, mein Name. Mein Vater –«, begann Max in dem fremden Zungenschlag.

»Das weiß ich bereits«, unterbrach der Mann ihn. »Ich bin Doktor Elsholtz. Du hast sicher schon von mir gehört. Kennst du dich mit Feigenbäumen aus?«

»Ja, Herr.«

»Na, immerhin einer! Die Feigen werfen das Laub ab. Ich fürchte um die Früchte, die in der Hofapotheke als Pestprophylaxe nötig sind und dafür, um den Leib offen zu halten, damit die Körpersäfte fließen können.«

»Wenn die Feigenbäume das Laub verlieren, wurden sie möglicherweise zu stark gewässert«, sagte Max. »Vielleicht müssen sie auch umgetopft werden. Ich würde für eine Kieselschicht im Kübel sorgen, damit das überschüssige Wasser besser abfließen kann.«

»Tu das. Ich möchte, dass du dich ihrer ganz besonders annimmst. Anschließend kannst du den Liguster schneiden. Du verstehst dich doch auf Formschnitt?«

Max nickte, obgleich er sich fragte, warum Doktor Elsholtz ihm Anweisungen gab, und nicht Herr Hanff. Hatte das mit der Konkurrenz der beiden zu tun?

»Um dich schneller mit diesem Garten vertraut zu machen, empfehle ich dir die Lektüre meiner Werke: *Hortus Berolinensis*, das gerade in einer neuen Auflage gedruckt wurde, sowie *Vom*

Garten-Bau. Du findest sie in der kurfürstlichen Bibliothek. Du kannst doch lesen, oder?«

»Ja, Herr.«

»Doktor Elsholtz.«

»Ja, Herr Doktor Elsholtz.«

Der Hofbotanicus schien zufrieden; er wandte sich ab. »Ausgezeichnet, dass sich endlich wieder jemand den Zwergbäumchen widmet. Dieser Garten verdient bessere Pflege.«

Elvina hielt Rosas Hand, während sie auf die Behandlung warteten. Auf dem Schoß lag ihre Zeichenmappe, denn sie wollte anschließend kurz in die Bibliothek. Ihre Schwester wurde noch blasser, als der Chirurgicus eintrat.

»Nur ruhig. Gleich ist es schon wieder vorbei. Denk an die schönen Blumen im Lustgarten, die wir uns nachher anschauen werden«, wisperte Elvina.

Der Doktor nickte ihr aufmunternd zu und legte die Schlinge um Rosas Kinn, mit der ihr Kopf gerade gehalten wurde. Dann machte er alles für die Streckung bereit, band Rosas Füße fest und zog die Winden am Streckbett an. Rosas Körper versteifte sich, und sie verzerrte das Gesicht, gab aber keinen Laut von sich.

Elvina musste an die Streckbänke denken, auf denen andernorts Verbrecher und Hexen gefoltert wurden. »Gibt es denn wirklich keine andere Möglichkeit, eine Verkrümmung des Rückens zu behandeln?«, fragte sie.

»Bereits Hippokrates hat seine Patienten auf Leitern gebunden oder gestreckt«, erklärte der Arzt. Er überlegte. »Sieur Paré, seines Zeichens Militärchirurg und Leibarzt verschiedener französischer Könige, wendete ein sogenanntes Korsett bei einer Wirbelsäulenverkrümmung an. Allerdings müssen die Metallteile von einem Schmied angefertigt und angepasst werden. Eine kostspielige Angelegenheit. Das können sich nur die wenigsten leisten.«

Rosa wurde losgebunden und musste sich umdrehen. Ihre Bewegungen waren langsam, alles schien ihr wehzutun. Elvina strich ihr über die Hand. Sie würde den Namen nachher in der Schlossbibliothek nachschlagen. »Paré, sagt Ihr?«

»Genau, ein beeindruckender Kollege«, sagte der Chirurg und drückte an Rosas Rücken herum, als könnte er ihn so in Form bringen. »Ließ metallene Gliedmaße und sogar Augen für Geschädigte herstellen. Er beschrieb auch eine besonders effiziente Methode zur Leichenkonservierung, die bei Herrschern angewendet werden kann. Dabei legte Paré den ausgenommenen Leichnam ...«

Rosa sog scharf die Luft ein.

»Verzeihung, die Damen.« Der Arzt lachte. »Manchmal geht die Begeisterung mit mir durch.« Er presste fest auf die Wölbung auf Rosas Rücken.

»Könntet Ihr, falls unser Vater das Geld für ein derartiges Korsett zusammenbringt, eines anfertigen lassen und Rosa damit behandeln?«, fragte Elvina, die die Behandlung kaum mitansehen konnte.

»Eine Herausforderung wäre es allemal und, wie gesagt, sehr teuer.« Der Arzt stützte sich noch einmal mit seinem ganzen Gewicht auf Rosas Rücken. »Nur einen Augenblick noch. Du willst doch sicher auch einmal so schön werden wie deine Schwester.« Gutmütig zwinkerte er Rosa zu.

Elvina nahm das Kompliment kaum wahr. »Dann gehen wir gleich los und suchen Vater, um ihn auf ein Korsett anzusprechen. Er muss in der Hofapotheke sein oder im Lustgarten ...«

»Du bist neu hier?« Das Mädchen stand im Sonnenlicht, sodass Max nur seine Umrisse erkennen konnte. »Ich habe noch nie gesehen, dass hier jemand so hübsche und ordentliche Figuren in den Liguster schneidet.«

Max stutzte einige Äste an der Spitze der neuen Ligusterpyramide. Erst dann richtete er sich auf und blinzelte in die Sonne. Das Mädchen war etwas älter als Floris, hatte blonde Locken und ein blasses Gesicht, in dem tiefblaue Augen blitzten. Sie könnte eines Tages hübsch werden, wäre sie nur nicht so verwachsen. Sein Blick wanderte zu den Wildblüten in ihrer Hand. »Dein Strauß duftet sicher schön.«

»Ich habe keine Rabatten zerstört!«, sagte sie schnell.

»Keine Sorge«, beruhigte er sie. »Das glaube ich auch nicht. Außerdem sehe ich doch, dass du den Unkrautzupfern nur Arbeit abgenommen hast.«

Sie lächelte erleichtert. »Meine Schwester sagt immer, diese Blumen machen nichts her, aber ich finde, man kann sie hübsch zusammenstecken. Ich habe die roten in die Mitte getan, damit die anderen sie umringen wie die Hofdamen die Kurfürstin.«

»Das ist dir gut gelungen«, lobte Max. »Wie wäre es mit ein paar Wachen für den Rand, die die Damen beschützen?« Er schnitt drei Ligusterzweige ab, die er ohnehin hatte entfernen wollen.

»So ist es noch besser! Danke«, sagte sie.

In diesem Moment erklang ein Ruf. Das Mädchen wandte sich um und winkte. »Elvi, hier bin ich!«

Eine junge Frau kam heran. Ihr Kleid und ihre Locken bewegten sich leicht, und ihre Wangen waren gerötet, sodass sie eine Beschwingtheit umgab, die gut zur Sonne passte, die gerade durch die Wolkendecke brach. Sie war so schön, dass er sich fragte, ob er sie anstarrte. Andererseits machte die Zeichenmappe unter ihrem Arm ihn neugierig.

»Hast du Vater gefunden, Elvi?«, fragte das Mädchen.

Sie ging nicht auf die Frage ein. »Was machst du hier?«

»Der neue Gärtner hat mir ein wenig Liguster für meinen Strauß geschenkt.«

»Das darf er gar nicht. Der Liguster gehört dem Kurfürsten, wie alles hier. Du bringst ihn in Schwierigkeiten.«

Max durchfuhr es heiß. Hatte sie recht? Würden Elsholtz oder Hanff ihn entlassen, kaum dass er angefangen hatte?

»Außerdem sollst du nicht mit Fremden reden, mit Lehrjungen oder Tagelöhnern schon gar nicht. Das schickt sich nicht.«

Wie arrogant sie ist! Anscheinend gehen innere und äußere Schönheit nicht immer Hand in Hand, dachte Max.

»Soll ich dir die Zweige zurückgeben?«, fragte das Mädchen ihn.

Max schüttelte den Kopf. »Das ist schon in Ordnung, denke ich. Doktor Elsholtz hat mir aufgetragen, den Liguster zu schneiden.«

Das Mädchen wandte sich wieder der jungen Frau zu. »Hast du Vater nun gefunden? Hast du ihn angesprochen auf das Kors... du weißt schon.«

»Wir reden nachher darüber.« Die Ältere warf einen Blick auf Max, dann reichte sie ihrer Schwester die Hand. »Vater hat mit Herrn Hanff über den Lustgarten und die Wasserspiele verhandelt. Aber Hanff hat keine Zeit. Für die Wasserspiele muss wohl ein künstlicher Hügel geschaffen werden, damit der Wasserdruck ausreicht.«

»Wie du es gesagt hast«, sagte das Mädchen voller Bewunderung.

Ihre Schwester lächelte. »Es ist nicht meine Erfindung. Ich habe es in den Schriften de Ramellis gefunden.«

»Ich habe noch nie eine Frau getroffen, die Ramellis *Schatz-*

kammer Mechanischer Künste gelesen hat«, brach es aus Max heraus.

»Dann wird es ja mal Zeit.«

Ihr schnippischer Ton ließ ihn schlucken. »Entschuldigt, Mevrouw, äh, meine Dame, diese Bemerkung stand mir nicht zu.«

»Und der Garten?«, wollte die Jüngere wissen.

Elvi seufzte und schickte sich zum Gehen an. »Vater will jetzt einen Entwurf aus irgendeinem Buch kopieren. Ist ihm wohl nicht so wichtig.«

Das Mädchen zögerte. »Kann man denn jede Pflanze hinsetzen, wo man will?« Die Frage war an Max gerichtet.

Ihr Interesse rührte Max, deshalb nahm er seinen Mut zusammen und antwortete ernsthaft: »Jede Pflanze hat einen Ort, an dem sie besonders gut gedeiht. Genau wie jeder Mensch eine gedeihliche Umgebung braucht. Deshalb muss man einen Garten entsprechend den örtlichen Gegebenheiten planen. Für Wasserspiele kann man künstliche Hügel aufwerfen. Aber ein Garten verlangt mehr Einfühlung und nicht nur bloße Muskelkraft.«

»Ich denke nicht, dass sich ein einfacher Tagelöhner ein Urteil darüber erlauben kann. Schon gar kein Fremder«, sagte Elvi spitz und zog ihre Schwester weiter.

Im Gehen wandte sich die Jüngere noch einmal um. »Wie ist eigentlich dein Name?«

»Max. Und du bist?«

»Rosita, aber alle nennen mich Rosa. Das hier ist meine Schwester Elvina.« Sie lächelte zart. »Wir sind übrigens Nachbarn. Ich habe gesehen, dass ihr in den Stall der Schöppens gezogen seid.«

Hester beobachtete, wie die neue Magd das Essen auftrug. Sie war ein geschicktes Ding, vielleicht ein wenig zu drall, was gefährlich werden konnte. Wie immer gab es mehrere Gänge, denn sie konnten es sich erlauben, und ihr Mann aß gern und viel. Vor allem die Tartuffeln hatten es ihm angetan, die in Hammelbrühe mit Butter, Salz und Muskatblumen gekocht wurden. Zum Nachtisch würde es Zitronenscheiben mit Orangenblütensirup und Granatäpfel sowie kandierte Früchte geben.

Hester selbst war der Appetit vergangen. In Gedanken versunken hörte sie nur mit einem Ohr zu, wie Jerun über seine Reise berichtete und mit Chim geschäftliche Pläne schmiedete. Ein wenig bedauerte sie es, dass sie ihn überhaupt schon losgeschickt hatten; so hatte er vielleicht Geschmack am Vagabundenleben gefunden.

»Ich spiele mit dem Gedanken, dich noch einmal zu entsenden«, sagte ihr Ehemann zu ihrer Ernüchterung. »Das Jahr ist noch jung, und du hast bewiesen, dass du dieser Aufgabe mächtig bist.« Chim schnitt den Braten und steckte ihn mit einem Brocken Tartuffel in den Mund. »Dafür ist ohnehin eine Belohnung fällig!«

Jerun freute sich sichtlich. Obgleich er im Familienunternehmen arbeitete, bezahlten sie ihn für seine Hilfe. Hester hielt das für unnötig, aber Chim meinte, der Ehrgeiz ihres Sohnes würde so noch mehr angefacht.

Regentropfen schlugen gegen die Scheiben. Den pladdernden Regen zu hören und das Wissen um die dumpfe Feuchtigkeit im Stall verschafften ihr Befriedigung. Als Chim vorhin gefragt hatte, ob sie Debora und ihre Kinder zum Essen ins Haus einladen sollten, hatte Hester so schroff reagiert, dass er nicht darauf insistiert hatte. Er war so schwach! Immerhin würde er dadurch nicht tun, was Wobbe getan hatte. Oder vielleicht gerade deshalb?

Hesters Kehle schnürte sich zusammen. Es reichte nicht, dass er ihr Jerun wieder nehmen wollte, ihren einzigen Sohn! Chim außerdem auf dem Markt so vertraut lachend neben Debora zu sehen hatte sie wie ein Dolch ins Herz gestochen. Auf einmal waren alle Erinnerungen wieder da gewesen. Debora hatte es einmal getan, und sie würde es wieder tun. Hesters Magen krampfte. Dieses Mal würde sie nicht zulassen, dass Debora ihr Leben zerstörte.

»Schmeckt es dir nicht, Schatz?«

Hester schreckte auf. Sie lächelte Chim tapfer an. »Doch, doch.« Es war absurd: Sie hatte ihre Familie, gutes Essen, feines Porzellan und Silbergeschirr, kostbare Perlen und Schmuck – und war doch unglücklich. »Ich will, dass unser Besuch auszieht. Und zwar so bald wie möglich«, sagte sie fest.

Chim und Jerun hielten inne. Ihr Sohn zupfte an seinem Halstuch, das er immer, ob innen oder außen, trug. »Darauf wollte ich euch schon die ganze Zeit ansprechen. Ich finde auch, dass sie den Stall verlassen und ins Haus ziehen sollten. Irgendwo werden wir schon ein Plätzchen für sie –«

»Auf keinen Fall. Sie sollen gehen!«

Die beiden Männer wirkten brüskiert, was sie kränkte. »Hester, Liebes, wir können sie nicht einfach vor die Tür –«, begann Chim.

Ruckartig schob Hester den Stuhl zurück und kam auf die Füße. »Doch, wir können es. Und wir werden es.«

Floris lachte so unbeschwert, wie er es lange nicht getan hatte. »Und danach hat einer der größeren Jungen dem Lehrmeister einen Streich gespielt. Das war so lustig!«

»Na, dann war ja in der Schule einiges los. Ihr hattet aber

Glück, dass der Lehrmeister es nicht bemerkt und euch nicht mit der Rute gezüchtigt hat«, sagte Debora gutmütig.

»Einige schon, aber ein paar andere Jungen und ich waren im Rechnen so gut, dass er uns verschont hat. Dafür braucht man ja kaum Deutsch.«

Debora lächelte. »Und wie war es bei dir?« Sie gab Max von dem Eintopf, den die Magd ihnen gebracht hatte. Das Essen mochte einfach sein, aber es war reichlich, dafür hatte die Magd gesorgt, die freundlicher zu ihnen war, seit sie ihr mit dem Vieh halfen. Überhaupt fühlte sie sich trotz des Regens wohl im Stall. Sie hatten ein paar Kisten zusammengeschoben und mit Stroh ausgelegt, sodass sie es einigermaßen bequem hatten. Die Tiere rochen zwar etwas, aber sie strahlten auch Wärme aus.

Max berichtete. »Als ich zurück war, habe ich im Verschlag nach den Pflanzen gesehen. Anscheinend wagt unser Onkel nicht, die Aloen auszuliefern, weil sie in einem schlechten Zustand sind. Ich habe mich darum gekümmert.«

»Du solltest vorsichtig sein. Nicht, dass es nachher heißt, du hättest sie eingehen lassen«, sagte Debora.

»Du scheinst deiner Schwester einiges zuzutrauen.« Max suchte ihren Blick. »Ich wünschte, du würdest uns erzählen, was vorgefallen ist. Wir wüssten endlich, womit wir es zu tun haben. Und auch dir würde es guttun, es dir von der Seele zu reden.«

Deboras Gedanken wanderten zurück zum Markt. Kurz hatte sie gefürchtet, dass Hester Chim und ihr eine Szene machen würde. Aber ihre Schwester war grußlos davongegangen. Als ob sie mit Chim anbändeln würde! Sie legte die Handfläche auf ihren Bauch. Ihre Blutung war zurück, aber heftiger und schmerzhafter als je zuvor. »Die Frau des Obsthändlers – Dittrich Impen heißt er – hat vor einigen Wochen der Schlag getroffen, die Arme ist ans Bett gefesselt«, berichtete sie, statt auf Max' Wunsch einzugehen. »Leider war die Gehilfin nicht da, die mir alles zeigen soll. Ich konnte aber trotzdem schon in der Küche mit anfassen, auch wenn das der Köchin nicht recht war; die war ganz schön bärbeißig.« Sie lächelte. »Im Hof von Impens Fachwerkhaus gibt es einen Anbau mit Kammern für Gäste und Gesinde. Vielleicht könnten wir irgendwann dort einziehen«, sagte sie hoffnungsvoll.

»Was ist?«, fragte Max. Er hatte offenbar gemerkt, dass Debora durch den Türspalt in den Hinterhof starrte.

»Da draußen war jemand.« Sie hob die Schultern, als sei nichts. »Sicher nur die Magd.«

»Oder unser Onkel, der zu uns kommt, weil es hier gemütlicher ist als im Haus.« Floris lachte. Auf seine unschuldige Art hat er vielleicht den Nagel auf den Kopf getroffen, dachte Debora.

»Ich sehe besser nach.« Max ging hinaus.

Der Pflanzverschlag stand offen. Fackelschein spiegelte sich in den Pfützen im Hof. Jerun stand vor den Regalen und Podesten und drehte sich zu ihm um. Schnell wollte Max wieder in den Stall zurückkehren, um keinen Streit zu riskieren, doch sein Cousin rief ihn zu sich.

Jerun rieb sich über die Oberarme, dann nieste er. »Danke, dass du mir mit der Aloe geholfen hast. Es war meine erste Handelsreise – ich wollte nichts verkehrt machen. Und von Pflanzen verstehe ich wenig bis gar nichts.« Er lachte und zog seine rote Nase dabei kraus, was Max sympathisch fand. »Du hast dich auch hier um die Aloen gekümmert.«

»Ich habe die Töpfe mit Kieseln ausgelegt, sodass die Nässe die Wurzeln nicht weiter zum Faulen bringen kann«, gab Max zu. Er rechnete mit einer erneuten Rüge.

Jerun reichte ihm stattdessen eine Schale mit kandierten Früchten und süßem Gebäck. »Hier, zum Nachtisch. Mein Friedensangebot. Wollen wir uns setzen?«

Sie nahmen auf einem Holzpodest Platz. Max probierte ein Stück gezuckerten Ingwer, weil er nicht wusste, was er sagen sollte.

»Entschuldige, dass ich auf der Reise so eklig war. Das ist sonst nicht meine Art. Weißt du, meine Mutter hat immer so abfällig über ihre Schwester ge–« Leises Schmatzen des Matsches ließ Jerun innehalten. Gleich darauf spähte Floris in den Verschlag.

»Habt ihr da was zu essen?«, fragte er.

Max lachte. »Dafür hast du ein Näschen, was?« Er nahm ein paar Stückchen Konfekt heraus und reichte seinem Bruder die Schale. »Bring sie zu Mutter. Genießt es, mit bestem Gruß von Jerun.«

Der Junge ließ sich nicht zweimal bitten. »Bist du noch böse auf uns?«, fragte er ihren Cousin.

»Ich war nie böse auf euch.« Jerun wirkte beschämt.

»Das ist gut. Ich finde dich nämlich eigentlich ganz nett.« Zufrieden wandte Floris sich ab und ging. Die beiden jungen Männer mussten lachen.

»Weißt du, was zwischen unseren Müttern vorgefallen ist?«, wollte Max wissen, als sie wieder allein waren.

Jerun blickte ihn abwägend an.

18

Die Magd hatte ihnen bei der Morgensuppe erzählt, wann und wo die reformierte Gemeinde Gottesdienst feiern würde, und so machte sich Max mit seiner Mutter und seinem Bruder auf den Weg. An der Kirche sahen sie, dass ihre Verwandten bereits da waren. Onkel und Tante plauderten angeregt mit anderen Kirchbesuchern, und während Hester ihnen nur knapp zunickte, lächelte Chim. Jerun kam zu ihnen und fragte, wie sie geschlafen hätten. Max hatte sich lange mit ihm unterhalten, aber auch er hatte nichts Genaues über das Zerwürfnis der Schwestern gewusst. Jerun schien zutiefst darüber erschrocken zu sein, wie sehr ihn der Hass seiner Mutter beeinflusst hatte, und schämte sich dafür.

Der Dominee begrüßte sie aus der Ferne, aber Max sah, dass seine Tante ihn ansprach und er sie danach weniger wohlwollend ansah. Was hatte sie nur davon, ihnen das Leben schwer zu machen? Der Gottesdienst unterschied sich kaum von dem, was sie gewohnt waren. Max wusste inzwischen, dass der Kurfürst selbst der reformierten Kirche angehörte und in seinem Reich in Glaubensfragen ein tolerantes Regime führte. Es hieß sogar, die Kurfürstin neige dem Luthertum zu.

Danach brachte Max Floris zu seiner Winkelschule, während Debora zu ihrem neuen Arbeitgeber ging.

Im Lustgarten standen die Gesellen und Arbeiter vor dem Pomeranzenhaus. Dort verteilte Michael Hanff jeden Tag die Aufgaben, das hatte Max gestern erfahren. Die Männer schienen ihn kaum wahrzunehmen; vermutlich hielten sie ihn für einen Tagelöhner, was er in gewisser Weise ja auch war. Sie horchten erst auf, als Hanff ihm wichtige Arbeiten zuteilte. Als sie schließlich auseinanderströmten, sprach Max den Lustgärtner an. »Doktor Elsholtz bat mich gestern, mich der Feigenbäumchen anzunehmen.«

Hanff krauste die Nase. »So, hat er das?«, fragte er sichtlich missbilligend. Max nickte zerknirscht. »Eigentlich hat der gute Doktor hier nichts zu sagen. Nicht mehr. Du musst wissen, dass er sich früher einiges angemaßt hat.« Hanff ging voraus durch den Garten, während er weitersprach: »Schon mein Vater war hier Küchengärtner, und als der Doktor hier anfing, war ich bereits Lustgärtner. Doch irgendwie gelang es Elsholtz, vom Kurfürsten den Auftrag zu bekommen, ein Verzeichnis der Gewächse des Gartens anzulegen. Und nicht nur das: Er verweigerte mir den Zugriff auf die Samenkiste.« Er schnaubte. »Der Streit ging bis vor den Kurfürsten, leider.«

»Das ist traurig, denn ein Garten sollte ein Ort des Friedens sein«, sagte Max vorsichtig.

Hanff nickte. »Seitdem ist unser Verhältnis nicht das beste, wie du dir denken kannst. Unser zweiter Leibarzt, Doktor Mentzel, ist anders. Der interessiert sich zwar auch sehr für Pflanzen, mischt sich aber nicht ein. Ich sehe daher meinem Ruhestand mit Sorge entgegen. Wie du weißt, möchte ich, dass mein Schwiegersohn meinen Posten erhält, und kein Fremder oder Günstling von Elsholtz.« Er wies auf einen Gärtner mit runden Schultern und Pfannkuchengesicht.

Max fragte sich, warum der Lustgärtner ihm gegenüber so offen war.

Hanff seufzte. »Aber natürlich hat er recht, die Feigenbäumchen bedürfen der Pflege. Also erteile ich dir hiermit offiziell den Auftrag, dich um sie zu kümmern.«

»Es gefällt mir besser, wenn Ihr einverstanden seid, Herr Hanff«, gab Max erleichtert zu. Er konnte nicht noch mehr Streit brauchen.

»Außerdem wirst du dich um die fremdländischen Gewächse kümmern. Ich möchte meinem Nachfolger einen ausgezeichnet bestellten Lustgarten übergeben. Es scheint mir, als würdest du dich mit ihnen besser auskennen als mancher Geselle.« Hanff massierte seine knotigen Finger und sah in die Ferne. »Vielleicht kommst du also doch gerade zur rechten Zeit.«

»He, Bursche! Hörst du schlecht?«

Max richtete sich auf. Auf der anderen Seite des Parterres stand einer der Gesellen, der die Hecken schneiden sollte. Die dicken Äste hatte er fransig abgesägt, weil sie zu dick für die Zange gewesen waren – ein Anblick, der Max wehtat. Der Geselle war ein kräftiger Kerl mit einer selbstbewussten Ausstrahlung und einer erkalteten Tonpfeife im Mundwinkel.

Max schüttelte den Kopf. »Ich wusste nur nicht, dass Ihr mich meint.« Der Geselle wirkte streitlustig, und er wollte ihn nicht noch mehr reizen.

»Räum den Schnittabfall weg.«

Max unterdrückte ein Seufzen. Das war eigentlich Aufgabe der Tagelöhner, und er war mit den Feigenbäumchen noch nicht einmal halb durch. Dennoch kam er dem Befehl des Gesellen nach. Mit den Armen voller Schnittabfall strebte er auf die Schubkarre zu, doch der Geselle stellte sich ihm in den Weg.

»Hältst dich wohl für was Besseres, was? Denkst, du kommst aus Holland hierher und kannst die guten Aufgaben übernehmen. Aufgaben, die eigentlich für Gesellen gedacht sind. Denkst, du kannst uns ausbooten!«

Noch immer sagte Max nichts. Er schlug einen Bogen, um

zur Karre zu gelangen, doch auch der Geselle machte einen Schritt seitwärts und stellte ihm ein Bein. Max konnte sich wegen seiner Last nicht abfangen, aber immerhin fiel er weich. Er hörte Gelächter. Als er sich aufrappelte, sah er, dass andere Gesellen und Arbeiter sie beobachteten.

»Wynant, lass gut sein!«, rief der Meistergeselle. Es war Heinrich Bender, der Schwiegersohn des Lustgärtners. Er nahm den Strohhut ab und rieb sich über sein seltsam flaches Gesicht.

»Der Neue soll seinen Platz kennen!«, beharrte Wynant.

Max hatte die Äste wieder aufgeklaubt. Noch immer starrte der Geselle ihn an, während er sich die Pfeife stopfte. Das Herz schlug Max bis zum Hals. Sollte er etwas sagen? Sich wehren? Doch er warf das Schnittgut nur auf die Karre, drehte sich um und ging zurück an seine Arbeit. Hinter sich hörte er ein Schnauben.

»Du bist noch nicht fertig!«, rief Wynant ihm nach.

»Lass ihn, sagte ich! Sonst langweilen sich die Tagelöhner.« Bender lachte, doch es klang nervös.

Der Obststand vor dem Fachwerkhaus war überladen und nicht gut geordnet, das war Debora gestern schon aufgefallen. Eine junge Frau mit einem über und über mit Sommersprossen bedeckten Gesicht und kräftiger Figur kaufte gerade von einer Hökerin Birnen an. Debora wartete und stellte sich vor, als das Geschäft abgeschlossen war. Die Käuferin lächelte so warmherzig, dass Debora sich sofort willkommen fühlte. »Du musst Debora sein. Ich hatte gestern frei, habe aber schon von dir gehört. *Welkom.*«

»Du sprichst Niederländisch?«

Ein glucksendes Lachen, das Debora sofort ansteckte. »Ikke?

Nee! Das war schon alles. Oder warte … *Heb je een vriend?* Und … *Ik hou van je glimlach.*«

Debora musste lachen. *Hast du einen Freund?* Und: *Ich liebe dein Lächeln.* Das war ja mal ein interessanter Wortschatz. »Du musst Ursel sein«, sagte sie.

»Jenau. Bin een echtes Baliner Jewächs.« Jetzt ließ sie die breite Mundart sein. »Meine Eltern betreiben in Potsdam eine Bäckerei. Wir haben heute reichlich Äpfel und Birnen. Dazu die Zitrusfrüchte, die für den Verkauf nicht mehr geeignet sind. Herr Impen meinte, du kennst dich damit aus.«

»Ich habe gestern schon Zitronensulz hergestellt.«

»Außerdem haben wir Pflaumen über. Die Köchin hat eben mit dem Einkochen angefangen. Vielleicht kannst du ihr helfen.«

»Natürlich. Wobei sie gestern nicht allzu begeistert über meine Anwesenheit war«, sagte Debora geradeheraus.

Ursel lachte. »Mach dir nichts draus! Niemand darf in Gerhilds Reich etwas anrühren, selbst ich nicht.«

Debora folgte Ursel durch das Haus, wo diese für jede Magd und jeden Knecht ein freundliches Wort hatte. Debora hatte immer mehr das Gefühl, an der richtigen Stelle zu sein. Sie versuchte, sich Namen, Orte und Informationen einzuprägen. Erst als sie vor der Küche auf Herrn Impen trafen, wurde Ursel ernster. »Ich führe Debora gerade herum, Herr.«

Impen musterte die Frauen wohlwollend. »Richtig so. Dann wollen wir mal sehen, ob die gute Debora hält, was sie versprochen hat. Gib ihr auch gleich Zettel und einen Griffel, damit sie ihre Rezepte notieren kann.«

In diesem Augenblick trat eine hagere Frau aus der Küche. Von Freude an gutem Essen war bei Gerhild wahrlich nichts zu sehen. »Habe ich doch richtig gehört«, sagte sie und wischte sich die Hände an der Schürze ab. »Es geht nicht, dass die da in meiner Küche wurschtelt. Schließlich habe ich Eure Gattin und das Gesinde zu versorgen, Herr.«

»Ich dachte, Debora könnte –«

Energisch schüttelte die Köchin den Kopf. »In meiner Küche schwingt nur eine den Holzlöffel, und das bin ich. Eure Gattin braucht ihr kräftigendes Essen. Und Ihr wollt doch nicht, dass die Mahlzeiten darunter leiden.«

»Auf keinen Fall.« Impen rieb sich nachdenklich über die Glatze. »Dann wird Debora erst einmal an der Herdstelle im Hof arbeiten. Ein paar Töpfe und Behältnisse müsstest du ihr trotzdem herausgeben«, setzte er hinzu.

Missmutig wandte die Köchin sich ab.

Jerun setzte sein Siegel unter den Kaufvertrag und sprang auf. Endlich! Seine Eltern hatten ihn den ganzen Tag über mit Arbeit überhäuft, keinen Augenblick hatte er tun können, was ihn interessierte. Dabei hatte er in die Schlossbibliothek gehen wollen, um einige Reiseberichte zu konsultieren und vielleicht Doktor Mentzel anzutreffen, der sich nicht nur mit Pflanzen auskannte, sondern daneben auch noch mit Angehörigen der holländischen Handelskompanien korrespondierte. Dass er mehrfach erfolglos versucht hatte, mit seinen Eltern über ihre Verwandten zu reden, hatte Jeruns Anspannung vergrößert. Je länger er über sein eigenes Verhalten und ihre Unterbringung im Stall nachdachte, umso mehr schämte er sich. Es wurde Zeit, dass er auf eigenen Füßen stand, seine eigenen Entscheidungen traf.

»Ich bin so froh, dass du wieder bei uns bist. Du bist eine große Hilfe.« Hester lächelte zärtlich. Er hatte sie gar nicht kommen hören. »Ich habe die Köchin angewiesen, heute Abend dein Leibgericht zu kochen.«

Jeruns Nase kribbelte, denn er wollte seine Mutter nur ungern enttäuschen. »Ich wollte eigentlich in die Spinnstube, meine Freunde treffen.«

»Das wird warten müssen.« Hester legte einen Brief auf den Tisch. »Nachrichten aus Pommern, die Getreidelieferung betreffend. Kümmerst du dich darum?«

»Natürlich, das mache ich gleich morgen.«

»Es eilt. Wohin willst du denn?«

»Etwas erledigen«, sagte Jerun vage. Er nieste. »Mutter, wegen unserer Verwandten …«

Hesters Gesicht verschloss sich augenblicklich. »Ich will nichts davon hören.«

»Aber es ist einfach −«

»Solange du unmündig bist und in unserem Haus lebst, wirst du dich mit unseren Entscheidungen abfinden«, fiel sie ihm ins Wort.

Er musste sich auf die Zunge beißen, um nicht zu seiner eigenen Mutter unhöflich zu werden. Er wandte sich ab. Keinen Augenblick länger hielt er es in ihrer Nähe aus. Sollte sie sich doch selbst um die Getreidelieferung kümmern!

»Warte, ich wollte nicht …« Seine Mutter klang beinahe erschrocken. Doch er war schon auf die Straße hinausgestürmt.

Als Michael Hanff ihn in den Feierabend schickte, warteten zu Max' Erstaunen Jerun und Floris auf ihn. Stolz stand der Junge neben seinem erwachsenen Cousin. »Ich dachte, ich zeige euch beiden, wo ihr nun zu Hause seid. Habt ihr Lust auf eine kleine Führung durch die Residenzstädte?«, fragte Jerun und tänzelte von einem Fuß auf den anderen.

»Klar!« Floris freute sich sichtlich. Sie schlenderten los.

»Floris hat mir schon von der Schule erzählt. Und wie war es bei dir?«, fragte Jerun.

Max fasste seinen Tag zusammen. Er hatte viel im Garten geschafft, und immer wenn Wynant erneut Anstalten gemacht hatte, ihn zu niederen Arbeiten zu zwingen, hatte Heinrich Bender eingegriffen. Zu Mittag hatte Max sich aus der Küche am Kräutergarten eine Schale Suppe holen dürfen und anschließend weitergearbeitet. Zu seiner Verwunderung hatten ihn manche der Lehrjungen und Tagelöhner angesprochen, mit ihm geplaudert und schließlich sogar um Rat gefragt; nur zu gern hatte er geholfen. »Ich habe mich mit Händen und Füßen verständigt. Zum Glück ist die Sprache der Pflanzen universell«, sagte er.

»Das stimmt.« Jerun versetzte einem Stein, der sich aus dem Pflaster gelöst hatte, einen Tritt. »Es ist eine Schande, dass meine Mutter darauf beharrt, euch in den Stall zu pferchen! Ich wünschte, ich könnte euch im Haus wohnen lassen.«

Jeruns Augen funkelten, und Max wusste, dass sein Cousin es ernst meinte.

»Ich habe einige Ideen für einen eigenen Kaufhandel. Ich möchte aber mein Geschäftsfeld klug wählen. Schließlich will ich meinen Eltern keine Konkurrenz machen.« Jerun schlug die Mantelkragen hoch, obgleich kein Wind wehte. »Das ist nicht leicht. Für alles gibt es schon Händler, für chinesisches Porzellan wie für afrikanische Äffchen, für Pflanzen, für Lackschränkchen und Versailler Spiegel. Manchmal scheint es mir, als könnte es den Käufern gar nicht exotisch genug sein.«

»Ich habe in Amsterdam eine Dame getroffen, die eine Leidenschaft für fremdländische Gewächse hatte und versuchte, Ananas zu züchten«, berichtete Max. »Das gibt es noch nicht. Noch nie ist es jemandem gelungen, bei uns eine Ananas zu kultivieren.«

»Tatsächlich? Und – hatte sie Erfolg?«

»Das weiß ich nicht. Aber wir haben viel darüber gefachsimpelt, was nötig wäre, um derartige Gewächse aufzuziehen.« Max zählte auf, was ihm wichtig erschien. »Vielleicht schreibe ich ihr, sobald ich Geld dafür habe, und erkundige mich nach ihrem Fortschritt. Sie sagte, Pflanzenfreunde müssten zusammenhalten.«

»Oh, mit Papier und Tinte kann ich aushelfen. Mit Amsterdam korrespondieren wir ohnehin ständig, ich könnte deinen Brief also mitschicken. Im Geschäft mit fremdländischen Gewächsen steckt viel Geld«, sagte Jerun begeistert. »Du glaubst nicht, was reiche Pflanzensammler in Amsterdam und sonst wo in Holland bereit sind, für seltene Pflanzen zu zahlen! Das Problem ist, dass die Einkäufer auf den Schiffen von Botanik wenig Ahnung haben. Viele Gewächse gehen auf der Reise ein.«

Jerun blickte in den Himmel, als erwarte er, dass es gleich wieder regnen würde. »Ich habe am Hortus Botanicus in Leiden einen Deutschen kennengelernt, der mir noch nützlich sein könnte, einen Paul Hermann aus Halle an der Saale. Er hat in Wittenberg, Leipzig und Padua Medizin studiert, aber vor allem die Botanik hat es ihm angetan, weshalb er sich im letzten Jahr in Leiden immatrikulierte. Vor Kurzem hat die Holländisch-Ostindische Kompanie sein Talent entdeckt; sie schickt ihn nach Ostindien, wo er als Arzt arbeiten, aber auch Pflanzen und Samen für den Botanischen Garten in Leiden sammeln soll. Er hat versprochen, mich über seine Entdeckungen auf dem Laufenden zu halten.«

»Das ist doch schon was!« Max lachte breit. »Die Ananas ist schließlich nicht die einzige fremdländische Pflanze, deren Anbau hier eine Sensation wäre. Aber man muss eben Ahnung von der Materie haben.« Er blieb stehen. Die Bäume vor ihm sahen seltsam aus.

Jerun lachte auf. »Da sind wir ja! Hier seht ihr die berühmtesten Bäume der Stadt.« Bei einem vorbeiwandernden Höker kaufte er eine Tüte geröstete Nüsse und bot ihnen davon an. »Zu ihnen gibt es eine Sage: Drei liebende Brüder wurden des Meuchelmordes angeklagt und sollten den Tod erleiden. Jeder wollte den anderen Bruder retten und gestand. Der verwirrte Richter legte den Fall dem Kurfürsten vor. Dieser entschied, dass ein Gottesurteil entscheiden solle. Jeder Bruder solle eine junge gesunde Linde mit der Krone zuerst in ein Erdloch pflanzen. Wessen Baum einging, so entschied er, den habe Gott als Täter enthüllt. Doch alle drei Linden wuchsen zu kräftigen Bäumen heran – und die Brüder wurden freigesprochen.«

»Erstaunlich, dass die Natur immer wieder einen Weg findet«, staunte Max.

Während sie weiterschlenderten, erzählte Jerun noch viele ähnliche Anekdoten. Schließlich sagte er: »Das war lustig. Wenn ich das nächste Mal zum Chor gehe, musst du mich begleiten und meine Freunde und die anderen jungen Leute kennenlernen, Max.«

»Und ich?«

Jerun wuschelte Floris durch die Haare. »Du wirst sicher in der Schule Freunde finden.«

Erst als sie sich dem Haus der Schöppens näherten, wurde Jerun wortkarg und beschleunigte seinen Schritt. »Sollen wir getrennt hineingehen?«, bot Max an.

Jerun presste die Lippen aufeinander. »Auf keinen Fall. Meine Eltern sollen sehen, dass ich mich euch gegenüber anständig verhalte. Vielleicht ist es ihnen ein Vorbild.«

Doch wenig später hörte Max einen hitzigen Wortwechsel durch die offen stehenden Fenster, dann knallende Türen.

Am nächsten Tag bekam er Jerun ebenso wenig zu Gesicht wie seine Tante oder seinen Onkel. Als er am Abend in den Stall zurückkehrte, war Max erschöpft, aber zugleich zufrieden, denn die Arbeit im Lustgarten war zwar anstrengend, bereitete ihm aber auch Freude. Sacht berührte er seinen Bruder an der Schulter, der sich auf der Pritsche zusammengerollt hatte.

Floris drehte sich um, und Max erschrak. Es sah nicht so aus, als hätte Floris geschlafen, und doch war das Gesicht aufgequollen und Floris' Auge angeschwollen, genau wie die Oberlippe.

»Was ist passiert?«, fragte Max.

Erst kniff Floris nur die Lippen zusammen, doch als Max insistierte, berichtete er, dass zwei Mitschüler ihn verspottet hatten. »Ich hab es irgendwann nicht mehr ausgehalten und mich gewehrt. Aber ich hab den Kürzeren gezogen.«

»Wobei hast du den Kürzeren gezogen?« Debora war eingetreten, in der Hand einen Korb mit Früchten, die angestoßen waren und doch so lecker rochen, dass Max das Wasser im Mund zusammenlief. Als sie die Verletzung ihres Sohnes sah, stürzte Debora zu Floris und ließ sich alles haarklein erzählen. »Am liebsten würde ich sofort mit diesem Lehrer sprechen! Warum hat er nicht eingegriffen? Will er seine Schüler zu Barbaren erziehen?«

»Der Lehrer ist gut. Ich habe viel gelernt. Einige der Jungen haben mehr Schwierigkeiten – und das, obwohl ich so oft nachfragen muss, was die Wörter bedeuten.«

»Haben auch die Jungen Schwierigkeiten, die dich geschlagen haben?«, wollte Debora wissen. Als Floris nickte, nahm sie seine Hände und blickte ihm fest in die Augen. »Mach weiter so. Wir müssen besser sein als sie. Besser als all jene, die uns Böses wollen.« Sie zögerte, doch dann setzte sie entschlossen hinzu: »Und morgen nehme ich mir diese Jungs und den Lehrer vor!«

19

Paulus legte den durchnässten Umhang ab und reichte ihn Mevrouw Postma, wie er es immer tat. Eines war heute allerdings anders als sonst. »Wo stecken Eure Kinder, Mevrouw? Es ist so ruhig im Haus«, begrüßte er die Frau des Pferdezüchters.

»Es ist freundlich, dass Ihr Euch nach meinen Kleinen erkundigt«, sagte Mevrouw Postma, nachdem sie den Mägden Anweisungen gegeben hatte, die Speisen aufzutragen. Paulus sog den Duft ein und spürte auf einmal, wie hungrig er war. »Leider sind sie krank – heftiger als sonst zu dieser Jahreszeit. Das müssen die Umstände sein.«

»Allesamt?«

Sie nickte bekümmert. »Ich bin ihretwegen ganz bang.«

»Ich werde Prinz Wilhelm bitten, dass einer der Heeresärzte Euch Medizin zukommen lässt. Ihr habt vielleicht gehört, dass der Prinz demnächst Feldlazarette zur Versorgung der Soldaten einsetzen will.«

»Das wäre sicher eine große Hilfe für unsere Armee. Aber ich scheue mich, den Prinzen mit unseren Sorgen zu behelligen.«

»Ihr und Eure Familie beherbergt Prinz Wilhelm und sein Gesinde nun schon so viele Wochen. Es wäre ein Leichtes, Eurer Familie ein wenig zu helfen.«

»Dann nehme ich Euer Angebot gern an. Ihr seid ein guter Mensch. Passt bitte auch auf Euch auf.« Mevrouw Postma lächelte tapfer.

Ein Gesicht blitzte vor Paulus' innerem Auge auf. Grace van Aken, an die er seit ihrem stürmischen Zusammentreffen in der Kutsche immer wieder denken musste. Oft malte er sich aus, wie es gewesen wäre, wenn er der Versuchung nachgegeben hätte. Entschlossen schob er die Tagträumerei weg und trat in den Speiseraum, wo die Herrschaften bereits bei Tisch saßen.

Paulus erwies Prinz Wilhelm die Ehre, wie es sich gebührte, denn seit er seinen neuen Stand innehatte, legte sein Freund mehr Wert auf die Einhaltung der Formalitäten. Offenbar wuchsen mit Ruhm und Herrschaftstiteln auch die Ansprüche.

Wilhelm hatte eine illustre Runde um sich geschart, und Paulus war stolz, dass man für ihn neben Bentinck einen Platz frei gehalten hatte. Das war nicht selbstverständlich, da sich nach den Morden an den Brüdern de Witt ihr Verhältnis für eine Weile abgekühlt hatte. Seinem Vater nickte Paulus knapp zu. Er saß näher am Prinzen. Das war eine neue Gunst, und Paulus fragte sich, ob sie mit der Ermordung der de Witts zusammenhing. Er nahm noch immer an, dass sein Vater zu den Hetzern gegen die de Witts gehört hatte, hatte aber bislang keinen Beweis dafür gefunden.

Während Paulus sich setzte, forderte Prinz Wilhelm Georg Friedrich von Waldeck auf zu berichten. Der Prinz hatte den alten Haudegen an seine Seite geholt, um Kritiker zum Verstummen zu bringen, die ihm vorwarfen, keine militärische Erfahrung zu haben. Waldeck war mit seinen über fünfzig Jahren ein gewiefter Feldherr und Stratege. Auf der anderen Seite des Prinzen saß Johann Moritz von Nassau-Siegen, ebenfalls anwesend war Obrist Krosigk, der kriegserfahrene Kammerherr des Kurfürsten von Brandenburg.

Konzentriert fasste Waldeck die derzeitige Lage zusammen. »Es ist entscheidend, dass wir Rhein, Mosel und Maas unter Kontrolle bringen, um den Franzosen die Versorgungs- und

Kommunikationswege abzuschneiden«, referierte er sodann. »Unsere Spione berichten, dass der französische Kriegsminister so viel Korn in die Magazine verbracht hat, dass die Armee des Sonnenkönigs für sechs Monate voll versorgt ist. Unsere Soldaten leben hingegen von der Hand in den Mund. Das zu ändern ist unser Ziel.« Zustimmung war auf den Gesichtern der Zuhörer zu erkennen.

»Wenn wir in den Besitz dieser Vorräte kämen, hätten wir einen enormen Vorteil«, raunte Paulus Bentinck zu.

Waldeck fuhr fort: »Auch müssen unsere Verbündeten eine bessere Position erlangen. Die kaiserlich-österreichischen und die brandenburgischen Truppen sollten Koblenz und damit den Rheinübergang sichern, um sich mit den spanischen und niederländischen Truppen zu vereinigen. Dann muss die vereinigte kaiserlich-österreichische und brandenburgische Armee auf Köln und Liège ziehen.«

Sein Plan wurde heftig diskutiert, da das schlechte Wetter und der nahende Winter erhebliche Risiken mit sich brachten. Bald wiederholten sich die Argumente, und Paulus' Gedanken schweiften ab. Der Prinz hatte gemeinsam mit dem neuen Ratspensionär Gaspar Fagel den September genutzt, um die Regierungen der Provinzen in seinem Sinne umzugestalten. Allein in Holland waren einhundertdreißig der vierhundertsechzig Regenten ausgetauscht worden. Staatsgesinnte hatte man entlassen, Prinzgesinnte eingesetzt. Jetzt hofften alle, dass die Regenten dafür sorgen würden, dass die Unruhen im Volk aufhörten und sie sich mit ganzer Kraft dem Feind zuwenden konnten. Ansonsten hatten sich Erfolge und Niederlagen die Waage gehalten. Während sie mithilfe der unaufhörlichen Regenfälle Groningen aus den Händen von Bomben-Bernd zurückerobert hatten, war die Befreiung von Naarden gescheitert.

»Zudem ist es jetzt wichtig, die Moral der Truppen und des

Volkes zu stärken und ein Zeichen zu setzen. Deshalb habe ich entschieden, dass wir Woerden befreien. Der Schlüssel zu Holland muss wieder in unsere Hände kommen.«

Bei diesen Worten war Paulus auf einmal wieder hellwach. Wilhelm hatte das Wort ergriffen, ohne dass es ihm aufgefallen war. Es musste die Müdigkeit sein, die ihn unaufmerksam gemacht hatte. Woerden lag strategisch wichtig zwischen Utrecht und der Wasserlinie und war daher im Verlauf der letzten Monate heftig umkämpft gewesen. Derzeit hielten die Franzosen die Stadt besetzt.

»Aber Woerden hat eine Besatzung von zweitausend Mann – also doppelt so viele feindliche Soldaten wie Naarden. Bei einem Angriff könnte die französische Garnison Alarm schlagen und Verstärkung aus Utrecht rufen. Unsere Verluste könnten sehr hoch sein«, merkte Paulus an. Als er Wilhelms kritischen Gesichtsausdruck bemerkte, wurde ihm klar, dass er besser den Mund gehalten hätte.

Friedrich von Nassau-Zuylestein räusperte sich geziert. »Ebendeshalb werde ich mit eintausendfünfhundert Mann die Straße von Utrecht nach Woerden blockieren.«

Also war der Angriff bereits eine ausgemachte Sache. Hatte nur er nicht davon gewusst? Und konnte das funktionieren? Paulus bezweifelte das. Immerhin hatte Nassau-Zuylestein, Wilhelms Onkel und ehemaliger Erzieher, bereits seit Jahrzehnten nicht mehr gekämpft und war erst im April mit einem hohen militärischen Posten betraut worden.

»Mit Verlaub, Hoheit. Ist es nicht wichtiger, die Verpflegung unserer Truppen zu sichern?«, wandte er deshalb ungeachtet der stechenden Blicke seines Vaters ein. »Der Winter naht, und noch immer erhalten manche Soldaten weder Lohn noch Brot. Die Zahl der Fahnenflüchtigen ist hoch.«

»Nicht höher als die Zahl derjenigen, die die Franzosen aus

der Kriegsgefangenschaft entlassen und sich dem Heer wieder anschließen«, merkte Bentinck an.

Wilhelm fuhr auf und schritt vor der Tafel auf und ab. »Nicht, dass ich es nötig hätte, mich zu rechtfertigen. Aber jedem sollte klar sein, dass die Wiedererlangung von Woerden mehrere Vorteile mit sich brächte. Die Verluste müssen wir in Kauf nehmen. Feldmarschall, fahrt fort«, forderte er Waldeck zum Reden auf.

Waldeck tippte mit dem Zeigefinger auf die Landkarte. »Unsere Vorteile liegen auf der Hand. Erstens müsste Frankreich nach der Wiedereroberung von Woerden permanent damit rechnen, dass wir auch Utrecht angreifen. Daher müsste der König die Garnison in der Stadt verstärken – und hätte weniger Truppen zur Verfügung, um in Holland einzumarschieren, wenn im Winter die Wasserlinie vereisen sollte.«

»Und genau das müssen wir unbedingt verhindern«, betonte Nassau-Zuylestein.

»Zudem wäre die Erlangung von Woerden von Vorteil für unsere Kavallerie. Unsere Reiter bekämen durch die zurückeroberten Wege festen Boden unter die Hufe, während wir uns sonst durch Hollands Sumpf kämpfen müssten.«

Der Prinz nickte. »Schwer wiegt zudem, dass unsere Soldaten durch einen Sieg Selbstbewusstsein zurückerlangen. Wir müssen die Franzosen angreifen, wo immer wir können!«, rief er kämpferisch.

Paulus fand es beängstigend, wie sehr Wilhelm in seiner Rolle als Heerführer aufzugehen schien; Menschenleben bedeuteten ihm offenbar wenig.

Der Prinz wandte sich ab und hob mit einer herrischen Geste die Tafel auf. Wie gewohnt wollte Paulus mit Bentinck zurückbleiben, um das Für und Wider des Feldzugs in vertrauter Runde abzuwägen, doch Wilhelm schickte ihn ebenfalls hinaus.

Beschämt verließ Paulus den Saal, dabei hätte er es wissen können: Wenn man Wilhelm widersprach, wurde man bestraft.

In der Diele traf Paulus auf Waldeck. »Ich teile Eure Bedenken durchaus«, sprach dieser ihn an, während er der abfahrenden Kutsche Nassau-Zuylesteins nachsah. »Andererseits ist es von entscheidender Bedeutung, dass wir das Heft in die Hand nehmen und uns nicht länger von den Franzosen in die Ecke drängen lassen.«

»Nichts gegen Nassau-Zuylestein, aber seine letzten Kämpfe sind lange her«, gab Paulus geradeheraus zu bedenken. »Es ist eine wichtige Aufgabe, die Straße nach Utrecht zu blockieren. Unser aller Sicherheit hängt davon ab.«

»Das ist wahr. Deshalb werden wir ihn umso besser im Blick behalten«, versprach Waldeck. Als er sich seinen Mantel bringen ließ, ging Paulus auf, dass er den Prinzen gar nicht nach dem Heeresarzt gefragt hatte. Dann würde er sich eben selbst darum kümmern; irgendwo würde er das Geld schon abzweigen können. Hundemüde sah er nach seinen Soldaten und ging zu seinem Zelt, wo ihn sein Vater bereits erwartete.

Egbert van Houtkerke packte ihn am Kragen und schüttelte ihn. »Du wirst mit deinen unbedachten Bemerkungen nicht das Vertrauen zerstören, das wir in Jahrzehnten aufgebaut haben!«

Paulus war so perplex, dass er einen Augenblick brauchte, um zu reagieren. Er wollte sich losmachen, aber sein Vater hielt ihn fest. Erinnerungen an die Prügel der Kindheit brachen in Paulus auf. »Niemandem ist mit hündischem Gehorsam gedient, auch Prinz Wilhelm nicht! Wir müssen an die Männer denken, die für unser Land ihr Leben riskieren«, keuchte er.

»Was sind sie wert gegen unsere Nation? Unseren Statthalter?«, zischte sein Vater.

»Prinz Wilhelm ist Statthalter, du sagst es. Bei aller Freundschaft und aller Achtung ist er kein von Gott eingesetzter König.

Und wenn es bei einem Angriff etwas zu bedenken gibt, dann fühle ich mich als sein Freund aufgerufen, es auszusprechen.«

»Solange du noch sein Freund bist.« Egbert von Houtkerke spie die Worte aus und stieß ihn von sich. »Bentinck hat einen guten Posten errungen, und die nächste Beförderung steht bereits an. Und was machst du aus deiner Nähe zum Prinzen? Du verärgerst ihn! Jetzt, wo wir endlich profitieren könnten! Wir brauchen Wilhelms Wohlwollen. Wir brauchen lukrative Posten und Anerkennungen, um den Stand unserer Familie auch in Zukunft zu sichern.«

»Was willst du damit sagen?«

»Nicht nur die Franzosen bedrohen unsere Güter«, sagte sein Vater vage. »Sobald es mir möglich ist, werde ich nach Maastricht reisen, um unsere Angelegenheiten zu regeln und deine Mutter zu holen. Wir dürfen nicht riskieren, dass ihr etwas geschieht.« Egbert von Houtkerke funkelte ihn an. »Ich befehle dir, dich Prinz Wilhelms Wünschen zu unterwerfen und weiter am Fortkommen unserer Sippe zu arbeiten! Sonst …«

Paulus hasste es, wenn man ihm drohte. Drohungen von seinem Vater ertrug er am wenigsten. »Sonst was?«, presste er zwischen zusammengebissenen Zähnen hervor.

»Sonst bist du nicht mehr mein Sohn. Und du hast bei Quentin gesehen, dass ich das ernst meine.«

Im Schutz von Nacht und Nieselregen schritten sie durch die Marsch. Für Paulus war es immer wieder ein Wunder, wie geordnet und ruhig sich eine so große Armee fortbewegen konnte. Siebentausend Mann hatte Prinz Wilhelm für den Angriff auf Woerden zusammengezogen, und trotz seiner Widerworte durfte Paulus mit ihrer Eskadron in unmittelbarer Nähe des Prinzen kämpfen. Über den Streit mit seinem Vater hatte er noch lange nachgedacht. Er begriff nicht, wovon Egbert redete, und konnte es kaum erwarten, der Fuchtel des Alten zu entkommen. Aber bis es so weit war, würde er herausfinden, was dieser verbockt hatte – denn irgendetwas musste geschehen sein.

Paulus las die Landschaft, die sich gegen den Nachthimmel wie ein Scherenschnitt abzeichnete. Gleich hatten sie den Versammlungspunkt für den Angriff erreicht. Er schätzte, dass es vier Uhr war.

Ein Reiter trabte heran. »Zwölf Kanonen sind eingetroffen, Hoheit«, meldete er.

Wilhelm nickte. Die alte Römerstadt Woerden war ausgezeichnet befestigt, sodass es ein paar Tage dauern könnte, bis die Kanonen eine Schneise in die Bastion geschossen hätten. Je mehr sie hatten, desto besser.

In diesem Augenblick zerriss Kanonendonner die Stille. Feuer leuchteten von Woerden aus auf. Ein Signalfeuer? Ja! Die Franzosen hatten sie entdeckt!

Hoffentlich hat Nassau-Zuylestein die Straße nach Utrecht bereits blockiert, schoss es Paulus durch den Kopf. Ein Raunen ging durch die Truppen.

»Die Franzosen sind nicht unbesiegbar! Auch sie sind sterblich! Das werden wir beweisen, wenn wir die Stadt zurückerobern!«, trieb Prinz Wilhelm die Kriegslust an.

Paulus' Körper durchfuhr ein Prickeln. Der Kampf begann.

Der Angriff erschien Paulus wie ein Kaleidoskop erschreckender Sinneseindrücke. Das Donnern der Kanonen, Pistolen und Musketen. Die Todesschreie. Der Geruch nach Blut, Schießpulver und den Ausscheidungen, die die Sterbenden nicht mehr halten konnten. Vom Fluss aus unterstützten fünf Kanonenboote die Fußtruppen, die sich mit ihren Musketen und Bajonetten vorankämpften.

Seite an Seite kämpfte er mit Prinz Wilhelm, als hätte es

nie Spannungen zwischen ihnen geben. Wilhelm lachte ihn an, strahlte von Kopf bis Fuß vor Kampfgeist, schien vollkommen in seinem Element zu sein. »Ich bedaure, dass ich keine Ruhe und keinen besseren Beobachtungspunkt habe. Es ist der schönste Anblick der Welt, zwei so mächtige Armeen auf einem Schlachtfeld so nah beieinander zu sehen!«

Paulus blieb die Antwort im Halse stecken. Was für ein Mensch musste man sein, um den Anblick von sterbenden Soldaten zu genießen?

Just in diesem Moment sah Paulus einen Angreifer herannahen und brachte ihn zur Strecke. Mit einem grimmigen Nicken dankte Wilhelm ihm. Wenig später kämpfte sich ein Kurier durch das Schlachtengetümmel, und Paulus und andere schirmten den Prinzen ab, sodass dieser die Botschaft empfangen konnte.

»Die Franzosen marschieren von Utrecht heran, Hoheit«, berichtete der Bote keuchend. »Acht- bis neuntausend Mann.«

Eiseskälte durchfuhr Paulus. Wurden seine Befürchtungen wahr?

»Wie das? Was ist mit Nassau-Zuylestein und seinen Truppen?«, fragte der Prinz, und Paulus hörte das Entsetzen in seiner Stimme.

»Offenbar wurde … nur ein Teil der Straße blockiert, da die Bauern dem Herrn von Nassau-Zuylestein versichert hatten, dass es auf der anderen Seite keinen Weg durch die Marsch gibt. Es gibt … aber doch einen Weg.« Der Kurier wirkte erschüttert.

Paulus fluchte innerlich. »Soll ich mit meiner Eskadron Nassau-Zuylestein zu Hilfe eilen, Hoheit?«

Leichen über Leichen. Von den tausendfünfhundert Männern, die Nassau-Zuylestein anvertraut worden waren, war nur noch ein Bruchteil am Leben. Da es den Franzosen gelungen war,

Verstärkung nach Woerden hineinzuschmuggeln, hatte Prinz Wilhelm den Befehl zum Rückzug gegeben. Befleckt von Blut und Dreck standen sie nun vor dem Leichnam Nassau-Zuylesteins, den sie aus den Leichenbergen geborgen hatten. »Deckt ihn zu«, bat Wilhelm und wies auf einen Umhang.

Als Paulus diesem Wunsch nachkam, sah er, dass der Körper des Toten nicht nur von unzähligen Wunden übersät, sondern beinahe in Stücke gehackt worden war.

»Gleich Leonidas, dem König von Sparta, ist er wie ein Held inmitten seiner Truppen gefallen«, sagte Prinz Wilhelm sichtlich angefasst. »Er wird auch wie ein Held begraben werden.« Kein Wort von den Versäumnissen des Heerführers, der den verhängnisvollen Fehler begangen hatte, sich auf die Auskunft eines einzigen Bauern zu verlassen, und damit unzählige Leben vernichtet hatte.

Knietief hatten die Franzosen durch den Sumpf marschieren müssen. Aber sie hatten es getan und damit die Blockade gebrochen. Die Wut darüber ließ Paulus erzittern. Unzählige gute Männer waren gestorben. Seine Eskadron war deutlich dezimiert, und auch er selbst war mehrfach oberflächlich verletzt.

Entschlossen, keinen Kommentar abzugeben, presste Paulus die Kiefer so fest aufeinander, dass es wehtat. Er suchte die Gesichter in seiner Umgebung ab. Wo war eigentlich sein Vater?

Stunden später hatte Paulus sich ein wenig gefangen. Erschöpft und zermürbt hatten sie in einem Bauernhof Quartier nehmen müssen, in dem der Schimmel in den Ecken blühte und die Balken sich vor Feuchtigkeit bogen. Umrisse flackerten auf den Wänden wie ein Danse macabre. Dass sich ihre Niederlage schon herumgesprochen hatte und die Bauern nun einen Vormarsch der Franzosen fürchteten, machte die Lage nicht besser. So sprachen sie in der Stube des Hauses, die für Prinz Wilhelm notdürftig hergerichtet worden war, heftiger als üblich dem Wein zu und gedachten der Gefallenen.

Neben Bentinck und Paulus waren auch die Söhne des verstorbenen Herrn von Nassau-Zuylestein, Willem Hendrik und Hendrick, sowie andere Edle anwesend.

Paulus rollte die Schultern, in denen sich nicht nur die Strapazen, sondern auch der Hass festgesetzt zu haben schien. Sie hatten die Verletzten versorgt und die Bestattung der Gefallenen in die Wege geleitet. Den meisten Soldaten hatte Dominee Triglands Predigt, die dieser auf dem blutgetränkten Boden gehalten hatte, ein wenig Trost gespendet. Paulus aber fiel es schwer, göttliche Vorsehung in all dem Leid zu sehen. Anschließend hatten sie den Rückzug vorangetrieben, immer in der Furcht, dass der Feind zurückkehren könnte. Wilhelm hatte noch keine Entscheidung verkündet, wie es weitergehen sollte. Insgeheim hoffte Paulus, dass der Prinz wegen der hohen Verluste den Rückzug hinter die Wasserlinie befehlen würde. Dort könnten die Soldaten sich erholen, die Armee könnte neu formiert werden, und die Wasserlinie wäre im Winter bestmöglich gesichert. Im nächsten Frühjahr würde man dann weitersehen.

Vom Wein eingelullt spürte Paulus seine Schmerzen kaum noch; dabei waren die Verletzungen doch gravierender, als er es sich zunächst eingestanden hatte, einige Wunden hatten sogar genäht werden müssen. Neben ihm schnarchte Bentinck leise, den Kopf an die Wand gelehnt.

Das Schrappen von Holz ließ Paulus auffahren. Ausgerechnet sein Vater hatte sich erhoben und reckte nun schwankend das Glas in die Höhe. »Trrr... Trinken wir also auf den aaa... alten Herrn von Zuylestein – und auf den nnn... neuen!«, richtete er lallend das Wort an Willem Hendrik, der leise auf seinen betrunkenen Bruder einredete. Noch einmal stießen sie an.

Prinz Wilhelm wirkte jedoch sichtlich erschüttert. »Ich möchte allein sein«, presste er unvermittelt hervor.

Alle erhoben sich und zogen sich zurück. Paulus suchte Wilhelms Blick, und tatsächlich hielt der Freund ihn mit einem Wink auf. Als sie allein waren, wandte der Prinz sich abrupt ab, seine Schultern bebten. Paulus fühlte sich hilflos; noch nie hatte er seinen Freund weinen sehen. Wilhelm war stets ein kühler und beherrschter Charakter gewesen und nur bei der Jagd aus sich herausgekommen. Was sollte er tun, um ihn zu trösten?

»Wisst Ihr noch, in jenem Jahr, als wir mit Eurem verstorbenen Onkel bei der Reiherjagd so viel Glück hatten und er sich einen Hut mit Reiherfedern überreich schmücken ließ?«, begann er unsicher. »Wir konnten uns damals das Lachen kaum verkneifen. Später lachte er mit uns und gab selbst zu, dass er aussah wie ein Pfau.«

Ein ersticktes Schluchzen erklang. Paulus schaute zu Boden. Statt den Prinzen mit einer schönen Erinnerung aufzuheitern, hatte er Wilhelms Kummer nur noch schlimmer gemacht! Vorsichtig legte er ihm die Hand zwischen die Schulterblätter.

Wilhelm drehte sich zu ihm und neigte das Haupt. Seine Augen waren klein und blutunterlaufen. »Habt Dank, mein Freund. Für eine Waise ist der Tod eines Verwandten oder eines Freundes ein besonders heftiger Schlag. Mein Onkel war beides für mich«, sagte er mit schwerer Zunge. Weidwund sah er Paulus an. »Es ist meine Schuld, dass er tot ist.«

»Das ist nicht wahr –«

»Ihr habt geahnt, dass der Angriff ein Risiko birgt.«

Paulus schwankte zwischen Genugtuung und dem Wunsch, seinem Freund die Schuldgefühle zu nehmen. Er entschied sich für Letzteres. Sie konnten keinen Heerführer brauchen, der zauderte. »Euer Onkel wusste, welches Risiko er eingeht. Ihr habt ein klares Ziel verfolgt. Beim nächsten Mal wird Euer Plan aufgehen.«

Wilhelm sah ihn versonnen an. So nah war er, dass Paulus den Wein in seinem Atem und eine dezente Schweißnote riechen konnte. Strähnig fielen dem Prinzen die Haare auf die Schultern. Er nestelte an den Knöpfen seines Wamses. »Ich werde mich zur Ruhe begeben.«

»Soll ich den Diener rufen oder Bentinck wecken, damit er —«

»Ich will niemanden sehen. Geht Ihr mir zur Hand.«

Paulus Finger bebten, als er das Wams öffnete. Noch nie hatte Paulus einem anderen Mann beim Auskleiden geholfen; die Aufgaben eines Dieners oder Kammerherrn waren ihm fremd. Er tat sich schwer damit, den Prinzen überhaupt zu berühren; und nun das.

Das Wams fiel, das Leibhemd. Der Krieg formt den Körper des Prinzen, dachte Paulus, als er dessen Oberkörper in dem Lederkorsett sah. Kerzenlicht und Schatten spielten auf Wilhelms Gesicht, zeichneten seine Lippen nach, die rot vom Wein waren. Wie beiläufig berührten sich ihre Hände. Der Prinz schwankte, legte die Hand auf Paulus' Hüfte. Er zuckte zurück, taumelte gegen einen Stuhl, der polternd umfiel.

Sofort wachte Bentinck auf. »Was … ist los?« Er sah sich um und sprang auf. »Hoheit, Ihr … wollt Euch zurückziehen?«

Paulus verneigte sich unsicher. »Verzeiht, Hoheit, mir ist nicht wohl. Die Schlacht sitzt mir in den Knochen.«

20

Debora entfernte mit einem Löffel die Zimtstangen aus dem Pflaumenmus. Dann füllte sie das duftende Kompott in die bereitstehenden Behälter. Neben ihr beschriftete Ursel die Töpfe und sang einen Kanon. Ihren bestickten Umhang hatte sie sorgfältig zurückgebunden. Leise stimmte Debora ein. Im Schatten des Hinterhofes war es kühl geworden, der offene Herd aber strahlte genug Wärme aus. Inzwischen hatte es sich eingespielt, dass Ursel Debora half, wenn sie Zeit dafür hatte, und die beiden Frauen verstanden sich gut.

»Du könntest mich heute Abend zum Tanz begleiten«, sagte Ursel, als sie den Kanon beendet hatten.

»Nein, danke. Das ist nichts für mich. Außerdem freue ich mich, meine Söhne zu sehen.«

»Die könnten mitkommen. Der Große zumindest. Etwas ruhig, aber stille Wasser sind ja bekanntlich tief.« Ursel lächelte verschmitzt.

»Ich kann mich kaum erinnern, wann Max zum letzten Mal getanzt hat. Da war er wahrscheinlich noch ein kleiner Junge.«

»Seit Kriegsbeginn mangelt es uns bei den Tanzabenden an stattlichen Männern. Ich habe das Glück, dass Bootsmann Dictus ein Auge auf mich geworfen hat. Er ist ein guter Tänzer, zumindest, wenn er nüchtern ist. Wir …« Ursel verstummte, als Herr Impen eintrat.

Er steckte den Finger in einen Mustopf und schleckte ihn ab. »Köstlich! Hast du das Rezept aufgeschrieben, Debora?« Seit sie für ihn arbeitete, duzte er sie. Und seitdem lag er ihr wegen der Zutatenlisten in den Ohren. Bislang hatte Debora lediglich einige altbekannte Rezepte notiert. Die anderen stammten aus niederländischen Kochbüchern oder von ihrer Mutter, waren langwierig ausgetüftelt und abgeschmeckt. Sie dachte nicht daran, die Zutaten leichtfertig zu verraten, und achtete darauf, dass niemand zusah, wenn sie zu den wichtigsten Gewürzen griff.

»Noch nicht. Es gab reichlich Früchte zu verarbeiten.«

»Ja, die süßen Früchte«, sagte er und ließ seinen Blick von ihr zu Ursel wandern. »Komm vor Feierabend noch in mein Kontor. Ich habe Anweisungen für dich.«

»Heute ist es schlecht, Herr. Ich habe nachher –«

»Es duldet keinen Aufschub.« Seine Zungenspitze schnellte von einem Mundwinkel in den anderen.

Ursel senkte den Blick. »Dann werde ich erscheinen.« Als er gegangen war, arbeitete sie still weiter.

»Was wohl so dringend ist?«, fragte Debora.

»Nur das Übliche. Es wird schon schnell gehen, sodass ich nicht zu spät zum Tanz komme«, sagte Ursel ausweichend.

»Wie geht es eigentlich seiner Gattin?« Debora hatte sie noch nicht zu Gesicht bekommen, nur gesehen, dass täglich Ärzte und Kräuterfrauen in Frau Impens Kammer im Obergeschoss ein und aus gingen.

»Anscheinend wird ihre Verfassung nur langsam besser. Sie ist sehr stolz, deshalb darf außer Gerhild und der Magd niemand vom Gesinde zu ihr. Früher hat sie viel auf sich gehalten«, erklärte Ursel. »Es ist ein Jammer, wie es jetzt um sie steht. Aber immerhin kann sie sich die beste medizinische Versorgung leisten.«

»Herr Impen muss sehr wohlhabend sein.«

»Das ist er. Doch das meiste Geld hat seine Frau in die Ehe gebracht. Sie stammt aus einer einflussreichen Ratsfamilie aus Magdeburg.« Ursel verstummte.

Debora sah sie an. Es war ihr schon öfter aufgefallen, dass die Begegnungen mit Herrn Impen Ursel die Laune verdarben. Aber vielleicht kam es ihr auch nur so vor, weil sie die hiesigen Gepflogenheiten noch nicht gut kannte.

Blatt um Blatt segelte durch die Luft und verwob sich auf dem Pfad zu einem orangeroten Teppich. So schön dieses Bild auch war, Max harkte weiter, denn er wusste, dass die Wege spätestens beim nächsten Regen glitschig und unansehnlich würden. Aus dem Augenwinkel beobachtete er, wie Michael Hanff seinem Schwiegersohn und Meistergesellen Heinrich Bender Anweisungen für den Transport der Orangenbäumchen gab. Es wurde Zeit, auch die letzten ausländischen Pflanzen ins Pomeranzenhaus zu schaffen. Die Luft war klar und kalt, und Max fürchtete, dass es bald Frost geben könnte.

Als Max fertig war, deckte er einige Blumen, die nicht frostfest waren, aber noch hübsche Blüten hatten, für die Nacht mit Reisig ab. Es waren arbeitsame Wochen gewesen. In jedem Garten war im Herbst viel zu tun, aber in einem Lustgarten, in dem es noch dazu an Arbeitern mangelte, besonders. Er war bei Wind und Wetter seiner Arbeit nachgegangen. Ab und zu hatte er mit Hanff oder den Lehrlingen und Tagelöhnern gesprochen. Den Gesellen war er aus dem Weg gegangen, denn noch immer drückten sie ihm unliebsame Arbeit auf. Seine Mutter meinte, dass sie in ihm einen Konkurrenten sahen, aber das konnte Max sich kaum vorstellen.

Hanff war verschwunden, und nun ging Heinrich Bender in den Küchengarten, während Wynant die Aufsicht über die Tagelöhner übernahm, die ein Orangenbäumchen packten und so unvorsichtig trugen, dass eine Frucht auf den Boden purzelte.

Wynant schimpfte sie heftig aus, pellte aber dann die Frucht und verzog das Gesicht, als er probierte; natürlich war sie noch zu sauer.

Wenn das Vater gesehen hätte – die drei hätten was zu hören gekriegt, dachte Max. Bei einem Zitronatbäumchen gingen sie ähnlich grob zu Werke. Max überlegte kurz, ob er ihnen einen Rat geben sollte, unterließ es aber. Wynant konnte schnell unwirsch werden.

Wenig später verzogen auch Wynant und die Tagelöhner sich in den Küchengarten. Dabei kündigte sich langsam die Dämmerung an, und sie waren noch lange nicht fertig! Kurzentschlossen reinigte Max sein Werkzeug und verstaute es im Kasten. Aus dem Schuppen holte er eine Schubkarre. Vorsichtig hob er ein Feigenbäumchen auf die Ladefläche und schob es ins Pomeranzenhaus, wo er es nicht auf den Boden, sondern auf das Podest stellte, damit es vor Bodenfrost geschützt war. Auch die anderen Kübel hob er auf das Holzgestell. Dann fuhr er erneut hinaus und transportierte Pflanzen, bis es vollends dunkel war. Weder Heinrich Bender noch Wynant oder die Tagelöhner ließen sich noch einmal sehen, dafür flackerte aus dem Kräutergarten der Schein eines Lagerfeuers, und Gelächter brandete auf. Natürlich kannte Max das Vorurteil, dass Gärtner faul und unzuverlässig waren; erlebt hatte er das jedoch noch nie.

»Heinrich, es wird schon dunkel! Was treibt ihr …« Hanff trat just in dem Augenblick in das Pomeranzenhaus, als Max das letzte Granatapfelbäumchen mit gefüllter Blüte abgesetzt hatte und sich nach Leinentüchern umsah, mit denen er die restlichen Bäumchen abdecken konnte. »Du? Wo sind die anderen?«

»Das weiß ich nicht, Herr Hanff«, log Max, um die anderen nicht zu verpfeifen.

Das Gesicht des Lustgärtners lag im Dunkeln, doch Max glaubte, darauf Missbilligung zu lesen. Sein Atem zeichnete sich schemenhaft ab, was Max Sorgen bereitete; es war schon jetzt kälter, als er befürchtet hatte. »Ich habe Sorge, dass es heute Nacht frieren wird. Gibt es Reisig oder Tücher, um die restlichen empfindlichen Gewächse abzudecken? Ich glaube kaum, dass ich so schnell alle hereinschaffen kann«, sagte er.

Hanffs Mundwinkel bogen sich weiter hinunter. »Das musst du auch nicht. Du wirst gleich Unterstützung bekommen. Dafür sorge ich.«

Ihre eine Schwester zupfte an Elvinas Ballkleid, während die andere ihr den Spiegel hinhielt und ihre Mutter ihr die Haare aufsteckte. Stundenlang hatte die Magd die Rüschen gestärkt und gebügelt. Schließlich stellte sich ihre Familie auf und betrachtete sie prüfend. Elvina hob die Rockschöße und drehte sich. Sie fühlte sich gut, selbst das Korsett drückte nicht allzu sehr. »Wie sehe ich aus?«

»Wie eine Prinzessin.« Die Stimme ihres Vaters klang rau. Er rieb sich die Augen, die ohnehin gerötet waren, und legte dann die Hand auf die Taille seiner Frau. »Das hast du großartig hinbekommen.«

Petronella schlang die Arme um seine Hüfte und lehnte sich an ihn. »*Wir* haben das hinbekommen! Und auch du siehst gut aus.«

Das stimmte, denn Georg hatte seinen elegantesten Anzug gewählt. Er küsste seine Frau. »Bist du sicher, dass du uns nicht doch begleiten willst?«

»Ganz sicher. Die feine Gesellschaft, der Ball – das ist mir alles viel zu anstrengend. Außerdem ist mein Schwager sicher nicht erpicht darauf, noch mehr Bürgerliche auf seinem Ball zu sehen.«

Georg musterte Elvina noch einmal von Kopf bis Fuß. »Schade, dass das Kurfürstenpaar dich so nicht sehen kann. Sie würden dich glatt zu einem Hoffräulein machen.«

»Ich verstehe ohnehin nicht, wie die Kurfürstin ihre kleinen Kinder alleinlassen kann«, sagte Petronella und reichte Elvina Ohrringe aus ihrem Schmuckkästchen.

»Sie hält es eben für wichtiger, an der Seite ihres Gatten zu sein. Der Kurfürst ist kränklich und bedarf besonderer Fürsorge.«

»Das versteht sich. Aber muss sie wirklich mit in den Krieg ziehen? Nachher müssen die Soldaten noch sie retten, statt zu kämpfen«, meinte Petronella.

»Der französische König reist auch nicht allein an die Front. Er hat sogar –«

»Georg!«, unterbrach Petronella ihn scharf. Elvina ahnte, wieso. Dabei wusste ohnehin jeder, dass König Ludwig auch seine Mätressen ständig um sich hatte. Dagegen ging es am Hof des Kurfürsten züchtig zu.

Ihre kleinen Schwestern machten auch den Rest der feierlichen Stimmung zunichte. »Wann bekomme ich so ein Kleid?«, fragte die eine.

»Erst nach mir! Ich darf als Erstes auch auf einen Ball, oder, Vater?«, rief die andere.

»Das ist ungerecht! Ich bin viel hübscher als du!«

»Gar nicht!«

Mit gerafften Rockschößen eilte Elvina zur Schlafkammer. Sie hoffte, dass Rosa sich mit ihr freuen und der Anblick des Kleides sie für einen Augenblick ablenken würde.

Rosa wirkte unter der Pelzdecke in ihrem Bett blass und mager, die Nase stach spitz aus dem Gesicht. »Du siehst wunderbar aus«, sagte sie leise.

Elvina setzte sich zu ihr. Seit Rosa auf dem Streckbett behandelt wurde, hatte sich zwar ihre Körperhaltung verbessert und der Buckel war weniger ausgeprägt, dafür litt das Mädchen Schmerzen. Beinahe jede Nacht stand Elvina auf, um Rosas Rücken einzureiben und zu massieren. Ständig war sie auf der Suche nach neuen Rezepten für heilende Rückensalben. Zudem hatten ihr Vater und sie über die Idee eines Korsetts nachgedacht. Vater hatte Parés Schrift bei einem Chirurgen ausleihen können, und letztlich hatten sie beschlossen, trotz der horrenden Kosten eins anfertigen zu lassen. »Ich wünschte, du könntest mitkommen. Das Palais von Annabelles Eltern ist festlich geschmückt – überall sollen Blumenbouquets stehen, trotz der Jahreszeit.«

Ein schmales Lächeln zeigte sich auf Rosas Gesicht. »Du beschreibst mir später alles. Es tröstet mich zu wissen, dass du Spaß hast!«

Vom Flur rief ihr Vater, dass die Kutsche vorgefahren sei. Elvina küsste Rosa auf die Stirn und bat die Magd, für ihre Schwester eine Bettpfanne zu wärmen, dann ging sie los.

Fackeln beleuchteten das Palais, als Elvina am Arm ihres Vaters durch das Portal schritt. Die Adeligen schienen durch sie hindurchzublicken, was Elvinas Knie weich werden ließ. Nur die eingeladenen Bürgerlichen – es waren nicht viele, und sie standen eher abseits – nickten ihnen zu.

»Schon bald haben wir auch so ein prächtiges Haus und einen angeseheneren Stand. Dann sieht niemand mehr auf uns herab«, raunte Georg ihr zu.

Elvina beruhigte es, dass ihr Vater sich ebenfalls über die Arroganz der Adeligen ärgerte. Gleichzeitig war sie in Gedanken immer noch bei ihrer Schwester. »Rosa werden die klare Luft und der Garten sicher guttun.«

»Schüttle alle Sorgen ab, und lächle!«, rügte ihr Vater sie leise. »Du weißt doch, wie man sich bei Hofe zu betragen hat!«

Es kostete Elvina einige Mühe, ein strahlendes Lächeln aufzusetzen, vor allem, als sie von Annabelles Familie nur kühl begrüßt wurden. Nur ihre Cousine schlang die Arme um ihren Hals und küsste sie. »Der Ausschlag ist besser geworden, dank deiner Hilfe!«, wisperte sie.

Neidlos lobte Elvina das Kleid ihrer Freundin, das weitaus prächtiger als ihr eigenes war. Doch Annabelle brach ihre Plauderei mitten im Satz ab, da der Kurprinz und seine Geschwister eintraten.

Sofort eilte Annabelles Bruder dem Kurprinzen entgegen. Elvinas Blick flog zu ihrer Freundin, die rot bis unter die Haarspitzen wurde, als Karl Emil sich höflich bei den Gastgebern für die Einladung bedankte und auch Annabelle begrüßte. Steif und etwas verloren standen die Prinzen Fritz und Ludwig neben ihrem Erzieher.

Während Elvinas Vater sich zu den Geheimräten gesellte und wie so oft prompt nach Heilmitteln gefragt wurde, ließ Elvina sich von Annabelle mitziehen. »Ich muss heute unbedingt mit Karl Emil tanzen!«, flüsterte ihre Cousine aufgeregt. »Wozu habe ich denn wochenlang die neuesten Tanzschritte einstudiert? Und dann muss ich es so deicheln, dass er mich zur Jagd einlädt.«

Elvina musste lachen. »Seit wann jagst du gern?«

»Immer schon!«, sagte Annabelle im Brustton der Überzeugung, obgleich Elvina wusste, dass das nicht stimmte. »Welch bessere Gelegenheit gibt es, mit dem Mann seines Herzens Zeit zu verbringen und ihm nah zu kommen«, setzte Annabelle leise hinzu.

»Mir würden da andere Tätigkeiten einfallen.«

»Ach ja? Das ist ja interessant. Aber Karl Emil liebt nun einmal die Jagd – also liebe ich sie auch!« Annabelle tätschelte ihren Arm. Sie schritten durch den Saal, und Elvina genoss es, wie sie von bewundernden Blicken verfolgt wurden. Hoheitsvoll lächelte Annabelle den Anwesenden zu. »Auch du wirst bestimmt aufgefordert.«

»Warum sollte jemand mich, eine einfache Bürgerin, auffordern, wenn er reichlich andere Auswahl hat?« Elvina ließ ihren Blick über die Jungfrauen aus dem Adel wandern.

»Nun stell dein Licht nicht unter den Scheffel! Ich wünschte, ich hätte deine Haut, deine Haare und deine Figur! Du weißt genau, dass es Gerüchte gibt, dass der Kurfürst deinen Vater zum ersten Hofapotheker erheben und adeln könnte. Außerdem wissen Männer, worauf es ankommt.«

Elvina erwiderte das Lächeln, obgleich sie an Jerun denken musste, der noch immer – oder besser: schon wieder – auf Handelsreise war. Sie vermisste die Begegnungen mit ihm schrecklich. Vor ihrer Abreise waren sie noch ein paarmal zusammengetroffen. Jetzt stellte sie sich ständig vor, wie es wäre, wenn er sie umwerben, umarmen und küssen würde. Allein bei dem Gedanken schoss ihr die Hitze ins Gesicht.

Das Festmahl begann, und immer wieder wurde auf das Wohl des Kurfürsten und der Soldaten getrunken, die auch jetzt noch auf dem Feldzug waren. Dann endlich wurde getanzt. Karl Emil machte allerdings keine Anstalten, eine der jungen Damen aufzufordern, sondern amüsierte sich mit seinen Kumpanen. Während Annabelle immer wieder auf die Tanzfläche geführt wurde, blieb Elvina auf ihrem Platz zurück, als hätte sie eine ansteckende Krankheit.

Als der Kurprinz den Saal verließ, eilte Annabelle zu ihr, ergriff ihre Hand und zog sie unauffällig mit sich. Auf dem Weg zur Priveté, dem Abort, blieb sie dann unvermittelt stehen und hielt sich an Elvina fest.

»Was ist denn? Geht es dir nicht gut?«, fragte Elvina. In diesem Moment bog Karl Emil um die Ecke, und Annabelle sackte zusammen. Wie in einem Theaterstück, dachte Elvina.

Doch es schien zu funktionieren, denn der Kurprinz hielt inne und fragte höflich, ob er Hilfe rufen solle.

»Mir ist nur ein wenig schummrig, Durchlaucht. Ich habe mich wohl bei der Jagd verausgabt, aber das Wetter war so herrlich, da konnte ich nicht anders!«, sagte Annabelle mit dünner Stimme; sie hatte ein beachtliches schauspielerisches Talent, fand Elvina.

»Ihr seid bei der Jagd gewesen?«

»Ja, den halben Tag. Die Jagd ist meine Leidenschaft. Jetzt muss ich wohl frische Luft schnappen, aber ich wage es kaum, meiner Freundin mein Gewicht zuzumuten.«

Das klang ein wenig albern, erfüllte aber seinen Zweck. Galant bot der Kronprinz seinen Arm an. Elvina folgte den beiden hinaus. Eigentlich war es ihr zu kalt, aber die Freundin in Männerbegleitung allein zu lassen könnte einen Skandal provozieren.

»Die frische Luft tut mir gut. So langsam geht es mir besser. Vielleicht muss ich doch meinen Traum nicht aufgeben.« Annabelle blickte Karl Emil mit gekonntem Augenaufschlag an. »Ich träumte davon, dass Ihr mir die Ehre eines Tanzes erweisen würdet, Durchlaucht. Es ist albern, ich weiß.«

Karl Emil schien mit der Situation zusehends überfordert zu sein. »Ganz und gar nicht«, sagte er höflich und bot Annabelle seinen Mantel an.

In diesem Augenblick polterten seine Kumpane auf die Terrasse. Cunrats Blick zuckte über die beiden jungen Frauen. Er war ein großer, kräftiger Mann; selbst sein Gesicht schien mit grobem Werkzeug gemeißelt. »Wir dachten schon, Ihr wäret ohne uns aufgebrochen, Hoheit.«

»Diese Dame brauchte die Hand eines Kavaliers«, antwortete Karl Emil, was ein wenig ungelenk klang.

Cunrat sah seine Schwester strafend an. »Ihr holt euch noch

den Tod!« Widerwillig zog er seinen Justaucorps aus und legte es Elvina um, wobei er die nackte Haut ihrer Schulter berührte.

»Ihr habt recht. Lasst uns hineingehen. Ich schulde Eurer Schwester einen Tanz«, sagte Karl Emil zu Annabelles sichtlicher Freude.

Als Debora im Hinterhof eintraf, half Floris gerade der Magd, die Tiere zu versorgen. Das Knirschen ihrer Schritte verriet den Bodenfrost. Wie lange würden sie es noch im Stall aushalten? Sollte sie Herrn Impen fragen, ob er einen Platz für sie hatte? Bislang hatte sie sich davor gescheut, denn es irritierte sie, wie sehr er hinter ihren Rezepten her war. Wenn er diese erst hätte, bräuchte er sie vielleicht nicht mehr, und ohne Arbeit würden sie kaum über den Winter kommen.

Debora schloss ihren Sohn in die Arme und fasste dann im Stall mit an, obgleich sie erschöpft war. Floris' Nasenspitze war eiskalt, und er hüstelte, als er die Tiere fütterte. Sie dachte daran, wie krank er auf der Reise gewesen war. Sollte sie zu Chim und Hester gehen und darum bitten, in ihr Haus aufgenommen zu werden?

Es war tiefe Nacht, als endlich alle empfindlichen Gewächse im Pomeranzenhaus waren. Hanff schloss die Pforten und entließ die murrenden Gärtner endlich in den Feierabend. Über ihnen blitzten die Sterne, und aus der Stadt war eine beschwingte Melodie zu hören.

Vielleicht wird irgendwo gefeiert, dachte Max und schob die Hände in die Achselhöhlen, um sie zu wärmen. Die Arbeit hatte ihn erhitzt, aber jetzt begannen seine müden Gliedmaßen zu frieren, und das schweißnasse Hemd klebte ihm eisig am Rücken. Er beschleunigte seine Schritte. Auf einmal hörte er ein Rascheln hinter sich, und ehe er reagieren konnte, traf ihn ein Stoß, und er fiel hin. Mehrere Kerle bauten sich um ihn herum auf, packten seine Hände und Füße, rissen ihn hoch, zerrten ihn mit sich.

»Halt's Maul, sonst setzt's was!«

Wynants Stimme. Der Geruch nach kaltem Rauch.

»Lasst mich los! Ich habe nichts getan!«, zischte Max, obgleich ihn die Angst packte.

Ein Tritt traf ihn in der Seite, und er krümmte sich derart heftig vor Schmerzen, dass seine Peiniger ihn beinahe fallen gelassen hätten. Kaum war er zu Atem gekommen, bewegte sich auf einmal alles um ihn herum. Dann ließen urplötzlich die Hände los, und er flog …

Ihr Vater hatte sich in seinem Labor eingeschlossen und experimentierte. Elvina war enttäuscht, dass er sie nicht bei sich duldete, aber er hatte gesagt, er würde ihr das Ergebnis zeigen, wenn er mit seiner Neuentwicklung fertig sei.

Während sie las, lauschte sie immer wieder auf das Zischen, Klirren und Poltern aus dem Labor, bis sie vollends die Geduld verlor. Um nicht wahnsinnig zu werden, fragte Elvina ihre Mutter, ob sie Hilfe brauchte, und machte sich dann auf die Suche nach Rosa. Sie fand ihre Schwester am Fenster ihrer Kammer, von wo sie in den Hinterhof hinuntersah.

Elvina stellte sich zu ihr, sodass sich ihre Arme berührten. Den kleinen Blumenstrauß, den sie ihr vom Ball mitgebracht hatte, hatte Rosa zum Trocknen aufgehängt. Nur ein einziges

Mal hatte sie getanzt. Ausgerechnet mit Cunrat, wobei sie den Verdacht hatte, dass Annabelle ihren Halbbruder dazu gezwungen hatte. Sie unterdrückte ein Seufzen. Cunrats Zunge mochte bei höflicher Konversation träge sein, seine Hände waren es nicht und hatten sie bisweilen ein wenig zu eifrig angefasst. Gerade versuchte Annabelle, einen Jagdausflug mit dem Kurprinzen einzufädeln; Elvina sollte natürlich mit. Warum bat ihre Cousine nicht eine der adeligen Freundinnen um Begleitung?

Im Hof der Nachbarn halfen die drei Niederländer der Magd, die Tiere zu versorgen. »Sieh nur, wie weiß ihr Atem aufsteigt. Glaubst du, sie müssen den ganzen Winter über im Stall wohnen? Ist das nicht zu kalt?«, fragte Rosa.

»Das weiß ich nicht. Eigentlich ist im Haus der Schöppens ja Platz. Vor allem jetzt, da Jerun noch immer unterwegs ist«, sagte Elvina leichthin.

»Vermisst du ihn?«

»Wen?«

Rosa schenkte ihr einen sprechenden Blick. Mausespitz stach ihre Nase aus ihrem Gesicht.

»Ja, schon.« Elvina lächelte ihre Schwester an. »Du musst mal wieder mit in den Lustgarten kommen. Ich war mit Annabelle dort. Die Pflanzen stehen jetzt im Pomeranzenhaus und wirken zauberhaft im Licht der Kandelaber.«

»Wenn Unterricht und Quälerei vorbei sind, kann ich mich kaum noch bewegen.«

»Der Doktor meinte, dass die Behandlung bald abgeschlossen sei.«

»Bis dahin hat er mich in Stücke gerissen.«

»Jetzt übertreibst du aber!« Elvina versuchte ein Lachen.

»Aber nur ein wenig.« Rosa machte eine Geste zum Hof. »Vielleicht sollten wir einen Krug warmes Melissenbier hinunterbringen.«

»Lieber nicht. Das könnten die Schöppens uns übel nehmen.« Elvina zog die Schultern hoch. Mit Jeruns Mutter wollte sie es sich nicht verderben.

»Ich dachte, du bist furchtlos und einfallsreich. Bei dieser Gelegenheit könntest du dich nach Jerun erkundigen«, spottete Rosa.

Elvina hielt den Blick ihrer Schwester fest. »Würdest du mitkommen?«

Als Elvina und ihre Schwester den Stall betraten, konnten sie nicht fassen, dass diese Menschen schon seit Wochen hier hausen mussten. Schämten die Schöppens sich nicht, so mit ihren Verwandten umzugehen? Selbst wenn sie die Holländer nicht mochten, mussten sie doch an ihren Ruf denken. Die eigene Familie so zu behandeln!

»Wir kennen uns zwar nur vom Sehen, aber wir wollten Euch ein wenig Melissenbier vorbeibringen. Unsere Magd hat zu viel zubereitet«, behauptete Elvina. Sie ahnte, dass die Mutter ihre Lüge durchschaute, sich aber trotzdem über die Geste freute, denn sie bedankte sich überschwänglich.

Der Gärtnerlehrling – Max, wenn sie sich recht erinnerte – hatte mit einem Buch auf einer zerschlissenen Decke gesessen und war aufgesprungen, als er sie bemerkt hatte. Nach ihrem kurzen Wortwechsel hatte sie ihn einige Male im Lustgarten gesehen. Mit seinem athletischen Körper, dem hellbraunen Haar und den grünen Augen strahlte er eine Kraft und Stetigkeit aus, die Elvina unwillkürlich ansprachen. Er schien ganz in sich zu ruhen, mit sich selbst und seinem Leben zufrieden zu sein. Als Jerun zwischendurch in Cölln gewesen war, hatte sie die beiden im Gespräch gesehen.

Der jüngere der Brüder spielte mit einem Kaninchen, und Rosa gesellte sich zu ihm. »Hat der Hase einen Namen?«

»Die Magd sagt, ich soll ihm keinen geben, weil er ja doch bald geschlachtet wird, aber ich nenne ihn Flecki.«

Kurz plauderte Elvina mit Debora, während sie das Bier in angestoßene Becher schenkte.

»Ihr lest *Hortus Berolinensis?*«, wandte sie sich an den Gärtnerlehrling.

Der junge Mann senkte verlegen die Lider. »Doktor Elsholtz hat dafür gesorgt, dass ich es mir leihen konnte. Interessant, was er für den Garten plante. Und schade, dass es nicht verwirklicht wurde.«

Elvina lachte. »Oh, damit kenne ich mich nicht aus. Was meint Ihr?«

»Der große Gemüsegarten beispielsweise oder die weiteren Teiche.«

»Kümmert Ihr Euch auch um die Pflanzen der Schöppens, solange Jerun nicht da ist?«

Max zögerte, als wäre er nicht sicher, ob er ihr trauen konnte. »Wir sind gut bekannt, weil wir als Nachbarskinder aufgewachsen sind und beide im Chor singen, müsst Ihr wissen«, setzte sie schnell hinzu.

»Es sind nicht mehr viele Pflanzen im Lager. Wird langsam zu kalt.«

»Dann wird Jerun wohl auch keine mitbringen, wenn er wiederkommt. Das kann ohnehin nicht mehr lange dauern, bei dieser Witterung.«

Debora trat zu ihnen. »Das ist wahr. Die Magd berichtete, dass Jerun Hamburg schon hinter sich gelassen habe.« Sie führte den Becher zum Mund und ließ den Blick schweifen, hielt dann aber inne. Es war, als hätte sie einen Geist gesehen.

Elvina wandte sich um. Hester Schöppen stand an der Stallpforte, eine Messinglaterne in der Hand. »Was ist denn hier los?«, fragte sie scharf.

21

→ Vor Maastricht, 12. November 1672 ←

Das Kasteel lag inmitten des alten Waldes ganz in der Nähe der Stadt. Die Nebelschwaden, die über die Gartenanlage waberten, verliehen dem geschichtsträchtigen Gebäude etwas Malerisches. Natürlich nur, wenn man die Truppen ignoriert, die das Landgut bewachen, dachte Paulus. *Und nur, wenn man den voranschreitenden Verfall übersieht.*

Besorgt bemerkte er, dass ein Teil des Marstalldachs eingestürzt war. Die Reparatur würde warten müssen, denn die enormen Kosten für den Unterhalt ihres Besitzes konnten sie wegen des Krieges derzeit nicht aufbringen. Es wäre deutlich einfacher, wenn sich sein Halbbruder etwas mehr um alles kümmern würde. Unverständlich, dass Quentin sich in Amsterdam einigelte, als ginge das alles hier ihn nichts an.

Paulus spürte die Strapazen des langen Ritts in den Knochen, wozu auch die unwirtliche Witterung beitrug, die sich um den Gefrierpunkt bewegte und ihnen oft genug Schneeregen beschert hatte. Zugleich machten ihm die Spekulationen über das, was ihn erwarten würde, zu schaffen – und natürlich Prinz Wilhelms neuer Plan.

Ein Stallknecht eilte herbei und kümmerte sich um das Pferd. »Jonkheer van Houtkerke! Es ist gut, Euch wiederzusehen.« Ehrerbietig nahm der Kastellan ihn in Empfang.

»Wie ist die Lage, Lubbert? Wie geht es dir und dem Gesinde?«, wollte Paulus wissen, um die Frage hinauszuschieben, die ihn eigentlich bewegte.

»Der Feind hat sich zweimal dem Landgut genähert, konnte jedoch abgewehrt werden«, berichtete der Kastellan, während sie die Eingangshalle durchschritten. Eine Dienerin nahm Paulus Umhang, Mantel, Handschuhe und Hut ab. »Immer wieder sprechen Flüchtlinge bei uns vor, die um Aufnahme bitten, aber unsere Mittel sind begrenzt, wie Ihr wisst.« Er wechselte das Thema. »Wir sind alle einigermaßen gesund. Nur der dicke Bert ist gestorben. Ich hatte Eurem Vater geschrieben, weil seine Witwe nun mit den Kindern allein dasteht und ich wissen wollte, ob ich den restlichen Lohn für das Jahr auszahlen soll, aber der Herr hat nicht geantwortet.«

»Ich erteile dir die Erlaubnis. Bert hat uns treu gedient.«

Sie stiegen die breite Treppe empor und an den Porträts der Vorfahren vorbei. Wie stets, wenn er länger nicht hier gewesen war, umwehte Paulus ein Hauch Ewigkeit. Auch sein Bildnis würde eines Tages hier hängen. Auch er würde Herr van Houtkerke sein. Ohne dass sie darüber gesprochen hatten, begleitete ihn der Kastellan zu den weiß gestrichenen Türen, die ins Gemach seiner Mutter führten.

Paulus spürte, dass sich Schweiß auf seinen Handflächen gebildet hatte, und wischte sie unauffällig an seinem Revers ab.

»Jonkheer …«

»Ja?« Paulus hatte nichts dagegen, die Begegnung mit seiner Mutter noch ein wenig hinauszuzögern.

»Wir haben unser Möglichstes getan, aber …« Der Kastellan machte eine resignierende Geste.

»Das weiß ich zu schätzen.« Paulus legte eine Hand an den Messinggriff, wandte sich aber noch einmal um. »Geht sie noch hinaus?« Kopfschütteln. »Und der Kirchgang?«

»Eure Mutter empfängt den hiesigen Dominee. Auch ein Priester sucht sie ab und zu auf. Ein Gelehrter, mit dem sie über die Auslegung der Bibel disputiert.«

Das passte zu seiner Mutter, die oft über religiöse Fragen meditierte. Paulus straffte sich, dann ging er hinein. Es war ein liebevoll eingerichtetes, wenn auch etwas altmodisches Zimmer mit Blick auf den Garten. Gemälde hingen an den Wänden, die alttestamentarische Szenen zeigten. Auf einer Kommode standen Bücher, Intarsienkisten und Elfenbeindosen. Aus einer Schale stieg der Duft verbrannter Kräuter auf, der den Gestank der Krankheit übertünchte.

Zwanette van Houtkerke lag auf dem gewaltigen Himmelbett, das den Großteil des Raumes einnahm. Die Dienerin, die seiner Mutter gerade vorgelesen hatte, sprang auf, begrüßte ihn knicksend und verließ den Raum.

»Paulus, Lieber – dem Himmel sei gedankt!« Zwanette faltete die Hände zu einem Stoßgebet, dann streckte sie diese nach ihm aus. Sie war offenbar zu schwach, um sich aufzusetzen, wie sie es bei seinem letzten Besuch noch getan hatte. Ihre Haare steckten unter einer Nachthaube, und das helle Leibhemd verstärkte ihre wächserne Blässe. Selbst ihren Schmuck, auf den sie früher so viel Wert gelegt hatte, hatte sie abgelegt. Auf dem Beistelltisch stand ein Teller mit Gebäck, unberührt.

Paulus setzte sich auf die Bettkante und nahm die Hände seiner Mutter. Ihr Anblick versetzte ihm einen Stich. Als Kind hatte er sie angehimmelt, und nicht nur sein Vater, sondern viele Freunde und Bekannte hatten ihre Schönheit gerühmt.

»Dass du gekommen bist, trotz der unseligen Ereignisse! Ich freue mich so, dich zu sehen!« Tränen traten ihr in die Augen.

»Soll ich Eure Dienerin kommen lassen, damit sie Euch herrichtet, und wir gehen in den Salon?«, schlug Paulus vor, weil es ihm unerträglich war, sie so zu sehen.

»Verzeih, meine Krankheit lässt das nicht zu. Vielleicht später.« Sie strich ihm über den Handrücken.

»War der Doktor da? Was sagt er? Soll ich einen der Leibärzte des Prinzen bitten, Euch zu versorgen? Was es auch kostet, es spielt keine Rolle!«

»Auf keinen Fall! Das ist es nicht wert.«

»Ihr seid es mir wert!«

»Es gibt Wichtigeres als mein Leben. Außerdem werde ich bestens versorgt.«

»Vater, Quentin und ich möchten, dass Ihr nach Holland reist. In 's-Gravenhage wäret Ihr in Sicherheit, und die besten Ärzte des Landes könnten Euch behandeln! Ihr könntet auch nach Amsterdam, wo sich Quentin um Euch kümmern wird«, schlug Paulus aufs Geratewohl vor.

»Nein, ich bleibe hier. Für mich wird gesorgt.« Zwanette sah, dass er protestieren wollte, und setzte eilig hinzu: »Außerdem bin ich, um es einzugestehen, derzeit nicht in der Lage zu reisen. Aber ich verspreche dir: Sobald es möglich ist, komme ich eurem Wunsch nach.«

Paulus bedauerte, dass er seiner Mutter gegenüber nicht die nötige Autorität aufbringen konnte. Das konnte nur sein Vater. Und er würde sie auf keinen Fall zwingen. Als sie versuchte, sich aufzurichten, schob er ihr das Kissen in den Rücken und half ihr in eine aufrechte Position; wie zart sie war!

»Berichte mir – wie geht es meinem geliebten Mann? Seid ihr unverletzt, ihr beide? Die Kälte und die Feuchtigkeit setzen Egbert sicher zu. Er ist so tapfer!«

»Vater und unsere Eskadron wurden zum Schutz der Wasserlinie bei Bodegraven zurückgelassen. Es ist eine verdienstvolle Aufgabe.«

»Seid ihr siegreich? Habt ihr Verluste zu beklagen?« Wissbegierig sah sie ihn an. Dann fiel ihr auf, dass Paulus' Gemüt sich verdüstert hatte und er auf das Gebäck starrte. »Ach, was bin ich eigennützig! Du musst hungrig sein! Unser Gespräch muss warten, bis du gespeist hast.«

»Nein, lasst uns teilen, was Ihr hier habt. Ich möchte keine Zeit verlieren.« Seine Mutter war offensichtlich bekümmert, hatte aber Verständnis; natürlich würde er nicht lange bleiben können. Er nahm ein Gebäckstück und überredete sie, ebenfalls zuzugreifen. Während er ausführlich von den Ereignissen der letzten Monate berichtete, knabberte sie an dem Kuchen. »Die Wasserlinie wird früher oder später zufrieren, das steht fest. Darauf warten die Franzosen nur! Aber statt die Grenze bestmöglich gegen den Feind zu sichern, hat Prinz Wilhelm einen anderen Plan entwickelt.«

»Erzähle mir davon.«

Paulus zögerte nur kurz. Er sehnte sich danach, seine Gedanken zu teilen, und er wusste, dass er seiner Mutter trauen konnte. »Prinz Wilhelm will Charleroi überfallen. Über diese Festung an der Grenze zu den Spanischen Niederlanden verläuft die Versorgung der französischen Truppen und die Verständigung zwischen König Ludwig und seinen Heerführern. Natürlich wäre es ein großer taktischer Erfolg, Ludwig die Stadt zu entreißen. Es wäre ein Schock für die Franzosen, ein Beweis unserer Macht. Aber es ist riskant, denn wir ziehen unsere Soldaten dort ab, wo wir sie brauchen – an der Wasserlinie. Unsere Armee ist nicht groß genug für beide Aufgaben!«

Er nahm noch ein Gebäckstück. Das erste hatte seinen Hunger mehr angefacht als gestillt. Waldeck hatte kalkuliert, dass für die Belagerung von Charleroi siebenunddreißigtausend Mann nötig wären. Um diese Menge zusammenzubekommen, mussten viele Kräfte von der Wasserlinie abgezogen werden, zudem war die Republik auf Unterstützung der Verbündeten angewiesen. »Die kaiserlichen und brandenburgischen Truppen machen keine Anstalten einzugreifen, also wie vorgesehen Köln oder Liège anzugreifen oder zu uns zu stoßen. Der Kaiser und der Kurfürst lassen ihre Soldaten stattdessen in sicherer Entfernung am Rhein auf- und abmarschieren – warum auch immer«, stieß er verbittert aus. »Uns bleibt nichts übrig, als auf Verstärkung zu warten, während der Frost kommt und der Feind vorrückt.«

»Es klingt, als seiest du nicht einverstanden mit der Entscheidung unseres Statthalters, dabei bist du ihm doch freundschaftlich verbunden. Ich sehe euch noch hier herumtoben, als der Prinz die Gnade hatte, uns einmal zu besuchen.«

Paulus schwieg, doch Grimm stieg in ihm auf. Er fühlte sich illoyal, wenn er seine Zweifel aussprach. Seine Mutter bat ihn jedoch so eindringlich um Ehrlichkeit, dass Paulus ihr sein Herz ausschüttete. »Ich verstehe, dass Wilhelm zurückschlagen will. Dass er unseren Soldaten und unserem Volk Mut machen, sie vom Feind befreien will. Aber dieser Plan ist leichtsinnig! Es ist, als sei Prinz Wilhelm von einem Kriegsfieber befallen! Als bedeuteten Menschenleben ihm nichts. So wie ihm der Mord an unserem Ratspensionär und dessen Bruder nichts bedeutet hat. Im Gegenteil: Er belohnt die Mörder der de Witts noch.«

»Möglicherweise sind es die Jahre der Zurückweisung, die Prinz Wilhelm antreiben. Du darfst nicht vergessen, dass er alles verloren hatte. Jetzt will er beweisen, was in ihm steckt. Wir streben doch alle danach, unsere wahre Natur zu kennen – und zu zeigen«, sagte sie leise.

»Aber es könnte Tausende Menschenleben kosten! Es könnte die Freiheit und das Wohlergehen unserer Nation aufs Spiel setzen!« Paulus schnaubte. »Wir haben zu wenige Soldaten an der Wasserlinie. Sie sind erschöpft, hungrig, oft seit Wochen nicht bezahlt. Manche haben keine Schuhe an den Füßen, von passender Munition ganz zu schweigen. Wenn der Feind übers Eis kommt, werden sie in Heerscharen fliehen!« Nur sein Vater, ein paar Getreue und er würden mit ihren Mannen die Stellung halten. Aber sie würden nichts ausrichten können, sondern niedergemetzelt werden. Diese Sorge behielt Paulus jedoch lieber für sich.

Seine Mutter erbebte. Offenbar wurde sie von einer Schmerzwelle überrollt. Sie schob den Gebäckteller weg und sank in die Kissen. »Du bist ein edler Charakter. Ich hätte wissen müssen, dass du … Ich hätte nie … Es ist meine Schuld …« Ihre Stimme brach, und sie schloss die Augen.

Paulus begriff nicht, wovon sie redete. »Was meint Ihr, Mutter?«

Ihr Gesicht verzerrte sich erneut. »Meine Schuld, Gott steh mir bei …«, stieß sie hervor. »Bitte … meine Tropfen … ruf meine Zofe …«

Paulus tat wie geheißen und verließ eilends das Gemach. Seine Mutter hatte wirr geredet; er hätte ihr seine Zweifel nicht zumuten dürfen.

Der Schneesturm hatte sein Antlitz in eine Maske aus Eis verwandelt. Trotz des pelzgefütterten Mantels und der Handschuhe spürte Paulus seine Gliedmaßen kaum noch. Mühsam zog er die Füße aus dem tiefen Schnee, immer besorgt, dass die nassen Stiefel stecken bleiben würden und er es nicht einmal bemerken würde. Seinen Vormann sah er nur schemenhaft.

Plötzlich ein Ruck, ein dumpfes Geräusch. Ohne hinzusehen, wusste Paulus, was beides zu bedeuten hatte. Er erstarrte, dann reckte er das Gesicht gen Himmel, brüllte in den Sturm, in der Tiefe seiner Seele getroffen und voller Zorn. Schon bei seinem Besuch bei seiner Mutter vor vier Wochen war er überzeugt gewesen, dass ihre Mission ein Fehler war, und genau, wie er befürchtet hatte, hatten weder die kaiserlichen noch die brandenburgischen Truppen ihren Teil des Plans ausgeführt. Als der Prinz Mitte Dezember dennoch befohlen hatte, die Belagerung von Charleroi aufzunehmen, hatte schwerer Frost eingesetzt und den Aushub von Belagerungsgräben unmöglich gemacht. Auch die Belagerungsmaschinen, die die spanischen Verbündeten versprochen hatten, waren nicht eingetroffen. Obgleich es der Heeresführung gelungen war, die Versorgung der Belagerungstruppen sicherzustellen, erkrankten Soldaten und Rösser und siechten in Massen dahin. Auch in seiner Eskadron waren etliche Todesfälle zu beklagen, sogar seinen Burschen hatte es erwischt.

Dann war die Nachricht eingetroffen, mit der Paulus schon lange gerechnet hatte: Luxembourg rückte mit einer französischen Übermacht auf die Wasserlinie vor. Prinz Wilhelm hatte erklärt, dass man gegen den Willen des Allmächtigen nichts erzwingen könne, und die Belagerung endlich abgebrochen. Eilends wollten sie den heftig dezimierten Truppen an der Wasserlinie zu Hilfe kommen. Doch Eis und Schnee verlangsamten den Truppenzug. Würden sie Holland, würden sie den Krieg verlieren, nur weil der Prinz sich in seinem Machtrausch überschätzt hatte? Weil er um jeden Preis den französischen König in die Schranken hatte weisen wollen? Verbitterung wallte in Paulus auf. Hatte er sich so in Wilhelm geirrt? Oder war er einfach nicht in der Lage, diesen Krieg, dieses Land, verantwortungsvoll zu führen?

Paulus spürte seine Knie nicht mehr, die Oberschenkel zitterten. Er musste es tun, jetzt. Endlich gelang es ihm, sich umzuwenden. Das Eis, das eine Schicht auf seiner Haut und seiner Kleidung gebildet hatte, knisterte. Seine Brust war wie eingeschnürt beim Anblick seines geliebten Hengstes. Die Brust des Pferdes pumpte, die Augen flackerten. Als wollte jemand die Schönheit des Tieres verhöhnen, hatte sich ein glitzernder Mantel auf dessen Fell gelegt. Paulus ließ sich auf die Knie sinken, strich über die Blesse, sprach beruhigend auf das zuckende

Tier ein. Tränen rannen heiß über seine Wangen, schmolzen das Eis. Dann stemmte er sich hoch und lud seine Waffe.

Obgleich Tauwetter und Eisregen das Land in weiß-braun gefleckten Matsch verwandelt hatten, stieg von den Ruinen in Bodegraven noch immer Rauch auf. Wenige Tage nachdem Paulus seinem Hengst den Gnadenschuss hatte geben müssen, hatte der Frost nachgelassen. Obgleich er noch immer wütend auf Prinz Wilhelm war, hatte er sich bereit erklärt, diesen und seine Kavallerie auf einem scharfen Ritt zur Wasserlinie zu begleiten. Auf einem Ersatzpferd hatte er sich durch Eis, regenschwere Schneewehen und Matsch gekämpft, war im Sumpf eingesunken und in Flüsse eingebrochen. Das Weihnachtsfest hatten sie auf dem Pferderücken verbracht, nass, hustend und vor Kälte zitternd. Trotzdem waren sie zu spät gekommen. Die Gegend um Bodegraven, in der sie so lange ihr Hauptquartier gehabt hatten, war vom Krieg verheert.

»Allmächtiger«, stieß Prinz Wilhelm beim Anblick des gebrandschatzten Dorfes und der unzähligen Leichen im Morast hervor.

Paulus zitterte. Das ist alles deine Schuld!, hätte er am liebsten geschrien, beherrschte sich aber. Von der Besatzung, die sie zurückgelassen hatten, war kaum jemand zu sehen. Ein Greis in zerfetzter Uniform humpelte ihnen entgegen, seine Wunden hatte er mit Lumpen verbunden. Erst auf den zweiten Blick erkannte Paulus ihn als Soldaten der Garnison. Während der Prinz und sein Gefolge langsam durch Bodegraven ritten, erstattete der Soldat Bericht.

»Unsere Truppen unter Graf von Königsmarck haben sich zurückgezogen, als der Herzog von Luxembourg mit den französischen Truppen einfiel ...«, hörte er die seltsam monotone Stimme des früh vergreisten Soldaten. Sie näherten sich dem

Pferdehof, in dem Prinz Wilhelm immer Quartier genommen hatte. Mit Schrecken dachte Paulus an die Familie des Züchters. Hatte sie sich in Sicherheit bringen können?

»Gefangene wurden von den Franzosen nicht gemacht. Den Bewohnern wurde verboten, die Häuser zu verlassen. Hunderte wurde bei lebendigem Leibe verbrannt. Wer dennoch zu fliehen versuchte, wurde getötet, die Frauen geschändet, sogar die Kinder erstochen.«

»Gott sei ihrer Seele gnädig«, sagte Prinz Wilhelm matt. »Es waren gute Menschen, die Uns treu gedient haben.«

War das der Pluralis Majestatis, die königliche Mehrzahl, mit der Wilhelm sich bezeichnete? Nicht allein Wut, nein, Hass durchraste Paulus. Auch die Anmaßung der Herrscher hatte dieses Elend zu verantworten.

Wilhelm schien mit ähnlichen Gefühlen zu kämpfen, denn er setzte mit wachsender Schärfe hinzu: »Nichts verachte ich mehr als Gewalt gegen Unschuldige! Ein Herrscher, der solche Gräuel zulässt, verdient keinen Respekt. Ohne Disziplin ist alles verloren, dann vergisst jeder Pflicht und Ehre. Wer das getan hat, muss büßen!«

»Auch unsere Truppen sollen nicht nur bei ihrem Rückzug schlimm gewütet und geplündert haben, Hoheit«, merkte der Soldat an.

»Dann machen sie mir Schande und müssen ebenfalls bestraft werden!«

»Von welchen Regimentern reden wir?«

Der Blick des Soldaten flackerte zu Paulus. Wie befürchtet, war bei der Aufzählung auch die Eskadron seines Vaters enthalten. »Das kann ich nicht glauben. Es muss sich um ein Missverständnis handeln«, sagte er.

»Hoffen wir es«, meinte Wilhelm kühl.

Ein blonder Haarschopf hinter den schwelenden Resten

eines Stalls fing Paulus' Blick. Er wollte nicht hingehen, wollte nicht sehen, was ihn dort erwarten würde. Dennoch tat er es. Unsagbarer Kummer schnürte ihm die Brust ein, als er Mevrouw Postma erkannte, den Rock hochgeschoben, die Kehle aufgeschlitzt, und daneben ihre Kinder, allesamt tot.

»Was ist mit den Franzosen?«, fragte Wilhelm beinahe tonlos; der Anblick musste ihn berühren, aber er schaffte es, sich seine Gefühle nicht anmerken zu lassen.

Der Soldat berichtete sogleich: »Die Franzosen haben in Zwammerdam genauso gewütet. Angeblich haben sie hohe Verluste erlitten, als das Tauwetter einsetzte und das Eis der Wasserlinie brach. Nur ein Bruchteil der zwölftausend Mann konnte die Eisschicht überschreiten. Auch Luxembourg soll ins Eiswasser gefallen sein – möge dieser Teufel sich den Tod geholt haben! Dennoch konnten sich die Truppen über Nieuwerbrug gen Woerden und Utrecht zurückziehen.«

»Wenn wir nur ein paar Tage früher gekommen wären! Wir hätten diese Katastrophe verhindern und dem Feind eine Niederlage zufügen können!«, rief Prinz Wilhelm. »Warum haben unsere Truppen den Franzosen nicht den Garaus gemacht?«

»Kommandant Pain-et-Vin hat in Panik seinen Posten in Nieuwerbrug aufgegeben. So konnte der Feind unbehelligt entkommen.«

»Dieser Feigling! Findet ihn, und verhaftet ihn! Und dann holt Zeichner und Pamphletschreiber. Ich will, dass die Republik, ja, ganz Europa von den Grausamkeiten der Franzosen erfährt! Unser Krieg ist gerecht, und wir werden nicht davon ablassen, uns gegen die Tyrannen zur Wehr zu setzen!«

Waren Flugschriften alles, woran Wilhelm jetzt dachte? Eine scharfe Bemerkung lag Paulus auf der Zunge. Doch ehe er sie aussprechen konnte, weckte ein dünnes Wimmern seine Aufmerksamkeit. Seine Nackenhaare stellten sich auf.

Paulus lauschte angespannt. Er musste sich geirrt haben – hier konnte es kein Leben mehr geben! Doch das Wimmern wiederholte sich. Stammte es von einem Kind? Sein Herz schlug schneller. Wo war es? Sogleich suchten er und andere Soldaten die Trümmer ab. Schließlich entdeckte er eine Bewegung zwischen verkohltem Holz und Asche. Vorsichtig entfernte er den ersten Balken. Ein schriller werdender Schrei. Paulus legte Schicht um Schicht frei, immer in Sorge, dass die Trümmer zusammenstürzen könnten. Da! Ein Säugling, kein Jahr alt und so mager, dass man die Rippen sehen konnte. Wie durch ein Wunder hatte er überlebt.

Als das Kind Paulus sah, erstarb sein Schreien. Behutsam nahm Paulus es auf den Arm. Der Säugling schob die Finger in den Mund, saugte daran. Bislang ungekannte Gefühle wallten in Paulus auf. Dieser Überlebende war ein Zeichen der Hoffnung inmitten dieser Hölle, und er versprach stumm, alles zu tun, damit dieser Junge in einer besseren Zukunft aufwachsen könnte.

22

Alle sprachen vom Weihnachtsfest, doch Jerun war die Heimkehr schwergefallen. Er hasste Schnee und Eis, verabscheute feuchte Kälte. Seit Wochen war seine Nase wund, mit dem Waschen der Taschentücher kam er schon gar nicht mehr hinterher. Seine Eltern hingegen waren voll der Freude über seine Rückkehr gewesen. Noch einmal umarmte seine Mutter ihn. »Ich bin froh, dass du endlich zurück bist. Das Reisen zur Winterzeit sollten wir dem Gehilfen überlassen.«

Jerun machte sich los. Seit er wieder in Cölln eingetroffen war, überschüttete sie ihn mit Aufmerksamkeit. Das war schön, aber zu viel. Außerdem ärgerte es ihn, dass Max und seine Familie nach wie vor im Stall wohnten. »Ich hatte die schwierigen Verkehrsbedingungen unterschätzt. Es tut mir leid, dass einige Warenbündel verdorben sind.«

Hester zeigte ein bemühtes Lächeln, ganz so, als spräche sie im Kirchenkreis mit armen Sündern. Fast wäre es ihm lieber gewesen, sie hätte ihn gescholten. Diese mitleidige Missbilligung war einfach unerträglich.

»Du hast eben noch viel zu lernen. Kinder erkennen nicht immer, was gut für sie ist«, sagte Hester. »Wenn du einmal eine eigene Familie und Kinder hast, wirst du uns besser verstehen. Übrigens hat sich Elvina häufig nach dir erkundigt«, sagte sie in einem beiläufigen Tonfall.

Jerun freute sich darüber, gleichzeitig wollte er auf keinen Fall mit seiner Mutter über seine Gefühle sprechen.

»Du solltest vorsichtig sein und keine falschen Erwartungen wecken. Es wird noch viele Jahre dauern, bis du auf eigenen Füßen stehst.« Hester strich in einer zärtlichen Geste über seine Brust. »Mädchen machen sich oft falsche Hoffnungen oder verführen junge Männer sogar. So wurde schon so manche vielversprechende —«

»Mutter!« Jerun wich einige Schritte zurück. »Was denkst du von mir?!«

»So etwas kommt in den besten Familien vor. Meine Schwester —«

»Sollte längst mit ihren Kindern mehr Hilfe von uns erhalten! Nicht mehr im Stall hausen müssen!«, platzte er heraus.

Sie erstarrte. »Sie sollten weggezogen sein! Aber sie kommt ja allein nicht klar. Abgesehen davon wünsche ich nicht, dass du Umgang mit ihr und ihren Söhnen hast.«

»Das kannst du mir nicht verbieten!«

»Oh doch. Das kann ich.« Ein harter Ausdruck hatte sich auf Hesters Gesicht breitgemacht.

Jerun stürmte zur Tür. Keinen Augenblick hielt er es länger in der Nähe seiner Mutter aus. »Ich muss jetzt wirklich arbeiten. Wenn du entschuldigst.«

»Hast du meinen Kupfertopf?« Gerhild musterte sie.

Debora zwang sich trotz des strengen Tons zu einem Lächeln. »Ja, ich brauchte ihn. Es tut mir leid, dass du ihn gesucht hast.« Bislang hatte Gerhild stets eine Magd geschickt, wenn sie etwas benötigte, was Debora sich geliehen hatte. Doch inzwischen beschäftigte Herr Impen kaum noch Tagelöhnerinnen, und auch Debora sorgte sich um ihre Arbeit. »Warte kurz, ich wasche ihn aus und bringe ihn in die Küche.«

»Danke, das mache ich lieber selbst.« Gerhild schnappte sich den Topf und kehrte auf dem Absatz um.

Debora wollte das Gespräch nicht so enden lassen. »Gerhild, eines noch. Ich danke dir sehr, dass du es so geduldig hinnimmst, dass ich mir deine Gerätschaften ausleihe. Ich weiß das zu schätzen. Du versorgst dieses Haus so gut. Das habe ich in den letzten Wochen gesehen. Und ich weiß, was das bedeutet.«

Gerhild wandte sich um. »Ach ja?«

»Mein verstorbener Gatte und ich …«, Debora fiel es immer noch schwer, darüber zu sprechen, außerdem musste sie die Wörter zusammensuchen, »wir hatten früher selbst Gesellen, Arbeiter und Tagelöhner. Mein Mann war Lustgärtner, in Holland. Zu der Zeit habe ich alle versorgt.«

Die Köchin schnaubte, und Debora ahnte, was ihr durch den Kopf gegangen sein musste. Schnell sagte sie: »Nicht, dass ich es auf deinen Arbeitsplatz abgesehen hätte.« Sie lachte nervös. »Ich bin zufrieden mit dem, was ich habe. Mehr will ich nicht. Das verspreche ich. Falls dir das was bedeutet.«

Gerhild hob nur die Augenbrauen, was ihr schmales Gesicht noch verhärmter erscheinen ließ. Dann ging sie.

Debora stieß die Luft aus. Sie wusste, dass Herr Impen große Stücke auf Gerhild hielt. Hoffentlich hatte sie es sich nicht mit ihr verdorben.

Einige Stunden später wurde sie ins Haus gerufen. An der Tür zum Kontor kam ihr Ursel entgegen. Die Wangen der jungen Frau waren gerötet. Sicher hatte sie gerade mit Herrn Impen ein wichtiges Gespräch geführt. Auch Debora war aufgeregt. Würde es nun auch sie treffen, würde auch sie entlassen?

Der Händler saß an seinem Schreibtisch, vor sich mehrere Stapel mit Münzen. »Hast du dich eingelebt, Debora? Bist du zufrieden mit deiner Stellung in meinem Haus?«

»Die Arbeit macht mir Spaß, und die anderen Frauen sind nett«, sagte Debora.

»Und wie kommst du mit Gerhild klar?«

Debora zögerte. Hatte die Köchin sich über sie beschwert? »Gut, denke ich.«

Impen ließ den Blick auf ihr ruhen. Es machte Debora nervös, so angesehen zu werden. Noch immer ließ die Erinnerung an den Überfall in Holland sie nachts schweißgebadet aufschrecken. »Ich bin sehr zufrieden mit deinem Einsatz. Deine Marmeladen, Kompotte und Leckereien haben sich gut verkauft.« Er blätterte in dem Heft, das vor ihm lag. »Beim Eintragen deiner Rezepte könntest du allerdings sorgfältiger sein.«

Das wusste sie selbst. Dennoch sagte sie: »Es war so viel zu tun, da fehlte die Zeit. Ich werde mich bessern, Herr.«

»Das hoffe ich.« Impen erhob sich und ging um sie herum. Sie stand ebenfalls auf und näherte sich der Tür. »Solange es hier etwas für dich zu tun gibt, werde ich dich in meinen Diensten behalten.«

Erleichterung durchströmte sie. »Danke, Herr. Ihr wisst ja gar nicht, was mir das bedeutet.«

Zu ihrem Erschrecken legte er die Hand auf ihren Arm und sah ihr in die Augen. Nur mühsam konnte sie das Zurückzucken verhindern. »Natürlich habe ich von deiner schwierigen Lage gehört. Solltest du je in Not sein, lass es mich wissen. Ich sorge für meine Angestellten.«

Die kahlen Äste der Linden bogen sich so unter der Schneelast, dass Elvina fürchtete, sie könnten brechen. Schnell glitt der Schlitten über die freigeräumte Allee, an deren Seiten sich der Schnee türmte. Aus den Mündern der Männer und den Nüstern

der Pferde stiegen Atemwolken auf. Elvina schlang den pelzgefütterten Umhang enger um sich.

»Bist du sicher, dass es eine gute Idee ist, ausgerechnet heute
den Kurprinzen zur Jagd zu begleiten?«, wisperte sie und hoffte,
dass die Anstandsdame neben ihnen es nicht hörte.

Annabelles rosa gefärbtes Gesicht und ihre hellroten Lippen
wirkten im hellen Pelz reizend, vor allem aber strahlte sie vor
Glück. »Ob Sommer oder Winter ist mir eins. Endlich hat es
geklappt. Und was für ein guter Reiter der Kurprinz ist!«

Als hätte er diese Worte gehört, ließ Karl Emil sich auf seinem Ross zurückfallen. »Haben es die Damen schön warm?«

»Danke der Nachfrage, Durchlaucht. Worauf werdet Ihr …
werden wir jagen, wenn ich fragen darf?«

»Auf den Fuchs im Winterkleid oder die Wildsau. Wir wer-
den sehen, was der Oberjäger vorbereitet hat.« Er blickte in die
Ferne. »Ich habe ihm die Entscheidung überlassen. Wichtige
Korrespondenz mit meinem Herrn Vater hielt mich ab.«

Diener in Livree öffneten die Tore des Tiergartens. Hohe
Zäune umgaben das Waldgebiet, damit die Tiere nicht fliehen
konnten. Obwohl sie fror, schaute Elvina sich interessiert um.
Hier also verbrachte die kurfürstliche Familie so viel Zeit.

Schließlich hielten sie neben einem Lagerfeuer an, wo die
Jägermeister mit Knechten und Jagdhunden bereitstanden. Kurprinz Karl Emil saß ab und half Annabelle aus der Kutsche.
Sofort begann er, ihnen alles zu zeigen. Elvina ignorierte er,
und auch Cunrat blickte gelangweilt in den schneeverhangenen
Himmel. In seinem engen Pelzwams wirkte Annabelles Bruder
eingeschnürt, ganz so, als könnte selbst das kleinste Anspannen
seiner Muskeln den Anzug sprengen. Elvina nahm die Hände
aus dem Pelzmuff und hielt sie in Richtung des Feuers. Die
Sonne stand tief und zeichnete die Baumstämme scharf nach.
Eine Weile standen Cunrat und sie stumm beieinander.

»Sollten wir nicht Konversation betreiben? Wenigstens höflichkeitshalber?«, fragte sie schließlich.

»Worüber möchtet Ihr reden?«, fragte er mit einem öligen Lächeln.

Elvina ärgerte sich zusehends. »Nun, darüber, wie sehr Ihr missbilligt, dass Annabelle und ich befreundet sind, wäre vermutlich das falsche Thema. Ebenso wenig reizt es mich, über unseren Standesunterschied zu parlieren, obgleich er Euch sehr wichtig zu sein scheint. Fällt Euch sonst noch etwas ein?«

Trotz des schwachen Lichtes sah sie, wie seine Kieferknochen spielten. »Ihr habt eine scharfe Zunge, Cousine. Das bestärkt mich in meinem Eindruck, dass Ihr kein guter Umgang für meine Halbschwester seid. Vielleicht sollte ich diesbezüglich intervenieren.«

Elvina schob ihre Hände zurück in den Muff. Keinesfalls wollte sie ihre Freundin verlieren. »Annabelle und ich verstehen uns gut. Ihr würdet mir doch zustimmen, dass es wichtig ist, eine Freundin zu haben oder einen Freund?«

Ein Lakai servierte Würzwein, was Elvina angesichts der rustikalen Umgebung seltsam vorkam. Sie ließ sich dennoch einen Becher reichen und wärmte ihre Hände daran. Weitere Jagdhunde wurden gebracht. Cunrat rief einen Namen, und sofort lief einer der Hunde zu ihm und setzte sich zu seinen Füßen. »Guter Junge«, murmelte Cunrat und kraulte ihn hinter dem Ohr. Fast glaubte Elvina bereits, dass er ihr nicht mehr antworten würde, als Cunrat sagte: »Freundschaft ist ein hohes Gut. Das kann ich nicht verleugnen. Wenn auch Tiere oft treuer sind als Menschen.«

Der Hund stupste Elvina mit seiner schweren Pfote an. Cunrat rief ihn zur Ordnung, doch nun kraulte auch Elvina ihn. Das Tier wirkte so friedlich, dass sie kaum glauben konnte, dass es zum Töten fähig war. »Ich habe es erst für einen Fehler gehalten, dass Annabelle sich mit Euch angefreundet habt. Aber ich muss zugeben: Ihr haltet zu ihr. Sie im tiefen Winter hierher zu begleiten …« Cunrat beobachtete den Kurprinzen, der Annabelle gerade seine Waffen zeigte. »Es ist erstaunlich, was für ein Interesse Annabelle an der Jagd entwickelt hat. Früher hat sie immer abgewunken, wenn ich von Jagdausflügen erzählte.«

»Vielleicht lag es weniger an der Jagd …«

»… als an meinen langweiligen Berichten?«

Elvina musste lachen; hatte er etwa einen Funken Humor? »Das habt Ihr gesagt.« Sie schauderte, ihre Lippen bebten vor Kälte. Wenn sie doch nur nach Hause an den warmen Ofen könnte! Wie schon bei dem Ball sorgte Cunrat für Wärme, legte mit der Decke aber auch gleich den Arm um ihre Schulter, sodass er ihr sehr nahe kam.

Elvina trat einen Schritt beiseite. »Wie geht es jetzt weiter? Wann wird gejagt?«

»Ein wenig dauert es noch. Die Hatz und das Töten des Wildes gehen schnell. Schöner ist die Vorfreude.« Cunrat sah ihr so lange in die Augen, dass Elvina den Blick abwenden musste. Was war auf einmal mit ihm los? Am liebsten wäre sie sofort gegangen, aber das hätte Annabelle ihr nie verziehen. Gerade lachte ihre Freundin über etwas, das der Kurprinz gesagt hatte.

»Warum ich zulasse, dass sie sich so an ihn heranschmeißt?«, sprach Cunrat die Frage aus, die Elvina auf der Zunge lag. Er gab sich die Antwort selbst: »Wer hätte nicht gern einen Mann zum Schwager, den man seinen Freund nennen möchte, und dazu noch den Kurprinzen? Das wäre tausendmal besser als einen neureichen Emporkömmling …« Er brach ab.

Meinte er damit etwa sie? Elvina wandte sich ab. Der Wein war ihr zu Kopf gestiegen. Außerdem wollte sie sich nicht weiter beleidigen lassen. »Ich werde im Schlitten unter den Pelzdecken darauf warten, dass die Jagd losgeht.«

Sie musste sich endlos gedulden, und dann bekamen sie und die anderen Damen im Schlitten kaum etwas mit. Erst als die erlegten Tiere auf Strecke gelegt wurden, kamen alle wieder zusammen. Die Männer prahlten mit ihren Jagderfolgen, was Elvina ermüdete. Überhaupt begriff sie diese Leidenschaft des Adels nicht. Würde ihr Vater auch damit anfangen, falls es ihm gelänge, erhoben zu werden? Jerun hatte es nicht nötig, mit etwas Derartigem anzugeben. Sie konnte es kaum erwarten, dass sie ihn beim Chor endlich wiedersehen würde. Der Winter war auch schrecklich, weil man so wenig vor der Tür war und sich deshalb nicht zufällig über den Weg laufen konnte. Bald gab es immerhin das Quempas-Singen …

Als sie sah, wie Annabelle Karl Emil anhimmelte, zog Elvina sich erneut in den Schlitten zurück, wo die Anstandsdame leise schnarchte. Längst war es dunkel. Wann fuhren sie endlich zurück? Sie spürte ihre Hände und Füße kaum noch, dennoch fielen ihr unter der Pelzdecke die Augen zu. Die Kälte, der Wein, die Müdigkeit …

Sie erwachte, als ein Gewicht auf ihrem Brustkorb zu liegen schien. Irritiert sah sie sich um. Im Jagdlager herrschte anscheinend Aufbruchsstimmung. Neben ihr saß jemand – Cunrat.

Elvina fuhr auf. »Was ist hier los?«, fragte sie scharf.

»Ich wollte Euch nicht erschrecken. Ihr seid eingeschlafen. Ich wollte Euch eine weitere Decke überlegen.«

Elvina starrte ihn an. Die Anstandsdame schlief noch immer, und Elvina rüttelte sie, bis sie wach wurde. Unwillkürlich nestelte sie an ihrem Kleid. Warum war das Mieder geöffnet, das Brusttuch verschoben? Entsetzen und Wut packten sie. In diesem Augenblick geleitete Karl Emil Annabelle zurück zum Schlitten. Während der Rückfahrt plapperte ihre Freundin in einem fort, doch Elvinas Gedanken kreisten um etwas anderes. Hatte Cunrat ihre Hilflosigkeit ausgenutzt?

23

Im Hinterhof des Fachwerkhauses bereitete Debora Kompott aus eingelagerten Äpfeln, die bereits schrumpelig wurden. Es war bitterkalt und ruhig. Selbst Ursel und Gerhild bekam Debora kaum zu Gesicht, und wenn, dann war die Freundin ungewohnt ernst. Als sie gerade den Topf vom Herd nahm, hörte Debora ein Poltern. Sie stellte den Topf ab und ging in den Anbau. Dort jedoch war alles still. Sie musste sich geirrt haben.

Waren unbemerkt Diebe durch das Tor gekommen? Auch in Cölln geriet das einfache Volk im Winter in Not, denn die Steuern waren hoch, da große Summen für den Festungsbau und den Krieg benötigt wurden. Noch einmal rumpelte es. Hatte Impen vielleicht seine Frau heruntergebracht? Sie schien gelähmt zu sein, und doch kümmerte er sich rührend um sie. Ein Wimmern war zu hören, gefolgt von einem erstickten Stöhnen. Hitze stieg Debora ins Gesicht. Vergnügten sich etwa Magd und Knecht, statt zu arbeiten? Wenn Impen das wüsste! Debora wandte sich ab. Besser, sie hielt sich da raus.

Während sie weiter in ihrem Kompott rührte, behielt sie den Anbau im Blick. Tatsächlich floh nach einer Weile ein Schatten aus einer Tür und gleich weiter ins Haus. Sie hatte lediglich den Zipfel des bestickten Umhangs erkannt. War das Ursel gewesen? Erneut öffnete sich die Tür, und dieses Mal trat Impen aus der Kammer, rotwangig und mit einem zufriedenen Lächeln im Gesicht. Wie eine Katze sah er aus, die sich die besten Stücke des Bratens stibitzt hat.

Sein Lächeln verblasste, als er sie entdeckte. »Debora, was machst du denn hier? Habe ich dich noch nicht ausbezahlt?«

Stumm schüttelte sie den Kopf. Wollte er sie jetzt doch entlassen? Vielleicht, weil sie gerade etwas gesehen hatte, was sie nicht hätte sehen sollen? »Ich kann weiter für Euch arbeiten. Die Kälte macht mir nichts aus«, sagte sie, wobei sich ein flehender Ton in ihre Stimme schlich. Wenn sie die Arbeit verlor, verdiente sie kein Geld, könnte ihre Schulden nicht zurückzahlen, hätte keine Hoffnung mehr, den erbärmlichen Stall zu verlassen. Und sie mussten eine neue Unterkunft finden, denn Floris war schon wieder schwach auf der Brust. »Bitte, Herr Impen.«

Prüfend blickte er sie an. Dann fuhr seine Zungenspitze über seine Lippen. »Nun gut, es wird mir schon etwas für dich einfallen.«

Debora schreckte auf. Sie war eingenickt, und die Kerze war beinahe ganz heruntergebrannt. Fröstelnd sah sie sich im Stall um. Wo waren Floris und Max? Ach ja, Max war mit Jerun unterwegs. Und Floris? Eingesunken hing ihr Sohn zwischen Strohballen und einer Holzkiste, auf der er seine Übungen für die Schule machte. Sie rappelte sich mühsam auf, nahm den Kerzenleuchter und stellte ihn neben die Wachstafel. Gerührt betrachtete sie sein gerötetes Gesicht. Floris lernte fleißig und machte enorme Fortschritte. Der Lehrer lobte ihn oft. Seit sie in der Winkelschule gewesen war und dem Lehrer ins Gewissen geredet hatte, hatte er einen Blick darauf, dass die anderen Jungen Floris nicht mehr ärgerten. Sie wollte Floris wecken – und erschrak. Schon ohne ihn zu berühren, spürte sie, wie heiß er war.

»Floris, wach auf – du musst ins Bett!« Debora strich ihrem Sohn über die Wange, doch er nuschelte nur wirr. So nahm sie ihn auf die Arme und hievte ihn auf die Pritsche. Sein Hemd war durchgeschwitzt. Was sollte sie nur tun? Heilkräuter oder Tränke hatte sie nicht. Sollte sie bei Hester und Chim klopfen? Aber was, wenn die beiden sie wieder abwiesen?

Max schob die Hände tief in die Taschen seiner viel zu dünnen Jacke. Der Wind pfiff durch seine Hosenbeine, und die Schuhe waren längst durchweicht. Jerun schritt in seiner pelzgefütterten Schaube und mit hohen Lederstiefeln an den Füßen neben ihm kräftig aus.

»Ich www…weiß nicht, ooo…ob ich wirklich mmm…mitkommen sollte«, sagte Max bibbernd.

»Natürlich! Es ist eine nette Zusammenkunft mit Gesang und Tanz. Wir üben zum letzten Mal die Quempas-Lieder.«

»Quempas?«

»Eins von drei lateinischen Weihnachtsliedern, die wir mit Freunden und Fremden traditionell zum Christfest singen. *Quem pastores laudavere*, beginnt das eine.«

Max blieb stehen. »Wir hhh…haben oft den Mmm…Martinstag und Sankt Nikolas gefeiert, obwohl die … Strenggläubigen dagegen waren«, erinnerte er sich. »Aber singen? Das ist erst recht ein Ggg…grund, zu Hhh…hause zu bbb…«

»Hier, nimm meinen Mantel. Wir sind gleich da.« Sein Cousin ging nun noch schneller, beinahe liefen sie. »Du willst diesen Stall doch nicht dein Zuhause nennen! Es ist eine Schande, dass meine Eltern euch dort versauern lassen, aber sie hören nicht auf mich.« Jerun sah ihn an. »Habt ihr wirklich nichts anderes, wo ihr unterschlüpfen könnt?«

»Der Herr meiner Mutter, Herr Impen, hätte vielleicht Platz«, sagte Max leise. »Aber die Saison ist vorüber, wir müssten für die Kammer sicherlich bezahlen. Dabei haben wir noch nicht einmal die Schulden bei euch abgetragen.«

Sie hatten das Gemeindehaus erreicht, in dessen Saal der Chor übte, und traten ein. Wärme und der Geruch nasser, muffiger Kleidung umhüllten sie. Max rieb sich die Hände. In einer Ecke wurde zu seiner Überraschung warmes Bier ausgeschenkt. Die beiden jungen Männer bedienten sich und tranken, während Jerun Max überall vorstellte. Als endlich die Flügeltüren zum Saal geöffnet wurden und die Mitglieder des Chores sich versammelten, blieb Jeruns Blick zur Tür gerichtet.

»Wartest du auf jemanden?«

Bevor Jerun antworten konnte, traten Elvina und eine ältere Frau ein, die ihre Mutter sein musste. Erfreut begrüßte Jerun die junge Nachbarin, die auch heute wieder zauberhaft aussah. Schnell wandte Max den Blick ab.

»Unser Sangesabend ist gerettet!«, rief Elvina bei Jeruns Anblick aus, kaum hatte sich ihre Mutter den anderen Erwachsenen zugewandt.

»Kennt ihr euch? Max ist ein ausgezeichneter Gärtner, schon jetzt ein Meister seines Fachs«, lobte Jerun überschwänglich, was Max die Röte ins Gesicht trieb.

»Wir haben uns bereits gesehen. Was meinst du …« Elvina begann, Jerun in ein Gespräch zu verwickeln. Die beiden schienen sich seit Urzeiten zu kennen, und Max spürte, dass sein Cousin sie mochte.

»Das wird ein lustiger Abend! Nicht so wie gestern.« Elvina senkte die Stimme: »Da habe ich meine Freundin zur Jagd beim Kurprinzen begleitet. Laaangweilig, sage ich euch! Und kalt! Ich verstehe nicht, wie man so etwas freiwillig auf sich nehmen kann!« Ein Schatten huschte über ihr Gesicht, den sie mit einem Lachen vertrieb. Ihre Fröhlichkeit steckte Max an. In ihrer Nähe sah die Welt gleich viel heller aus.

Während sie sich mit den restlichen Chormitgliedern aufstellten, war Max mit einem Ohr bei Jerun und Elvina, die sich zu seinem Erstaunen über die neuesten Entdeckungen und Erkenntnisse aus der Wissenschaft unterhielten. Während er sang und tanzte, hatte Max zum ersten Mal das Gefühl, an einem Ort angekommen zu sein, der sein Zuhause werden könnte.

Eisblumen krochen an den Fenstern der Stube hoch, während Schneeflocken durch die Luft taumelten. Hester und Chim saßen vor dem Kamin, die Füße auf gepolsterte Bänke gelegt, auf dem Tischchen Kristallgläser mit Portwein. Sie hatten gut gegessen, entsprechend bettschwer war sie. Chim neigte sich zu ihr und streichelte ihren Handrücken. Sacht berührte er den Ring, den er ihr kürzlich geschenkt hatte; der Rubin warf seinen rot funkelnden Schein auf ihre Haut. Sie freute sich über seine Berührung, die sie für einen Augenblick die Magenschmerzen vergessen ließ, die sie seit der Ankunft ihrer Schwester plagten.

»Wir dürfen Gott dankbar sein, dass es uns so gut geht. Trotz des Krieges florieren unsere Geschäfte«, sagte er.

»Das ist deiner geschickten Handelspolitik zu verdanken.«

»Genauso wie deiner klugen Geschäftsführung. Und natürlich Jeruns Einsatz. Unser Junge macht sich gut.«

»Das schon. Für meinen Geschmack ist er aber zu viel unterwegs.« Hester verzog das Gesicht. Am Vormittag hatte sie Jerun den Umgang mit Debora und ihren Kindern erneut verboten. Wieder hatten sie gestritten, und wieder hatte sie gedroht. Dennoch hielt er sich nicht an das Verbot, sondern ignorierte sie, was beinahe noch schlimmer war.

Chim entzündete seine Schaumpfeife mit einem Kienspan. »So ist das mit jungen Männern, die wollen flügge werden.«

»Ich fürchte, Jerun erkennt die Gefahr nicht. Er sollte auf seinen Umgang achten.«

»Das wird er schon. Wir müssen ihm vertrauen. Und in einigem hat er ja auch recht.« Chim lächelte ihr zaghaft zu. Sie versteifte sich, ahnte, worum es ging. »Debora und ihre Kinder können den Winter nicht im Stall verbringen. Es ist einfach zu kalt. Was sollen denn die Leute denken, wenn deine Schwester in unserem Hinterhof erfriert? Oder der plietsche Floris. Gott behüte!«

»Woher weißt du, dass er plietsch ist?«, fragte Hester schärfer, als sie wollte.

»Ich habe ihn in die Winkelschule gebracht und auf dem Weg mit ihm geredet. Hast du das vergessen? So geht es auf jeden Fall nicht weiter.«

Chim wollte wieder nach ihrer Hand greifen, doch sie entzog sich ihm. »Das ist mir egal. Ich dulde sie nicht in meinem Haus.«

»Hester, beim Allmächtigen –«, rief Chim mit einer Mischung aus Ungeduld und Fassungslosigkeit.

»Gott hat damit nichts zu tun!« Hester erhob sich. Sie schwankte leicht, merkte, wie das Essen und der Port ihre Sinne benebelt hatten. »Debora zieht hier nicht ein. Das ist mein letztes Wort!«

Max fand seine Mutter völlig aufgelöst an Floris' Bettlager. Seine hoffnungsvolle Stimmung zerstob. »Was ist mit ihm?«

»Er fiebert. Ich habe es mit Decken und Wadenwickeln versucht, aber es wird nicht besser.« Deboras Stimme klang brüchig. Sie wirkte blass und schlotterte vor Kälte.

Wut auf seine Verwandten, die es in ihrem Hause warm und

gemütlich hatten, ergriff Max. »Dann müssen wir zu unserem Onkel und der Tante. Sie müssen uns helfen.« Ohne zu zögern, rannte er zur Hintertür und hämmerte dagegen. Es dauerte, bis Schritte zu hören waren, bis der Schlüssel im Schloss gedreht wurde und die schlaftrunkene Magd vor ihm stand. Gleich darauf tauchten auch Chim und Hester in Nachtmütze und Morgenmantel auf.

»Mein Bruder ist krank. Wir brauchen Hilfe.«

Während Hester ihn nur ansah, wandte Chim sich zur Magd: »Kümmere du dich darum.« Seine Frau wollte etwas einwenden, er aber wandte sich ab und ging ins Haus zurück.

»Ich komme gleich.« Tatsächlich stand Lisa wenige Augenblicke später vor ihnen, einige Heilkräuter und Decken im Arm.

Zu ihrer Überraschung kamen gleich darauf auch Jerun und seine Nachbarin Elvina zu ihnen in die Scheune. »Elvina hat einige Mittel aus der Hausapotheke ihres Vaters mitgebracht.« Gemeinsam versorgten sie Floris, bevor beide sich wieder zurückzogen.

Nachdem sie mit Floris wieder allein waren, schlang Debora die Arme um ihren Körper und wiegte sich weinend vor und zurück. »Hört das denn nie auf?«, stieß sie hervor.

Max versuchte, sie zu beruhigen. »Ich begreife das auch nicht. Hat sie denn gar kein Herz?«

Unvermittelt sprang Debora auf. Aufgeregt ging sie ein paar Schritte, dann stieß sie hervor: »Du wolltest wissen, was zwischen uns vorgefallen ist?« Ihre Stimme klang aggressiv. »Dann hör zu! Hester und ich waren noch junge Mädchen. Wobbe arbeitete als Geselle für unseren Vater. Meine Schwester hatte ein Auge auf ihn geworfen. Sie bandelte mit Wobbe an. Ich weiß nicht, wie weit sie gingen, denn ich war schüchtern, hatte mit Jungen nichts am Hut. Aber Wobbe kam mit ihr nicht klar, zog sich immer mehr zurück und suchte meine Nähe. Wir trafen uns im Geheimen, unternahmen immer mehr miteinander. Und schließlich …«

Max hatte begriffen. »Vater entschied sich für dich.«

»Ich wusste nicht, dass er ihr nichts gesagt hatte. Ich war verliebt damals, so wie er in mich. Irgendwann ging mir auf, dass Hester noch immer an ihre Liebe glaubte. Doch da war es schon zu spät. Jemand erzählte ihr, dass er uns gesehen habe. Sie beschimpfte mich, beschimpfte Wobbe, brach schließlich zusammen. Monatelang sprach sie kein Wort mit mir. Und danach, als ich mit deiner verstorbenen Schwester schwanger wurde …« Debora setzte sich, rang die Hände. Sie sprach so gut wie nie über ihre Erstgeborene, die in einem harten Winter ein Fieber dahingerafft hatte. »Hester hat mir nie verziehen.«

Max ließ sich neben sie auf die Pritsche sinken. Seit er von dem Zerwürfnis wusste, hatte er sich alle möglichen Gründe dafür ausgemalt. Dass der Grund so einfach, so banal war, hatte er nicht geahnt. »Deshalb habe ich lieber mit Pflanzen zu tun. Die sind nicht so nachtragend.«

Zu seiner Überraschung lachte seine Mutter auf. »Nein, die gehen einfach nur ein!« Sie wischte sich eine Träne aus dem Augenwinkel. »Und nun fürchtet Hester anscheinend, ich könnte ihr auch Chim abspenstig machen. Absurd!«

Max sah seiner Mutter dabei zu, wie sie Floris' Wadenwickel wechselte. »Und wenn du mit ihr redest? Ihr erklärst, dass du sie nie verletzen würdest? Was, wenn du dich entschuldigst?«

»Glaub mir, das habe ich versucht. Immer und immer wieder. Hester ist entschlossen, mich büßen zu lassen. Und euch gleich mit. Aber das werde ich nicht zulassen.«

Als Debora am nächsten Morgen auf der Suche nach Dittrich Impen durch das Haus ging, vernahm sie eine Stimme aus dem Obergeschoss. Eine Tür stand einen Spalt breit offen, und sie hörte, wie sich das Paar unterhielt. Offenbar besprach Impen mit seiner Frau gerade die Ausgaben, und sie antwortete mit klarer und befehlsgewohnter Stimme.

Schulterzuckend begab sich Debora zu ihrem Ofen, wo sie auf seine Anweisungen wartete, doch ihr Herr kam nicht herunter. Schließlich machte sie sich an die Arbeit. Einige Stunden später fand sie ihn im Lager, wo er mit Gerhild die Vorräte prüfte.

»Herr!« Debora fasste sich ein Herz und berichtete ihm von ihrer Notlage, als er ihr aufmunternd zunickte. Lange hatte sie wach gelegen und überlegt, ob sie es wagen sollte. Mit einem fremden Mann unter einem Dach zu leben – dabei war ihr unwohl. Allerdings würden abends und nachts ja ihre Söhne bei ihr sein.

Impen schien abzuwägen. Schließlich legte er ihr erneut die Hand auf die Schulter. »Bis ich im Frühjahr die Kammern für die Arbeiter benötige, kann ich dich und deine Söhne aufnehmen. Aber deinen Lohn werde ich dir nicht weiter geben können, und für euer Essen müsst ihr zahlen.«

Deboras Mund wurde trocken. Würde das Geld, das Max verdiente, dafür reichen? Dennoch sagte sie: »Das versteht sich von selbst, Herr. Ich danke Euch.«

Er nickte freundlich, aber Gerhilds Blick war so konsterniert, dass Debora lieber schnell das Lager verließ.

Mit ihren wenigen Habseligkeiten verabschiedeten sie sich in der Diele von Chim und Hester. »Ich hoffe, ihr habt im Stall alles wieder in Ordnung gebracht«, sagte Hester kühl.

»Natürlich. Und da du als Nächstes nach deinem Geld fragen wirst: Selbstverständlich werden wir dir ... werden wir *euch* alles so schnell wie möglich zurückzahlen. Habt Dank für das, was ihr uns gegeben habt.« Die letzten Worte hatte Debora herauswürgen müssen. Sie sah ihre Söhne an. Auch ihnen stand die Erleichterung ins Gesicht geschrieben. Gleichzeitig standen sie vor einer unsicheren Zukunft. Aber egal – in den Wintermonaten war es in Impens Gesindekammer allemal besser als in diesem Stall.

Max steckte einen Finger zwischen Kragen und Hals, um sich ein wenig Luft zu verschaffen. Da die Öfen beheizt wurden, war es im Pomeranzenhaus stickig. Unauffällig wischte er ein Blatt ab, auf dem sich Ruß gesammelt hatte.

»Ich kann immer noch nicht fassen, dass der Wunsch deines Schwiegervaters derart ignoriert worden ist. Und das nach all den Jahren!«, sagte Wynant und trommelte mit seinen Fingerspitzen auf seine verschränkten Oberarme. Er schien nicht zu ahnen, dass Max schräg hinter ihnen stand und alles hören konnte.

Max behielt den Gesellen immer im Auge – eine reine Vorsichtsmaßnahme. Dabei hatte er erstaunt festgestellt, dass Wynant sich gut auf den Anbau von heimischem Obst und Gemüse verstand, aber auch einiges für sich abzweigte.

»Glaub mir, das hätte ich mir auch anders gewünscht.« Meistergeselle Bender klang resigniert.

»Einfach zu behaupten, wir bräuchten jemanden, der mehr von fremdländischen Gewächsen versteht! Einen *Orangeur!*« Wynant spie die Bezeichnung beinahe aus. »Wir ekeln ihn schon hinaus. Und dann bekommst du, was dir zusteht.«

»Red nicht so!« Bender sah sich um. Glücklicherweise tat

Max bereits seit einer Weile so, als sei er auf seine anderen Nachbarn konzentriert. In den letzten Monaten hatte Herr Hanff ihm zunehmend freie Hand gelassen. Der neue Orangeur, Jan Oliva, schien Gerüchten zufolge ein kundiger Mann zu sein. Max war gespannt darauf, ihn kennenzulernen.

Gleich darauf trat ein kleiner braunhaariger Mann ein, der die anwesenden Gärtner begrüßte und danach sogleich die Reihe der Kübelpflanzen abschritt. »Dreißig Bäume, die mit Früchten voll besetzt sind, also etwa einhundert reife Pomeranzen, die übrigen mit grünen Früchten oder Blüten«, sagte er und blieb immer wieder stehen, um Erde, Stämme oder Früchte in Augenschein zu nehmen. »Diese siebenundfünfzig Pomeranzen-, Zitronen- und Zitronatbäume wurden hier gezogen und okuliert?«

Hanff bestätigte es. Konzentriert untersuchte Oliva die Spuren der Pflanzenveredelung. Ohne seinen Eindruck zu kommentieren, ging er sodann weiter. »Süße Zitronenbäume, *Citrus limetta*, acht. Granatenbäume mit einfacher Blüte zehn, mit gefüllter Blüte dreiundzwanzig.«

Es dauerte, bis er auch die Granatapfelbäume abgeschritten war und auf seiner Liste abgehakt hatte. Wynant und ein anderer Geselle tuschelten, woraufhin Hanff ihnen einen strafenden Blick zuwarf. Als sie sich den fremden Staudengewächsen zuwandten, ergriff Hanff das Wort: »Hier haben wir den Kapernstrauch, die Moschusrose, den echten Jasmin, einige Ficusarten und andere Sorten, die schwer zu bestimmen sind; insgesamt zweiundsiebzig Stück. Dazu kommen einhunderteinundfünfzig Schirmgewächse, die an freier Luft nicht überdauern.«

Die Pflanzen wie Aloen, Iris, Alpenveilchen und Rosmarin sahen in ihrer Winterruhe unscheinbar aus, und Oliva ging darüber hinweg: »Kommen wir zu den anderen raren Bäumen.«

Lorbeerbäume, Kirschlorbeer, Myrthen, Oleander, den Perückenstrauch und die Feigenbäume nahm er wieder ausführlich in

Augenschein. Bei ihnen kontrollierte Oliva vor allem die Feuchtigkeit der Erde, denn die Feigen durften im Winter nur sparsam gegossen werden. Wieder tuschelten die Gesellen gelangweilt; manche gähnten demonstrativ. »Welcher Eurer Gesellen oder Lehrjungen übernimmt die Nachtwache?«, fragte Oliva.

Die Gärtner verstummten und senkten die Blicke, während Hanff in die Runde sah. Max hatte mitbekommen, wie er den letzten Wächter, einen der Lehrjungen, gescholten hatte, weil dieser die Wasserschalen vor den Fenstern nicht aufgefüllt hatte, die anzeigen sollten, wenn es fror. Auch er selbst sah zu Boden, denn er dachte an ihre neue Unterkunft, in der sie seit einiger Zeit lebten. Chim und Hester waren über ihren Auszug überrascht gewesen, doch seine Tante hatte auch zum Abschied nichts Freundliches gesagt, sondern sie nur an die Raten erinnert. Was für ein kaltherziges Biest!

Immerhin hatten sie mit Jerun das Christfest feiern können. Nach dem feierlichen Quempas-Singen hatten Kinder ein Stück mit Engeln, Teufeln und dem heiligen Christ nachgespielt. Danach waren sie in ihre Kammer in Herrn Impens Haus gegangen. Zwischen einige Äste von Buchsbäumen und Kerzen hatte sein Cousin kleine Geschenke gelegt. Für jeden von ihnen hatte er einen schönen Griffel gehabt. Gerührt hatte Debora ihm einen Riegel schwarzen Nougats geschenkt, den sie selbst hergestellt hatte.

Hanffs Antwort katapultierte ihn aus seinen Grübeleien in die Gegenwart zurück: »Unser Max kann das übernehmen. Er kennt sich ausgezeichnet mit fremdländischen Gewächsen aus, und seine Lehrzeit ist ohnehin beinahe beendet.«

Freude und Stolz mischten sich in Max schlagartig mit Sorge. Debora schien sich im Haus ihres Arbeitgebers nicht wohlzufühlen, und Max ließ sie ungern allein im Haus eines Fremden.

24

Ein Trommelwirbel schallte über Fort Altelaat und die Wasserlinie. Soldaten rannten herbei, manche mussten auch hergetrieben werden. Jeder sollte sehen, was gleich geschehen würde.

Im Gefolge des Prinzen verließ Paulus das Fort. Auch er wäre lieber nicht hier, hätte lieber ignoriert, was er zu sehen bekäme. Unter den hohen Militärs entdeckte er seinen Vater. Trotz der Kälte glänzte Schweiß auf Egbert van Houtkerkes Stirn. Er hatte allen Grund zur Sorge, denn Prinz Wilhelm hatte sich unversöhnlich gezeigt, was die Vergehen seiner Untergebenen anging, und über ihn war das Urteil noch nicht gesprochen. Nervosität verkrampfte Paulus' Nacken. Wegen Feigheit und Verrat waren mehrere Heerführer hingerichtet worden, andere hatte der Prinz degradiert und Spießruten laufen lassen.

Auf einen Befehl hin bildeten die Soldaten ein Spalier, der Trommelwirbel schwoll an. Moïse Pain-et-Vin, ehemals Kommandant über zwei Regimenter, jetzt Geächteter, wurde von Wachen durch die Reihen geführt. Den Gesichtern der Zuschauer konnte Paulus ansehen, dass die wenigsten das Urteil des Prinzen für gerechtfertigt hielten. Paulus musterte seinen Freund verstohlen. Wilhelm veränderte sich von Tag zu Tag. Oder schälte der Krieg nur sein wahres Wesen heraus? Ja, sie hatten es mit Disziplinlosigkeit und Feigheit zu tun. Ja, die Moral der Truppe war am Boden, die Zahl der Fahnenflüchtigen hoch wie nie. Das hatte selbst die Rückeroberung von Coevorden, die in den letzten Tagen des vergangenen Jahres gelungen war, nicht geändert. Aber das unversöhnliche Verhalten des Prinzen sorgte ebenfalls für Kritik. Zunächst hatte der Kriegsrat Kommandant Pain-et-Vin zu lebenslanger Haft und der Beschlagnahmung seiner Besitztümer verurteilt. Wilhelm aber hatte sich geweigert, das Urteil zu bestätigen; er wollte, dass ein Exempel statuiert wurde, und forderte die Todesstrafe. Also hatte das Kriegsgericht erneut getagt und beschlossen, dass Pain-et-Vin zum Schafott geführt werden sollte, wo der Henker als Zeichen für seine Schande sein Schwert über seinem Haupt zerbrechen sollte. Doch auch das war dem Prinzen nicht genug gewesen. Er hatte sich selbst an die Spitze des Kriegsgerichts gesetzt, und unter seinem Vorsitz war Kommandant Pain-et-Vin zum Tode verurteilt worden. Graf von Königsmarck hingegen war glimpflich davongekommen, denn er hatte die grundsätzliche Erlaubnis zum Rückzug gehabt.

Paulus schauderte, als der Delinquent aufs Schafott geführt wurde. Der einst gepflegte Schnurrbart war verwildert, der Gesichtsausdruck stumpf. Hatte Wilhelms Abneigung gegen den Mann sein Urteil verschärft? Paulus bemerkte den Blick seines Vaters, in dem sich der Schrecken spiegelte.

Ein Geistlicher trat vor und begann zu beten. Paulus stimmte ein, doch seine Gedanken waren woanders. Welche Strafe würde seinen Vater erwarten? Und welche Folgen hätte diese für ihn selbst? Der Henker machte Pain-et-Vin bereit, hob das Richtschwert. Die Soldaten waren mucksmäuschenstill. War es nicht Verschwendung, einen guten Heerführer hinrichten zu lassen? Vor allem jetzt, da es ihnen ohnehin an Männern mangelte? Hätte Pain-et-Vin nicht aus seinem Fehler gelernt?

Noch immer hoffte Paulus, dass der Prinz den Kommandanten begnadigen würde. Doch Wilhelm sah ungerührt zu, auch dann, als der Henker das Urteil vollstreckte. »Und jetzt wenden wir uns den anderen Heerführern zu, denen Feigheit oder sonstige Vergehen zur Last gelegt werden«, kündigte der Prinz danach an.

Paulus folgte ihm, seinem Vater und anderen ins Fort. An der Tür hielt Bentinck ihn auf. »Du sollst draußen warten, während über deinen Vater verhandelt wird.«

Aufgewühlt lief Paulus bei seiner Eskadron auf und ab. Ein Stück weiter wurde gerade neue Ausrüstung verteilt. Dank der Spenden der Wiedertäufer, die aus religiösen Gründen selbst nicht kämpften, aber einen finanziellen Beitrag zum Krieg leisteten, hatten dringend benötigte Kleidung, Strümpfe und Schuhe für die Soldaten gekauft werden können. Dass seine Eskadron noch nicht für die Verteilung vorgesehen war, beunruhigte Paulus. Würde der Prinz ihn und seine Männer strafen, weil sein Vater in Ungnade fiel?

In diesem Augenblick trat sein Vater aus dem Fort. Als Paulus ihn ansprach, stieß er ihn beiseite und stürmte weiter. Erst beim Zeltlager schaffte Paulus es, seinen Vater aufzuhalten. »Was hat der Prinz entschieden? Nun sagt schon!«

»Er hat mich degradiert! Ich soll unter Feldmarschall Wirtz in Vlissingen Dienst tun! Ich, ein Heerführer, der schon für seinen Ahnherrn gekämpft hat! Wilhelm der Schweiger – ja, das war noch ein echter Kerl! Dieser undankbare Grünschn–«

Hastig packte Paulus seinen Vater und presste ihm die Hand auf den Mund. Der aber machte sich los und versetzte ihm eine Ohrfeige. »Wage es nicht, mir den Mund zu verbieten!«

Nur mit Mühe hielt Paulus sich davon ab zurückzuschlagen. »Habt Ihr dem Prinzen denn nicht gesagt, dass Eure besten Männer gefallen sind? Dass es Selbstmord gewesen wäre, sich länger dem Feind zu stellen? Dass der Rest Eurer Eskadron geflohen ist? Dass Ihr nichts für die Plündereien Eurer fahnenflüchtigen Soldaten könnt?«

»Es hat ihn nicht interessiert.« Sein Vater packte ihn an den Schultern, sah ihm tief in die Augen. »Jetzt musst du für unser Haus einstehen. Du musst deine Mutter und unser Hab und Gut retten. Du musst Karriere machen, Posten erringen, Gratifikationen. Denn ich … Ich habe uns ins Unglück getrieben, vorher schon.«

»Inwiefern?«

»Spielschulden. Ich habe Haus und Hof verpfändet.«

Paulus konnte nicht fassen, was er gehört hatte, sein Vater aber mied seinen Blick.

»Prinz Wilhelm weiß anscheinend davon. Und als makelloser Moralapostel …«

Vor Empörung und Sprachlosigkeit schnappte Paulus nach Luft. Wie konnte sein Vater es wagen, die Familie derart zu beschädigen? Warum hatte er das nicht früher offenbart?

Egbert wandte sich ab, als fürchte er die Reaktion seines Sohnes. »Verschwinde endlich. Der Prinz wartet.«

Beladen mit Papieren kam ihm Bentinck auf dem Gang entgegen. »Bist du auch noch unter die Schreiber gegangen?« Paulus konnte sich die Spitze nicht verkneifen.

»An deiner Stelle würde ich mich mit Sticheleien zurückhalten. Ich konnte gerade noch ein gutes Wort für deinen Vater und dich einlegen.«

Wie Bentinck sich aufspielte! Aber wahrscheinlich tat er es mit Recht. Manche nannten ihn schon »die Augen und Ohren des Prinzen«. Dennoch verteidigte Paulus sich: »Mich? Ich habe nichts getan. Ich habe Seite an Seite mit Prinz Wilhelm gekämpft.«

»Nur deshalb werde ich Euch empfangen, obgleich Euer Vater in Ungnade gefallen ist.« Prinz Wilhelm war unvermittelt in der Tür aufgetaucht. Nun ging er wieder zurück ins Zimmer und nahm auf einem Armlehnstuhl Platz. Paulus folgte ihm, blieb aber stehen, da ihm nicht gestattet wurde zu sitzen. »Ich weiß, dass Ihr in den vergangenen Monaten nicht immer meiner Meinung wart, was mich betrübt. Und doch möchte ich um unserer alten Freundschaft willen ein Auge zudrücken.« Wilhelm spielte bei diesen Worten mit der blauen Schärpe des Hosenbandordens, den er angelegt hatte. »Ich brauche Männer, auf die ich mich verlassen kann. Männer, die zusammenhalten. Die moralisch einwandfrei sind.«

»Ihr kennt mich, Hoheit, und wisst um meine Moral und Treue.«

»Dennoch kann ich Euch in der derzeitigen Lage nicht befördern. Wir haben von unseren Spionen Kenntnis, dass Ludwig XIV. seine Truppen versammeln und zum Sturm auf Amsterdam und 's-Gravenhage blasen wird, sobald das Wetter es zulässt. Auch von England aus soll ein neuer Versuch der Invasion gestartet werden. Offenbar nimmt der französische König mich noch immer nicht ernst. Aber ich werde ihm beweisen, dass mit mir nicht zu spaßen ist!«

Paulus wunderte sich nicht über diese Wortwahl. Seit der Sonnenkönig einem seiner Günstlinge Wilhelms Fürstentum Orange übertragen hatte, war aus dem Krieg der Nationen auch noch eine persönliche Fehde zwischen zwei Herrschern geworden. Für den Prinzen ging es mehr denn je um die Existenz.

Ohne Atem zu holen, fuhr Wilhelm fort: »Ich werde die Truppen umorganisieren und aufstocken. Vor allem in Deutschland lassen wir rekrutieren. Hamburg und Bremen sind gute Verschiffungshäfen. Zudem werden weitere Schanzen an der Wasserlinie errichtet. Um die Plünderungen meines Landes zu verhindern, setzen wir ein Kopfgeld für jeden Gefangenen aus: zehn Gulden für einen französischen Soldaten, ob tot oder lebendig, bis zu sechzig Gulden für einen der höheren Ränge.«

Bentinck machte sich Notizen und hielt dem Prinzen einige Briefe hin, die dieser unterschrieb. »Unser Freund hier wird ein Auge auf die Truppenorganisation und -versorgung haben.«

»Das ist gut. Hungrige Soldaten kämpfen nicht nur schlecht, sondern kommen auch auf dumme Gedanken«, stimmte Paulus zu, froh, endlich etwas anmerken zu können. »Und was kann ich für Euch tun, Hoheit?«

»Ihr seid bereit, mir ohne Wenn und Aber zu dienen? Ihr wollt mich in meinem Streben um Ehre und Ruhm unterstützen?«

Eigentlich wollte er vor allem für die Freiheit seines Landes, seines Volkes kämpfen, aber Paulus nickte stumm, zornig über das Vertrauen, das sein Vater verspielt hatte.

»Dann habe ich eine Aufgabe für Euch.«

25

⟿ Cölln an der Spree, Januar 1673 ⟽

Floris saß auf einer umgedrehten Kiste und schlug die Hacken gegen das Holz, während er eine Rechenaufgabe löste. Max hatte ihm eine Wolldecke umgelegt, denn das Pomeranzenhaus war zwar beheizt, aber beileibe nicht warm. Sein Bruder kam oft nach der Schule zum Schlossgarten, wenn Debora noch arbeitete.

Max betrachtete ihn versonnen, während er die Pflanzen versorgte und den Staub von Blättern wischte. Morgen musste alles perfekt sein, denn dann würde Hanff mit einem Empfang im Pomeranzenhaus verabschiedet werden. Er hoffte, auch unter Oliva seiner Arbeit nachgehen zu können – und dass Wynant nicht zu viel Einfluss gewann.

»Wo wohnen eigentlich die anderen Gärtner? Können wir nicht vielleicht in den Schlossanbau ziehen?«, fragte Floris, als er seine Hand ausschütteln musste, weil er schon so viel geschrieben hatte.

»Gefällt es dir bei Herrn Impen nicht?«

Floris wiegte das Haupt. »Er ist nett, das schon. Aber immer hat Mutter etwas für mich zu tun. Immer muss ich ihr zur Hand gehen.«

»Sie braucht eben Hilfe.«

»Manchmal tut sie auch nur so.«

Max überlegte. Warum sollte seine Mutter das tun? Er konnte Herrn Impen nicht einschätzen. Er war wenig zu Hause, weil er nicht riskieren wollte, dass einer der anderen Gesellen oder Lehrjungen in seiner Abwesenheit die Pflanzen falsch behandelte; schließlich trug er die Verantwortung, solange Oliva nicht da war. Zudem wollte er eigene Experimente in Angriff nehmen. »Ich werde mich umhören«, versprach er. »Außerdem werde ich mit Mutter sprechen – in Ordnung?«

Obgleich alle Pflanzen in der Winterruhe waren, lag der Duft der Zitrusfrüchte in der Luft. Max strich durch die Gänge des Pomeranzenhauses und kontrollierte die Wasserschalen vor den Fenstern. Mit einem leisen Knacken gab die dünne Eisfläche unter seinen Fingerspitzen nach. Er würde die Öfen also stärker anheizen müssen. Anschließend kehrte er zu seinem Lager zurück. Im Schein einer Kerze studierte er Doktor Elsholtz' *Garten-Bau*. Es war nicht das erste Buch, das er sich aus der Gartenbibliothek geliehen hatte. In der Natur war der Winter eine Zeit des Kräftesammelns und der Ruhe, und auch ihm gefiel es, sein Wissen zu mehren, um es in den ersten Frühlingstagen anwenden zu können.

Je länger die Nacht andauerte, umso müder wurde er. Also nahm er einen Zettel und seine Feder hervor und arbeitete weiter an seinem Plan eines perfekten Gartens. Dieser müsste den Gesetzmäßigkeiten der Symmetrie folgen und zugleich Überraschungen bieten, er müsste anmutig, schön und nützlich sein, und er müsste …

Schritte ließen ihn zusammenzucken. War er etwa eingenickt? Glücklicherweise war es noch warm, sodass seine Pflichtvergessenheit keine Folgen hatte. Er ging den Schritten entgegen und entdeckte Michael Hanff, der die Reihen der Orangenbäumchen ablief. »Kann ich Euch helfen?«

Hanff wischte sich über das Gesicht. »Ich sehe schon, es ist alles bestens.« Langsam schritten sie durch die Gänge. »Es ist seltsam, nach so vielen Jahren alles zu verlassen, was ich aufgebaut habe.«

»Das kann ich mir vorstellen. Aber Ihr übergebt einen tadellosen Lustgarten, wenn Euch das ein Trost ist.«

»Ja, jetzt ist er es wieder.« Hanff wischte über die Blätter einer Pomeranze und betrachtete die Fingerspitzen. Kein bisschen Staub war zu sehen; darauf hatte Max geachtet. »Im Vergleich zu anderen gekrönten Häuptern steht unserem Kurfürsten nur eine bescheidene Summe für seine Gärten zur Verfügung.« Er lachte trocken. »Sicher, für unsereins sind das wahre Reichtümer. Nach dem Brand des Pomeranzenhauses vor siebzehn Jahren mussten neue Pflanzen gekauft werden – dann gab es nur noch Geld für vereinzelte Exemplare.«

»Dafür ist der Bestand an extravaganten Tulpen groß.«

»Das ist wahr. Aber es kommt wenig hinzu. Deshalb muss das, was vorhanden ist, bestmöglich gepflegt werden.« Hanff stieß schwer die Luft aus. »Und jetzt werde ich das alles im Stich lassen.«

»Ihr habt eine gute Mannschaft aufgestellt, scheint mir. Und Ihr habt Familie, habt sicher einen Ort, an dem Ihr Euren verdienten Ruhestand genießen könnt«, sagte Max.

»Ich hatte sogar ein eigenes Landgut, aber das musste ich im letzten Jahr aufgeben.« Hanff lachte wieder trocken. »Nicht alle Lustgärtner sind auch gute Kaufleute. Deshalb werde ich auch als Berater weiter zur Verfügung stehen. Wenn ich noch einmal neu anfangen könnte, würde ich sicher einiges anders machen. Wir sehen, wie interessant sich die Gartenkunst in Frankreich entwickelt, und wieder eifern wir diesem Vorbild nach, statt eigene Ideen auszutüfteln – und das, obgleich wir uns mit diesem Land im Krieg befinden. Deshalb ist es so wichtig, auf Gesellenreise zu gehen. Man muss sich inspirieren lassen, lernen. In anderen Ländern ist die Gesellenreise bereits vorgeschrieben …«

»Ich weiß nicht, ob ich meine Familie verlassen könnte. Wir sind gerade erst hier angekommen«, gab Max zu.

»Und doch solltest du es tun. Gärtnern ist Sehen. Ist Staunen. Ist Lernen. *Ein Garten ist der größte Trost für das Wesen des Menschen, ohne den Paläste und Bauwerke nichts sind denn rohe Handarbeiten.*«

»Das ist von Francis Bacon. Den hat mein Vater auch immer zitiert.«

»Dann kann es ja so falsch nicht sein.« Hanff lächelte, und feine Fältchen rahmten seine Augen.

Max war plötzlich gerührt, weil er an seinen Vater denken musste, dem es verwehrt worden war, ein alter weiser Gartenmeister zu werden. Die ganze Zeit schon lag ihm eine Sorge auf der Seele. »Ich fürchte, dass ich hier nicht mehr beschäftigt werde, wenn Ihr im Ruhestand seid, Herr Hanff.«

In einer väterlichen Geste legte Hanff ihm die Hand auf die Schulter. »Diese Sorge kann ich dir nehmen. Ich werde dir morgen noch die Lehrlingsprüfung abnehmen. Das ist eine reine Formalität, denn du bist kundiger als mancher erfahrene Geselle. Ich habe Jan Oliva empfohlen, dich als Gesellen zu beschäftigen. Es wäre dumm, dich ziehen zu lassen. Und jetzt heize den Ofen noch einmal an, und leg dich schlafen. Morgen gibt es viel zu tun.«

Freudestrahlend nickte Max. Als Geselle musste er sich nicht mehr herumschubsen lassen, und er würde mehr verdienen – Geld, das sie gut gebrauchen konnten. Gleichzeitig kamen ihm die altgedienten Gesellen in den Sinn. Den Männern um Wynant würde seine schnelle Beförderung vermutlich kaum gefallen.

Im Pomeranzenhaus war es angenehm warm. Alle hatten sich ihren Möglichkeiten entsprechend fein gemacht; die Kleidung der Gesellen war makellos, die Finger der Lehrlinge sauber geschrubbt. Max stand abseits von Wynant und seinen Kumpanen.

Ihr Spott war beißend gewesen, als sie gehört hatten, dass Max nun auch Geselle war. Sofort hatten sie über dubiose Rituale gescherzt, bei deren bloßer Erwähnung Max sich die Haare sträubten.

Nun teilten sich die Reihen, und ein Junge in edlem Anzug trat vor. »Auch im Namen des Kurfürsten, der Kurfürstin und des Kurprinzen möchte ich Euch für Eure Dienste danken, Herr Hanff«, begann er. »Ihr habt dazu beigetragen, den Hof meiner durchlauchtigsten Eltern zu neuer Blüte zu führen. Es ist ein Jammer, dass mein Herr Vater und meine Frau Stiefmutter noch immer in diesem elenden Krieg stecken.« Er hob zu einer längeren, zugleich aber kurzweiligen Rede an.

Max hörte den Ausführungen des Jungen zu, der sprach, als wäre er weitaus älter. »Eine gute Rede«, sagte er danach leise zu Jerun, der gemeinsam mit seinem Vater der Verabschiedung beiwohnte. Chim stand in der Nähe von Jan Oliva und dem Meistergesellen Bender, sichtlich begierig, die guten Geschäftsbeziehungen nicht abreißen zu lassen.

Jerun neigte sich zu ihm. »Ludwig, der mittlere Sohn des Kurfürsten, ist bei Hofe sehr beliebt. Das daneben ist der schiefe Fritz, ein Mauerblümchen und weniger eloquent. Es heißt, der Kurfürst schäme sich für ihn. Dass Karl Emil es vorzieht, auf die Jagd zu gehen, statt den Lustgärtner zu verabschieden, war bereits erwartet worden. Der Kurprinz würde am liebsten selbst kämpfen. Er kann es kaum erwarten, volljährig zu sein.«

Chim winkte ihm zu, und Jerun musste Max stehen lassen. »Wir sehen uns heute Abend. Ich bringe ein paar Bücher und etwas zum Schreiben mit.«

»Was für Bücher?«

»Du wirst schon sehen!«

❧

Gerhild bereitete getrockneten Stockfisch zu, was die Küche mit einem durchdringenden Geruch erfüllte. »Was willst du?«, fragte sie. Obgleich Debora und eine Magd die Einzigen waren, die neben ihr vom Gesinde geblieben waren, redeten sie kaum miteinander.

Debora aber lag etwas auf dem Herzen, das keinen Aufschub duldete. »Hast du etwas von Ursel gehört? Ist sie immer noch krank?«

»Nein, keine Ahnung.« Gerhild mied ihren Blick.

»Weißt du, wo sie wohnt? Ist sie wieder bei ihren Eltern? Ich könnte sie besuchen, vielleicht braucht sie Hilfe.«

»Was hast du mit ihr zu schaffen?«

»Wir haben uns angefreundet, ein wenig zumindest. Ich sorge mich um sie.«

Gerhild sah sie an. »Du solltest dich um deine eigenen Angelegenheiten kümmern. Ursel wird schon irgendwann wieder auftauchen.«

Als sie die Küche verließ, spielte Debora mit dem Gedanken, sich bei Herrn Impen nach Ursel zu erkundigen. Andererseits vermied sie aus einem unbestimmten Gefühl heraus jegliche Begegnung mit ihm. Als hätte er geahnt, dass sie an ihn dachte, stand er jedoch plötzlich vor ihr. Sie waren im Flur neben den Gesindekammern, und obgleich es noch früh war, ließ der wolkenverhangene Himmel den Raum düster erscheinen. Sein kahler Schädel wirkte beinahe obszön nackt.

»Ich brauche deine Hilfe. Folge mir.« Er näherte sich seiner Kammer. Debora versteifte innerlich, blieb stehen. Er wandte sich um. »Ist irgendwas? Hast du Wichtigeres zu tun, als deinem Herrn zu helfen, der euch so großzügig unter die Arme greift?« Sein Ton war schneidend. Wollte er ihr sagen, dass er sie nun doch entlassen würde? Furcht ergriff sie, und so ging Debora ihm nach.

Kaum hatte Impen die Tür der Kammer hinter ihr geschlossen, überfiel er sie. Er drängte sie an die Wand, knetete ihre Brüste und bedeckte ihren Hals mit Küssen.

Entsetzen und Ekel durchfuhren Debora. Ihr Magen krampfte, schoss hoch. Sie durfte nicht noch einmal zum Opfer werden! So oft hatte sie die erlittene Untat in Gedanken durchgespielt, so oft hatte sie eine bessere Verteidigung durchdacht, dass sie nicht zögerte. Mit Schwung rammte sie ihm das Knie zwischen die Beine, riss eine Hand hoch und stach ihm mit den Fingern in die Augen. Dann zuckte sie zurück.

Impen taumelte, brüllte. »Du undankbares Dreckstück! Halt gefälligst still, sonst setze ich dich und deine Blagen vor die Tür!«

Doch Debora war schon geflohen. Hastig schob sie ein Regal vor die Tür, damit er ihr nicht so schnell folgen konnte. Dann raffte sie in ihrer Kammer ihre wenigen Habseligkeiten und die ihrer Söhne zusammen und rannte hinaus.

Kopflos eilte sie durch die Stadt. Erst als ihr die Seiten stachen, hielt sie inne. Menschen drängten an ihr vorbei. Debora wankte in eine Sackgasse, stützte die Hände auf die Knie, warte darauf, dass sich ihr Atem beruhigte. Erneut krampfte ihr Magen. Tränen stiegen in ihr auf. Das Bild des französischen Soldaten, der über sie hergefallen war, verfolgte sie und vermischte sich mit dem Bild Impens.

Eine Frau kam vorbei und fragte, ob sie Hilfe bräuchte, doch Debora winkte ab. Sie wollte allein sein, musste warten, bis sich ihre Gedanken beruhigt hatten. Nie hätte sie gedacht, dass Impen so etwas tun würde. Er war doch so ein korrekter Mann, war stets beherrscht. Oder hatte sie ihn gereizt, ermutigt? Nein, das hatte sie nicht, da war Debora sicher. Ob seine Frau ahnte, dass er seine Lust woanders befriedigte? Ein Gedanke durchzuckte sie. Hatte er auch Ursel angefallen? War ihre Freundin deshalb verschwunden?

Debora wischte sich über das Gesicht. Es war, wie es war, nun mussten sie sehen, wie sie weitermachten. Noch immer war es kalt, und sie und die Jungen hatten erneut ihr Obdach verloren. In den Stall ihrer Schwester konnte und wollte sie nicht zurück.

Sie hob den Sack mit ihren Habseligkeiten auf und trug ihn vor der Brust wie einen Schild. Dann ging sie zum Lustgarten. Sie musste mit Max sprechen.

❧

Das Orangenbäumchen wurde mit einer Winde angehoben. Behutsam löste Max den Kübel und klopfte die alte Erde ab, ehe er das Bäumchen umpflanzte.

»Richtig so. Max macht es euch noch einmal vor«, meinte Jan Oliva zu den Lehrjungen. Er war ein guter Hofgärtner und ein ausgewiesener Experte, was Orangenbäume anging. Er hatte schnell erkannt, dass Max sorgfältig und kundig war, und arbeitete oft mit ihm zusammen, was die Missgunst der anderen Gesellen befeuerte. Hinzu kam, dass sie beide Ausländer waren, denn Hilario Oliva, Jan Olivas Vater, war einst als Händler für Orangen- und Zitronenbäumchen aus dem italienischen Genua an den Hof des Prinzen von Oranien nach Honselaarsdijk gekommen. Jan wiederum war mit Louise Henriette von Oranien, der ersten Frau des Kurfürsten, nach Brandenburg gereist und seitdem hier verwurzelt.

In Gedanken versunken arbeitete Max weiter. Sein neuer Meister und er hatten lange über die Schlösser der Oranierprinzen gesprochen und darüber, ob Oliva und Max' Vater einander wohl einmal begegnet waren.

Als er seine Mutter sah, wusste Max, dass etwas geschehen sein musste. Sofort legte er das Werkzeug weg und eilte ihr entgegen. Debora wirkte völlig aufgelöst. Er zog sie hinter einen Sichtschutz. »Was ist passiert? Ist wieder etwas mit Floris?«

»Impen … Er hat … Er ist … Er wollte …« Sie kämpfte um Worte, doch er ahnte, was sie sagen wollte. »Er hat versucht, mir etwas anzutun.«

»Dieser Unhold!« Max ballte die Fäuste, schloss dann aber seine Mutter in die Arme und wartete, bis sie sich beruhigt hatte. Seine Gedanken rasten. Musste er jetzt zu Impen und ihn zur Rechenschaft ziehen? »Was können wir tun? Was kann ich tun?«, fragte er schließlich.

Debora löste sich von ihm, strich über ihr Kleid. »Nichts. Kein Büttel würde mir glauben. Und selbst wenn – was meinst du, wie oft ein Herr seine Untergebenen belästigt?«

Max rang mit sich. »Muss ich … Soll ich … ihn verprügeln?«

»Dann würdest du nur selbst Probleme bekommen.« Sie schniefte, schüttelte den Kopf. »Nein, wir können nichts tun. Es sei denn, dir würde einfallen, wo wir unterschlüpfen können – denn zu Hester will ich nicht zurück.« Debora stieß ein freudloses Lachen aus. »Vermutlich würde sie sich nur bestätigt sehen und behaupten, ich hätte mir alles selbst zuzuschreiben.«

Sie fanden den neuen Lustgärtner in der Küche der Gärtnerwohnung. Inmitten eines unglaublichen Durcheinanders kochte eine junge Magd einen Eintopf, während Oliva etwas zu suchen schien.

»Entschuldigt, Herr Oliva, dass ich störe. Aber ich bin in einer Notlage und benötige Hilfe«, sagte Max leise. »Meine Mutter hat ohne Schuld ihre Arbeit verloren und muss mit meinem Bruder irgendwo unterschlüpfen. Ich frage mich daher, ob vielleicht eine der Kammern für Saisongärtner frei steht.« Es kostete ihn Überwindung, diese Worte auszusprechen.

Bevor Oliva antworten konnte, trat Debora vor. »Mein

Mann war Lustgärtner, und ich weiß, was es heißt, Untergebene und die eigene Familie zu versorgen. Ich würde euch zur Hand gehen, während wir hier wohnen, unentgeltlich natürlich.«

Oliva sah sie überrascht an. »Tja, das ließe sich wohl einrichten, denn ich habe die Ordnung in diesem Haus immer noch nicht durchschaut. Meine Verlobte lebt in Potsdam – unsere Hochzeit haben wir vorerst aufschieben müssen.«

Max war erleichtert. Gleichzeitig wusste er, dass diese erneute Bevorzugung Wynant und die anderen nun noch mehr gegen ihn aufbringen würde.

26

»Ursel ist also wirklich verschwunden?« Der Bootsmann, ein kräftiger Kerl mit struppigem roten Haar, der gegen die Kälte in mehrere Schichten Kleidung gehüllt war, schien über ihre Frage erfreut. »Das ist gut … Ich meine, das fürchtete ich bereits! Wir waren nämlich verabredet, und ich dachte schon«, er lachte verlegen, »sie wollte mich nicht mehr sehen, weil ich ihr beim Tanzen zu viel auf die Füße gelatscht bin.«

»Wisst Ihr, wo sie sein könnte? Wo ihre Eltern wohnen?«

»Bei ihrem Herrn ist sie nicht?«

Debora schüttelte den Kopf.

»Vielleicht bei ihrem Großvater.«

»Wisst Ihr, wo er wohnt?«

»Er hat eine Hütte und ein paar Bienenstöcke im Haselhorst nahe der Zitadelle in Spandau. Wir sind uns in der Nähe mal begegnet, da zeigte sie sie mir. Werdet Ihr Euch dort nach ihr erkundigen?« Als Debora die Frage bejahte, sagte er: »Dann wäre es schön, wenn Ihr sie von mir grüßt. Und wenn es passt, könnt Ihr mir ja Bescheid geben. Damit ich weiß, ob ich ihr nur auf die Nerven gegangen bin, oder«, er warf die Hände in die Luft, »was auch immer. Fast hoffe ich, dass ich schuld an ihrem Verschwinden bin, dann ist es nichts Schlimmeres«, sagte er, nun doch besorgt, was Debora sympathisch fand.

Gleich darauf machte sie sich auf den Weg durch das Spandauer Tor. Zwischen den Bastionen passierte sie Zugbrücke und Festungsgraben, musste durch ein Wallschild und über eine weitere Brücke. Auf dieser Seite war die Stadt durch die Festungsanlage gut gesichert. Die Festung selbst war trutzig und von Gräben umgeben, und auch das Viertel, in dem die Hütte liegen musste, wurde beinahe gänzlich von Flüssen eingefasst. Hätte sie nicht nach dem Imker gefragt, hätte sie ihn wohl nicht gefunden, denn das Grundstück war von Hecken umgeben. Die Hütte sah aus, als wäre sie aus zusammengesuchtem Holz und Schindeln gezimmert worden, der Garten war verwildert. An Bienenstöcken hantierte ein alter Mann.

Sie ging durch die Pforte und direkt auf ihn zu. »Guten Tag. Ich bin Debora, eine Freundin von Ursel, und suche sie.«

Er wandte sich um. Zottelige Haare, eine Pfeife im Mund, zusammengekniffene Augen. Seine Kleidung wirkte ebenso zusammengebastelt wie seine Hütte. »Ursel ist nicht da. Was wollt Ihr von ihr?«

»Ich habe gemeinsam mit Ursel bei Herrn Impen gearbeitet, vielleicht hat sie meinen Namen einmal erwähnt. Sie ist seit ein paar Tagen nicht bei der Arbeit erschienen. Ich wollte mich erkundigen, wie es ihr geht.«

Der Imker stieß eine dichte Rauchwolke aus. »Gut geht's ihr. War's das?« Er verschränkte die Arme.

»Könnt Ihr Ursel bitte eine Nachricht übermitteln? Sagt ihr, ich arbeite nicht mehr für Herrn Impen.« Ihrem Instinkt folgend setzte Debora hinzu: »Keine anständige Frau sollte für diesen Mistkerl arbeiten.«

Sein Blick flackerte zur Hütte. Im nächsten Augenblick trat Ursel heraus. »Ist schon in Ordnung, Großvater.« Debora verstand sofort, warum ihre Freundin geflohen war, und schloss sie in die Arme. »Warum hast du nichts gesagt?«

Erstaunen und Verlegenheit mischten sich in Ursels Gesicht. Ihr Großvater wandte sich wieder den Bienen zu. »Ich habe mich geschämt. Außerdem hättest du nichts tun können.«

»War er das? Du weißt schon …«

Ursel presste die Lippen zusammen, anscheinend unschlüssig, ob sie reden sollte. Debora führte sie zur Hütte. Unordentlich und ordentlich zugleich, das ist auch eine Kunst, dachte sie, während Ursel Honigbrote schmierte.

»Du darfst meinem Großvater seine schroffe Art nicht übel nehmen. Urban hat nicht gern Leute um sich, aber für mich ist er da«, sagte Ursel und sah zur Seite.

»Das ist ja auch viel wichtiger.« Debora berichtete von Impens Übergriff. »Ich habe mich gewehrt und bin geflohen. Seitdem habe ich sein Haus nicht mehr betreten.«

Ursel nickte heftig. »Immer wieder hat er mich … Vielen Frauen ergeht es wie mir …«

»Umso schlimmer.« Deboras Mund war trocken. Wenn sie eine ehrliche Freundschaft mit Ursel führen wollte, musste diese wissen, was ihr widerfahren war. In knappen Worten berichtete sie von dem Überfall der Franzosen.

Sichtlich geschockt nahm Ursel ihre Hand und schwieg einen Moment. »Das tut mir so leid für dich. Ich weiß gar nicht, was ich sagen soll.«

»Ich glaube, es gibt keine Worte, die in dieser Situation Trost spenden. Ich hoffe, dass … es irgendwann vorbeigeht. Das wünsche ich dir ebenfalls.«

Ursel nickte bekümmert. »Aber was soll denn jetzt werden? Ich … Ich kann doch nicht einfach irgendjemanden heiraten, nur damit das Kind ehelich zur Welt kommt. Aber wenn ich es nicht tue, werde ich immer ausgestoßen sein.«

»Was sagen deine Eltern dazu?«

»Die leben in Potsdam und haben selbst genug an der Hacke.« Ursel knabberte zögerlich an dem Brot. »Ich hatte mir so gewünscht, eines Tages einen eigenen Laden zu haben.« Sie schnaubte bitter. »Ich habe sogar schon überlegt, zu einer Wehmutter zu gehen, damit sie mir das Kind wegmacht, aber … Ich kenne zu viele, die dabei ihr Leben gelassen haben. Vielleicht wäre ich besser tot.«

Debora drückte die Finger ihrer Freundin. »So darfst du nicht denken. Wir werden einen Weg finden, zusammen.«

❧

Bei Kerzenschein saßen Jerun und Max im Pomeranzenhaus und brüteten über einem Pflanzenbuch. Max hauchte in seine Finger und rückte die Lumpen zurecht, die er um seine Handflächen gewickelt hatte, um sie vor der Kälte zu schützen. Auch Jeruns Lippen hatten einen blauen Schimmer. »Nach wie vor glaube ich, dass man die meisten fremdländischen Pflanzen auch hier züchten und vermehren kann, wenn man nur für die richtigen Bedingungen sorgt«, sagte Max. »In den Reiseberichten liest man immer wieder, wie gleichmäßig heiß und feucht es in den südlichen Ländern ist.«

»Hast du dir mal überlegt, wie so ein Warmhaus aussehen müsste?«, fragte Jerun.

»Ich habe sogar eine Zeichnung angefertigt.« Max kramte einen Zettel zwischen den Büchern hervor, die er sich aus der Bibliothek geliehen hatte. Die anderen Gesellen saßen abends oft zusammen, spielten Karten, würfelten oder feierten, aber er war froh, für sich oder mit seiner Familie oder seinem Cousin zusammen zu sein.

Jerun studierte die Zeichnung. »Ziemlich kostspielig, wegen der Glasscheiben. Der Plan müsste also funktionieren, damit man die Investitionen wieder hereinbekommt. Außerdem müsste es am Anfang gelingen, seltene Pflanzen zu erwerben. Vielleicht gelänge es, wenn man mit einem der botanischen Gärten in Holland Kontakt aufnehmen oder sie direkt vor Ort kaufen würde. Hat eigentlich diese Ananas-Dame auf deinen Brief geantwortet?«

Max schüttelte den Kopf. Sicher hatte Agnes Block Besseres zu tun, als ihm zu schreiben.

Während sie noch überlegten, betraten Debora und Floris das Pomeranzenhaus. Debora hatte aus der Küche einen kleinen Imbiss mitgebracht, und gemeinsam aßen und plauderten sie. Floris holte sein Schulheft hervor und stellte Berechnungen an. Neugierig beugte Jerun sich darüber. »Du rechnest besser als mancher Lehrjunge!«

Floris freute das Lob sichtlich. »Es bereitet mir Freude, Ordnung in die Zahlen und Buchstaben zu bringen.«

Jerun runzelte die Stirn. »Warum seid ihr hier? Wohnt ihn nicht mehr bei Herrn Impen?«

Debora suchte Max' Blick, und dieser nickte ihr zu. Als sie berichtet hatten, starrte Jerun seine Tante fassungslos an. »Ich wünschte, ich könnte euch aufnehmen.«

Debora berührte sacht seinen Arm. »Das wissen wir zu schätzen, mehr als du denkst. Wenn wir nur ein wenig Geld hätten, könnte ich Kompotte, Marmeladen und anderes herstellen und auf dem Markt verkaufen. Ich habe ja bei Impen gesehen, wie gut diese Waren ankommen. Dann könnte ich für mich und Floris sorgen, ihn vielleicht sogar auf eine bessere Schule schicken.«

Nachdenklich blickte Jerun sie an.

Debora trat zurück, um ihr Werk zu betrachten. Sie hatte über den Tisch eine hübsche Decke gelegt und überall kleine Töpfe und Tiegel drapiert, Säckchen mit Kräutern und anderen schönen Dingen. Es war ein Jammer, dass Ursel den Stand nicht sehen konnte. Ihre Freundin hatte trotz ihrer Schwangerschaft eifrig geholfen, die Waren herzustellen, lebte aber nach wie vor zurückgezogen. Erst wenn das Kind geboren war – Ursels Eltern in Potsdam würden es als eines der ihren ausgeben –, würde sie nach Cölln zurückkehren.

Seit Jerun ihr vor einer Woche sein Erspartes geliehen hatte, hatte Debora beinahe rund um die Uhr gearbeitet. Ursel hatte ihre Beziehungen spielen lassen, um günstig Obst, Gemüse und Gewürze einzukaufen, der Großvater hatte ihnen guten Honig beschafft. Debora hatte sogar in seiner Hütte einkochen dürfen; er mochte bärbeißig sein, hatte aber das Herz am rechten Fleck. Dann hatte Jerun seine Verbindungen bemüht, um ihr einen Marktplatz zu sichern. Ihr Angebot sah hübsch aus und hob sich von den anderen Ständen ab, auf denen die Waren unordentlich wirkten.

Schon kamen die ersten Kunden, um ihre Waren in Augenschein zu nehmen. Auch andere Händler strömten neugierig herbei, um sich umzusehen. So war ihr Angebot stark dezimiert, als sich die Sonne dem Horizont näherte.

»Von dem Geld werden wir einkaufen und auch etwas zurücklegen können«, sagte Debora zufrieden zu ihrem Sohn, der nach Schulschluss hinzugekommen war und bei Verkauf und der Abrechnung geholfen hatte. Aus dem Augenwinkel sah sie, wie Floris erbleichte und sich hinter sie schob. Debora wandte sich um.

Herr Impen schoss auf sie zu, zornesrot unter seiner Perücke. »Willst du mir mein Geschäft madig machen? Hast mir meine Rezepte geklaut, meine Kunden gestohlen, dich bei mir eingeschmeichelt und mich geschädigt! Das wirst noch bereuen!« Er wandte sich um und rief nach dem Marktaufseher. »Dieses Weib hat mich bestohlen! Verhaftet sie!«

Wut ergriff Debora. Dass er es wagte, sie derart zu verleumden! »Das ist eine Lüge!«, rief sie. Dann hielt sie inne. Wollte er, dass sie sich vergaß und sich selbst in ein schlechtes Licht rückte? *Sachlich bleiben!* »Die Rezepte habe ich aus Holland mitgebracht. So etwas wie meine Pomeranzentorte hat Herr Impen noch nie verkauft. Die kennt er gar nicht.« Ihr kam eine Idee. »Oder verratet uns doch, welche geheime Zutat diese Torte so köstlich macht!«

Herr Impen schnaubte. Dann riet er drauflos. Nichts stimmte. Sie wandte sich an die Umstehenden, die ihr Streit angelockt hatte. »Seht Ihr, dieser Kaufmann will lediglich unliebsame Konkurrenz loswerden. Wenn seine Waren wirklich so gut sind, braucht er mich ja nicht zu fürchten! So ein Wettstreit sollte mit ehrlichen Mitteln ausgetragen werden. Und Ihr«, Debora wies auf die Kunden, »entscheidet mit dem Griff in Eure Geldbörse.«

Während sie den Kunden in die Augen sah, entdeckte sie zwischen den Reihen ihre Schwester. Hester schüttelte demonstrativ den Kopf und wandte sich ab. Aber da plötzlich ihr Stand von Kunden umringt war, hatte Debora keine Zeit, sich noch mehr Sorgen zu machen.

Hester presste unauffällig die Hand auf ihre Magengrube. Chim musste nicht wissen, wie es um sie stand. Ihr Magen war stets empfindlich gewesen, aber die Nähe ihrer Schwester hatte es verschlimmert. Sie würde Elvina um ein Magenmittel bitten, denn sie hatte gehört, dass die Nachbarin unkompliziert, verschwiegen und günstig weiterhalf. Debora auf dem Markt zu sehen hatte Hester aus der Bahn geworfen. Sie hatte gehofft, ihre Schwester würde nicht nur aus ihrem Haus verschwinden, sondern aus der Stadt, aus ihrem Leben. Stattdessen …

»Liebste, ich begreife nicht, warum dir diese Begegnung so zusetzt. Du wolltest deine Schwester nicht mehr in deiner Nähe haben, das ist gelungen. Debora kann sogar für sich sorgen. Vermutlich wird sie schon bald ihre Schulden zurückzahlen. Lass sie doch machen, was sie will. Es geht uns nichts an.«

Hester sah ihren Mann prüfend an. War er wirklich so naiv? »Du weißt, dass alles, was Debora tut, auf uns zurückfallen kann. Was, wenn die Beschuldigungen stimmen?«

Chim schnaubte. »Deine Vorsicht in Ehren, aber ich traue deiner Schwester keine verbrecherische Ader zu. Sie ist fleißig, sie ist verzweifelt, und sie sorgt gut für ihre Söhne – das musst du anerkennen! Und jetzt sieh mich nicht schon wieder so an, als würde ich sie in Schutz nehmen!«

»Das tust du aber. Du stellst dich gegen mich. Was, wenn doch etwas an den Vorwürfen dran ist?«, insistierte Hester. »Irgendwoher muss sie das Geld für diese Unternehmung haben!«

Ihr Mann seufzte. »Nun gut, ich werde mich erkundigen.«

Hester legte die Hand auf seinen Arm und streichelte ihn zufrieden. »Aber halte dich von ihr fern. Nicht, dass sie dich in ihre Machenschaften hineinzieht.«

Chim fand Debora im Küchengarten des Schlosses. In einer offenen Küche verteilte sie Eintopf an die Gärtner und Tagelöhner. Er atmete tief ein. Wie er solche Auseinandersetzungen hasste! Er liebte Hester, aber seit sich Debora bei ihnen gemeldet hatte, war ihr Leben aus den Fugen geraten. Eigentlich sollte sie doch christliche Nächstenliebe antreiben, familiäre Fürsorge, schwesterliche Liebe. Stattdessen schien ein tiefer Schmerz seine Frau zu quälen. Manchmal wünschte er, er hätte nie angeboten, Debora zu helfen. Doch das war ungerecht. Denn eigentlich mochte er sie und ihre Söhne, und genau genommen bewunderte er sie auch dafür, wie sie sich durchschlug.

Debora nickte ihm zu. »Ihr wollt sicher zu Herrn Oliva«, sagte sie zuvorkommend und suchte die Gruppe nach dem Lustgärtner ab.

Chim jedoch machte ihr ein Handzeichen, dass er mit ihr sprechen wollte. Debora bat eine junge Magd zu übernehmen und kam zu ihm. »Ist etwas passiert?«, fragte sie. »Geht es Hester nicht gut? Oder Jerun?«

Bekümmert wiegte Chim das Haupt. »Ich habe mit Herrn Impen gesprochen.«

Debora strich über ihren Hals. Sie wirkte auf einmal sehr müde. »Und was hat er Euch erzählt?«

»Er hat erneut behauptet, dass Ihr ihn bestohlen habt.«

Seine Schwägerin schien mit sich zu ringen. Dann berichtete sie ihm, was geschehen war, und sogleich erschienen Impens Behauptungen in einem anderen Licht.

»Glaubst du ihr?« Hester blickte Chim forschend an. Sie saß im Kontor am Schreibtisch und zählte Geld, eine Tätigkeit, die sie zu beruhigen schien.

»Warum sollte deine Schwester lügen? Sie würde ihre neue Existenz riskieren und auch die Laufbahn ihrer Kinder, die es ohnehin schwer genug haben.«

»Dennoch erscheint es mir seltsam. Uns kann sie die Schulden noch nicht zurückzahlen, aber Geld für diese Unternehmung hat sie.«

»Jemand hat ihr etwas geliehen.« Chim wandte sich ab, als müsste er etwas erledigen. Hoffentlich hakte Hester nicht nach. Es würde ihr ganz und gar nicht gefallen, was er in Erfahrung gebracht hatte.

27

Max pflanzte die Anemonen und Ranunkeln aus den Treibkästen so zwischen die Tulpen, dass der Blumengarten von den
Schlossfenstern aus gesehen einen farbenfrohen Blütenteppich
bildete. Er betrachtete gerade eine der grünen Tulpen mit wei-
ßem Rand, als eine Kutsche auf den Schlossplatz fuhr. Ein ex-
travagant gekleideter Mann und ein Heranwachsender mit kurzem Krauskopf und bunter Kleidung stiegen aus und wurden
wenig später von einem der Hofräte in Empfang genommen.

»Was ist das denn für ein schräger Vogel?«, fragte Wynant,
der gerade die Bohnenschösslinge vereinzelt hatte. »Der sieht ja
aus, als wäre er in einen Farbtopf gefallen!«

Heinrich Bender stieß den Spaten in eine Staude. »Das muss
der neue Grottier sein, vermutlich mit seinem Lehrjungen. Direkt aus Frankreich wurden die beiden bestellt.«

Franzosen? Ärger wallte in Max auf.

»Ich begreife nicht, warum Geld für diese Franzmänner und
die ganzen anderen Ausländer hinausgeworfen wird, wo wir
eigene Experten haben und mit ihrem Land im Krieg stehen«,
schimpfte Wynant und klopfte seine Tonpfeife über dem Gemüsebeet aus.

»Oliva macht seine Sache sehr gut«, warf Bender ein.

»Ein halber Italiener! Und Langelaer bei den kurfürstlichen
Besitzungen bei Bornim ist ein Holländer wie unser Kollege
hier«, sagte Wynant verächtlich. »Halten sich für was Besseres,
allesamt!«

Max setzte vorsichtig eine schwarze Schachbrettblume um, die zu sonnig gestanden hatte. Plötzlich schämte er sich seines Ärgers. Nicht alle Franzosen waren gleich. Das sollte er wissen, zumal das Gestichel gegen Ausländer jeglicher Herkunft sicher noch weiterging.

»Tja, unverschämt und feige zugleich, so sind die Holländer«, vernahm er Wynants Stimme wieder. »Aber auch die werden noch sehen, dass sie hier nicht willkommen sind!«

Am Hafen auf der Fischerinsel kontrollierte Jerun noch einmal, ob die Ladung korrekt verpackt war, und gab dem Gehilfen letzte Instruktionen. Obgleich er selbst noch nicht abreisen würde, ergriff ihn das Reisefieber. Er ging zu seinem Vater zurück an den Anleger, wo dieser mit dem Hafenmeister etwas besprach, während Hester sichtlich aufgeregt danebenstand. Als Chim die Unterhaltung beendet hatte, sagte er: »Alles ist bereit. Ich wünsche Euch erfolgreiche Geschäfte in Breslau, Vater.«

Chim blickte ihm in die Augen. »Für Holland haben wir ja alles besprochen. Du weißt, worauf du zu achten hast.«

Jerun nickte und bemühte sich, sich seinen Überdruss nicht zu sehr anmerken zu lassen. Mehr als einmal waren seine Eltern mit ihm die Listen für An- und Verkäufe durchgegangen.

Hester berührte zaghaft die Hand ihres Mannes, zog sie dann aber zurück. »Ganz einverstanden bin ich noch immer nicht, dass du nach Pommern fährst und auch Jerun mich demnächst alleinlässt.«

Chim lächelte sie aufmunternd an. »Es ist ja nur für einige Wochen. Ich bin bald wieder da. Aber bei den Ernteausfällen der letzten Zeit und angesichts des Krieges sollten wir verstärkt in den Getreidehandel einsteigen. Es sind ja nicht nur unser

Volk und das der Niederländer auf Importe angewiesen, auch die Armeen wollen versorgt werden. Diese Verhandlungen kann ich Jerun bei aller Liebe noch nicht überlassen.«

Der Kapitän des Binnenschiffs schlug die Glocke als Zeichen zum Aufbruch. Ungeachtet der vielen Geschäftsleute, die um sie herumstanden, nahm Chim das Gesicht seiner Frau in die Hände und küsste sie. »Gott segne und behüte euch, bis wir uns wiedersehen.«

Hester umfasste seine Oberarme, als wollte sie ihren Mann nicht loslassen. Jerun legte ihr den Arm um die Schultern. Es schien seinen Eltern mit zunehmendem Alter immer schwerer zu fallen, voneinander Abschied zu nehmen.

Chim nickte ihm noch einmal zu und bestieg dann mit den anderen Fahrgästen das Binnenschiff, das sogleich ablegte. Zu seinem Erstaunen stellte Jerun fest, dass seiner Mutter Tränen in den Augen standen. Wie konnte sie nur einerseits so hart und andererseits so sentimental sein? »Hilfst du mir, letzte Vorbereitungen für meine Abreise zu treffen?«, fragte er mit einem bemühten Lächeln.

Hester tupfte sich eine Träne aus dem Augenwinkel. »Selbstverständlich. Es gibt noch viel zu tun. Chim verlässt sich auf uns, und ich möchte ihn nicht enttäuschen. Als Erstes gehen wir die Listen noch einmal durch.«

Elvinas und Rosas Augen weiteten sich, als der Schneider das metallene Korsett hereintrug, das er mit Stoff ausgepolstert hatte. Elvina ergriff die Hand ihrer Schwester. Sie unterdrückte ein Schaudern, denn dem Objekt war anzusehen, dass es trotzdem unbequem sein würde.

Ihr Vater hingegen schien zufrieden zu sein, obgleich das

Korsett ein großes Loch in ihre Kasse gerissen hatte. »Die Handwerkskunst ist unübersehbar, nicht wahr, Rosa?« Georg lächelte seine Tochter aufmunternd an. Doch Rosas Gesicht blieb ernst. Elvina hätte sie am liebsten fest in die Arme geschlossen. Rosa war ein Stückchen gewachsen, und Elvina hatte beobachtet, dass sich auch ihre weiblichen Formen immer mehr zeigten. Gleichzeitig war es, als verkümmerte ihre Schwester durch die Schmerzen. Elvina wusste, dass es viel Elend auf dieser Welt gab, und doch haderte sie manchmal mit Gott, der einem so aufgeweckten und fröhlichen Mädchen dieses Schicksal auferlegt hatte.

Sie baten den Schneider, sie kurz allein zu lassen, und legten Rosa das Korsett an. Als sie es zuschnürten, sah Elvina ihrer Schwester an, wie unbequem es sein musste. Doch Rosa gab keinen Laut von sich. »Wollen wir nachher in den Lustgarten gehen und schauen, wie viele Tulpen ihre Blüten zeigen?«, fragte sie in der Hoffnung, Rosa damit eine Freude machen zu können. Vielleicht würden sie ja auch Jerun über den Weg laufen, ehe er abreiste …

Stumm schüttelte Rosa den Kopf, und so schlug Elvina stattdessen vor: »Oder wir helfen Vater bei dem Entwurf für den Garten.«

»Das wird langsam Zeit. Schließlich beginnen die Arbeiten bald wieder«, setzte Georg hinzu und strich seiner Tochter über den Kopf.

Rosa lächelte bemüht. »Ich weiß nicht, ob das so eine gute Idee ist. Der junge Gärtner hat doch gesagt, dass man einen Garten der umgebenden Landschaft anpassen muss, damit er gedeiht. Damit kennen wir uns alle zu wenig aus.«

Ihr Vater merkte auf. »Welcher Gärtner?«

Elvina winkte ab. »Nur einer der Gesellen von Herrn Oliva, ein Niederländer. Er schien sich recht gut mit Gartengestaltung auszukennen.«

Der Schneider machte sich bemerkbar, und Georg wandte sich ihm zu, um die Rechnung entgegenzunehmen.

❋

Am Abend kamen sie im Garten von Ursels Großvater zusammen. Da frisches Obst auf den Märkten teuer war, hatte Debora sich einiges einfallen lassen müssen, um ihren Marktstand gut zu bestücken. Die Geschäfte liefen einigermaßen, und Ursel half ihr weiterhin, obgleich ihr die Schwangerschaft zu schaffen machte. Ihr Großvater Urban knabberte an einem Apfelkonfekt. »Kann man essen«, sagte er, langte aber noch einmal zu. »Man schmeckt den guten Blütenhonig heraus.«

Jeden Tag, wenn sie auf den Markt ging, fürchtete Debora, dass Herr Impen ihr wieder das Leben schwer machen würde, doch zu ihrem Glück ignorierte er sie derzeit. Von Jerun hatte sie gehört, dass Impen in letzter Zeit auffällig häufig bei den Ältesten der Kirchengemeinde auftauchte. Da diese auch für das Benehmen der Kirchenmitglieder zuständig waren, rechnete Debora mit dem Schlimmsten.

Als Max und Floris an der Gartenpforte auftauchten, verscheuchte sie die bedrückenden Gedanken. Floris setzte sich zu Ursels Großvater und machte sich daran, die Einnahmen zu zählen und in das Kassenbuch einzutragen, während Max mit der Gartenarbeit begann. In den letzten Wochen hatte er aus altem Holz einen Frühbeetkasten gebaut und angefangen, die Samen auszusäen, die ihnen von Wobbe geblieben waren. Ursel und ihr Großvater legten einige Fische auf ein Rost, das über einem Lagerfeuer hing. Die getrockneten Kräuter, mit denen die Fische mariniert waren, verbreiteten schnell ihren Duft. Nun kam auch noch Jerun hinzu, der einen Krug mit gutem Ducksteiner Bier dabeihatte und sich sofort zu Max begab.

»Natürlich haben die Gesellen sofort gegen die Franzosen gestichelt«, hörte Debora ihren Sohn wenig später erzählen. »Ich bin froh, dass Oliva sie in die Schranken gewiesen hat.«

»Der neue Grottier und sein Lehrjunge werden nicht die Letzten sein, die der Kurfürst zu sich lädt. Die Kurfürstin und er wollen auch andere Landsitze und Schlösser ausbauen.« Jerun schnäuzte sich geziert. »Wenn du es geschickt anstellst, kannst du dich bald freischwimmen. Arbeit wird es genügend geben.«

Max warf Pferdemist in das Hochbeet. Er wollte die Restwärme des Mistes für eine Art Treibhaus nutzen. »Wenn ich sehe, wie viel Papierkram Herr Oliva zu erledigen hat, was die Verwaltung und Bezahlung der vielen Mitarbeiter angeht, den Kauf der Pflanzen und Samen und sogar der Werkzeuge, dann bin ich froh, wenn ich einfach vor mich hinarbeiten kann.«

Debora beobachtete, wie Jerun einen Schritt zurücktrat und sich die Hose abklopfte. Es freute sie, die beiden so einträchtig beieinander zu sehen. Überhaupt ist es gut, hier bei meinen Freunden zu sein, dachte sie und beobachtete, wie Ursel und ihr Großvater am Feuer scherzten.

»Du solltest langsam etwas mehr Ehrgeiz entwickeln«, sagte Jerun jetzt zu Max. »Ich weiß doch, wie viel du im Pomeranzenhaus herumtüftelst und welch gute Arbeit du leistest. Ich kenne die Entwürfe, die du für Lustgärten hergestellt hast.« Er stockte und rieb sich die Nase, dann nieste er. »Das hätte ich beinahe vergessen.« Er kramte in seinem Beutel, holte ein gebundenes Büchlein heraus und reichte es Max. »Du hast mir von dem Journal deines Vaters erzählt, in dem er eintrug, wann er welche Arbeiten vornahm und zu welchen Ergebnissen seine Versuche führten. Hier kannst du deine jetzt aufschreiben.«

Max' Augen wurden weit vor Freude. Er wischte sich die Hände ab, ging dann aber doch zum Brunnen, um sie sich in einem Eimer zu waschen. »Das kann ich nicht annehmen.«

»Doch, das kannst du. Wir haben reichlich davon.«

Debora merkte auf. Ob Hester von dem Geschenk wusste? In diesem Augenblick war auch Floris mit den Eintragungen fertig und schob ihr stolz das Rechnungsbuch hin. Während sie Floris lobte, hörte sie, wie Jerun sagte: »Ich hoffe, du hast den Brief fertig, den ich Frau Block in Amsterdam bringen soll.«

»Natürlich. Meine Mutter hat noch einen Gruß hinzugefügt. Ich wünschte nur, ich könnte dir einige Samen oder dergleichen mitgeben, aber leider kann ich damit derzeit nicht dienen.«

Jerun grinste. »Das wird schon noch.«

Elvina lief ihrem Bruder nach, der inzwischen rasend schnell über den Boden krabbeln konnte, und legte das protestierende Kind in sein Bettchen. Im Bett nebenan schlief ihre Mutter, die heute außergewöhnlich erschöpft gewesen war. Auch Rosa und ihre anderen Geschwister waren bereits im Nachtlager. Nebenan im Labor polterte ihr Vater.

Leise ging Elvina zur Garderobe, warf sich einen Umhang über und schlich hinaus. Nach der letzten Chorprobe hatte sie mit Jerun vereinbart, dass sie sich vor seiner Abreise noch einmal treffen würden. Sie spürte seine Freude darüber, zu einer erneuten Handelsreise aufzubrechen, und gönnte sie ihm von Herzen. Gleichzeitig vermisste sie ihn schon jetzt. Ein wenig nervös trat sie auf die im Dunkeln liegende Straße. Natürlich schickte es sich für ein junges Mädchen nicht, allein unterwegs zu sein. Auch fürchtete sie das Gesindel, das die Straßen in Cölln und Berlin unsicher machte. Doch an der Straßenecke wartete Jerun bereits auf sie, und sie eilte zu ihm.

Er strahlte sie an. »Was für ein Tag! So viel zu erledigen! Ich kann es kaum erwarten, endlich unterwegs zu sein!«

»Das kann ich mir vorstellen.« Elvina hakte sich bei ihm ein, und sie liefen am Spreeufer entlang, als wären sie ein Paar. Das waren sie zwar nicht, aber so war es am unauffälligsten. Aufgeregt spürte sie die Wärme seines Körpers neben sich, nahm seinen Geruch wahr. Feuchtkalt stieg Dunst auf. Ein Käuzchen schrie. Nachdem sie eine Weile über Jeruns Reisepläne gesprochen hatten, erzählte sie ihm von Rosas neuem Korsett. Da Elvina nicht wollte, dass ihr Gespräch zu ernst wurde, schlug sie einen heiteren Ton an, als sie von ihren jüngsten Experimenten berichtete.

»Wenn ich etwas Zeit habe, sehe ich mich für dich bei den Amsterdamer Druckern nach neuen alchemistischen Schriften um«, sagte Jerun leichthin.

»Das wäre großartig!« Sie öffnete den Beutel, den sie am Handgelenk trug. »Ich habe etwas für dich. Ein Mittel gegen den Schnupfen und eine Salbe gegen die wunde Nase.«

Dankbar nahm er beides an sich. »Diese Witterung hier setzt mir einfach zu.«

In einiger Entfernung schlugen die Glocken. So spät schon, die Zeit war geflogen! Sie machten sich auf den Heimweg. Elvinas Schritte wurden schwer; sie wollte sich nicht von ihm trennen.

In der Nähe ihrer Häuser blieben sie stehen. Tiefblau waren seine Augen im Zwielicht, der Schwung seiner Lippen zeichnete sich deutlich ab. Einem Impuls folgend stellte Elvina sich auf die Zehenspitzen und küsste ihn.

Jerun erwiderte ihren Kuss, löste sich aber schnell von ihr. Er schien verwirrt, was sie verunsicherte. Nervös lachte sie. »Das wollte ich immer schon einmal!«

Jerun zog verlegen die Mundwinkel hoch. »Ich weiß nicht, ob wir das tun sollten, wo ich doch die nächsten Wochen und Monate unterwegs sein werde. Unsere Eltern werden sicherlich … also nicht, dass es nicht schön gewesen wäre.« Er lachte verlegen. »Versteh mich nicht falsch.«

Elvina musste sich zu einem Lächeln zwingen. Hatte sie einen Fehler gemacht? »Es war nur ein Kuss«, sagte sie, »nicht mehr.« Und doch hatte sich die Liebkosung so schön angefühlt!

Ihre plötzliche Kühle schien Jerun jedoch auch nicht recht zu sein, denn er berührte sacht ihre Halsbeuge und küsste sie ebenfalls.

Hester eilte zur Kirchengemeinde. Sie hatte versprochen, bei der Versorgung der Alten und Kranken zu helfen, und ihre Freundin Maria erwartete sie bereits. Mit einem Korb voller Leckereien und abgegriffener Bibeln machten sie sich auf den Weg.

Nach ihrem dritten Besuch wurde Hester nervös. Sie konnte ihre Kunden nicht so lange vor verschlossener Tür stehen lassen, man wusste nie, wie schnell diese zur Konkurrenz auswichen. Einen letzten Besuch hatten sie allerdings noch zu erledigen, und so durchschritten sie das Stadttor. Die alte Dame hatte lange neben der Kirche gelebt, war aber als Witwe beinahe mittellos und daher in einer Hütte vor die Stadt gezogen. Hester und Maria bereiteten ihr eine Mahlzeit, beteten mit ihr und sprachen ihr Mut zu. Zum Abschied drückte die Greisin Hesters Hände, und da wusste sie wieder genau, warum die mildtätige Arbeit für sie so wertvoll war. Es war ihre Pflicht, von ihrem Wohlstand und ihrer Zufriedenheit etwas an jene abzugeben, denen es nicht gut ging.

»Ich freue mich für Euch, dass Eure Familie sich wieder versöhnt hat«, sagte die Alte.

Hester lächelte die Greisin verkniffen an. Hatte sich der Zwist mit ihrer Schwester so weit herumgesprochen? Andererseits sorgte auch Impen nach wie vor für Unruhe, indem er darauf bestand, Debora wegen ihres angeblich schändlichen Verhaltens vor dem Kirchenrat anzuklagen. Bislang hatten Chim und sie das verhindern können. Aber jetzt, wo Chim unterwegs war …

Obgleich Hester weit davon entfernt war, Debora zu verzeihen, hatte Chims Bericht sie berührt und ihr Mitleid geweckt. Anscheinend hatte Debora einiges durchgemacht. Vielleicht war sie zu ihrer Schwester zu hart gewesen.

Die Greisin lächelte zahnlos. »Euer Sohn ist so ein stattlicher junger Mann! Ich sehe ihn oft mit Eurer Schwester, drüben bei dem alten Imker, der sie und seine Enkelin bei ihren Geschäften unterstützt.«

»Ja, wir sind stolz auf Jerun.« Hester fürchtete, dass sich ihr Lächeln in eine Grimasse verwandelt hatte, und wandte sich schnell ab. Sie murmelte einen Gruß und eilte hinaus. Ihre Freundin fragte, ob alles in Ordnung sei, aber Hester winkte ab. »Ich muss nur endlich ins Geschäft zurück!«, behauptete sie. Hatte Jerun ihre Anweisung missachtet und sich hinter ihrem Rücken mit Debora verbündet? War vielleicht gar er der geheimnisvolle Unbekannte, der Debora bei ihren Geschäften unterstützte?

Hester überlief es kalt. Sie konnte kaum glauben, dass ihr Sohn sie derart betrog.

Jerun war gerade mit den letzten Vorbereitungen für seinen Aufbruch beschäftigt, und Hester wusste, dass es nicht der beste Zeitpunkt war. Dennoch hatte sie es nicht lassen können, ihn mit ihrem Verdacht zu konfrontieren. Jetzt stand er vor ihr, die Fäuste in die Hosentaschen geschoben. »Und wenn es so wäre?«, fragte er und schob das Kinn vor.

Oh, ihr stolzer, ihr eigensinniger Sohn!

»Ich hatte es dir verboten.«

»Ich bin beinahe erwachsen.«

»Aber nur beinahe. Also stimmt es?«

Jerun warf sein Rasierzeug in seine Reisekiste und klappte sie zu. »Ja, es stimmt.« Zornfunkelnd sah er sie an. »Und weißt du was: Ich habe meine Verwandten nicht nur getroffen, ich habe ihnen auch Geld geliehen. *Mein* Geld. Denn ich bin offenbar der Einzige in dieser Familie, der weiß, was christliche Nächstenliebe ist!«

Ihr Sohn klemmte seine Kiste unter den Arm und stürmte hinaus, ehe sie ihn aufhalten konnte. Seine Worte und seine Reaktion trafen sie tief. Womit hatte sie das verdient? Am liebsten hätte sie ihm den Auftrag entzogen, ihn zur Strafe im Kontor arbeiten lassen. Gleichzeitig ahnte sie, dass sie damit ihr Verhältnis vielleicht für immer zerstören würde. Und sie hatte doch nur ihn, nur diesen einen Sohn!

Hester lief ihm nach. »Warte, Jerun! Ich will dich doch am Kai verabschieden.«

Doch er war schon an der Haustür. »Darauf kann ich verzichten!« Scheppernd fiel die Tür ins Schloss.

Hester kniete schon so lange in der Kirche und betete, dass ihre Zehen kribbelten. Die Reue über den Streit mit ihrem Sohn und die Scham über ihr Verhalten quälten sie. So allein, wie sie jetzt war, nur durch Briefe mit ihren Lieben verbunden – wenn Jerun ihr überhaupt schrieb –, stand ihr klar vor Augen, dass sie Fehler gemacht hatte. Würde sie als verbitterte Frau sterben, die es sich mit allen verdorben hatte? Sie sollte Chim und Jerun vertrauen, sollte Debora verzeihen, so schwer es ihr auch fiel …

28

→ Cölln an der Spree, April 1673 ←

Max wollte gerade seinen Wachdienst im Pomeranzenhaus antreten, als er aus der Nähe des Misthaufens erstickte Schreie hörte. Ohne darüber nachzudenken, eilte er los. Erst als er das Grüppchen sah, das sich dem dampfenden Haufen näherte, sprang er hinter eine Hecke. Zwischen den Kerlen zappelte ein Körper, genau so, wie er selbst bereits gezappelt hatte. Wen warfen sie dieses Mal auf den Mist?

»*Non! Laissez-moi!*«, hörte er, und Wut überfiel ihn. Am Grottier würden die feigen Kerle sich nicht vergreifen, also hatten sie sich dessen Lehrjungen Pierre geschnappt.

Max machte einen Schritt vor, zuckte dann aber zurück. Es waren zu viele. Außerdem würde er sich nur selbst Ärger einhandeln. Wieder ein Schrei. Sein Herz hämmerte. Er musste etwas tun!

Gerade als er losstürzen wollte, kamen ihm die Gesellen schon entgegen, lachend und stolz auf ihre Schandtat. Kaum waren sie vorbei, eilte Max zu dem Jungen. Ein bisschen Französisch beherrschte er, da dies die Sprache des Hofes und einiger von Vaters Kunden gewesen war.

Der Junge rappelte sich gerade auf, wich aber zurück, als er Max sah.

»Ich will dir helfen! Es tut mir leid, dass ich nicht früher gekommen bin«, sagte Max und schämte sich zugleich dafür. »Mir haben sie das auch schon angetan.«

Blut strömte aus der Nase des Jungen, der etwa in Floris'

Alter war. Entweder hatten Wynant und seine Kumpane ihn geschlagen, oder er war unglücklich gestürzt. »Warte, wir gehen zum Brunnen.« Während Max dem Lehrjungen half, spürte er dessen Kummer, der nicht allein auf die Schikane zurückzuführen war.

»Am liebsten würde ich Schnecken, Maulwürfe oder Wühlmäuse in den Teil des Gartens setzen, für den Wynant verantwortlich ist«, rief Pierre erbost.

»Das wäre gemein. Außerdem schädigt es unseren Auftraggeber und – was noch schlimmer ist – den Garten.«

Pierre musste grinsen. »Du und deine Pflanzen!«

»Du und dein Wasser«, gab Max zurück. Er setzte sich neben ihn auf die Gartenmauer, wo Pierre ihm gestand, dass er schreckliches Heimweh habe: »Gegen Paris, meine Heimat, ist dieser Ort hier einfach schrecklich!«

Max musste darüber lachen, mit welcher Inbrunst sein Gegenüber das Wort *horrible* ausstieß, und versuchte, ihn damit zu trösten, dass auch seine Familie erst vor einigen Monaten nach Brandenburg gekommen war. »Die Franzosen haben uns vertrieben. Deine Landsleute.«

Pierre sprang auf. »Ich kann nichts für den Krieg!«, verteidigte er sich. »Einer meiner Brüder wurde von euren Truppen schwer verletzt, ein anderer steht noch auf dem Schlachtfeld.« Kummer machte seine Stimme dünn. »Der Krieg war der Grund, warum meine Eltern mich weggeschickt haben. Ich soll nicht kämpfen müssen –«

»Und ich will es auch nicht.« Max reichte ihm die Hand. »*Je m'appelle Max.*«

Sein Gegenüber schlug ein. »Und ich bin Pierre, wie du weißt. Ich muss zu meinem Lehrmeister zurück.«

»Und ich ins Pomeranzenhaus.«

»Wir sehen uns. Komm mich doch mal in der Grotte besuchen. Dann zeige ich dir die Vexierwässer. Die sind nicht so gut wie französische, aber gar nicht mal schlecht.«

Aufgeregt schritt Georg die Schlosstreppe hoch. Kurfürst Friedrich Wilhelm und seine Frau waren gerade erst nach Cölln zurückgekehrt, und sie hatten nach ihm verlangt. In der ganzen Stadt wurde der Friedensvertrag diskutiert, den der Kurfürst angeblich mit dem französischen König schließen wollte. Es hieß, dass Friedrich Wilhelm den Ruin seiner Ländereien fürchtete, da die kurfürstlichen Provinzen im Westen von französischen Truppen besetzt waren und verheert zu werden drohten. Da die österreichisch-kaiserliche Armee nicht zu Hilfe kam und die Niederlande die versprochene Kriegsunterstützung nicht zahlte, stünde Brandenburg-Preußen mit dem Rücken zur Wand, hieß es.

Nervosität überfiel Georg. Wurde er einbestellt, weil es Probleme gab? Hatte er sich etwas zuschulden kommen lassen? Vielleicht aus Versehen ein Medikament falsch dosiert?

Leise und behutsam betrat Max die Grotte. Der Grottier war gerade ins Schloss gegangen, deshalb hatte er die Gelegenheit genutzt, um Pierre zu besuchen. Für den Blumenschmuck für den heutigen Empfang im Schloss hatten er und die anderen Gesellen bereits gesorgt.

Neugierig sah Max sich um. Der brandenburgische Adler schien ihn in der Grotte willkommen zu heißen. Das Mosaik war so kunstvoll aus Seemuscheln gebildet, dass es wie gemalt aussah. Er bewunderte gerade die Korallen und Muscheln,

die den achteckigen Raum wie den Königshof eines Meeres-
gottes wirken ließen, als ihn ein Wasserstrahl im Gesicht traf.
Max machte einen Satz zurück. Jemand kicherte. Wieder wurde
er von einem Wasserstrahl getroffen, dann setzte ein richtiger
Frühlingsregen ein, und Pierre kam feixend aus einer verborgenen Tür. »Erwischt!«, rief er.

»Das also sind die Vexierspiele«, sagte Max und schüttelte
sich lachend das Wasser aus Kleidung und Haaren. »In den
Niederlanden habe ich von ferne schon einmal welche gesehen.
Zeigst du mir, wie sie funktionieren?«

»Gern. Vexierspiele sind eigentlich knifflige Aufgaben, aber
in der Welt der Grotten und Wasserspiele handelt es sich um
plötzlich hervorschießende Fontänen oder Wassergüsse, die die
edlen Herrschaften überraschen und erquicken sollen«, dozierte
Pierre vergnügt. »Lustgärten sollten nicht nur ernst sein, sondern auch Spaß machen, finde ich. Die Pumpen für die Effekte
werden hinter den Kulissen von Helfern betätigt, verschleißen
aber im Laufe der Zeit.«

Als sie den Rundgang beinahe beendet hatten, lauschte
Pierre auf herannahende Schritte. »Es ist besser, du verschwin-
dest, ehe mein Meister zurückkehrt. Er ist gerade mit einem der
Hofräte und Herrn Oliva im Gespräch, um zu klären, welche
Folgen es für uns hat, wenn der Lustgärtner aufhört.«

»Herr Oliva hört nicht auf«, korrigierte Max.

»Doch, das wird er. Hast du es nicht gehört? Der Lustgärtner
des Potsdamer Schlosses ist gestorben, und Oliva wurde dorthin
abberufen.«

Frustriert ließ Max die Schultern hängen. Würde er unter
dem nächsten Lustgärtner seinen Posten behalten, es hier weiterhin aushalten?

Im Berliner Schloss drängten sich die Höflinge, denn es war der erste Empfang, seit der Kurfürst mit der Kurfürstin und seinem Hofstaat zurückgekehrt war. Elvina hatte sich eine derartige Festivität größer vorgestellt, aber man munkelte, dass der Kurfürst wegen des Feldzugs in akuten Geldnöten war. Sie ging an der Seite ihrer Eltern. Petronella hatte eingesehen, dass es nötig war, dass auch sie sich bei Hofe zeigte – jetzt, wo Georg erster Hofapotheker würde.

Elvinas Brust weitete sich, als sie an die Freude dachte, die ihrem Vater im Gesicht gestanden hatte, nachdem dieser von dem Gespräch mit dem Kurfürstenpaar zurückgekehrt war. Die Herrscher hatten sich sehr zufrieden mit seinen Medikamenten gezeigt und trotz der angespannten Haushaltslage eine Anstellung angekündigt. Auch dank der Medikamente ihres Vaters hatte die Kurfürstin auf dem Feldzug ein gesundes Kind zur Welt gebracht.

Elvina blickte sich im Festsaal um und entdeckte bald ihre Freundin. Annabelle war herausgeputzt und lachte ein wenig zu schrill. Da ihr Vater die Familie begrüßte, konnten sich auch die beiden jungen Frauen unterhalten.

Annabelle zog sie ein Stück mit sich. »Noch nicht einmal angesehen hat er mich!«

Elvina wusste sofort, wovon ihre Freundin redete, denn Annabelle ging es immer nur um Karl Emil. Jetzt stand der Kurprinz bei seinem Vater und seiner Stiefmutter. Kurfürstin Dorothea sah man nicht an, dass sie erst im Januar ein weiteres Kind bekommen hatte. »Dabei war ich neulich ganz sicher, dass er mich mag, als er …« Annabelle schniefte.

Als er *was?*, dachte Elvina alarmiert. Ihre Freundin hatte hoffentlich keine Dummheiten gemacht. »Du hast ihn getroffen?«, fragte sie leise.

»Nur eine kurze Begegnung im Schlosspark. Aber wir hatten so ein vertrautes Gespräch. Und jetzt das! Sieh nur, wie er den Hofdamen schöne Augen macht!« Annabelle funkelte Karl Emil an. Cunrat, der neben dem Kurprinzen stand, bemerkte ihren Blick und kam zu ihnen. Unwillkürlich trat Elvina einen halben Schritt zurück. Sie war ihrem Cousin seit der Begegnung im Schlitten aus dem Weg gegangen.

»Benimm dich!«, fuhr Cunrat seine Schwester leise an. »Du machst dich ja lächerlich.« Da brach Annabelle in Tränen aus. Die ersten Gäste drehten sich zu ihnen um, und Cunrat sah Elvina scharf an: »Sorgt dafür, dass sie sich nicht noch mehr zum Gespött macht – und uns mit!« Dann drehte er sich um und eilte zum Kurprinzen zurück.

Als zum Festmahl gebeten wurde, hatte Elvina ihre Freundin gerade etwas beruhigen können. Sie saßen weit voneinander entfernt, denn Elvina und ihre Eltern mussten am vorletzten Tisch Platz nehmen. Während der Kurfürst stolz über sein geplantes Abkommen mit König Ludwig berichtete, beobachtete Elvina ihre Freundin. Sie wusste selbst, wie sehr man als Verliebte leiden konnte, hatte sie doch immer wieder den Abend in Gedanken Revue passieren lassen, an dem sie Jerun geküsst hatte. Auch sie war sich seiner Gefühle nicht sicher. Doch ihre Freundin schien sich in eine Vernarrtheit hineingesteigert zu haben, die der Kurprinz offensichtlich nicht erwiderte. Sie musste Annabelle unbedingt ablenken …

Wieder starrte Annabelle von ihrem schmalen Baldachinbett, auf dem sie schon seit Stunden herumlümmelten, zum Fenster. Seit Elvina ihre Cousine auf deren Landgut bei Oranienburg besuchte, versuchte sie, diese aufzumuntern. Sie spielten, musizierten, machten Handarbeiten, spazierten durch den Garten, ganz so, wie es sich für junge Frauen aus gutem Hause schickte. Doch genau das wurde Elvina langsam zu öde, zumal ihre Cousine immer öfter abgelenkt zu sein schien. Sie wusste genau, wo Annabelle in Gedanken war, wollte aber nicht schon wieder über Karl Emil reden. In einem Anflug von Albernheit nahm sie ein Zierkissen und warf es nach Annabelle. Diese starrte sie so überrascht an, dass Elvina lachen musste.

»Ich habe nur gerade überlegt, ob wir …«

»Spielen wir weiter, oder willst du nur grummelig vor dich hinstarren?« Elvina zog eine Grimasse und schnappte sich noch ein Kissen, dieses Mal traf sie besser.

»He!« Annabelle schleuderte die Kissen zurück. Sofort war eine Kissenschlacht entbrannt.

Elvina versuchte ihrer Freundin die Kissen abzunehmen, Annabelle wehrte sich, und so rangelten sie. Schließlich ließen sie sich auf das Bett fallen, Annabelle legte ihr Haupt auf Elvinas Bauch, und schon wurde ihre Laune wieder schlechter.

»Vielleicht sollten wir an die frische Luft gehen, einen Ausflug machen«, schlug Elvina vor.

Annabelle sprang auf, plötzlich von neuer Tatkraft erfüllt. »Das ist es!« Sie scheuchte Elvina vom Lager. »Auf geht's! Ich frage Vater, ob wir die Kalesche bekommen, das wird er uns bei diesem schönen Frühlingswetter kaum abschlagen.«

Wenig später hatten sie sich umgekleidet und ließen sich von einem Lakaien in die Kalesche helfen. Neugierig wurden sie von Bauern beäugt, die in der Nähe ihre Felder bewirtschafteten.

»Manche von ihnen sehen recht elend aus«, meinte Elvina.

»Viele Dörfer waren nach dem Krieg entvölkert und haben sich noch nicht erholt. Auch das widrige Wetter macht ihnen zu schaffen.«

»Und trotzdem liefern sie ihre Ernte ab?«

»Das ist ihre Pflicht«, sagte Annabelle. »Der Herrgott hat's so eingerichtet.« Sie zupfte einen Fussel von ihren engen Seidenhandschuhen und wechselte das Thema.

Zunächst dachte Elvina, dass sie nur ein wenig auf den Ländereien der Familie herumführen, doch sie entfernten sich immer weiter vom Herrenhaus. »Wohin wollen wir?«

Annabelle streckte die Hand aus dem Kutschfenster und strich mit den Fingern durch den Fahrtwind. Ein feines Lächeln lag auf ihren Lippen. »Das wirst du schon sehen.«

Als sie noch einen Wald durchquert hatten, tauchte ein Jagschloss samt Wehrmauer, Wirtschaftsgebäuden und langer hölzerner Jochbrücke über einem breiten Fluss auf. Nun wusste Elvina, was ihr Ziel war. »Du willst ins Jagdschloss Köpenick? Ohne Einladung?«

»Mein Bruder ist dort. Also überbringe ich Cunrat eine Nachricht. Irgendetwas wird uns schon einfallen«, sagte Annabelle leichthin, als sie die Zugbrücke in der Mitte des Flusses Dahme überquerten.

Uns? Ich lege keinen Wert darauf, Cunrat zu sehen, genauso wenig wie auf die Aussicht, vom Kurprinzen abfällig behandelt zu werden. Kurz dachte Elvina daran, eines der Pferde abzuspannen und abzuhauen. Ihre Freundin hingegen ließ seelenruhig vor das alte Jagdschloss vorfahren und befahl dem Lakaien, ihre Ankunft zu melden. Als sie hörte, dass sich der Kurprinz und ihr Bruder im Amtsbrauhaus befanden, ließen sie sich dorthin führen.

Schon aus einiger Entfernung hörten sie, dass die Männer heftig diskutierten, und wieder überkamen Elvina Fluchtgedanken. Sie sollte nicht hier sein!

»Unsere Stiefmutter zieht die Strippen gegen uns. Vater ist wachsweich in ihren Händen. Ehe wir's uns versehen, hat sie uns einen Teil unseres wohlverdienten Besitzes genommen! Wir sollten ebenfalls unsere Position stärken. Willst du denn nicht unser Jagdschloss standesgemäß umgestalten? Wenn ich erst verheiratet bin –«

»Jetzt reicht es aber, Fritz! Deine zukünftige Verlobte ist erst zwölf. Bis sie hier einzieht, läuft viel Wasser die Spree entlang – Dahme und Havel sowieso!«

Annabelles Augen blitzten vor Freude, als sie die resolute Stimme des Kurprinzen erkannte. Karl Emil, sein Bruder Friedrich, Cunrat und weitere Höflinge verkosteten offenbar gerade das frisch gebraute Bier, denn der Brauer stand mit einem Krug neben ihnen und sah sie erwartungsvoll an. Sofort erhoben sich die Männer und begrüßten Annabelle und Elvina. Die feuchte, herbe Luft im Raum verschaffte Elvina Beklemmungen, aber sie konnte ihre Cousine nicht alleinlassen.

»Was führt Euch hierher, verehrte Damen?«, fragte Kurprinz Karl Emil.

»Ich habe eine Nachricht für meinen Bruder.«

»Und da seid Ihr aus Cölln gekommen? Was für ein Einsatz! Lasst die Damen bewirten!«, befahl Karl Emil, während Cunrat Annabelle beiseitenahm. Er schien erbost über den Besuch zu sein. Doch da der Kurprinz der Gastfreundschaft Genüge tat, entspannte sich die Stimmung etwas. Elvina sah, wie glücklich ihre Cousine war, als Karl Emil sich bei einem Imbiss mit ihr unterhielt. Fritz diskutierte währenddessen mit Cunrat über seine Baupläne für Schloss Köpenick und behauptete erneut, dass seine Stiefmutter Karl Emil und ihm ihren Besitz nehmen wolle.

Elvina wollte nicht in diese Hofränke hineingezogen werden und fragte daher, ob sie die Brauerei besichtigen dürfe.

Cunrat blitzte sie an. »Vielleicht solltet Ihr Euch eher für das Wohl Eurer Cousine interessieren.«

»Ihr wisst, dass Annabelle eigensinnig ist. Unser Ausflugsziel war mir unbekannt«, sagte Elvina ruhig. »Abgesehen davon, dass man als gute Hausfrau über das Bierbrauen Bescheid wissen sollte, kenne ich mich auch mit der Destillation aus.«

Fritz trat zu ihnen, ehe Cunrat sie weiter bedrängen konnte. »Lasst uns für einen Augenblick allein«, sagte er schroff und schob sich vor Cunrat. »Meine verstorbene Mutter, Luise Henriette von Oranien, hat große Stücke auf Euren Vater gehalten. Ich habe lange überlegt, ihn anzusprechen, weil ich weiß, dass er auch das Vertrauen einer gewissen Dame genießt, die mir und meinen geliebten Brüdern nicht gerade wohlgesonnen ist.« Ein wenig hektisch sah Fritz sich um, als fürchtete er, hinter ihm könne jemand lauern.

Elvina lächelte zurückhaltend. »Wir schätzen uns sehr glücklich, dass mein Vater Euer Vertrauen und das Eurer Familie genießt, Durchlaucht.«

»Wie Euch vielleicht bekannt ist«, Fritz lachte unsicher, »bin ich nicht ganz gesund. Seit Jahren versuche ich, meine körperliche Gestalt zu verbessern. Nun hörte ich, dass Euer Vater Eurer Schwester, wie soll ich es sagen …«

»Rosas neues Korsett? Es ist durch Entwürfe des berühmten französischen Leibarztes Paré inspiriert. Ich hatte Gelegenheit, die Schriften Parés einzusehen –«

»Ihr habt es selbst hergestellt?«, unterbrach er sie.

»Nein, das nicht, Durchlaucht. Aber ich habe gemeinsam mit meinem Vater einen abgewandelten Entwurf hergestellt und die Handwerker instruiert.«

»Könnte Euer Vater wohl auch, gegebenenfalls, für mich … Allerdings müsste ich ihm vollauf vertrauen können.«

»Das könnt Ihr, Durchlaucht.« Elvina überlegte, ob sie noch etwas dazu sagen sollte, entschied sich aber dagegen. Der kurfürstliche Hof war eine Schlangengrube, und alles, was falsch verstanden werden konnte, wurde auch falsch verstanden. »Ich werde ihm von Eurem Wunsch berichten. Ganz im Vertrauen, versteht sich.« Sie neigte das Haupt. Fritz schien zufrieden zu sein.

Als Kurprinz Karl Emil und Cunrat sie einige Zeit später zur Kalesche geleiteten, strahlte Annabelle.

»Mir gefällt es nicht, dass du mich derart für deine Zwecke ausnutzt!«, platzte Elvina dennoch heraus, als die Kalesche anfuhr.

»Ach, sei doch nicht so ein Griesgram!« Annabelle umarmte sie stürmisch und lachte. »Karl Emil schätzt mich doch, das ist alles, was zählt. Hast du gesehen, wie zuvorkommend er sich um mich gekümmert hat? Außerdem finde ich es undankbar von dir, dich zu beklagen. Ohne mich würdest du nie so nah an die Familie des Kurfürsten herankommen. Und das ist doch auch zum Besten deines Vaters.«

29

Paulus gab seinem Pferd die Sporen. Hinter ihm galoppierte ein Trupp getreuer Soldaten aus seiner Eskadron. Das Heer folgte langsam, viel zu langsam. Spione hatten berichtet, dass Ludwig XIV. seine Truppen bei dem Sturm auf Maastricht höchstselbst anführen würde – dreißigtausend gegen die niederländische Garnison von knapp sechstausend Mann. Die Schlacht schien entschieden zu sein, ehe sie begonnen hatte, und so hatte Prinz Wilhelm die Freundlichkeit besessen, Paulus die Erlaubnis zu erteilen, vorauszureiten, um seine Mutter und das Gesinde in Sicherheit zu bringen. Flucht war ihre einzige Rettung. Das Landgut der Familie würden sie kaum verteidigen können.

In den vergangenen Monaten hatte Paulus bei der Armee die Disziplinarmaßnahmen für den Prinzen durchsetzen müssen – eine Aufgabe, die wichtig war und die er dennoch gehasst hatte. Den Soldaten mangelte es an Disziplin, viele weigerten sich zu kämpfen, ignorierten Befehle oder standen morgens nicht freiwillig auf, weshalb der Prinz drakonische Strafen verhängt und erneut Todesurteile ausgesprochen hatte. Oft war Paulus damit nicht einverstanden gewesen; wenn die Soldaten schlecht oder gar nicht bezahlt wurden, konnte er ihnen mangelnden Einsatz kaum verdenken. Nicht für jeden stand schließlich das Wohl der Republik an erster Stelle. Dennoch hatte er dafür gesorgt, dass Wilhelms Befehle ausgeführt wurden. Gleichzeitig hatte Waldeck als ihr Stabschef ein Memorandum zur Umgestaltung der Truppen entwickelt.

Paulus seufzte. Dass sein Vater noch immer dazu verurteilt war, den Feldzug von Vlissingen aus zu verfolgen, verbitterte ihn. Andererseits hatte Admiral de Ruyter die englische Armada vor der Schelde zwar gerade in zwei Seeschlachten abgewehrt, ihr aber keine wirkliche Niederlage zugefügt, sodass nach wie vor die Gefahr einer Invasion von See aus bestand.

Sie passierten einen Hohlweg. Das frischgrüne Laub wölbte sich einem Tunnel gleich über ihnen, immer wieder durchbrochen von der sattgelben Junisonne, doch Paulus hatte keinen Blick für die Schönheit der Natur. Und richtig! Kurz vor einer Gabelung hörte er von rechts einen Reiter. Sollte er vorbeireiten und riskieren, dass er sich ihnen von hinten näherte? Oder abwarten? Paulus zügelte sein Pferd und legte die Hand an seinen Degen.

Beinahe wäre er mit dem Reiter zusammengestoßen. Der Kerl war der Bursche, den er als Kundschafter entsandt hatte. Sein Pferd war schweißglänzend, Schaum tropfte von seinem Maul. Das konnte nur eines bedeuten! Er befragte den Burschen, und noch während dieser antwortete, überschlugen sich Paulus' Gedanken. Selbst bei gemäßigtem Marschtempo hätte der Feind bereits in wenigen Stunden das Landgut erreicht. Er musste schneller sein! »Gebt den Pferden die Sporen!«, feuerte er seine Männer an und trieb sein Ross vorwärts.

Rauch hing in der Luft. Aber es roch nicht nach Brennholz, sondern stechend. Seine Zähne knirschten. Kamen sie zu spät? Tatsächlich. Rauchfahnen stiegen vom Herrenhaus seiner Familie auf, Fenster waren eingeschlagen, der Marstall stand offen. Wo waren die Söldner, die sie für die Verteidigung des Hauses bezahlten? Er entdeckte einen leblosen Körper auf der Wiese vor dem Eingangsportal und zückte seine Pistole.

Aus dem Augenwinkel sah Paulus, dass auch seine Begleiter sich bewaffnet hatten. Er sprang ab, näherte sich dem Körper.

Es war einer der für den Schutz des Guts angeheuerten Söldner; jemand hatte ihm den Schädel eingeschlagen. Im Haus klirrte es, dann ertönte ein Schrei.

Sofort rannte er hinein, dicht gefolgt von seinen Männern. Unter ihren Füßen knirschten Scherben von Glas und Porzellan. Die Ledertapeten waren abgerissen, Möbel zerschlagen, Gemälde zerstört. In einer Ecke stank ein Scheißhaufen. Unbändiger Zorn ergriff ihn.

Rasch gab Paulus den Männern Handzeichen, dass sie das Haus durchkämmen sollten, und rannte selbst die Treppe hoch. Ein Leichnam auf den Stufen, kein französischer Soldat, sondern ein Kerl, dessen zusammengesuchte Kleidung den Landstreicher verriet. Ein Knall, gleich darauf verfehlte ein Schuss ihn nur knapp.

Paulus warf sich auf die Stufen, robbte hoch, legte an. Doch als er aufsah, entdeckte er ihren Kastellan, der, eine Muskete im Anschlag, an der Wand zum Gemach seiner Mutter lehnte. Das Wams klebte ihm blutgetränkt an der Brust. Aus dem Erdgeschoss drangen weitere Schüsse, Schreie und das Klirren von Degen zu ihnen hoch.

Paulus eilte zu dem Kastellan, fasste ihn unter. »Was ist passiert, Lubbert? Bist du schwer verletzt? Wer war das? Wie geht es meiner Mutter?«

Lubbert stieß die Luft aus. »Es geht schon, Herr. Eure Frau Mutter ist … in ihrem Gemach … Ich … habe sie beschützt.« Lubbert sackte zusammen und hinterließ dabei einen Blutstreifen an der Wand. Paulus erbebte – der tapfere Mann! Er kniete sich neben ihn. »Wir wollten gerade … die Kutsche bereit machen … fliehen …«

»Wer hat das getan?«

»Herumtreiber, Bauern … kannte die Gesichter nicht. Keiner von … unseren Leuten …«

»Und unsere Söldner? Das restliche Gesinde?«

»Sind abgehauen … als sie vom Aufmarsch der Franzosen hörten … Und die verbliebenen … als der Pöbel kam.« Der Kastellan sah ihn an. »Jonkheer, ich wünschte … ich hätte Eure Mutter retten können …«

Paulus zog sich der Magen zusammen. Er berührte die Hand des Kastellans, die klebrig von Blut war. »Sorge dich nicht. Meine Männer und ich bringen euch in Sicherheit.« Dann sprang er auf und versuchte, das Gemach seiner Mutter zu öffnen. Die Tür war verschlossen. Er klopfte, rief. Zögerliche Schritte. Der Schlüssel im Schloss. Das verweinte Gesicht der Dienerin im Türspalt.

»Jonkheer Paulus, Ihr seid es! Dem Himmel sei Dank!«

Paulus drängte sich an ihr vorbei. Es roch seltsam, obgleich das Fenster offen stand. Seine Mutter lag unbewegt auf dem Bett, ein Kreuz und die Familienbibel in den Händen. Ihr Gesicht ähnelte einer Maske. Kurz fürchtete er, dass sie bereits tot war, doch dann öffnete sie die Augen einen Spalt. Ein Lächeln zuckte an ihren Mundwinkeln.

Im selben Moment meldete einer seiner Männer, dass sie die Eindringlinge getötet oder vertrieben hatten.

»Macht die Kutsche bereit!«, rief Paulus. Dann wandte er sich an die Dienerin. »Pack zusammen, was von Wert oder wichtig für meine Mutter ist.«

»Das habe ich schon getan.« Sie wies auf eine Truhe.

»Gut. Dann nimm Decken und Kissen. Wir müssen ihr ein Lager bereiten.«

Seine Mutter sog scharf die Luft ein. »Ich kann nicht … reisen.«

»Ihr müsst. Und Ihr werdet.« Paulus fackelte nicht lange, sondern schob die Decke beiseite, um seine Mutter auf den Arm zu nehmen. Vogelzart zeichnete sich ihr Leib unter dem Hemd ab, allerdings wölbte er sich auf einer Seite unnatürlich und nässte. Der Geruch von Fäulnis stieg ihm in die Nase. Dennoch schob er die Arme unter sie und hob sie hoch.

»Ich … muss mit dir reden … dir ein … Geständnis …«, stieß sie hervor.

»Nicht jetzt!«

Die Dienerin bedeckte seine Mutter, dann trug er sie hinaus. Zwanette wandte das Haupt zu ihrem Kastellan, der an der Wand lehnte. Paulus brauchte keinen zweiten Blick, um zu erkennen, dass Lubbert tot war. Hass wallte in ihm auf.

»Was ist … mit ihm?«

»Lubbert ist verletzt. Ich kümmere mich gleich um ihn«, log er.

»Wir können doch unsere Leute … unser Haus … unser Gut nicht … Allmächtiger …«

»Wir kommen bald zurück, das verspreche ich Euch.« Paulus sagte es mit fester Stimme und hatte doch Zweifel, ob er sein Versprechen würde halten können – und ob seine Mutter noch am Leben sein würde, wenn es so weit war.

Die Dienerin eilte, einen Haufen Decken, Pelze, Kissen und Kästchen auf dem Arm, voraus. Er trug seine Mutter durch das Haus, durch die Verwüstung. Immer wieder sah er Tote, die bewiesen, wie erbittert um ihren Besitz gekämpft worden war; anderen hatten vermutlich seine Männer den Garaus gemacht, denn manche Blutlache glänzte noch frisch. Seine Mutter murmelte leise vor sich hin, und Paulus glaubte, lateinische Wörter zu hören. Die Krankheit vernebelte immer stärker ihren Geist.

Am Marstall fand er seine Männer, einen verletzten Knecht und seinen Burschen. Einer seiner Getreuen war verletzt. »Heimtückischer Hinterhalt …«, knurrte er.

»Das Feuer in der Küche ist außer Kontrolle geraten«, berichtete ein anderer. »Ist auf das benachbarte Gemach übergesprungen. Haben notdürftig gelöscht. Können aber nicht garantieren –«

»Schon gut!«

Zwei weitere seiner Männer kamen heran, mit Körben voller Lebensmitteln und einem Weinfass beladen. Zwar halfen alle dabei, ein Lager für seine Mutter zu bereiten und Kisten aufzuladen. Trotzdem mussten sie viel zu viel zurücklassen. Doch sie hatten keine Zeit zu verlieren, und so gab Paulus den Befehl zum Aufbruch. Vielleicht würde es ihm gelingen, einen größeren Trupp zu organisieren, um zurückzukommen und weitere Habseligkeiten zu retten. Er wollte die Kutsche verlassen, doch seine Mutter umklammerte seine Hand. »Bleib … bitte.«

»Das geht nicht! Ich muss mit meinen Männern die Kutsche schützen!«

Sie krallte sich an ihn. »Alles meine Schuld … es ist alles meine …«

Angespannt stieg Paulus auf sein Pferd. Obgleich er die ganze Zeit das Gefühl hatte, verfolgt zu werden, erreichten sie Maastricht unbehelligt. Menschenmassen strömten in die Stadt, um sich in Sicherheit zu bringen, und auf den Straßen herrschte angesichts der drohenden Gefahr helle Aufregung. Am Tor wies Paulus den Passierschein vor, den Prinz Wilhelm eigenhändig unterschrieben hatte. Ein Soldat ritt ihnen voraus zum Stadtmagazin, wo Major-General Jacques de Fariaux, der seit dem Tod des alten Rheingrafen das Kommando führte, die Verteilung von Truppen und Waffen organisierte. Gerade diskutierte er mit einem Mann, dessen massige Gestalt, die helle Narbe auf der Wange und die ausgezeichnete Ausrüstung den hochrangigen und erfahrenen Kämpfer verrieten. Er stellte sich als Servaes van Aken vor.

Das also war der Gatte der schönen Grace! Der Major-

General musterte Paulus und seine Männer beinahe verächtlich. »Das ist alles, was Prinz Wilhelm uns schickt?«

»Der Rest meiner Eskadron und weitere Kontingente kommen zur Verstärkung nach. Insgesamt etwa tausend Mann«, erklärte Paulus.

»Was ist mit dem Prinzen selbst?«

»Prinz Wilhelm sichert die Wasserlinie.« Paulus schob das Kinn vor. Seit auch die Brandenburger die Niederlande im Stich gelassen hatten, um mit Frankreich über einen Friedensvertrag zu verhandeln, weil sie die Verheerung der kurfürstlichen Gebiete fürchteten, blieb Wilhelm nur eine Feldarmee von achtzehntausend Mann. Ein weiterer Grund für den Rückzug des Kurfürsten war, dass die Niederlande die versprochene Unterstützung nicht zahlten – aber wofür sollten sie auch zahlen, wenn Friedrich Wilhelm seine Truppen nur marschieren und nicht in den Krieg eingreifen ließ?

Fariaux schnaubte. »Der Sonnenkönig kommt mit vierzigtausend!«

Zwischen Paulus' Schulterblättern prickelte es. Das war weit schlimmer, als sie befürchtet hatten. »Maastricht ist stark befestigt. Die Truppen sind erfahren. Und wir werden unser Möglichstes tun, um die Stadt zu verteidigen«, sagte er fest. »Allerdings wollte ich Euch um Unterstützung bitten, um Besitztümer aus dem Landgut meiner Familie zu holen. Ich konnte lediglich einen Teil retten.«

»Ich kann keinen Mann entbehren. Wir rechnen stündlich mit dem Eintreffen des französischen Heeres.«

Paulus argumentierte, bat sogar – vergebens. Er drückte die Schultern durch. Der Familienbesitz war verloren. Nun blieb ihm nur noch, seine Mutter bei Freunden unterzubringen und Maastricht zu verteidigen. »Dann lasst mich wissen, was meine Männer und ich tun können, um Euch zu unterstützen.«

Paulus ließ seinen Trupp die zugewiesene Aufgabe aufnehmen, dann schickte er seinen Burschen mit den geretteten Habseligkeiten in das Quartier, das ihm zugeteilt worden war, und brachte seine Mutter in ein Hospital, wo er für ein Einzelzimmer und die nötige Behandlung durch einen Arzt zahlte. Die Zofe kümmerte sich rührend um sie, auch wurde angesichts des Zustands seiner Mutter sogleich ein Geistlicher gerufen. Zwanette schickte den Dominee jedoch weg und klammerte sich an ihren Sohn.

In gewisser Weise konnte Paulus ihre Entscheidung nachvollziehen. Angesichts der ungeheuren Qualen, die seine Mutter zu leiden schien, würde auch er nicht hören wollen, dass diese eine Folge göttlicher Vorsehung seien und ihr dieses Schicksal vorherbestimmt sei.

Behutsam versuchte er, ihre Finger zu lösen, die sein Handgelenk wie ein Schraubstock umspannten; erstaunlich, was für Kräfte noch in diesem von Krankheit gezeichneten Körper steckten. Wieder einmal verfluchte er seinen Vater, der nicht hier war. »Ich komme später wieder und sehe nach Euch, Mutter. Jetzt muss ich helfen, Maastricht für die Belagerung zu rüsten«, sagte er ungeduldig. »Und dann muss ich unseren Besitz zurückgewinnen. Wir haben alles verloren, begreift Ihr das nicht?«

Bitterkeit ließ seine Stimme scharf werden. Gleich darauf tat es ihm leid. Aber es stimmte: Wie sollte es mit ihnen weitergehen, wenn sie ihren Besitz und damit alle Einkünfte an die Franzosen verloren?

»Du musst bleiben! Bleib, um ... der Liebe Gottes willen.« Tränen stiegen ihr in die Augen. »Es geht zu Ende ... Das ist gewiss. Wir werden uns ... nicht wiedersehen.«

Tief in seinem Herzen ahnte er, dass sie recht behalten würde. Durfte er einer Sterbenden den letzten Wunsch verweigern? Dazu noch der Frau, die ihm das Leben geschenkt hatte? Paulus setzte sich zu ihr und hielt ihre Hand.

»Ich hätte es dir längst ... hätte nicht warten sollen, bis ...« Zwanettes Kopf sank auf das Kissen. Ihre Lider schlossen sich. Unbewegt sprach sie, als schickte sie alle Kraft in ihre Stimme. »Du musst mir verzeihen ... Versprich mir das. Ich war jung. Ich wusste es nicht besser. Und dann war ich ... schwach. Zu schwach. Dein Vater ...« Sie stieß keuchend einen Atemzug aus. Paulus wäre am liebsten aufgesprungen. Was wollte sie ihm sagen? »Ich lernte ihn in 's-Gravenhage kennen ... im Jahr 1648.« Würde sie ihm jetzt von der Romanze mit seinem Vater erzählen, ihm sagen, dass er ein Kind der Liebe gewesen sei und nicht einer erkalteten Ehe? »Er war ein stattlicher Mann ... soll es immer noch sein. Ein Mann, der die Frauen liebte – und sie ihn.«

Paulus stutzte. Sprach sie von Egbert? Seine Mutter musste fiebern.

»Ich war so jung, gerade sechzehn. Wie verliebt ich ... in ihn war.« Für einen Lidschlag gewitterte die Lebendigkeit wieder über ihre Züge.

»Mutter!« Paulus wollte ihr Einhalt gebieten, doch Zwanette ließ sich nicht beirren.

»Du hättest ihn ... sehen müssen ... um mich zu verstehen. Ein Bild von ... einem Mann.«

Er wollte das nicht hören! »Ich kann es mir vorstellen«, sagte er, um es abzukürzen. »Ich kenne Vater genauso gut –«

»Nicht ... Egbert.«

Die Worte trafen ihn wie ein Faustschlag. Paulus setzte sich wieder. »Von wem redet Ihr?«, presste er heraus.

»Von einem ... jungen Edelmann.« Sie sammelte sich, krampfte die Hände, ihr ganzer Körper stand unter Spannung. »Er hat ... sich vor Krieg und Verfolgung in ... unser Land geflüchtet. Ich rede … von König Charles II., dem jetzigen … englischen König. Von deinem … *wahren* Vater.«

Paulus sprang auf die Füße. Ihn schwindelte ein wenig. Seine Mutter schlug die Augen auf, und Paulus sah, dass ihr Blick ganz klar war. »Ich verstehe nicht«, stieß er tonlos hervor.

Als sie weitersprach, sank er auf die Bettkante, hin- und hergerissen zwischen Unglauben und Verblüffung. Konnte das wahr sein? Erklärte das, warum sein Vater ihn so abfällig und streng behandelte? Weil er ahnte, dass Paulus nicht sein Sohn war? Aber auch zu Quentin war Egbert brutal. Immer gebannter lauschte er.

»Deshalb ist es … völlig klar, dass du … einen Widerwillen verspürst, wenn du … mit Prinz Wilhelms Verhalten nicht einverstanden bist«, sagte seine Mutter leise. »Du bist ihm … ebenbürtig. Nein, du bist ihm … von Geburt her überlegen.«

Paulus hatte die Finger ins Laken gekrallt. In seinen Ohren sauste es. »Und … Vater, also Egbert?«

»Als ich feststellte, dass ich schwanger war …«, Zwanettes Rede ging noch schleppender, »… haben meine Eltern mich schnell … verheiratet. Sie haben mir … den Schwur abgenommen, nie über diese … Schande zu sprechen. Egbert hat … geahnt, dass etwas … nicht stimmte. Aber er war gerade verwitwet, mit einem kleinen … Sohn und froh, eine … so junge Braut ins Bett zu bekommen. Er hat keine Fragen gestellt … weil er die Antwort nicht … hören wollte.«

»Und … der …« Paulus wagte nicht, den Namen oder gar den Titel in den Mund zu nehmen. Als er Prinz Wilhelm nach England begleitet hatte, hatte er König Charles gegenübergestanden. Jetzt ging ihm auf, dass sie einander tatsächlich ähnlich waren: die hohe Gestalt, die schwarzen Haare. Doch noch immer konnte er es nicht glauben. »Weiß … er …«, würgte er die Worte hervor.

»Charles? Ob er … von dir … weiß?« Ein bitteres Lächeln zuckte über Zwanettes Lippen. Krämpfe durchfuhren sie.

Paulus versuchte, ihr Linderung zu verschaffen, und hoffte gleichzeitig inständig, dass sie weiterreden würde. Nach langen Minuten der Qual hatte sie sich noch einmal etwas gefangen. Doch jedes Wort schien eine unmenschliche Anstrengung zu erfordern.

»Parallel hatte er … eine Affäre mit … Lucy Walters … Sie fesselte ihn mehr … verheiratet … schenkte Charles … in Rotterdam … einen Sohn … den Duke … heute weiß ich … Charles … wohl viele … Bastarde … nur das … habe ich von ihm …« Sie löste mühsam das Tuch, das sie um den Hals gebunden trug.

Paulus wagte nicht, ihr zu helfen, und so schien es ewig zu dauern. Schließlich hielt er feinstes Leinen in den Händen, bestickt mit dem königlichen Wappen und »CR«, dem Zeichen des englischen Königs.

Der Atem seiner Mutter war kaum mehr ein Röcheln. »Und jetzt … lass den Priester … herein, der uns … gefolgt ist … Ich will … als gute … Katholikin sterben …«

»Jonkheer, wacht auf!«

Paulus grunzte unwillig, denn das Rütteln vervielfachte das Hämmern in seinem Schädel. Seit dem Tod seiner Mutter vor sechs Tagen hatte er gearbeitet, solange es seine Kräfte zuließen, und sich anschließend mit dem Wein, den sie aus ihrem Landgut gerettet hatten, betäubt. Der Tod der Mutter nach der Letzten Ölung durch den Priester – er hoffte, dass außer der Zofe niemand ihren Übertritt zum Katholizismus mitbekommen hatte – und ihr unsägliches Geständnis kamen ihm jeden Tag unwirklicher vor. Die Bestattung auf dem Stadtfriedhof und die Vorbereitungen für die Belagerung hatte er wie durch einen

Schleier erlebt. Auch daran, was er seinem Vater geschrieben hatte, konnte er sich kaum erinnern.

Paulus fuhr ruckartig hoch. Unter seiner Hirnschale stach es, als versuchte jemand, sie von innen aufzumeißeln. »Was ist?«, nuschelte er. Seine Zunge war dick und pelzig, der Geschmack in seinem Mund ekelerregend.

»Der Feind nähert sich gefährlich!« Der Bursche.

Paulus blinzelte in das Zwielicht, das nur durch eine einzelne Kerze erhellt wurde. In den Nachttopf pissen. Raus aus dem Hemd, das nach saurem Weindunst und Schweiß stank. Zur Waschschüssel. Er wankte. Säure schoss ihm die Speiseröhre hoch. Paulus erbrach sich, verfluchte den Suff, spülte den Mund. Sich zu waschen kam ihm zu langwierig vor, also kippte er sich kurzerhand das ganze Wasser über den Kopf. Bunte Lichter tanzten vor seinen Augen. Er stützte sich an der Wand ab. Hätte er nur nicht … Doch mit klarem Kopf waren die Ereignisse der jüngsten Zeit unerträglich.

Paulus zog sich an und wankte aus dem Schlafsaal, den er mit anderen Offizieren teilte. Hinaus, am Wall entlanglaufen und die Holztreppe emporsteigen. Am Himmel war nur die schmale Sichel des Mondes zu sehen, und doch erhellten unzählige Lichter die Stadt. Wie Ströme aus Lava, die er einmal auf einer Abbildung in einem Buch gesehen hatte, umgaben die durch Fackeln erhellten Belagerungsgräben die Stadt. Wider Willen musste Paulus dem französischen Festungsbaumeister Anerkennung zollen. Gleich bei ihrer Ankunft hatten die Franzosen die ansässigen Bauern zum Bau der Gräben gezwungen. Drei Tage lang waren Circumvallationslinien gezogen worden, die Ausfälle aus der belagerten Stadt verhindern sollten. Außerdem wurde eine Contravallationslinie gegraben, die die Belagerer vor Angreifern von außen schützen sollte.

Bei den Wachen entdeckte Paulus einen seiner Männer. »Seit

wann werden die Laufgräben errichtet?«, fragte er und wies auf die Gräben, die parallel zu den Festungswerken verliefen, die die Franzosen wohl zuerst angreifen wollten.

»Mit Einbruch der Nacht. Sie kommen schnell voran, kein Wunder – offenbar zwingen sie die Bauern der Umgebung zum Schanzen. Ein Heer unbezahlter Arbeiter, es müssen Tausende sein.«

»Dann trommle alle zusammen. Die Eskadron soll sich bereit machen.«

Kanonenschlüsse ließen das Gemäuer erzittern, als die Offiziere mit Major-General Jacques de Fariaux zur Lagebesprechung zusammenkamen. Seit dem 18. Juni wurde die Stadt beschossen. Gleichzeitig hatte Ludwig XIV. weitere Laufgräben anlegen lassen. Da diese im Zickzack verliefen, konnten die Angreifer die Mauern aus nächster Nähe beschießen, waren aber nur schwer unschädlich zu machen.

»Wir haben in der Nacht die Bastion vor dem Tongeren-Tor verloren. Wir müssen sie zurückerobern, sonst ist das der Anfang vom Ende!« De Fariaux stieß einen verächtlichen Laut aus. »Angeblich hat der Sonnenkönig seine Günstlinge, den Duke von Monmouth, einen Bastard des englischen Königs, und seinen besten Musketier d'Artagnan auf diese Aufgabe gesetzt, weil der König in sechs Tagen im Dom eine Messe zu Ehren von Johannes dem Täufer halten will – papistische Teufelei! Aber das werden wir zu verhindern wissen!«

Paulus war ohnehin entschlossen gewesen, sich für die Mission zu melden. Doch nachdem er von der Verflechtung des Duke of Monmouth gehört hatte, gab es für ihn kein Halten mehr. Das musste der Duke sein, den seine Mutter erwähnt hatte – warum war ihm das nicht früher klar geworden? Der verfluchte Alkohol!

Paulus hätte beinahe aufgelacht ob der Absurdität dieser Vorstellung. Wenn die Beichte seiner Mutter stimmte, war der Herzog von Monmouth quasi sein Halbbruder. Was für ein Hirngespinst!

Blut pulste aus seinem Arm, wo ihn der Degen aufgeschlitzt hatte. Nur einen Augenblick war Paulus abgelenkt gewesen. Er riss das Hemd eines Toten entzwei und verband die Wunde notdürftig. Er wollte sich nicht zurückziehen – jetzt schon gar nicht. Gestern hatten sie die Lünette vor dem Tongeren-Tor zurückerobert, doch nun hatten die Franzosen einen weiteren Sturmangriff gestartet. Die französische Armee war der ihren tatsächlich weit überlegen, nicht an Mut, aber durch Disziplin und die schiere Masse.

Der nächste Kanonendonner fuhr ihm durch Mark und Bein. Holz und Staub rieselten auf ihn hernieder, und kurz fürchtete er, das Dach würde über ihnen einstürzen. Er hörte, wie der Feind sich näherte. Noch einmal rief er seinen Männern Befehle zu. Sie waren so wenige! Hatte jetzt auch seine Todesstunde geschlagen?

Konzentriert lud Paulus seine Muskete. Er würde seine Haut teuer verkaufen.

Die Soldaten fesselten ihn, und selbst Hinweise auf seinen adeligen Stand hinderten sie nicht daran, im Gegenteil. Erschüttert sah Paulus sich um. So viele Tote! Gute Männer hatte er sterben sehen, und nur mit Glück war er selbst davongekommen. Was würde jetzt mit dem, was von seiner Eskadron übrig geblieben war, und ihm geschehen? Da der Familienbesitz besetzt war und der Vater ihr Vermögen verschleudert hatte, würde er nicht einmal Lösegeld zahlen können. Und ein gutes Wort bei Prinz Wilhelm einlegen könnte sein Vater ebenfalls nicht. Paulus müsste also selbst an Wilhelm schreiben und ihn um Hilfe bitten.

Plötzlich ein Aufschrei. Seine Bewacher lauschten, und statt ihn hinauszubringen, wie sie es angekündigt hatten, zerrten sie ihn in Richtung des Stadttores, das halb in Trümmern lag. Höhere Ränge hatten sich um einen Toten versammelt, dem offenbar eine Kugel den Hals zerfetzt hatte. Einer der Anführer sprach eine kurze Trauerrede. Auch er hatte sich nicht auf das Erteilen von Befehlen zurückgezogen, sondern selbst gekämpft, das war der zerrissenen, fleckigen Kleidung anzusehen. Die Männer lauschten ihm respektvoll, wirkten jedoch erschüttert. Einige waren auf die Knie gefallen und weinten. Auch seine Bewacher bekreuzigten sich und sprachen ein Gebet.

Neugier packte Paulus. »Wer ist gestorben, dass ihr so um ihn trauert?«, fragte er auf Französisch.

»Der Comte d'Artagnan ist gefallen, einer der treuesten Musketiere des Königs. Der Herzog von Monmouth würdigt gerade seine Taten.«

Paulus wollte genauer hinsehen, doch in diesem Moment versetzte sein Bewacher ihm einen Faustschlag und traktierte ihn auch dann noch mit Hieben, als er auf der Erde lag. »Ihr verdammten Niederländer seid schuld an d'Artagnans Tod, am Tod so vieler Kameraden!«, brüllte er.

»Wir haben zumindest die Ehre im Leib, unsere Gefangenen anständig zu behandeln!«, rief Paulus und versuchte angestrengt, sich trotz der Verwundungen zu verteidigen. »Das gilt genauso für die einfachen Soldaten wie für höhere Ränge und Adelige wie mich!«

Einer seiner Männer mischte sich lautstark ein: »Lasst gefälligst Jonkheer van Houtkerke los! Auf einen Verletzten einzuschlagen – ihr Feiglinge!«

Ein Befehl wurde gebrüllt, und sofort wurde er losgelassen.

Im nächsten Augenblick lichteten sich die Reihen, und der Mann, der eben die kurze Rede gehalten hatte, kam auf ihn zu. Er hatte ein geradezu klassisches Gesicht, wie Paulus aus der Nähe feststellte. Monmouth war seinem Vater Charles II. ähnlich, aber weitaus attraktiver, ein schöner Mann. »Seht unseren Soldaten die Behandlung nach. Einer der besten Musketiere ist gefallen, das ist ein schwerer Schlag für die französische Armee. König Ludwig wird untröstlich sein. Die Männer nehmen Euch in Gewahrsam, aber ich verspreche Euch, dass Ihr und Euresgleichen anständig behandelt werdet.«

Diese Höflichkeit und Galanterie angesichts des Todes erschienen Paulus fast unwirklich. Dennoch war er erleichtert. »Ich bitte auch um eine gerechte Behandlung meiner Männer, Euer Gnaden«, sagte er, nicht wissend, ob er die richtige Anrede gewählt hattet.

»Ihr wisst, mit wem Ihr es zu tun habt?« Der Mann schien sich tatsächlich ein wenig geschmeichelt zu fühlen.

»Ihr seid James Stuart, der Herzog von Monmouth.« *Und, wenn die Beichte meiner Mutter stimmt, mein Halbbruder.*

30

Es musste hoher Besuch erwartet werden, denn Heinrich Bender hatte eine ungewöhnliche Aktivität an den Tag gelegt, und auch der alte Hanff hatte sich im Lustgarten sehen lassen. Max hatte sich lange mit dem Gärtner unterhalten, der seinen Ruhestand sichtlich genoss. Nun richtete er sich auf und betrachtete sein Werk. Er konnte zufrieden sein. Er hatte aus dieser vernachlässigten Ecke des Gartens das Beste herausgeholt. Jetzt erstreckte sich vor ihm ein Beet, in dem Hecken und Blumen auf das Eleganteste zusammenspielten. Die Pflanzen waren kräftig und von schönem Wuchs. Er hatte also die richtigen Gewächse für diesen Ort gefunden. Nur die Buchsbaumhecke würde er noch schneiden müssen. Außerdem ragte ein Buchsbaumsolitär auf, der früher wohl eine besondere Form gehabt hatte. Was könnte er daraus machen? Einen Vogel? Ein Schiff?

Als er das Werkzeug aus dem Schuppen holte, sah er, wie sein Vorgesetzter mit einem Besucher durch den Garten schritt. Der Mann war mit Degen und Schärpen über der Uniform geschmückt, hatte die Hände hinter dem Rücken verschränkt und legte einen wahren Stechschritt an den Tag. Immer wieder schien er Bender etwas zu fragen, und offenbar mühte sich dieser, prompt zu antworten. Schulterzuckend reinigte und schärfte Max die Schere, die einer der anderen Gärtner wieder schmutzig in den Schrank gelegt hatte, und machte sich an die Arbeit.

Einige Zeit später ließen Stimmen ihn aufmerken. Max arbeitete weiter, ohne sich umzusehen. Doch dann bemerkte er, dass sich das Gespräch um seine Arbeiten drehte.

»Diese Rabatten und Parterre gefallen mir ausgesprochen gut. Eine elegante Zusammenstellung, sehr *à la mode*. Ich stelle mir einen ähnlichen Stil für die Lustgärten in Bornim und Caputh vor. Ihr wisst ja, wie viel Wert unser durchlauchtigster Kurfürst auf die Schlosslandschaft um Potsdam legt. Auch Bornim soll zu einem Lustschloss mit ausgefeilten Wasserspielen und einem prächtigen Lustgarten umgestaltet werden.«

Bender räusperte sich nervös. »Ich hatte Entwürfe für diese Lustgärten eingereicht, die Euch doch sicher vorliegen, Herr Direktor Blesendorf?«

»In der Tat. Wo können wir uns die verschiedenen Entwürfe in Ruhe ansehen? Mich gelüstet nach etwas Schatten.«

»Im Pomeranzenhaus herrscht eine angenehm luftige Atmosphäre«, schlug Bender vor.

Max war gerade dabei, den Schnittabfall zu entfernen und sich dem Formschnitt zuzuwenden, als Bender ihm zurief, er solle ebenfalls ins Pomeranzenhaus kommen. Der Lustgärtner wirkte erzürnt, und Max fragte sich, was er angestellt haben mochte.

Das Pomeranzenhaus war ungewohnt leer, da alle Pflanzen im Garten standen und sie die Podeste so zusammengestellt hatten, dass Raum für Festivitäten war. Blesendorf saß an dem Tisch, an dem Max immer gearbeitet hatte, und ließ sich von einem Lehrjungen frische Limonade einschenken. Nervös folgte Max seinem Herrn zu dem Tisch, noch nervöser wurde er, als er dort seine Lustgartenentwürfe entdeckte. Er hatte ganz vergessen, sie wegzuräumen.

»Sind diese Entwürfe von dir?«

Max nickte.

Heinrich Bender hatte die Hände in die Hosentaschen geschoben, wo die Fäuste sich als Halbmonde abzeichneten. Ein wenig hölzern sagte er: »Herr Blesendorf ist Offizier und Generalquartiermeister unseres Herrschers.«

Blesendorf drückte die Scheibe Zitrone aus, die in seinem Limonadenglas schwamm. »Eure Durchlaucht geruhte, mich damit zu beauftragen, für die Umgestaltung der Schlosslandschaft um Potsdam zu sorgen, wo sich unser kurfürstliches Paar derzeit bevorzugt aufhält. Insbesondere die Gärten von Schloss Caputh und Bornim werden weitreichend umgestaltet. Du wirst dich baldmöglichst auf den Weg dorthin machen und die dortigen Lustgärtner unterstützen.«

Max sah Bender an, der nickte. Freude und Sorge erfüllten ihn, würde er doch seine Mutter und seinen Bruder allein lassen müssen.

Der Offizier lutschte die Zitronenscheibe geräuschvoll aus. »Ich werde beizeiten nachkommen und die Details mit euch besprechen, kann aber nicht die ganze Zeit vor Ort sein, denn die Kurfürstin bat mich, die neue Dorotheenstadt zu planen und abstecken zu lassen.«

»Dorotheenstadt?«, fragte Bender überrascht.

Blesendorf erhob sich. »Die neue Stadt vor Cölln«, sagte er und verabschiedete sich mit einem Nicken.

Bender blickte Max strafend an. »Keiner mag es, wenn er hinter seinem Rücken ausgetrickst wird.«

»Ich habe Euch nicht –«

»Ach ja? Und woher kommen dann diese Entwürfe?«

»In den Nächten, in denen ich hier gewacht habe …«

Bender schien zu überlegen. »Dein Talent ist unbestritten. Und doch hast du von Anfang an hier für Unruhe gesorgt. Vielleicht ist es ganz gut, wenn du dich anderswo nützlich machst. Mach uns aber keine Schande, schließlich hat mein Schwiegervater dich in den Gesellenstand erhoben.«

»Das werde ich nicht, Herr Bender.« Max hatte eine Idee. »Wenn Ihr möchtet, kann ich Euch ausführlich Bericht erstatten.«

Der Vorschlag schien dem Lustgärtner zuzusagen. »Es wird übrigens Zeit, dass deine Mutter und dein Bruder sich eine neue Unterkunft suchen«, sagte er dann. »Meine Gattin kann die Arbeiter allein versorgen. Außerdem brauche ich den Platz für die Tagelöhner.«

❧

Elvina nahm die Medikamente, die sie für die Damen aus der Nachbarschaft angefertigt hatte, damit ihr Vater noch einmal einen Blick darauf werfen konnte. Eine laue Brise wogte durch die offen stehenden Fenster. Bei so einem Wetter hielt Elvina es kaum im Haus aus, aber sie konnte nicht so viele Vorwände finden, in die Stadt zu gehen, wie ihr lieb gewesen wäre.

»Was ist das nur für eine verflixt kleine Schrift! Das ist ja beinahe unleserlich!«, hörte sie ihren Vater durch die offene Labortür schimpfen.

»Soll ich mal schauen?« Elvina nahm Georg den Brief ab und sah ihn an. Sie fand das Schriftbild gar nicht so verworren. »Hier steht, dass die Arbeiten an unserem Landsitz gut vorangeschritten sind und der Vorarbeiter dich bittet, so bald wie möglich vorbeizukommen, um die Anlage des Gartens und der Wasserspiele zu besprechen. Hast du mit Lustgärtner Bender geredet, oder willst du dich an Herrn Oliva wenden, der ja ohnehin in Potsdam ist?«

»Nein, ich habe hier zu tun. Das viele Hin- und Herreisen können die Gärtner für mich übernehmen.«

»Dann lass uns das schöne Wetter nutzen. Wir könnten einen kleinen Ausflug machen. Rosa tut es sicher gut, an die

frische Luft zu kommen.« Weshalb sie noch gern in den Lustgarten wollte, verschwieg Elvina.

»Das ist eine ausgezeichnete Idee. Ich muss ohnehin ins
Schloss.« Ihr Vater rempelte beim Aufstehen gegen den Tisch,
und Elvina schmunzelte. Georg war im Moment beileibe nicht
der Geschickteste, man konnte immer hören, wo er sich gerade
bewegte. Vielleicht wurde er einfach zu stark gefordert, seit er
erster Hofapotheker war.

Ihre Geschwister spielten im Hinterhof. Rosa saß auf der
Holzbank und tuschte ein Blumenbild, mitkommen wollte sie
nicht. »Lass uns ein wenig im Lustgarten spazieren – das hast
du doch früher immer so gern gemacht. Vielleicht finden wir
Lulu«, versuchte Elvina, sie zu überreden.

»Lulu hat sich eine neue Freundin gesucht. Und sobald
ich laufen will, tut mir alles weh.« Rosa seufzte. Das Korsett
schnürte sie arg ein. Auch schien es nicht besser zu helfen als die
Streckbank, zumindest noch nicht.

»Nun komm schon, du bist ganz käsig. Ein wenig vornehme
Blässe ist ja schön, aber du übertreibst.« Elvina lachte aufmunternd. »Wenn du Glück hast, schenkt einer der Gärtner dir ein
paar Blumen oder Zweige für einen kleinen Strauß. Vater will
mit Meister Bender über die Anlage unseres Gartens reden.«

Endlich gab Rosa nach und ließ sich von Elvina helfen, ein
ordentliches Kleid überzuziehen.

Auf den Straßen herrschte Sommerstimmung, denn nach
dem verregneten Vorjahr genossen die Menschen das schöne
Wetter in vollen Zügen. Im Lustgarten entdeckte Elvina schnell,
wonach sie Ausschau gehalten hatte: Max, Jeruns Cousin. Er
schnitt gerade eine Fregatte aus einem Buchsbaum. »Schau mal,
das sieht ja hübsch aus!«, sagte Elvina und weckte damit wie gewollt Rosas Interesse.

Während ihr Vater mit Herrn Bender sprach, wandten sie

sich zu Max, um mit ihm zu plaudern, doch der junge Mann erwies sich als wortkarg. Elvina ärgerte sich ein wenig über ihn. Alle Informationen musste man ihm aus der Nase ziehen, es sei denn, es ging um Gärten und Pflanzen! Dabei fand sie ihn nach wie vor sympathisch. Er war muskulös, ohne damit anzugeben wie Cunrat oder andere, sein Gesicht war markant, sodass man es gern anschaute, und seine braunen Augen hatten einen warmen Ton.

Als Rosa sich erschöpft auf die Bank neben dem Rosenbusch setzte, lenkte sie das Gespräch auf das Thema, das ihr am Herzen lag: »Habt Ihr von Eurem Cousin gehört? Jerun wollte sich für mich in Amsterdam nach einem Buch umschauen.«

»Tatsächlich?« Max schnitt den Mastkorb des grünen Schiffes etwas schmaler. Dann wischte er Blätterschnipsel von seinen gebräunten Unterarmen.

Seine Arme können einen sicher gut festhalten, tragen und beschützen, durchschoss es Elvina. Sofort schalt sie sich für den Gedanken.

»Nein, von einem Buch hat Jerun nichts geschrieben.«

»Aber er ist wohlauf?«, fragte sie beiläufig. »Man hört noch immer so viel über die Kriegsgräuel.«

»Jerun ist gut in Amsterdam angekommen, war schon in Leiden und Haarlem.«

»Dann kommt er bald zurück?«

»Das glaube ich kaum. Er hat wohl einen Teil der Waren mit seinem Gehilfen vorausgeschickt.« Max musterte sie. »Was machen Eure Gartenpläne?«

In diesem Augenblick rief Bender nach Max, und auch Wynant gesellte sich zu den Männern. »Meine Gesellen Wynant und Max werden das Grundstück in Augenschein nehmen, den Garten entwerfen und die nötigen Grobarbeiten veranlassen«, verkündete der Lustgärtner freundlich.

Weder ihr Vater noch Wynant schienen begeistert zu sein. »Ihr selbst habt keine Zeit?«, fragte Georg.

»Meine Gesellen sind durchaus dazu in der Lage. Ich bin hier leider unabkömmlich.«

Debora starrte ihren Sohn müde an. Es war schon lange zu erwarten gewesen, dass sie das Gärtnerhaus verlassen mussten. Aber wohin sollten sie jetzt? Das wenige Geld, das sie von Jerun hatte, hatte sie in ihr Geschäft gesteckt, und die Einnahmen waren für Investitionen und die Rückzahlung ihrer Schulden bei Hester draufgegangen.

Ursel hatte die Beine hochgelegt, und ihr Großvater massierte ihr die geschwollenen Füße. Ihr Bauch wölbte sich gewaltig. Die Geburt würde nicht mehr lange auf sich warten lassen.

»Ihr könntet hier einziehen«, sagte Urban. »Die Bienen werdet ihr schon nicht scheu machen. Und ich … tja, ich werde mich wohl daran gewöhnen. Zur Not beschaffe ich von irgendwoher Holz und baue einen Verschlag an.«

»Aber was werden die Leute sagen? Nicht, dass du auch noch Ärger bekommst«, wandte Ursel ein. Schon jetzt verließ sie bei Tageslicht kaum die Hütte, um die Gerüchte nicht noch zu befeuern.

»Die Nachbarn zerreißen sich ohnehin das Maul, weil ihr ständig ein und aus geht. Sicher bist auch du trotz der dichten Hecken gesehen worden, Ursel. Wenn die Leute lästern wollen, dann tun sie das – das kannst du nicht verhindern. Also? Was meint ihr?«

Während Max in der Sommerhitze eine Kiste nach der anderen zur Kutsche trug, besprach sich Wynant mit Bender. Max freute sich über die neue Aufgabe. Endlich würde er mehr von diesem Landstrich sehen, und davon, einen Garten zu entwerfen, hatte er schon lange geträumt. Außerdem wollte er nicht so lange von seiner Familie entfernt sein. Schade nur, dass er ausgerechnet mit Wynant reisen musste.

Als Max seine Last abstellte, weil die Kanten aus seinen schwitzigen Händen zu rutschen drohten, hörte er sofort Wynants ungehaltenen Ruf: »Trödle nicht! Wir wollen gleich los!« Er verzog das Gesicht. Sein Kollege hatte noch nicht einen Handschlag getan. Selbst die Gerätschaften für die Vermessung des Grundstücks hatte Max allein zusammengesucht.

Schließlich war alles verladen, und die Pferde waren angespannt. Wynant sprang auf den Kutschbock. »Wir haben gerade noch eine illustre Aufgabe dazubekommen. Meister Bender wird nicht nach Caputh fahren, das übernehmen wir.« Max wunderte sich. Was für einen Grund konnte der Lustgärtner haben, diese besondere Aufgabe weiterzugeben?

Mit der Tonpfeife im Mundwinkel lenkte Wynant die Kutsche aus der Stadt hinaus. Schließlich sagte er: »Weißt du, was die Gesellen sich erzählen?«

Max schwante nichts Gutes. »Nein, was?«

Aus zusammengekniffenen Augen sah Wynant ihn an. »Meister Bender hat noch keinen Meistergesellen bestimmt. Sie erzählen sich, dass du es darauf anlegst, diesen Posten zu erringen.« Er nahm einen tiefen Zug und blies Paulus den Rauch ins Gesicht, sodass dieser husten musste. »Und das in deinem Alter!«

Max spürte, wie er rot wurde. »Das ist doch albern«, sagte er. »Herr Hanff hat mich erst vor ein paar Monaten zum Gesellen gemacht. Die Gesellenzeit dauert einige Jahre, das weiß jeder.

Meistergeselle wird der Älteste und Erfahrenste.« Um sich zu beruhigen, sah Max auf die Landschaft hinaus, die sich hügelig und seenreich vor ihm erstreckte. Eine fruchtbare Gegend mit Äckern, Wiesen und sogar Weinanbaugebieten.

Unvermittelt ließ Wynant Pfeife und Zügel los und packte ihn am Kragen. »Ich werde Meistergeselle, und kein anderer. Haben wir uns verstanden?«

Die Kutsche steuerte gefährlich auf den Straßengraben zu. Max nickte eilig. Wynant spuckte aus, dann ergriff er die Zügel mit der einen und die Pfeife mit der anderen Hand.

Vermutlich sollte ich es als Kompliment betrachten, dass der Geselle mich als Konkurrenten fürchtet, dachte Max. Doch das fiel ihm schwer.

Die Baustelle befand sich inmitten einer weitläufigen Obstbaumplantage, auf der Pfirsiche, Aprikosen, Äpfel und Birnen wuchsen. Ordentlich im Quincunx-Muster angelegt und korrekt geschnitten, war die Plantage in einem ausgezeichneten Zustand, wie Max anerkennend feststellte. Während er sich umsah, ließ er die letzte Woche Revue passieren. Von Cölln aus hatten sie nach einigen Stunden Potsdam erreicht. Beim dortigen Schloss, das gerade umfangreich umgebaut wurde, hatte Jan Oliva ihn erfreut begrüßt, Wynants Anwesenheit hingegen lediglich höflich zur Kenntnis genommen. Potsdam schien das bevorzugte Schloss des Kurfürsten zu sein, und Oliva schickte sich an, den Lustgarten umfangreich umbauen zu lassen. Nachdem sie ihn dort einige Tage unterstützt hatten, war der Oberdirektor und Ingenieur Joachim Ernst Blesendorf eingetroffen, und sie waren gemeinsam ins südwestlich gelegene Dorf Bornim gereist.

»… soll hier ein Lustschloss entstehen. Morgen wird der Grottier eintreffen, sodass wir die Wasserspiele besprechen können. Die Anlage des Lustgartens werde ich Euch und Eurem

Kollegen Max überlassen, da ich selbst mit der Anlage der Dorotheenstadt und der Planung der Gebäude mehr als ausgelastet bin. Für die Zufahrt zu diesem Lustschloss ist die Anlage eines Grabens geplant. Wir verhandeln gerade mit kundigen Arbeitern aus Tirol. Eingefasst werden soll das Grundstück nach niederländischer Art durch Kanäle.«

Wynant machte dazu einige Vorschläge, denen auch Max zustimmen konnte. »Wann sollen die Arbeiten beginnen?«, wollte Wynant wissen.

»Zunächst soll der Rohbau des Lustschlosses fertiggestellt werden. Ihr werdet derweil in Caputh Beschäftigung finden. Die Anlage des hiesigen Gartens werdet ihr mit dem Gärtner besprechen.«

Es gibt hier einen Gärtner?, wunderte sich Max. Warum übernahm der die Anlage des Lustgartens dann nicht? Schon fürchtete er, dass es wieder Probleme geben könnte. Doch dann hörte er jemanden Niederländisch sprechen.

»Ich hörte, es ist ein Landsmann eingetroffen!«

Max wandte sich um. Ein Mann kam ihm entgegen, etwa dreißig Jahre alt. Er stellte sich als Dirk van Langelaer aus Wijk vor. »Oliva hat mir schon von dir erzählt, als ich bei seiner Hochzeit in Potsdam war.«

Max nickte erstaunt.

»Ich habe auch für die Oranierfamilie gearbeitet, im Haag und in Buuren«, erklärte van Langelaer, als Max seine Geschichte kurz zusammengefasst hatte. »Seit beinahe acht Jahren bin ich hier als Planteur tätig.« Während Wynant sich zu einer Brotzeit in den Schatten eines Baumes setzte und Blesendorf mit den Baumeistern verhandelte, lud Langelaer Max ein, mit ihm durch die Baumreihen zu spazieren.

»Das erklärt, warum Ihr nicht selbst den Lustgarten übernehmen werdet. Ich habe mich schon gewundert.«

»Ich liebe diesen Landstrich, und dieser Garten ist mein Ein und Alles. Es schmerzt mich, dass für den Bau des Lustschlosses einige meiner Bäume gefällt werden müssen, und ich würde am liebsten alles im Blick behalten. Aber der Kurfürst wünscht, dass ich auch andernorts tätig werde und Alleen anlege, die die Schönheit der Landschaft unterstreichen und das Reisen angenehmer machen. Seit Johann Moritz Fürst von Nassau-Siegen, der Statthalter unseres Kurfürsten im Herzogtum Kleve und der Grafschaft Mark, die Insel Potsdam so lobte, gibt es für unseren Herrscher kein Halten mehr.«

»Was hat der Fürst denn gesagt?«

»Er sagte, das ganze Eiland müsse ein Paradies werden.« Sinnierend sah Langelaer über die Landschaft. »Alleen sollen Potsdam mit den Lustschlössern verbinden. Sie sind wie Wege und Kanäle das Skelett einer Landschaft. Aber nicht jeder Baum ist für eine Allee geeignet.«

»Linden scheinen besonders beliebt zu sein. Wenn ich an die Lange Voorhout im Haag denke oder an die Allee zum Tiergarten«, warf Max ein.

»Richtig. Auch Ulmen und Rosskastanien haben einen geraden und schönen Wuchs sowie einen glatten Stamm – Aspekte, die die Schönheit einer Allee unterstreichen.«

Langelaer prüfte die Blätter eines Pfirsichbaumes, die sich nach innen wölbten. Sogleich rief er einen Gehilfen und forderte ihn auf, den Baum auszuräuchern. »Sonst verlieren wir die Ernte.«

31

Im Schein der Kerze tunkte Max die Feder in das Tintenfass. Er saß in einem Verschlag bei Caputh und sollte zusammen mit Wynant den Entwurf für den Lustgarten überarbeiten. Wynant aber hatte sich in eine Hängematte gelegt und schlief.

Max sah auf das Grundstück hinaus, das sich zum Templiner See hin erstreckte und nun vom Licht der aufgehenden Sonne erhellt wurde. Die Gegend war wald- und wasserreich, weshalb die kurfürstliche Familie sie gern für die Jagd nutzte. Vor allem die Caputher Heide eignete sich zur Pirschjagd. Neben der Havel gab es das Caputher Gemünde mit Fischwehr, diverse Karpfenteiche und weitere künstliche Teiche sowie Weinberge. Schäferei, Meierei und Brauhaus sorgten für die Verpflegung der Anwohner, dazu gab es in der Nähe Wasser- und Windmühlen, eine Ziegelei sowie weitere Unterkünfte in einem Kavalierhaus.

Einen Moment sah Max sehnsüchtig auf das Obst, das er sich aufgespart hatte. Dann seufzte er und begann zu schreiben.

Verehrter Herr Bender,
wir haben die Arbeiten für den Lustgarten aufgenommen. Die Absprache mit den hiesigen Gärtnern verlief gut. Offenbar wünscht sich die Kurfürstin einen Lustgarten nach niederländischem Vorbild, mit niedriger liegendem Hauptparterregarten und in die Havel ragendem halbrunden Landstück, Blumenrabatten und einer Fontäne auf der Mittelachse. Ich habe detaillierte Entwürfe angefertigt.

Sein Blick wanderte zu den großen Papierbögen, auf denen sich die Boskette und Parterres wie faszinierende Stoffmuster ausbreiteten. Beinahe jede Pflanze hatte er liebevoll eingezeichnet.

Die Erdarbeiten sind bereits in vollem Gange. Dazu soll es eine Orangerie geben und eine Eremitage, ein Holzblockhaus mit Schilfrohrdach. Geklärt werden müsste, wo die nötigen Baumaterialien eingekauft werden und ob wir uns darum kümmern sollen. Für die Begrenzung des Hauptparterregartens habe ich Bäume vorgesehen. Schon jetzt finden sich auf diesem Gelände etwa zweihundert Obstbäume, darunter Äpfel, Birnen, Kirschen, Pflaumen, Walnüsse, Pfirsiche, Feigen und Aprikosen. Wir ...

»Was hast du geschrieben? Lass sehen!« Unvermittelt stand Wynant neben ihm. Er riss ihm das Papier weg und überflog mit gerunzelter Stirn Max' Schrift. Dann warf er ihm den Bogen wieder hin. »Wenn ich mitbekomme, dass du mich hinter meinem Rücken anschwärzt oder dich hervortust, setzt es was! Und vergiss nicht zu erwähnen, dass geklärt werden muss, wer die nötigen Baumaterialien für Orangerie und Eremitage einkauft.«

Max stutzte. Sofort kontrollierte er seinen Brief. Ja, da stand es. Wynant musste es überlesen haben.

Kurzerhand schnappte Wynant sich die Birne von Max' Teller und biss hinein. Max sah ihr traurig nach, wagte es aber nicht zu protestieren. »Die Familie des Hofapothekers ist auf ihrem Landsitz eingetroffen. Du erinnerst dich sicher, dass Herr Bender zugesagt hat, dass wir uns um den Garten kümmern.« Er wischte sich den Birnensaft vom Kinn. »Du wirst das übernehmen, während ich die Arbeiten am Garten der Kurfürstin vorantreibe. Der Lohn geht an mich. Oder gibt es dagegen etwas einzuwenden?« Der Geselle hatte einen drohenden Ton angeschlagen.

Max schüttelte den Kopf. Mit Wynant zu diskutieren hatte keinen Sinn; im Zweifelsfall würde er sich beschweren müssen. Aber bei wem?

Als es im Nebenraum klirrte, rief Elvina den Handwerkern rasch zu, wo sie den Schrank abstellen sollten, und lief hinüber. Zu Füßen ihres Vaters lag neben der Kiste mit seinen Laborgerätschaften ein Scherbenhaufen.

In einer resignierenden Geste hob er die Hände. »Ich wollte nur schon mal ein paar Kolben auspacken …«

»Ach, Vater …« Elvina half ihm, weitere Kolben und Gerätschaften aus der Kiste auf seinen neuen Arbeitstisch zu stellen, und fegte die Scherben auf. Im hellen Licht sah sie, wie müde ihr Vater wirkte und wie rot und geschwollen seine Augenlider waren. Ganz so, als habe er geweint. »Bist du sicher, dass alles in Ordnung ist? Wirst du krank?«

»Nein, schon gut.«

»Lass mich bitte mal sehen. Deine Augen gefallen mir gar nicht. Vielleicht ist ein Splitter hineingeflogen.« Sie schob ihren Vater auf einen Stuhl und zog seine Augenlider behutsam auseinander.

»Ich wollte gerade eine Tinktur für meine Augen anmischen. Wäre es wohl möglich … dass du dich derweil um die Handwerker …«

»Natürlich.« Elvina lächelte. Es bereitete ihr Freude, dabei mitzuhelfen, das Haus einzurichten. Sie hatte mit ihrer Mutter Stoffe und Tapeten ausgesucht, einige neue Möbelstücke gekauft und überlegte bereits, wo die Gemälde aufgehängt werden könnten. Sie lief ins Untergeschoss. Es war herrlich, so viel Platz zu haben! Die Sonne ließ die noch leeren Räume besonders groß erscheinen. Im Haus roch es nach frischer Farbe und Bohnerwachs. Ihre Brüder und Schwestern tobten über das verwilderte Grundstück, wie sie bei einem Blick durch das Fenster sah, nur Rosa lag mit dem kleinen Caspar auf einer Decke inmitten einer Blumenwiese und schaute versonnen in den Himmel.

Als er durch das Portal in die Diele des Anwesens trat, fiel Max' Blick sogleich auf Elvina, die gerade den Handwerkern freundlich und zugleich entschieden Anweisungen gab. Sie trug ein schlichtes Kleid und wirkte doch schön wie eine Dame. Max' Herzschlag beschleunigte sich. Obgleich er wusste, dass sie nur mit ihm sprach, weil sie mehr über Jerun erfahren wollte, freute er sich doch, sie zu sehen.

Der von ihr herbeigerufene Vater wirkte, als hätte er geschlafen, und musterte Max skeptisch. »Wo ist denn Euer Kollege?«

»Wynants Dienste werden in Schloss Caputh benötigt«, begann Max verlegen und presste sein Werkzeug und die Papiere an sich.

Überraschend kam Elvina ihm zu Hilfe. »Max ist ein ausgezeichneter Gärtner, das hat Jerun Schöppen mir bestätigt. Wir können uns auf seine Kenntnisse verlassen.«

»Nun gut, wenn meine Tochter das meint«, sagte der Hofapotheker und lächelte Max an. »Dann begehen wir das Grundstück und hören, was Ihr uns zu sagen habt.«

Sie durchquerten das Haus und eine moosumkränzte Steinterrasse. Im hohen Gras des Gartens saß Rosa und flocht aus Korn- und Mohnblumen einen Reif. Sie kam zu ihnen und schenkte den Kranz ihrer Mutter, die sich ihrem Mann und Max angeschlossen hatte. Max hatte Rosa ab und an im Lustgarten gesehen, aber schon lange hatte sie nicht so heiter gewirkt. Ihre Gebrechen mussten sie sehr quälen. Dabei reifte sie heran, bekam frauliche Züge.

Das Grundstück war wild bewachsen und voller Unkraut. Büsche waren baumgleich in die Höhe geschossen, Efeu und Geißblatt schlangen sich um die Kronen uralter Pflaumenbäume. Offenbar hatte der frühere Besitzer Beete angelegt, doch inzwischen waren sie kaum noch zu erkennen. Dazu kam, dass umgestürzte Bäume einfach liegen gelassen und von Gräsern und Rankpflanzen überwuchert worden waren.

»Ehe ich den Garten anlege, muss hier erst einmal aufgeräumt werden«, stellte Max fest.

»Dafür könnt Ihr die Hilfe unserer Tagelöhner in Anspruch nehmen«, bot Georg Huffretter an.

Max sah sich um und bestimmte anhand des Sonnenstands die Ausrichtung des Gartens. Dann grub er mit der Schaufel, die er immer bei sich führte, ein kleines Loch und befühlte die Erde.

»Bei der Gestaltung des Gartens lassen wir Euch freie Hand. Standesgemäß soll es sein. Ich benötige zudem einen Heilkräutergarten –«

»Und ich für meine Köchin ein Gemüsebeet und Obstbäume«, unterbrach Frau Huffretter. »Ein ordentliches Fleckchen, in dem man gut wirtschaften kann.«

»Und für mich die schönsten und am besten duftenden Blumen, die es gibt!«, rief Rosa.

»Ein richtiges Labyrinth, in dem man sich verlaufen kann!«, forderten die Jungen.

»Unfug – dafür haben wir nicht genügend Platz!«, meinte eine jüngere Tochter.

»Auf jeden Fall einen Springbrunnen, aus dem die Wassertropfen lustig springen«, sagte die andere. Das Kleinkind brabbelte fröhlich dazu; alle mussten lachen.

Georg hob die Hände. »Genug! Verschwindet, und lasst den jungen Mann arbeiten!« Er wies auf eine Holzhütte am äußersten Rand des umgestürzten Zauns. »Dort könnt Ihr übernachten, wenn Ihr es mal nicht nach Caputh zurückschafft. Die Köchin wird Euch mitverpflegen.«

Er wollte gerade gehen, als Max noch etwas einfiel. »Ich habe in verwilderten Ecken einige seltene Heilkräuter entdeckt, die ich ausgraben und in den Kräutergarten überführen kann.«

»Schön, schön. Worum handelt es sich dabei?«

»Beispielsweise um Heilziest.«

»Gut gegen Lungen- und Magenleiden!« Georg Huffretters Interesse war geweckt, und er bat Max, ihn zu der Pflanze zu führen.

Elvina folgte ihnen. »Ich werde gleich morgen zu einer Exkursion aufbrechen, um nach weiteren seltenen Heilpflanzen zu suchen«, verkündete der Hofapotheker. »Wenn es Eure Zeit zulässt, könnt Ihr mich begleiten.«

Er wandte sich ab und ging auf das Haus zu, und Max schickte sich an, sein Vermessungswerkzeug herauszuholen.

Elvina blinzelte in die Sonne, die ihre Haare in gesponnenes Gold zu verwandeln schien. »Ich freue mich auf Euren Entwurf – und auf den Garten.«

Am nächsten Nachmittag, als Max das Grundstück vermessen und die Tagelöhner bereits einen Teil mit der Sense gemäht und Totholz fortgeschafft hatten, stand Georg Huffretter auf einmal gestiefelt und gespornt vor ihm. Auch Elvina war rustikaler als üblich gekleidet, sah aber mit dem breitkrempigen Strohhut sehr stilvoll aus. »Wir wollen aufbrechen. Seid Ihr dabei? Vielleicht entdeckt Ihr das ein oder andere seltene Kraut, das mir entgeht«, sagte Georg.

Max hatte zwar noch andere Pläne gehabt, stellte diese aber

zurück. Wenn es der Wunsch seines Auftraggebers war, hatte er nichts gegen eine Exkursion. Er schnappte sich seinen Strohhut, eine Umhängetasche aus Leder, eine Pflanzenschere, ein scharfes Messer und sein Notizbuch samt Griffel.

Auf dem Weg durch Wald und Wiesen wich der Hofapotheker Max nicht von der Seite und befragte ihn zu allem, was er von seinem Vater gelernt hatte. Seinerseits erzählte er von seinem Studium und seiner Tätigkeit für den Kurfürsten. »Ich wäre froh, wenn die Hofapotheke mehr Zitrusfrüchte aus dem Lustgarten bekäme«, erklärte er. »Schließlich sind sie nicht nur für Mittel gegen die Pest wichtig. Nach der Säftelehre sind sie gut für Menschen kalter Komplexion. Auch lieben die Damen bei Hofe Duftwässer aus Orangenblüten und Krauseminze.« Er machte einen großen Schritt über einen Bach, den Libellen umsirrten. »Interessant, dass Ihr Euch so gut mit exotischen Gewächsen auskennt. Sie bieten viele medizinische Möglichkeiten, wenn ich beispielsweise an das Guajakholz denke, das aus Westindien stammt …«

Auch Elvina schien den Ausflug zu genießen, sie schritt kräftig neben ihnen aus und bewunderte immer wieder Blumen und Vögel, die sie am Wegesrand entdeckte.

»Seht, da ist Tausendgüldenkraut!« Auf einer lichten Wiese am Waldrand zeigte Max dem Hofapotheker die lila blühende, enzianartige Pflanze, von der dieser sogleich einige Stängel erntete.

»Ausgezeichnet für den Magen und bei Verdauungsbeschwerden, aber in dieser Gegend selten!«, rief Georg begeistert aus. Nun eilte er voraus, prüfte jedes auffällige Grün.

»Ihr habt den Ehrgeiz meines Vaters geweckt. Er scheint entschlossen, den nächsten wichtigen Fund zu machen«, sagte Elvina lächelnd.

»Dieser Streifzug ist sicher eine angenehme Abwechslung zu

seiner Arbeit im Labor.« Max zögerte. Er hätte gern weiter mit Elvina geredet, wollte aber nicht aufdringlich erscheinen. »Ihr habt Eurem Vater im Labor geholfen. Das habe ich durch die Fenster gesehen. Also interessiert auch Ihr Euch für Alchemie«, sprudelte es aus ihm heraus.

»Du kannst mich Elvina nennen. Und ja, der Alchemie gehört mein Interesse.«

Er freute sich über die nette Geste, wenn er sie auch nicht in Anwesenheit anderer zu duzen gedachte. »Du willst Gold machen?«

»Nein, ich will den Stein der Weisen finden.«

Sie hatte das in einem Tonfall gesagt, den er nicht deuten konnte. »Wirklich?«

»Nein.« Sie lachte hell.

Lachte sie ihn aus? »Du machst dich über mich lustig.«

»Entschuldige, das war nicht meine Absicht. Natürlich würde ich gern eine Entdeckung machen. Aber das ist illusorisch.«

»Warum sollte es das sein? Wenn man sich gut genug mit etwas auskennt, genügend forscht −«

»Dann bleibe ich ein Mädchen, das sich die Zeit im Labor ihres Vaters stiehlt.« Sie klang trotzig und gleichzeitig verletzt.

»Es gibt Apothekerinnen«, sagte er.

»Ja. Adelige, die für ihren Hausstand sorgen und sich für die Elemente interessieren. Oder Apothekerwitwen. Ich bin beides nicht.« Sie sann dem Satz nach. »Aber vielleicht mache ich ja doch noch eine Entdeckung. Du hast recht: Wer weiß schon, was die Zukunft bringt?« Etwas an der Art, wie sie lächelte, faszinierte ihn. Max merkte, dass er sie angestarrt hatte, und sah schnell weg.

Ein Aufschrei unterbrach ihre Unterhaltung.

Elvinas Kopf fuhr herum. Der Hofapotheker war nirgends zu sehen. »Vater!«

Auch Max suchte die Gegend nach Georg ab, konnte ihn aber nicht entdecken. Er lief ein paar Schritte in die Richtung, in der er ihn zuletzt gesehen hatte. Schließlich vernahm er ein Stöhnen. Als er den Blick auf den Waldsaum lenkte, bewegten sich Kräuter und Buschwerk am Rand der Lichtung. »Da muss er sein!« Er rannte sofort los, ließ achtlos die Pflanzen fallen, die er schon gesammelt hatte.

Georg krümmte sich im Gras, auf seinem Handrücken prangten zwei rote Punkte, die Hand war geschwollen und leicht bläulich gefärbt. Erschrocken kniete Elvina sich neben ihn. Ihr Vater zuckte zurück, er grimassierte. »Vorsicht … die …«

Im selben Augenblick zog Max Elvina hoch. »Pass auf! Ein Schlangenbiss. *Vipera berus*, nehme ich an. Kreuzotter. Das Tier könnte noch in der Nähe sein.«

Elvina trat von einem Fuß auf den anderen, als würde sie den Erdboden am liebsten nicht mehr berühren. »Stirbt Vater?«, fragte sie ängstlich. »Wir müssen etwas tun! Was kann ich … Wir haben kein Gegengift …«

Max machte sich sofort daran, Georg zu versorgen. Bei der Gartenarbeit bekam man es oft mit Tieren zu tun, die einen verletzen konnten – Kreuzspinnen, Wespen oder eben Schlangen. »In unseren Breiten sind die Ottern im Allgemeinen nicht tödlich«, beruhigte er sie.

Etwas raschelte neben ihm zwischen den Arnikastängeln. Max beobachtete sie konzentriert, packte dann zu. Im nächsten Moment hielt er den Kopf der Schlange so umfasst, dass sie nicht zubeißen konnte. »Das ist wohl die Übeltäterin. Schön, oder? Aber gefährlich!«

Stumm vor Schreck starrte Elvina ihn an. Max holte aus und schleuderte die Kreuzotter weit ins Dickicht. Sogleich kümmerte er sich wieder um den Hofapotheker, der bereits darüber klagte, dass er seinen Arm weder spüren noch bewegen konnte.

Das beunruhigte Max zwar, doch soweit er wusste, würden sich diese Beschwerden wieder legen. Auch dass Georg schwindelig war und er erbrach, kam bei Kreuzotterbissen vor.

»Wollen wir mal sehen ...« Max band sich seine Tasche um und legte sich Georg über die Schulter. Gut, dass der Apotheker so schlank war! »Du nimmst den Rest«, bestimmte er.

Elvina nickte, packte die Ausrüstung ihres Vaters sowie die bereits geernteten Kräuter und lief voraus, allerdings nicht, ohne sich immer wieder sorgenvoll umzublicken.

»Ich hätte nicht ... habe sie einfach nicht gesehen ... Ich ...«, stieß Georg immer wieder hervor.

»Ärgert Euch nicht, das hätte jedem passieren können«, sagte Max.

»Nein, ich ... einfach nicht gesehen ...« Der Körper krampfte, und Max konnte sich gerade noch zur Seite beugen, sodass die Galle, die Georg hervorwürgte, nur den Waldboden traf. Danach lief er weiter, seine Arme waren steinhart, und seine Oberschenkel zitterten inzwischen, aber er wusste, dass er den Hofapotheker so schnell wie möglich zum Landsitz bringen musste.

Als das Gebäude in Sicht kam, rannte Elvina los. Gleich darauf stürzten ihm Georgs Frau sowie die Kinder und ein Knecht entgegen. Sie nahmen ihm den Körper ab und trugen ihn ins Haus.

Max schüttelte Arme und Beine aus, strich sich den Schweiß von der Stirn und folgte ihnen. Elvina hatte bereits eine Phiole Theriak aus der Medikamentenkiste geholt und flößte ihrem Vater ein paar Tropfen ein. Die Magd schenkte Max Zimtwasser ein, das er herunterstürzte; seine Kehle war trocken. Dennoch wollte er nicht in die Hütte zurückgehen.

Schließlich – es mochten Stunden vergangen sein – kam die Frau des Hofapothekers zu ihm. »Die Lähmungen und die Schmerzen lassen nach, es geht ihm besser. Wer weiß, was ihm zugestoßen wäre, wenn Ihr nicht so beherzt eingegriffen hättet. Ihr habt unseren Dank!«

Max nickte nur. Er war erleichtert, dass es dem Apotheker besser ging. Nie wieder hätte er Elvina in die Augen schauen können, wenn ihr Vater gestorben wäre.

Elvina nahm der Magd das Tablett ab und ging vorsichtig auf die windschiefe Hütte zu, in der ein einzelnes Licht zu brennen schien. Das Herz war ihr beinahe stehen geblieben, als sie ihren Vater vorhin zusammengekrümmt auf der Erde liegen gesehen hatte. Wie beherzt Max reagiert hatte, ruhig und konzentriert, ohne jede Furcht! Und ihn mit der Schlange zu sehen … Natürlich war ihr klar, dass für die Herstellung von Arzneien auch Schlangengift verwendet wurde. Doch sie hatte noch nie selbst welches gewonnen, da das meiste aus Venedig kam. Sie klopfte, betrat die Hütte. Unbedingt musste sie sich noch einmal persönlich bei Max bedanken.

Mit nacktem, vom Wasser glänzenden Oberkörper stand Max im Raum und starrte sie überrascht an. Offenbar hatte er sich gerade gewaschen. Er sah gut aus, suchte aber verlegen nach seinem Leibhemd.

»Entschuldige, ich hätte lauter klopfen sollen!« Elvina zuckte zurück, stieß gegen einen schiefen Tisch, hätte ihn beinahe zum Zusammenstürzen gebracht, wenn Max nicht beherzt zugepackt hätte und dabei beinahe selbst umgefallen wäre. Mit hochroten Ohren schaute er Elvina an. Diese lächelte und stellte ihm das Tablett hin. »Die Magd wollte dir dies bringen, aber ich möchte mich ohnehin noch bei dir bedanken. Vater schläft jetzt, Mutter ist an seiner Seite.«

»Ich bin froh, dass es ihm besser geht.«

»Ja, wir auch.« Verlegene Stille kehrte ein.

Eilig warf Max sein Leibhemd über. Sie sah sich unsicher um, fächelte sich mit der Hand Luft zu. War es so heiß hier? Nur kurz war sie am Tag ihrer Ankunft in der Hütte gewesen. In einer Ecke lag Gerümpel. Der frühere Besitzer hatte offenbar Kuriositäten gesammelt; das verrieten die Zettel und Kreidebuchstaben an den Wänden sowie die Muschelscherben auf dem Fußboden. Der Duft der Wildrose hing in der Luft, die die Südseite des Häuschens zusammenzuhalten schien und sich durch ein zerbrochenes Fenster rankte. Max' Blick war zu den Speisen gewandert. Er musste hungrig sein, nach all den Strapazen! »Die Bank draußen, unter dem Rosenbusch, scheint noch in Ordnung zu sein. Wenn du dort essen würdest, könnte ich dir Gesellschaft leisten. Oder«, sie zögerte, »möchtest du zu uns ins Haus kommen?«

»Nein. Die Bank wäre perfekt.«

Nebeneinander nahmen sie Platz. Elvina war nervös, spürte seinen Körper neben sich, und obgleich sie sich nicht berührten, keimte in ihr plötzlich der Wunsch, sich an ihn zu schmiegen, von ihm umfassen zu lassen. Was war nur auf einmal mit ihr los?

»Ich habe Nachricht von Jerun bekommen. Er ist in Hamburg und wird demnächst nach Cölln zurückkehren, kurz wenigstens«, sagte Max in diesem Augenblick.

»Das ist schön. Ich hoffe, seine Geschäfte sind erfolgreich verlaufen«, sagte Elvina, blickte aber auf Max' kräftige Hände.

»Das hoffe ich auch.« Er lächelte. Seine Zähne waren weiß, sein Blick ohne Arg. Ein Mensch, vor dem man sich nicht verstellen muss, schoss es ihr durch den Kopf.

Auf der Terrasse des Hauses tauchte der Schemen einer Person auf, die sich umzusehen schien. Elvina kam auf die Füße. »Meine Mutter sucht mich, sie macht sich sicher Sorgen. Wir sind es nicht gewöhnt, hier in der Wildnis zu sein.«

32

Ursel weinte noch, als sie bereits in Cölln eintrafen. Debora war mit ihrer Freundin nach Potsdam gereist, damit diese dort ihr Kind entbinden und bei ihren Eltern lassen konnte. Ursel war es schwergefallen, das Neugeborene, ein gesundes kleines Mädchen, zurückzulassen, obgleich sie wusste, dass ihre Tochter es dort gut haben würde.

»Vielleicht hätte ich doch einfach irgendwen heiraten sollen, egal wen.« Ursel schniefte.

»Du hättest vermutlich sogar jemanden gefunden, den du magst. Diesen Bootsmann zum Beispiel. Ach nein, der ist dir ja so auf die Füße gelatscht, dass er als Heiratskandidat auf keinen Fall infrage käme!«

Deboras Worte und ihr Lachen heiterten Ursel ein wenig auf. »Dictus«, sagte sie. »Er heißt Dictus.«

»Sicher kannst du die Kleine zu dir holen, wenn du eines Tages heiratest. Dann sagst du einfach, du willst deinen Eltern ein wenig von ihrer Last abnehmen. Irgendwann wird sich niemand mehr darüber wundern.«

»Ja, das werde ich tun, und hoffentlich schon bald. Aber erst einmal muss ich Geld verdienen.«

»Das wirst du. Die Zeit für einen Neuanfang ist perfekt. Auf den Märkten gibt es Obst und Gemüse überreichlich. Wir können sofort die Produktion ausweiten.«

Ursel wischte sich die Tränen ab. »Du klingst wie eine richtige Geschäftsfrau«, sagte sie lächelnd. Doch dann huschte erneut ein Schatten über ihr Gesicht. »Was, wenn wir auf dem Markt Impen treffen?«

Debora zögerte. Bisher hatte sie mit ihrer Freundin noch nicht darüber gesprochen. »Ich habe ihn bereits getroffen. Und wie du dir vorstellen kannst, war er ganz und gar nicht begeistert. Aber wir haben nichts Verkehrtes getan. Die Qualität unserer Waren, unsere Freundlichkeit und unsere Ehrsamkeit werden sich durchsetzen.«

Wieder verschwamm Ursels Blick. »Dass du ›wir‹ sagst … Es ist doch dein Geschäft; du hast es aufgebaut.«

»Es ist immer noch im Aufbau. Außerdem: Wo könnte ich denn einkochen und verpacken – wenn nicht bei deinem Großvater? Und wo wäre ich ohne deine Unterstützung?«

Deboras Magen flatterte, als sie am nächsten Morgen auf den Markt gingen. Aber letztlich konnten sie der Begegnung mit Dittrich Impen genauso wenig aus dem Weg gehen wie der mit Hester und Chim. Und sicher würde die Anwesenheit Dritter Impen ein wenig zur Mäßigung anhalten.

Das Gegenteil war der Fall. Kaum hatte Impen Ursel am Stand gesehen, schoss er auch schon auf sie zu. »Eine Hure ist sie, beschmutzt mit ihrer Unzucht diesen Ort, auf dem Ehrlichkeit und Vertrauen zählen!«

Viele Marktbesucher sahen Impen an, als wäre er ein Aussätziger. Andere jedoch wirkten schockiert. Schließlich schickte der Büttel, den Debora sich mit kleinen Geschenken gewogen gemacht hatte, weil sie wusste, dass sie auch seine Unterstützung brauchen würde, Dittrich Impen fort.

»Wenn hier niemand für Ordnung sorgt – der Ältestenrat der Kirche wird es tun! Dafür werde ich sorgen!«, schrie Impen und rückte seine Perücke zurecht.

Debora wandte sich zu Ursel um. Diese war hinter dem

Tisch auf den Boden gesunken und tat so, als staple sie Tiegel in eine Kiste, zitterte aber wie Espenlaub. »Er wird uns fertigmachen, ich weiß es. Das war eine dumme Idee von uns.« Ursel schlug sich die Hände vor das Gesicht. »Und hast du Dictus gesehen? Er hat alles mitbekommen und ist weggelaufen! Wie muss er mich verachten! Ich hätte nicht herkommen dürfen.«

Debora legte den Arm um sie. »Unsinn. Wir dürfen Impen nicht damit durchkommen lassen. Selbst wenn er versuchen wird, uns fertigzumachen: Wir sind besser als er. Deshalb werden wir auch obsiegen.« Sie hoffte, dass sie recht behalten würde. Doch sicher war auch Debora nicht. Schon lange hatte sie von Gerüchten gehört, dass Impen sich ihretwegen bei der Kirche beschwerte, doch bislang war vom Ältestenrat nichts in die Wege geleitet worden. Im Zweifelsfall müsste sie Chim und Hester um Hilfe bitten. Was sie keinesfalls wollte. Nie und nimmer.

❧

Als Hester nach Hause zurückkehrte, wartete vor der Tür eine ältere Frau auf sie. Das Gesicht kam ihr bekannt vor. Eine Kundin? Sie lächelte zuvorkommend. »Ich öffne den Laden gleich. Ich hoffe, Ihr habt nicht zu lange gewartet.«

»Nein, schon gut.« Sie folgte ihr hinein. »Könnte ich Euch kurz sprechen? Es geht um Eure Familie.«

Hesters Magen zuckte, aber sie bat ihre Besucherin ins Kontor. Die Frau setzte sich auf die Stuhlkante und rieb mit den Händen über die Knie. »Ich werde im Haus meines Herrn erwartet, deshalb komme ich gleich zur Sache. Mein Name ist Gerhild, und ich bin Köchin im Hause Impen. Ich habe dort eine Weile mit Eurer Schwester zusammengearbeitet. Ich muss zugeben, dass ich mich nicht immer gut mit ihr verstanden habe.«

Hester verschränkte die Arme unauffällig vor ihrem Magen, der sich schmerzhaft zusammenzog. Was wollte die Frau von ihr? Erwarteten sie noch mehr schlechte Nachrichten, noch mehr Ärger? Sie musste sich enorm beherrschen, das Gespräch nicht abzubrechen.

Plötzlich platzte die Frau heraus. »Was Herr Impen macht, ist nicht richtig. Er verleumdet nicht nur Eure Schwester, sondern auch die gute Ursel. Völlig aufgelöst hat Ursel mir davon berichtet. Beide versucht er beim Ältestenrat anzuschwärzen. Und nicht nur das: Er beschimpft sie aufs Übelste auf dem Markt.«

»Das ist mir bekannt.«

»Sicher seid Ihr ebenfalls nicht damit einverstanden. Wisst Ihr, ich habe viel zu lang die Augen vor dem verschlossen, was im Haus der Impens vorgeht. Ich wollte es nicht wahrhaben, auch um seiner Frau willen. Aber die Wahrheit muss ans Licht.«

»Seine Vorwürfe stimmen also nicht?«

»Natürlich nicht!« Die Köchin beugte sich vor. »Ich weiß, dass Ihr Euch für andere Gemeindemitglieder einsetzt. Dass Ihr auch das Ehepaar Impen kennt. Bitte macht Euch stark, damit er nicht mit seinen Anklagen durchkommt. Sprecht Frau Impen an. Überzeugt sie davon, dass Eure Schwester unschuldig ist. Nur sie kann ihren Mann aufhalten.«

Hester stellte sich vor, wie es wäre, wenn sie selbst krank wäre und eine Fremde käme und ihr von dem Betrug ihres Mannes erzählen würde. »Sie wird mir nicht glauben. Abgesehen davon: Was soll sie schon tun?«

»Wir Frauen haben mehr Einfluss, als mancher denkt – das solltet gerade Ihr wissen! Frau Impen mag bettlägerig sein, aber ihre Familie hat Macht. Sie hat nicht verdient, dass ihr Mann sie derart schäbig betrügt.«

Zwei Tage später verließ Hester das Haus des Ehepaars Impen. Ihr Magen flatterte immer noch. Sie hatte einen Vormittag abgepasst, an dem Dittrich Impen auf dem Markt war. Gerhild hatte ihr während des Gesprächs beigestanden und berichtet, was sie in den vergangenen Monaten beobachtet hatte. Seltsamerweise schien Frau Impen nicht überrascht zu sein. Hester fragte sich, wie viele Dinge sie selbst in der Tiefe ihrer Seele wusste, sich aber nicht einzugestehen wagte. Genauso wenig wie sie zugeben mochte, dass auch sie Fehler gemacht hatte. Aber jetzt würde sie reinen Tisch machen, jetzt würde sie …

Als sie den Markt erreicht hatte, schlug sie nicht wie sonst einen Bogen um Deboras Stand, sondern steuerte direkt darauf zu. Ihre Schwester bediente ihre Kunden, und auf einmal sah Hester vor sich, wie liebevoll verbunden sie einander als Kinder gewesen waren, wie viel Spaß sie miteinander gehabt hatten. Und sie dachte an Wobbe, die erste Liebe ihres Lebens, und ihren tiefen Schmerz. Tränen schossen ihr in die Augen, und sie musste stehen bleiben, um niemanden anzurempeln. Da sah Debora auf. Besorgnis und Überdruss blitzten gleichzeitig in ihren Zügen auf. Hester fuhr herum, stürzte blindlings durch die Marktbesucher. Wie hatte sie glauben können, dass Debora … nach allem, was sie getan, wie sie sich benommen hatte …

Debora konnte kaum fassen, dass sie einträchtig neben ihrer Schwester auf den gepackten Marktkisten saß und auf den Karrenknecht wartete. Konnte nicht glauben, wie ihre Schwester gehandelt, was sie ihr erzählt hatte. Seite an Seite saßen sie da, baumelten mit den Füßen, wie sie es früher getan hatten. Wie ein Sturzbach waren die Worte aus Hesters Mund geflossen. Die Beileidsbekundung zu Wobbes Tod, die Entschuldigung für ihr Benehmen. Auch Debora hatte sich entschuldigt und erzählt, wie sie ihr Zerwürfnis erlebt hatte. Und dann, als die wichtigsten Worte ausgesprochen waren, waren sie einander in die Arme gefallen. So vertraut hatte Hester sich angefühlt – und gleichzeitig so fremd. Ein ungeheures Glücksgefühl hatte Debora überschwemmt.

Hester strahlte sie an, nachdem sie das Pomeranzengelee probiert hatte. »Wirklich ausgezeichnet!«, lobte sie.

In diesem Augenblick näherte sich Dittrich Impen. Debora sprang auf, drehte sich weg. Auf keinen Fall durfte er Zwietracht zwischen ihnen säen oder sie schlechtmachen. Doch Hester nahm ihre Hand. »Keine Sorge, er wird euch in Ruhe lassen, dich und Ursel.«

»Seine Kränkung sitzt tief. Ich fürchte, er wird nicht ruhen, bis er uns am Boden sieht.«

»Glaub mir.«

»Woher willst du das wissen?«

Hester lächelte, so wie Debora sie seit Jahren nicht mehr hatte lächeln sehen. »Weil ich mit seiner Frau gesprochen habe. Gerhild hatte mich darum gebeten. Beim Ältestenrat hatten Chim und ich uns ja ohnehin schon für euch eingesetzt.«

Debora begriff die Welt nicht mehr. Wie waren ausgerechnet die beiden Frauen, die ihr in den letzten Monaten das Leben schwer gemacht hatten, zusammengekommen? Sie bat darum, die ganze Geschichte zu erfahren, und als Hester geendet hatte, fragte sie: »Und wie hat Frau Impen es aufgenommen?«

»Sie war so erregt, dass sie unbedingt aufstehen wollte. Gestützt durch Gerhild und mich konnte sie einen Fuß vor den anderen setzen, aber nach zwei Schritten klappte sie zusammen. Sie ist sehr schwach. Abgesehen davon hat Frau Impen versprochen, mit ihrem Mann zu reden. Und das wird sie auch tun.«

Hester stand auf. »Ich muss jetzt endlich den Laden aufmachen – die Kunden warten bestimmt schon. Würdest du in den nächsten Tagen zu mir zum Essen kommen? Dann können wir besprechen, wie wir dich und dein Geschäft unterstützen können.«

33

→ Texel, August 1673 ←

Als sie die Dünenkuppe erreichten, weitete sich Paulus' Brust. Der Horizont präsentierte das Farbenspiel des Meeres, eine Pastelllandschaft aus Blau- und Grautönen. Tief sog er die Seeluft ein. Die Niederländer lebten vom Wasser und mit dem Wasser, sie waren frei und mutig. Egal, wie sehr man ihnen zusetzte, sie würden sich nicht unterkriegen lassen. Er kniff die Augen zusammen, um die Flotte besser in Augenschein nehmen zu können. Auch de Ruyter, ihr Admiral, war ein Kämpfer. Solange Männer wie er da waren, gab es trotz der bedrückenden Lage Hoffnung. Und die Lage war tatsächlich ernüchternd: Kurfürst Friedrich Wilhelm hatte zu Vossem einen Friedensvertrag mit Frankreich geschlossen, wodurch sie einen ihrer wichtigsten Verbündeten verloren hatten. Immerhin hatte König Ludwig inzwischen in den österreichischen und spanischen Habsburgern seinen Hauptfeind erkannt und den niederländischen Krieg vernachlässigt. Doch der Friedenskongress in Köln kam nicht voran.

Der magere Rest seiner Eskadron folgte Paulus. Bald würden sie das Zeltlager des Prinzen am Meeresufer erreichen. Als Paulus die orangenen Flaggen im Wind flattern sah, drückte er die Schultern durch. Niemand sollte sehen, wie sehr ihm die Wochen der Gefangenschaft, in denen seine Wunden nur langsam geheilt waren, zu schaffen machten. Mit Wucht waren die Ereignisse auf ihn eingestürzt: der Tod der Mutter, der Verlust ihres Besitzes, die Niederlage von Maastricht. Die Republik hatte die stärkste Festung an den Feind verloren. Die Versorgungslage war dramatisch, das Volk hungerte, und auf der anderen Seite, vor England, wartete ein gewaltiges Invasionsheer nur darauf, über ihr Land herzufallen. Nach langen Verhandlungen war der niederländischen Garnison schließlich gestattet worden, die Stadt zu verlassen. Mit dem Abzug ließen sie die Bewohner Maastrichts endgültig im Stich. Auch er war ein geschlagener Krieger, verletzt. Vor allem die Aussicht auf das Gespräch mit seinem Vater lag ihm auf der Seele. Wenn die Nachricht, die er seinem Vater geschickt hatte, nicht angekommen war, würde er ihm persönlich vom Tod der Mutter und dem Verlust der Besitztümer berichten müssen.

Paulus begrüßte die Leibwache, die ihn sofort einließ. Er hörte Bentincks Stimme, der offenbar auf Wilhelm einredete: »Es wäre einfacher, Eure Wünsche deutlich zu machen, wenn mich die Offiziere ernster nähmen, Hoheit ... lassen sich nur ungern in Truppenbewegungen und Heeresversorgung hereinreden. Es ist schon besser, jetzt als Cornett ... aber auch, in den Verhandlungen mit den Provinzen ... als Drost, wie mein Bruder ...«

Ach ja, Bentinck war ja im Frühjahr befördert worden, wieder einmal. Offenbar hatte er weitere Ziele. Paulus verachtete derartigen Ehrgeiz, der leicht in Kriecherei übergehen konnte. Da er nicht wie ein Lauscher wirken wollte, machte er sich bemerkbar und trat ein.

Prinz Wilhelm warf gereizt Listen und Flugschriften auf den Klapptisch, doch sein Gesicht hellte sich schlagartig auf, als er Paulus erkannte. »Freund! Was für ein Glück, Euch wiederzusehen! Angesichts der Nachrichten aus Maastricht hatten wir mit dem Schlimmsten gerechnet! Berichtet, was Euch widerfahren ist!« Er wandte sich Bentinck zu, der Paulus ebenfalls willkommen heißen wollte. »Lasst uns allein. Wir machen später weiter.«

Bentinck ging sichtlich konsterniert hinaus und lächelte Paulus nur schmallippig zu.

»Dass Ihr Maastricht verloren habt, ist ein schwerer Schlag«, hielt Wilhelm gleich darauf fest, als sei es Paulus' persönliche Schuld.

»Die Übermacht war zu groß, genau wie die Belagerungskünste des französischen Festungsbaumeisters, dieses Vauban.« Paulus fasste den Ablauf der Belagerung kurz zusammen und berichtete von der Anlage der Laufgräben und den Angriffen. Auch erwähnte er, dass er Zeichnungen angefertigt hatte. »Vor allem die Bastion vor dem Tongerener Tor war heftig umkämpft. Meine Männer und ich konnten helfen, es zurückzuerobern. Doch dann hat König Ludwig dem Herzog von Monmouth und seinem Musketier d'Artagnan den Angriff überantwortet. Dem Ansturm der Truppen konnten wir nichts entgegensetzen.«

»Ludwig scheint erstaunlicherweise viel von dem Bastard des englischen Königs zu halten.«

»Tatsächlich scheint Monmouth ein guter Heerführer zu sein. Seine Soldaten sprechen voller Respekt von ihm.«

»Das mag sein. Er ist allerdings ein ebenso aufgeblasener Verschwender wie der französische König, der mitsamt seinen Mätressen vor Maastricht eingetroffen sein soll.«

Auch Paulus hatte sich inzwischen über James Scott, den Herzog von Monmouth, informiert. Monmouth war als illegitimer Sohn von Charles II. und der walisischen Adeligen Lucy Walters in Rotterdam geboren. Da Charles mit der Königin keine Kinder hatte, ging das Gerücht über eine geheime Ehe um. Das aber leugnete Charles. Auf jeden Fall hielt er so große Stücke auf seinen »Jemmy«, dass er ihm einen Adelstitel verliehen hatte.

»Dennoch konnten wir uns mit vereinten Kräften wacker gegen die Franzosen halten«, kam Paulus auf die Belagerung zurück. »Doch Ende Juni waren unsere Kräfte erschöpft.« Er suchte den Blick des Prinzen. »Maastricht ist von strategischer Bedeutung. Sicher wollt Ihr die Stadt so schnell wie möglich zurückerobern, Hoheit«, sagte er hoffnungsvoll.

»Ich fürchte, Maastricht wird warten müssen. Andere Manöver sind wichtiger.« Bentinck kam zurück und meldete die Ankunft des Schiffes. Wilhelms Augen wanderten unruhig umher. »Ich würde gern weiter mit Euch plaudern, aber Admiral de Ruyter wartet. Ich will die Flotte inspizieren und mich mit ihm beraten. Die feindliche Invasion droht, wie Ihr wisst.«

»Lasst mich Euch begleiten, Hoheit.«

»Seid Ihr denn schon wieder einsatzfähig?«

»Auf jeden Fall. Ich will für Euch und unsere Republik kämpfen.«

Prinz Wilhelm nickte anerkennend. »Kampfgeist und Selbstlosigkeit – das schätze ich. Auf dem Weg könnt Ihr mir mehr über diese Belagerungskünste berichten.«

Vor dem Zelt trafen sie auf Wilhelms Gefolge, das sie zur flachbodigen Pinke mit den Flaggen des Admiral-Generals begleitete.

»Deine persönliche Mission war ein Fehlschlag, hörte ich. Euer Besitz ist in den Händen der Franzosen. Wie bedauerlich«, sagte Bentinck.

»Das ist leider wahr. Außerdem haben wir einen Todesfall zu beklagen. Meine Mutter ist tot.«

Der Prinz sah sich um, ehrlich bekümmert. »Mein Beileid.«

»Die Franzosen haben sie getötet?«, fragte Bentinck.

»Nein, ihre Krankheit hat sie dahingerafft. Ich habe sie in Maastricht beisetzen lassen. Es hätte allerdings auch anders kommen können, denn unser Gut war von Herumtreibern überfallen worden.«

»Diese Uneinigkeit ist furchtbar. Sich gegen die eigenen

Leute zu wenden und keinen Respekt vor dem Besitz anderer zu haben!«

Paulus wollte das Thema wechseln. »Wie ist es Euch hier ergangen?«

»Wegen der vielen Ernteausfälle durch die Besetzung und die Wasserlinie droht eine Hungersnot, auch beim Militär.«

»Kann denn kein Korn gekauft werden?«

Bentinck stieß ein Zischen aus. »Du hast wohl in der Gefangenschaft nur wenig mitbekommen! Die Kassen sind leer. Wir erwarten dringend die Rückkehr der Handelsflotte, damit das Silber aus Westindien, die Gewürze und sonstige Waren aus Übersee wieder Geld in die Kassen bringen.«

»Also muss de Ruyter nicht nur die Invasionsarmee aufhalten, sondern auch den Seeweg für die Flotte frei machen«, konstatierte Paulus. »Wenn König Charles die Handelsflotte in die Finger bekäme, hätte er genügend Geld, den Krieg fortzusetzen. Man hört, dass der englische König wegen des Krieges und der leeren Staatskassen unter Druck steht.« Das zumindest hatte er im Gefängnis erfahren.

Sie näherten sich der Flotte. Welch eine Masse von Schiffen! Unter dem Getöse von Trompeten, Trommeln und »Lang lebe der Prinz!«-Rufen betraten sie *Die Sieben Provinzen*, das Flaggschiff ihrer Flotte. Der Zweidecker mit seinen achtzig Geschützen war legendär und hatte bereits viele Seeschlachten zu ihren Gunsten entschieden.

Michiel de Ruyter nahm den Prinzen in Empfang. Auch der Admiral war eine Legende. Er war ein kleiner, kräftiger Mann mit hoher Stirn und Schnauzbart und wirkte trotz seiner sechsundsechzig Jahre noch erstaunlich kampfbereit. Auch Cornelis Tromp war anwesend. Paulus ignorierte ihn; der Admiral war nachweislich am Mord an den Brüdern de Witt beteiligt gewesen, wofür er ihn verachtete.

»Es heißt, die Engländer haben für die Invasion zwanzigtausend Mann zusammengezogen. Mit neunzig Linienschiffen und Fregatten, darunter etliche Feuerschiffe, wollen sie die Landung der Invasionsarmee decken«, berichtete de Ruyter.

»Was haben wir ihnen entgegenzusetzen?«, wollte Prinz Wilhelm wissen.

»Fünfundsiebzig Linienschiffe, dreiundvierzig kleinere Schiffe, viertausendfünfhundert Geschütze sowie einundzwanzigtausend Mann.«

Bentinck machte sich Notizen. Die vielen Zahlen wirbelten durch Paulus' Kopf; er war wohl doch nicht so einsatzbereit, wie er geglaubt hatte.

»Wir sollten die Initiative ergreifen und die Engländer in ein Gefecht verwickeln. Wir dürfen nicht warten, bis ihnen unsere Fernhandelsflotte in die Hände fällt!«, entschied Prinz Wilhelm.

De Ruyter nickte grimmig. »Wir werden versuchen, unsere Flotte in eine günstige Stellung zu bringen, sodass wir unsere Kenntnis der Küstenlandschaft und hoffentlich guten Wind bestmöglich nutzen können.« Er skizzierte einen Plan, der sich für Paulus wagemutig anhörte, weil er alles von einem günstigen Wind abhängig machte.

»Unser Schicksal liegt in der Hand Gottes. Was Er für uns vorgesehen hat, das wird geschehen, das haben wir verdient«, verkündete Wilhelm. »Derweil werden wir die Landtruppen in Alarmbereitschaft versetzen, um die Invasion aufzuhalten, sollte Euer Plan scheitern, Admiral.« Wilhelm sah in die Runde, auch Paulus blickte er fest an.

»Ich bin bereit, alles zu tun, um einen Einmarsch zu verhindern«, sagte Paulus, obgleich er sich beherrschen musste, um nicht zusammenzubrechen. Vielleicht könnte er sich nach Vlissingen entsenden lassen, um dort die Truppen zu unterstützen. Dann könnte er seinen Vater aufsuchen und ihm persönlich von den Umständen des Todes der Mutter berichten. Es gab einiges, was er ihn fragen wollte.

Apokalyptisch wirkten die Flammen und aufblitzenden Mündungsfeuer, die sich auf der Nordsee abzeichneten und vom Kriegslärm untermalt wurden. Unmöglich zu sagen, welche der Parteien die Oberhand hatte. Seine Füße waren tief in den weichen Sand eingesunken, dennoch war er bis in die Haarspitzen gespannt. Paulus hatte seine Männer in Stellung gebracht, seinen Vater aber noch nicht gefunden, obgleich Egbert van Houtkerke irgendwo in der Gegend sein musste. Allerdings hatte Paulus auch keine Zeit gehabt, intensiv zu suchen. Seine Aufgabe und seine Verfassung hielten ihn zurück. Würde sein Vater ihm Vorwürfe machen? Würde er seine Trauer und seinen Kummer an ihm auslassen? Ganz abgesehen von Paulus' Fragen, die seinen Vater sicher verwundern würden. Paulus schauderte. Beschämend, dass ein erwachsener Mann noch immer seinen Vater fürchtete …

Schließlich verhallte der Kanonendonner. Vereinzelt krochen Schiffbrüchige an Land, Engländer und Franzosen, die sich mit Mühe und Not hatten retten können und die Paulus und seine Männer sofort gefangen nahmen. Offenbar war die Seeschlacht vorbei – aber wer hatte gewonnen?

Als sich die Lage endgültig beruhigt zu haben schien, machte Paulus sich erneut auf die Suche nach seinem Vater. Er fand ihn hinter einer frisch aufgeworfenen Schanze. Sein Vater schien in der kurzen Zeit stark gealtert zu sein. Die Haut war rot und pellte sich auf dem Nasenrücken, er war schlecht rasiert und stank.

»Was machst du denn für Sachen, Junge! Sag mir, dass du dir mit dem Brief einen üblen Scherz erlaubt hast.«

»Ich wünschte, es wäre so.«

Paulus folgte seinem Vater in ein schäbiges kleines Zelt. Egbert kramte eine Flasche Genever und zwei Stumpengläser unter seinem Lager hervor und schenkte Paulus ein. Zunächst tauschten sie sich über ihre Beobachtungen der Schlacht aus, als scheuten sie sich davor, über ihre persönlichen Verluste zu reden.

»Wir werden abwarten müssen, was uns die Boten über den Verlauf der Seeschlacht berichten. Dann erst werden wir wissen, ob es Hoffnung gibt«, sagte Egbert. Er hob das Glas. »Auf deine Mutter, meine geliebte Frau.« Sie stießen an. Er stürzte sein erstes Glas hinunter und schenkte sich gleich wieder ein. »Weiß Quentin Bescheid?«

»Ich habe auch ihm eine Nachricht zukommen lassen.«

Egbert trank mit geschlossenen Augen, verzog das Gesicht. »Berichte mir, was geschehen ist. Ich will alles wissen.«

»Ich war ohnehin mit meinen Männern auf dem Weg, um Mutter zu retten. Als ich erfuhr, dass sich der Feind unserem Landgut nähert, haben wir den Pferden die Sporen gegeben – das kannst du dir sicher vorstellen.«

Ein Bote unterbrach sie. »Der Wind war auf unserer Seite. Wir haben gesiegt!«

»Wenigstens das«, stieß Egbert hervor. Paulus und sein Vater stießen erneut an. Doch als Paulus von der Plünderung des Landguts berichtete, mahlten die Kiefer des Vaters, und Adern traten auf seine Stirn. »Diese Hurensöhne!« Er sprang auf und packte Paulus an den Schultern. »Du musst unsere Familie retten! Du musst um unseren Besitz kämpfen. Bis wir ihn wiedererlangt haben, musst du Prinz Wilhelm dazu bringen, dass er uns unterstützt.« Er strich sich über das Gesicht. »Ich habe mich wacker geschlagen. Der Prinz muss mich wieder in den alten Stand versetzen, dafür musst du sorgen.«

Paulus zweifelte, dass ihm dies so leicht gelingen würde. Außerdem war noch immer nicht alles gesagt. »Mutter, sie … auf dem Sterbebett …«

»Was?«, fragte sein Vater scharf.

»Sie ist zum Katholizismus übergetreten. Hat sich die Sakramente spenden lassen, samt Letzter Ölung und geweihter Hostie.«

Egbert brauste auf. »Wie konntest du das zulassen?«

»Hätte ich einer Sterbenden den letzten Willen verweigern dürfen?«

»Ja! Zwanette war nicht bei Sinnen – das ist doch offensichtlich!« Paulus versuchte sich das auch immer wieder einzureden, hatte aber Zweifel. »Wer weiß noch davon?«

»Niemand. Außer dem Priester, der Zofe und mir.«

»Wo ist die Zofe?«

»Bei ihrer Familie in Maastricht. Ich habe sie großzügig ausbezahlt. Sie wird schweigen.« Das hoffte Paulus zumindest, denn schließlich hatte die Zofe von den Besuchen des Priesters gewusst.

»Das ist gut. Du weißt, wie sehr der Prinz das Papsttum verabscheut. Nur notgedrungen duldet er Katholiken in seiner Runde. Dieser Makel darf nicht auch noch auf uns fallen. Wir müssen makellos sein, vergiss das nie!«

Sie tranken weiter. Paulus hielt sich zurück, aber sein Vater wurde zusehends betrunken. Das Taschentuch mit dem königlichen Wappen brannte in seiner Brusttasche. Schließlich überwand Paulus sich. »Mutter war immer so schön. Es war schlimm, ihren Verfall zu sehen. Wie war sie, als ihr euch kennengelernt habt? Du erinnerst dich doch sicher noch genau daran.«

Egbert strich sich über das vernarbte Gesicht. »Das ist wahr. Blutjung war sie und reizend. So reizend, dass Adelige von höchstem Stand ein Auge auf sie geworfen hatten. Aber ich habe sie ausgestochen.« Sein Vater lachte.

Paulus hatte aufgemerkt. »Das wusste ich gar nicht. Was für eine Leistung! Wer waren diese Adeligen?«

Egbert kicherte trunken. »Das wirst du kaum glauben.«

»Du machst mich wirklich neugierig. Was bist du nur für ein Teufelskerl!«

Egbert schien für die Schmeichelei seines Sohnes empfänglich zu sein, denn er raunte: »Charles II., der König von England, hatte ein Auge auf sie geworfen. Aber da er aus seiner Heimat geflohen und beinahe mittellos war und zudem keinen guten Ruf hatte, ließen Zwanettes Eltern ihn abblitzen.«

Paulus erzitterte. Also könnte es vielleicht stimmen. »Das ist ja wirklich unglaublich! Einen König auszustechen! Doch du wurdest auserwählt, und nach Eurer Heirat wurde ich geboren.« Er dachte an das bestickte Tuch, das kaum Beweiskraft hatte. »Wo ist eigentlich unser Familienstammbuch?« Darin müsste das Datum seiner Geburt eingetragen und möglicherweise von einem Geistlichen bestätigt sein. Hatte seine Mutter bei der Heirat bereits gewusst, dass sie schwanger war, wäre eine frühzeitige Geburt wahrscheinlich aufgefallen.

Egbert gähnte herzhaft. Der Genever war leer. »Unser Familienstammbuch ist im Keller des Landguts. Also, jetzt wohl nicht mehr. Aber wir dürfen keine Zeit für Nostalgie verplempern. Morgen müssen wir auf der Höhe unserer Kraft sein. Geh du gleich als Erstes zu Prinz Wilhelm, und sorg dafür, dass ich einen anständigen Posten bekomme!«

Paulus war mit den Gedanken woanders. Das Stammbuch war verloren, seine Großeltern waren lange tot. Gab es eine Freundin, Dienerin oder sonstige Vertraute von Zwanette aus jener Zeit? Und wer könnte auf englischer Seite wissen, ob seine Mutter Umgang mit König Charles gehabt hatte? Warum beschäftigte ihn das überhaupt so? Verschwendete er nicht nur seine Zeit?

Unwillkürlich schüttelte er den Kopf. Wenn er tatsächlich ein Sohn von Charles II. war, dann wäre sein Leben ein anderes. Aber wie sollte er seine Herkunft beweisen? Ein besticktes Taschentuch mit den königlichen Initialen war alles andere als ein Beweis, das wusste er selbst.

34

Obgleich die Stimmung nicht mit früheren Festen zu vergleichen war, ging es dennoch feierlich zu. Alle waren erleichtert über ihren Sieg in der Seeschlacht vor Texel. Paulus saugte den Anblick der Festgesellschaft in sich auf. Sein Herz stolperte, als er Grace van Aken entdeckte. Oft hatte er noch an sie gedacht, und in Maastricht, im Angesicht des Todes, hatte er sich gescholten, nicht auf ihre Avancen eingegangen zu sein.

Prinz Wilhelm war in ein Gespräch mit einem alten Herrn vertieft, der Paulus vage bekannt vorkam, und Bentinck bat Paulus zu warten. »Du weißt, wie er ist. Nichts gegen dich, aber diese Gespräche sind vertraulich.«

Paulus war bereits aufgefallen, dass der Freund sich verändert hatte, konnte diese Veränderung aber nicht an Einzelheiten festmachen. Schließlich ging es ihm auf: Bentinck wurde dem Prinzen immer ähnlicher; es war, als ahme er sogar dessen Gesten nach. »Du gebärdest dich wie ein Zerberus. Was ist aus unserer Freundschaft geworden?«, fragte er spöttisch.

In diesem Augenblick hatte der Prinz sie bemerkt und bat sie zu sich. Gut gelaunt stellte er sie vor. »Lord Arlington unterstützt mich dabei, Einfluss auf die Meinung in England zu nehmen, damit ich mit meinem Onkel zu einem Separatfrieden komme. König Charles verliert zusehends die Unterstützung des Parlaments.«

Paulus wollte gern mit Arlington über Charles' Hof sprechen, kam aber nicht dazu, da nun zum Festmahl gebeten wurde.

Erst als anschließend getanzt wurde, kam er mit dem Lord ins Gespräch. »Seid Ihr damals mit König Charles in den Haag gekommen, als dieser im Exil war?«, fragte er.

Arlington bestätigte dies. »Eine furchtbare Zeit. Wir sorgten uns sehr um seinen Vater, König Charles I., der ja dann tatsächlich in Cromwells Auftrag hingerichtet wurde.«

»Meine Eltern erzählten mir von der Zeit des Exils. Mein Vater, Egbert van Houtkerke, und meine Mutter Zwanette, geborene von Jossa, waren damals in diesen Zirkeln unterwegs und kannten Charles II.«, sagte Paulus leichthin.

Lord Arlington merkte auf. »Die frühere Mademoiselle Zwanette ist Eure Mutter? Ein reizendes Geschöpf. Ich habe sie seit Jahren nicht gesehen. Wie geht es ihr?«

»Sie lebte zurückgezogen auf unserem Landgut vor Maastricht und verstarb vor einigen Wochen.«

Arlington sprach ihm sein Beileid aus, konnte Paulus allerdings auch auf dessen dezente Nachfragen nichts weiter über die Vergangenheit seiner Mutter berichten. Paulus' Interesse ließ nach. Er bemerkte Grace' Blicke auf sich, die aber von ihrem Gatten in Beschlag genommen wurde. Servaes van Aken war ein aggressiver, manchmal etwas zu risikobereiter Militär, das hatte Paulus im belagerten Maastricht beobachtet. Irgendwann wurde dieser auf ihn aufmerksam und steuerte auf Paulus zu, während Arlington weiterzog.

»Van Houtkerke, nicht wahr? Wie habt Ihr es geschafft, aus Maastricht herauszukommen?«

»Erst einmal gar nicht.« Paulus berichtete von seinen Verletzungen und seiner Gefangenschaft.

»Mein Trupp und ich konnten fliehen, ehe die Franzosen die Stadt abriegelten«, berichtete van Aken. Dann ging ihm auf, dass er seine Ehefrau noch gar nicht vorgestellt hatte, und er holte dies nach.

»Wir trafen uns bereits, Darling«, sagte sie. »Als du in Maastricht weiltest, habe ich mich während eines Empfangs bei Jonkheer van Houtkerke nach der Lage erkundigt. Ich konnte die Ungewissheit nicht aushalten, musste wissen, ob du in ernster Gefahr bist.«

Van Aken strich skeptisch über seine vernarbte Wange, sagte aber: »Es ist rührend, wie du dich um mich sorgst. Diese mitfühlende Ader kenne ich gar nicht an dir. Oder ist sie neu in deinem Repertoire?«

Die Bemerkung ihres Mannes schien Grace unangenehm zu sein. Sie starrte in die Ferne, als gäbe es dort etwas zu entdecken.

»Ihr müsst wissen, dass meine Gattin Schauspielerin war, als ich sie kennenlernte«, fühlte van Aken sich bemüßigt zu erklären. »Ich sah sie am Hof des englischen Königs, während ich auf diplomatischer Mission war. Sofort schlug sie mich in ihren Bann. Ich hielt mich aber von ihr fern, weil ich sie falsch einschätzte. Als ich irgendwann erfuhr, dass sie aus gutem Hause stammt, gab es jedoch für mich kein Halten mehr.« Besitzergreifend legte van Aken den Arm um ihre Taille, sie lächelte gezwungen.

»Ihr wart Schauspielerin? Ich liebe das Theater!«, rief Paulus und begann, von den Aufführungen zu erzählen, die er gesehen hatte. »Leider sind die Theater wegen des Krieges geschlossen – abgesehen davon, dass ich ohnehin keine Zeit dafür hätte.«

»Die Kriegskunst ist die wichtigste aller Künste. Meiner Auffassung nach schickt es sich für Weibsvolk ohnehin nicht, auf der Bühne zu stehen.«

Die abfällige Bemerkung weckte Grace' Widerspruchsgeist. »Eine altmodische Einstellung. Es gibt sehr gute Schauspielerinnen, die auch vom englischen König geschätzt werden.«

»Als Bettgespielinnen!« Van Aken lachte.

»König Charles und sein Bruder fördern auch Autorinnen wie meine geschätzte Freundin Aphra.«

»Genauso eine –«

Grace ging dazwischen, ehe er den Satz zu Ende sprechen konnte, was ihren Mann sichtlich wütend machte. »Aphra Behn ist eine wahre Künstlerin. Und jetzt entschuldige, Darling, aber ich habe genug vom Politisieren. Tanzt du mit mir? Ich würde so gern.« Ein hinreißender Augenaufschlag.

Van Aken lehnte ab, war mit dem Blick bei anderen Militärs, die anscheinend mit Prinz Wilhelm Kriegsgeschichten austauschten.

»Ach bitte, erbarme dich, Darling.«

Kopfschütteln.

»Also ich würde durchaus …«, begann Paulus.

»Tut mir den Gefallen, Houtkerke, damit sie Ruhe gibt.« Van Aken steuerte auf Prinz Wilhelm und seine Gesprächspartner zu.

Paulus reichte Grace die Hand, und als sie ihre seidenbehandschuhten Finger hineinlegte, spürte er Hochstimmung in sich aufsteigen. Sie war nicht die schönste, aber ganz sicher die reizvollste Dame im Saal.

»Ich bin erleichtert, Euch wohlauf zu sehen«, sagte Grace, während sie sich graziös umeinander drehten. »Es wäre zu schade um einen so vielversprechenden jungen Mann gewesen. Mein Gatte war voll des Lobes über Eure Heldentaten.«

»Tatsächlich?« Paulus war nicht bewusst gewesen, dass er in Maastricht beobachtet worden war.

Sie sah ihm in die Augen. »Um ehrlich zu sein, habe ich oft an unser Gespräch in der Kutsche denken müssen. Was müsst Ihr nur von mir gedacht haben! Ich muss außer mir gewesen sein. Es ist Eure Nähe, die mich so verwirrt – wie es auch jetzt wieder der Fall ist.«

Ihre Direktheit brachte Paulus durcheinander. »Ihr habt also vor König Charles Theater gespielt?«, fragte er.

»Man mag von König Charles halten, was man will, aber unter seiner Herrschaft ist wieder Ruhe in England eingekehrt.« Grace suchte seinen Blick. »Auch Ihr habt Verbindungen zum englischen Hof geknüpft. War Lord Arlington ein interessanter Gesprächspartner?«

»Wir redeten über die derzeitige politische Lage«, wich Paulus aus.

Grace wandte den Kopf, als wollte sie herausfinden, ob jemand sie beobachtete, doch ihr Gatte war in ein Gespräch vertieft. »Wie Ihr sicher wisst, hat Charles II. zwar viele Kinder, aber keine leiblichen Erben. Er ist ein rechter Lüstling.« Sie lachte. »Sein Bruder James, der Herzog von York, hingegen hat Kinder. Allerdings ist er katholisch. Und er ist Witwer. Offenbar steht er im Begriff, sich neu zu verheiraten. Mit der erzkatholischen Maria von Modena.«

Das alles war Paulus bekannt. Worauf wollte sie hinaus?

»Ich kann Euch doch vertrauen?«, hauchte Grace ihm ins Ohr.

Er löste sich beim nächsten Takt ein Stück. »Darauf habt Ihr mein Wort.«

»Was wird geschehen, wenn Charles II. stirbt? Wird England unter König James wieder katholisch? Das ist unmöglich! Zu lange haben wir für die Glaubensfreiheit gekämpft!« Sie klang energisch, was Paulus reizend fand.

»Es klingt, als hättet Ihr selbst auf dem Schlachtfeld gestanden«, sagte er freundlich.

»Das Schlachtfeld der Damen ist ein anderes. Aber dort weiß ich durchaus, Siege zu erringen. Auch Männer wollen überwältigt werden.«

War der erotische Unterton beabsichtigt? So oder so spürte Paulus, wie Erregung ihn durchfuhr.

»Gerüchten zufolge soll durch Angehörige des englischen

Parlaments und durch niederländisch finanzierte Flugschriften eine Idee in die Köpfe der Menschen gesät werden: *Der nächste englische König muss ein Protestant sein.* Und wer wäre dazu besser geeignet als Charles' Neffe, der protestantische Glaubenskrieger Wilhelm von Oranien?«

Paulus runzelte die Stirn. Prinz Wilhelm auf dem englischen Thron? Der Gedanke erschien verrückt, wenn man bedachte, wie sehr sich die beiden Länder in den vergangenen Jahrzehnten bekriegt hatten. War Wilhelm endgültig größenwahnsinnig geworden? Hielt er sich für auserwählt? Der Prinz war der höchste Adelige der Niederlande, das ja. Aber als Statthalter war er Diener des Staates – hatte er das vergessen?

»Ihr sagt ja gar nichts.« Grace musterte ihn.

»Was ist mit dem Herzog von Monmouth? Er könnte von Charles II. legitimiert werden«, sprach Paulus einen anderen Gedanken aus. Er musste wirklich mehr über seine Herkunft herausfinden. Grace schien sich gut auszukennen. Vielleicht konnte sie ihre Verbindungen zum Hof spielen lassen.

»König Charles hat Monmouth als Sohn anerkannt, das ist wahr. Aber er hat stets bestritten, dass er mit Monmouths Mutter verheiratet war. Fraglich, ob er diese Haltung ändern wird.«

Paulus verfiel in Grübeleien, geriet aus dem Takt. Seine Nachdenklichkeit schien sie zu irritieren. Sie berührte ihn verstohlen, ging aber sofort auf Abstand, weil ihr Gatte sich näherte.

Als Paulus am nächsten Tag Bentincks Kontor im Binnenhof betrat, sammelte dieser gerade einem Stapel Notizen und Flugschriften ein. Ehe Paulus einen Blick darauf werfen konnte, hatte Bentinck sie bereits verdeckt. »Unterliegt der Geheimhaltung«, murmelte er. »Kann ich dir weiterhelfen? Treibt dich etwas Bestimmtes her?«

»Ich möchte mit Prinz Wilhelm sprechen«, sagte er. Dass es ihm um die Wiedereinsetzung seines Vaters ging, verschwieg er.

»Dann kommst du am besten morgen wieder. Der Prinz hat eine Porträtsitzung.«

»Er hat mir zugesagt, dass er heute Zeit für mich hätte«, schwindelte er. Bentinck verließ das Kontor, und Paulus begrüßte die weiteren Sekretäre, von denen er nur Huygens kannte. Auf dessen Schreibtisch sah er mehrere Flugblätter, auf denen die Siege der Niederlande gefeiert und die Feinde schlechtgemacht wurden, und er fragte sich, wie dieser Spott mit der Gloire des Prinzen in Einklang zu bringen war. Und war das klug? Ludwig XIV. war schließlich ebenfalls ein eitler, leicht zu kränkender Mann.

Bentinck rief seinen Namen und wies ihm sichtlich widerwillig den Weg zu den Gemächern des Prinzen. Im Harnisch stand Wilhelm dem Maler Porträt, Kommandostab und Helm unterstrichen den martialischen und zugleich stolzen Ausdruck noch. Die schmalen Bärtchen hatte er abrasiert. »Wir machen eine kurze Pause.« Prinz Wilhelm schickte den Maler hinaus und zeigte Paulus das Gemälde. »Wie gefällt es Euch?«

»Sehr gut. Ihr seht wie ein echter Herrscher und Anführer aus«, gab Paulus zu.

Das schien dem Prinzen zu gefallen. »Es ist wichtig, mich den Menschen so zu zeigen, wie ich bin, mit allen Facetten, die meine Familie hervorgebracht hat. Euch ist sicher klar, welche Bedeutung auch die englische Verbindung für mich hat.«

»Ihr erwähntet Eure englischen Pläne.«

Wilhelm nickte. »Ich sah Euch gestern im Gespräch mit Madame van Aken.«

»Ich kämpfte mit ihrem Gatten in Maastricht«, sagte Paulus.

»Dennoch solltet Ihr vorsichtig sein, wem Ihr Euer Vertrauen schenkt.«

»Was meint Ihr, Hoheit?«

»Madame van Aken steht angeblich König Charles recht nahe. Es heißt, der englische König beauftragte sie, in der Niederlande heimisch zu werden.«

Paulus begriff. »Um hier zu spionieren?«

»Sie wäre nicht die erste Dame, die als Spionin eingesetzt wird.« Sinnierend betrachtete Wilhelm das Gemälde.

»Wenn es Euer Wunsch ist, könnte ich helfen, Eure englischen Pläne voranzutreiben, könnte eine Delegation begleiten«, schlug Paulus vor.

»Nein. Ich brauche Euch hier. Für einen Cornett mit eigenem Regiment habe ich mehr als genug Aufgaben.«

Im ersten Moment war Paulus enttäuscht. Dann fragte er sich, ob er richtig gehört hatte. Er neigte das Haupt. »Habt Dank für diese Ehre, Hoheit. Ich werde mich ihr würdig erweisen.«

»Davon gehe ich aus.«

Paulus zögerte. Er wollte Wilhelms Großzügigkeit nicht überstrapazieren. »Mein Vater, Hoheit, hat bei Vlissingen tapfer gekämpft und Euch ebenfalls Ehre gemacht.«

»Dann soll auch er in seinen alten Stand zurückversetzt werden. Aber gemahnt ihn, diesen nicht wieder zu beschämen.«

Paulus nickte. Als er den Binnenhof verließ, war er euphorisch.

Bei allem Elend, das Paulus in den vergangenen Monaten gesehen hatte, empfand er den Kontrast zum Reichtum in Amsterdam als besonders beeindruckend. Sicher, die Spuren des Krieges waren auch hier zu sehen, aber der noch immer vorhandene Überfluss erschlug ihn beinahe.

Seinen Halbbruder traf er in einem Kaffeehaus, wo Quentin für sie beide heiße Schokolade bestellte. Er war ein schmaler junger Mann mit einem derart teuren Anzug, dass ihn bei Hofe mancher beneidet hätte. Vor sich auf den Tisch legte er diverse Zeitungen und Handelsbriefe.

Den Bericht über den Tod der Mutter nahm Quentin beinahe unbewegt hin. Er sah lediglich auf seine teure Taschenuhr. »Du weißt, dass unser Verhältnis nie das beste war. Du warst Zwanettes Kronprinz, ich nur der eigensinnige Stiefsohn, der nie ihren oder Vaters Ansprüchen genügte.«

Paulus rieb sich nachdenklich über das Kinn. Er erinnerte sich an zahlreiche Situationen, in denen er von seiner Mutter bevorzugt worden war, auch wenn er durch seine Jahre im Dienst des Prinzen später weniger mit ihr zu tun gehabt hatte.

Quentin rührte in seiner Porzellantasse. »Ihre religiöse Bekehrung in den letzten Jahren hat mich abgestoßen. Ich habe sie als Heuchelei empfunden. Dennoch wünsche ich Mutter, dass sie im Tod den Frieden findet, den sie im Leben nie hatte.«

»Unser Landsitz ist vorerst verloren und damit auch unsere Einkünfte. Und Vater hat – es wird ein Schock für dich sein, es zu erfahren …« Zu seiner Überraschung zeigte sich ein bitteres Lächeln auf dem Gesicht des Bruders. »Du weißt es schon?«

»In Amsterdam geht es immer um Geld. Einen Verlust wie den unseres Vaters reibt man einem gern unter die Nase.«

Paulus begutachtete die Kleidung seines Bruders, die ihm geradezu königlich erschien. »Dir scheint es nicht schlecht zu gehen.«

»Was meinst du, warum ich mich auf Geschäfte konzentriert habe? In dieser Stadt ist es keine Schande, Geld zu verdienen, auch nicht für Adelige. Eine Schande ist es, kein Geld zu haben. Womit wir wieder beim Thema wären.«

»Wir brauchen Geld für Vaters Eskadron …«

»Ich kann nichts erübrigen. Ich will auch nicht in die Vernichtung von Menschenleben investieren.«

»Du investierst in die Verteidigung unseres Landes!«

Quentin schüttelte den Kopf. »Dieser Krieg muss ein Ende finden. Je mehr Geld hineingepumpt wird, umso länger wird er dauern. Die Amsterdamer verlieren die Geduld. Eigentlich sollte der Grachtengürtel ein weiteres Mal erweitert, der Grachtenhalbmond um das IJ vervollständigt werden. Aber jetzt liegen alle Pläne auf Eis.«

»Worin investierst du, wenn nicht in unsere Freiheit, unsere Zukunft?«

»Ich investiere in unsere Zukunft. Aber anders, als du denkst. Ich halte Anteile an der Westindischen und Ostindischen Kompanie und beteilige mich am Schiffbau.«

»Schiffbau!« Paulus stieß verächtlich die Luft aus.

»Außerdem trage ich mich mit dem Gedanken zu heiraten. In eine anständige Amsterdamer Kaufmannsfamilie.«

Paulus starrte seinen Halbbruder an. Er würde ganz sicher nicht derjenige sein, der ihrem Vater diese Nachricht überbringen würde.

35

Max wässerte noch einmal die Löwenmäulchen und gab den Arbeitern Anweisungen. Er sah sich um. Vor seinem inneren Auge sah er das Bild des Gartens, den er hier anzulegen gedachte, der aber noch lange nicht fertig war. Doch zumindest würden sich die Huffretters nicht blamieren. Über der Terrasse des Hauses wölbte sich ein farbenfroher Baldachin, und in den vergangenen Wochen waren die Gartenarbeiten enorm vorangeschritten. Alle acht Tage ritt er die halbe Stunde nach Caputh, um sich bei Wynant sehen zu lassen und seinen Bericht an Herrn Bender zu verschicken. Oft kamen dann auch die Arbeiter vom Schlosspark der Kurfürstin mit Fragen zu ihm. Wynant hatte die meiste Arbeit ihm überlassen – vom Entwurf bis zur Planung. Ganz groß war er allerdings darin, den Herrschaften über den Fortgang der Arbeiten zu berichten.

Max machte das nichts aus. Für ihn zählte es, ein irdisches Paradies entstehen zu lassen. Es bereitete ihm Freude, Wasserwege zu verlegen, Pflanzen einzukaufen und für sie die richtigen Plätze zu finden. So spürte er gar nicht, wie die Zeit verging. Dass er zwischendurch immer wieder einmal mit Elvina plaudern konnte, machte den Aufenthalt umso angenehmer. Sogar Rosa, ihrer jüngeren Schwester, schien es besser zu gehen. Oft sah er durch die offen stehenden Fenster in das Landhaus und beobachtete die Familie: den Vater und Elvina, die im Labor hantierten und an einem Korsett arbeiteten. Elvina, die sich um Rosa kümmerte. Die Mutter mit den Kindern. Die Eltern, zu zweit in Eintracht, wenn die Kinder im Bett waren. Er mochte die Familie, mochte ihr turbulentes Leben, mochte, wie freundlich und freigiebig sie mit ihm umgingen. Deshalb hatte er sich vorgenommen, trotz des begrenzten Budgets für jedes Familienmitglied ein Stück weit den Garten zu schaffen, den es sich wünschte.

Hufgeklapper kündigte den Besuch an. Noch einmal ließ Max den Blick schweifen. Alles sah sehr gut aus.

Sie nahmen den hohen Besuch am Tor in Empfang. Elvina hatte überlegt, ob sie ihrer Cousine wirklich verraten sollte, dass der Kurprinz seinen Bruder begleiten würde, dann aber entschieden, dass Annabelle ihr niemals verzeihen würde, wenn sie es verschwieg. So war Annabelle mit Fritz in der Kutsche angereist, während Kurprinz Karl Emil und Cunrat auf ihren Rössern nebenhertrabten. Hoffentlich passte das Korsett, das ihr Vater nach ihren Entwürfen hatte herstellen lassen, dem Prinzen nicht nur, sondern half ihm auch. Rosas Körper straffte sich bereits ein wenig, aber ihr Gemüt schien durch die Behandlung gelitten zu haben.

»Schreiten wir am besten gleich zur Tat. Wir konnten unserem gestrengen Erzieher nur für kurze Zeit entkommen«, sagte Fritz.

»Das ist wohl wahr. Herr von Schwerin ist auch mir immer ausgesprochen lästig gefallen. Glücklicherweise bin ich ihn los«, stimmte Karl Emil zu. Es war allgemein bekannt, dass der Kurprinz lange gefordert hatte, von den Unterrichtspflichten entbunden zu werden.

Fritz folgte ihrem Vater die Freitreppe hoch, neugierig von Rosa und den anderen Kindern beäugt. »Lasst euch solange den

Landsitz zeigen. Ich bin gleich wieder da – reitet nicht ohne mich weg!«, bat er.

»Wie könnten wir!« Karl Emil sah sich gelangweilt um.

»Darf ich Euch eine Erfrischung bringen lassen, Durchlaucht?«, fragte Petronella. »Ein Zerbster Bier vielleicht?«

Elvina hörte die Nervosität in der Stimme ihrer Mutter, und auf einmal kam ihr alles furchtbar schäbig vor. Immerhin blühte es im Garten bereits, denn Max hatte ein außerordentliches Talent dafür bewiesen, aus ihrem Grundstück und ihren Mitteln das Beste herauszuholen.

Der Kurprinz nahm das Angebot an, und einen Augenblick später trug die Magd unter dem Terrassenbaldachin kühles Bier auf, dem die Männer freudig zusprachen. Annabelle öffnete unterdessen ihren Sonnenschirm und hakte sich bei Elvina ein. »Schön habt ihr es hier, wenn auch etwas urwüchsig.« Sie tänzelte elegant in den Garten. »Dieses Parterre! Diese Boskette! Was für eine zauberhafte Farbkombination, was für eine elegante Gestaltung.« Sie wandte sich Karl Emil und Cunrat zu, die ihre Bierkrüge in den Garten trugen. »So etwas Schönes gibt es auf Caputh nicht – oder irre ich?«

Der Kurprinz sah sich um. »In der Tat. Am neuen Lustschloss unserer Stiefmutter schreiten die Arbeiten nur langsam voran. Allerdings legt sie viel Wert darauf, neben dem Lustgarten auch einen großen Nutzgarten anzulegen, um die fürstliche Tafel zu bestücken. Ihr wisst ja, wie sehr mein Vater das Essen liebt. Und sie tut alles, um ihm zu gefallen.« War da ein scharfer Unterton in Karl Emils Stimme? »Der Gärtner … Wie war doch gleich sein Name? … Wynant sagte allerdings, er sei auch für diesen Garten hier zuständig.«

Ärger wallte in Elvina auf. Ihr Blick flackerte zu Max, der in einiger Entfernung den Handwerkern Anweisungen gab. »Mit Verlaub, Durchlaucht, das ist nicht ganz richtig. Der Geselle

Max hat den Garten entworfen und sorgte für die Auswahl der Pflanzen. Wynant hatte als ältester Geselle eher«, sie überlegte, wie sie es diplomatisch ausdrücken konnte, »einen Blick darauf.«

Ein Ruf unterbrach sie. »Auf, auf, die Herren!« Fritz stand auf der Terrasse und hob einen Bierkrug, wobei er leicht das Gesicht verzog. Drückte das Korsett? Die Männer tranken einander zu und machten Anstalten aufzubrechen.

»Müsst Ihr wirklich schon gehen, Durchlaucht?«, fragte Annabelle bekümmert, denn sie würde noch ein paar Tage bei Elvina bleiben. Zu Elvinas Erstaunen gab der Kurprinz ihrer Cousine einen Handkuss.

»Wir sehen uns bald wieder, Mademoiselle«, sagte er leise und warf ihr einen tiefen Blick zu. Annabelle strahlte, doch Elvina sah, dass Cunrat die Augen zusammenkniff.

Mit einem unguten Gefühl ritt Max zu seiner wöchentlichen Besprechung mit Wynant. Tatsächlich stieß dieser ihn, kaum dass sie allein waren, gegen die Hüttenwand, an der die Pläne hingen. »Ich weiß nicht, wie du es machst, aber ich habe die Nase voll davon, dass du dich überall einschleimst!«

»Ich … Ich habe nichts getan«, stammelte Max.

»Und ob du das hast! Die Kurfürstin hat mich angesprochen! Warum ihr Hofapotheker schon jetzt schönere Rabatten und Boskette hat als sie, obgleich der Garten noch nicht einmal fertig ist! Das ist ja fast, als würdest du Hexenwerk anwenden!«

Meinte Wynant das etwa ernst? Zuzutrauen wäre es ihm. Max' Gedanken überschlugen sich. Wie könnte er die Situation entschärfen? »Ich hatte Glück, dass die Blumen gut angewachsen sind. Es ist ein fruchtbarer Boden …«

»Quatsch!« Wynant versetzte ihm eine Ohrfeige.

Max schmeckte Blut, seine Wange war aufgeplatzt. »Ich glaube kaum, dass du die Sache besser machst, wenn du mich verprügelst und ich nicht arbeitsfähig bin. Was wird die Kurfürstin dazu sagen? Was der Hofapotheker? Und wer soll dann die Briefe von Herrn Bender lesen, die Bestelllisten oder die Rechnungen prüfen?«

»Was willst du damit sagen?«

Max bebte innerlich. War er zu weit gegangen? »Nur dass wir zusammen ausgeschickt wurden und jeder seine Aufgaben hat. Du kennst dich gut mit Obst, Gemüse und Weinstöcken aus.«

»Ist ja auch wichtiger als dieses ganze Geblühe, das man nicht essen kann!«

»Und ich habe nichts gegen dieses *Geblühe* und auch nichts gegen den Schreibkram. Deshalb ergänzen wir uns, ob es dir passt oder nicht.«

Wynant blickte ihn prüfend an, ließ dann aber von ihm ab. »Wenn ich nur ein Mal höre, dass du mich vor unseren Auftraggebern schlechtmachst oder du tatsächlich zum Meistergesellen oder Lustgärtner berufen wirst, verbuddle ich dich unter den von dir ach so geliebten Blumenrabatten!«

Hester sah zu, wie Floris die Zahlen zusammenrechnete und säuberlich in sein Heft eintrug. Wie so oft in letzter Zeit besuchte sie ihre Schwester in der Hütte. Noch immer fühlte sie sich Debora vertraut und zugleich fremd. Es war schwer, Misstrauen abzulegen, wenn man es jahrelang eingeübt hatte. Doch der Sieg gegen Dittrich Impen hatte sie einander nähergebracht.

»Chim hatte recht, du bist wirklich plietsch«, sagte Hester

anerkennend zu Floris. Ihr kam eine Idee, aber darüber wollte sie erst einmal mit ihrem Mann sprechen. Wenn er denn endlich von dieser Handelsreise heimkehrte.

»Weißt du schon, wann dein Mann wieder hier sein wird?«, fragte Debora.

Allein bei dieser Frage durchfuhr Hester Eifersucht, aber sie kämpfte sie nieder. »Demnächst, genau wie Jerun, hoffe ich. Offenbar musste er bei unserem Partner für Getreide nachverhandeln.« Eine beunruhigende Entwicklung, da sie einen Gutteil ihrer Einnahmen betraf.

Ihr Gespräch wurde unterbrochen, als Ursel hereinstürzte. Sie war tränenüberströmt. Debora schloss sie sogleich in die Arme. »Was ist? Hat Impen wieder –«

»Nein, ich habe im Gasthaus Dictus getroffen. Er …«

Hester verabschiedete sich. Frauen, die allein ins Gasthaus gingen, waren doch kaum besser als eine Dirne. Und wenn sie dann noch fremde Männer traf … Ihre Schwester sollte wirklich auf ihren Umgang achten. Oder ihre Freundin zur Ordnung rufen.

Debora war klar, dass Dictus sie gesehen hatte, aber der Bootsmann begrüßte sie nicht und arbeitete stoisch weiter. Sie ließ sich jedoch nicht beirren. »Ich weiß, dass du ein guter Mann bist. Und ich weiß, dass du Ursel wirklich magst. Deshalb werde ich dir jetzt etwas erzählen«, sagte sie.

Jetzt sah er sie doch an. Nervös spielten seine Hände mit einer Reepschnur.

»Wenn es dir nichts bedeutet, was ich dir verraten werde, bitte ich dich jedoch, es wieder zu vergessen und darüber kein Wort zu verlieren. Bist du damit einverstanden?«

Er nickte.

»Versprichst du es?«

Als sie sich der Toreinfahrt näherte, entdeckte Hester sofort den Frachtwagen. Das konnte nur bedeuten, dass Chim oder Jerun wieder da waren! Reine Freude trieb sie an. Sie stieß auf ihren Sohn, der dem Gehilfen gerade Anweisung für das Abladen des Wagens gab, und Hester stürzte sich ihm in die Arme.

»Mutter, ist irgendwas? Du bist so … Wieso ist der Laden geschlossen?«

Sie las die Fragezeichen in seinem Blick und musste lachen. »Es ist alles in Ordnung. Ich war bei Debora.«

»Wieso? Hast du sie schon wieder –«

»Ich habe sie besucht! Wir haben uns versöhnt!«

Er schien es kaum glauben zu können. »Das wurde aber auch Zeit«, sagte er. »Und Vater?«

»Ist noch nicht aus Danzig zurück. Es scheint dort Probleme zu geben.«

Gemeinsam kümmerten sie sich um die Ladung. Dabei berichtete Jerun übersprudelnd von seinen Erlebnissen und Geschäften. Während der Mahlzeit fragte er Hester danach aus, wie es zu der Versöhnung gekommen war, und Hester war glücklich, dass jegliche Missstimmung verflogen zu sein schien. Kaum hatten sie den Nachtisch verspeist, tupfte Jerun sich jedoch den Mund ab und erhob sich.

»Hast du noch etwas vor?«, fragte sie halb im Scherz.

Ihr Sohn schob wohlerzogen den Stuhl an den Tisch. »Ich bin bald wieder da«, sagte er, setzte jedoch nach einer kurzen Pause hinzu: »Warte nicht auf mich.«

Enttäuschung fraß sich in ihr Herz. An seinem ersten Abend

zu Hause ließ ihr Sohn sie allein. »Aber wir haben uns doch wieder vertragen. Es ist doch alles in Ordnung. Ich habe doch nicht –«

Jerun wandte sich noch einmal um. »Es geht nicht immer nur um dich, Mutter.«

Warum nur hatte er sich dazu verleiten lassen, so boshaft zu sein? Der Kopf schwirrte ihm vor Erlebnissen, vor Gedanken und Plänen. Er hatte so viel in Cölln zu erledigen, ehe er wieder abreisen würde. Und das würde er. Schneller, als es seiner Mutter lieb wäre. Sie hatte ihm erzählt, dass Max noch in der Nähe von Caputh beschäftigt war; immerhin hatte sich damit die Frage erledigt, wen er zuerst aufsuchen sollte.

Pünktlich auf den Glockenschlag eilte Elvina herbei. Er hatte der Magd der Huffretters eine Nachricht und ein Trinkgeld zugesteckt; und Elvina hatte ihn erhört. Es war so wunderbar, sie zu sehen, mit ihr zu sprechen! Als er ihr sein Geschenk überreichte, das alchemistische Buch, das sie sich gewünscht hatte, fiel sie ihm um den Hals. Hart spürte Jerun seinen Puls in den Adern hämmern, seine Gefühle aufwallen. Ihre Wange an seiner, samtweich die Haut, ihr Atem an seinem Hals, seiner Wange, seinem Mund. So leicht, sie zu küssen. Und doch machte er sich los. Er musste einen kühlen Kopf bewahren.

»Ich werde schon bald wieder aufbrechen«, sagte er.

»Aber du bist doch kaum angekommen.« Elvina konnte ihre Enttäuschung kaum verhehlen.

Jerun wurde das Herz schwer. Auf lange Sicht würde er mit diesen Erwartungen und enttäuschten Hoffnungen nicht leben können. »Genau das hat meine Mutter auch gesagt.«

»Willst du mich mit deiner Mutter vergleichen?« Sie klang

verletzt. »Ich wusste nicht, dass unsere Freundschaft dir eine Pflicht, eine Last ist. Ich dachte … Ich hatte deine Rückkehr so sehnlich erwartet.«

Jerun berührte ihre Hand. »Das habe ich gehofft. Gleichzeitig weiß ich, dass ich dir nicht bieten kann, was du dir wünschst. Noch nicht. In ein paar Jahren kann ich heiraten, eine Familie gründen. Ich wünsche mir Kinder, denen ich etwas weitergeben kann, denen ich zeigen kann, wie wunderschön die Welt ist. Und ich wünsche mir eine wunderbare Frau wie dich. Ich … wünsche mir dich.« Jerun lachte nervös, sah ihr in die Augen. »Und je härter ich arbeite, desto schneller ist es so weit.«

❀

Hester hatte für Chim sein Leibgericht kochen lassen. Doch statt die Tartuffeln zu verputzen, schob ihr Mann sie auf seinem Teller umher. Sie strich ihm über den Handrücken, auf dem sich die Adern deutlich abzeichneten. Einige Tage nach Jerun war auch ihr Gatte zurückgekehrt. Endlich waren beide wieder zu Hause. Sie waren eine Familie, und bald schon würde sie Debora und deren Söhne zu einem Festmahl einladen, einfach so.

»Es scheint, als sei dir die Reise nicht bekommen«, sagte sie vorsichtig, denn Chim sah richtiggehend eingefallen aus.

»Hmhm.« Lustlos musterte Chim die Tartuffel, aß sie aber nicht. Plötzlich sah er auf. »Ich muss dir etwas sagen.«

Eiskalt durchfuhr es Hester. *Er hat eine andere. In Breslau!*

»Wir haben unseren wichtigsten Geschäftspartner in Breslau verloren.«

Erleichterung, schnell gefolgt von Erschrecken. »Wie das?«

»Jemand hat ihm mehr für sein Getreide geboten. Viel mehr.«

»Dann werden wir ihn zurückgewinnen. Oder wir werden einen besseren Partner finden.«

Chim legte sein Besteck ab. »Unser Konkurrent ist nicht irgendwer. Es ist die Magdeburger Familie von Frau Impen. Ein politisches und finanzielles Schwergewicht. Das ist eine Kampfansage.«

Gerhild kontrollierte noch einmal den Eintopf, der leise vor sich hin simmerte, und nahm dann Heft und Griffel, um zu ihrer Herrin gehen und die Einkäufe für die kommende Woche zu besprechen. Als sie die Treppe hochsteigen wollte, hörte sie die Stimmen von Herrn und Frau Impen durch die offene Tür des Kontors. Sie war froh, dass es ihrer Herrin besser ging und diese öfter das Bett verließ. Gerade wollte sie umkehren, als Frau Impen ihre Stimme erhob.

»Wir werden sie fertigmachen, allesamt. Debora und Ursel, aber auch die Schöppens. Dass wir ihnen das Geschäft in Breslau kaputt gemacht haben, ist erst der Anfang. Die werden noch bereuen, uns herausgefordert zu haben.«

Schritte. Gerhild versteckte sich hinter dem großen Dielenschrank.

»Ich bin froh, dass Ihr diesen Lügengeschichten keinen Glauben schenkt, verehrte Gattin«, sagte Herr Impen unterwürfig.

Ein ungehaltenes Zischen. »Hältst du mich für blöd? Natürlich weiß ich, was du treibst! Aber gefallen lassen werde ich es mir dennoch nicht! Ich bin eine Ratstochter aus Magdeburg! Mit uns legt sich niemand an!«

Gerhilds Brust pumpte, weil sie ganz vergessen hatte zu atmen. Frau Impen wusste von den Umtrieben und Gemeinheiten ihres Mannes und wollte dennoch andere dafür bestrafen, dass sie sich auflehnten? Wie betäubt nahm sie den Eintopf von der

Herdstelle und verließ das Haus. Ursel und Debora würden vielleicht Hilfe brauchen können …

Die anderen Damen waren weiterspaziert, was Elvina nicht bekümmerte, da die Töchter aus edlem Hause sie zumeist entweder schnitten oder sich über sie lustig machten. Ihr Nervenkostüm war ohnehin angegriffen. Sie hatte gedacht, sie liebte Jerun und er liebte und begehrte sie. Aber wie viele Jahre sollte sie auf ihn warten? Würde er sie dann noch begehren? Oder war seine Liebe einfach nicht stark genug, um sich für sie zu entscheiden? Sie wünschte, sie könnte mit Max darüber reden. Die Gespräche mit ihm waren ihr in den letzten Wochen kostbar geworden. Und wenn sie ehrlich war, fühlte sie sich auch zu ihm hingezogen. Ob es ihm ebenso ging? Manchmal wusste sie nicht, wohin vor lauter aufwallenden Gefühlen, wollte lachen und weinen zugleich. In diesen Augenblicken konnte sie nachvollziehen, wie es Annabelle gehen musste.

Ihre Cousine hatte durchgesetzt, dass Elvina sie wieder einmal auf dem Landsitz der Familie bei Oranienburg besuchte. Die anderen Familienmitglieder begegneten Elvina mit oberflächlicher Höflichkeit, aber Annabelle schien jede Minute zu genießen. Heute waren sie mit anderen Damen für einen Ausflug nach Oranienburg gefahren. Das Schloss, das einst Luise Henriette, der verstorbenen ersten Frau des Kurfürsten, gehört hatte, wirkte verlassen; auch waren die Schäden durch das verheerende Feuer, das so vieles zerstört hatte, noch lange nicht behoben. Anschließend flanierten sie durch den Lustgarten. Die Cousinen genossen die Herbstfärbung der Natur, ein Farbenspiel in unzähligen Rot-, Orange- und Gelbtönen. Immer weiter schritt Annabelle aus, als hätte sie ein Ziel vor Augen; bald waren die restlichen Damen nicht mehr zu sehen. Hier hinten war der Garten verwildert, Bäume und Sträucher bildeten ein Dickicht. Gab es eigentlich einen Zaun, der den Lustgarten einfasste, oder könnten sie einfach immer weiterlaufen?

»Wir sind schon ganz schön weit von den anderen entfernt«, sagte Elvina. »Wollen wir nicht langsam umkehren?«

»Nur ein kleines Stückchen noch!«, rief Annabelle.

Die Sonne stand schon tief, und die Schatten waren lang. Auch glaubte Elvina lautes Knacken im Dickicht zu hören. Vielleicht hätten sie doch einen Diener mitnehmen sollen, der eingreifen könnte, wenn ihnen ein Fremder begegnete. »Ich denke, wir sollten zurück.« Erneut brachen in einiger Entfernung Äste. Elvina versteifte sich. Sie liebte ihre Cousine, aber Annabelle war auch unbedarft, geradezu naiv. »Komm jetzt!«, rief sie.

Annabelle aber lachte nur und wandte sich zu ihr um. »Warte hier, ich bin gleich wieder da.« Mit geröteten Wangen lief sie auf der anderen Seite der Lichtung in den Wald. Blätter raschelten. Ein Schatten im Geäst bewegte sich, und Elvina erschrak. Würde ihre Cousine einem Unhold in die Hände laufen? Sie hätte sie aufhalten müssen!

Gerade wollte sie einen Warnruf ausstoßen, als sie erkannte, wer sich zwischen den Stämmen herumtrieb: Kurprinz Karl Emil persönlich.

Ihre Cousine knickste, er reichte ihr die Hand, sie hakte sich bei ihm ein, neigte sich zu ihm, tuschelte vertraut mit ihm.

Hitze schoss Elvina auf die Wangen. War das ein Stelldichein? Hatte Annabelle sie nur aus diesem Grund mitgenommen? Und was sollte sie nun tun? Sie konnte nicht zu den anderen zurück, nicht ohne Annabelle. Bei dem Gedanken, allein auf der Lichtung zu bleiben, fühlte sie sich ebenfalls unwohl. Was hatten Annabelle und der Kurprinz vor? Ihre Cousine würde doch keine Dummheiten machen?

36

Der Rotwein schwappte über die Glaskante und spritzte auf die Leinentischdecke. Paulus hielt seinen Teller und das Besteck fest; sein Glas wäre heute nicht das Erste, was in der Kapitänskajüte zu Bruch ginge. Der Appetit war ihm ohnehin vergangen. Das Wetter war rau, der Seegang beängstigend. Orangen kullerten aus dem Obstkorb und spielten mit den Weingläsern Kegeln. Servaes van Aken griff zu, ehe sie auf die Bohlen krachten.

»Wie auch immer: Unsere Republik ist im Aufwind. Wir haben Naarden und Nieuw Amsterdam zurück«, sagte einer der Reisegefährten in dem krampfhaften Versuch, Konversation zu betreiben.

»Endlich hat es den schändlichen Namen ›New York‹ verloren!«, stimmte der Kapitän zu, dem als Einzigem das Essen noch schmeckte. Er gab einem tiefschwarzen Matrosen einen Wink, ihnen Wein nachzuschenken. Paulus legte die Hand auf sein Glas; er hatte genug.

»Auch König Ludwig lässt uns für den Moment in Ruhe. Vermutlich haben wir ihm zu viel Widerstand geleistet«, meinte Servaes van Aken und spießte ein Fleischstück auf.

Nachdem der französische Herrscher mit der Eroberung Maastrichts auch die Kontrolle über Maas und Rhein gewonnen hatte, hatte er sich Trier und den kaiserlichen Städten im Elsass zugewandt. Dies wiederum hatte den Widerstand des Habsburger Kaisers und der deutschen Kurfürsten geweckt. Paulus wusste, dass sich niederländische Diplomaten bemühten, auch Letztere wieder zum Eingreifen gegen Frankreich zu bewegen. Immerhin hatten sich die französischen Truppen aus Teilen der Republik zurückgezogen. In den besetzten niederländischen Städten hatte König Ludwig lediglich starke Garnisonen zurückgelassen. Er wollte sich offenbar auf die Eroberung des Grenzgebiets sowie der Spanischen Niederlande konzentrieren.

»Auf jeden Fall steht Charles II. unter Druck. Das Parlament gibt ihm kein Geld mehr für den Krieg. Das Volk leidet wegen der verregneten Ernten Hunger. Und sein Bruder hat die Katholikin Maria von Modena geheiratet. Wir werden leichtes Spiel bei den Friedensverhandlungen haben. Trinken wir darauf, dass wir unsere Ländereien bald zurückbekommen!« Van Aken hob sein Glas.

Paulus stieß mit an, nippte aber nur. Das Schiff ächzte im Wellengang, als würde es gleich auseinanderbrechen. Entscheidend für die Friedensverhandlungen war gewesen, dass König Ludwig der Republik hinter Englands Rücken einen Separatfrieden angeboten hatte – was die Angriffspartner eigentlich ausgeschlossen hatten. Jetzt wurden Trompeter über den Kanal geschickt, die offiziell einen Frieden mit England aushandeln und verkünden sollten. In Wahrheit aber übernahm ihre Delegation die Aufgabe.

In der Kapitänskajüte schwadronierten die Emissäre über ihre Kriegsgewinne und -verluste sowie ihre Besitzungen. »Finanziell gesehen ist ein Krieg ein gutes Geschäft. Als Militär lässt sich ausgezeichnet Karriere machen, und es gibt reichlich Gratifikationen!«, protzte van Aken.

Paulus ertrug ihn kaum. Wie hatte ein derart grober und unangenehmer Kerl eine so interessante und attraktive Frau wie Grace gewinnen können? Ob sie wirklich eine Spionin war? Er entschuldigte sich und trat an Deck. Kurz sah er dem Ballett der

Matrosen zu, bei dem jeder Schritt, jeder Handgriff saß. Eine Perfektion, wie er sie liebte. Vollkommenheit, egal, was man tat!

Paulus hangelte sich am Deck entlang zur Reling. Der Wind peitschte ihm ins Gesicht, sodass er sich festklammern musste, und er starrte in das dunstumwölkte Zwielicht, als könnte er dort seine Zukunft erkennen.

»*Wir sind aus solchem Stoff, wie Träume sind, und unser kleines Leben ist von einem Schlaf umringt.*« Die samtige, etwas rauchige Stimme trieb einen Schauder über seinen Rücken. Langsam wandte er sich ihr zu. Zu seiner Verblüffung stand Grace neben ihm, als könnten ihr Wind und Wetter nichts anhaben.

»Das habt Ihr schön gesagt.«

Ein leises Lachen, das sofort vom Wind davongetragen wurde. »Gesagt schon, doch ich möchte mich ungern mit fremden Federn schmücken. Prospero spricht diese Worte in *Der Sturm*, einem Stück meines Landsmanns Shakespeare.«

Paulus ließ das Zitat in sich nachklingen. »Ich wusste nicht, dass Ihr an Bord seid«, sagte er dann.

»Mein Gatte bat mich, in unserer Kajüte zu bleiben. Eine Frau könnte für Unruhe bei Mannschaft oder Mitreisenden sorgen.« Sie warf ihm einen spöttischen Blick zu.

»In gewisser Weise kann ich das nachvollziehen. Ihr habt eine besondere Ausstrahlung.«

Ein Blick aus halb verhangenen Augen, tief und unergründlich. »Habt Ihr an mich denken müssen? Habe ich Euch in Eure Träume verfolgt?«

»Und wenn es so wäre?«

Sie blickte wieder auf das Spiel der Wellen, das Schwanken des Schiffes ausgleichend, als sei sie jahrelang zur See gefahren. »Es würde mir Hoffnung machen.« Sie sah ihm in die Augen. »Ich habe oft an Euch gedacht. Es scheint mir ein Wink des Schicksals zu sein, dass wir gemeinsam auf dieser Mission sind.

Wir sollten die Maskerade und die Förmlichkeiten endlich lassen.«

Ihre Worte irritierten ihn, gleichzeitig empfand er es ebenso. Grace' Hand wanderte auf der Reling an seine. Heiß und zugleich kühl vom Salzwasser. Paulus bekam eine Gänsehaut. »Mein Gatte hofft, dass ich auf dieser Mission nützlich sein kann«, sagte sie.

»Wie?«, hätte Paulus am liebsten gefragt, und ob sie den Herzog von Monmouth und Charles' andere Bastarde kannte. Doch vom Deck her waren jetzt laute Stimmen zu hören, und so überraschend, wie sie gekommen war, verschwand Grace auch wieder. Ein Auftritt wie auf einer Bühne. Aber welche Rolle war ihm zugewiesen?

Die Stimmung in London war aufgeheizt. Überall sah Paulus Verkäufer von Pamphleten, die die Katholiken schmähten und Prinz Wilhelm lobten. Es hieß, dass nicht die Vernunft oder das Parlament den König zum Frieden zwingen würden, sondern dass das Wetter es tun würde. Und Charles II. ließ die Delegation warten. Paulus brannte vor Ungeduld darauf, ihm endlich in die Augen zu sehen. Auch Grace bekam er kaum zu Gesicht. Bis die Delegation zum König geladen wurde.

Kanonenschläge explodierten, gleißend hell zündeten die Mündungsfeuer der Musketen. Getroffen sackten Soldaten zu Boden, begleitet von klirrenden Degen. Der Puls dröhnte Paulus in den Ohren. Jeder Muskel seines Körpers war angespannt, zur Schlacht bereit. Jetzt näherten sich Hufschläge und Kampfschreie von der anderen Seite. Wieder Explosionen. Er zuckte zusammen. Das Publikum tobte, schrie den Namen des herannahenden Retters, und der Herzog von Monmouth nahm die Begeisterungsstürme huldvoll entgegen. Er hielt ein Schwert in die Höhe, das zu funkeln schien; angeblich hatte König Ludwig ihm für seine Verdienste einen Diamantring sowie ein diamantbesetztes Schwert geschenkt. Sogar der König und die Königin klatschten beifällig.

»Was für ein Schmierentheater!«, zischte van Aken. »Sie trampeln auf den Gräbern unserer Männer, die vor Maastricht gefallen sind.«

»Ich stimme zu. Es ist geschmacklos«, sagte Paulus mühsam beherrscht. Wie hatte irgendjemand auf die Idee kommen können, die Eroberung von Maastricht als Theaterstück nachzuspielen? Auch die anderen niederländischen Delegierten wahrten nur mühsam die Fassung.

»Am liebsten würde ich dazwischenschlagen!« Die Ader auf van Akens Stirn pulste.

Paulus wandte sich an Grace, um das Gespräch in eine unverfänglichere Richtung zu lenken und einen Eklat zu vermeiden. »Was sagt die Expertin dazu?«

»Die Feuerwerker und Bühnenbildner haben ganze Arbeit geleistet«, urteilte sie. »Und zu Monmouths Leistung? Sagt man nicht: Erlaubt ist, was gefällt?«

»Ach, und dir gefällt er wohl auch, der schöne Duke? Deine Schätze gehören nur einem!« Unvermittelt packte van Aken sie und biss ihr in die weißen Halbkugeln ihrer Brüste. Grace wollte sich ihm entziehen, doch ihr Mann ließ nicht von ihr ab. »Du bist doch sonst nicht so prüde!«

Paulus drängte es, dem beschämenden Schauspiel ein Ende zu machen, doch Grace schien seine Gedanken zu erraten und warf ihm einen warnenden Blick zu.

Glücklicherweise war das Spektakel wenig später zu Ende, und Essen und Getränke wurden aufgetischt. Während des Festmahls konnte Paulus den Blick kaum vom König wenden, der die Delegation mit einigen Floskeln auf den nächsten Tag vertröstete. Stattdessen widmete er sich offensichtlich lieber seiner derzeitigen Favoritin, der Französin Louise de Kérouaille. Als Paulus den Herzog von Monmouth in der Menge entdeckte, steuerte er ihn an.

»Mir ist, als wären wir einander schon begegnet, Monsieur«, sagte der Herzog.

»Wir haben uns an ebenjenem Ort gesehen, den Ihr gerade so kunstvoll beschworen habt.«

»Ich erinnere mich. Ihr wurdet in Maastricht gefangen genommen. Seid Ihr hier, um Rache zu nehmen? Sollen wir die Feuerwerker noch einmal holen lassen?«, stichelte Monmouth.

»Das ist nicht nötig. Ich bin in friedlicher Mission hier.«

»Dann erzählt!« Der Herzog lächelte ihm freundlich zu und plauderte so charmant mit ihm, dass Paulus ihm beinahe die geschmacklose Inszenierung von vorhin nachgesehen hätte. Nach einiger Zeit wanderte Monmouths Blick zu ein paar Damen, die um seine Aufmerksamkeit buhlten. Doch da rief der König ihn zu sich. »Ihr entschuldigt mich. Wir sprechen uns hoffentlich bald wieder, Jonkheer.«

»Es wäre mir eine Ehre, Durchlaucht.«

Paulus streifte durch die Gesellschaft und stellte sich schließlich an den Rand, von wo aus er gut beobachten konnte, wie vertraut der König mit seinem Bastard umging, wie er sich seiner nicht zu schämen schien. Für einen Augenblick sah er sich dort stehen. Ein Herzog. Ein Prinz. Ein Thronfolger.

Von der Tafel her drang lautes Gelächter. Betrunkene Männer, schäkernde Frauen, Paare in sinnlicher Umarmung. Hier war nichts von der puritanischen Strenge zu spüren, die am Hofe von Prinz Wilhelm herrschte. Hier regierte die Völlerei. Es ekelte Paulus, dass brutale Kriegsereignisse die Kulisse für ein Fest lieferten – und dass selbst die Niederländer unter den Gästen nicht dagegen protestierten.

Ein junges Mädchen von vielleicht zehn Jahren flog dem Herzog von Monmouth in die Arme. Die Kleine schien ihn anzuhimmeln. Jedermann schien ihn zu lieben, sogar die Kinder. Er hingegen …

Paulus schob die fruchtlosen Grübeleien weg. Er wollte sich gerade zu seinen Reisebegleitern gesellen, als er hinter sich jemanden spürte. Ein Atemhauch an seinem Ohr, der eine Welle der Erregung auslöste. Wieder hatte Grace sich im Zwielicht genähert, ohne dass er es mitbekommen hatte.

»Was hältst du von ihr?«, wisperte Grace.

»Von der Tochter des Herzogs von York, die gerade mit Monmouth herumflachst?«, riet Paulus. »Prinzessin Mary ist ein Kind, mehr nicht.«

»Sie ist nicht nur ein Kind. Weißt du denn nicht, dass König Ludwig sie für seinen Sohn, den Dauphin, in Erwägung zieht? Auch Prinz Wilhelm will das Band zwischen den Häusern Oranien und Stuart verstärken. Wenn er damit noch den Franzosen einen Strich durch die Rechnung machen könnte …«

»Indem er ein *Kind* heiratet?« Paulus blieb das Lachen im Halse stecken. So etwas hätte nichts mit Vernunft oder Sympathie zu tun, sondern ausschließlich mit politischem Kalkül.

»Und siehst du, wie der Herzog von York, der Bruder des Königs, gute Miene zum bösen Spiel macht? Er ist hier der wahre Schauspieler. Er weiß, dass es Bestrebungen gibt, Monmouth zum nächsten König aufzubauen. Deshalb muss seine Braut ihm schnell einen Erben schenken, aber dann hätte England vielleicht bald wieder einen katholischen König. Mein Gatte hat recht, es ist ein Schmierentheater.«

»Gibt es weitere Bastarde des Königs bei Hofe?«

»Wer weiß.« Grace lachte heiser.

»Ich hörte von einem Freund, der in der Todesstunde seiner Mutter von seiner wahren Herkunft erfuhr. König Charles soll ihn gezeugt haben. Als Beweis führte sie ein mit den königlichen Initialen besticktes Tuch an. Was, glaubst du, würde der König dazu sagen?«

»Er würde ihn auslachen. Charles hat angeblich Tausende Bastarde.« Sie schob sich näher an ihn. Ihre Brust an seinem Rücken, ihre Lippen an seinem Hals.

Gänsehaut überzog ihn. Und gleichzeitig eine ungeheure Erregung bei dem Gedanken, dass man sie sehen könnte.

»Keine Sorge, niemand achtet auf die am Rande des Festgeschehens. Jeder ist der Hauptdarsteller in seinem eigenen Theaterstück, dem Stück, das man Leben nennt. Jeder fühlt das Scheinwerferlicht nur auf sich gerichtet.« Ihre Hände wanderten über seine Hüften, unter die weiten Schöße seines Justaucorps, trafen sich zwischen seinen Beinen. Paulus sog scharf die Luft ein. »Ich habe die Nase voll davon, auf meinen Einsatz in diesem Stück zu warten. Nur noch von meinem Gatten, diesem eifersüchtigen Regisseur …«, sagte sie rau.

»Genug der Theatermetaphern!«

Wieder lachte sie. »Wenn du an meiner Seite sein willst, folge mir.« Im nächsten Augenblick ließ Grace los, war verschwunden.

Paulus' Blick flog über die Festgesellschaft. Van Aken war an der Tafel in ein angeregtes Gespräch vertieft, er wirkte angetrunken. Doch selbst wenn alle Welt gewusst hätte, was Paulus vorhatte, er hätte es dennoch getan.

Als Paulus erwachte, tastete er neben sich, in der Hoffnung, Grace dort zu finden. Dann erinnerte er sich, dass sie sich voneinander hatten losreißen müssen. Es war eine Nacht wie im Rausch gewesen. Zunächst war er irritiert gewesen, beinahe enttäuscht, als sie mit ihm ein Theater aufgesucht hatte. Überschwänglich war sie von Freunden begrüßt worden, einem bunten Völkchen, das sich mit ihnen in das Nachtleben der Stadt gestürzt hatte. Seit Jahren hatte er nicht so einen Spaß gehabt! Grace war ein Quell verrückter Ideen, der übersprudelte, sobald ihr Gatte nicht über sie wachte. Sie hatte Szenen aus Theaterstücken vorgespielt, Monologe gehalten, hatte gesungen, getanzt, und dann … ja, dann hatte Paulus sie nicht nur ansehen wollen. Kurzerhand hatte er sie von der improvisierten Bühne in eine Taverne entführt. In einem Hinterzimmer waren sie übereinander hergefallen. Stundenlang hatten sie nicht voneinander lassen können.

Er spürte keine Reue, weil er mit der Frau eines anderen Mannes geschlafen hatte. Diese Nacht war jedes Risiko wert gewesen. Die Frage war nur, ob ihr Mann diesen Betrug wittern würde.

37

In den letzten Wochen hatte Max immer wieder Zeit abgezwackt, um den Garten der Familie Huffretter endlich so fertigzustellen, wie er es geplant hatte. Da die Arbeiten in Caputh ebenfalls gut vorangegangen waren, hatte niemand etwas dagegen einwenden können. Die kurfürstliche Familie war ohnehin im Aufbruch. Zwar hatten die Niederlande und England Frieden geschlossen, doch König Ludwig hatte seinen Eroberungsfeldzug ausgeweitet, und so sah sich auch der Kurfürst von Brandenburg verpflichtet, seinen Bündnisverpflichtungen dem Kaiser gegenüber nachzukommen und sich der Koalition gegen die Franzosen erneut anzuschließen.

Noch einmal ließ Max seinen Blick über die Anlage schweifen. Die Familie würde erst morgen eintreffen, sie war einige Wochen nicht hier gewesen, sodass sie den Garten noch gar nicht in seiner Pracht gesehen hatte. Würde er ihnen gefallen? Würde er vor allem Elvina gefallen? Oft hatten sie sich in den vergangenen Monaten unterhalten, hatten miteinander gelacht. So vertraut fühlte er sich ihr, dass er deshalb seinem Cousin gegenüber beinahe ein schlechtes Gewissen verspürte. Andererseits waren diese Gefühle schön, und da Jerun mal wieder auf Reisen war …

Als Kutschenräder über den Kiesweg rumpelten, setzte sein Herz einen Schlag aus. Waren sie das etwa schon? Er sah an sich hinunter: Erde an Händen, Schuhen und Schürze, vermutlich auch im schweißfeuchte Gesicht. Eilig versuchte er, sich sauber zu klopfen, doch da rannten die Kinder schon auf das

Grundstück, gefolgt von den Eltern und schließlich von Elvina und Rosa.

Max war nie ein Mann großer Worte gewesen. Also breitete er die Arme in einer Willkommensgeste aus und sagte: »Der Garten ist fertig.«

Elvina drehte sich nach Rosa um, die beim Anblick des Gartens staunend stehen geblieben war. Ihre Schwester war hochgeschossen und dünn. Tapfer trug sie noch immer das Korsett, obgleich es sie so einschränkte. Nach Monaten in Cölln war der Anblick der farbenprächtigen Beete, der geformten Hecken und eingezäunten Bereiche zauberhaft. Sogar ihre lebhaften Geschwister hatten ihre Schritte verlangsamt. Max wirkte verlegen und zugleich glücklich; ein Erdstreifen zog sich quer über seine Stirn. Er war ein guter Mann, kundig, mit einem großen Herzen und zudem verdammt attraktiv.

»Ihr seht uns beeindruckt. Wollt Ihr uns Euer Werk zeigen?«, schlug Georg vor.

Max nickte. »Fangen wir mit der Dame des Hauses an?« Er führte sie in einen durch Hecken eingehegten Bereich, einen Gemüsegarten mit einem Holzrohr, das Wasser vom Brunnen in ein Becken führte. Zugleich hatte Max eine geschützte Ecke mit einem Rankgitter und Himbeeren, Heidelbeeren, Brombeeren sowie Wein gestaltet, vor dem eine geschnitzte Holzbank stand.

Petronella eilte sofort darauf zu. »Wie wunderbar! Ich werde hier sitzen und von dem Obst naschen können, wenn das Tagwerk erledigt ist. Komm doch, Georg, setz dich zu mir!«

Ein Strahlen zeigte sich auf Max' Gesicht. Als er bemerkte, dass sie ihn beobachtete, schlug er den Blick nieder. »Hinter diesem Sichtschutz befindet sich der Kräutergarten«, sagte er. Sie folgte ihm zu den rechteckigen Beeten, die von allen Seiten aus bequem bewirtschaftet werden konnten. »Hier habe ich auch Tausendgüldenkraut gepflanzt, damit Ihr nicht im Wald danach suchen müsst.«

Georg schritt begeistert die Beete ab. Auch Rosa strich über die Kräuter und sog deren Duft ein.

»Soll ich Euch als Nächstes den Blumen- und Duftgarten zeigen?«, fragte Max. Rosa nickte, und ihre Wangen röteten sich dabei. Auf einer vollsonnigen Ecke des Gartens waren zauberhafte Blumen und unscheinbare Pflanzen angeordnet, deren Reiz sich erst enthüllte, wenn man an ihnen schnupperte. Rosa hielt ihre Nase an jedes Gewächs und stieß dabei leise Freudenlaute aus. Ihre Geschwister fragten ungeduldig, ob es denn auch für sie einen Gartenteil gebe.

Max grinste. »Klar, das hatten wir doch vereinbart, oder?«

»Da bin ich aber gespannt. Die Mittel dürften doch mit diesen Anlagen schon ausgeschöpft sein – oder habt Ihr gezaubert?«, fragte Elvina.

Er wurde rot, schwieg aber und führte sie in den hinteren Teil des Gartens, der teilweise vom Wald beschattet wurde. Dort erstreckten sich geflochtene Weiden, Hecken und Solitärpflanzen.

»Das soll ein Irrgarten sein? Die Pflanzen sind doch so klein!«, maulte Thies.

»Aha? Dann zeigt doch mal, wie schnell ihr den Weg aus diesem Irrgarten findet. Der hat es nämlich in sich, wenn er auch klein ist.«

Sofort tobten die Kinder los, und auch Georg und Petronella machten sich freudig auf den Weg durch die niedrigen Gänge. Max stand dabei, ein Lächeln auf seinem Gesicht. Als sie den Irrgarten durchquert hatten, meinte er: »Und nun der Springbrunnen.« Er betätigte den Mechanismus, und zur Freude aller sprudelte eine kleine Fontäne hervor, die unzählige Diamanten in die Luft zu werfen schien. Selbst der künstliche Hügel für das Wasserreservoir passte ins Bild, denn Max hatte ihn mit immergrünen Gewächsen und Blumenranken bepflanzt.

Georg trat auf Max zu und schüttelte ihm die Hand. »Ihr habt uns eine enorme Freude bereitet. Seid Ihr sicher, dass Ihr mit dem Geld ausgekommen seid? Und Euren Lohn habt Ihr auch schon bekommen?« Max stutzte, und Georg ergänzte schnell: »Ich habe Wynant das Geld gegeben, letztes Mal schon.«

»Dann wird es seine Richtigkeit haben«, sagte Max, doch Elvina hatte den Eindruck, dass er etwas verschwieg.

Petronella schien nichts aufgefallen zu sein, denn sie strahlte Max an. »Speist heute Abend mit uns – als Dank. Das könnt Ihr uns nicht abschlagen.«

Es war ein richtig schöner Abend. Alle waren glücklich, und wie so oft auf dem Land herrschte eine gelöste Stimmung. Nur Georg wirkte abgelenkt. »Seid Ihr nun noch in Caputh?«

Max betrachtete das venezianische Rubinglas, als wagte er nicht, es anzufassen. »Auch, aber soweit ich weiß, werden wir weiter nach Bornim geschickt. Dort sind die Bauarbeiten für das Lustschluss beinahe abgeschlossen, und die Anlage des Gartens soll begonnen werden.«

Das zu hören machte Elvina wehmütig. Würde nun nach Jerun auch Max aus ihrem Leben verschwinden?

Georg räusperte sich. »Ich werde diesen Garten auch nicht lange genießen können. Ich breche demnächst mit der kurfürstlichen Familie auf.«

Daran, wie Petronella beim Essen innehielt, las Elvina ab, dass ihre Mutter noch nichts davon gewusst hatte. »Du ziehst mit in den Krieg?«, fragte Petronella alarmiert.

»Ich werde den Leibarzt und Prinz Fritz nach Kleve begleiten. Dort soll der Prinz erneut untersucht werden und ein weiteres Korsett bekommen. Offenbar hat das von uns gefertigte nicht die gewünschten Ergebnisse gezeitigt.«

»Dennoch will der Prinz dich dabeihaben?«

»Ich scheine weiterhin das Vertrauen der Familie zu genießen.« Ihr Vater massierte seine Schläfen, als schmerzte ihm der Kopf. »Deshalb werde ich schon in ein paar Tagen nach Cölln zurückreisen.«

Nach der Ankündigung des Vaters war die fröhliche Stimmung verflogen, und die Tafel wurde bald aufgehoben. Max zog sich zum letzten Mal in die Hütte zurück, und Elvina ging ins Labor ihres Vaters. Georg schien sie nicht gehört zu haben, denn er reagierte nicht auf ihr Eintreten. Er starrte, eine Lupe vor einem Auge, in den Spiegel. Erst als sie in der Spiegelung auftauchte, fuhr er herum.

Eine eiserne Hand erfasste Elvinas Herz. »Es ist was mit deinen Augen, gib es endlich zu, Vater. Du kannst mir vertrauen. Ich werde es Mutter nicht sagen.«

Georg drehte die Lupe zwischen den Fingern. Dann sagte er es ihr.

Als es im Haus still geworden war, sprang Elvina auf und schlich hinaus. Sie brauchte frische Luft, brauchte das weite Himmelszelt über sich. Seit dem Gespräch mit ihrem Vater hatte sie das Gefühl, dass ihre Welt zusammenstürzte. Nun endlich begriff sie, warum in Vaters Labor immer so viel zu Bruch gegangen war. Georg war nicht nur in Gedanken gewesen, er hatte die Gegenstände schlichtweg nicht mehr richtig gesehen.

Ziellos strich sie auf den schmalen Kieswegen durch den Garten. Was sollte aus ihnen werden, wenn ihr Vater erblindete? Wer würde für sie sorgen? Für das Haus hatten sie sich verschuldet, das hatte er ihr ebenfalls gestanden. Bilder tauchten vor ihrem inneren Auge auf: die Familie, wie sie aus dem Haus getrieben wurde, wie ihre Mutter und sie selbst sich mit niederen Arbeiten würden verdingen müssen. Wie alle sie verspotteten, ausstießen. Ihr Vater mit den milchweißen Augen eines Blinden. Ihr Vater, der nach der Operation starb, die er in Kleve im Geheimen vornehmen lassen wollte, allein, ohne sie … Schluchzend sackte sie im feuchten Gras zusammen.

»Elvina?« Max stand auf einmal neben ihr, berührte sacht ihre Schulter.

Haltlos fiel sie ihm in die Arme. Schließlich gestand sie ihm, was sie bedrückte; gewiss, dass er ihr Geheimnis wahren würde.

Ursel sah sie zerknirscht an. »Das ist alles, was ich bekommen konnte«, sagte sie und wies auf die Kisten mit Früchten. »Alles andere ist angeblich vorgemerkt. Dictus hat erzählt, dass die Impens deutlich mehr geboten haben.«

Debora war wütend. »Ich verstehe nicht, warum alle deren Spiel mitspielen!«

»Es geht ums Geld.« Ursel schnaubte. »Aber Dictus hat versprochen, Obsthändler, die am Kai anlegen, zu uns zu schicken. Und auf ihn kann man sich verlassen«, sagte sie bestimmt. Vor einigen Wochen hatten Dictus und sie geheiratet und auch Ursels Tochter zu sich geholt. Selbst die Nachbarn, die sich anfangs das Maul zerrissen hatten, hatten sich inzwischen beruhigt, und Debora war froh, dass sie sich in dem Bootsmann nicht getäuscht, dass er ihr Vertrauen nicht missbraucht hatte.

Als sie sich am Abend mit Chim und Hester zum Essen trafen und von den neuen Taten der Impens berichteten, tauschte das Kaufmannspaar Blicke. »Wir wollten dir, also euch, ohnehin einen Vorschlag machen«, sagte Hester schließlich. »Wegen der veränderten Situation ordnen wir unsere Geschäfte neu. Wir sind sicher, dass wir viele Abnehmer für deine Marmeladen und Konfekte finden könnten. Vielleicht könntest du die Produktion sogar ausweiten. Wir würden dich beim Einkauf unterstützen.«

»Wir dürften natürlich nicht das Missfallen der Apotheker wecken. Außerdem bräuchten wir mehr Platz«, überlegte Debora.

Chim nickte gewichtig. »Daran haben wir ebenfalls gedacht. Wir haben ein Fachwerkhaus in der neuen Dorotheenstadt im Auge, das gute Voraussetzungen bietet.«

Floris drehte seine Feder zwischen den Fingern und sah seinen Onkel an. Debora freute sich immer wieder darüber, was für ein aufgeweckter Junge er war. Doch dann fragte er freundlich: »Und was bekommt Ihr dafür, lieber Onkel, liebe Tante?«

Die beiden starrten ihn an, dann lachte Chim aus voller Kehle. »Wir dachten an dreißig Prozent der Einnahmen. Findet das deine Zustimmung?«

Floris sah seine Mutter an, dann nickte er.

»Übrigens«, meinte Hester, »wir würden Floris gern als Lehrjungen annehmen – jetzt, wo Jerun so viel unterwegs ist. Bei uns könnte er seine Talente ausbauen.«

Als sie die letzte Kiste aus der Hütte von Ursels Großvater schleppte, hielt dieser sie auf und nahm die Netzhaube ab. Unzählige Bienen umschwärmten seine Bienenstöcke, die am Rande des üppig blühenden Gartens standen. »Ich hätte mir nicht vorstellen können, dass ich das mal sage, aber ich werde euch vermissen.« Urban grinste schief.

»Ich werde dich ebenfalls vermissen, obgleich du ein Grummelbär bist.«

Er nahm ihr die Kiste ab und berührte dabei sacht ihre Hand. »Stimmt. Bären lieben Honig. Und nicht alle Bären sind gefährlich. Sehen wir uns bald wieder?«

»Das wird sich wohl nicht vermeiden lassen.« Debora lachte freundlich, wusste aber nicht recht, was sie von Urbans Benehmen zu halten hatte. Sie mochte ihn wirklich, aber nach Wobbes Tod und der Vergewaltigung konnte sie sich nicht mehr vorstellen, noch mal mit einem Mann zusammen zu sein. Außerdem genoss sie ihre Unabhängigkeit. »Entschuldige, das habe ich nicht so gemeint«, sagte sie, als sie sah, dass er das Gesicht verzog. »Aber ich fürchte, ich kann dir nicht geben, was du dir vielleicht wünschst. Ich bin zufrieden mit meinem Leben.«

Urban schien ihr die Worte nicht krummzunehmen, denn es zog ein feines Lächeln über sein Gesicht. »Glaubst du, ich will eine Alte, die mir mein gemütliches Junggesellendasein zur Hölle macht? Ich will eine Freundin – und das bist du für mich.«

Debora lächelte. »Und du bist mir ein guter Freund.«

Als sie am nächsten Tag zum Markt kamen, befand sich direkt gegenüber von Deboras Verkaufsstand eine Kopie – nur größer und protziger, wie von einem Zerrspiegel wiedergegeben. Dahinter stand Dittrich Impen und pries seine Waren an.

Debora ärgerte sich furchtbar, denn natürlich steuerten fremde Kunden zuerst auf Impens Auslage zu. Es beruhigte sie einzig, dass sie und Ursel sich durch Impens Sortiment probiert hatten und dieses mit ihrem nicht mithalten konnte. Sie konnte also hoffen, dass Qualität sich durchsetzte.

❧

Jerun lief noch einmal an dem gewaltigen Schlachthof vorbei, in dem der Proviant für die Schiffe der Ostindischen Kompanie hergestellt wurde. Er musste sich die Nase zuhalten, so sehr stank es nach Blut, den Ausscheidungen und der Angst der Tiere. Eilig verließ er das Ostindische Haus und ging die Amsterdamer Gracht entlang. Zahllose Gespräche hatte er mit Kauffahrern über den Transport und Verkauf fremdländischer Gewächse geführt, aber eine feste Zusage hatte ihm keiner machen können. Die Handelskompanien waren zudem abweisend, da sie auf einige Pflanzen wie den Zimtbaum ein Monopol und deshalb kein Interesse daran hatten, dass andere sie vermehrten.

In Gedanken versunken schlenderte Jerun über den Kloveniersburgwal zur Herengracht, wo er bei Agnes Block vorsprechen wollte, wie er es Max versprochen hatte. Unterwegs musste er allerdings die Robinie aus seiner Unterkunft holen, die Max ihm in einem kleinen Tontopf mitgegeben hatte. Offenbar vermehrte sich diese Akazie so gut auf dem Brandenburger Sandboden, dass sein Cousin einen Schössling außerhalb des Lustgartens entdeckt hatte.

Kurze Zeit später hatte er das Haus erreicht. Agnes Block freute sich sehr über die Robinie und katalogisierte das Exemplar sofort. Nachdem sie eine Weile geplaudert hatten, fragte sie Jerun nach Max' Plänen aus.

»Ich wünschte, Max wäre hier. Er würde Euch sicher besser Auskunft geben können«, entschuldigte Jerun sich schließlich. »Wir überlegen, fremdländische Gewächse zu importieren. Ausführlich haben wir die kurfürstliche Bibliothek konsultiert und mit Pflanzenexperten wie Dr. Elsholtz und vor allem Dr. Mentzel gesprochen. Letzterer ist ein Experte für chinesische und brasilianische Pflanzen und arbeitet gerade an Publikationen darüber.« Jerun beugte sich vor. »Habt Ihr Fortschritte gemacht, was die Ananaszucht angeht?«

»Die Ananas ist ein kapriziöses Gewächs«, antwortete Agnes Block ausweichend, berichtete dann aber, dass sie durch den

Krieg ihr neues Landgut noch immer nicht habe ausbauen können. »Was die exotischen Pflanzen und die Handelskompanien angeht, solltet Ihr Euch an Mijnheer Huydecoper wenden. Ist Euch der Name ein Begriff?«

Jerun nickte. Natürlich hatte er schon von ihm gehört. Joan Huydecoper van Maarsseveen war beim Austausch der Regenten durch Prinz Wilhelm von Oranien an die Macht gekommen. Er war nicht nur Bürgermeister der Stadt, sondern auch einer der mächtigsten Männer der Vereinigten Ostindischen Kompanie.

»Huydecoper ist selbst Hobbybotaniker. Soweit ich weiß, ist er mit dem Prinzen von Oranien und dem Ratspensionär Gaspar Fagel über eine systematische Suche nach exotischen Pflanzen im Gespräch«, ergänzte sie. »In diesen Herren würdet auch Ihr dankbare Abnehmer finden. Das Problem ist, die richtigen Pflanzen zu erkennen und unversehrt hierherzubringen. Dafür sind Sorgfalt und Sachkenntnis nötig. Will Max sich denn nicht selbst auf die Reise machen?«

Jerun wischte sich nachdenklich über die Nase, die dank Elvinas Salbe in letzter Zeit nicht mehr ganz so wund war. »Das wäre vermutlich das Einfachste. Ich werde ihn noch einmal darauf ansprechen.« Er verabschiedete sich. »Sollten wir etwas Besonderes finden, werden wir es Euch wissen lassen, das verspreche ich.«

Elvina und Annabelle hatten einen abwechslungsreichen Tag verbracht, hatten Federball gespielt, musiziert und waren draußen herumspaziert, solange es das Wetter zugelassen hatte. Jetzt hielten sie sich in Annabelles Schlafkammer auf, machten Handarbeiten und plauderten. Immer wieder kam das Gespräch auf den kurfürstlichen Hof und die neuesten Gerüchte. Schließlich senkte Annabelle die Stimme. »Ich habe eine Bitte an dich. Aber du musst mir versprechen, dass du niemandem davon erzählst.«

Elvina rieb sich über die Hände, die vom Umgang mit den chemischen Zutaten ganz rau waren, obgleich sie sie mit Salbe pflegte. Sie hatte schon lange das Gefühl, dass Annabelle ihr etwas verschwieg oder sie sogar anlog. Als sie Annabelle beispielsweise auf ihr Verschwinden auf der Waldlichtung und die Begegnung mit dem Kurprinzen angesprochen hatte, hatte ihre Cousine gemeint, sie müsse sich geirrt haben, und behauptet, im Wald lediglich einem natürlichen Bedürfnis nachgegangen zu sein. »Das kann ich nicht«, sagte Elvina und versuchte, trotz ihrer Entschlossenheit freundlich zu klingen. »Ich muss erst wissen, worum es geht.«

Annabelles Augenbrauen rückten zusammen. Dann machte sie eine resignierende Geste. »Du ahnst es ja doch längst. Ich möchte mich noch einmal mit Karl Emil treffen, ehe er zu dem Feldzug aufbricht. Da wir das offiziell nicht dürfen, müsstest du behaupten, dass wir etwas gemeinsam unternehmen.«

»Wusste ich es doch!«, rief Elvina triumphierend. »Warum hast du es mir verschwiegen?«

»Weil ich wusste, dass du versuchen würdest, mich von diesen Treffen abzuhalten.«

»Das stimmt. Und das werde ich auch jetzt. Du gefährdest nicht nur deine Ehre und deine Zukunft, sondern auch die deiner Familie.«

Annabelle wirkte zerknirscht. »Ich weiß. Aber wir lieben uns! Ich kann ohne Karl Emil nicht leben.«

»Das sind große Worte.« Prüfend blickte Elvina ihre Freundin an. Annabelle war überschwänglich, ihre Gefühle waren tief. »Ihr habt euch also öfter getroffen?«

Annabelle nickte. »Aber es ist schwierig, da niemand davon

erfahren darf. Auch Karl Emil muss aufpassen. Seine Stiefmutter wartet nur darauf, ihn zu diskreditieren. Vor allem vor seinem Vater, denn der Kurfürst vergöttert Karl Emil geradezu.« Sie wurde rot vor Eifer. »Er ist so ein großartiger junger Mann! Tapfer, mutig –«

Elvina ging dazwischen, den Lobgesang auf den Kurprinzen hatte sie schon zu oft gehört. »Das kann ich mir nicht vorstellen. Die Kurfürstin machte doch einen netten Eindruck.«

»Sie ist eine falsche Schlange! Einzig das Wohl ihrer leiblichen Kinder hat sie im Sinn – und damit schmälert sie das von Karl Emil und seinen Brüdern.« Annabelle nahm ihre Hand und drückte sie. »Ich bin so froh, dass ich endlich mit dir darüber sprechen kann. Du bist die Einzige, der ich vertraue, die Einzige, die mich versteht.«

»Ich würde mich dafür verantwortlich fühlen, wenn dir etwas ... zustößt.«

»Das wird es nicht! Glaubst du, Karl Emil und ich wüssten nicht, dass wir aufpassen müssen! Ich muss mich einfach von ihm verabschieden, jetzt, wo er mit seinem Vater in den Krieg ziehen wird!«

Im Berliner Zeughaus suchte der Kurfürst seine Waffen für die Schlacht aus und musterte acht Kompanien der Leibgarde an, das hatte Elvina gehört. Bei Halberstadt sollten sich dann die brandenburgischen Truppen versammeln.

Aus ihrem Schrank holte Annabelle eine Kiste. Unter den dort eingelagerten Hüten lag ein kleines Seidenpaket. Beinahe andächtig wickelte sie das Band ab. Es handelte sich um kurze Nachrichten, anscheinend von der Hand des Kurprinzen, Erinnerungsstücke, eine Haarlocke. »Ich habe ihm einen Glücksbringer angefertigt, den er in der Schlacht bei sich tragen soll. Ich würde es nicht ertragen, wenn ihm etwas zustößt.«

Es widerstrebte Elvina zutiefst, an diesem Betrug mitzuwirken, aber ihre Cousine hielt ihre Hand umklammert und blickte sie flehend an.

Georg packte in seinem Cöllner Labor die letzten Utensilien ein, und Elvina prüfte das Regal mit den Zutaten. »Du bist doch einverstanden, dass ich sie versorge, wenn Freunde oder Nachbarn nach Medikamenten fragen?«, fragte sie.

Ihr Vater sah sie ernst an. »Das darfst du nicht. Wenn die Apotheker, gar die Hofapotheker, davon Wind bekommen –«

»Wir brauchen das Geld. Und ich könnte sagen, du hättest die Medikamente vor deiner Abreise angefertigt.«

Georg wiegte das Haupt. »Aber sei vorsichtig. Bediene nur Leute, die du wirklich kennst. Und mische keine Rezeptur an, mit der du keine Erfahrung hast!« Er massierte den Punkt zwischen seinen Augenbrauen.

»Fürchtest du dich vor der Operation?«, fragte Elvina.

»Natürlich. Lieber wäre es mir gewesen, wenn ich die Erkrankung mit Augentropfen und Umschlägen hätte heilen können. Aber ich muss es versuchen. Vielleicht verhindert ein kundiger Chirurg, dass ich erblinde.«

Elvinas Hals wurde eng. »Ich wünsche es dir so sehr. Und uns auch.«

Jerun sah seine Eltern sowie Debora, Floris und Max an. »Was sagt ihr dazu?«, fragte er.

»Eine gute …«

»Es widerstrebt mir …«, begannen Chim und Hester gleichzeitig. Chim gab seiner Frau mit einer Geste den Vortritt. »Der Gedanke widerstrebt mir, dass du eine so lange und weite Reise unternehmen wirst.«

Chim lächelte verständnisvoll und strich ihr über den Handrücken. »Es ist eine gute Idee. Die fremdländischen Gewächse, die du bisher kaufen und verkaufen konntest, haben uns ein hübsches Sümmchen eingebracht. Der Geschäftszweig ist ausbaufähig.«

»Und, Max – bist du dabei?« Hoffnungsvoll blickte Jerun seinem Cousin in die Augen.

»Dafür bin ich nicht geschaffen. Aber ich kann dich instruieren, kann Behältnisse entwerfen, in denen du die Pflanzen transportieren könntest. Hinweise für die Pflege ließen sich auch zusammentragen.«

Enttäuscht sah Jerun ihn an. Es wäre schöner gewesen, einen Freund an der Seite zu haben. Doch dann rieb er die Hände. »Also ist es abgemacht. Ich werde schauen, wann das nächste Fernhandelsschiff in Amsterdam ablegt, das mich an Bord nehmen kann und ans Kap der Guten Hoffnung bringt.«

38

Gemeinsam mit den Vertrauten des Prinzen brüteten sie über einer Landkarte. Seit der Reichstag in Regensburg den Kriegseintritt beschlossen hatte und auch Brandenburg gezwungen war, den Bündnisverpflichtungen nachzukommen, hatte sich das Schachbrett des Krieges verändert. Auch Paulus stand wieder im Feld, und es war ihm kaum gelungen, Grace zu sehen. Doch er drängte seine Gefühle zurück und wandte sich der Karte zu. Was sie zu besprechen hatten, war wichtiger. Als Teil der südlichen Grenze und der Wasserlinie besaß Grave eine besondere strategische Bedeutung. Außerdem vermutete Paulus, dass der Prinz den Verlust der Stadt als Schmach empfand. Nur weil er vor zwei Jahren 's-Hertogenbosch für wichtiger gehalten und Truppen abgezogen hatte, war sie ohne Gegenwehr in die Hand der Franzosen gefallen.

»Spione berichten, dass die Festung zum Bersten mit Proviant und Munition gefüllt ist. Darunter Hunderte lebende Rinder und fünfhunderttausend Pfund Pulver für die Kanonen. Aushungern werden wir die Franzosen also nicht«, fasste Bentinck zusammen.

Carl von Rabenhaupt räusperte sich. Der Baron war mit seinen über siebzig Jahren ein erfahrener Feldherr und hatte in Wilhelms Diensten Groningen befreit. »Das wird auch nicht nötig sein. Schließlich stehen uns sechzehntausend Mann zur Verfügung. Die französische Garnison umfasst nur fünf- bis sechstausend.«

»Wenn ich eine Anmerkung machen darf.« Paulus holte eine Papierrolle aus dem Wams und breitete sie aus. Eine seltsame Aufregung ergriff ihn. Prinz Wilhelm war Neuem gegenüber nicht immer aufgeschlossen, aber in diesem Fall würden die strategischen Neuerungen ihn überzeugen. »Hoheit, ich habe Euch von dem französischen Festungsbaumeister Vauban und seinen taktischen Erfolgen vor Maastricht berichtet«, begann er. »Die neuartigen Gräben habe ich während der Belagerung skizziert, und ich habe Berichte über weitere Taten Vaubans studiert. Auf dieser Grundlage habe ich einen Plan entwickelt, wie wir die Stadtbefestigung mit möglichst wenig Verlust überwinden können.«

Mit einer ungehaltenen Handbewegung wischte der Prinz das Papier vom Tisch. »Wir werden uns doch nicht ausgerechnet bei unserem Erzfeind etwas abschauen! Als ob die Niederlande nicht genügend ausgezeichnete Feldherren und Strategen hervorgebracht hätten! Denkt nur an meine Vorfahren!«

Paulus spürte, dass ihm die Hitze in den Kopf schoss. Beherrscht sagte er: »Natürlich sind die Verdienste Eurer Vorfahren und Eure eigenen unbestritten, Hoheit. Aber wenn eine neue Strategie dazu führt, die Leben unzähliger Soldaten zu retten, dann sollte man –«

»Wollt Ihr mir etwa sagen, was ich zu tun habe? Seid Ihr plötzlich Generalkapitän und Statthalter? Seid Ihr der höchste Adelige der Republik und Anführer?« Prinz Wilhelms Stimme war schrill geworden. Die anderen Anwesenden starrten betreten auf die Landkarte.

Aufgewühlt senkte Paulus den Blick. Wilhelms Nerven schienen blank zu liegen, wenn er so heftig reagierte. »Nein, Hoheit.«

Noch immer starrte Prinz Wilhelm ihn an. »Ich nehme an, Ihr habt zu tun«, presste er schließlich hervor.

Paulus neigte das Haupt und ging hinaus. Als er ein Stück entfernt war, hämmerte er mit der Faust gegen die Wand, bis seine Knöchel bluteten. Wilhelms Arroganz und Ignoranz waren wirklich unerträglich!

Tränen brannten in Paulus' Augen, als er über die Trümmer dessen schritt, was einst Grave gewesen war, doch da es wie in den letzten Wochen stark regnete, brauchte er sie nicht zu verbergen. Fast auf den Tag genau vier Monate hatten sie die Stadt belagert, hatten sie bestürmt und beschossen. Wenn er sich jetzt umsah, entdeckte er nur noch zwei Häuser, die unversehrt waren. Generalleutnant von Rabenhaupt hatte sich den Fortifikationen auf traditionelle Art genähert und war dafür bestraft worden. Zwischen sieben- und achttausend niederländische Soldaten hatten ihr Leben gelassen, und der heftige Regen hatte das Elend in ihrem Lager noch vergrößert. Erst als Prinz Wilhelm mit weiterer Verstärkung eingetroffen war, hatten die Franzosen kapituliert, obgleich sie »nur« zweitausend Mann verloren hatten.

Paulus schüttelte den Kopf. Ganz zu schweigen von den Bewohnern der Stadt, die getötet worden waren. Hätte der Prinz nur auf seinen Vorschlag gehört!

Auch die Schlacht bei Seneffe, die Prinz Wilhelm im August im Hennegau geführt hatte, war enorm verlustreich gewesen. Paulus stieß einen bitteren Laut aus. Jedes verlorene Leben war eines zu viel, doch noch immer stand das Überleben der Republik auf dem Spiel. Wenn sie nur einen gerechteren, einen kompetenteren Anführer hätten!

Ein bitterer Geschmack lag auf seiner Zunge. Ein Gedanke wie dieser war Hochverrat. Männer waren schon für weniger hingerichtet worden.

39

→ Blaesheim, Elsass, November 1674 ←

Georg rieb sich die Hände und marschierte einige Schritte in dem Zelt umher, das ihm und seinen Kollegen als Arbeitsplatz diente. Demoralisiert sah er sich um. Die Zeltwände waren durchnässt, der Boden matschig, das Brot von einem Schimmelpelz überzogen, und es stank nach den ungesunden Ausscheidungen unzähliger Menschen. Er fühlte sich zerschlagen und sehnte sich nach seiner Frau und seinem gemütlichen Haus bei Caputh. Petronella würde es ihm behaglich machen, ihn für die Strapazen der vergangenen Monate entschädigen, und Elvina würde ihm bei der Arbeit helfen, die ihm täglich schwerer fiel.

Zunächst war er mit Fritz und Ludwig, den jüngeren Söhnen des Kurfürsten, und deren Gefolge nach Kleve gereist. Dort sollte die Wirbelsäule des jungen Fritz untersucht werden, doch irgendwann hatte man überlegt, lieber in die Niederlande weiterzureisen, um ihm von einem dortigen Experten ein Korsett anfertigen zu lassen. In der Zwischenzeit hatte Georg sich für ein paar Tage freinehmen können und seine Augen von einem Arzt, der weithin gerühmt wurde, untersuchen lassen. Dieser hatte ihm jedoch nur wenig Hoffnungen gemacht und erklärt, er würde sein Augenlicht verlieren, es sei nur eine Frage der Zeit. Nicht einmal operiert hatte er ihn!

Verzweiflung legte sich wie eine Klammer um Georgs Brustkorb. Er dachte an die Schulden, die er angehäuft hatte, an seine Kinder, seine geliebte Ehefrau. Was würde aus ihnen werden, wenn er ihren Lebensunterhalt nicht mehr verdienen könnte?

Wenn er nicht den gesellschaftlichen Stand erreichte, den er für sie angestrebt hatte? Nein, er musste, solange es ging, seinen Zustand überspielen, musste weitermachen, so gut es möglich war.

Zu allem Unglück hatte ihn der Kurfürst ins Heerlager bestellt. Natürlich war die Berufung eine Auszeichnung, aber unter den verheerenden Umständen fiel Georg die Arbeit nur noch schwerer. Sein Blick verschwamm immer öfter, alles war unscharf, und die schwarzen Schatten, die über sein Blickfeld tanzten, wurden größer. Die Stimmung im Heerlager war schlecht. Zwischen dem Kurfürsten und seinem Sohn Karl Emil hatte es Streit gegeben, da dieser – ausgerechnet – einen französischen Koch mitgenommen hatte. Auch plagten Gichtanfälle und das Steinleiden den Kurfürsten so, dass die Kurfürstin, die unerschrocken mit in den Krieg gezogen war, ihn pflegen musste. Dazu kam die ernüchternde Kriegslage: Der Kurfürst und die fünfzigtausend Mann starken kaiserlichen Truppen sollten miteinander kooperieren, wurden sich aber nicht einig. So lagen die Armeen nun schon seit Wochen im Elsass, wo es unaufhörlich regnete. Die Moral der Soldaten war so schlecht wie die Verpflegung.

Nur Karl Emil tat sich derart hervor, dass viele Adelige schon davon redeten, dass er in einigen Jahren der größte Truppenführer Europas sein könne. Der Kurprinz war den ganzen Tag auf den Beinen, kümmerte sich um die Soldaten, um das Lager, um die Kranken, fasste bei den Verschanzungen mit an, wobei es sich als gut erwies, dass er auch im Festungsbau unterrichtet worden war, und benahm sich dabei so ehrenhaft, dass er sich den Respekt aller Soldaten und Offiziere verdiente.

Ein Aufruhr am Zelt riss Georg aus seinen Gedanken. Im nächsten Augenblick stürzte ein junger Mann herein. Es war Cunrat, der Freund und Kampfgefährte Karl Emils. »Der Kurprinz ist krank! Das hitzige Fieber hat ihn erwischt! Der Leib-

arzt ist bereits benachrichtigt – wir brauchen dringend Medikamente! Nun eilt Euch doch! Eilt Euch!«

❧

Glockengeläut setzte ein. Annabelle stutzte, als eine Kirchen-
glocke nach der anderen einstimmte. Was war passiert? Aufgewühlt wollte sie auf die Straße laufen, rannte aber beinahe in
einen Kurier, der einen Brief von Cunrat brachte.

Ihr Herzschlag beschleunigte sich, als sie das Siegel erbrach.
Hatten die Truppen gesiegt? War der Krieg vorbei? Würde Karl
Emil endlich nach Brandenburg, zu ihr zurückkehren? Als sie
die Zeilen überflogen hatte, gaben ihre Knie nach.

❧

Elvina fügte die Substanzen zusammen und zeigte ihrem Bruder Thies, wie sie miteinander reagierten, denn der Junge hatte
sein Interesse für chemische Prozesse entdeckt. Vor allem wenn
es zischte und aufblitzte, war er begeistert. Noch immer stand
ihr Vater mit den brandenburgischen Truppen im Krieg. Elvina
sorgte sich um ihn, und inzwischen waren auch sie selbst in Gefahr, denn die schwedische Armee, die mit den Franzosen im
Bunde war, rückte auf Brandenburg vor. Schon hörte man aus
den ersten besetzten Regionen Schreckensnachrichten. Vielen
älteren Menschen stand das Grauen des Großen Krieges wieder
vor Augen, das die Schweden in Brandenburg verbreitet hatten.
Erneut wurden ihre Dörfer ausgeplündert, Menschen gequält,
unterdrückt und sogar getötet.

Noch stärker belastete Elvina allerdings Annabelles Zustand.
Ihre Cousine hatte seit dem Tod des Kurprinzen jeglichen Lebensmut verloren. Elvina hatte ein paarmal versucht, ihr beizu-

stehen, sie zu trösten. Doch ihre Tante und ihr Onkel ließen sie nicht ein. Sie hatten herausgefunden, dass Annabelle und Karl Emil eine geheime Liebesbeziehung gehabt hatten, und Elvina beschuldigt, sie hintergangen zu haben. Ganz konnte Elvina diesen Vorwurf nicht von der Hand weisen. Von einer Dienerin hatte sie erfahren, dass Annabelle seither in ihrem Bett vor sich hindämmerte.

Rosa riss sie aus ihren Gedanken. »Unsere Tante ist an der Tür. Sie will unbedingt mit dir sprechen.«

Eilig band Elvina sich die Schürze ab. Was wollte ihre Tante auf einmal von ihr?

Als sie in den Salon trat, hielten die beiden Schwestern sich umarmt. Elvina konnte sich nicht daran erinnern, ihre Mutter und ihre Tante je so innig gesehen zu haben. Als sie sie bemerkten, lösten die beiden Frauen sich voneinander. Ihre Tante war zwar so sorgfältig geschminkt wie immer, wirkte aber dennoch verhärmt. Geziert tupfte sie sich die Tränen ab. »Annabelle geht es schlecht. Keiner von uns kommt an sie heran. Ich möchte dich bitten, mich zu begleiten. Vielleicht dringst du zu ihr durch. Wir wollen unsere Tochter nicht verlieren.« Sie wandte den Blick ab und setzte gepresst hinzu: »Wir wissen noch immer nicht, ob die Zusammenkünfte mit dem Kurprinzen … Folgen haben.«

Annabelle wirkte abgemagert, geradezu eingefallen und kraftlos, schien jeden Lebenswillen verloren zu haben. Elvina nahm nicht an, dass ihre Freundin schwanger war. *Sicher sein kann man aber auch nicht.* Und da die Eltern einen Skandal vermeiden wollten, hatten sie keine Wehmutter gerufen, um ihre Tochter untersuchen zu lassen. Ein wenig hatten Annabelles Züge sich beim Anblick Elvinas aufgehellt, doch beim täglichen Trauergeläut, das der Kurfürst angeordnet hatte, hatte sie sich wieder eingerollt und die Decke über den Kopf gezogen.

Elvina hatte es mit allem versucht: mit gutem Zureden, mit Trost, mit Gebeten und mit einem Beruhigungstrank. »Glaubst du wirklich, Karl Emil würde wollen, dass du so leidest? Es heißt, er habe sich im Elsass als tapferer Heerführer hervorgetan, habe sich für seine Leute eingesetzt, habe sich bis zuletzt um sie gesorgt.«

Ein wenig zeigte sich Annabelles Kopf, und sie blickte Elvina über den Deckenrand an. »Woher willst du das wissen?«

Elvina zögerte. Bislang hatte sie ihrer Cousine noch nichts von den Briefen ihres Vaters erzählt. In den Händen drehte sie die Phiole mit dem Beruhigungstrank, den sie für sie zubereitet hatte. »Mein Vater war in der Sterbestunde mit den Ärzten am Bett des Kurprinzen.«

Nun setzte Annabelle sich auf. Ihr Haar war strähnig, das Leibhemd zerknittert. »Warum hast du das nicht gleich gesagt?«

»Ich dachte, Cunrat hätte ausführlich von den letzten Stunden Karl Emils berichtet. Außerdem wollte ich dir die traurigen Details ersparen«, sagte Elvina ehrlich.

»Das musst du nicht. Ich will alles wissen. Und Cunrat ... Er scheint selbst vor Trauer verstummt zu sein.«

Elvina reichte ihrer Cousine ein Duftkissen, das ihr Gemüt reinigen sollte. »Als Karl Emil vom hitzigen Fieber ergriffen wurde, hat Cunrat sofort die Leibärzte und meinen Vater gerufen«, begann sie. »Sie entschieden, den Kranken nach Straßburg zu bringen, damit er dort besser behandelt werden konnte, doch niemand konnte ihn retten.«

Annabelle schluchzte auf und Elvina hielt sie, bis sie sich beruhigt hatte. »Sicher hat die Kurfürstin ihn vergiften lassen, um ihn aus dem Weg zu schaffen!«, stieß Annabelle hervor.

»Lass das bloß niemanden hören! Das ist Hochverrat!«, wisperte Elvina tonlos. »Außerdem ist es unwahrscheinlich. Noch in Straßburg wurde der Leichnam von drei Ärzten untersucht, die einen Giftmord ausschlossen. Außerdem soll die Kurfürstin geweint haben, als sie von Karl Emils Tod erfuhr.«

»Das heißt nichts!« Annabelle wirkte wenig überzeugt. »Was hast du da in der Hand?«

»Ein Beruhigungstrank, der dich zugleich stärken soll. Du willst doch das Andenken Karl Emils ehren, willst dabei sein, wenn seine sterblichen Überreste begraben werden. Denn sein Leichnam ist hierher unterwegs.«

»Dann her damit.« Ihre Cousine riss ihr die Phiole beinahe aus der Hand.

Elvina hielt sie gerade noch auf, den Trank hinunterzustürzen. »Nur ein paar Tropfen, sonst wird aus diesem Heilmittel ein Gift – und das wollen wir doch nicht!«

Annabelle hielt inne, umklammerte die Flasche. Fast fürchtete Elvina, dass ihre Cousine ihre Warnung nicht berücksichtigen würde.

Der Februarfrost hatte das Kopfsteinpflaster rutschig gemacht, sodass Elvina und Annabelle sich aneinanderklammern mussten, als sie ihren Familien hinterherschritten. Alle Straßen, durch die der prinzliche Leichnam gefahren werden sollte, waren blitzblank, wie der Kurfürst es angeordnet hatte. Sie hatten sich der Trauerprozession bereits auf dem Friedrichswerder angeschlossen und liefen nun durch das enge Spalier der Trauernden durch Cölln, passierten das Rathaus, folgten der Breiten Straße zur Domkirche. »Sieh nur, wie viele um Karl Emil trauern«, wisperte Annabelle. »Nur sein Vater ist nicht da. Und seine Stiefmutter, diese Hex–«

»Scht!«, machte Elvina. Doch zu spät: Annabelles Eltern warfen ihr strafende Blicke zu. »Du weißt, dass der Kurfürst sehr um seinen Sohn trauert. Dennoch ist es wichtiger, dass er bei seiner Armee bleibt.«

»Während Brandenburg von den Schweden überfallen wird! Der Kurfürst lässt uns im Stich! Vielleicht sind die Schweden bald hier, bei uns, schänden uns, töten uns! Das hätte Karl Emil nie zugelassen!«, stieß Annabelle leise hervor.

Elvinas Stimmung verdüsterte sich. Auch sie sorgte sich. An der Seite ihrer Cousine durfte sie dem Trauergottesdienst im Dom beiwohnen, wo der Kurprinz an der Seite seiner verstorbenen Mutter in die Gruft gelegt wurde. Annabelle weinte so heftig, dass Elvina fürchtete, ihre Cousine könnte jeden Moment zusammenbrechen. Annabelles Eltern riefen sie zur Ordnung, da die anderen Trauergäste schon tuschelten, doch Annabelle reagierte trotzig. Erst Elvina gelang es, sie zu überzeugen, dass es besser wäre, sich zu beherrschen.

Kaum waren sie auf dem Kirchenvorplatz, war es um Annabelles Selbstbeherrschung jedoch erneut geschehen. »Ich wünschte wirklich, wir hätten es getan! Ich wünschte, ich würde sein Kind unter meinem Herzen tragen. Dann bliebe mir wenigstens etwas von ihm«, brachte sie leise weinend hervor. Es beruhigte Elvina trotz allem. Immerhin war ihre Cousine also nicht schwanger. Dann aber setzte Annabelle hinzu: »Bald werde ich mit meinem Geliebten vereint sein.«

»Was meinst du damit?«

Annabelle lächelte, aber es war ein Lächeln, das Elvina schaudern ließ. Die Eltern ihrer Cousine steuerten auf sie zu. Der Vater war weiß vor Zorn, packte seine Tochter am Arm und zerrte sie weg. »Reiß dich zusammen!«

Elvina wollte sie begleiten, doch ihre Tante lehnte das ab. Notgedrungen bat Elvina sie, Annabelle in diesem aufgewühlten Zustand nicht allein zu lassen. Auch sie selbst war durcheinander.

❦

Dank des milden Winters wuchs und gedieh das Orangenbäumchen, das er auf eine ganz spezielle Art und Weise veredelt hatte. Max konnte es kaum erwarten, es dem Lustgärtner und anderen Interessierten zu präsentieren. Zu Beginn des Winters hatte auch er Bornim verlassen und war nach Cölln zurückgekehrt, wo er die Verantwortung für das Pomeranzenhaus übernommen hatte. Seine Kollegen hatten ihn beinahe ehrfürchtig willkommen geheißen und ihn immer wieder um Rat gefragt, und ihm war aufgegangen, wie sehr sich seine Lage seit ihrer Ankunft in Brandenburg verbessert hatte. Seine Mutter betrieb nun ein erfolgreiches Geschäft, Floris war Lehrjunge im Kaufmannshandel seiner Tante und seines Onkels, und er …

Als er erneut Edelreiser und Trieb aufeinandersetzte, hörte er eine Stimme, die sein Herz stolpern ließ. »Max, bist du da?«

Elvina! Das schwarze Kleid ließ sie besonders schlank und blass, beinahe zerbrechlich erscheinen. Max wusste, dass sie heute ihre Cousine zur Beisetzung des Kurprinzen begleitet hatte. Sofort eilte er zu ihr, denn er sah, dass sie Trost und Beistand brauchte. »Es war sicher schlimm. Erzähl mir alles bei einem Stück Orangenkonfekt; meine Mutter hat es mir vorbeigebracht.«

Sie nahmen auf einer Holzbank neben dem Ofen Platz, wo es angenehm warm war, und Elvina redete sofort los, als könnte sie nicht aufhören. Schließlich nahm Max ihre Hand, um sie zu beruhigen, und sie ließ es nicht nur geschehen, sondern lehnte sich auch noch an ihn. Zaghaft legte er den Arm um ihre Schulter.

»Und jetzt hat Annabelles Vater gedroht, sie nach Preußen zu verheiraten, wo sie nicht länger für einen Skandal sorgen kann! Annabelle war so außer sich, dass ich fürchte, sie tut sich etwas an!«

»Du sorgst dich natürlich um deine Freundin. Und es schmerzt dich zugleich, sie eventuell zu verlieren.«

Elvina nickte. »Ich fühle mich so hilflos. Lohnt es sich denn wirklich nur, für Liebe zu leben? Ist die Sorge für die Familie nicht wichtiger?« Sie schien keine Antwort zu erwarten. »Aber warum fühlt sich dann mein Herz so leer an? So viele Gefühle, mit denen ich nicht weiß, wohin.« Elvina sah ihn aus brennenden Augen an. Ihre Lippen standen leicht offen, als wollte sie etwas hinzusetzen.

Max war überglücklich, sie so nah zu spüren, fühlte sich durch ihr Vertrauen geehrt. Als sich ihr Mund dem seinen näherte, erfüllte ihn eine nicht gekannte Aufregung. Dass eine schöne, kluge und begehrenswerte Frau ausgerechnet ihn so ansah …

In diesem Augenblick drangen aus dem Lustgarten erregte Stimmen zu ihnen. Elvina sprang auf, warf ihren Umhang über und eilte wortlos hinaus, Max ihr hinterher. Zwei Gestalten taumelten über den Kiesweg, einer stützte den anderen. Es waren Heinrich Bender und … Wynant. Max hätte ihn beinahe nicht erkannt, denn sein Gesicht war geschwollen, und er blutete heftig aus der Nase.

»Ins Pomeranzenhaus mit ihm – die anderen müssen nicht mitbekommen, was passiert ist!«, rief Bender.

Max packte sofort mit an, zuckte aber zurück, als er den stechenden Alkoholgeruch wahrnahm, den Wynant ausdünstete. Er sammelte Lumpen, Wasser und kalte Steine zusammen.

»Diese Schweine … werde sie alle … zu Mus schlagen …«, stieß Wynant hasserfüllt hervor. Als Max ihm das Blut abwischen wollte, packte der Geselle ihn und wollte ihn schlagen, doch Bender ging dazwischen. Als sie Wynant endlich gebändigt hatten, versorgten sie seine Wunden mit frischen Kräutern und kühlten sie mit Steinen. Gleich darauf fiel Wynant in einen tiefen Schlaf.

Bender ließ sich auf einen Stuhl sinken und versuchte nun seinerseits, das Blut von seinem Hemd und der Hose zu wischen. »Danke, dass du geholfen hast.«

»Ist doch selbstverständlich.«

»Ich weiß, dass ihr euch nicht besonders versteht.«

»Wynant ist ein guter Gärtner«, sagte Max diplomatisch.

Bender lachte trocken. »Vor allem ist er ein alter Krawallkopp. Hat einen schwedischen Kaufmann verprügelt. Dabei kann der nichts dafür, dass die Schweden in Brandenburg einmarschiert sind. Aber Wynant ist nachtragend.« Bender sah sich um, schien zu überlegen, was er sagen sollte. »Seine Familie ist im Großen Krieg fast verhungert. Als sie sich endlich gerettet hatten, wurden sie von feindlichen Söldnern überfallen und getötet. Wynant war noch ein kleiner Junge damals und hat nur überlebt, weil er sich in einem Fass versteckte. Völlig entkräftet war er, als unsere Truppen ihn fanden und nach Cölln brachten.«

Max schauderte, weil Wynants Schicksal dem seiner Familie so ähnlich war. »Das wusste ich nicht.«

Bender erhob sich. »Es ist keine Entschuldigung für Wynants Schikanen, aber vielleicht eine Erklärung.« Er wies auf den schlafenden Gesellen. »Am besten schleppen wir ihn in den Werkzeugschuppen. Er wird nicht die beste Laune haben, wenn er morgen aufwacht.«

»Nein, lassen wir ihn ruhig hier, dann habe ich einen Blick auf ihn, falls es ihm schlechter geht.«

Der Lustgärtner sah Max lange an. »Weißt du, warum ich noch immer keinen Meistergesellen bestimmt habe? Weil ich vermeiden wollte, dass Wynant gegen dich Sturm läuft, wenn du es wirst. Gleichzeitig weiß ich, dass alle sich ohnehin an dich wenden.« Er lächelte schief. »Also komme ich ohne Meistergesellen aus.«

In dieser Nacht fiel es Max nicht schwer, wach zu bleiben. Das durchdringende Schnarchen Wynants machte bereits den leisesten Gedanken an Schlaf zunichte. Und dann war da die Erinnerung an Elvinas Besuch … Als er am Morgen die Schneidewerkzeuge schärfte, schlurfte plötzlich Wynant auf ihn zu, die Gesichtszüge noch finsterer als üblich, in der Hand die kalte Pfeife und der Tabakbeutel. »Ich habe von Heinrich gehört, dass du mich gestern versorgt hast. Wär nicht nötig gewesen.«

»Klar, weiß ich doch.«

Wynant füllte Tabak in die Pfeife. »Kannst übrigens Meistergeselle werden. Ich leg dir keine Steine mehr in den Weg. Ich zieh in den Krieg.«

Überrascht starrte Max ihn an. »Du bist kein Soldat. Du bist Gärtner.«

»Willst du mir jetzt vorschreiben, was ich zu tun oder zu lassen habe?«, grollte Wynant. »Ich dachte, du bist froh, mich los zu sein.«

»Das wäre ich auch – zumindest den streitlustigen Wynant werde ich nicht vermissen. Aber ich finde, jeder sollte machen, was er am besten kann. Dieser Garten braucht deine Talente.«

Wynant schnaubte, dann ging er zur Tranlampe und entzündete seine Pfeife.

Lieber Max,
nach einer langen und – ich will es nicht verleugnen – gefahrvollen Seereise habe ich endlich das Kap der Guten Hoffnung erreicht. Da ich den Admiral überreden konnte, auf dem Hüttendeck Pflanzkästen aufzustellen, hatten wir einen Gutteil der Reise über ein wenig frisches Gemüse, das allerdings bei Weitem nicht für die dreihundert Mann an Bord ausreichte. Ich habe eine

Unterkunft in der Nähe der Handelsschiffe der Ostindien-Kompanie am Teufelslöwen und Tafelberg gefunden. An der geschützten Bucht wird viel gebaut. Die hölzerne Festung, die Burg der guten Hoffnung, wird gegen eine steinerne Bastion ausgetauscht. Gefahren gibt es genug. Da sind nicht nur die feindlichen Handelsgesellschaften, sondern auch die Einheimischen, auch Afrikaner oder Hottentotten genannt, die sich weigern, mit den Niederländern Handel zu treiben. Ja, die Einheimischen wollen nicht einmal für die Niederländer arbeiten, weshalb diese Sklaven halten. Die Handelsschiffe der Niederländer nehmen hier Obst, Holz und Wasser auf. Sie haben auch schon Angestellte freigelassen, damit sie hier den Boden bestellen und Familien gründen.

Für mich ist es ein Paradies. Die Temperaturen sind angenehm, die Luft nicht zu feucht. Das Land ist sehr fruchtbar. Ich habe hier an einem einzigen Tag mehr neue Pflanzen entdeckt, als ich mir je hätte träumen lassen. Es gibt hier weder Weg noch Steg, dafür beeindruckende Berge und Täler. Besseres Land ist in ganz Europa nicht zu finden. Ich hoffe, einen Afrikaner zu finden, der mich bei der Suche nach besonderen Gewächsen unterstützt. Denn es gibt hier auch Tiere wie den Löwen, der nichts und niemanden fürchtet und ganze Menschen verschlingt, lauernde Tiger oder zornige Nashörner.

Jetzt gilt es, mehr Pflanzen zu finden, zu kultivieren und sicher in den Norden zu bringen. Natürlich darf ich es mir nicht mit der Ostindischen Kompanie verscherzen, denn sie hält, wie Du weißt, ein Monopol auf manche Pflanzen. Aber hier ist die Natur überbordend. Ich bin zuversichtlich, dass es mir mit Gottes Hilfe gelingen wird, mir ein florierendes Geschäft aufzubauen. Beste Wünsche auch an Debora, Floris und Elvina.
Euer Jerun

40

Paulus schmiegte sich an seine Geliebte. Samtweich war ihre Haut, und sie duftete nach Orangenblütenwasser. Sie genossen die wenigen Stunden, die sie sich stehlen konnten, in vollen Zügen. Es war März, und auch in diesem Jahr ruhte der Feldzug nicht, wie es sonst um diese Jahreszeit üblich war, sodass Paulus kaum im Haag weilte. Plötzlich meldete der Diener einen Boten. Grace zog die Bettdecke hoch, als müsste sie sich verstecken. »Woher weiß der Mann, dass du hier bist? Ob er auch weiß, dass ich … mein Gatte …«

Er küsste ihren Scheitel. »Sicher nicht.« Paulus schlüpfte in die Hose und warf sich seinen wattierten Morgenmantel über. Die eisigen Fliesen brachten seine Fußsohlen zum Kribbeln. Er nahm den Brief an sich, entlohnte den Boten und kehrte schnell unter die Decke zurück.

»Ein Brief von Prinz Wilhelm«, sagte er wie zu sich selbst und erbrach das Siegel. Er war in den vergangenen Monaten zwar seiner Pflicht nachgekommen, hatte aber die Nähe des Prinzen gemieden. Nachdem er die Zeilen überflogen hatte, sah er irritiert auf. »Ich soll ihn nach Kleve begleiten, zu Verhandlungen mit dem Kurfürsten von Brandenburg und anderen Bündnispartnern.«

Ihre Augen weiteren sich.

»Was ist?«, fragte Paulus. »An sich ist das doch keine schlechte Nachricht.«

»Mein Gatte hat eine ähnliche Aufforderung erhalten. Er

447

besteht darauf, dass ich ihn begleite. Wir dürfen nicht beide dorthin! Was, wenn mein Mann spürt, dass wir …«

Wie reizend sie aussah, wenn sie sich sorgte! »Das wird er nicht. Wir müssen uns eben zusammennehmen. Aber bis es so weit ist …« Paulus streichelte und küsste sie, und sie ließ sich nur zu gern ablenken.

Das Catshuis, wie man das Landgut Sorgvliet im Haag inzwischen nach seinem früheren Besitzer, dem Dichter und Politiker Jacob Cats, nannte, wurde renoviert. Paulus fand Bentinck daher im Garten, wo dieser mit einem Arbeiter zusammenstand. Sein Freund war inzwischen Drost mehrerer Gebiete und hatte mit den hohen Ämtern nicht nur Ansehen und Macht, sondern auch Vermögen gewonnen. Um seinen neuen Stand zu demonstrieren, hatte er sich Sorgvliet gekauft.

»Ist es nicht zu früh im Jahr für Gartenarbeit?«, mokierte sich Paulus freundlich.

»An dieser Frage sieht man sofort, wie ignorant du bist. Es gibt in einem Garten immer Arbeit. Und es ist nie zu früh, um Pläne für seine Anlage zu machen!« Bentinck rieb die Hände aneinander. »Was treibt dich her?«

»Ich wollte mit dir über die Reise nach Kleve sprechen.«

Bentinck erstarrte. »Ich reise nicht nach Kleve«, sagte er sichtlich konsterniert. »Der Prinz hat mir wichtige Aufgaben aufgetragen, die mich im Haag festhalten. Aber das passt mir in den Kram. Du siehst ja, was hier zu tun ist. Soll ich dir das Haus zeigen? Die Substanz ist gut, aber alles ist völlig veraltet.« Er bedeutete Paulus, ihm zu folgen, und berichtete beim Gang durch die Räumlichkeiten weitschweifig von seinen Plänen. Da Bentinck zu den geplanten Verhandlungen von Kleve schwieg, hakte Paulus noch einmal nach, aber Bentinck ließ ihn abblitzen und komplimentierte ihn schließlich hinaus. »Es wundert mich, dass du den Haag so bereitwillig verlässt. Man hört, du bist sehr gefragt bei einer gewissen Dame«, sagte er zum Abschied.

»Ich weiß nicht, was du meinst.«

»Du solltest vorsichtig sein mit dieser Engländerin. Es heißt, dass sie eine Spionin von König Charles ist.«

Paulus bemühte sich, sich seinen Verdruss nicht anmerken zu lassen. Grace war politisch informiert, aber für eine Spionin hielt er sie nicht. »Was ist eigentlich mit dir? Wird es nicht Zeit, an Heirat zu denken? Dein Vater liegt dir doch sicher genauso in den Ohren wie mir der meine«, sagte er leichthin.

»Eine Heirat kommt für dich offensichtlich kaum infrage. Du solltest gut auf dich aufpassen. Der Prinz sieht es nicht gern, wenn einer seiner Männer einem Duell zum Opfer fällt. Und der Gatte der Dame hat ein aufbrausendes, vielleicht sogar rachsüchtiges Temperament –«

»Ich weiß nicht, wovon du sprichst«, unterbrach Paulus ihn. Warum wollte Bentinck ihn so dringend wissen lassen, dass er über seine Affäre Bescheid wusste? Drohte er etwa, den Gatten oder gar Prinz Wilhelm zu informieren? »Und wenn der Prinz ruft, dann stehe ich ihm natürlich zu Diensten.«

Ihre Pferde dampften in der Schneelandschaft. Der Geruch von Holzfeuer zog zu ihnen. Paulus fröstelte trotz seines pelzgefütterten Wamses. Die Jagdhunde kläfften und jaulten unruhig. So freudig er die Jagd auch erwartete, so wenig konnte er noch immer fassen, hier zu sein. Sein Blick wanderte über das kurfürstliche Schloss und die prächtigen Gartenanlagen von Kleve, die mit Raureif umsäumt dalagen. Früher hatte er Prinz Wilhelm öfter auf die Schwanenburg begleitet, die seinem Vormund, dem Kurfürsten Friedrich Wilhelm, gehörte und von dessen Statthalter Johann Moritz von Nassau-Siegen herausgeputzt worden war.

Endlich kam Prinz Wilhelm aus dem Schloss und saß auf. Vom Pferderücken aus sah er sich ungehalten um. »Erstaunlich gepflegt, dieser Garten. Und uns fehlen Zeit, Muße und Geld, um die eigenen Schlösser und Besitztümer in Schuss zu halten. Da stimmt etwas nicht«, murrte er.

»Euch ist Euer Land eben wichtiger als Prunk und Hofhaltung«, lobte Paulus.

Wilhelm kniff die Augen zusammen. »Hätte ich freiere Hand, ließe sich beides organisieren. König Ludwig lässt Versailles derart perfektionieren, dass er seine Residenz angeblich ganz dorthin verlegen will. Nur mir wollen die Amsterdamer den Geldhahn zudrehen. Ich soll Frieden schließen, damit sie wieder ungehindert Handel treiben können!«

Die Verachtung war nicht zu überhören. Auch Paulus hatte mit seinem Bruder erst kürzlich darüber diskutiert. Doch da Holland – vor allem Amsterdam – den Großteil der Armee finanzierte, hatte ein Niedergang des Handels tatsächlich unmittelbare Auswirkungen auf den Krieg, auch wenn Prinz Wilhelm es nicht wahrhaben wollte. Er fröstelte. »Begleitet der Kurfürst uns nicht auf die Jagd?«

»Nein, zu seinem Leidwesen quält ihn die Gicht.« Prinz Wilhelm schnalzte. »Na endlich!«

Paulus sah sich um. Gerade trat van Aken aus dem Tor; er wirkte abgehetzt und warf einen Blick zu den Fenstern im Obergeschoss. Grace winkte, was Paulus einen Stich versetzte. Es fiel ihm schwer, ihr und ihrem Gatten gleichgültig oder zumindest gleichmütig zu begegnen. Immer fürchtete er, dass er übertrieb und so erst recht auffiel. Wilhelm tolerierte zwar Galanterien bei nahen Verwandten, aber Paulus hatte ohnehin bereits viel riskiert. Einzig seine Qualitäten als Anführer und Stratege hatten Wilhelms Kritik immer wieder aufgewogen.

»Ich begreife nicht, warum van Aken seine Gattin mitgebracht hat. Ehefrauen halten nur alles auf!«, murmelte Wilhelm und preschte los. »Sich in den Dienst einer Sache stellen, ohne Wenn und Aber, das erlebt man viel zu selten – selbst bei seinen Getreuen!«

Spielte er damit etwa auf Bentinck an? Paulus hatte sich schon gefragt, warum dieser den Prinzen nicht begleitete, obwohl er nach wie vor Kammerherr war. »Treue und Einsatzbereitschaft sind wichtige Güter«, stimmte Paulus zu, als sie auf den Tiergarten am Sternberg zuritten, wo der Oberjäger des Kurfürsten eine Jagd vorbereitet hatte. Der März war nicht die beste Zeit für die Jagd, aber ein paar Füchse würden sie schon aufstöbern, und Wilhelm liebte die Fuchsjagd, da er es genoss, die schlauen Tiere auszutricksen.

»Selbstlosigkeit vor allem. Es gibt Menschen in meinem Gefolge, die immer nur fordern, fordern, fordern – das bin ich so leid!«

Paulus sah den Prinzen von der Seite an. Ging es auch jetzt um Bentinck? Es hieß, als Nächstes strebe Bentinck an, der Ritterschaft anzugehören, doch das würde schwierig werden, handelte es sich doch nur um wenige Familien.

Aufgeregtes Kläffen, dann ein orangener Blitz im Schnee.

»Da ist das Füchschen ja!« Begeistert preschte Prinz Wilhelm los; Paulus folgte ihm. Es war eine Hetzjagd, wie der Prinz sie schätzte, und bald trug Wilhelm mehrere Fuchsschwänze als Trophäe im Sattel. Als sie angenehm ermattet zurückritten, trafen sie einen der kurfürstlichen Jäger mit seinen Hunden an einem weiteren Fuchsbau. Im zertrampelten Schnee lag ein Wurf Fuchswelpen. Dass die Tiere im Winter Nachkommen hatten, war ein Jammer, und manche Jäger wichen zu dieser Jahreszeit auf anderes Wild aus.

»Sind sie kräftig genug, um sie für den Tiergarten aufzuziehen?«, fragte Paulus.

»Kann schon sein«, gab der Jäger zurück.

Bevor Paulus noch etwas sagen konnte, schloss van Aken zu ihnen auf. Er zückte sein Messer. »Erlaubt Ihr, Hoheit? Das gibt einen weichen Muff für meine Gattin. Dann hat sie eine schöne Erinnerung an diese Reise.«

Der Prinz nickte. Paulus aber wandte den Blick ab, als der Adelige den Jungtieren das Fell über die Ohren zog.

Die verschlungenen Hecken vor der Schwanenburg schienen sich im Fackelschein zu bewegen und zu glitzern, als wären sie lebendig. Sie verschwinden in der Dunkelheit, mäandern wie dieser unselige Krieg, der immer weitere Kreise zieht, dachte Paulus.

»Was meint Ihr zu diesem Plan?«, raunte Prinz Wilhelm ihm zu.

Paulus wandte seinen Blick von dem Fenster ab und sich der Festtafel zu, wo der Kurfürst eine weitschweifige Rede hielt. Abgesehen von der Kurfürstin, die ihrem Gatten aufmerksam lauschte, hatten sich die Damen bereits zurückgezogen. Grace war gar nicht erst beim Essen erschienen; sie hatte ausrichten lassen, indisponiert zu sein, was Paulus beunruhigte. Kälte und Feuchtigkeit setzten vielen zu; im Klever Schloss hustete und schniefte es allerorten. Es war leichtsinnig von van Aken gewesen, seine Frau bei dieser Witterung mit auf die Reise zu nehmen.

Der Diener nieste, während er ihnen einschenkte, und verschüttete dadurch Wein. Wilhelm zuckte erbost zurück.

»Was für ein Tölpel – verzeiht, Hoheit, diese Ungeschicklichkeit!«, schimpfte der Kurfürst. Verlegen tupfte der Diener an Wilhelms Kleidung herum, bis dieser ihn genervt wegschickte. Sogleich kehrte der Kurfürst zu seinen Überlegungen zurück. Vielleicht musste er sich wichtigmachen, weil er zu Jahresanfang bei Türkheim eine Niederlage erlitten hatte, die zur Aufgabe des Elsass geführt hatte.

Prinz Wilhelm war sichtlich gelangweilt. »Friedrich Wilhelm hört sich offenbar selbst gern reden. An Einsatzbereitschaft mangelt es ihm dieses Mal jedenfalls nicht«, raunte er Paulus zu.

»Wie wahr. Allerdings wurde auch er selbst angegriffen und ist darauf angewiesen, dass Ihr ihm wohlgesonnen bleibt«, flüsterte Paulus. Ein Jahr nach dem Separatfrieden, den Brandenburg mit Frankreich geschlossen hatte, hatte ein französisches Heer die Kurpfalz verwüstet. Der Reichstag hatte Frankreich zum Reichsfeind erklärt, und ein brandenburgisches Kontingent der Reichsarmee hatte in den Krieg eingegriffen. Daraufhin hatte Frankreich seinen Verbündeten Schweden ermuntert, in Brandenburg einzufallen. Ein Teil Brandenburgs war nun besetzt.

»Dabei haben meine Besitzungen bereits im Großen Krieg unter den schwedischen Verwüstungen gelitten«, klagte Kurfürst Friedrich Wilhelm.

»Für den Kurfürsten ist der Angriff auch eine Chance«, kam Paulus leise auf die Frage des Prinzen zurück. Dass Friedrich Wilhelm ihm einen strafenden Blick zuwarf, ignorierte er. »Wenn er geschickt vorgeht und Glück hat, könnte er die Schweden nicht nur zurückdrängen, sondern sich auch Schwedisch-Pommern einverleiben.« Im Westfälischen Frieden war Hinterpommern an das Kurfürstentum Brandenburg gefallen, während Schweden Vorpommern und Rügen, das Mündungsgebiet der Oder und einen Landstrich östlich der Oder erhalten hatte. »Ein Vertrag zwischen uns, dem Kaiser, Spanien und den Herzögen von Celle und Wolfenbüttel wäre für die Republik vorteilhaft. Der Kurfürst wird mit den Herzögen und den verbündeten Dänen versuchen, die Schweden in Schach zu halten.

Wenn unsere Flotte einige Schiffe erübrigen könnte, könnten diese die Handelswege auf der baltischen See sichern. Ihr hättet dann freiere Hand, Euch dem Krieg gegen Frankreich zu widmen.«

Prinz Wilhelm winkte den Diener noch einmal heran und ließ sich erneut einschenken. »Selbst wenn der Kurfürst dieses Mal seinen Verpflichtungen nachkommt und sein Heer nicht nur an der Grenze auf und ab marschieren lässt«, er schnaubte, »habe ich Zweifel, dass die Herzöge von Celle und Wolfenbüttel mitziehen. Es ist unerträglich, von anderen abhängig zu sein!«

»In der kommenden Kriegssaison könntet Ihr einen neuen Versuch starten, um Maastricht –«, schnitt Paulus das Thema an, das ihn nicht ruhen ließ.

Im selben Augenblick hob der Kurfürst die Stimme, um ihre Aufmerksamkeit einzufordern. »Wie steht es denn nun um Eure Flotte, Hoheit? Wird sie mir zu Hilfe eilen?«

»Ich werde sehen, was sich ausrichten lässt. Wenn Ihr in den Haag kommt, um den Vertrag abzuschließen, werde ich Euch Genaueres sagen können.«

»Ausgezeichnet! Ich werde bei der Gelegenheit auch Eure Schiffbauer konsultieren. Meinem Kurfürstentum stünde eine eigene Flotte gut zu Gesicht! Nicht nur um unsere Küste und Waren zu schützen, sondern auch um unsere Feinde auf See zu schädigen.«

Paulus stutzte. Brandenburg lag noch nicht einmal am Meer, doch Preußen verfügte über ausgezeichnete Häfen. Kaperfahrten konnten tatsächlich lukrativ sein. Hatte sein Bruder nicht von einer Beteiligung an einer Werft berichtet?

Es wurde noch ein langer Abend. Der Kurfürst schien seinen Kummer im Alkohol zu ertränken, beklagte wiederholt den Tod seines Erstgeborenen und betonte, dass er Zweifel habe, dass der neue Kurprinz Fritz seiner Aufgabe gewachsen sei. Prinz

Wilhelm war, was selten vorkam, so betrunken, dass Paulus ihn stützen und ins Gemach bringen musste. Dort nahm ihn sein neuer Leibdiener in Empfang. Wilhelm legte den Arm vertraulich um den Hals des jungen Mannes und ließ sich gegen ihn sinken. »Bleibt noch ein wenig«, lud er Paulus ein. Doch dieser entschuldigte sich lieber.

Es könnte daher sein, dass sich ein Agent des Kurfürsten wegen der kurbrandenburgischen Flotte an Dich wenden wird. Paulus' Finger zitterten derart, dass seine Schrift krakelig geriet. Er legte die Feder ab und schüttelte die Hände aus. Er fühlte sich kränklich, rieb sich über den Hals, spürte Pusteln am Haaransatz. Vermutlich hatte ihn eine Mücke erwischt. Aber um diese Jahreszeit? Ein wenig Ruhe wäre gut, doch erst musste er Prinz Wilhelm schreiben, dass er nicht zu den Beratungen würde kommen können. Sofort schickte er seinen Burschen los. Und Grace? Was war mit ihrem Stelldichein? Sie hatten einander seit Kleve nicht treffen können, und er sehnte sich nach ihr. Als er die Feder wieder auf das Papier setzen wollte, konnte er sie kaum noch halten. Alles verschwamm vor seinen Augen, ihm wurde schwindelig. Er musste ruhen, einen Augenblick nur …

Ohrenbetäubendes Hämmern ließ ihn auffahren. Ihm war heiß, so heiß. Seine Haut spannte und pochte. Wo war er … was … war mit ihm? Brauchte er … einen Arzt? Plötzlich eine abrupte Bewegung. Die Tür flog auf. Eine Gestalt, doch sie wich zurück.

»So stimmt es also wirklich …«

Bentinck. Sein Ton klang schrill. Aber wieso …

Paulus fühlte sich wie zerschlagen, und ihm war übel. »Einen Arzt … könntest du bitte …«

»Wie konntest du nur … Prinz Wilhelm ist ebenfalls krank! Wie konntest du das riskieren! Er ist der wichtigste Mensch der

Niederlande! Seine Eltern sind an den Pocken gestorben, beide von der Seuche dahingerafft! Und jetzt er … Vielleicht stirbt auch er … Und was wird dann … aus uns?«

Keine Frage, wie es ihm ginge oder ob er Hilfe benötigte. Nur Vorwürfe, die in Paulus' Fieberwahn zu einer Kakophonie anschwollen. Ein Krachen. Die Tür war zugeflogen. »Hilf … mir …«

Auch sein Diener ließ sich nicht mehr sehen.

Paulus wollte aufstehen, doch die Welt entglitt ihm. Dass er auf das Parkett aufschlug, spürte er schon nicht mehr.

41

Bilder, Töne und Empfindungen vermischten sich. Sein Leib schmerzte so sehr, dass er es nicht aushielt. Paulus warf sich auf dem Bett hin und her. Brabbelte, obgleich die Zunge in seinem Mund klebte. So vieles blitzte in seinem Kopf auf und verschwand wieder. *Wilhelm, Kleve, die Jagd.* Die Toten des Krieges verfolgten ihn. *Mutter, so jung und schön.* Kein Wunder, dass König Charles sie hatte erobern wollen. Dann plötzlich verwandelte sich ihr Antlitz in eine Fratze.

Paulus schrie auf, spürte, wie jemand ihn berührte, auf ihn einredete. Doch er konnte sich nicht beruhigen. Anklagend heulte seine Mutter zwischen den verwesten Leibern derjeniger, die er getötet hatte. *Aber das war im Krieg! Ich hatte keine Wahl!* Das Herz schlug ihm bis zum Hals, und er glühte innerlich. War es das Höllenfeuer, das ihn quälte? Verschlang es ihn?

Als er wieder zu sich kam, sah er Grace. »Paulus, endlich! Ich fürchtete schon, ich hätte dich verloren.« Sie küsste sein Gesicht, und er spürte, wie sich seine Wangen von ihren Tränen nässten. Er wollte sprechen, wollte sie in die Arme schließen, aber er fühlte sich zu schwach.

»Warum … ich …«

»Du hast wahrscheinlich die Pocken, genau wie der Prinz. Ich habe mich so um dich gesorgt!« Sie küsste seine Hände, wollte ihm dann etwas zu trinken einflößen.

Die Pocken, aber das ist doch … Er wollte sich aufsetzen, sie wegschicken. »Geh, geh … sonst …«, krächzte er.

Entschieden hielt sie ihm den Becher an den Mund. »Ich hatte als Kind die Pocken. Man sagt, man könne nur einmal im Leben daran erkranken. Vielleicht ist diese Krankheit schuld daran, dass ich keine Kinder empfangen kann. Wie auch immer: Ich hätte es mir nie verziehen, dich hier sterben zu lassen.«

Paulus fügte sich, unfähig, sich weiter zur Wehr zu setzen, und zugleich glücklich über ihre Liebe.

Es war heller Tag, als er das erste Mal klarer im Kopf war und sich etwas besser fühlte. Überall lag schmutzige Kleidung, standen Schalen und Teller. Sein Diener war weder zu sehen, noch reagierte er auf seine Rufe. Paulus wollte aufstehen, fiel aber gleich zurück. Wie schwach er war! Noch einmal versuchte er es. Dieses Mal konnte er sich erheben.

Sich an der Wand abstützend, taumelte er zur Nische mit dem Nachttopf. Er erleichterte sich, warf das nach Schweiß stinkende Hemd ab, wusch sich notdürftig. Davon war er so erschöpft, dass er sich zurück ins Bett schleppte. Hatte er die Pocken überstanden? Dass Grace ihn gepflegt hatte! Ihre Liebe und Opferbereitschaft rührten ihn, wie ihn nie zuvor etwas gerührt hatte. Aber was war mit Prinz Wilhelm? Hatte auch er die Krankheit überlebt? Trotz ihrer Differenzen ergriff ihn Sorge. Wilhelm, sein alter Freund ... Was würde aus ihrer Republik werden, wenn der Prinz stürbe? Wilhelm war nicht verheiratet, hatte keine Nachkommen ...

Kaum lag er wieder im Bett, hörte er den Schlüssel im Schloss. Wenn das sein Diener war, würde er ihn wegen seiner Pflichtvergessenheit schelten. Doch es war Grace. Sie wirkte wie das blühende Leben.

»Was für ein Glück! Ich sehe schon, dass es dir besser geht!« Nachdem sie aus ihrem Korb etwas Brot, Käse und Bier geholt und er gegessen und getrunken hatte, schlüpfte sie zu ihm ins Bett und umarmte ihn glücklich.

»Wie geht es Prinz Wilhelm? Ist er …«

»Der Prinz lebt. Bentinck weicht nicht von seiner Seite. Es heißt, er schläft sogar mit ihm in einem Bett, um die Krankheit auf sich zu ziehen.«

Die Worte trafen Paulus hart, denn er wusste, was das bedeutete. Im Rennen um die Gunst des Prinzen hatte Bentinck von nun an einen Vorteil, den er vermutlich nie würde wettmachen können. Aber hätte er das gewollt? Hätte er selbst sich zu Wilhelm ins Bett gelegt?

»Du musst öfter hier gewesen sein, das habe ich im Fieber mitbekommen. Ich hoffe, dein Mann hat keinen Verdacht geschöpft.«

»Glücklicherweise hat der Prinz ihn auf eine Mission geschickt. Er soll irgendwas mit Admiral de Ruyter besprechen.« Sie ließ ihre Hand über seine Brust und seinen Bauch wandern. Ein Schauder überzog seine Haut. Paulus spürte, wie sich Erregung in ihm ausbreitete. Sie lachte leise. »Ich sehe schon, es geht dir besser … endlich.«

Sie neigte sich über ihn, liebkoste ihn. Seine Hände strichen ihre Taille hoch, berührten ihre Brüste, streichelten die Brustwarzen, die unter seiner Berührung hart wurden. Sie stöhnte, küsste ihn leidenschaftlich. Paulus fühlte sich stark und schwach zugleich. Hoffentlich versagte er nicht. Sie setzte sich auf, raffte ihren Rock und schob sich auf ihn. Heftig ritt sie ihn, erbebte schnell, bewegte sich weiter, als wollte sie jede Sekunde auskosten. Er genoss es, ihre Lust zu erleben, und ließ sich Zeit; vielleicht war seine Schwäche nun ein Vorteil. Als er ebenfalls auf den Höhepunkt zusteuerte, wollte er sich von ihr lösen. »Wir müssen … aufpassen …«

»Es wird schon nichts passieren«, stieß sie hervor und trieb ihn weiter. Er erinnerte sich ihrer Worte über die Pocken. Konnte es stimmen, dass sie durch die Erkrankung keine Kinder empfangen konnte?

Erschöpft und glücklich lagen sie wenig später Haut an Haut. Ihr Blick war klar, beinahe prüfend. »Du hast im Fieberwahn gesprochen«, sagte sie leise.

»Ja? Was habe ich gesagt? Habe ich Schlachtpläne oder Drill-Befehle heruntergebetet?« Er lachte leise.

»Du hast über deine Herkunft gesprochen.« Er erstarrte. Sie stützte das Kinn auf seine Brust und sah ihm in die Augen. »Du hast nicht für einen Freund gefragt. *Deine* Mutter hat mit König Charles geschlafen. *Du* könntest sein Sohn sein, zumindest hat sie das geglaubt.«

Sosehr Paulus sie liebte, fragte er sich doch, ob sein Geheimnis bei ihr sicher war. Wenn nicht – was würde geschehen, wenn jemand von dieser Vermutung erführe? Man würde ihn vermutlich für einen Aufschneider oder für verrückt halten, und er würde seinem Vater Schande bereiten.

»Du kennst dich so gut mit dem englischen Königshof aus, dass manche dich für eine Spionin halten. Wusstest du das?«, lenkte er ab. »Es heißt, du hättest van Aken nur geheiratet, um hier besser spionieren zu können.«

Grace lachte auf; es klang bitter. »Ich wünschte, es wäre so. Ich bin auf Servaes hereingefallen, das habe ich ganz allein geschafft.« Sie strich über die Kuhle zwischen seinen Schlüsselbeinen. »Ich erzähle niemandem von deinem Geheimnis, wenn du es nicht möchtest«, sagte sie, als hätte sie seine Gedanken gelesen.

»Meine Mutter war sehr krank, als sie mir davon erzählt hat. Sie hat wirr gesprochen.«

»Doch du erwähntest ein Tuch. Du glaubtest ihr.«

Paulus zuckte mit den Schultern. »Ich weiß nicht, was ich

glauben soll. Es ändert auch nichts.« Dennoch zeigte er ihr das Tuch.

»Oh doch, es ändert etwas«, sagte Grace, während sie nachdenklich über das Wappen strich. »König Charles ist nicht abgeneigt, die Früchte seiner Lenden anzuerkennen. Du müsstest nicht dem Prinzen von Oranien zu Diensten sein. Du könntest dich über ihn erheben. Du könntest reicher und mächtiger sein als er.«

Sobald Paulus sich besser fühlte, sprach er im Binnenhof vor. Wilhelm hatte durch die Krankheit sichtlich gelitten. Er schien abgemagert und schwach, von den Pockennarben ganz zu schweigen, und auch seine Begrüßung war ernst. »Gut, Euch zu sehen! So hat der Allmächtige uns also geprüft. Gott hat mit uns anscheinend noch etwas vor, sonst hätte er uns nicht überleben lassen. Für unseren Freund Bentinck müssen wir allerdings beten.«

»Er ist ebenfalls erkrankt?« Das war zu befürchten gewesen. Wilhelm nickte. »Kann ich etwas für ihn tun? Ihm einen Arzt schicken?«

»Die besten Ärzte sorgen für ihn. Wir können nur tun, wofür Gott uns vorgesehen hat. Sobald der Kurfürst eintrifft, werden wir die Verhandlungen abschließen und die Kämpfe wieder aufnehmen. Bis Bentinck gesund ist, werde ich von anderen Getreuen unterstützt.« Der Prinz redete weiter, während er zur Schreibstube ging.

»Verfügt auch über mich, Hoheit«, sagte Paulus. Doch dann sah er van Aken, der sich mit dem Ratspensionär Fagel und dem Sekretär Huygens über einen Brief austauschte und ihm einen abschätzigen Blick zuwarf. Jähe Eifersucht überfiel ihn.

»Das werde ich, wenn es notwendig sein sollte«, sagte Wilhelm.

Paulus ließ ein Gesicht nach dem anderen an sich vorbeiziehen. Nichts. Und wieder nichts. Dabei wusste er, dass Grace täglich den Gottesdienst der englischen Kirche im Haag besuchte. Zweimal war sie nicht zu ihren wöchentlichen Verabredungen aufgetaucht, hatte nicht einmal eine Nachricht hinterlassen. Und bald schon würde er aufbrechen müssen. Wegen der Erkrankung des Prinzen hatte sich die Kriegssaison für die Niederlande verschoben. Er hatte die Zeit genutzt, um seinen Bruder mit den Emissären des Kurfürsten bekannt zu machen; Quentin dachte tatsächlich ernsthaft daran, eine brandenburgische Flotte aufzubauen, um mit der afrikanischen Goldküste in Handelsbeziehungen zu treten. Vielleicht konnte er nun von den Plänen profitieren.

Die Kirchentüren schlossen sich, und der Gottesdienst begann. Allmählich machte er sich ernsthafte Sorgen. Hatte er Grace doch angesteckt? Sollte er unter einem Vorwand bei ihr vorsprechen? Ihr Gatte zumindest war noch im Haag und schmeichelte sich bei Prinz Wilhelm ein.

Noch einmal öffnete sich die Kirchentür, und zwei Frauen schlüpften hinein. Paulus erkannte ihre Gestalt sofort. Da war sie! Aber Grace setzte sich mit ihrer Dienerin nicht an ihren angestammten Platz, sondern in die hinterste Reihe. Was sollte das? Er suchte ihren Blick, doch durch den Schleier fiel es ihm schwer. Er musste sie nach dem Ende des Gottesdienstes unbedingt sprechen.

Noch ehe es so weit war, erhoben die beiden Frauen sich. Sofort sprang auch Paulus auf, drängte sich, Entschuldigungen murmelnd, zwischen den Betenden hindurch.

Sie hatten schon halb den Marktplatz überquert, als er sie erreichte. »Madame van Aken!«, rief er. »Bitte wartet.« Zögerlich wandte sie sich um. Die Dienerin starrte ihn unverhohlen an. Was sollte er sagen? »Ich habe eine Botschaft für Euren Mann.«

»Warum sagt Ihr es ihm nicht selbst, Jonkheer?« Ihre Stimme klang ungewohnt nuschelig, auch wirkte ihre Haltung verkrampft. Was war mit ihr los?

»Ich muss leider demnächst abreisen. Könnten wir kurz im Vertrauen …«

Grace wandte sich an ihre Dienerin. »Ich fürchte, ich habe mein Gebetbuch auf der Kirchenbank vergessen. Würdest du es bitte holen?«

»Aber der Herr sagt, ich darf nicht –«

»Ich befehle es dir! Der Herr wird dich erst recht schelten, wenn es verloren geht.«

Die Dienerin knickste. »Natürlich, Madame.«

Als sie allein waren, wisperte Grace: »Wir dürfen uns nicht mehr sehen. Mein Mann hat Verdacht geschöpft.«

»Hat er dich bedroht?« Impulsiv ergriff Paulus die Zipfel des Schleiers und hob ihn an.

»Nicht …«

Doch da hatte er es schon gesehen. Ihr Gesicht war grünblau und geschwollen. Heiße Wut kochte in ihm hoch. »Er hat dich geschlagen!«, zischte er. »Dafür wird er büßen!«

»Bitte nicht!«, flehte Grace. Mit zitternden Fingern richtete sie den Schleier wieder. »Du wirst es nur noch schlimmer machen. Und wer weiß, was er mir dann antut. Er hat gedroht, mich totzuschlagen, wenn ich ihn betrüge. Du musst dir unsere Liebe aus dem Herzen reißen, so wie ich auch …« Ihr Blick flackerte zur Kirchenpforte, sie wich vor ihm zurück. »Geh jetzt … Meine Zofe wird meinem Mann alles berichten, und dann … bringt er mich vielleicht wirklich um.«

42

Frühnebel und strömender Regen trübten seinen Blick noch mehr, als es ohnehin schon der Fall war. Georg bereute inzwischen heftig, dass er die Gelegenheit nicht genutzt hatte, mit der hochschwangeren Kurfürstin in der Sparenburg bei Bielefeld zu bleiben. Die pure Verzweiflung hatte ihn dazu getrieben, sich bei dem gefährlichen Alleingang des Kurfürsten hervorzutun. Allzu lange würde er seine Tätigkeit nicht mehr ausüben können, selbst wenn er diesen Feldzug überlebte. Er musste sich also um jeden Preis hervortun und belobigt werden, sonst war die sorgenfreie Zukunft, die er sich für seine Familie wünschte, nur noch ein ferner Traum.

Im Schutz eines hastig errichteten Zeltes traf er mit den Leib- und Feldärzten letzte Vorbereitungen für die Schlacht. In einer ungeheuren Kraftanstrengung waren die Truppen des Kurfürsten vom Elsass nach Brandenburg marschiert, um die schwedischen Truppen aufzuhalten, die sich in rasendem Tempo den Residenzstädten genähert hatten. Tagelang war auch Georg geritten. Schaudernd dachte er daran, wie grausam die Schweden schon früher in Brandenburg gewütet hatten. Dass der Feind auch über Berlin und Cölln, über seine eigene Familie herfallen würde, musste um jeden Preis verhindert werden.

Georg betete stumm, dass sie alle von den Schrecken des Krieges verschont bleiben würden, insbesondere das Kind, das seine Frau unter dem Herzen trug. Hätten sie sich nur nicht der fleischlichen Lust hingegeben! Gleichzeitig freute er sich. Er hatte großartige Kinder. Inzwischen zeigten nicht nur Elvina, sondern auch Thies und Uta Interesse an der Medikamentenherstellung, und sogar Rosa schien es immer besser zu gehen.

In seiner Nähe beriet sich der Kurfürst mit seinen Heerführern. Man konnte von Friedrich Wilhelm halten, was man wollte, aber in ihrer schwierigen Situation hatte er Mut und Entschlusskraft bewiesen. Mochte beides belohnt werden! Sie hatten nur wenig Zeit, denn die schwedischen Truppen suchten bereits einen Weg über die Havel. Bei Rathenow hatten sie die Überquerung verhindert, doch es gab noch eine weitere Brücke, um das von Flussarmen und Sümpfen durchzogene Gebiet zu durchqueren: den Pass von Fehrbellin, der südlich von Neuruppin lag.

Vorhin waren sie zu einem kurzen Gottesdienst zusammengekommen. Gottes Beistand hatten sie nötig, denn bei dem hohen Marschtempo hatten nicht alle Truppenteile mithalten können. So lagen beispielsweise die Musketiere einen Tagesmarsch zurück. Wieder betete Georg für seine Frau und für seine Kinder. Er hatte nicht einmal die Zeit gefunden, ihnen einen letzten Gruß zu senden. Verzweifelt tastete er in Taschen und Kisten, fand schließlich ein Flugblatt, auf dem der Kurfürst zum Widerstand gegen die Schweden aufrief, krakelte hastig einige Zeilen auf das Papier. Dann packte er eine Tasche mit Arzneimitteln und Verbandszeug und suchte die Gesichter der Offiziere und Soldaten ab, die für ihn nur noch helle und dunkle Flecken waren. Cunrat erkannte er an seiner bulligen Statur und dem charakteristischen Gang. Es war erstaunlich, wie unverkennbar Statur, Bewegungen oder auch Körpergerüche waren.

»Neffe, auf ein Wort«, sprach er ihn an.

»Was ist?« Cunrat klang schroff. Seit dem Tod Karl Emils war er von Hass erfüllt, und er hatte geschworen, möglichst viele Feinde zu töten.

»Bitte bringe diesen Brief meiner Familie, wenn ich es nicht nach Hause schaffe«, sagte Georg rau. Sein Gegenüber nickte und nahm das Papier an sich. »Gott schütze dich.«

»Und Euch auch.«

Georg drehte sich auf der Hacke. Seine Stiefel steckten im Matsch fest. Obgleich er leicht verletzt war, versorgte er mit einem Chirurgicus weiter Verwundete. Im Schlachtgetümmel hatte er längst den Überblick verloren. Nur den Kurfürsten versuchte er nach wie vor im Blick zu behalten; er war es, der sehen musste, was er leistete. Sollte ich sterben, hilft Friedrich Wilhelm meiner Familie vielleicht wenigstens als Anerkennung für meine Tapferkeit, dachte Georg bitter. Seit der Prinz von Homburg, der Kommandeur der brandenburgischen Kavallerie, eigenmächtig die Schweden angegriffen hatte, tobte die Schlacht.

Ein Pferd preschte auf ihn zu. Georg wollte ausweichen, fiel in den Dreck, rappelte sich wieder hoch, tastete nach seiner Tasche mit den Medikamenten. Letztlich war es nicht Tapferkeit, sondern Irrsinn, als Halbblinder in die Schlacht zu ziehen. Er sollte zusehen, dass er sich in Sicherheit brachte. Wo war der Chirurg? Degen fauchten durch die Luft, trafen den Soldaten neben ihm in die Brust. Eine Artilleriesalve. Wieder duckte er sich, taumelnd, orientierungslos. Da – die Stimme des Kurfürsten!

»Helft dem Stallmeister! Er hat sich für mich geopfert!«

Der Schimmel des Kurfürsten und dessen gelber Lederkoller waren gut zu erkennen. Sofort schlängelte Georg sich zwischen den Kämpfenden hindurch. Weiterhin kein Chirurg in Sicht! Dafür krümmte sich Stallmeister Froben im von unzähligen Füßen und Hufen aufgewühlten Erdreich und schrie gellend. Blut pumpte aus dem Oberschenkel, der über dem Knie abgetrennt war. Georg wurde schlecht; genau deshalb war er nicht Arzt geworden. Als er sich einigermaßen gefangen hatte, versuchte er, dem Stallmeister das Bein abzubinden.

Endlich kam ein Wundarzt herbei und übernahm. »Die Schlinge muss niedriger – seht Ihr das denn nicht!«, schimpfte dieser. Als sie den Schwerverletzten schließlich durch die tobende Schlacht in Sicherheit tragen wollten, explodierte direkt neben ihnen ein Schuss.

Ein Schlag riss Georg von den Füßen.

❧

Immer wieder mussten Elvina und Petronella pausieren. Sie hatten zwar lediglich einige Lebensmittel und Heilkräuter eingekauft, um die Bestellungen, die die Kunden ihres Vaters bei ihnen aufgaben, bestmöglich abarbeiten zu können. Doch Petronella machte die Schwangerschaft zu schaffen. Unglücklicherweise hatte ihnen bereits einer der Apotheker einen Überraschungsbesuch abgestattet. Ihm und seinen Kollegen seien Gerüchte zu Ohren gekommen, hatte er herumgedruckst. Charmant hatten ihre Mutter und sie dafür gesorgt, dass er geglaubt hatte, sie würden lediglich Medikamente ausgeben, die ihr Vater angefertigt hatte. Aber ob das Misstrauen des Apothekers wirklich verflogen war?

Mehrere Reiter preschten an ihnen vorbei. Kiesel spritzten auf, und immer wieder stieß einer ins Horn, während ein anderer eine Botschaft durch die Straßen schrie. »Die Schweden sind geschlagen! Der Kurfürst hat sie bei Fehrbellin besiegt!«

Ein Mann stellte sich den Reitern in den Weg, so gelang es ihm, sie aufzuhalten. »Berichtet genau! Ist die Gefahr gebannt? Und die Verluste? Wie viele unserer Männer sind gefallen?«

»Bei uns sind es ein paar Hundert – aber Tausende Schweden sind gestorben!«, verkündete der Bote.

Angst um ihren Vater ergriff Elvina. Nie hätte er diese Reise antreten dürfen!

An diesem Tag machten immer mehr Berichte über die Schlacht die Runde. Elvina und ihre Familie lauschten ihnen mit Furcht im Herzen. Bei jeder Kutsche, die vorfuhr, bei jedem Klopfen fürchteten sie das Schlimmste. Petronella hatte sich hinlegen müssen, und Elvina hatte sie mit Beruhigungsmitteln versorgt. Sie dachte schon daran, sich mit der Kutsche zum Schlachtfeld fahren zu lassen, um nach ihrem Vater zu suchen. Doch dann wurde Cunrat gemeldet, und gleich darauf führte ihr Cousin ihren Vater herein. Sofort erhob sich Petronella von ihrem Bett und sank ihrem Mann in die Arme, auch die Kinder drängten sich an ihn.

Nachdem Elvina ebenfalls ihren Vater an sich gedrückt hatte, wandte dieser sich Cunrat zu. Ihr Cousin wirkte hager und tiefernst, auch schien er verletzt zu sein. »Cunrat hat mich gerettet. Ohne ihn würde ich nicht mehr unter den Lebenden weilen.«

Sein Dank war Cunrat sichtlich unangenehm. Dennoch nahm er Petronellas Angebot, ihm etwas zu trinken zu holen, und Elvinas medizinische Hilfe gern an. Während sie ihn mit bestem Zerbster Bier bewirteten und seine Wunden versorgten, erzählten Georg und er von der Schlacht. »Man mag vom Kurfürsten halten, was man will, aber mit dieser Schlacht hat er sich in die Geschichtsbücher eingeschrieben und sich den Titel ›der Große‹ redlich verdient«, sagte Cunrat und kniff die Lippen zusammen, als Elvina eine tiefe Schnittwunde am Oberarm reinigte. »Allerdings solltet Ihr wirklich verhindern, dass sich Georg in seinem Zustand noch einmal in eine derartige Gefahr begibt.«

»Was meint Ihr damit?«, fragte Petronella.

Georg räusperte sich und setzte sich auf. »Würdet Ihr uns bitte für einen Moment allein lassen?«

Sie gingen hinaus. Elvina zog die Stirn kraus. Wie würde ihre Mutter die Nachricht von Vaters Erkrankung aufnehmen? Als Cunrat sich verabschieden wollte, wandte sie sich an ihn. »Ich werde Euch nie vergessen, dass Ihr ihn zu uns zurückgebracht habt.«

Ihr Cousin neigte das Haupt und schickte sich zum Gehen an. Doch dann schien er es sich noch einmal zu überlegen. Er wandte sich um, nahm Elvinas Hand und küsste sie. »Das habe ich auch für Euch getan.« Als sie nichts sagte, schob er nervös die Hand in die Tasche. Dann tastete er die Jacke ab und reichte ihr ein ordentlich gefaltetes, aber von Blut und Schmutz beflecktes Papier. »Ich habe nachgedacht. Über meine Zukunft. Über Euch.«

Was kommt denn jetzt noch?

»Ich würde mich über Euren niederen Stand hinwegsetzen und Euch zum Wohle der Familie ehelichen.«

Elvina war schockiert und überfordert zugleich. »Ihr würdet Euch also, sozusagen, zu einer Ehe herablassen.« Cunrat nickte, offenbar zufrieden, dass sie erkannt hatte, was für ein Opfer er für sie bringen würde.

Innerlich schäumte Elvina vor Wut, doch sie riss sich zusammen. Die Lage ihrer Familie mochte unsicher sein, aber so verzweifelt war sie noch nicht – und sie hoffte, dass ihre Eltern Verständnis für ihre Entscheidung haben würden. »Ich weiß sehr zu schätzen, wie sehr Ihr Euren Stolz überwunden habt, um ein gutes Werk zu tun. Aber nein, danke. Ich möchte nicht Eure Frau werden.«

Elvina machte auf der Hacke kehrt und eilte davon. Sie hörte hinter sich noch sein empörtes Schnaufen, dann war er weg. Sie versuchte, nicht an Cunrats Angebot zu denken, doch es gelang ihr nicht. Wie kam er nur auf so eine Idee? Und warum ausgerechnet jetzt? Sie schob das Papier in den Ärmel. Aus dem Salon drang ein ersticktes Schluchzen. Sie ahnte, wie schwer es ihrem Vater gefallen sein musste, Petronella die traurige Wahrheit zu sagen.

»Was ist mit Vater? Warum weint Mutter?«, wollten ihre Geschwister wissen. Sollte sie es ihnen sagen? Elvinas Blick flackerte zu Rosa. Diese nickte sacht. Ich hätte wissen müssen, dass es Rosa nicht verborgen geblieben ist, dachte Elvina.

»Vater ist krank«, sagte sie. »Er wird in Zukunft auf unsere Hilfe angewiesen sein. Wir müssen alle zusammenhalten. Und pscht«, Elvina legte den Finger über die Lippen, »niemand außer uns braucht es zu wissen. Es wird unser Geheimnis sein.« Zumindest solange sie Vaters fortschreitende Blindheit geheim halten könnten.

Als sie später der Magd die verschmutzte Wäsche ihres Vaters bringen wollte, fiel ihr das Papier wieder ein. Sie faltete es auseinander. War das ein Flugblatt? Auf der Rückseite schien Tinte zu sein. War es indiskret … Schon hatte sie das Papier entfaltet und las die tanzenden, schwer zu entziffernden Buchstaben:

Geliebte Familie, ich schreibe in großer Hast. Die feindliche Armee ist bereits zu hören. Im Fall meines Todes möchte ich euch diesen letzten Gruß senden, von dem ich hoffe, dass er euch erreichen wird …

Elvina schossen Tränen in die Augen. Sie überflog die nächsten Zeilen, in denen Georg sie der Gnade Gottes empfahl, Petronella seine Liebe versicherte und sie bat, tapfer zu sein. Auch ihr hatte er etwas geschrieben.

... was Dich angeht, Elvina: Du verfügst über viele besondere Talente, die Du nicht brachliegen lassen, sondern zum Wohle aller einsetzen solltest. Du bist deinen Geschwistern ein Vorbild und ein Halt. Auf dieser Welt gibt es noch so viel zu entdecken. Von euch, meinen Söhnen, hoffe ich, dass ihr eines Tages in meine Fußstapfen treten werdet. Rosa, liebes tapferes Mädchen ...

Aus dem Nebenzimmer war ein schmerzerfülltes Stöhnen zu hören. Hastig legte Elvina das Papier wieder zusammen und deponierte es auf dem Schreibtisch des Vaters.

Stille lag über dem Haus, sogar ihre Geschwister gingen wie auf Zehenspitzen. Ihre Mutter hatte eine Fehlgeburt erlitten. Die eilig gerufene Wehmutter und Elvina hatten Petronella nur noch stabilisieren und medizinisch versorgen können, denn Georg war dazu kaum in der Lage gewesen. Plötzlich hörte sie, wie im Labor etwas klirrte.

Elvina fand ihren Vater, wie er auf dem Boden kniend die Scherben aufhob. Sie legte den Arm um ihn. »Du solltest im Bett sein und dich ausruhen! Ich mache das.«

»Das geht nicht! Ich muss arbeiten! Wie soll es denn sonst für uns weitergehen?«

Elvina hatte da eine Idee.

Einige Zeit nach der Schlacht bei Fehrbellin bekamen sie hohen Besuch. Der Kurfürst war nur kurz in der Stadt gewesen und danach zur nächsten Schlacht aufgebrochen, genau wie Cunrat. Es waren angespannte Tage gewesen, aber glücklicherweise ging es Petronella inzwischen besser. Ihre Kinder verhielten sich mustergültig und halfen, wo sie nur konnten, vor allem Elvina, die als Älteste eine besondere Verantwortung spürte.

Nervös sah sich Kurprinz Fritz um, ehe er ihr Haus betrat.

Seine Leibwachen ließ er am Portal zurück. Elvina führte ihn ins Labor des Vaters.

Georg begrüßte den Kurprinzen ehrerbietig. Da er entschlossen war, seinen Zustand zu verheimlichen, übte er täglich, sich im Haus zu bewegen, ohne überall anzustoßen oder einen Stock benutzen zu müssen. Er maß die Entfernungen zwischen den Wänden, den Winkel, in dem er die Türen ansteuern musste, zählte die Treppenstufen. Und so trat er auch jetzt dem Kurprinzen sicher entgegen. »Würde es Euch etwas ausmachen, wenn meine Tochter bei uns bleibt? Sie unterstützt mich als Assistentin und würde sich gegebenenfalls Notizen machen, dann kann ich mich vollkommen auf unser Gespräch konzentrieren.« Georg lächelte gewinnend.

Fritz wirkte zunächst irritiert, nickte dann aber. »Mir ist zu Ohren gekommen, was Ihr für meinen geliebten Bruder Karl Emil, Gott habe ihn selig, getan habt. Dass Ihr ihn mit Medikamenten versorgt habt, bis zuletzt. Dass Ihr auch auf dem weiteren Feldzug besondere Tapferkeit bewiesen habt.« Der Kurprinz blickte auf die hübschen Packungen mit schwarzem Nougat, die Jerun Elvina geschenkt hatte und aus denen sie sich in Arbeitspausen bediente. »Habt Ihr dieses Konfekt hergestellt?«

»Das schwarze Nougat ist von Frau Schöppens Schwester. Sie stellt wahre Köstlichkeiten her. Möchtet Ihr kosten, Durchlaucht?«

»Lieber nicht«, sagte Kurprinz Fritz bedauernd. »Wo war ich stehengeblieben? Mir ist bewusst, dass niemand je einen Pfifferling darauf gewettet hätte, dass ich eines Tages Kurfürst werde. Doch nun hat Gott meinem Schicksal eine neue Wendung gegeben. Ich weiß, dass ich nach dem Tod meines geliebten Bruders von unseren Feinden gehasst werde. Ich will hier keine Namen nennen, Ihr wisst auch so, von wem ich spreche. Umso wichtiger ist es mir, Menschen zu haben, denen ich vertrauen kann. Und Ihr habt nicht nur meinem Bruder geholfen, sondern auch mir, als niemand anders für meine Gesundheit eintrat.«

»Das ist selbstverständlich und war mir eine Ehre, Durchlaucht«, sagte Georg.

Wieder blieb der Blick des Kurprinzen am Konfekt hängen. »Deshalb möchte ich Euch um etwas bitten. Ich habe gehört, dass bei dem Tod meines Bruders kein Gift im Spiel gewesen sein soll, weiß aber auch, dass es Gifte gibt, die unsere Ärzte nicht nachweisen können. Aus diesem Grund muss ich Vorkehrungen treffen.«

Georg räusperte sich. »Euch ist vielleicht bekannt, dass ich meinen Posten als Hofapotheker derzeit ruhen lasse, da ich mich meinen Forschungen widme, Durchlaucht? Es geht mir um das Ewige Feuer, die Kunst, Gold zu machen, und den Stein der Weisen.« Diese Erklärung hatte Elvina ihrem Vater vorgeschlagen.

Der Kurprinz nickte. »Sehr wichtige Forschungen, auch für das Ansehen unseres Hauses. Es kann doch nicht angehen, dass andere uns in dieser Hinsicht den Rang ablaufen!« Damit spielte er auf Gerüchte an, dass der Kurfürst von Sachsen mit Johannes Kunckel einen Alchimisten beschäftigte, der Gold erschaffen konnte. »Dennoch vertraue ich Euch mehr als denen, die eine zu große Nähe zum Hofe haben.«

»Ich verstehe«, sagte Georg. »Ich werde Euch ein wirksames Antidot herstellen. Ich verfüge über ein Rezept für einen Theriak, der nicht nur gegen die Pestilenz, sondern auch gegen gefährliche Gifte wirksam ist.«

Kurprinz Fritz schien zufrieden. »Ich wusste, dass ich mich auf Euch verlassen kann, und bitte Euch um Verschwiegenheit. Niemand muss wissen, dass ich gewarnt und vorbereitet bin.« Wieder ruhte sein Blick auf dem Nougat; unwillkürlich leckte er sich die Lippen.

Elvira lächelte. »Stört es Euch, wenn ich mich bediene, Durchlaucht?«

»Ganz und gar nicht.« Der Kurprinz beobachtete sie genau, während sie einige Stücke verspeiste. Erst dann schien er beruhigt und griff selbst zu. Bereits nach dem ersten Bissen brummte er wohlig. »In der Tat: Köstlich. Wie war noch gleich der Name der Dame?«

Elvina half einige Tage später gerade ihrem Vater, die Zutaten für den Theriak zusammenzustellen, als sie durch einen Boten Post erhielt.

Liebe Elvina,
ich werde Dir ewig dankbar sein, dass Du mir immer eine gute Freundin warst. Ich wünsche Dir sehr, dass Du in Deinem Leben die Liebe und die Erfüllung findest, von der der arme Karl Emil und ich nur so kurz kosten durften. Ich kann ohne seine Liebe nicht weiterleben …

Der Brief glitt aus Elvinas Fingern und fiel zu Boden. Im nächsten Moment rannte sie, ohne auch nur an Hut und Mantel zu denken, los.

»Fischer haben Annabelle am Spreeufer gefunden. Sie ist tot!« Elvina fiel Max in die Arme und stieß einen kehligen Laut aus, der ihn schaudern ließ. »Ich mache mir solche Vorwürfe! Ich hätte sie nicht allein lassen dürfen!«

Sie weinte heftig. Max wiegte sie sanft. »Du konntest nicht rund um die Uhr bei ihr sein. Niemand kann das. Annabelle hätte immer einen Weg gefunden, sich davonzustehlen. Du hast mir doch erzählt, wie gewieft sie war, wenn sie etwas wirklich wollte.«

Als Elvina sich ein wenig beruhigt hatte, zog sie ein gefaltetes Papier aus ihrem Ärmel. »Diesen Abschiedsbrief hat sie geschrieben.«

Max las die wenigen Zeilen, die von Tränen verwischt waren.

»*Ohne seine Liebe nicht weiterleben!* Es nicht einmal versuchen! Uns im Stich lassen! Das ist doch feige!« Sie war jetzt wütend, was Max für gut hielt. Wut würde es ihr leichter machen, den Verlust und die Schuldgefühle zu bewältigen. »Immer diese Liebe!«

Unvermittelt schlang sie die Arme um seinen Hals und küsste ihn. Zart berührten ihre Lippen die seinen, fühlte er ihre Zungenspitze auf seiner. Max glaubte zu explodieren. Wusste nicht, wohin mit seinen Gefühlen. Wusste nicht, was er tun, was er sagen sollte. War wie erstarrt vor Glück und Erregung. Da aber sprang sie auf, starrte ihn an, hochrot und verwirrt, und eilte hinaus.

43

Max begleitete den alten Lustgärtner über den Kiesweg. Er konnte es kaum erwarten, ihm zu zeigen, was ihm gelungen war.

Hanff begutachtete das Orangenbäumchen konzentriert, entdeckte schnell die Besonderheit, lachte auf. »Zwei Sorten Blüten auf einem Orangenbäumchen! Womit ist hast du den Baum veredelt? Mit einer Zitrone?« Max nickte. »Das ist wirklich etwas ganz Außerordentliches! Der Kurfürst wird stolz auf dich sein! Vermutlich wird der halbe Hofstaat zur Präsentation dieser Sensation erscheinen.«

»So viel Aufmerksamkeit ist mir unangenehm.«

»Unfug! Das ist ein prächtiges Stück! Auch dein Entwurf für den Lustgarten bei Schloss Bornim gefällt mir.« Hanff ließ die Hand auf Max' Schulter sinken und steuerte auf eine Bank zu. Er war alt geworden; nur selten ließ er sich überhaupt im Cöllner Lustgarten sehen. »Was hast du nun vor? Hier kann dir doch niemand mehr etwas beibringen.« Mit seinem scharfen Blick sah Hanff ihn an. »Gib es ruhig zu.« Wieder nickte Max. »Also: Was hast du vor?«

»Ich werde den Schlossgarten von Bornim anlegen. Ich kann anderen etwas beibringen, mich vielleicht irgendwann verloben …« Hitze stieg ihm auf die Wangen, und Max hoffte, dass der Lustgärtner es nicht bemerkte.

»Es steckt mehr in dir, Max. Bornim können auch einfache Gesellen fertigstellen, jetzt, wo die Planung perfekt ist. Du bist jung, kannst noch viel lernen! Reise, bilde dich fort, werde besser! Jetzt kannst du das. Wenn du erst für eine Familie sorgen musst, wird es schwierig. Oder musst du noch für deine Mutter und deinen Bruder aufkommen? Ich hörte, das Geschäft deiner Mutter läuft gut. Überall schwärmt man von ihren Konfekten und Marmeladen, vor allem seit der Kurprinz sich von ihr beliefern lässt.«

»Das stimmt. Meine Mutter ist sehr erfolgreich. Sie hat sogar ein Grundstück gepachtet, will einen eigenen Obstgarten anlegen.«

»Dachte ich es mir doch! Wenn du also auf einen alten Mann hören willst: Reise und lerne.«

Max' Herz schlug schnell, als er auch Elvina und ihre Familie zu seinem Orangenbäumchen führte. Es war ein schöner Spätnachmittag, die Sonne näherte sich schon dem Horizont, und alle waren begeistert. Als die Eltern mit den Kindern noch etwas durch den Lustgarten flanierten, blieben Max und Elvina zurück.

Elvina schüttete ihm sogleich das Herz aus. Es schien niemanden zu geben, mit dem sie so offen sprechen konnte. Max räusperte sich. Wenn er es jetzt nicht wagte, dann vielleicht nie. Er berührte ihre Hand, führte Elvina zu einer Bank, was ihr nicht unrecht zu sein schien. »Elvina, ich wollte dich … Wenn ich erst Meister bin, und das kann ja nicht mehr lange dauern, dann kann ich mich verloben, kann heiraten, und ich wollte dich fragen …«, er sah ihr in die Augen, nun konnte er nicht zurück, »ob du meine Frau werden willst«, brach es aus ihm heraus.

Elvina erstarrte, sprang plötzlich auf. Sie war rot geworden und dann wieder weiß. »Ich mag dich, Max, das weißt du, und es tut mir leid, wenn ich dich ermutigt oder dir falsche Hoffnungen gemacht habe.« Ihre Finger strichen nervös über ihren

Seidenrock. »Aber selbst wenn du Meister bist, würde ich nie …
könnten wir nie …«

Er wollte sie aufhalten, wollte nicht hören, was sie zu sagen
ansetzte, wollte sich entschuldigen, aber ihre Stimme überschlug
sich. »Glaubst du wirklich, dass ich eine Gärtnersfrau werde?
Mit den Händen in der Erde, Unkraut jäten und Eintopf für die
Gesellen kochen?«

Selbst wenn Max die Worte nicht verstanden hätte, hätte
ihm der verächtliche Tonfall deutlich gemacht, dass er einer
Täuschung aufgesessen war. »Aber deine Vertraulichkeit und
unsere Küsse – war das alles …«

Elvina wich weiter zurück. Aus dem Augenwinkel sah er,
dass sich ihre Familie wieder näherte. Sie atmete geräuschvoll
aus. »Es tut mir leid, wenn ich dir falsche Hoffnungen gemacht
habe. Natürlich werde ich einen Mann meines Standes heiraten.
Ich hoffe noch immer auf Jerun, und mein Vater spekuliert darauf, mich in den Adel zu verheiraten. Niemals, nie, werde ich …
einen Handwerker …«

Max kam es vor, als wäre alles Blut aus seinem Kopf gewichen und in die Füße gesackt. In seinen Ohren rauschte es.

»Am besten sehen wir uns nicht mehr, bis sich dein Gemüt
beruhigt hat.« Elvina fuhr herum und rannte beinahe weg.

Bin ich so schrecklich? Max kam auf die Füße. Blieb stehen,
ohne zu wissen, was er tun sollte. Wankte wie ein Schilfrohr im
Wind. Der Gedanke, Elvina zu begegnen, ohne sie lieben zu
dürfen, sie in den Händen eines anderen Mannes zu sehen, war
ihm unerträglich. Wie sollte er es hier noch aushalten?

Er floh zum Pomeranzenhaus, wo er sich sicher fühlte und
vor allen Augen geschützt war. Als er es erreichte, hatte er einen
Entschluss gefasst.

Der Verkaufsstand seiner Mutter auf dem Mühlendamm war hübsch dekoriert und sah wie eine Puppenstube aus. Neben Ursel und der Köchin Gerhild wuselten weitere junge Frauen umher, darunter einige, von denen Max wusste, dass sie auf die schiefe Bahn geraten wären, hätte Debora ihnen nicht geholfen. Sie hatten sich in der Dorotheenstadt gut eingelebt. Inzwischen hatte Debora sogar einen Acker gepachtet, auf dem sie die wichtigsten Obst- und Gemüsesorten sowie Kräuter anbauten. Auch Ursels Großvater half ihnen. Floris saß an einem Tisch und entwarf neue Verkaufsetiketten für Deboras Leckereien. Trotz seiner Lehrstelle im Unternehmen seines Onkels hatte er inzwischen den kompletten Schriftverkehr übernommen, was eine Erleichterung für Debora war.

Als Max seiner Mutter sagte, was er vorhatte, war sie bekümmert. »Du wolltest doch eigentlich nicht auf Gesellenreise. Gerade jetzt, wo dieser lästige Wynant –«

»Mit Wynant hätte ich mich arrangiert.« Max sah zu Boden. Die Nachricht, dass sein Kollege im Heereslager von der Roten Ruhr dahingerafft worden war, hatte ihn betroffen gemacht.

»Ich denke, Abenteuer sind nichts für dich«, sagte Debora.

»Das stimmt auch. Aber lernen will ich. Und das kann ich nur in anderen Städten, anderen Ländern. Eines Tages kehre ich zurück, und dann bin ich der Beste meines Fachs«, sagte Max.

»Was sind das denn für Töne?«, fragte Floris grinsend. »Ich dachte schon, jeder Ehrgeiz wäre dir fremd. Gib es zu – der Liebeskummer treibt dich fort.«

Max schoss die Hitze ins Gesicht. »Ich will nicht darüber reden.«

»Liebeskummer vergeht«, sagte Debora und nahm Max' Hand. »Zu reisen kann gefährlich sein.«

»Pierre schließt sich mir an«, sagte er, um abzulenken. »Ihr wisst schon, der Lehrjunge des Grottiers. Er will nach Hause.«

»Ihr reist nach Frankreich?«

»Auch. Versailles ist einfach der Ort, an dem die Gartenkunst die größte Blüte erreicht.«

»Aber die Franzosen … der Krieg …« Seine Mutter wurde noch blasser.

Max' Hals war eng. »Ich verspreche dir, gut auf mich aufzupassen.«

Monate waren vergangen, und Max machte gerade Station im Lustgarten von Schloss Oranienstein bei Dietz an der Lahn, als ihn ein Brief aus Brandenburg erreichte. Er drehte ihn in den Händen, unschlüssig, was ihn erwartete. Von seiner Mutter oder Floris war er nicht. Neugierig öffnete er ihn. Eine geschwungene Schrift, mit feiner Feder geschrieben.

Lieber Max,
ich bedaure es, wie wir auseinandergegangen sind. Da ich weiß,
wie viel Dir daran liegt, möchte ich Dich über die Entwicklungen in Deinen Gärten auf dem Laufenden halten.

Er überflog die nächsten Zeilen, freute sich über die Beschreibungen von Blumen, Sträuchern und Begebenheiten. Gleichzeitig hoffte er auf einige persönliche Worte. Doch die folgten erst am Schluss des Briefes:

Ich hoffe, Du verstehst diesen Brief als das, was er ist – von (Garten-)Freund zu (Garten-)Freund.

Max betrachtete die Blume, die Elvina statt eines Absenders gemalt hatte und die ein kleines Kunstwerk war. Kurz fragte er sich, ob sie ihn mit ihrem Brief quälen wollte, doch dann stellte er erstaunt fest, dass die Zeit schon jetzt seine Gefühle abgeschliffen hatte wie der Fluss einen Kiesel. Mehr noch, er erkannte jetzt – glasklar, als habe diese Erkenntnis schon lange in ihm geschlummert –, dass er sich tatsächlich in ein Trugbild verliebt hatte. Die Elvina, die er zu lieben geglaubt hatte, hatte es abgesehen von ihrer betörenden Schönheit und Klugheit nie gegeben. Sie war einsam gewesen, bedürftig, hatte ihn gemocht. Er war da gewesen. Ein Freund, mehr nicht, aber auch nicht weniger. Nun konnte er den Brief als das lesen, was er war, und sein Herz wurde weit.

Sofort spitzte er die Feder und schrieb zurück. Er machte sich einen Spaß daraus, statt der Anrede hinter das *Liebe verehrte* ebenfalls eine Blume zu malen.

Dein Brief, über den ich mich sehr gefreut habe, erreicht mich bei Schloss Oranienstein. Michael Hanff hat mir einige Empfehlungsbriefe mitgegeben, zuallererst an die Höfe, mit denen der Kurfürst und das Hause Oranien verbunden sind. Oranienstein ist der Witwensitz von Fürstin Albertine, einer Tochter der kürzlich verstorbenen Prinzessin Amalia van Solms. Auch für Schloss Oranienhof in Kreuznach sowie für die Lustgärten von Kleve und von Herrenhausen bei Hannover schrieb der ehrwürdige Lustgärtner mir Empfehlungen. Das Reisen mit meinem Freund Pierre, dem Grottier – Du erinnerst dich vielleicht –, bereitet mir Freude. Ich werde sehen, wohin mein Weg mich als Nächstes führen wird.

44

Paulus rieb über seine Bartstoppeln und die Pockennarben, die er bei seiner schweren Erkrankung davongetragen hatte, konnte aber weder die Erschöpfung wegwischen noch die Bilder, die ihn heimsuchten. Manchmal kam es ihm vor, als könnte er sich gar nicht mehr an sein Leben vor dem Krieg erinnern. Hatten sie damals tatsächlich ganze Tage bei der Jagd verbracht? Hatten sie Ausflüge mit der Kutsche gemacht, waren im Meer schwimmen gewesen, waren durch Kunstgalerien gestreift? Hatten stundenlang Billard gespielt?

Oft träumte er davon, zu heiraten, eine Familie zu gründen und ein ruhiges Leben zu führen. Doch war er dafür wirklich geschaffen? Außerdem war Grace bereits vergeben – und eine andere wollte er nicht. Nachdem er erfahren hatte, wie brutal ihr Mann sie strafte, hatte Paulus mit dem Gedanken gespielt, ihn zu überfallen und zur Rechenschaft zu ziehen. Aber das hätte es vermutlich nur noch schlimmer gemacht. Zu seiner Verblüffung und Freude hatte sich Grace wenige Tage nach ihrer Begegnung vor der Kirche doch wieder zu ihm stehlen können. Sie war ängstlich und bekümmert, was wenig verwunderlich war.

Wäre er gläubig gewesen, hätte er Gott jeden Tag dafür gepriesen, dass er seine Hand über ihre Affäre hielt. Auch für den Kriegsverlauf wären Gebete sicherlich hilfreich. Sie hatten Verluste hinnehmen müssen wie den Tod von Admiral de Ruyter. Auch war die Großmutter des Prinzen, Amalia van Solms, gestorben. Zugleich war der Druck, den Ludwig XIV. auf die Republik ausübte, noch immer hoch. Die Mittel des französischen Königs schienen unerschöpflich zu sein. Ihre hingegen …

Die eingefallenen Gesichter und Verstümmelungen der Kriegsveteranen, die in der Stadt herumlungerten, führten ihm die Misere der Armee jeden Tag aufs Neue vor Augen. Magere Kost, fadenscheinige Uniformen, Regimenter, die nur in halber Stärke besetzt waren, Kanonen, die nicht schossen, weil die Munition ausgegangen war …

Ein Laufbursche rannte ihn beinahe über den Haufen und riss ihn aus seinen Gedanken. Paulus sah sich um. Unvermittelt schien sich das Amsterdamer Rathaus vor ihm aufgetürmt zu haben, als wollte es ihm den Weg versperren. Ja, es war in der Tat prächtiger als manches Schloss, das dem Prinzen zur Verfügung stand. Kein Wunder, dass es den Neid des Adels weckte!

Zwei Stufen auf einmal nehmend eilte Paulus ins Obergeschoss. Der edle Marmor und die kunstvoll gestalteten Statuen hellten sein Gemüt ein wenig auf, der Anblick des Bürgersaals nahm ihm jedoch den Atem. Wie groß und gewaltig hoch dieser Saal war! In den Marmorboden waren Welt- und Himmelskarten eingearbeitet. Marmorstatuen, Ornamente und Gemälde umrahmten das machtbewusste Kunstwerk. Den Amsterdamern gehörte die Welt – so war es wohl. Und sein Halbbruder Quentin gehörte dazu, denn er hatte inzwischen in eine der Regentenfamilien eingeheiratet.

»Ich kann dir nicht viel Hoffnung machen, das habe ich dir ja bereits geschrieben.« Die Worte seines Bruders rissen Paulus aus seinen Betrachtungen. Im Gegensatz zu ihm trug Quentin einen feinen Anzug und eine Frisur nach der neuesten Mode.

Paulus stieß die Luft aus. »Dem Städter geht es besser als denen, die auf dem Schlachtfeld ihr Leben für seinen Wohlstand riskieren.«

Sein Bruder rümpfte die Nase. »Ich dachte, ich solle euch einen Gefallen tun? Und da beleidigst du mich?«

»Falsch. Indem du dich für Vaters und meine Eskadron einsetzt, sicherst du dein bequemes Dasein.«

»Ihr bringt unser Geld – *mein* Geld – immer wieder mit euren Truppen durch. Ganz zu schweigen von Vaters Spielschulden, die ich begleichen musste.« Quentin wandte sich ab und ging voraus. Er machte eine wegwerfende Handbewegung. »Du hättest nicht zu kommen brauchen. Auch das habe ich dir bereits geschrieben.«

Paulus folgte ihm. Natürlich wurmte es ihn, dass sein Bruder so viel hermachte. Dass er Vaters Schulden allein begleichen konnte. Gleichzeitig hatte er diesen Misston nicht gewollt. »Nun sei nicht gleich eingeschnappt. Du sagtest doch, dass du beim Bürgermeister ein gutes Wort für uns einlegen könntest.«

»*Helfen, die Lage zu sondieren.* Das waren meine Worte.«

»Mit wem haben wir es zu tun?«

»Daan Aard ist in zweiter Generation in der Stadtregierung. Er selbst ist Architekt, wie auch sein Bruder und sein Neffe, der jedoch überwiegend in Hamburg lebt. Mit seinem Cousin im Haag betreibt er mehrere Geschäfte. Du kennst ihn vielleicht, Samuel van Sanders.«

»Ein Vertrauter des Prinzen, dem auch eine Druckerei gehört.« Die Welt war wirklich klein, und gerade in der Oberschicht der Niederlande war jeder mit jedem bekannt oder sogar verwandt.

»Da Sanders sehr krank ist – er wurde bei den Tumulten im Haag im Katastrophenjahr schwer verletzt –, kümmert sich Aard an seiner Stelle um den Schiffbau. Daher kenne ich ihn.«

»Was ist eigentlich aus den Verhandlungen mit Brandenburg geworden?«

Quentin stieß scharf die Luft aus. »Der Kurfürst hat sich von

Benjamin Raule, einem niederländischen Reeder aus einer Familie von Freibeutern, einwickeln lassen. Friedrich Wilhelm hat ihm einen Kaperbrief ausgestellt, und Raule macht nun Jagd auf schwedische Handelsschiffe. Wenn du mich fragst: ein windiger Typ, der dem Kurfürsten das Blaue vom Himmel verspricht. Es heißt, der Kurfürst will eine eigene Marine aufbauen und in Westafrika mitmischen. Geld hat der Kurfürst dafür nicht. Außerdem werden unsere Handelskompanien sich das nicht gefallen lassen.«

Paulus schwirrte der Kopf. Die Welt des Handels war definitiv nichts für ihn. »Und dieser Aard?«

»Daan Aard ist in dem Gremium, das sich mit den Kriegsausgaben beschäftigt.«

Aard erwies sich als gesetzter Mann mit schütterem Haar. Auf Paulus' Vorschläge, wie man die von Prinz Wilhelm geplanten Feldzüge finanzieren könnte, reagierte er abweisend. »Ich habe diesem Gespräch nur zugestimmt, weil ich Euren Bruder kenne und schätze. Ich fürchte, ich kann nichts für den Prinzen tun. Die Amsterdamer Regenten verlieren die Geduld. Die Kosten und Verluste des Krieges sind zu hoch. Die Friedensverhandlungen müssen umgehend ernsthaft geführt werden. Der Krieg muss enden.«

Frustriert verabschiedete Paulus sich von seinem Bruder und machte sich wieder auf den Weg in den Haag. Die Nachricht, die er zu überbringen hatte, würde dem Prinzen ganz und gar nicht gefallen.

Maastricht war so nah und schien doch unerreichbar. Paulus hörte das charakteristische Knallen und warf sich zu Boden; die Musketensalve schlug über ihm in die Wand des Laufgrabens. Vor Beginn der Belagerung hatte Paulus noch einmal eindringlich an Prinz Wilhelm appelliert, sich von den französischen

Laufgräben inspirieren zu lassen, aber dieser hatte verkündet, was einst bei der erfolgreichen Eroberung Maastrichts durch Prinz Mauritz von Oranien funktioniert habe, würde auch dieses Mal funktionieren. Dass sich die Reichweite und Schusskraft der Waffen in den vergangenen fünfzig Jahren verändert hatten, ignorierte Wilhelm. Paulus war nicht der Einzige, der über Kriegskunst und Strategie mit ihm gestritten hatte, auch Feldherr von Waldeck war mit Wilhelm aneinandergeraten.

Trotzdem wollte Paulus unbedingt dabei mithelfen, seine Heimatstadt zurückzuerobern. Aber es war, wie er befürchtet hatte: Die Verluste waren hoch. Paulus spürte, wie sich eine tiefe Erschöpfung auf seine Schultern legte. Wie Schachfiguren schoben sich die Armeen über die Republik und die benachbarten Länder. Landstriche und Städte wechselten den Besitzer, und jedes Mal nahmen die Verwüstungen zu. Wo waren die fetten Weiden Hollands geblieben? Wo die Wälder, die vor Wild nur so strotzten? Wo die herausgeputzten Landhäuser und Gärten?

Paulus übergab seinen Hengst an einen seiner Soldaten, hastete zu Fuß weiter, musste über Verletzte und Tote hinwegsteigen. Die Sorge um seinen Vater und seine Männer, die an vorderster Front kämpften, trieb ihn an. Die Erde erbebte, und Sand spritzte auf, als einige Schritte neben ihm eine Kanonenkugel einschlug.

»Wir haben zwei weitere Männer verloren. Hast du mit Prinz Wilhelm sprechen können?« Sein Vater sah ihn erwartungsvoll an. Egbert van Houtkerke war ein Greis in Uniform. Er sieht so alt aus, wie ich mich fühle, dachte Paulus bitter. Ganz krumm stand sein Vater, Gesicht und Uniform waren schmutzig.

»Der Prinz hat mich nicht empfangen. Bentinck hat mir ausgerichtet, dass sich unsere Eskadron derzeit nicht aufstocken lässt. Selbst wenn wir genügend Rekruten hätten, würden sie an anderer Stelle gebraucht.«

»*An anderer Stelle?* Mit genügend Männern und Waffen könnten wir den Durchbruch schaffen! Aber Wilhelm ist unfäh–« Schnell zog Paulus seinen Vater außer Hörweite der Soldaten. Egbert machte sich los. »Ist doch wahr! Du hattest recht mit deiner Kritik! Wir kommen nicht voran. Und wie soll es dann für unsere Familie weitergehen? Ohne Geld, ohne Gut? Niemand gibt uns mehr Kredit. Wir haben Besseres verdient!« Er schnaubte. »Hängen von der Gunst deines Bruders ab, dieser Krämerseele. Wir! Eine Familie des niederländischen Uradels! Und du …«

Oft hatte Paulus versucht, mit seinem Vater über seine Herkunft zu sprechen, hatte in Plaudereien Winkelzüge geschlagen und Anmerkungen fallen gelassen. Egbert war jedoch nie darauf eingegangen.

Eine weitere Musketensalve prasselte auf sie ein. »Sie kommen!«, schrie jemand aus dem benachbarten Laufgraben.

Tatsächlich wagte ein französischer Trupp einen Ausfall. Paulus' Gefährten waren in Unterzahl, kämpften aber beherzt. Kameraden kamen ihnen zu Hilfe, angeführt ausgerechnet von van Aken, der seine Frau inzwischen wie eine Gefangene hielt.

Ein Franzose stürmte auf ihn zu und griff Paulus mit dem Degen an. Mit einem Stich erledigte er seinen Gegner, wollte dann seinem Vater zu Hilfe kommen. Im selben Moment sah er, dass Servaes van Aken von einem Angreifer zu Boden gebracht worden war. Van Aken verteidigte sich verzweifelt. Wie leicht wäre es, nicht einzugreifen, ihn einfach sterben zu lassen? Oder ihn hinterrücks zu erstechen für das, was er seiner Frau angetan hatte und antat … Paulus' Ehrgefühl siegte. Er griff ein, und es gelang ihm, den Angreifer zurückzutreiben. Van Aken warf ihm einen grimmigen Blick zu. Wusste er, dass Paulus ihm Hörner aufsetzte?

Paulus wandte sich ab und suchte seinen Vater, der ebenfalls in Bedrängnis geraten war. Er eilte zu ihm, aber kaum war er da, hörte er ein Donnern, gefolgt von dem charakteristischen Pfeifen einer Kanonenkugel. Er packte seinen Vater und riss ihn mit sich. Zu spät.

Die Steinkugel traf sie wie ein Rammbock. Paulus stürzte. Erdbrocken rieselten auf ihn. Panisch spürte er in seinen Körper hinein. Wo war er getroffen, wo schmerzte es? Heiß nässte etwas seine Seite. Er rappelte sich hoch, wischte und schüttelte den Sand ab. Er konnte sich bewegen, aber ... Im Leib seines Vaters klaffte an der Stelle, wo sich dessen Arm befunden hatte, eine Fleischwunde. Egberts Gesicht war verzerrt.

Soldaten eilten herbei, wollten ihm und seinem Vater helfen. Doch Paulus wusste, dass niemand mehr helfen konnte. Er ließ sich neben seinen Vater auf die blutgetränkte Erde sinken und nahm dessen verbliebene Hand. Mit einem Mal waren aller Groll und aller Zorn verflogen. »Vater, sag mir – was ist damals wirklich passiert? Was war mit Mutter und König Charles? Ich muss es wissen!«, flüsterte er.

Ein triumphierendes Lächeln zuckte über das Gesicht seines Vaters. »Ich habe ... sie ... ihm weggeschnappt. Ich habe ... einen König ... ausgestochen ... Alles andere ...«

45

Paulus packte gerade seinen Koffer, als sein Diener Besuch meldete. Seit dem Tod seines Vaters hatte sich die Lage noch einmal verschlechtert. Paulus war wütend auf Prinz Wilhelm und die Speichellecker, die ihm nach dem Mund redeten und so den Krieg unerträglich verlängerten. Die Truppen und das Land waren ausgeblutet, und oft hatte Paulus sich kaum daran erinnern können, wohin sie marschierten. Die Friedensverhandlungen stockten. Die Forderungen der Franzosen waren unverschämt, schwerer wog aber, dass Prinz Wilhelm sich unbedingt gegen König Ludwig behaupten wollte. So hatte er einen weiteren Plan entwickelt, um seine Verhandlungsposition zu verbessern, und schon im Juni mit Bentinck seinen engsten Vertrauten zu König Charles geschickt. Da Paulus selbst auch unbedingt an den englischen Hof wollte, hatte er alles in die Waagschale geworfen, um den Prinzen zu überzeugen, auch ihn zu schicken.

Als sein Diener die tief verschleierte Grace hereinführte, schickte Paulus ihn sofort weg. Erst dann hob er ihren Schleier, um sie zu küssen; er bekam einfach nicht genug von ihr. »Warum gehst du das Risiko ein hierherzukommen? Ist etwas passiert? Ist deinem Mann etwas zugestoßen?«, fragte er.

Grace löste sich von ihm und ließ sich auf den Sessel sinken, presste die Hände auf den Mund, als müsste sie die Worte zurückhalten. »Ich bin schwanger!«, stieß sie dann doch hervor. »Ich habe mir erst nichts dabei gedacht ... und bei meiner Figur sieht man es ja auch nicht so schnell ...«

Paulus flog ihr so stürmisch in die Arme, dass er sie fast vom Stuhl riss. »Sag das nicht – ich liebe deine Figur! Das ist doch wunderb–«

»Eben nicht! Ich dachte doch, ich könnte keine Kinder empfangen! Servaes wird sofort wissen, dass das Kind nicht von ihm ist. Seine Rache wird furchtbar sein!« Sie knetete ihre Finger. Er kniete sich vor sie, wollte sie beruhigen. »Dabei …«, Tränen schossen ihr in die Augen, »freue ich mich eigentlich. Auf dein Kind. Unser Kind.« Sie küsste seine Hände.

Paulus sprang auf, lief ein paar Schritte. »Wir können fliehen. Gepackt habe ich ohnehin.«

»Aber wohin sollen wir? Noch immer herrscht Krieg. Außerdem wäre eine Flucht eine Schande für dich. Nie könntest du zurück an Prinz Wilhelms, nie an König Charles' Hof. Du würdest nie die Wahrheit über deine Herkunft herausfinden.« Ein hoffnungsvoller Schimmer lag in ihren Augen. Dann erhob sie sich und trat zu ihm, ihre Hände fanden sich, ihre Finger verschränkten sich ineinander. »Unternimm diese Reise mit dem Prinzen. Auch Servaes wird ihn begleiten, sodass er mir nichts antun kann. Wenn ihr wiederkehrt, sehen wir weiter«, sagte sie. »Vielleicht erwischt meinen Mann ja eine Seuche, oder er geht über Bord.« Ein bitteres Lächeln.

»Es ist genug! Ich reise wieder ab! Das lasse ich mir nicht bieten!« Es war nicht das erste Mal, dass Prinz Wilhelm diese Worte ausrief, aber dieses Mal wirkte er, als sei es ihm wirklich ernst. Bereits seit einer Woche waren sie in England, um mit Charles II. über Wilhelms Hochzeitspläne und den Frieden zu verhandeln. Aber der englische König ließ sie warten.

In ihrem Quartier saßen sie die Zeit ab oder im Whitehall Palace, wo sie die Günstlinge des Königs an sich vorbeiziehen sahen. Auch für Paulus war die Wartezeit unerträglich. Nichts wünschte er sich mehr, als bei Grace zu sein, zu beobachten, wie sein Kind in ihrem Leib heranwuchs und sich ihr Bauch langsam rundete. Die Anwesenheit van Akens strapazierte sein Nervenkostüm zusätzlich. Jedes Mal, wenn er mit ihm allein war, spielte er mit dem Gedanken, ihn umzubringen.

»Wir gehen!«, rief Prinz Wilhelm aus.

In diesem Moment bat ein Lakai sie in den Audienzsaal.

Mary II. von England aus dem Hause Stuart war ein fünfzehnjähriges, verträumtes Mädchen. Es hieß, sie habe zwei Tage lang geweint, als sie erfahren hatte, dass sie Wilhelm von Oranien würde heiraten müssen. Paulus konnte das verstehen. Prinz Wilhelm war deutlich älter, nicht gerade ein Adonis – er war kleiner als seine Braut, hatte eine Hakennase und Pockennarben – und von schwächlicher Gesundheit. Sollte Mary noch immer für den Herzog von Monmouth schwärmen, wie sie es als Kind getan hatte, dann schnitt Prinz Wilhelm im direkten Vergleich tatsächlich schlecht ab.

Doch auch Wilhelm selbst war nervös, als seine Getreuen ihn an seinem siebenundzwanzigsten Geburtstag, dem Tag seiner Hochzeit, zum St James's Palace begleiteten.

»Ihr habt schon andere Schlachten geschlagen, da werdet Ihr auch in dieser obsiegen«, sagte Bentinck. Prinz Wilhelm lächelte dünn.

»Frauen wollen überwältigt werden – das gilt sicher auch für Prinzessinnen!«, rief van Aken aus, erntete dafür jedoch einen strafenden Blick des Prinzen.

Paulus hätte van Aken am liebsten zu Boden geschlagen. Er suchte nach den richtigen Worten. »Ihr werdet eine treue Gefährtin bekommen und sichert mit dieser Ehe auch den Frieden für zukünftige Generationen – vergesst das nicht, Hoheit«, sagte er schließlich.

Seine Worte schienen Wilhelm aufzubauen. Nicht nur in England ging die Angst um, das Land könnte wieder katholisch werden und ein weiterer Bürgerkrieg ausbrechen. Denn Charles' Bruder, der Herzog von York, stand dem Katholizismus nahe, war mit einer Katholikin verheiratet und würde dieser Tage ein Kind bekommen, das Prinzessin Mary aus der Thronfolge drängen könnte.

»Außerdem wischt Ihr so Eurem Erzfeind eins aus«, sagte Bentinck grinsend. Tatsächlich war der französische König so wütend über die geplante Vermählung, dass er König Charles jegliche Unterstützung entzogen hatte.

Der Bischof von London vollzog die Eheschließung, und König Charles führte die Jungvermählten unter den Freudenrufen der Gäste persönlich zu Bett. Sichtlich nervös legten sich die beiden auf das Lager.

»Nun, Neffe, macht Euch an die Arbeit! Saint George für England!«, beschwor Charles II. feixend den englischen Nationalheiligen, ehe er die Bettvorhänge zuschlug.

Dieses ganze Prozedere musste Wilhelm zutiefst zuwider sein, und zum ersten Mal seit Langem fühlte Paulus wieder mit seinem alten Freund und Gefährten.

Auf der anschließenden Feier gelang es Paulus, mit König Charles ins Gespräch zu kommen. Es drängte ihn, nach dessen Zeit im Haag und der Bekanntschaft mit seiner Mutter zu fragen, gleichzeitig fürchtete er, dass der König sich dadurch belästigt fühlen würde. Er musste Geduld haben. Bessere Gelegenheiten würden kommen, zumal der König ihn und die anderen Gefolgsleute des Prinzen zur Jagd eingeladen hatte.

Paulus sah, wie seine Gefährten mit den Hofdamen der Prinzessin schäkerten. Bentinck schien bereits mit der schönen Hofdame Anna Villiers angebändelt zu haben; es würde zu ihm passen, sich auch in dieser Hinsicht eng an Prinz Wilhelm zu binden. Er selbst unterhielt sich lieber mit dem Herzog von Monmouth, der ein angenehmer Gesprächspartner war. Wir sind wie Brüder, schoss es ihm durch den Kopf.

Als Paulus einige Tage später in die Gemächer des Prinzen trat, stellte er fest, dass sich das Gefolge verkleinert hatte. Auch van Aken fehlte. »Wo sind denn die anderen?«, fragte er Bentinck.

»Schon voraus in die Republik gereist. Eine Geheimmission.« Bentinck schwieg bedeutsam.

Und ich habe mal wieder nichts davon gewusst! Paulus mühte sich, sich seine Erbitterung nicht anmerken zu lassen.

Bentinck fuhr fort: »Die Friedensverhandlungen sollen vorangetrieben werden. Amsterdam macht ernst. Dem Prinzen wird schon bald das Geld ausgehen. Als bekannt wurde, dass er eine Stuart-Prinzessin heiraten würde, fiel die Börse. Die Erinnerung an die letzte Heirat eines Oraniers mit einer Stuart-Prinzessin weckt schlimme Befürchtungen.«

Schon wieder setzte die Erinnerung an die Belagerung von 1650 sie unter Druck! Sorgen überfielen Paulus. Würde van Aken bemerken, dass Grace schwanger war? Würde er sie bestrafen? Müsste er nicht sofort hinterherreisen, um sie zu schützen? Aber wie sollte er das Prinz Wilhelm erklären?

Er schüttelte unwillkürlich den Kopf. Nein, er musste bleiben. Dieser Tage standen die königliche Jagd und ein weiterer Ball zu Ehren des Geburtstags der Königin an. Gelegenheiten, zu denen Charles sich möglicherweise betrinken und eine lockere Zunge haben würde. Nach langen Grübeleien entschied er sich zu bleiben. Grace' Schwangerschaft war noch nicht besonders fortgeschritten, zudem war sie Schauspielerin; sie würde ihren Zustand zu verbergen wissen.

Auf dem Hofball erschien Prinzessin Mary mit den Juwelen, die Wilhelm ihr zur Hochzeit geschenkt hatte, eine funkelnde junge Frau mit traurigem Blick. Der Prinz zeigte sich würdevoll, wenn auch etwas steif, worüber König Charles sich im Laufe des Abends mehrfach mokierte. Er war ein alter Säufer und Lüstling, das hatte Paulus erkannt. Selbst wenn Charles sein Vater sein sollte, würde es ihm schwerfallen, ihn zu achten. Und doch trug er eine Krone …

Als der König sich am späten Abend zum Pissen hinter einen Vorhang verzog, passte Paulus ihn auf dem Rückweg ab. »Ich habe viel über Eure Zeit im Haag gehört, Eure Majestät. Vielleicht erinnert Ihr Euch an meine Mutter, Zwanette van Houtkerke, geborene Jossa.«

Charles II. stieß auf. »Es gab so viele …«, murmelte er trunken, dann merkte er auf. »*Well*, die schöne Zwanette. Sie ist Eure Mutter?« Er kicherte.

»War.« Paulus ärgerte sich, so lange gewartet zu haben. Der König war zu betrunken für dieses Gespräch.

Als König Charles klar wurde, was das bedeutete, wurde er ernst. »Sie ist tot?«

Paulus nickte. »Ehe sie starb, machte sie mir ein Geständnis. Und sie gab mir das hier.« Er nestelte das bestickte Tuch aus der Jackentasche.

Charles nahm es an sich, betrachtete es, befühlte es, ließ den Blick über Paulus' Gesicht wandern. »Und jetzt glaubt Ihr …« Wieder kicherte er. »Ihr glaubt …« Er lachte lauter.

Die ersten Höflinge wandten sich zu ihnen um. Paulus' Kopf war so heiß, als würde er leuchten. Jeden anderen, der sich so dreist über ihn lustig machte, hätte er sofort zum Duell gefordert.

»Ihr glaubt, Ihr seid ein Spross meiner Lenden? Ein königlicher Bastard?« Ein Lachanfall schüttelte den Monarchen.

»Was glaubt Ihr … wie viele Bastarde … ich in den vergangenen Jahrzehnten gezeugt habe? Tausende?« Der König stützte seine Hände auf die Knie und rang nach Luft. »Dieser alte Lappen … Das ist der lächerlichste Beweis, den ich je gesehen habe!« Er richtete sich auf, plötzlich wieder ernst. »Wischt Euch damit den Hintern ab, und geht mir aus den Augen!«

Tief beschämt stürmte Paulus hinaus. Wie hatte er sich nur so zum Narren machen können? Er konnte nur hoffen, dass König Charles dieses Gespräch zu unbedeutend fand, um es je wieder zu erwähnen.

Am Tag nach jener Begegnung hatte Prinz Wilhelm ihn auf eine Mission in den Norden geschickt. Paulus hatte nichts dagegen gehabt, Charles' Hof zu verlassen, wenn er auch lieber nach Holland gereist wäre. Dauerregen und Sturm jedoch hatten seine Mission und auch die Überfahrt unendlich verzögert. Monatelang war er für den Prinzen in England, Irland und Schottland unterwegs gewesen. Jetzt endlich war er zurück. Im Haag eilte er sofort zu Grace' Haus. Die Vorhänge in den Fenstern waren zugezogen, kein Licht erhellte das Dunkel.

War Grace nicht da? Traf sie jemanden? Oder war ihr Gatte mit ihr in eine andere Stadt gereist? Ungeduldig klopfte er an die Nachbarstür. Ein alter Herr öffnete. »Ich will zu Madame van Aken. Wo kann ich sie finden?«

Der Alte machte nur eine vage Geste. Was er dann sagte, riss Paulus den Boden unter den Füßen weg.

Klitschnass und sternhagelvoll fand Paulus nach Stunden endlich das alte Fachwerkhaus. Die Dienerin öffnete die Tür einen Spalt breit, starrte ihn finster an. »Ihr kommt zu spät.«

Paulus stieß einen kehligen Laut aus. »Wann … Warum … Wie …«, stammelte er.

Sie seufzte, ließ ihn dann ein. Gleich darauf drückte sie ihm einen Becher warme Milch in die Hand, als wäre er ein krankes Kind. Paulus wollte den Becher an die Wand schleudern und trank ihn doch leer, weil ihm selbst die Kraft zum Protest abhandengekommen war.

Mit einem Eisenhaken schürte sie das Feuer. »Van Aken hat mich rausgeschickt, wie immer, wenn er über sie hergefallen ist. Er hat's sofort gemerkt. War ja nicht mehr zu übersehen. Ihre Brüste und ihr Bauch …« Sie stockte. »Ich hörte, wie er sie schlug. Wie sie sich wehrte. Wie sie ihm die Wahrheit ins Gesicht schrie. Ich bin rein, aber er verpasste mir eine solche Ohrfeige, dass ich gegen die Wand knallte und ohnmächtig wurde. Als ich wieder zu Bewusstsein kam, war sie tot. Den Nachbarn sagte er, sie sei die Treppe heruntergefallen.«

»Und das Kind?«, fragte Paulus, unsicher, ob er noch mehr würde ertragen können.

Sie wiegte das Haupt. »Er hat's ins Bürgerwaisenhaus in die Westeinde bringen lassen. Weiß nicht, ob's überlebt hat, so ein kleines Würmchen, das vor der Zeit das Licht der Welt erblicken musste.« Die Dienerin suchte Paulus' Blick. »Wenn es ein Junge ist, soll er Alexander heißen, das war der Wunsch meiner Herrin. Ein Name, mit dem er in jedem Land gut angesprochen werden kann.«

Dass er das von einer Dienerin erfahren musste! Warum hatte er selbst nicht mit Grace über die Zukunft gesprochen? Warum hatte er sie nicht geschützt?

Am liebsten hätte Paulus sofort Grace' Ehemann aufgespürt. Aber er riss sich zusammen, trank nur so viel Genever, dass er gerade noch als nüchtern durchgehen konnte. Er konnte nicht zulassen, dass sein Kind im Waisenhaus dahinsiechte, wenn er auch noch nicht wusste, was er mit ihm anfangen sollte. Der Weg dorthin war schnell gefunden. Die Westeinde war eine der ältesten Straßen im Haag, und das Waisenhaus befand sich im ehemaligen Agnietenkloster, einem düsteren, bedrückenden Gemäuer.

»Die verstorbene Mutter war eine entfernte Verwandte, sagt Ihr?« Die Hausmutter führte ihn durch die Gänge zu einem Saal, in dem die jüngsten Kinder leise jammerten. »Der Kleine hat lange zwischen Leben und Tod geschwebt. Es ist ein Wunder, dass er überlebt hat. Habt Ihr eine Familie und könnt ihn aufnehmen?« Ein Säugling fing an zu quengeln, die anderen stimmten erst leise, dann lautstark ein, aber die Hausmutter ignorierte sie. »Der Krieg hat viele Kinder zu Waisen gemacht, es ist zum Gotterbarmen. Verdient haben die Kleinen es nicht.«

Paulus wäre am liebsten sofort geflohen, irgendwohin, nur raus. Gleichzeitig wusste er, dass Grace gewollt hätte, dass er sich um ihr Kind kümmerte. Er räusperte sich. »Die … Mutter hat einen Bruder mit einer großen Familie, der sich bereit erklärt hat, das Kind aufzunehmen.« Nun standen sie vor der Wiege. Der Säugling war zu einem festen Bündel gewickelt. Sofort sah Paulus, dass er Grace' Augen hatte – braun, mit goldenen Sprenkeln –, was ihm unsagbare Qualen bereitete. Kaum mochte er ihm in das Gesicht sehen, obgleich der Kleine ihn ruhig und aufmerksam musterte.

Zu seinem Erstaunen musste Paulus keine Briefe oder Unterlagen vorweisen und auch keine Verpflichtungen unterschreiben. Die Frauen schienen einfach nur froh zu sein, ein Kind in gute Hände geben zu können. Als er den Säugling aus der Wiege nehmen und in eine Decke wickeln sollte, zitterten ihm die Hände, wie sie in keiner Schlacht gezittert hatten. Hoffentlich hatte er sich nicht zu viel vorgenommen.

Mit einem entsetzten und zugleich mitleidigen Gesichtsausdruck nahm die Frau seines Bruders ihm den Säugling ab und verschwand aus dem Salon. Quentin war sichtlich wütend. Stumm lief er auf und ab, begann immer wieder Sätze, brach ab, schüttelte fassungslos den Kopf.

Paulus trank und starrte aus dem Fenster auf den noblen Amsterdamer Grachtengürtel, an dem sein Bruder inzwischen residierte.

»Du willst uns also nicht sagen, wer die Mutter war? Wir sollen dieses Kind aufnehmen, ohne zu wissen, mit wem wir es zu tun haben? Weißt du eigentlich, was du uns damit aufbürdest? Wie sollen wir das den Nachbarn erklären, geschweige denn der Kirchengemeinde oder Freunden und Bekannten? Die Leute werden sich das Maul zerreißen!«

»Wenn das deine einzige Sorge ist«, murmelte Paulus und stürzte ein weiteres Glas Rheinwein hinunter.

Mit wenigen zackigen Schritten trat sein Bruder zu ihm, nahm ihm Flasche und Glas ab, dann verließ er den Raum. Als er wenig später zurückkehrte, hörte man die Stimmen seiner Kinder und einiger Frauen. »Du hast Glück, dass meine Gattin über ein großes Herz verfügt. Wir werden deinen Sohn aufnehmen.« Quentin funkelte ihn an. »Aber damit das klar ist: Wir werden ihn als *unseren* Sohn aufziehen. Du darfst dich nach ihm erkundigen, ab und zu nach ihm sehen – aber mehr nicht. Und jetzt geh, ehe ich mich vergesse.«

Einen Monat später taumelte Paulus erneut auf ein Schiff, das ihn nach England bringen würde. So trunken war er, dass er den größten Teil der Überfahrt verpasste. Hassgetrieben hatte er van Aken aufgespürt und in einem Zweikampf getötet. Natürlich waren Prinz Wilhelm Gerüchte darüber zu Ohren gekommen, und er hatte Paulus aufgefordert, sich zu erklären.

Paulus war entschlossen, sich nicht für etwas zu entschuldigen, was er nicht bereute. Er war niemandem mehr Rechenschaft schuldig, nicht einmal seinem Schöpfer, der diesen sinnlosen Mord an einer unschuldigen Frau zugelassen hatte. Aber auch sich selbst konnte er nicht verzeihen. Auch er trug Schuld an ihrem Tod. Ein Hirngespinst war ihm wichtiger gewesen als seine Geliebte und sein Kind.

Paulus wollte nicht mehr leben, aber auch nicht sterben. Nur eines wusste er genau: In den Niederlanden konnte er nicht bleiben.

46

→ Versailles, April 1678 ←

Max stieß einen Stock in das Erdreich, zog ihn wieder heraus und betrachtete ihn, grub anschließend ein Loch, um sich zu vergewissern. Es war, wie er befürchtete hatte. Er sah auf, um nach La Quintinie zu suchen, dem Direktor der Obst- und Gemüsegärten der königlichen Schlösser, doch sein Blick blieb wieder einmal am Schloss hängen. Obgleich er bereits einige Monate in Versailles weilte, beeindruckte der Anblick ihn jedes Mal aufs Neue. Zunächst war Max entschlossen gewesen, König Ludwig und die Franzosen zu verachten. Dann aber hatte er beschlossen, sich allein auf den Garten zu konzentrieren. Immerhin verhandelten die Niederlande und Frankreich sowie alle anderen Nationen, die in diesen unseligen Krieg verwickelt waren, endlich intensiv über einen Friedensvertrag. In den königlichen Gärten zählte – zumindest in den unteren Rängen – zudem nicht die Nation, sondern die Qualifikation, und für einen Gärtner war Versailles ein Paradies. Hier war alles möglich, nichts war zu schwierig, nichts zu groß, nichts zu teuer.

Dass Max so lange geblieben war und sogar Bewunderung verspürte, hatte mit der Großartigkeit dieses Unterfangens zu tun. Kein Schloss war prächtiger als Versailles, und das obgleich hier vorher nur Sand, Hügel und Sumpf gewesen waren. Gerade wurde es im Norden und Süden stark erweitert, und etliche Pläne für die Schlossanlage waren noch nicht einmal in Angriff genommen worden. Allein die Gärten, die Maitre Le Nôtre für den König angelegt hatte, suchten ihresgleichen. Da gab es zierliche Arabesken und Broderien der Parterres aus Buchsbäumen, Blumen und farbigem Kies. Zum Ausruhen fanden die Augen Wasserparterres, kunstvoll umrahmte Becken, strömende Wasserfälle und Kaskaden. Es gab Lichtungen und Hecken, architektonische Formen, Nischen und Bögen, Dächer und Wände, Winkel und Gänge. Überall bot das Schloss Orientierung, eine vollkommene Symmetrie, die zum Wandeln einlud. Begeistert war Max auch von der gewaltigen Orangerie, in der die hellgrünen Kugeln der Orangenbäume wie Perlenschnüre aufgereiht waren. Natürlich waren sie in kostbare Kübel aus Silber gepflanzt, alles andere wäre für den Sonnenkönig zu profan gewesen. Aktuell ließ Le Nôtre das *Boskett des Ruhms* zum Kuppelboskett umgestalten. Der Park musste beschattet werden, weshalb aus allen Landesteilen ausgewachsene Buchen, Linden und Eichen nach Versailles geschafft worden waren, ganze Wälder hatte man umgepflanzt.

Bei den gestern gesetzten Markierungspfosten entdeckte Max schließlich den Gartendirektor. Jean-Baptiste de La Quintinie war ein kühler Kopf. Angeblich war er früher ein angesehener Advokat gewesen, hatte seinen Posten jedoch zugunsten seiner Gartenleidenschaft aufgegeben und verantwortete nun die Errichtung des königlichen Küchengartens, des *Potager du Roi*. Seit König Ludwig im letzten Jahr entschieden hatte, dass der gesamte Hof nach Versailles übersiedeln sollte, war der bisherige Küchengarten zu klein geworden. Die Anforderungen an den neuen waren enorm. Nicht nur mussten Tausende, ja Zehntausende Höflinge versorgt werden, der König wollte auch bereits im Winter Spargel und Erdbeeren essen. In den Treibhäusern und in der Orangerie hatte Max viel gelernt, und auch was das Binden und Schneiden von Spalierobst und Zierbäumen anging, hatte er sich neue Techniken angeeignet.

Er sprach den Gartendirektor höflich an und demonstrierte

ihm, dass das Gelände trotz ihrer Bemühungen noch immer zu feucht war. Wo der neue Küchengarten entstehen sollte, war früher ein morastiger Teich gewesen, den man mit Erdreich aus dem neu geschaffenen Schweizer See, fruchtbarer Erde und Mist aus den Pferdeställen des Königs gefüllt hatte. »Ich fürchte, man muss das Gelände dauerhaft entwässern, denn viele Gemüsepflanzen vertragen keine nassen Füße«, merkte Max freiheraus an.

»Was für eine missliche Entwicklung! Es wird die Arbeiten nicht unerheblich verzögern!« La Quintinie überlegte. »Aber als Holländer versteht Ihr ja was davon. Was würdet Ihr vorschlagen?«

»Umfangreiche Entwässerungsgräben würden Raum einnehmen, den wir für die Beete benötigen. Mühlen mit Wasserpumpen könnten die ästhetische Wirkung beeinträchtigen«, sagte Max nachdenklich.

»Vollkommen indiskutabel!«, stimmte La Quintinie ihm zu. Er rief einem der Arbeiter ungehalten etwas zu, wandte sich dann wieder an Max. »Die Maschinerie muss unsichtbar sein. Die Augen seiner allmächtigsten Majestät dürfen nicht durch derart profanes Gewerk gestört werden.« La Quintinie überlegte einen Moment. »Ich denke eher an ein Aquädukt, das das Wasser unterirdisch in den Schweizer See leitet«, sagte er dann. »Kontrolliert Ihr in der Zwischenzeit, ob die Mauern für die Kammern an den Außenmauern richtig ausgerichtet sind.«

Max nickte und machte sich an die Arbeit. In den neunundzwanzig Kammern wären empfindliche Pflanzen windgeschützt, auch würde sich hier die Luft schnell erwärmen, sodass Melonen, Feigen, Gurken und Pfirsiche kultiviert werden konnten. Entscheidend war dafür die Ausrichtung nach Süden, Osten und Westen. Glasglocken würden die empfindlichen Gewächse zusätzlich schützen. Auch gab es nach Süden ausgerichtete Treibkästen, sogar die Obstbäume wurden so beschnitten, dass die Sonne die Früchte besonders gut bestrahlen konnte.

Max hatte die Pläne für den Küchengarten des Königs genau studieren dürfen. Eine exquisitere Kombination aus Schönheit und Nutzen hatte er nie gesehen. Es würde sogar Terrassen geben, von denen aus der König und die Höflinge die Anlage betrachten konnten, ohne sich die Seidenschuhe zu beschmutzen. Doch auch La Quintinies Kunst waren Grenzen gesetzt. Die Zucht exotischer Früchte wie der Ananas war bislang weder hier noch auf dem Landgut von Mevrouw Block gelungen. Max hatte einige Ideen entwickelt, wie geeignete Warmhäuser aussehen mussten, doch der Bau wäre enorm kostspielig. Wenn er an die Grande Galerie dachte, die gerade in Versailles gebaut wurde und für die Spiegel enormen Ausmaßes angefertigt wurden … Könnte man dann nicht auch große Glasscheiben für Treibhäuser herstellen?

Als Max sich am Abend erschöpft, aber voller Eindrücke zu den Hütten der Arbeiter zurückschleppte, traf er auf Pierre. Der junge Grottier hatte ebenfalls in Versailles Anstellung gefunden, und sie teilten sich eine Hütte.

Pierre hob grinsend einen Beutel. »Meine Tante hat mir einige Leckereien mitgebracht, als sie hörte, dass gestern Nacht wieder vier tote Arbeiter weggekarrt wurden; ich soll bei Kräften bleiben, meint sie.«

»So viele?« Max war erschrocken, obgleich er wusste, dass beinahe jede Nacht Arbeiter starben.

»Ja. Und die Hinterbliebenen werden mit ein paar Münzen abgespeist, während der Bau hier Millionen Livres im Jahr verschlingt. Aber so ist es nun einmal. Versailles ist da, um unseren König und unsere große Nation zu feiern.«

Ist es das wert? Max verkniff sich die Frage. Je länger sie in Frankreich waren, umso größer wurde der Nationalstolz des

Freundes. »Feiern? Wo die Kamine nicht ziehen, es zu wenige Nachttöpfe gibt, weshalb das Schloss nach Pisse riecht, und der vergoldete Stuck von den Wänden platzt?«, fragte er dann doch. »Oder denken wir an das *Trianon de Porcelaine*, das in einem schlechten Zustand ist, weil die Fayencen den Winterfrösten nicht standgehalten haben.«

»Kinderkrankheiten, die bald behoben sind! Außerdem haben nicht alle so einen Sauberkeitsfimmel wie ihr Holländer!« Pierre puffte ihn. »Lass uns hier essen«, schlug er vor, und sie nahmen auf der Umrandung eines Springbrunnens Platz. Sie mussten nicht fürchten, nass zu werden, denn die Wasserspiele wurden nur aktiviert, wenn der König sich ihnen näherte. In diesem Fall liefen Diener mit Trillerpfeifen voraus und benachrichtigten die Arbeiter, damit diese die Pumpen rechtzeitig in Gang setzten. Ein kurzweiliges – und kurzes – Vergnügen.

Pierre breitete zwischen ihnen Brot, Käse und Wurst aus. Während sie schmausten und auf die schimmernden Lichter des Schlosses blickten, berichtete Max von seinem Tag.

Pierre schüttelte ungläubig den Kopf. »Das ist schon absurd! Wir mühen uns, das Wasser zu den Kaskaden, Springbrunnen und künstlichen Seen zu bringen, und euch verdirbt es das Grünzeug! Ich war heute den ganzen Tag im Labyrinth. Vermutlich dauert es Jahre, bis alle Brunnen zu den Fabeln des Äsop fertiggestellt sind. Es heißt, dass ein riesiges Pumpwerk bei Marly errichtet werden soll, damit mehr Wasser aus der Seine nach Versailles befördert werden kann. Eine gewaltige Aufgabe. Daran würde ich gern mitarbeiten!«

Musik war zu hören und entferntes Gelächter. Max blinzelte in die Dunkelheit. Er war so müde, dass er kaum noch die Augen aufhalten konnte. »Da, der König!«, rief Pierre. Er erkletterte den Springbrunnen, um besser sehen zu können, und Max folgte ihm. Schon oft hatte er Festivitäten in Versailles beobachten können. Es war, als gäbe es den Krieg nicht, aber vielleicht wollte sich der Hof auch nur davon ablenken. Auch jetzt brachten unzählige Lichter das Geschmeide, die perlenbestickten Gewänder, die aufwändigen Dekorationen und die Gondeln, die auf den künstlichen Kanälen schaukelten, zum Funkeln. Versailles war wie eine Theaterbühne, auf der König Ludwig seine Großartigkeit demonstrierte. Insbesondere die Gartenanlage war ein Bühnenbild, das wahlweise mit Wasserspielen, Feuerwerken oder Schauspieltruppen in Szene gesetzt wurde. Die Hauptrolle spielte immer der Herrscher.

»Ist das nicht wunderschön?«, rief Pierre. »*Vive le roi!*«

Wieder verbiss sich Max eine Bemerkung. Pierre war sein Freund, aber Ludwig XIV. blieb ein Kriegstreiber und Anstifter zum Mord. Überall musste er verherrlicht werden, auf jedem Gemälde, bei jeder Skulptur stand die Sonne im Zentrum. Der König trat sogar als Apollo auf, der den Sonnenwagen lenkt.

Er unterdrückte einen Stoßseufzer. So viel er auch in Versailles gelernt hatte und lernen würde – vielleicht sollte er doch weiterreisen.

Max verbrachte seine Mittagspause im Schatten einer uralten Eiche und lauschte den Arbeitern, die sich unterhielten, während sie das neue Warmhaus bauten. Es tut gut, wieder in den Niederlanden zu sein, dachte er. Gerade tauchte er die Feder in das Tintenfass – oft nutzte er die Pause zum Briefeschreiben –, als er den Ratspensionär mit einem feinen Herrn durch den Garten spazieren sah. Die beiden hatten keinen Blick für die Statuen oder den alten Baumbestand des früheren Ritterguts, sondern ausschließlich für die Blumen. Der Herr schien begeistert von dem zu sein, was er sah, aber als Max bemerkte, dass Fagel auf ihn wies, wandte er sich schnell wieder seiner Korrespondenz zu.

Liebe Mutter, lieber Bruder,
ich hoffe, ihr erfreut euch bester Gesundheit. Nach meinem Ab-
schied aus Versailles hatte ich das Glück, mit einem Kaufmann
nach Holland reisen zu können.

Es ist seltsam, aber auch bewegend, in unsere Heimat zurück-
zukehren. Ich habe durch Jeruns Empfehlungsbrief eine Anstel-
lung bei Ratspensionär Gaspar Fagel gefunden. Er baut gerade
sein Landgut Leeuwenhorst nach allen Regeln der Kunst aus.
Leeuwenhorst bietet ihm Ruhe nach den anstrengenden politi-
schen Geschäften im Haag, die hoffentlich bald zu einem end-
gültigen Friedensschluss führen. Vor allem seine Sammlung exo-
tischer Pflanzen hat es ihm angetan; zu ihr hat Jerun das eine
oder andere Exemplar beigetragen. In Zukunft sollen die Fern-
handelskompanien dazu verpflichtet werden, sowohl den hollän-
dischen Gärten als auch Fagel neu entdeckte Gewächse zum Kauf
anzubieten. Ein vielversprechender Kunde, auch für Jerun, denn
es heißt, dass Fagel sein gesamtes Vermögen in seine Pflanzen-
sammlung steckt.

Aber nun ruft der Garten. Wir sehen uns bald wieder, denn
ich vermisse euch.
Euer Max

Max siegelte den Brief und machte sich daran, einen zweiten zu
schreiben.

Liebe Elvina,
ich wünschte, Du könntest sehen, was ich sehe. Hier gibt es kost-
bare Pflanzen, deren Schönheit einen verwirrt. Manche sind
selten, aber unscheinbar – die lässt der Ratspensionär dann in
umso ansprechendere Töpfe pflanzen. Mijnheer Fagel hat Pflan-

zen vom Kap der Guten Hoffnung, aus Nord- und Südamerika,
Asien, dem Mittelmeer, den Kanarien, Afrika und Japan zu-
sammengetragen. Ich frage mich, was für Geheimnisse, was für
Heilkräfte diese Gewächse wohl verbergen, die Dein Herr Vater
und Du entdecken könntet. Allein die verschiedenen Tee- und
Tabakpflanzen, die es hier gibt! Manche Ärzte sagen, es sei das
beste Heilmittel, hundert Tassen Tee pro Tag zu trinken. Wenn
Du mich fragst, wäre das übertrieben. Es scheint mir ein Ge-
rücht zu sein, das geschickte Fernhandelskompanien gestreut
haben, die ihren Tee verkaufen wollen. Rosa kannst Du sagen:
Diese Blütenpracht und diese Düfte würden ihr den Atem neh-
men!

Mit der Spitze der Feder kitzelte Max sein Kinn. Briefe an Elvina waren immer eine Gratwanderung. Er wollte ihr etwas Interessantes berichten, damit sie den Brief gern las, gleichzeitig
wollte er auch von sich erzählen, ohne sie zu langweilen. Da
er nicht wusste, wie er weiterschreiben sollte, verschloss er das
Tintenfass. Er würde im Garten seine Gedanken sortieren. Dass
Elvina ihm immer noch schrieb, bewies immerhin, dass er ihr
nicht egal war.

Kaum hatte er begonnen, den Bau des Warmhauses zu inspizieren, standen die feinen Herren neben ihm.

»Ich hörte, Ihr habt die schönsten Gärten Europas kennengelernt und in Versailles mit Le Nôtre gearbeitet«, sprach der
Fremde ihn an.

Max zupfte an seinen Ohren. »Das ist leicht übertrieben,
Mijnheer. Ich hatte die Ehre, Maître Le Nôtre kennenzulernen.
Aber ich arbeitete vor allem mit dem Gartendirektor Monsieur
de La Quintinie. Zuvor war ich in den Herrenhäuser Gärten, im
Garten von Kleve und in einigen anderen beschäftigt.«

»Die Lustgärten der Klever Schwanenburg sind mir ebenfalls

bekannt. Beachtlich. Der Fürst von Nassau-Siegen ist wahrlich ein Pflanzenkenner!«, rief der Fremde aus.

Dem konnte Max nur zustimmen. Als er in Kleve tätig gewesen war, hatte Fürst Johann Moritz es sich nicht nehmen lassen, eine neuartige Gartenschere zu entwickeln, mit der man dicke Äste leicht durchtrennen konnte.

Der Fremde fuhr fort: »Unser Ratspensionär ist sehr angetan von Euren Diensten und würde ungern auf Euch verzichten. Aber ich bin unter anderem für die Lustgärten des Prinzen von Oranien zuständig. Dieser beabsichtigt, seine Gärten nach dem Friedensschluss auszubauen, weshalb ich wünsche, dass Ihr dort beizeiten vorsprecht.« Es hörte sich nicht so an, als würde der Herr Widerspruch erwarten.

Gaspar Fagel wirkte in der Tat nicht begeistert. »Mir scheint, Ihr handelt nicht ganz uneigennützig, Mijnheer. Ihr wollt diesen talentierten jungen Mann doch nur für Euren eigenen Landsitz gewinnen.«

Der Angesprochenen lachte, als hätte Fagel ihn durchschaut. »Das wäre in der Tat ein willkommener Nebeneffekt. Doch schmückt es unsere Republik nicht, wenn wir viele prachtvolle Gärten haben?«

Fagel wippte auf den Fußballen. »So gesehen habt Ihr recht. Unsere Republik ist von Gott gesegnet, ein irdisches Paradies, in dem Pflanzen aus der ganzen Welt gedeihen.«

»Nun, was sagt Ihr?«, wandte der Fremde sich an Max.

»Es wird mir eine Freude sein. Bereits mein Vater hatte die Ehre, für das Haus Oranien zu arbeiten«, antwortete er. Kurz unterhielten sie sich über Max' Familiengeschichte, dann schickten die Herren sich an weiterzugehen. »Darf ich noch fragen, wie Euer Name lautet, Mijnheer?«

»Bentinck. Hans Willem Bentinck.«

Tagelang überlegte Max, wie lange er noch hierbleiben und wohin genau er weiterreisen würde. Schließlich wurde ihm die Entscheidung abgenommen. Eine beunruhigende Nachricht aus Cölln traf ein.

47

Knapp drei Jahre waren seit seiner Abreise vergangen, und in Cölln und Berlin hatte sich nur wenig verändert. Dennoch durchzuckte Max sofort der Gedanke an eine Totenfeier, als er aus dem Haus seiner Mutter Stimmen hörte. Mit mulmigem Gefühl öffnete er die Tür.

»Max!« Debora strahlte ihn an und umarmte ihn.

»Mutter, ich dachte, du …«, begann er verwirrt.

Sie lachte. »Ich bin dem Tod noch einmal von der Schippe gesprungen. So schnell, wie das Fieber gestiegen war, ist es auch wieder gefallen. Auch dank Elvinas Hilfe. Hat unser zweiter Brief dich denn nicht erreicht?«

»Ich bin sofort aufgebrochen. Wollte dich noch einmal sehen.«

Seine Mutter zog ihn ins Haus. »Das wurde auch mal wieder Zeit! Und so ist es mir natürlich lieber! Jetzt habe ich viel mehr davon, als wenn ich mit dem Tod ringe oder den Regenwürmern Gesellschaft leiste.« Sie kicherte.

Noch immer wurde im Salon geredet. »Hast du Besuch? Gibt es etwas zu feiern?«

»Floris hat seine Lehrzeit beendet.«

Der Anblick seines Bruders überraschte Max ebenfalls. Groß war er, beinahe erwachsen mit seinen siebzehn Jahren. »Entschuldige, dass ich dich ganz umsonst hierhergescheucht habe«, sagte Floris und rieb zerknirscht über sein Kinn, auf dem Bartstoppeln sprossen.

»Lieber einmal zu viel als einmal zu wenig«, sagte Max. Er begrüßte seine Tante, die schmal geworden zu sein schien, und seinen Onkel.

Über einer Feuerstelle im Hof drehten Urban und Ursels Mann Dictus verführerisch duftende Brathähnchen. Zwei Kinder tobten mit einer älteren Frau herum, in der Max die Köchin Gerhild erkannte. Sofort wurden ihm Bier und ein mit Köstlichkeiten beladener Teller gereicht. »Du musst uns alles berichten!«

»Wie geht es den anderen? Habt ihr Nachricht von Jerun? Du erwähntest Elvina …«, sagte Max beiläufig, nachdem er selbst von seinen Erlebnissen erzählt hatte. Eine Nervosität stieg in ihm auf, die er überwunden zu haben glaubte.

Max betätigte den Türklopfer aus Messing, und eine Magd führte ihn ins Haus. Eine junge Frau kam ihm entgegen, in der Max erst auf den zweiten Blick Rosa erkannte. Sie hielt sich beinahe gerade, ihr Gesicht war fein geschnitten und offen, und sie strahlte ihn an. Wie alt war sie jetzt – zwanzig?

»Max! Du bist wieder da, endlich!«

Ehe er auf ihre seltsame Begrüßung reagieren konnte, trat Elvina in sein Blickfeld. Sie wirkte reifer, war aber noch immer sehr schön. Über ihrem Kleid trug sie eine Schürze. Im Zimmer hinter ihr waren verschiedenste Destillierkolben zu sehen, an denen ihre Geschwister zu arbeiten schienen. Sie hieß ihn ebenfalls erfreut willkommen.

»Ich wollte mich für die Briefe bedanken. Sie haben mir viel Freude bereitet«, platzte Max heraus. Eigentlich wolltest du das Gespräch doch anders anfangen, Dummkopf!, schalt er sich.

Fragend sah Elvina ihn an. »Welche Briefe?«

Stille kehrte ein. Seine Gedanken überschlugen sich. Max war es, als habe jemand den Schleier vor seinen Augen entfernt. Endlich begriff er. Sein Blick flackerte zu Rosa. Deren Wangen hatten sich gerötet, und sie schlug die Augen nieder. Er war so begriffsstutzig gewesen!

»Wollen wir ein Stück durch den Garten gehen? Ich würde gern sehen, wie sich die Pflanzen entwickelt haben. Würdest du mir alles zeigen?«, fragte er Rosa.

Diese lächelte ihn scheu an. »Mit Vergnügen.« Elvina hatte überrascht, aber wortlos gelauscht und sagte auch jetzt nichts.

Der Garten war schön angewachsen. Aus Rosas Worten ging hervor, dass sie die Beete pflegte und auch die Hecken im Zaum hielt. »Ich hätte bemerken müssen, dass du es gewesen bist, die mir geschrieben hat«, sagte er.

»Ich hoffe, du bist nicht enttäuscht.«

»Wie könnte ich? Deine Berichte haben mir die Zeit in der Fremde versüßt und mir über manch einsame Stunde hinweggeholfen. Deine Liebe zu Blumen hat mir immer gefallen, und ich begreife nicht, dass mir nicht früher aufgefallen ist …« Max musste lachen.

Rosa lächelte. »Ich mochte dich schon immer, sehr sogar. Als du weggegangen bist …« Ihre Stimme verklang.

Max sah sie lange an. »Es ist seltsam. Wir kennen uns nun schon so lange, und doch ist es, als sähe ich dich zum ersten Mal.«

Nun lachte sie hell auf. »Ich bin froh, dass du das so siehst. Ich hatte befürchtet, du würdest mir meine kleine Schummelei übel nehmen. Ich habe ja nie mit meinem richtigen oder Elvinas Namen unterschrieben. Aber ich habe das Missverständnis auch nicht richtiggestellt. Und ich habe deine Briefe weggeschnappt, ehe Elvina sie zu Gesicht bekam.« In einer zaghaften Bewegung streifte sie seine Finger. Ein angenehmes Kribbeln zog über Max' Arm, und er nahm Rosas Hand. Sie berührten sich, als sei es das Selbstverständlichste der Welt. Es fühlte sich nicht fremd an und zugleich sehr aufregend.

»Gehen wir noch ein Stück? Es gibt noch so viel zu entdecken!«, sagte Rosa.

Liebe, das war für ihn immer Unsicherheit gewesen. Banges Warten und Zweifel an sich selbst. In den nächsten Wochen stellte er fest, dass Verliebtheit reine Freude sein konnte. Gegenseitige Zuneigung und intensives Verständnis. Niemand hatte etwas dagegen einzuwenden, dass er sich mit Rosa traf, mit ihr Ausflüge unternahm. Schließlich bat er sie, als sie den erst kürzlich fertiggestellten Lustgarten zu Bornim besuchten, seine Frau zu werden. Sogleich setzte er hinzu: »Es muss dir aber klar sein, dass ich reisen werde. Ich stehe beim Prinzen von Oranien im Wort, der mich zum Huis ten Bosch eingeladen hat. Wohin es danach geht – mal sehen. Auf jeden Fall möchte ich mich noch nicht festlegen. Ich hoffe sehr, dass …«, er schnappte nervös nach Luft, »dass du dich mir anschließen wirst. Viele Gärtner reisen mit Gattin und Kindern.« Er wurde rot.

Zu seiner Freude lachte Rosa. »Das möchte ich auch! Ich würde gern die Orte und Pflanzen sehen, die du in deinen Briefen beschrieben hast!« Er nahm sie fest in den Arm. »Das Einzige –«

»Ja?«, fragte er beunruhigt.

Rosa sah ihn an. »Eigentlich muss erst Elvina unter die Haube kommen, ehe ich heiraten darf. Außerdem weiß ich nicht, was meine Eltern dazu sagen. Vater drängte es immer in den Adel – und jetzt möchte ich einen Lustgärtner heiraten. Es kann sein, dass ihm das nicht gefällt.«

Elvina las noch einmal den Bericht, den Doktor Elsholtz für die Zeitschrift der Deutschen Akademie der Naturforscher geschrieben hatte. Seit einigen Jahren gab es Gerüchte über ein immerwährendes Feuer, das künstlich geschaffen werden konnte. Natürlich brannte der Kurfürst darauf, in das Geheimnis dieses Feuers zu gelangen, und seitdem forschten nicht nur Elsholtz und Mentzel daran, sondern auch ihr Vater und sie. Wenn es gelänge, das Rezept herauszufinden, hätten sie ausgesorgt, und ihre Eltern müssten sich keine Sorgen mehr über die Zukunft ihrer Kinder machen.

Rosa trat ein, und Elvina sah sofort, dass ihre Schwester vor Freude förmlich glühte. Max hatte ihr einen Heiratsantrag gemacht! Elvina freute sich mit ihrer kleinen Schwester, zumal sie selbst insgeheim noch immer darauf hoffte, dass Jerun eines Tages wieder vor ihrer Tür stehen würde. Viel zu selten bekam sie Post von ihm.

»Ich weiß nicht, was Vater dazu sagen wird. Bitte, Elvina, du musst mir helfen! Ich liebe Max!«

Es war einige Überzeugungsarbeit nötig, doch schließlich stimmten Rosas Eltern der Eheschließung zu. Rosa überbrachte Max die frohe Botschaft, als dieser gerade im neuen Schlossgarten von Köpenick arbeitete, wo man ihn um Hilfe gebeten hatte. »Ich glaube, sie waren einverstanden, weil ich ihnen so viel Sorge bereitet habe. Sie wollen mich glücklich sehen. Und das werde ich an deiner Seite sein. Außerdem hat sich jahrelang niemand für einen Krüppel wie mich interessiert. Wir sollen jedoch ohne großes Aufsehen heiraten.«

»Das ist mir sogar lieber«, sagte Max erleichtert.

Es war eine formlose Trauung, die wenige Tage später stattfand, aber dafür ein umso schöneres Fest auf dem Landgut von Rosas Familie. Viele Freunde und Arbeitskollegen von Max waren gekommen, sogar der greise Lustgärtner Michael Hanff, der andächtig Max' Berichten lauschte.

Am späteren Abend ging Max zu Elvina, die den Tanzenden versonnen zuschaute. »Was ist mit deinen Träumen, deinen Zielen?«, fragte er ehrlich interessiert, nachdem sie ein wenig geplaudert hatten.

Elvina sann über die Frage nach. »Durch Vaters Erkrankung haben sich die Vorzeichen meines Schicksals verändert. Ich werde meine Eltern und meine Geschwister unterstützen, bis sie auf eigenen Füßen stehen können.«

»Das ist sehr nobel, kann aber noch Jahre dauern. Was ist mit deinem eigenen Leben?«

Sie sah in die Ferne, strich dann über ihre Hände, die rau von ihren Experimenten waren. »Jerun hat geschrieben und mir einen Antrag gemacht. Er möchte, dass ich ans Kap der Guten Hoffnung komme.«

Das hatte sein Cousin gar nicht erwähnt. »Das freut mich für dich.«

»Es ist nichts als ein ferner Traum.« Sie hob die Schultern. »Vielleicht zieht er ja auch schon wieder hierher, ehe ich frei bin.«

Als Max und Rosa in die Schlafkammer geführt wurden, war das Bett von Blumengirlanden umkränzt und mit einzelnen Blüten bedeckt. »Das hast du wunderschön geschmückt«, sagte er voller Bewunderung. »Du bist wirklich eine Künstlerin.«

Rosa strahlte vor Glück. Sie liebte es, anderen eine Freude zu bereiten, und seit sie das elende Korsett und die Schmerzen los war, war sie dazu auch besser in der Lage. Max gefiel ihr, seit sie mit ihm zum ersten Mal im Lustgarten des Berliner Schlosses gesprochen hatte. Wie oft hatten ihr die Gespräche mit ihm und die Blumen, die er ihr zeigte, über Kummer und Schmerzen hinweggeholfen! Später hatte sie beobachtet, wie freundlich und höflich er mit Elvina umging. Sie war ein wenig eifersüchtig gewesen – und gleichzeitig überzeugt, dass er für sie ohnehin unerreichbar war. Und doch! Die Art, wie er lachte, wie er sich bewegte und sprach, sein Körper …

Er hielt sie sanft umfasst, strich über ihren Hals, ihre Schlüsselbeine. Sie schauderte wohlig. Ein leises Seufzen entrang sich ihrer Kehle. Sie hatten einander zwar schon bei ihren Ausflügen geküsst, jetzt aber brannte sie darauf, ihn zu liebkosen, ohne dass sie Gefahr liefen, überrascht zu werden. Sie wollte ihn ganz spüren, langsam und genüsslich lieben.

Rosa suchte seine Lippen, öffnete langsam sein Wams, sein Hemd, zog ihn aus, bis er nackt vor ihr stand.

Max lachte nervös, als sie ihn betrachtete. »Gefällt dir, was du siehst?«, fragte er heiser.

»Ja, sehr.«

»Darf ich dich nun auch sehen?«

Sie zögerte. »Mein Rücken … das Korsett hat meine Figur nicht vollständig …«

»In der Natur ist alles perfekt, wie es ist. Du bist perfekt, wie du bist.« Max küsste sie, und Rosa wusste, dass er es so meinte, wie er es sagte. Auf einmal fiel jegliche Scheu von ihr ab. Sie ließ es zu, dass er sie auszog, und mit jeder Berührung seiner Lippen wusste sie, dass sie schön war, schön für ihn, und das war alles, was zählte.

Überall am Huis ten Bosch und in seinem Lustgarten wurde gearbeitet. Rosas Magen flatterte. Es war aufregend, mit Max zu reisen, und gleichzeitig war es ungewohnt für sie, manchmal nicht zu wissen, wo sie die Nacht verbringen würden. Die Niederlande gefielen ihr. Max beklagte oft, wie sehr das Land durch den Krieg gezeichnet war, sie aber konnte sich kaum vorstellen, dass es früher noch reicher, noch prächtiger gewesen sein könnte. Alles war so sauber, die Menschen waren freundlich, und ein wenig Niederländisch hatte sie auch schon gelernt. Ihr war erlaubt worden, dem Gärtner zu helfen, der den Blumenschmuck für das Lustschloss zusammenstellte, aber sie hatte gleich gemerkt, dass er über wenig Kunstfertigkeit und Geschmack verfügte. Die Aufgabe schien ihm auch keine Freude zu bereiten, was gut für sie war, denn so ließ er sie gewähren. Heute Morgen hatte er lediglich ein paar Bartnelken zusammengesteckt. Diesen Strauß wollte sie unbedingt austauschen. Mit einem Bouquet aus Rosen, Flieder und Kornblumen ging sie ins Schloss. Da sie keinen Lakaien sah und neugierig war, wagte sich Rosa weiter vor als sonst. Als sie um die Ecke bog, hörte sie ein Schluchzen. Sie wollte sich zurückziehen, doch es war zu spät.

»Wer ist da? Was ist das für ein Bouquet?«, fragte eine tränenerstickte Stimme.

Rosa trat in das Zimmer und knickste tief. Sie sah eine große schlanke Dame mit dunklen Locken – Prinzessin Mary. Herrje, warum hatte sie Max nicht gefragt, wie sie sich benehmen sollte, wenn sie der Prinzessin begegnete? Andererseits erzählte man sich, dass die Prinzessin im Gegensatz zu Prinz Wilhelm freundlich und offen war.

»Mein Name ist Rosa, Hoheit. Ich habe diesen Blumenstrauß für Euch zusammengestellt.« Wieder knickste sie.

Prinzessin Mary schnäuzte sich geziert.

»Der Strauß von heute Morgen …«, fuhr Rosa fort.

»War nicht von Euch.«

»Nein, Gott bewahre!« Rosa lachte, schlug die Hand vor den Mund, knickste wieder.

Ein Lächeln huschte über das Gesicht der Prinzessin. »Ihr

müsst nicht jedes Mal knicksen, wenn Ihr etwas zu mir sagt. Seid Ihr neu hier?«

»Ja, Hoheit. Mein Mann ist Max Tuinstra, der neue Lustgärtner. Darf ich?« Rosa wies auf die Vase mit den Bartnelken, die ihr ästhetisches Empfinden entschieden störte. Die Prinzessin gab ihr mit einer eleganten Geste die Erlaubnis. »Ich stamme aus Brandenburg. Max und ich haben gerade erst geheiratet. Er hat als Lustgärtner für den Kurfürsten gearbeitet, so haben wir uns kennengelernt«, plapperte Rosa, weil sie das Gefühl hatte, dass etwas Ablenkung der Prinzessin guttun würde.

»Wir sind auch erst seit dem vergangenen Winter verheiratet.« Das Gesicht der Prinzessin verdüsterte sich. Es schien sie Kraft zu kosten, nicht wieder zu weinen. »Sagt schon, dass ich nicht wie eine glückliche Ehefrau aussehe!«

Überrascht sah Rosa sie an. »Ein derartiges Urteil steht mir nicht zu.« Sie drapierte das Bouquet in der Vase und zupfte es zurecht.

Die Prinzessin erhob sich und betrachtete den Strauß von allen Seiten. »Wie wunderschön er ist! Der Anblick tut mir gut. Findet Ihr das albern? Einer Prinzessin unwürdig?«

»Ganz und gar nicht, Hoheit. Im Gegenteil.« Rosa hielt inne. Aber warum sollte sie etwas verheimlichen? »Ich war ein kränkliches Kind, hatte einen verkrümmten Rücken. Lange musste ich ein Korsett tragen, oft auch auf das Streckbett. Die Schmerzen waren zeitweise unerträglich. Einzig die Liebe zu Blumen hellte mein Gemüt auf, und in Gedanken malte ich mir die schönsten Sträuße aus, die man sich vorstellen kann.«

Wieder lächelte die Prinzessin. »Werdet Ihr einige dieser Sträuße für mich binden, Rosa?«

»Ich werde es mit Freuden versuchen, Hoheit.«

❀

Max sah, wie Prinzessin Mary mit ihren Damen durch den Garten spazierte und auf dem Weg Rosa ansprach, die gerade Laub aus einer Pflanze knipste, um deren Blühkraft anzuregen. Deutlich konnte er die Freude in den Zügen der Prinzessin erkennen. Sie liebte Blumen, und sich mit ihren Gärten zu beschäftigen lenkte sie von ihrem Kummer ab. Von Rosa wusste er, dass Prinzessin Mary mehrere Fehlgeburten erlitten hatte und darüber untröstlich war. Sie hatten befürchtet, dass die Prinzessin Rosas Anblick meiden würde, da diese inzwischen schwanger war, doch das Gegenteil war der Fall. Morgens redete Mary oft so lange mit Rosa, dass die Hofdamen eintraten, um die Aufmerksamkeit wieder auf sich zu lenken. Er selbst kümmerte sich um verschiedene Bereiche des Gartens, hatte aber einen besonderen Blick auf die fremdländischen Gewächse, wie Prinz Wilhelm es ihm aufgetragen hatte. Vor allem der Bau eines neuen Warmhauses beschäftigte ihn gerade.

Als Prinz Wilhelm den Lustgarten betrat, brach die Prinzessin das Gespräch ab und ging zu ihrem Gatten. Die beiden unterhielten sich, ihr Umgang wirkte auf Max jedoch distanziert. Beide schienen sich unwohl in der Gegenwart des anderen zu fühlen.

Als Max abends mit Rosa in ihrer kleinen Unterkunft im Haag im Bett lag und ihr von seinen Beobachtungen erzählte, nickte diese. »Nicht, dass ich auf den Hofklatsch etwas gebe, aber die beiden scheinen einfach nicht warm miteinander zu werden.«

»Vielleicht sitzen die gegenseitigen Verletzungen zu tief. Ich meine, der Prinz verwaiste früh, erlebte viel Ablehnung, sogar Hass. Er war meist von Männern umgeben, sodass er sich mit Frauen nicht auskennt. Die Prinzessin soll zwei Tage geweint haben, als sie erfuhr, dass sie ihn heiraten soll. Das muss ihn verletzt haben, auch wenn er es sich nicht anmerken ließ.«

»Oder sie wissen ganz einfach nicht, worüber sie reden sollen. Außerdem …«

Max strich über ihren gerundeten Bauch. Schon gingen seine Lippen auf Wanderschaft. »Außerdem – was?«, fragte er zwischen Küssen.

»Hm? Nicht aufhören.«

Er hielt inne, lachte leise. »Was wolltest du sagen?«

»Du Schuft! Mich einfach so zappeln zu lassen wie den Wurm am Haken!«

»Wer lässt hier wen zappeln?«

Rosa sah ihn an. Ihre Augen waren klar wie Bergseen und ihre Lippen so verführerisch rosenrot, dass er sie am liebsten sofort berühren wollte, aber dann würde er gar keine Antwort bekommen. »Es heißt, dass der Prinz eine Galanterie mit einer der Hofdamen hat«, sagte sie. »Ansonsten hält er sich lieber in der Gesellschaft seines Gefolges auf. Geht zur Jagd. Dann die Politik. Es gibt wenig, was sie teilen. Nicht alle haben so viel Glück wie wir.«

»Das stimmt«, sagte er und neigte sich ein wenig, um ihren Körper besser liebkosen zu können.

»Wie beurteilt Ihr meine fremdländischen Gewächse im Vergleich zu denen des Ratspensionärs?« Prinz Wilhelm blickte ihn prüfend an.

Kein Wunder, dass sich mancher in seiner Gegenwart unwohl fühlte! Auch Max konnte ihn nicht richtig einschätzen. Vorsichtig sagte er: »Ehrlich gesagt, verfügt Gaspar Fagel über eine größere Sammlung. Er hat früh angefangen, sich von den Handelskompanien Gewächse schicken zu lassen.«

»Dabei bin ich der Prinz von Oranien! Mir gebührt die größte und schönste Sammlung!«

»Die werdet Ihr auch bekommen«, versprach Max.

Der Prinz sah ihn an, als sei ihm gerade etwas eingefallen. »Und was sagt Ihr zu dem Gemälde, auf dem König Charles mit einer angeblich in England gezüchteten Ananas zu sehen ist?«

Max wiegte das Haupt. Agnes Block hatte ihm davon geschrieben. »Ich würde es ins Reich der Fantasie verweisen. Noch ist es niemandem gelungen, die Bedingungen zu schaffen, die eine Ananas benötigt, um Früchte hervorzubringen.« Vor allem war es unmöglich, eine gleichmäßig hohe Temperatur für die Erde zu schaffen, auf der die Ananas gedieh. »Vermutlich hat der englische Hofgärtner die Frucht in England lediglich ausreifen lassen. Aber seid gewiss: Auch hier in den Niederlanden arbeiten kundige Gärtner daran.«

Sie bemerkten Prinzessin Mary, die mit ihren Damen den Garten betrat. »Wenn ich mir diese Bemerkung erlauben darf, Hoheit: Ihr habt Glück, dass Ihr eine Ehefrau habt, die Euch liebt und die die Gartenkunst ebenso liebt wie Ihr. So werden Euch nie die Gesprächsthemen ausgehen. Die Prinzessin hat interessante Ideen für die neuen Gärten von Soestdijk und Dieren.«

Prinz Wilhelm schob das Kinn vor. »Das war mir nicht bekannt«, gab er zu.

Max nahm seinen Mut zusammen. »Was gibt es Schöneres, als die Leidenschaften des anderen zu kennen und zu teilen? Ihr liebt beide, so scheint es mir, schöne Häuser und herrschaftliche Lustgärten. Jeder braucht einen Ort, an dem er sich wohlfühlen, an dem er er selbst sein kann. Es muss eine Freude für Euch sein, den Ausbau Eurer Besitzungen gemeinsam zu planen. Wie herrlich ist es, auf diesem Wege für das Wohlbefinden des anderen zu sorgen.« Max neigte das Haupt. Er hatte genug gesagt, mehr als genug. Schließlich war er nur ein einfacher Lustgärtner. Eines fiel ihm jedoch noch ein. »Wenn Ihr möchtet, fertige ich Euch Entwürfe für Gärten von herrschaftlichem Zuschnitt an, die Eure Vorliebe für die Jagd und Wasserspiele und die Freude Eurer Gattin an der Blumenpracht vereinigen, Hoheit. Gärten, in denen Ihr ganz Ihr selbst sein könnt.«

Eine Aufgabe wie diese schreckte Max nicht. Im Gegenteil: Er hatte das Gefühl, dass er sich seine gesamte Lehr- und Gesellenzeit auf diesen Moment vorbereitet hatte.

Noch einmal sah Elvina sich um. Ihre Eltern hatten sich in den Garten im Hinterhof gesetzt, und ihre Mutter las ihrem Mann im Schatten der Glyzine vor, wie sie es in letzter Zeit so oft tat. Von oben war das leise Klirren der Glaskolben zu hören, mit denen ihre Geschwister hantierten. Ihre Brüder würden den Beruf des Apothekers erlernen, aber auch ihre Schwestern verfügten über Talent. Das neue Medizinaledikt, das auf staatliche Kontrolle setzte, würde ihnen bei der Ausübung der Heilkunst allerdings Steine in den Weg legen. Schweren Herzens hatten sie das Landhaus bei Caputh an Cunrat und seine junge Braut verkauft. Sie alle hatten geweint, als sie zum letzten Mal durch den Garten gegangen waren. Rosa und Max hatten sie zu trösten versucht und geschrieben, dass Max ihnen jederzeit einen neuen Garten entwerfen würde.

Elvina seufzte. Zum Glück war ihnen nach Begleichung der Schulden noch Geld geblieben, da ihr Besitz durch die Renovierung und die Gartenanlage an Wert gewonnen hatte. So hatte ihr Vater die Jagd nach chemischen oder medizinischen Innovationen guten Gewissens aufgeben können. Auch für Elvina war das eine Erleichterung, denn sie ahnte, dass dabei viel Betrug im Spiel war. Sowohl Doktor Elsholtz als auch der neue brandenburgische Alchimist und Glasmacher Kunckel behaupteten zwar, das Rezept für Ewiges Feuer entdeckt zu haben. Herstellen konnten es beide jedoch nicht. Das aber sollte nicht mehr ihre Sorge sein, und auch nicht die ihres Vaters.

Elvina kontrollierte noch einmal ihr Gepäck. Eine lange Reise lag vor ihr. Morgen früh würde die Kutsche sie abholen. Mit dem Binnenschiff würde sie nach Hamburg fahren, wo sie bei Familie Aard, Geschäftsfreunden von Jerun, unterkommen würde. Von dort ging es mit dem Linienschiff nach Amsterdam und mit einem der Handelsschiffe weiter zur Südspitze Afrikas. Ein wenig aufgeregt war sie schon. Sie hatte sich immer ihrer Familie verpflichtet gefühlt. Jetzt würde sie an ihr eigenes Glück denken. Natürlich hatte sie zudem keine Reiseerfahrung. Sie würde daher einen Fuß vor den anderen setzen, Schritt für Schritt gehen. Am Ende der Reise wartete ein Ziel, für das sich jede Strapaze, jede Unsicherheit lohnen würde.

Georg hatte den Arm um die Schulter seiner Frau gelegt. Ein Fremder würde denken, dass sie ihrer Tochter nachblickten, die langsam auf einem Boot die Spree entlangglitt. Doch er sah nichts mehr. Die Bilder entstanden einzig vor seinem inneren Auge. »Ist das ein Abschied für immer?«, fragte er.

»Das weiß nur der Himmel. Immerhin hast du ihr eine Reiseapotheke gepackt, sodass sie sich und andere versorgen kann.«

Ein Stoßseufzer. »Haben wir das Richtige getan?«

Petronella bewegte sich sacht, und er spürte, dass sie losgehen wollte. Bei ihr untergehakt, mit dem Stock auf der anderen Seite, fühlte er sich sicher. »Ich denke, schon«, sagte sie. »Ich weiß, dass du von einem gesellschaftlichen Aufstieg geträumt hast. Aber wenn ich mir meine Schwester und ihre Familie so anschaue – die gehen zwar beim Kurfürstenpaar ein und aus, sind aber auch nicht glücklicher. Der Hof ist ein Schlangennest. Kurprinz Fritz und seine Stiefmutter hassen sich seit dem Streit um das Erbe des Kurfürsten regelrecht – und selbst Friedrich Wilhelm benimmt sich schäbig.«

Georg nickte. Das stimmte. Der Kurfürst hatte unpassende Bemerkungen über Fritz' Zeugungsfähigkeit gemacht. Außerdem wollten sowohl Friedrich Wilhelm als auch der Oranierprinz Wilhelm wohl lieber den jüngeren Kurprinzen Ludwig fördern.

»Uns geht es doch gut. Wir sind alle einigermaßen gesund, haben unser Auskommen, lieben uns noch immer …«, fuhr Petronella fort.

Georg ließ seine Hand an ihrer Seite hochwandern, sodass er wie zufällig ihre Brust berührte. »Du Lüstling!«, sagte sie lachend. »Da fällt mir ein weiterer Vorteil ein, wenn die Kinder aus dem Haus sind …«

Jerun sah noch einmal nach den Pflanzen, die die weite Reise in den Norden antreten würden, und gab seinem Gehilfen letzte Instruktionen. Er genoss die warme Brise, die ihn umspielte. Sosehr er seine Eltern und Elvina auch vermisste – das Klima hier tat ihm so gut, dass er sich nicht hatte überwinden können, wieder nach Brandenburg zu reisen. Kein kalter Hals mehr, keine Schniefnase. Und bald würde hoffentlich sein sehnlichster Wunsch in Erfüllung gehen.

Er blickte über die See hinaus, als könnte er so das Schiff anlocken, das Elvina zu ihm bringen würde. Natürlich hatten Einsamkeit und Lust ihn dazu getrieben, sich auch am Kap nach jungen Frauen umzusehen, aber der Frauenmangel war groß, und zudem hatte er Elvina nicht vergessen können. Hoffentlich würde sie gesund hier ankommen. Und hoffentlich wäre sie nicht enttäuscht von diesem Land, von ihm.

»Ich sage Euch: Wenn wir in einen Sturm geraten, dann fliegt das Grünzeug zuerst über Bord«, holte der Kapitän ihn in die Wirklichkeit zurück. Das Schiff war so mit Pflanzen überladen, dass es wie ein halber Urwald wirkte. Blumen rankten sich über die Reling, ganze Bäume machten den Segeln den Platz streitig.

»Das werden Euch die hohen Herrschaften in Holland übel nehmen, denn sie legen viel Wert auf dieses *Grünzeug*, wie Ihr es nennt«, meinte Jerun.

»Soll die Mannschaft auf dem Meeresgrund landen, nur weil es den hohen Herren so gefällt?« Fassungslos schüttelte der Kapitän den Kopf. »Betet lieber, dass wir eine ruhige Reise haben.«

»Das werde ich. Für Euch und für andere.«

Während er an Land zurückgerudert wurde, sah er zum Tafelberg, dem Wahrzeichen seiner Wahlheimat, ließ den Blick weiterschweifen. Da – eine Flotte näherte sich dem Kap!

Aufregung ergriff ihn, wie jedes Mal, seit er Elvinas Brief gelesen hatte, in dem sie ihre Ankunft ankündigte. Oft hatte er vergeblich am Hafen gestanden. Doch auch jetzt ging er nicht zu seinem Haus zurück, das sich hinter dem Fort befand, sondern wartete stundenlang, bis die Passagiere an Land gebracht wurden, denn er fürchtete, sie zu verpassen. Dann endlich sah er sie.

48

Die Axt fuhr tief in den Holzklotz. Paulus wischte sich die Schneekristalle aus dem Bart. Er lebte wie ein Einsiedler, nur sein Bruder wusste, dass er hier war. An die Monate nach Grace' Tod hatte er kaum Erinnerungen, nur dass er sich in England bei der Theaterkompanie herumgetrieben hatte, die er durch sie kennengelernt hatte. Dort hatte ihn der Herzog von Monmouth entdeckt, und aus einer unerklärlichen Sympathie heraus hatte dieser ihn aus Suff und Lethargie geholt. Paulus hatte sich revanchiert, indem er in der Zeit des Friedensschlusses von Nimwegen, der den Französisch-Niederländischen Krieg beendete, in Monmouths Dienst trat. Monmouth, Charmeur, tapferer Soldat und königlicher Spross, war beim Volk ungeheuer beliebt. So beliebt allerdings, dass sich sein Vater Charles II. nicht anders zu helfen gewusst hatte, als seinen Bastard ins Exil zu schicken. Ausgerechnet in die Niederlande war Monmouth gegangen – weshalb sich ihre Wege wieder getrennt hatten. Paulus wollte auf keinen Fall an Prinz Wilhelms Hof zurückkehren. Der Mord an Servaes van Aken musste sich herumgesprochen haben, und er rechnete damit, dass man ihn damit in Zusammenhang brachte.

Paulus hatte sich daher auf das Landgut seiner Familie bei Maastricht zurückgezogen. Das Haus, in dem er aufgewachsen war, war bei seiner Ankunft kaum mehr als eine Ruine gewesen. Was die Plünderer verschont hatten, hatten marodierende Soldaten zerstört. Taub an Leib und Seele vor Trauer und Scham hatte Paulus das Haus mit seinen eigenen Händen wieder aufgebaut. Quentin hatte ihm Geld zukommen lassen und besuchte ihn ab und zu, und Paulus musste seinem Halbbruder Respekt zollen: Ganz gleich, ob ihr Vater seinen Erstgeborenen verachtet hatte oder nicht – dieser hatte mehr zum Erhalt der Familie beigetragen als jeder andere. Er dachte an seinen Sohn, den Quentin in seinen Briefen regelmäßig erwähnte, den er glücklicherweise aber nicht sehen musste – er war sicher, dass der Schmerz ihn überwältigen würde.

Hufgeklapper kündigte den Kurier an, der ihm wöchentlich die Zeitungen brachte. Quentin schickte sie ihm, damit er wenigstens ein wenig auf dem Laufenden blieb, und wie jede Woche nahm Paulus den *Mercure Galant*, *The London Gazette* und den *Oprechte Haarlemse Courant* und warf sie auf den Stapel. Diesmal aber fingen die Buchstaben seinen Blick, und er erstarrte. Charles II. war gestorben. Trauerte er um den Mann, der vielleicht sein Vater gewesen war? Er horchte in sich hinein. Nein, da war nichts.

Nun las er. Der Herzog von York würde als James II. den englischen Thron besteigen. Fieberhaft huschten seine Augen über die Zeilen. Angeblich war König Charles auf dem Sterbebett zum Papsttum übergetreten. Auch der neue König sympathisierte offen mit den Katholiken und plante angeblich, die Protestanten zurückzudrängen. Sollte James den Katholizismus wieder zur englischen Staatskirche machen, steht ein erneuter Bürgerkrieg bevor, der einen Flächenbrand auslösen und auch auf die Niederlande übergreifen könnte, dachte Paulus.

»Was geht's dich an!«, sagte er zu sich selbst und pfefferte die Zeitungen in den offenen Kamin.

Einige Wochen später – Paulus hatte die Nachricht beinahe wieder vergessen – erhielt er einen Brief.

Lieber Bruder,

ich hoffe, Du bist wohlauf. Eine Warnung vorweg: Mein gelieb-
tes Weib ist schwanger, und wir wollen den Lärm der Stadt für
ein paar Monate hinter uns lassen – Du wirst also demnächst
Besuch bekommen. Sei ausnahmsweise ein guter Gastgeber! Die
ganze Bande ist unterwegs zu Dir.

Paulus knirschte mit den Zähnen. Er würde baldmöglichst abreisen. Auf keinen Fall wollte er noch hier sein, wenn Quentin mit seiner Bagage eintraf. Aber wohin sollte er? Er überflog
die nächsten Zeilen, in denen es um Quentins Geschäfte ging.
Gerade wollte er den Brief weglegen, als ihm ein Name in die
Augen sprang. *Monmouth.* Widerwillig las er weiter.

Hattest Du nicht einmal den Herzog von Monmouth erwähnt?
Du weißt sicher, dass er nach einem gescheiterten Anschlag auf
den jüngst verstorbenen König Charles des Landes verwiesen
wurde. Seitdem lebt er in den Niederlanden. Aber nicht mehr
lange! Es wird Dich interessieren, dass Monmouth mit ein paar
Getreuen nach England aufbrechen will, um seinen katholischen
Onkel James davon abzuhalten, das Land ins Unglück zu stür-
zen. Das dürfte unserem Prinz Wilhelm gefallen, der die Sache
des Herzogs unterstützt und für ein Wiedererstarken des Katho-
lizismus mit dem Schlimmsten rechnet …

Als nach einigen Tagen ein weiterer Brief bei ihm eintraf, wollte
Paulus ihn erst gar nicht öffnen. Dann aber erkannte er die
Handschrift von James Scott, dem Herzog von Monmouth.

Paulus, verehrter Freund,
über Umwege erfuhr ich Euren Aufenthaltsort. Ich versammle
einige Getreue, um die Welt zu einem besseren Ort zu machen,
und wünschte Euch an meiner Seite …

Paulus knüllte den Brief zusammen und feuerte ihn in die Ecke. Gleich darauf holte er ihn zurück und glättete ihn. Innerlich vibrierte er. Monmouth, der ihn aus der Gosse geholt hatte! Monmouth, der ihm eine Aufgabe in seiner Leibgarde gegeben hatte! Monmouth, der vielleicht sein Halbbruder war! Ein Ausgestoßener wie er.

»Es lebe der wahre König von England!«

Huldvoll nahm Monmouth die Huldigungen der Menschen entgegen, die sich am Straßenrand versammelt hatten. Nie hatte es einen schöneren, nie einen eifrigeren Thronprätendenten gegeben. Paulus hatte einige der Wertgegenstände, die sein Bruder in ihrem Landsitz bei Maastricht deponiert hatte, zu Geld gemacht und sich einen Hengst sowie eine Schiffspassage gekauft. Tagelang hatte er auf die Nachricht über die Ankunft des Herzogs gewartet. Als er gehört hatte, dass Monmouth in Lyme Regis an Land gegangen war, war er ihm entgegengeeilt. Monmouths Leibgarde wollte ihn abfangen, aber der Herzog erkannte ihn sofort.

»Paulus van Houtkerke! Wo habt Ihr nur gesteckt? Seid Ihr etwa wieder bei den Theaterkompanien versackt?«, begrüßte er ihn aufgekratzt.

»Dieses Mal nicht, Durchlaucht. Ich bin hier, um Euch zu unterstützen.«

»Ihr seid mir mehr als willkommen.«

Paulus, der Herzog und ein weiterer Gefährte drängten sich tiefer in die Brombeerhecke hinein, die ein Gemüsebeet unter einer Esche begrenzte. Sogar in seiner Hirtenkleidung sieht Monmouth noch gut aus, dachte Paulus. Wenn auch nicht so einnehmend wie an den Tagen, in denen der Herzog sich selbst zum König von England erklärt hatte. Er knackte eine der Schoten und verteilte die Erbsen gerecht. Monmouth zitterte; er war in einem elenden Zustand. Übermüdet, erschöpft, seit Tagen ohne Nahrung.

Im Juni hatte Monmouth sich in mehreren Städten als König feiern lassen. Rauschhaft waren die Tage gewesen. Doch Monmouths Widersacher, König James, hatte seine Armee auf sie gehetzt und ein Kopfgeld auf seinen Neffen ausgesetzt. Trotz ihres Mutes und ihrer Tatkraft waren sie in der entscheidenden Schlacht bei Sedgemoor in Somerset geschlagen worden, und Monmouth hatte fliehen müssen. Paulus hatte ihn begleitet, und hier waren sie gestrandet. Hatte jemand gesehen, wie sie sich in dieser Hecke versteckt hatten? Hatte der Gefährte, der sie erst vor wenigen Stunden im Stich gelassen hatte, sie verraten? Hunde kläfften erregt. Pferdehufe erschütterten die Erde.

»Wir müssen fliehen!«, zischte Paulus.

»Ich bin zu schwach.« Monmouth packte seinen Arm. »Bringt Euch in Sicherheit. Mein Onkel mag wütend auf mich sein, aber er wird mir nichts tun. Ihr hingegen seid dem Tode geweiht, wenn sie Euch erwischen.«

Paulus durchfuhr die Erkenntnis. Lange hatte er den Tod wie einen Freund betrachtet, aber die Zeit hatte seinen Lebensmut zurückgebracht. Nun wollte er nicht sterben. Nicht so. Nicht jetzt. Er kniete sich hin, bereit zum Aufbruch. Ihre Verfolger waren schon nah.

Paulus sah Monmouth in die Augen. »Gott sei mit dir, Bruder«, sagte er rau.

Monmouth starrte ihn an. Doch ehe er etwas entgegnen konnte, war Paulus bereits aus der Hecke ausgebrochen und gab Fersengeld.

Eine geifernde Menschenmenge war auf dem Tower Hill zusammengeströmt. In der zusammengewürfelten Kleidung der Theaterleute hatte Paulus sich unter das Volk gemischt. Die Sonne brannte auf sie nieder, wie es sich für Mitte Juli gehörte. Er fühlte sich ausgedörrt, schluckte nervös. König James würde das nicht zulassen. Er würde seinem Neffen eine Lektion erteilen, aber dann würde er ihn im letzten Augenblick begnadigen, davon war Paulus überzeugt.

Andererseits hatte James II. sich während des Prozesses gegen seinen Neffen hart gezeigt, und man munkelte, dass er eine umfangreiche Strafexpedition gegen die Anhänger Monmouths plante.

Jetzt kam Bewegung in die Menge. Er wurde nach vorn gestoßen, gegen die anderen gedrängt. Paulus musste sich nicht auf die Zehenspitzen stellen, um zu sehen, was die Erregung der Zuschauer anfachte: James Scott, der Herzog von Monmouth, hatte das Schafott betreten, gefolgt vom Henker Jack Ketch, der in den Händen ein schweres Beil trug. Mit einem Mal waren Paulus Handflächen feucht, und seine Knie zitterten. Monmouth kniete sich vor den Richtblock. Es sah aus, als striche er mit dem Daumen über die Schneide der Axt, als wechselte er Worte mit dem Henker.

»Mach's besser als beim letzten Mal, Ketch!«, grölte der Kerl neben Paulus und sah ihm dann ins Gesicht. »Das war eine ganz schöne Metzelei, weil er nicht richtig getroffen hat. Ein lausiger Henker!«

Paulus wurde übel. Was tat er hier? »Lasst ihn frei! Begnadigt ihn!«, schrie er, obgleich Schergen des Königs sich in der

Menge hätten tummeln können. Sofort wurde sein Ruf von einigen Schaulustigen aufgenommen. Unbeirrt hob der Henker die Axt. Los – schick den Boten, der die Begnadigung verkündet!, forderte Paulus in Gedanken.

»Be-gna-di-gung!«, rief er rhythmisch, in der Hoffnung, dass andere einstimmten, was sie auch taten.

In diesem Augenblick ließ Jack Ketch die Axt zum ersten Mal hinuntersausen. Er traf nur den Nacken. Ein Stöhnen ging durch die Menge. Monmouth kreuzte seine Beine, um Halt zu haben. Der zweite Schlag. Blut spritzte, Monmouths Körper zuckte. Noch immer hatte der Henker nicht richtig getroffen. Paulus kniff die Augen zusammen, obgleich er auf den Schlachtfeldern weit Schlimmeres gesehen hatte. Hass auf König James wallte in ihm auf, unaufhaltsam.

Wieder schlug der Henker zu, wieder traf er nicht richtig. Schon kletterten die ersten empörten Zuschauer auf das Schafott und wollten ihm die Axt entreißen, wurden jedoch von Wachen aufgehalten. Buhrufe wurden lauter. Noch einmal und noch einmal metzelte Jack Ketch, musste schließlich das Messer zu Hilfe nehmen, um den Kopf vom Körper zu trennen. Paulus entleerte seinen Mageninhalt auf seinen Nebenmann. Dieser stieß ihn zurück. Ein anderer versetzte ihm einen Schlag. Beinahe brach eine Schlägerei aus, doch gleichzeitig drängten die empörten Zuschauer noch heftiger vor, um den Henker für sein Ungeschick büßen zu lassen. Andere tunkten ihre Taschentücher in das Blut des Herzogs. Schon stürzten die Ersten, wurden achtlos niedergetrampelt.

Ich muss hier weg! Monmouth war tot, sein Halbbruder war tot, und König James hatte sein wahres Gesicht gezeigt. Dieser Tyrann musste aufgehalten werden.

49

Raus mit euch!«

Paulus packte die besoffenen Kerle am Kragen, bugsierte sie durch die Tür und schleuderte sie auf die Straße hinaus. Im Gasthaus am Covent Garden ging es nach wie vor hoch her, wie immer, wenn die Theatervorstellung beendet war. Mit großem Hallo kamen nun auch die Schauspieler herein, zum Teil trugen sie noch ihre heiß geliebten Bühnenkostüme und waren auffällig geschminkt.

Cecilia warf sich ihm an den Hals und wollte ihn zu der Kammer ziehen, in der er untergeschlüpft war, seit er sich um diese Taverne kümmerte. Sie war das Gegenteil von Grace, aber ebenfalls leidenschaftlich und erfindungsreich, was ihm gefiel. Paulus küsste sie. »Du weißt genau, dass ich noch zu arbeiten habe, so verführerisch dieses Angebot auch ist«, sagte er lächelnd, und Cecilia wandte sich gespielt schmollend ihren Kollegen zu, die über das Publikum lästerten und sich Bühnentexte zuwarfen. Sie waren ein buntes Völkchen, meist ausgezeichnet gelaunt und schrill, aber ebenso leicht zu Tode betrübt.

In dieser exaltierten Umgebung, in der jeder dem anderen etwas vorspielte und jeder vorgab, ein anderer zu sein, war es Paulus leichtgefallen unterzutauchen. Und da es so viel zu sehen und zu tun gab, fand er keine Zeit, über das eigene Leben zu grübeln, was ihm sehr recht war. Dazu kamen ständig wechselnde Frauenbekanntschaften, leidenschaftliche Galanterien, die er beendete, ehe es ernst wurde. Auch Cecilia würde er bald den Laufpass geben, denn er mochte ihre leichtfüßige Art schon viel zu sehr.

Sein Blick wanderte durch das Lokal. Die üblichen Säufer, Bettler, die sich den ganzen Abend an einem Becher festhielten, junge Paare, die unter dem Tisch zur Sache kamen. Seine Aufgabe war es auch, einzugreifen, wenn es gefährlich wurde oder Betrunkene sich nicht mehr im Griff hatten, was hier am Londoner West End häufig der Fall war.

Als der Abend dem Ende entgegenging, hatte der harte Kern Stühle zusammengerückt und plauderte trunken. Paulus verschloss die Tür der Gaststätte und setzte sich dazu, wobei Cecilia es sich sofort auf seinem Schoß bequem machte und ihn umgarnte. Normalerweise genoss er es, dieses Mal war er jedoch mit einem Ohr bei dem Gespräch. Wie so oft ging es um die Politik von König James, den Paulus nach der Hinrichtung von Monmouth und den *Bloody Assizes* abgrundtief verachtete. Nach der Monmouth-Rebellion hatte der König angeblich tausenddreihundert Menschen nach Scheinprozessen hinrichten lassen. Außerdem förderte er die Katholiken, wo er nur konnte, was zu Spannungen innerhalb der Gesellschaft führte. Dass auch der französische König Ludwig XIV. die Protestanten seit dem Edikt von Nantes vor drei Jahren brutal unterdrückte, misshandeln ließ und vertrieb, verschärfte die Situation nur noch.

»Deshalb, sage ich euch, steuert Europa auf einen neuen Krieg zu, der noch schlimmer werden könnte als der letzte«, urteilte ein Mime.

»Noch schlimmer? Ich weiß noch, wie mein Vater …« Auf einmal erzählte jeder Geschichten, wie seine Familie in den Kriegen gelitten hatte und welche Verwandten auf den Schlachtfeldern oder den Weltmeeren gestorben waren.

Der Mime wandte sich an Paulus. »Und wie ist es bei dir?

Man munkelt, auch du hättest im Holländisch-Französischen Krieg gekämpft.«

Paulus gab eine ausweichende Antwort.

»Wenn ich dann noch an die Tyrannei Cromwells und die Wirren des Bürgerkriegs denke – das darf nicht wieder geschehen! König James mag in seinem stillen Kämmerlein beten, wie er will – aber uns soll er damit in Ruhe lassen!«, rief eine Schauspielerin.

»Die einzigen Vernünftigen unter den gekrönten Häuptern sind unsere Prinzessin Mary und ihr Gemahl Prinz Wilhelm. Er mag ein Langweiler sein und hässlich dazu, aber wenigstens ist er ein kühler Kopf, der den Frieden mehr liebt als den Krieg.«

Paulus gab diese Bemerkung zu denken. Er sah Wilhelms Gesicht vor sich, wie es vor Kriegslust glühte. Hatte Wilhelm sich verändert? War er tatsächlich der Einzige, dem man heute das Schicksal Europas, die Verantwortung für den Frieden, anvertrauen konnte? Was war mit der Kriegstreiberei? Dem Mord an den Brüdern de Witt? Letztlich hatte nie jemand einen Beweis erbracht, dass der Prinz damit zu tun gehabt hatte.

»Aber es heißt, die Gattin von König James sei erneut schwanger. Wenn dieses Mal das Kind überlebt, verdrängt es Prinzessin Mary in der Thronfolge, und wir bekommen das Papsttum zurück. Dann heißt es wieder: Beten, beichten, Ablass zahlen und Inquisition.«

»Trotzdem könnte Prinz Wilhelm nicht einfach herkommen und König James vom Thron stoßen! Das würde das englische Volk nicht dulden.«

»Dann müsste man ihn eben einladen. Ganz offiziell«, sagte Cecilia leichthin.

Alle lachten. In Paulus aber setzte sich der Gedanke fest. Er schob sie von sich und begann, die Stühle hochzustellen. Als die anderen wenig später aufbrachen, versuchte Cecilia erneut, ihn in die Kammer zu locken. Paulus küsste sie abgelenkt. »Ich bin gleich da.«

Während er die Einnahmen abrechnete, dachte er nach. Wann hatte er zum letzten Mal Verantwortung für sein Leben und das anderer übernommen? War er nicht immer nur Wunschträumen nachgelaufen, hatte sich blenden lassen von Macht, Titeln und königlichem Glanz? War es nicht wichtiger, als anständiger Mensch Ehre und Ruhm zu erringen – egal, welchen Stand man hatte? Gab es etwas, was er tun konnte, um seinem Leben einen Sinn zu geben? Sein Sohn fiel ihm ein, den er zuletzt gesehen hatte, als er vor der Familie seines Bruders von ihrem Landsitz bei Maastricht geflohen war. Alexander war Grace wie aus dem Gesicht geschnitten. Was war er nur für ein lausiger Vater!

Paulus brauchte Luft. Er trat auf die Straße hinaus. London war groß und schmutzig, vor allem im Vergleich zu den blank geputzten holländischen Städten. Eine jähe Sehnsucht überkam ihn, und er lief durch die Straßen, bis er den Hafen erreicht hatte.

Als er die Veluwe durchritt, spürte er die Kälte kaum. Schnee lag auf der Heidelandschaft, hüllte die Baumkronen ein. Makellos blau spannte sich das Himmelszelt über ihm, und zum ersten Mal seit Langem hatte er das Gefühl, das Richtige zu tun. Die Erinnerung an die Jagdausflüge mit Prinz Wilhelm und Bentinck durchzuckte ihn. Der Gedanke an den Tag, als Johan de Witt den Prinzen im Jagdschloss Dieren aufgesucht hatte, um ihm auch noch die letzten Rechte zu nehmen. Es kam ihm vor, als sei es eine Ewigkeit her. Über zwanzig Jahre, ein halbes Menschenleben …

Jetzt kamen das Waldlichtungsschloss bei Apeldoorn und seine weitläufige, streng geometrische Gartenanlage in Sicht, die Paulus in den vergangenen Tagen beobachtet hatte. Rauch stieg vom Schloss und den Gewächshäusern auf. An einem der Wirtschaftsgebäude machte ein Paar mit seinen Kindern eine Schneeballschlacht. Es war ein heimeliges Bild wie auf einem Gemälde von Hendrick Averkamp, den seine Mutter sehr geschätzt hatte. Kurz stellte Paulus sich vor, dass Grace überlebt hätte. Dass sie eine richtige Familie wären. Und auf einmal wurde ihm das Herz wieder schwer. Er war im besten Alter, konnte immer noch eine Familie haben. Was hielt ihn davon ab? Warum hatte er sich die letzten Jahre so gehen lassen?

Paulus drückte den Rücken durch. Um zu hadern, war jetzt nicht die Zeit. Er hoffte, dass Prinz Wilhelm auch heute nicht von seinen Gewohnheiten abrücken würde. Aufregung ergriff ihn bei dem Gedanken, dem früheren Freund gegenüberzutreten. Da tauchten Reiter und Jagdhunde auch schon hinter dem Schloss auf. Er entdeckte Wilhelm sofort, ritt ihm entgegen. Die Zeit hatte auch in Wilhelms Zügen ihre Spuren hinterlassen. Trotz der Selbstbeherrschung des Prinzen bemerkte Paulus Anzeichen für das Gefühlsgewitter, das sein Anblick auch bei ihm auslöste. Er sprang vom Pferd und verneigte sich tief. »Hoheit, ich bitte um die Gnade eines Gesprächs«, sagte er, weil er ahnte, dass der Prinz eine derartige Geste erwartete.

Prinz Wilhelm reagierte nicht, starrte ihn nur an. Erst als seine Leibgarde nervös zu werden begann, nickte er und wies sie an zurückzubleiben. Mit einem bedauernden Unterton schickte er auch seine Jäger und die Hunde weg, dann winkte er Paulus, neben ihm durch die Winterlandschaft zu reiten.

»Paulus van Houtkerke, der verlorene Sohn«, sagte der Prinz unvermittelt.

»*Er war verloren und ist wiedergefunden worden*, ja, so ist es wohl. Ich habe mich in den Jahren auch selbst verloren«, gab Paulus zu.

»Ihr habt Freundschaft und Treue vergessen.« Prinz Wilhelms Stimme vibrierte vor Zorn.

»Es gibt vieles, was Ihr mir vorwerfen könnt, Hoheit.«

Wilhelm schwieg. »Ich weiß nicht, weshalb ich Euch dieses Gespräch gewähre.«

»Um der vergangenen Zeiten willen?«

»Den Zeiten, in denen Ihr – so besagen es Gerüchte – einen meiner Offiziere tötetet? In denen Ihr behauptetet, ein unehelicher Sohn König Charles' zu sein? Oder in denen Ihr Euch der Monmouth-Rebellion angeschlossen habt?«, fragte Prinz Wilhelm ätzend.

Scham ließ Paulus' Zähne knirschen. Er hätte wissen müssen, dass der Prinz davon wusste. *Ich sollte meine Zeit nicht damit verschwenden, ihn besänftigen zu wollen.* »Wie Ihr wisst, Hoheit, habe ich in den vergangenen Jahren in England gelebt. Die derzeitige Lage ist brisant. Nicht nur aus meiner Sicht seid Ihr und Eure Gemahlin die Einzigen, die uns vor einem erneuten Krieg bewahren können.« Wilhelm wollte etwas sagen, aber Paulus redete weiter. Er wusste nicht, wie viel Geduld der Prinz aufbringen würde. »Natürlich könnt Ihr nicht einfach in England einfallen. Aber wenn Euch, sagen wir, eine hochrangige Gruppe englischer Politiker dazu auffordern würde und Ihr Euch das Einverständnis befreundeter Herrscher einholen würdet, hättet Ihr eine tragfähige Machtbasis. In Flugschriften könntet Ihr Eure Motivation darlegen, wie Ihr es schon oft erprobt habt. Prinzessin Mary könnte an König James' statt die englische Krone tragen. Ich habe eine Liste wohlgesinnter Politiker aus dem Ober- und Unterhaus zusammengestellt, die sich mit den Erkenntnissen Eurer Diplomaten überschneiden wird.«

Paulus holte den Umschlag aus dem Wams, woraufhin die Leibgarde aufmerksam aufrückte, und reichte ihn dem Prinzen. »Sollte ich Euch bei diesem Vorhaben irgendwie zu Diensten sein können, so stehe ich zu Eurer vollsten Verfügung. Ich habe in Apeldoorn Quartier genommen.« Wieder verneigte sich Paulus und drückte seinem Pferd die Schenkel in die Seiten, woraufhin es tänzelte. Schon als es lostrabte, fiel die Anspannung ein wenig von ihm ab.

»Warum tut Ihr das?«, rief Prinz Wilhelm ihm nach.

Paulus zügelte sein Ross, wandte sich auf dem Sattel um und blickte dem Prinzen fest in die Augen. »Weil Ihr der richtige Mann für diese Aufgabe seid und die Unterstützung verdient, Hoheit.« *Und weil ich meinem Leben doch noch einen Sinn geben möchte.*

Max legte die Hand in das Ananasbeet, um die Erdtemperatur zu kontrollieren. Ein warmes Bett aus Gerberlohe war das letzte Geheimnis, das zur Zucht von Ananas noch gefehlt hatte. Mit einem freundschaftlichen Gefühl dachte er an Agnes Block, der es tatsächlich als Erster gelungen war, auf dem Vijverhof eine der königlichen Früchte zu züchten. So stolz war sie gewesen, dass sie eine Medaille hatte drucken lassen, auf der geschrieben stand: *Können und Arbeit bringen hervor, was die Natur nicht kann.* Inzwischen hatten auch die botanischen Gärten von Amsterdam und Leiden sowie Gaspar Fagel Treibhäuser, die für die Zucht von Ananas und anderen Südfrüchten geeignet waren. *Und ich,* dachte er zufrieden.

Im Weitergehen kontrollierte er im Gewächshaus, ob die Narzissen genügend gewässert und gedüngt waren, und überprüfte die Blütenstände in den anderen Anzuchtbeeten. Heute hatte Rosa für Prinzessin Mary einen besonders schönen Strauß zusammengestellt, obgleich es nicht leicht war, um diese Jahreszeit für Blütenpracht zu sorgen. Sie hatten sich im Gefolge des Prinzen und der Prinzessin eingelebt, wenn sie auch eine Ausnahme bildeten, weil sie trotz ihres niederen Standes eine Vertrauensstellung innehatten. Während Rosa für den Blumenschmuck für die Gemächer der Prinzessin verantwortlich war, übernahm Max viele Sonderaufgaben in den Lustgärten des Prinzen.

Max war zufrieden, denn er konnte Schwerpunkte setzen, wo er wollte, und Prinz Wilhelm lieh ihn ab und zu an den Ratspensionär aus. Gaspar Fagels Sammlung war inzwischen so berühmt, dass Pflanzenfreunde lange Reisen in Kauf nahmen, um sie zu besichtigen. Der Prinz beneidete Fagel um dessen Sammlung, wenn er es auch öffentlich nie zugeben würde. Und auch ihre Kinder fühlten sich wohl hier. Regelrecht übermütig hatten sie Rosa und ihn vorhin zu einer Schneeballschlacht getrieben.

Sorgfältig schloss Max die Tür, damit kein kalter Zugwind die Pflanzen beeinträchtigte. Er würde noch einen Kontrollgang durch die Orangerie unternehmen. Der Lustgarten von Het Loo bot auch im Winter einen zauberhaften Anblick, obgleich die Springbrunnen, Kaskaden und Bäche ruhten. In dem zentralen Kompartiment von vier Parterres entdeckte er Prinz Wilhelm und zwei Lakaien, die schlotternd in seiner Nähe warteten. Was wollte der Prinz bei dieser Kälte hier draußen? Das war gefährlich, wenn man bedachte, dass ihn ohnehin ständig Husten quälte. Da rief der Prinz ihn schon herbei.

»Was machen meine Ananaspflanzen?«, fragte er.

»Sie sind kräftig, Hoheit.«

»Und die Blumen? Ist es nicht schwierig, zu dieser Jahreszeit diese Bouquets für die Prinzessin zusammenzustellen?«, fragte der Prinz und ging ein paar Schritte.

Max schlug den Kragen hoch und folgte ihm. Beruhigt stellte er fest, dass Prinz Wilhelm einen warmen Pelz und dicke

Stiefel trug. »Ein guter Gärtner ist auch ein kluger Planer. Man muss nur wissen, mit welchen Blumen man im Winter rechnen kann, wenn man es geschickt anstellt.« Der Prinz hüstelte weiße Wölkchen in den Winterhimmel und sah ihnen nach. »Darf ich fragen, Hoheit, ob Euch etwas Bestimmtes in den Garten treibt? Wünscht Ihr, dass etwas getan wird?«

»Ich wünsche, dass meine Schlösser und Gärten mit Versailles mithalten können, will den französischen König auch auf diesem Gebiet in die Schranken weisen.« Prinz Wilhelm lachte trocken.

Max überlegte, ob er aussprechen sollte, was ihm durch den Kopf ging. »Habt Ihr das wirklich nötig, Hoheit? Ließen sich die enormen Summen nicht besser zum Wohle der Nation einsetzen? Glaubt mir: Versailles ist nur Kulisse, auf Blendung kalkuliert. Nichts dort ist echt außer den Pflanzen. Und was die Gartenkunst angeht: Unser Land hat eine eigene Tradition. Sich inspirieren lassen – in Ordnung. Techniken abschauen, wenn sie funktionieren – natürlich. Das macht jeder. Aber König Ludwig hat Spione entsandt, um in Venedig die Geheimnisse der Glas- und Spiegelherstellung auszukundschaften. Ihr seid nobler als er.« Max hob die Hände in einer entschuldigenden Geste. »Verzeiht, das ist nur die Meinung eines einfachen Gärtners.«

»Schon gut«, murmelte Prinz Wilhelm gedankenverloren. »Manchmal scheint es mir, als versinke die Welt im Chaos. Jeder denkt nur an den eigenen Vorteil. Da beruhigt es mich, durch den Garten zu spazieren. Hier hat alles seine Ordnung, und die Schönheit ist gut für Auge und Seele. Woran liegt das, was meint Ihr?«

Max wunderte sich nicht über die Frage. Es schien ihm manchmal, als würde Prinz Wilhelm mit ihm Themen erörtern, über die er sich bei anderen ausschwieg. Er dachte nach. »Es ist die Symmetrie, die uns anspricht. Das Gleichgewicht zwischen den Elementen. Gleichzeitig bekommt in einem guten Garten jede Pflanze den Raum und die Bedingungen, die sie benötigt, um sich zu entfalten. Nur manchmal muss der Gärtner eingreifen, um allzu dominanten Gewächsen Einhalt zu gebieten, die sonst alle anderen unterdrücken würden.«

Nachdenklich strich Prinz Wilhelm über die ebene Fläche einer Buchsbaumhecke. »Aber auch diese Pflanzen haben in einem Garten ihren Platz? Man könnte solche tyrannischen Gewächse doch auch einfach austilgen.«

»Aber warum? Auch sie haben ein Recht zu gedeihen, solange sie die anderen in Ruhe lassen. Letztlich haben sogar die Schnecken eine Aufgabe, wenn man sie als Gärtner auch manchmal verteufelt.« Max knipste mit den Fingernägeln ein abgebrochenes Zweiglein ab. »Mir gefällt es, wenn ein Garten Vielfalt bietet und Überraschungen. Die Menschen sind doch auch sehr verschieden.«

»Friedliche Koexistenz also. Und klare Regeln.« Es klang, als redete Prinz Wilhelm nun nicht mehr über den Garten. »Und was machen wir mit Pflanzen, die … sagen wir«, ein Lächeln hob seine Mundwinkel ein wenig, »eine falsche Richtung eingeschlagen haben?«

Etwas ratlos sah Max ihn an. »Das kommt darauf an. Man kann sie zurechtstutzen und ihnen dann den Weg weisen. Oder man kann ihre Kraft und Schönheit bestmöglich in ein Ensemble einbauen.«

Ohne ein weiteres Wort wandte Prinz Wilhelm sich ab und ging eilig zum Lustschloss zurück. Max schob seine Hände in die Ärmel und stampfte ein paarmal fest auf. Viele bezeichneten den Prinzen als steif, humorlos oder kühl. Heute hatte er ihn allerdings nur rätselhaft gefunden.

Paulus hatte die Hand auf den unteren Rücken gelegt und focht mit seinem Degen unsichtbare Schleifen in die Luft. In den Londoner Jahren hatte er viel zu wenig geübt. Drei Tage war das Gespräch her, und Prinz Wilhelm hatte sich noch immer nicht bei ihm gemeldet. Schon überlegte er, ob er abreisen sollte. Aber wohin sollte er? Der Gedanke durchzuckte ihn, seinen Bruder aufzusuchen und zu sehen, was aus seinem Sohn geworden war. Eilig verbannte er den Einfall. Trotz der feuchten Kälte reinigte und lud er seine Waffe, zielte auf den toten Ast an einer alten Eiche.

»Ich wusste doch, dass du mich noch nie wirklich leiden konntest! Nicht schießen!« Ein trockenes Lachen, dann brach jemand aus dem Dickicht. »Im Gasthof haben sie mir gesagt, dass ich dich hier finden würde.«

Paulus hielt inne. Bentinck war gesetzter als früher, beinahe rundlich. Er war kostbar gekleidet, trug eine feine Perücke. Trotz ihrer Differenzen war es ihm, als träfe er einen alten Freund. »Ich konnte dich schon immer leiden! Du bist nur manchmal ein echter Erbsenzähler und Hasenfuß«, sagte er.

Bentinck trat näher. Kurz standen sie voreinander, dann klopften sie einander unbeholfen auf die Schultern. »Können wir in den Gasthof gehen, oder bestehst du darauf, dass wir uns hier draußen unterhalten?«

Auf dem Weg in den Gasthof tauschten sie Allgemeinplätze aus. Bentinck berichtete, dass er mit einer Hofdame der Prinzessin verheiratet war und mehrere Kinder hatte, was Paulus schon gewusst hatte. Genauso kannte er das Gerücht, dass Prinz Wilhelm und Bentincks Schwägerin Betty eine Zeit lang mehr als Freundschaft verbunden hatte.

Schließlich saßen sie bei Bier und Hutspot, einem herzhaften Gemüseeintopf, in der Gaststube, neugierig beäugt von den anwesenden Reisenden. »Wir werden deinen Vorschlag erörtern, obgleich er große Gefahren birgt. Wenn er misslingt, könnte er ganz Europa in den Krieg stürzen.« Bentinck sah Paulus aus zusammengekniffenen Augen an. »Weißt du, wer sich dafür ausgesprochen hat, dich wieder in Prinz Wilhelms Gunst aufzunehmen? Prinzessin Mary. Weil ihr zu Ohren gekommen ist, dass du zu ihrem geliebten Cousin Monmouth gehalten hast – so größenwahnsinnig dessen Versuch, den Thron zu erringen, auch war.«

50

Der Junge hielt den Arm fest ausgestreckt, obgleich der Falke und der dicke Lederhandschuh sicher schwer waren. Paulus wurde nervös. Eine ganze Reihe Gespräche warteten auf ihn, und doch hatte er sich überreden lassen, seinen Bruder und dessen Kinder vor die Stadttore zu begleiten. Alexander schien ein guter Junge zu sein, mit einem fein geschnittenen, ernsten Gesicht. Nach all den Jahren hatte Paulus ihn zum ersten Mal ansehen können, ohne von Gram zerfressen zu werden. So lange hatte er geschaut, dass der Junge gefragt hatte, warum er ihn so anstarre.

»Weiß er, was zu tun ist?«, fragte Paulus leise seinen Bruder, der den Vorstehhund an der Leine hielt.

»Selbstredend. Aber er macht alles in seinem eigenen Tempo.« In diesem Augenblick nahm Alexander dem Falken die Haube ab und ließ ihn steigen. Höher und immer höher drehte der Vogel seine Kreise. Den Kopf in den Nacken gelegt, sahen die Männer und der Junge zu.

»Ich hätte nicht gedacht, dass du deine Kinder in dieser Tradition unterweist«, sagte Paulus.

»Vater mag mich für meine Geschäftstüchtigkeit verspottet haben, aber auch die feine Gesellschaft in Amsterdam weiß, was sich gehört. Wir legen Wert auf eine standesgemäße Erziehung – aber so standesgemäß, wie es heutzutage noch sinnvoll ist.« Quentin ließ den Hund los, der sich sofort daranmachte, Rebhühner oder Fasane aufzuspüren. Der Junge lief ihnen nach.

Sein Bruder sah Paulus von der Seite an. »Du hast ihm Angst gemacht. Du solltest ihn nicht so anstarren.«

»Er ist mein Sohn …«, sagte Paulus rau.

»Nicht mehr. Er ist unser Kind. Ob wir ihm irgendwann erzählen, wer sein Vater ist, entscheiden wir.« Quentin maß ihn mit Blicken. »Wir müssten sicher sein, dass es dir ernst ist. Dass es nicht nur eine deiner Launen ist.«

Meiner Launen, so weit ist es also schon gekommen, dachte Paulus voller Selbsthass. »Die Schiffe sind ausgeliefert?«, wechselte er das Thema.

Sein Bruder nickte. »Werden gerade ausgerüstet. Danke, dass du dem Prinzen unsere Werft empfohlen hast. Es ist eine Ehre, bei dieser Mission dabei zu sein. Wann geht es los?«

»Darüber darf ich nicht sprechen.« Paulus merkte selbst, wie schroff er klang. »Es wird eine gewaltige Invasionsflotte sein. Dreiundfünfzig Kriegsschiffe, etwa zehn Feuerschiffe, ungefähr vierhundert Transportschiffe und ein Heer von etwa fünfzehntausend Mann.«

Monatelang war er mit anderen Geheimdiplomaten zwischen Holland und England gependelt, hatte Gespräche mit Politikern geführt und Strippen gezogen. Innenpolitische Spannungen hatten ihre Situation verbessert, denn König James hatte sich mit der anglikanischen Kirche angelegt. Zudem war ihm ein Sohn geboren worden, der der nächste katholische Herrscher Englands werden könnte, was die Protestanten zusammenschweißte. Doch viele, auch Prinz Wilhelm und Prinzessin Mary, zweifelten die Geburt an. Es hieß, Maria von Modena habe einen fremden Säugling als ihr Eigen ausgegeben. Schließlich hatten sieben Lords, sowohl Whigs als auch Tories, die offizielle Einladung an Prinz Wilhelm ausgesprochen und gebeten, er solle militärisch in England eingreifen, um König James zu zwingen, Prinzessin Mary zu seiner Erbin und Thronfolgerin zu erklären. Zudem schrieben die »unsterblichen Sieben«, dass die Bevölkerung sich erheben und Prinz Wilhelm unterstützen werde, wenn dieser mit seiner Armee an der englischen Küste anlanden würde.

»Die Generalstände und insbesondere Amsterdam sind auf Prinz Wilhelms Seite. Sind alle Duldungsverträge geschlossen?«, riss Quentin ihn aus seinen Gedanken.

Dieses Mal gab Paulus seinem Bruder Antwort. Die Hauptverhandlungen hatten Prinz Wilhelm persönlich und Bentinck übernommen. Bentinck hatte seinem Ruf als engster Vertrauter des Prinzen alle Ehre gemacht. »Kaiser Leopold und die deutschen Fürsten unterstützen Prinz Wilhelm. Der Kaiser ist durch den großen Türkenkrieg gebunden, und da Frankreich seine Hand nach der Pfalz ausstreckt, fürchten nicht nur die deutschen Fürsten, dass sich König James mit Ludwig XIV. verbünden könnte. Mit dem Reunionskrieg vor einigen Jahren hat Ludwig ja bewiesen, dass er nicht in seinem Großmachtstreben nachlassen wird.«

Eine Bewegung weckte Paulus' Aufmerksamkeit. Der Falke hatte die Flügel angelegt und schoss pfeilschnell hinab. Quentin brach das Gespräch ab und lief zu Alexander, um ihm in diesem Abschnitt der Beizjagd beizustehen. Paulus folgte ihnen, noch immer hin- und hergerissen zwischen der Dringlichkeit seiner Aufträge und seiner Familie.

»Auch du stehst wieder vollends hinter Prinz Wilhelm und seinem Vorhaben?«, fragte Quentin noch.

»Ich würde für den Prinzen mein Leben geben.«

Epilog

Wilhelm neigte wahrlich nicht zum Überschwang, doch als er auf die Abtei von Westminster zuschritt, war es ihm doch, als wehte ihn ein Hauch von Geschichte an. Wie viele bedeutende englische Könige und Königinnen hier gekrönt worden waren! Und nun würde er diese Reihe fortsetzen. Genau genommen würden Mary und er gemeinsam herrschen. Zum ersten Mal in der Geschichte Englands würde es eine Doppelkrönung geben. Wilhelm dachte an die Momente der tiefen Verzweiflung, die er als Kind und Jugendlicher erlebt hatte. Er dachte an den Tod seiner Eltern, die Machtlosigkeit, als man ihm Menschen genommen hatte, die ihm kostbar gewesen waren. An den Verlust seiner angestammten Rechte durch die bürgerlichen Politiker wie Johan de Witt, dem er nun, da er sich über alle erhoben hatte, Anerkennung und Respekt zollen konnte. Jetzt hatte er es allen gezeigt, führte das Haus Oranien zu nie gekannter Größe.

Er schob das Kinn vor, drückte die Schultern durch; die Krone war schwer, genauso wie der Hermelinumhang. Unauffällig wanderte sein Blick zu Mary, auf der die Krönungsinsignien ebenso lasteten. Die Prinzessin war eine gute Frau. Sie hatten einander lieb gewonnen, fühlten eine tiefe Verbundenheit. Sie hatten zwar keine Kinder, teilten aber die Leidenschaft für Architektur, Malerei und Gartenkunst.

Auf den Straßen jubelten ihnen die Menschen entgegen. Er hatte gehört, dass die Plätze auf den hastig zusammengezimmerten Plattformen an Meistbietende vermietet worden waren. Jeder wollte das zukünftige Königspaar sehen.

Erinnerungen überfluteten Wilhelm. Die gewaltige Flotte, die er vor Hellevoetsluis an der niederländischen Küste versammelt hatte. Die Stürme, die wochenlang eine Abreise verhindert hatten. Doch dann hatte Gott seine Hand über sie gehalten und ihnen günstigen Wind geschenkt, den man heute als »Protestantischen Wind« rühmte. Nach seinem Anlanden in Torbay hatte die Revolution kurz auf der Kippe gestanden. Doch dank seiner treuen Freunde, der Armee und hilfreicher Flugschriften hatte er den Sieg errungen. In einer beinahe unblutigen Revolution hatten er und Mary ungeheuren Zuspruch erfahren. Nur in Schottland und Irland hatte man ihm den Kampf angesagt. König James war geflüchtet und hatte sein Großes Siegel in die Themse geworfen; was für ein Narr! Am Hof des französischen Königs hatten er und seine Familie unterschlüpfen müssen.

Für mich gilt es jetzt, abzuwägen zwischen den Niederlanden und England, zwischen alter und neuer Heimat, dachte Wilhelm. Er hatte so viele Pläne und wollte die Rechte des Parlaments gegenüber dem Königtum klar regeln und damit der Willkürherrschaft ein Ende machen. Zunächst einmal würde er allerdings erneut den Kampf gegen Ludwig XIV. aufnehmen müssen, denn der Franzose verwüstete die Rheinregion, insbesondere die Pfalz; er musste endgültig in die Schranken gewiesen werden.

Das hoch aufragende Portal der Abtei schüchterte Wilhelm ein, auch Mary schien in sich zusammenzusinken. Dann aber bemerkten sie den Blumenschmuck, für den ihr Gefolge gesorgt hatte, und ihre Miene hellte sich auf. Was wäre er ohne seine Freunde, seine Verbündeten, seine Getreuen! Viele von ihnen standen Spalier, mit strahlenden, stolzen Gesichtern.

Er nickte Bentinck zu, seinem treuen Freund, der gerade erst den Tod seiner Gattin hatte hinnehmen müssen. Dann fing er Paulus' Blick. Vereint waren sie, Freunde an Tiefpunkten und in Sternstunden. Paulus hatte geholfen, diese Revolution glorreich zu machen. Aber noch immer wusste Wilhelm nicht, ob er langfristig auf ihn würde zählen können.

Das neu gekrönte Königspaar hatte die Abtei von Westminster verlassen, auch das Gefolge und die Schaulustigen waren abgezogen. Unauffällig stahl Paulus sich davon. Es ist unvernünftig, jetzt zu gehen, dachte er. Nun wird das Fell geteilt. Jeder wird versuchen, unter König Wilhelm und Königin Mary einen bedeutenden, hoch dotierten Posten zu erringen, vielleicht auch noch einen englischen Adelstitel dazu. Die Engländer würden das Ringen mit ihrer neuen Konkurrenz aufnehmen, würden sich ihre Pfründe nicht nehmen lassen. Er aber hatte beschlossen, dass es für ihn von nun an andere Dinge geben sollte als Kriege, Ehre und Ruhm. Es würde schwer werden, das Vertrauen seiner Familie zurückzugewinnen. Ob Alexander ihn je akzeptieren würde? Ob er je erfahren würde, dass er sein Vater war? Die Familie seines Bruders könnte vor eine Zerreißprobe gestellt werden. Sollte er nicht lieber doch umkehren und mit Wilhelms Gefolge feiern?

Gewaltig, verlassen und zugleich wunderschön wirkte die Kirche, als die Krönungsgäste gegangen waren. Nun würden Diener den Blumenschmuck, für dessen Entwurf und Planung Rosa verantwortlich gewesen war, abnehmen und verschenken. Wehmütig half Max seiner Frau, das erste Blumenbouquet abzubinden.

»Du wirkst so nachdenklich«, sagte Rosa und schloss ihn in die Arme.

»Es ist ein besonderer Moment, wenn ein Waisenkind, dem in seiner Jugend so vieles genommen wurde, den englischen Thron besteigt. Ein Niederländer noch dazu.«

Rosa schnupperte an dem Blumenstrauß. »Wenn man bedenkt, wie oft die Engländer und die Niederländer Kriege geführt haben, ist es vielleicht eine gute Entscheidung. Eine Geste der Versöhnung. Und Mary wird als Königin an Wilhelms Seite regieren. Ich wünsche den beiden viele gute und friedliche Jahre.«

»Frieden können wir wirklich gebrauchen.« Max überlegte, wie viele Friedensjahre seine Heimat im vergangenen Jahrhundert wohl erlebt hatte. Es waren nicht viele. Nach der Tyrannei von König James II. hatte sich Prinz Wilhelm ebenso ehrenvoll wie maßvoll verhalten. Seine glorreiche Revolution war ohne Verlust von Menschenleben abgelaufen. Er küsste seine Frau auf die Stirn. »Jetzt klingst auch du nachdenklich.«

»Was machen wir? Gehen wir in die Niederlande zurück? Oder nach Brandenburg, wo jetzt Kurfürst Friedrich regiert?«, fragte Rosa.

»Der schiefe Fritz hat hohe Ziele, heißt es. Am liebsten würde er wohl König werden. Außerdem liebt seine zweite Ehefrau die Gartenkunst.«

»Meine Eltern könnten in Cölln Zeit mit ihren Enkeln verbringen. Vater wird stolz sein, dass wir für das englische Königspaar arbeiten. Damit kann er sicher gut vor seinen Freunden angeben«, sagte Rosa mit liebevollem Unterton.

Max dachte an seinen verstorbenen Vater, der vor Stolz geplatzt wäre, hätte er gewusst, dass sein Sohn für ein Königspaar arbeitet. »Vielleicht brauchen sie auch Hilfe, jetzt, wo Elvina dauerhaft am Kap bleiben wird.«

Eine Mischung aus Freude und Bedauern huschte über Rosas Gesicht. Inzwischen waren Elvina und Jerun verheiratet; gerade erforschten sie offenbar die Heilpflanzen im südlichen Afrika. Ihre Brüder hatten in Cölln eine eigene Apotheke aufgemacht, die Schwestern arbeiteten bei Debora mit, denn der Handel von Max' Mutter florierte.

»Wir könnten auch in die Niederlande zurück. König Wilhelm hat die Sammlung seltener Gewächse von Ratspensionär Fagel übernommen, nachdem dieser gestorben ist. Sie ist ins Schloss Honselaarsdijk gebracht worden und muss versorgt werden.« Vor Fagels Tod waren, so hatte Max gehört, noch Blumenzwiebeln und Samen aus Cartagena in Westindien eingetroffen, die noch nie in Europa gesehen worden waren; das hatte Fagel sicher eine letzte Freude bereitet.

Rosa kicherte. »Du redest, als wären es deine Kinder!«

»Es sind ja auch hilflose Wesen, die sich in fremder Umgebung behaupten müssen!« Max musste lachen. »Mein Traum ist es noch immer, den perfekten Garten anzulegen.«

»Das könntest du überall.«

»Stimmt. Wohin wird es uns also ziehen? Die englische Gartenkultur ist auch interessant, und wenn sie sich mit der niederländischen und der französischen Tradition vereinigt …«

Rosa lachte. Sie zupfte eine Orangenblüte aus der Dekoration und steckte sie Max ans Revers, ehe sie sich selbst eine ins Haar schob, dann küsste sie ihn.

Am Tag nach der Krönung wurden sie in die königlichen Gemächer bestellt. Der König und die Königin saßen einträchtig beisammen. Vor ihnen auf dem Tisch standen der frische Strauß, den Rosa am frühen Morgen zusammengestellt hatte, und ein Teller mit den ersten Melonenscheiben des Jahres, davor lagen diverse großformatige Papierbögen.

»Seine Hoheit König Wilhelm und ich haben viele Pläne«, begann Königin Mary.

»Beispielsweise für den Umbau unserer Residenz Hampton Court, die uns fernab der Londoner Dunstglocke Entspannung und frische Luft bieten soll«, setzte König Wilhelm III. die Rede fort. Er hüstelte dabei.

»Deshalb möchten wir Euch ein Angebot machen«, nahm Königin Mary die Rede wieder auf.

Max und Rosa tauschten lächelnd Blicke. Sie waren sich einig.

Glossar

BERLINE	vermutlich von dem brandenburgischen Baumeister Philip de Chiese erfundene Pferdekutsche
BOSKETT	Lustwäldchen innerhalb eines Schlossgartens
BRODERIE	Ornamentik von Strauchhecken
CIRCUMVALLATIONSLINIEN UND CONTRAVALLATIONSLINIE	Befestigungsringe bei Belagerung oder Verteidigung
DANSE MACABRE	Totentanz, Darstellung der Macht des Todes in der Kunst
EMISSÄR	Abgesandter
JUSTAUCORPS	Herrenmantel
KALESCHE	leichte Kutsche
KOMPLEXION	Begriff aus der Säftelehre
OKULIEREN	Veredeln von Obstbäumen
PARADIESAPFEL	Tomate
PARTERRE	Pflanzmuster im Barockgarten
PINKE	flachbodiges Schiff
POMANDER	Behältnis für (medizinische) Duftstoffe
QUINCUNX	Fünfermuster, wie beim Würfel
RHEINLÄNDISCHE RUTEN	Maßeinheit
TUBBE	Kübel
VEXIERWÄSSER	überraschend in Betrieb gesetzte Springbrunnen

Anmerkung und Dank

Ich bin bei diesen Recherchen auf so viele Themen gestoßen, dass ich vermutlich noch Jahrzehnte darüber schreiben könnte. Allein die Glorreiche Revolution, die ich in einem Kapitel anreiße, könnte ganze Romanreihen füllen. Mir war jedoch daran gelegen, neben der Geschichte meiner Hauptfiguren einen großen Bogen zu erzählen. War eines der Themen meines Romans *Krone der Welt* der Freiheitskampf der Niederlande und der Aufstieg Amsterdams zur Weltmacht und behandelte *Gold und Ehre* u. a. die Republik Niederlande auf der Höhe ihrer Macht und den Niedergang des Hauses Oranien, so schließt *Blüte der Zeit* diesen übergeordneten Bogen ab. Mich hat fasziniert, dass Prinz Wilhelm von Oranien, der in seiner Kindheit Waise wurde und dem von den Regenten die meisten ererbten Rechte genommen wurden, zur Rettung der Nation, zum Anführer und schließlich sogar zum englischen König wurde. Zum Oberhaupt der Nation, die die Niederlande über Jahrzehnte brutal bekämpfte.

Wieder habe ich die historischen Persönlichkeiten mit erfundenen Figuren flankiert, und ich hoffe, Sie haben Max, Rosa, Elvina, Jerun und all die anderen gern auf ihrem Weg begleitet.

Wer *Gold und Ehre* kennt, weiß, dass ich auch dort den Mord an den Brüdern Cornelis und Johan de Witt schildere, allerdings aus einer anderen Perspektive. Dass ich diese Tat erneut aufgreife, liegt zum einen an der Abscheulichkeit des Verbrechens und dem extremen Kontrast zu der damaligen niederländischen Gesellschaft, bei der wir es mit einer der fortschrittlichsten und tolerantesten ihrer Zeit zu tun haben. Zum anderen sind die frühen Jahre Prinz Wilhelms und damit auch das Verhältnis zu

Johan de Witt für die Entwicklung seiner Persönlichkeit meiner Meinung nach enorm wichtig. Ob er tatsächlich, wie manche Forscher behaupten, Anstifter oder Drahtzieher der Morde war, ist nicht erwiesen. Bekannt ist aber, dass er die Anstifter und Täter förderte. Wer tiefer in dieses Thema einsteigen möchte, dem empfehle ich die Werke von H.H. Rowen.

Der »Statthalter-König« Wilhelm III. und Königin Mary schufen während ihrer Regierungszeit Gartenparadiese wie Hampton Court oder Het Loo, die noch heute besichtigt werden können. Es heißt, nach Marys frühem Tod 1694 sei Wilhelm sehr bekümmert gewesen und habe die Freude an seinen Schlössern und Gärten verloren. Als Freund und Verantwortlicher für die königlichen Gartenanlagen stand ihm weiterhin Hans Willem Bentinck zur Seite, der unter der Herrschaft des Oraniers eine steile Karriere machte und u. a. als Earl of Portland in den englischen Adelsstand erhoben wurde, bis ihm Arnold van Keppel den Rang ablief. Wenig verwunderlich, dass zu jener Zeit Gerüchte die Runde machten, dass Wilhelm III. homosexuell sei. Diese sind jedoch ausschließlich auf Bemerkungen von Gegnern oder in Flugschriften zurückzuführen. Wer mehr erfahren möchte, dem empfehle ich *Sex and Sexuality in Stuart Britain* von Andrea Zuvich.

Das Favoritenwesen unter Wilhelm III. war umstritten und wurde u. a. von David Onnekink in *Anglo-Dutch Favourite* untersucht. Politisch stellten König Wilhelm und Königin Mary durch die Bill of Rights die Weichen für den Parlamentarismus und die moderne Demokratie. Allerdings ist Wilhelm auch für wenig rühmliche und bis heute nachwirkende Ereignisse wie das Massaker von Glencoe oder die Schlacht am Boyne verantwortlich. Seine begeisterte Bemerkung über Schlachtfelder fiel tatsächlich bei der Schlacht von Woerden.

Ans Herz legen möchte ich Ihnen die politischen Biografien *William III. From Prince of Orange to King of England* von William Pull sowie *William III, the Stadholder-King* von Wouter Troost. Lesenswert sind auch *The Gardens of William and Mary* von David Jacques und Arend van der Horst sowie der Katalog *The Anglo-Dutch Garden in the Age of William and Mary*, herausgegeben von John Dixon Hunt und Erik de Jong. Unverzichtbar war für mich *Hoveniers van Oranje* von Lenneke Berkhout. Über die Pflanzensammlung von Gaspar Fagel findet sich ein interessanter Artikel in *Magnificence in the Seventeenth Century* von Gijs Versteegen (Hg. et. al). Die Fagel Collection ist eines der Schmuckstücke der Bibliothek des Trinity College in Dublin und enthält zwanzigtausend Werke, u. a. die Gemälde der exotischen Pflanzensammlung.

Einen ausgezeichneten Überblick über die Brandenburger Gärten bieten die Kataloge *Schön und Nützlich. Aus Brandenburgs Kloster-, Schloss- und Küchengärten* und *Preußisch-Grün. Hofgärtner in Brandenburg-Preußen* sowie *Potsdamer Schlösser und Gärten. Bau- und Gartenkunst vom 17. bis 20. Jahrhundert.* Nach Folkwin Wendlands *Berlins Gärten und Parke* habe ich die Sage um die drei Linden im Hospitalgarten zitiert. Jürgen Landwehr hat das kenntnisreiche Buch *Natur hinter Glas. Zur Kulturgeschichte von Orangerien und Gewächshäusern* herausgegeben. Francesca Beauman zeichnet in *The Pineapple: King of Fruits* die Geschichte der Ananas nach. Weiterhin lesenswert: *Onder den Oranje Boom. Niederländische Kultur im 17. und 18. Jahrhundert an deutschen Fürstenhöfen* und Barbara Beuys' *Der Große Kurfürst* sowie *Machtmensch – Familienmensch. Kurfürst Friedrich Wilhelm von Brandenburg* von Michael Kaiser, Jürgen Luh und Michael Rohrschneider (Hg.). Der »schiefe Fritz« erhob sich übrigens tatsächlich zum ersten König von Preußen.

Zeitgenössische Reisebeschreibungen über das Kap der Guten Hoffnung finden sich u. a. von dem Chirurgen Johann

Schreyer (1669). Auch der Gärtner George Meister beschrieb seine Reiseerfahrungen (1676). Das Zitat über den Gärtnerlehrling stammt von Jacques Boyceau (1560–1633). Das Motiv des seifenblasenden Kindes war in der niederländischen Malerei beliebt, u. a. hat sich Simon Schama in seinem Standardwerk *Überfluss und schöner Schein. Zur Kultur der Niederlande im Goldenen Zeitalter* damit beschäftigt.

Bücher haben immer eine persönliche Dimension. Ich liebe es, Herrenhäuser, Schlösser und Gärten zu besuchen. Seit einigen Jahren habe ich ebenfalls einen Garten, den ich mit mehr oder weniger Erfolg, wohl aber mit Freude pflege. Oft muss ich dabei – eigentlich immer, aber besonders beim Schreiben dieses Romans – an meinen langjährigen und viel zu früh verstorbenen Freund Helge denken, einen Gärtner und Staudenexperten, der mit enormer Begeisterung vom Pflanzen- und Tierreich berichten konnte. Er war es, der mir tröstend sagte, dass alle Tiere eine Aufgabe in der Natur haben – sogar Nacktschnecken (was ich beim Anblick meiner abgefressenen und vollgeschleimten Blumen nicht so recht glauben konnte). Helge – ich hoffe, dass du auch dort, wo du jetzt bist, Freude an Schönheit haben kannst. Mein Dank gilt meiner Familie, die mich unterstützt und gern mit mir auf Spurensuche geht. Einen Gruß und einen Dank schicke ich nach Berlin zu meinen Freunden Renate, Oliver und Lili, bei denen ich nicht nur bei den Recherchen zu *Blüte der Zeit* unterschlüpfen konnte.

Ich danke Sabine Tolksdorf von der Staatsbibliothek zu Berlin für eine Auskunft zur Bibliothek von Kurfürst Friedrich Wilhelm. Meiner Lektorin Dr. Stefanie Heinen danke ich dafür, dass sie so begeistert auf verschiedenste Themen einsteigt, und für ihre Genauigkeit. Ein Dankschön sende ich ebenfalls meiner Agentin Petra Hermanns.

Weitere Literaturhinweise, Fotos von meinen Recherchen

und ausführliche Hintergrundberichte finden Sie wie immer unter sabineweiss.com. Auf Ihr Feedback freue ich mich unter mail@sabineweiss.com. Falls Sie auf den Spuren von *Blüte der Zeit* reisen möchten, empfehle ich Ihnen u. a. die Oranierroute, die zu herrlichen Schlössern und Gärten führt.